norbert c. kaser: Briefe

norbert c. kaser
Gesammelte Werke

In Verbindung
mit dem Forschungsinstitut Brenner-Archiv
an der Universität Innsbruck
herausgegeben von Hans Haider, Walter Methlagl und
Sigurd Paul Scheichl

Band 3: Briefe

norbert c. kaser

Briefe

Herausgegeben von
Benedikt Sauer

Mit Nachträgen zu
Band 1 und Band 2

HAYMON-VERLAG

Die Drucklegung von n. c. kasers Gesammelten Werken
wurde gefördert von der
Südtiroler Landesregierung, Kulturassessorat,
und vom
Bundesministerium für Unterricht, Kunst und Sport, Wien

Den Schutzumschlag gestaltete Helmut Benko unter Verwendung
einer Zeichnung n. c. kasers aus der Gedichtsammlung
aquarium

CIP-Titelaufnahme der Deutschen Bibliothek

Kaser, Norbert C.:

Gesammelte Werke / Norbert C. Kaser. In Verbindung mit d.
Forschungsinst. Brenner-Archiv an d. Univ. Innsbruck hrsg.
von Hans Haider ... - Innsbruck : Haymon.
NE: Haider, Hans [Hrsg.]; Kaser, Norbert C.: [Sammlung]

Bd. 3 Briefe / Bearb. Benedikt Sauer
- 1991
ISBN 3-85218-084-8
NE: Sauer, Benedikt [Bearb.]

Satz: Rauchdruck, Innsbruck
Druck und Bindearbeiten: Wiener Verlag, Himberg bei Wien

ISBN 3-385218-084-8

Inhalt

Zum Abschluß der neuen kaser-Ausgabe

Im Herbst 1988 kam der erste Band einer als »Werkausgabe« bezeichneten, weitgehend Vollständigkeit anstrebenden neuen Edition der Schriften norbert conrad kasers in den Buchhandel. Damals waren die Bände »Eingeklemmt« (1979) und »Kalt in mir« (1981) längst vergriffen; die noch nicht ausgestandene Krise im alternativen Verlagswesen in Deutschland und Österreich hatte sie vom Buchmarkt gefegt. War auch der Name kaser aus dem Verzeichnis lieferbarer Bücher verschwunden: auf rund 15.000 Buchexemplaren war er Mitte der achtziger Jahre bereits verbreitet. Ein verblüffendes Erbe eines Dichters, der im Alter von 31 Jahren gestorben war — ohne ein einziges Buch veröffentlicht zu haben!
Weil der Name kaser so zum literarischen Gerücht zu werden drohte, wurde 1988, kurz vor dem 10. Todestag, die ‚große' und vielen Ansprüchen genügende Ausgabe begonnen. Kann sie Käufer finden außerhalb des Normapparats von Bibliotheksbestellungen? Was werden Leser und Kenner sagen, die kasers Hinterlassenschaft im passenden Armutkleid der Behelfsmäßigkeit schätzen gelernt haben — und plötzlich zwischen festen Buchdeckeln den wissenschaftlich edierten ‚verläßlichen' Text prangen sehen?
Schon »Eingeklemmt« und »Kalt in mir« hatten Käufer, Leser, Rezensenten im ganzen deutschen Sprachraum erreicht und, beispielsweise, die Leseprobe »erstkommunion oder die gewaltsame begegnung mit gott« 1983 in die DDR-Anthologie »Erkundungen — 41 österreichische Erzähler« gelenkt. Die seit 1988 im Haymon-Verlag erschienenen beiden neuen Bücher, »Gedichte« und »Prosa«, fanden rasche Verbreitung und erfuhren ausnahmslos zustimmende Aufnahme bei Literaturkritikern. »Der Lyriker Nobert Conrad Kaser hat, zehn Jahre nach seinem Tod, fast den Rang eines Klassikers«, schrieb die »Süddeutsche Zeitung«. »Alle Achtung! Eine so schöne Werkausgabe kriegt nicht jeder junge Schriftsteller«, lobte die Tageszeitung »Die Welt« nicht nur die wissenschaftliche Betreuung, sondern auch die typographische Herstellung. Die von Literaturkritikern gestaltete Bestenliste des Südwestfunks setzte im März 1989 kasers Gedichteband an die oberste Stelle.
Mit dem dritten Band hat das Wagnis nun sein gutes Ende gefunden. Die Briefe ergeben, nacheinander gelesen, eine Höhen und Tiefen durcheilende selbstverfaßte Biographie. In den ersten Jahren nach kasers Tod erfüllte sich die Beschäftigung mit dem Leben und Sterben des Südtiroler Armeleutekindes oft in der mitleidenden Verehrung eines zugrundegegangenen Poeten. Die breite Fülle der drei neuen Bücher aber öffnet vielen Lesern die Augen für die Versuche, Skrupel und Vollendung kasers im Formalen, Handwerklichen. Mitgefühl, Dankbarkeit, Heldenverehrung sind bekanntlich flüchtige Gefühlszustände. Der pure Text erst erlaubt Auseinandersetzungen, die nie enden.

Das »Brenner-Archiv« an der Universität Innsbruck hat mit festen und freien Mitarbeitern die Werkausgabe wissenschaftlich betreut. Bei dieser Arbeit fielen zahlreiche neue Sammlungsfrüchte ab, die Freunde und Weggefährten kasers zur Verfügung stellten. Weitgehend standen Textgestaltern Handschriften und Typoskripte im Original zur Verfügung. Die Qualität des ersten Bandes animierte sogar bis dahin zögernde Verwalter von kaser-Dokumenten, diese dem »Brenner-Archiv« zu Verfügung zu stellen.
Selbstverständlich werden Neu-Funde im dritten Band nachgetragen. Ebenso einbezogen wurden Ergebnisse von Dissertationen und Diplomarbeiten, die an Universitäten in Österreich und den Nachbarländern zum Thema kaser geschrieben worden sind.
Über Probleme, die sich in den einzelnen — selbstverständlich nicht rigid voneinander trennbaren — Bezirken der Gattungspoetik ergaben, informieren die jeweiligen Betreuer in ihren Nachworten; sie übernahmen auch die fachliche Verantwortung für ihren Anteil an der Edition. Diese Arbeiten wurden durch die Universität Innsbruck mittels Stipendien sowie durch die »Literar-Mechana Wahrnehmungsgesellschaft für Urheberrechte« (Wien) unterstützt.
Die Erbin norbert conrad kasers, seine Schwester Monika, hat 1978 durch eine weitreichende Ermächtigung die Erstellung einer möglichst vollständigen Ausgabe ermöglicht. Im Haymon-Verlag fand kasers Werk eine sachrichtige Verankerung, die jedem künftigen Verbreiter von kaser-Texten den ordentlichen Erwerb eines Verwertungs- oder Vervielfältigungsrechtes erleichtert; und ihn unmißverständlich dazu verpflichtet.
Der Kulturabteilung der Südtiroler Landesregierung sowie dem Bundesministerium für Unterricht und Kunst ist für finanzielle Hilfen bei dieser Edition zu danken.
Damit ermöglichten sie materiell, eine Idee zu verwirklichen, die zuallererst Künstler sich zu eigen machten: nämlich den toten Freund, Kollegen, Bruder im Geiste und im Lebensrisiko norbert conrad kaser nicht sterben zu lassen. Paul Flora, Markus Vallazza, Rolf Schneider, Ludwig Harig, Hermann Schürrer (†), Felix Mitterer, Gerhard Kofler, Josef Haslinger, Franz Schuh, Anton Prestele, Oswald Egger seien voran genannt in der chronologischen Reihe der Mitträger unseres kaser-Projekts. Mit dem dritten Band hat es die Arbeitstische der Herausgeber endgültig verlassen. Nicht aber deren Interesse und Liebe.

Innsbruck / Wien, im Mai 1991

Hans Haider Walter Methlagl Sigurd Paul Scheichl

Benedikt Sauer

Kaser als Briefschreiber

Die konsequente Kleinschreibung, die aufgelösten Umlaute, die Verwendung des &-Zeichens, die weitgehende Interpunktionslosigkeit und auf den maschingeschriebenen Blättern das bewußte Verletzen von Trennungsregeln (das Trennen nach grafischen, nicht nach grammatikalischen Gesichtspunkten) — die Eigenwilligkeiten im Schriftbild fallen beim Durchblättern der Briefe n. c. kasers als erstes auf. Wer die Gedichte und Prosatexte kasers kennt, ist vertraut mit dieser äußeren Stilisierung, dennoch wird sie bei der Lektüre der Briefe irritieren, so wie sie schon deren Empfänger anfangs irritiert hat. Da Briefe zuallererst der Alltagskommunikation dienen und dem Sprechen näher stehen als andere schriftliche Ausdrucksformen, lassen sie diese Eigenheiten am allerwenigsten erwarten. Der Bruch mit der Konvention ist hier buchstäblich sichtbarer. Bei aller Irritation jedoch wird die Lektüre durch diese Eigenheiten nie wirklich erschwert, tritt bald eine gewisse Vertrautheit mit diesen neuen Spielregeln ein, freilich ohne daß das Sperrige gänzlich verschwindet.

Dieses Spiel mit dem Schriftbild tritt in kasers Briefen sporadisch 1967/68 auf, als es in den frühen Gedichten bereits deutlich zu erkennen ist. Gegen Ende der 60er Jahre, als sich diese äußere Stilisierung auch in jenem Wiener kulturellen Umfeld, in dem er sich damals bewegte, über die Literatur im engeren Sinn hinaus auf den alltäglichen Schriftgebrauch ausgedehnt hat, begann er intensiver damit zu experimentieren. Und er ist dann ernsthaft bei einem eigenen Schriftbild geblieben, als das Spiel um ihn herum wieder verschwand.

norbert c. kaser hat mit Leidenschaft Briefe geschrieben — dafür ist neben dem Beharren auf diesen Äußerlichkeiten vor allem auch die überraschend große Anzahl ein Indiz. Schon als Jugendlicher wollte er seine Briefe an die Familie zuhause aufbewahrt wissen; von den (schon sehr früh) mit Schreibmaschine geschriebenen fertigte er von Anfang an Durchschläge an. Zeitweise scheint der Umgang mit Briefen geradezu rituelle Züge angenommen zu haben. Die meisten, egal ob hand- oder maschinschriftlich, sind mit großer Sorgfalt zu Papier gebracht, kaum einmal sind Tippfehler zu finden, sehr selten inhaltliche Korrekturen. Trotz der enormen Anstrengungen, die diese Art des Briefeschreibens für kaser angesichts seiner angegriffenen Gesundheit zeitweise bedeutet haben muß, hat er nie für längere Zeit darauf verzichtet.

Das Verfassen von Briefen ist auf diese Weise für kaser zu einem wichtigen Bestandteil seiner literarischen Tätigkeit geworden: »im brief muß jeder satz gesetzt sein ueberlegt & sogar gespart«, heißt es im »Brief aus Stord«. Auch in den Briefen spielt er mit Klang- und Rhythmuselementen, mit Wörtern und

Assoziationen, verwendet er eine karge, schnörkellose Sprache, ist seine Aussage verknappt — alles Stilelemente, die schon von seiner Prosa und Lyrik her bekannt sind. Selbst der für seine Gedichte so typische Lakonismus ist in den Briefen immer wieder zu finden. Nicht selten wechselt in ihnen überraschend die Stimmung, wenn er durch ironische, auch selbstironische Bemerkungen den Schreibfluß bricht. Daß die meisten großteils umgangssprachlich formuliert sind, zeigt die Vorliebe des Verfassers für eine einfache, alltägliche Sprache, die öfters mit Einsprengseln aus der Tiroler Mundart durchsetzt ist.

Ein besonderes Merkmal vieler dieser Briefe ist ihre monologische Struktur, die erstmals dann deutlich zu bemerken ist — in den Briefen aus Norwegen vom Sommer 1970 —, als die grafische Stilisierung auf nahezu alle Briefe, auch auf jene an die Verwandten, ausgedehnt wird. In vielen seiner späteren Briefe, das heißt bei ihm in denen, die er etwa ab dem 25. Lebensjahr verfaßt, ist das Monologische besonders auffällig. kaser geht vielfach kaum näher auf die Briefe der Bekannten ein, seine Briefe enthalten zwar Antworten, aber diese sind sehr knapp. Fragen, Erkundigungen über das Befinden seiner Freunde und Freundinnen sind äußerst spärlich. Zeichen für diese Konzentration auf sich selbst sind auch die identischen oder sehr ähnlichen »Rundschreiben« an mehrere Adressaten und die Tatsache, daß er intensiv auch jenen schreibt, die ihm kaum antworten. Nicht daß die Adressaten einfach austauschbar gewesen wären: auch die »monologischen Briefe« unterscheiden sich öfters in der Wahl der Themen und auch der Sprache je nach Empfänger und Empfängerin. Aber an einem ausführlicheren Dialog scheint kaser zu dieser Zeit kaum interessiert gewesen zu sein, was Freunden auch manchmal ein Ärgernis war.
Die Literarisierung der Briefe läßt manchmal sogar die Grenzen zu seiner Kunstprosa verwischen, jedenfalls die Grenzen der üblichen Briefform überschreiten. Das gilt in besonderem Maße für den in Fortsetzungen verfaßten »Brief aus Stord«, den kaser explizit an sich selbst geschrieben und an einen Freund vor allem zum Aufbewahren adressiert hat: »ich verfasse briefe die sich blicken lassen koennen«, heißt es darin; deshalb haben wir ihn auch im Prosaband veröffentlicht. Dies gilt aber auch für einige der in diesem Band veröffentlichten Schreiben, bei denen manchmal nur mehr Anrede und Grußformel einen Brief erkennen lassen (wie bei einem Brief-Nachruf auf Pier Paolo Pasolini). In einigen sind auch Parallelen zu Motiven von kasers Prosatexten zu finden (z. B. zum Sebastianmotiv), einmal gehen diese Parallelen sogar bis zur verblüffenden Ähnlichkeit einzelner Passagen (zwischen dem Brief vom 120677 und *nostalgisches weimar*).

Die jetzt zehn Jahre nach Erscheinen von »Kalt in mir« in einer größeren Auswahl veröffentlichten Briefe zeigen uns nicht nur deutlicher als bisher den Briefliteraten kaser. Sie geben uns auch etwas ausführlicher Aufschluß über kasers Biografie, seine Haltungen und Interessen, wenn diese Informationen auch durch die verschiedenen Stilisierungsformen gebrochen zum Ausdruck kommen. Wir erfahren etwa von seinen Schwierigkeiten, sich Institutionen anzupassen, bereits als Schüler, später dann als Lehrer, aber auch als Patient;

oder vom Widerstand gegenüber jeder Form der Einvernahme durch offizielle Stellen — bereits eine Gratulation der größten Südtiroler Kultureinrichtung zu seinem ersten kleineren literarischen Erfolg hat der damalige Kapuziner schroff zurückgewiesen. Literarische Diskussionen finden hingegen überraschenderweise nur selten einen Niederschlag: vor allem während kasers Wiener Zeit, in den Jahren 1969 bis 1971, später hingegen kaum mehr; solche Briefe zeigen z. B. seine Abneigung gegenüber der experimentellen Schreibweise der Wiener Gruppe wie gegenüber der Politischen Lyrik, wenn er auch von beiden Genres wichtige Anregungen aufgenommen hat. Zum Ausdruck kommt in den Briefen auch sein Interesse an verschütteten Traditionen des eigenen Landes und am Volkstümlichen (an Heiligen z. B.) — eine Parallele zu der in den Texten und in den Briefen verwendeten Sprache des Alltags. Ebenso ist kasers zunehmendes öffentlich-politisches Engagement in den letzten Jahren zu bemerken. Nicht verborgen bleibt schließlich, daß er nicht nur andere, sondern auch sich selbst in den Briefen nicht geschont hat.

Die intensivste Zeit des Briefeschreibens war für kaser sein zweites Jahr als Bergschullehrer in Flaas und der daran anschließende Aufenthalt in der psychiatrischen Klinik in Verona, 1974/75, eine Zeit, in der der 28jährige insgesamt recht isoliert ist. In diesen Briefen ist auch die monologische Struktur am stärksten ausgeprägt, ein zusätzliches Zeichen für diese Isolation, angesichts der weitgehend fehlenden Aussicht auf einen literarischen Durchbruch in absehbarer Zeit und angesichts der kulturpolitischen Enge, die er in den noch Jahre später nachwirkenden Reaktionen auf seine »Brixner Rede« an sich selbst zu spüren bekommen hat.
Es mögen diese Briefe eine Möglichkeit gewesen sein, aus der Entfernung auf sich aufmerksam zu machen, Distanzen zu überbrücken — die aber, mehr als geografische, kulturell-zivilisatorische gewesen zu sein scheinen. Bereits in die Zeit der Norwegen-Briefe fallen Äußerungen, die deutlicher erkennen lassen, daß kasers Distanz zum gesellschaftlichen Konsens über eine Kritik an einer bestimmten geografisch-kulturellen Realität hinausgeht: »die leute meinen vernuenftiges denken heißt geldzaehlen haeuserbauen autofahren usw. ich werde nie vernuenftig denken denn alle die das tun koennen nicht leben«, schreibt der 23jährige im August 1970. Dieses Problematisieren von gesellschaftlichen Grundfragen, die Kritik an bürgerlichen Lebensgewohnheiten findet sich von diesem Zeitpunkt an immer wieder. Mit besonderer Aufmerksamkeit scheint kaser jene Nischen in der Gesellschaft betrachtet zu haben, in denen dieser Konsens leicht gestört ist. Er fand sie offenbar in den Südtiroler Bergdörfern, vor allem bei den dortigen Volksschulkindern, bei einer Menschengruppe, wo die Beziehungen untereinander nicht durch die Priorität des Geldzählens geregelt sind; und er fand sie in der psychiatrischen Klinik, wo auch für ihn die dramatische Konsequenz des Ausscherens aus dem gesellschaftlichen Konsens spürbar wurde. In beiden Fällen gründet diese Aufmerksamkeit in erster Linie in kasers eigenen Erfahrungen. In beiden Fällen sind diese Realitäten wohl auch ein Spiegel für eigene Befindlich-

keiten gewesen: als »ver-rueckt« und als ein »großes kind« hat er sich nicht nur einmal selbst beschrieben.
So wie viele seiner literarischen Texte von den eigenen Erlebnissen und der unmittelbaren Umgebung ausgehen, sind erst recht in den Briefen derartige Alltagserfahrungen verarbeitet. kasers Briefe, insbesondere jene aus Flaas und aus Verona, werden so zu kleinen Erzählungen — über das Wetter und andere Naturereignisse, über das Schulehalten, über Alltäglichkeiten im Bergdorf; in der Klinik werden sie zu manchmal skurrilen, manchmal komischen, manchmal beklemmenden Geschichten über die anderen Patienten und Patientinnen. Erzählungen und Geschichten, die er immer wieder mit Reflexionen ergänzt.
Gerade das so dominant Monologische verweist darauf, daß das Briefeschreiben auch eine Möglichkeit gewesen sein könnte, diese eigenen Beobachtungen und Gedanken vor allem für sich selbst festzuhalten und damit, durch die Fixierung in der Schrift, den Blick dafür zu schärfen.

bruneck,21.1o.68

leider wußte ich nicht wie ich Dich anreden sollte-
ich laß es bleiben und rede Dich einfach direkt an
dieser brief sollte nur ein vorschlag sein
doch zur sachlage: Du malst,zeichnest und liebst kun
stgeschichte und bist mir sympathisch(gerade weil Du
malst etc - ich hasse uebrigens das wort sympathisch
aber Du weißt was es in diesem fall heißen soll) wir
haben uns nur eine gute stunde lang kennengelernt da
mals als ich mit siegfried und peppi von urbino kam-
im rentscher hof
unser dialog war monolog fachgespraech
Du hast mir kunstkarten geschenkt ich habe Dir versp
rochen welche zu schicken Du weißt daß ich gedichte-
schreibe
ich habe inzwischen meinen stand gewechselt aber das
tut nichts zur sache mein standpunkt zu dichtung und
kunst ist gleichgeblieben das ist wesentlich

I vorschlag: ich könnte Deine werke bedichten
II vorschlag: Du könntest me ine lyrik ausstaffieren
format: 22 x 14 cm
III vorschlag: wir könnten diskutierend disputier
en
ad III: wir haben das ha t sich damals gezeigt-
zuviele gleiche interes sen und somit eine fue
lle von diskutablen un d schreibbaren themen-
ad I: Deine werke gef allen mir obwohl ich s
ie nicht ganz akzept iere ich koennte dazu-
schreibens sangesl ust = waldeslust besin
gen ist unaktuell- ich wuerde sie bedicht
en
ad II:wir koennt en gemeinsam etwas her
ausgeben: illus trierte lyrik oder sow
as der graphi sche teil waere Dein -
ad I und II:- hoechstselten hat etwa
s ordentliches aus der zusammenarbeit bild-wort hera
usgeschaut man muß es wieder versuchen suedtirol lie
gt brach wir koennen uns jederzeit trennen und bespu
cken es waere eine geistige vernunftsehe(ich darf so
nst nicht heiraten - scheidung moeglich!)
Zur zeit erwaechst Dir nur eine pflicht,mir zu sagen was Du von
alledem haeltst ab cd efghijklmn norbert opq conrad fghij kaser

norbert conrad kaser

fr.christoph kaser
kapuzinerkloster
39031 bruneck

Briefe 1962 bis 1978

An Helmut Niedermair

[Bruneck] Jänner 1962

Helmut!

Leer sind die Tage, ohne Inhalt ist mein Leben. Für niemanden lebe ich, ich bin einsam und allein, ich möchte nicht mehr sein. Schnöde habe ich Deine Freundschaft verlassen und mich dem Freiherrn Othmar von Sternbach zu Stock und Luttach zugewandt. Doch er ging gleich um mit mir wie ich mit Dir umging. Einer der ihm besser gefiel als ich, raubte mir seine Freundschaft, doch nach wenigen Wochen zerbrach alles. Ich bin allein, er ist allein und wir finden uns nicht mehr. Ich versuche nun meine Leere mit sittlicher Leidenschaft zu füllen, ich werde immer hohler, aber nicht wie ein hohles Faß schwimme ich oben auf, nein ich versinke. Wenn Du kannst so tröste mich.
Ich besuche die IV. Klasse klassisches Gymnasium. Mein Professor Franz Rauch (Universität Innsbruck und Freiburg) ein Philologiestudent aus Terlan. Er ist jung und unterrichtet heuer das erste Jahr (25—26 Jahre), seine zahlreichen Minderheitskomplexe und sein Beichthören (bei den »etwas verbrochen habenden« Schülern) haben Berühmtheit erlangt. In Italienisch haben wir Prof. Commandini, in Mathematik Prof. Dr. Hitthaler, in Turnen Oberleiter (er ist inzwischen noch wahnsinniger geworden) und in der Gotteswissenschaft unterrichtet auch heuer Dein Namenskollege. Heuer habe ich große Mißerfolge, in Latein liege ich am Boden, in Griechisch ebenso; in Deutsch werden meine Ideen verkannt. Ein guter Stern hinwiederum glänzt mir am mathematischen Himmel, in Italienisch, Geschichte und Geographie geht es mittelmäßig. Von den zweiundzwanzig Schülern vom Vorjahr sind siebzehn übriggeblieben: Brunner (aus Olang), Duregger Rudolf, Egger Josef, K. N., Kastlunger Peter, v. Kempter Horst, Pirkl Richard, Sternbach Othmar, Sternbach Philipp, Hermann Winkler (Repetent); Baumgartner Margit (III. Kl. B), Demichiel Regina (III. B), Valentin Frieda (III. B, die Klassenbeste), Eder Paula (III. B); Brunner Johanna (Mittelschule Toblach), Mair Maria (»Milli«) aus Mittelschule Brixen (Zeugschmiedstochter - Bruneck), Prugger Elisabeth (III. Kl. B).
Verloren sind: Duregger Ehrenfried, Seeber Oskar, Tartarotti Paul, Großrubatscher Richard, Raffin Albert (Repetenten); Raffin Bruno (arbeitet bei Firma Schönhuber); Craffonara Moritz (Lyzeum Brixen), Pizzinini Franz (arbeitet in Deutschland); Laner Eduard (L. B. A. - Meran); Clemens Oberkofler (verschollen); v. Egitz Franz (arbeitet in Vaters Werkstätte); Stoll Alois (verschollen), Unterweger Karl (verschollen).
Die »Ilse« hat heuer den Professor Auer !!!
ein gesegnetes Jahr wünscht Dir: Norbert.

An Regina Demichiel

Bruneck, den 27. vii. 1964

Liebe Regina Maria!

Vielen Dank für den amüsanten Brief. Also ich bin Dir wirklich nicht mehr neidig um das Liebesbriefeschreiben!

Und nun zu deinen Fragen: Frl. Mariathres hat mir wirklich viel von ihrem Urlaub erzählt, es soll wunderbar gewesen sein, ja sie hat mir sogar Kunstkarten mitgebracht; vom Pacheralter etc.
Bei der Wanderung konnte ich leider nicht dabei sein, zwar hätte mir der Herr Hans-Karl die paar Tage freigegeben aber meine Eltern waren wiedereinmal verschroben und ließen mich nicht fort. Das Wetter in dieser Woche war wunderbar und die zwölf bis dreizehn Wandervögel waren sehr zufrieden.
Nun mit unserer KSJ ist sogar mehr los als du dir denkst. Vielleicht weißt du schon daß wir im Begriffe standen eine KSJ-Bude zu bauen, aber es ist kein Geld da; nun scheint es endlich den Bemühungen des Herrn Direktor, der Würdigen Mutter und der KSJ-Seele Leo Munter gelungen zu sein das Nötige aufzutreiben. Unser lieber Leo ist vor einigen Tagen ins Heilige Land gereist und wird sicherlich einen Kartengruß schicken. Meine Wenigkeit hat sich inzwischen seiner Schreibmaschine bemächtigt, um dir diesen Brief zu schreiben!

Es ist wirklich lieb von dir mir die Briefe in das Geschäft zu senden; heute hat mich zum Beispiel dein froher (?) Gruß beim Bohnenputzen überrascht!

Die Anredeformen du, dein, deiner, dir, dich schreibe ich von heute ab nur klein damit du nicht zu stolz wirst. an den veHlern KANSt dunuhn erkehnen das ich muede binn ----------- Übrigends Frl. Maria-Theres hat sich sehr über deinen Brief gefreut, er kam gleichzeitig mit meinem an.

Adesso ti lascio colla penna, ma non col cuore e ti saluto e la tua bocca dolce, Dein, einen schnellen Brief erwartender

Norbert Conrad

An Leo Munter

Bruneck, 4. VIII. 64

Lieber Herr Munter!

Zuerst einmal herzliche Grüße aus der Heimat, recht viel neues gibts hier nicht. Frl. Maria-Theres ist sehr tätig für uns, mir lieferte sie eine tolle Karika-

tur auf den Herrn Direktor, auch sonst wird sie für uns und unsere Zeitschrift alles tun was in ihren Kräften steht. — Ich selber habe heute die achte Seite unsrer Zeitschrift hinter mich gebracht, dh. gehämmert. Ich bin zufrieden daß es so halbwegs klappt, es mangelt nur an der zeichnerischen Gestaltung. Aber alles kann selbst Frl. Maria-Theres nicht meistern. Das Dumme an der ganzen Probenummer ist nur daß unter jedem Beitrag mein Name steht, aber was will man machen wenn begabtere Kräfte irgendwo in einem Jugenddorf oder tief in Italien unten versauern????
Bei uns ist das Wetter sehr schön, das Thermometer klettert oft auf 30 Grad. Ich hoffe daß sie weder verdursten noch verschwitzen, ich möchte nämlich nicht daß Sie nur noch als Halbgewichtler heimkehren. Hoffentlich gelingen Ihnen die Fotos gut ich bin schon sehr gespannt darauf, bitte vergessen Sie auch nicht mir einige Karten mitzubringen, das wäre die größte Freude für mich!
Recht herzliche Grüße auch von den anderen, ich schreibe nicht mehr viel sonst wird der Brief zu schwer. Nochmals frohe Grüße schönes Wetter, gute Fotos und für mich einige Kunstkarten

Ihr

An die Eltern

Monterosso, 18. Juni 1965

Liebe Eltern!

Nun bin ich schon zwei Tage hier, dies ist der erste Arbeitstag. Gestern habe ich frei gehabt, weil ja Fronleichnam war. Mir geht es soweit recht gut, nur unter der Hitze leide ich arg. Heute vormittag habe ich im Garten jäten müssen und Ihr könnt Euch vorstellen wie gern. Ich schlafe mit einem Weißenbacher in einem Kellerzimmer, ja ich schlafe sehr gut, denn die Nächte hier am Meer sind kühl und erfrischen. Heute hat mich eben dieser Jakob, der mit mir schläft, in die Arbeit eingeführt, mir gezeigt wie ich die Zitronenbäume spritzen soll und ähnliches mehr. Aber kaum daß ich meinen Zimmerkollegen richtig kennengelernt habe muß er schon wieder fort. Sonst gibt es unter dem Dienstpersonal nur Klosterfrauen und Mädchen (16 Stück). Das Essen ist reichlich und gut, die Gegend schön, ja bezaubernd. Gestern bin ich schon schwimmen gegangen, aber die See war ziemlich unruhig und nachdem ich ein paar Schluck Salzwasser in den Mund bekam habe ich es aufgegeben. Auch einen zünftigen Sonnenbrand habe ich mir geholt. Heute war das Meer ruhiger und das Schwimmen war ein Genuß, außerdem habe ich schon einige wirklich nette Burschen vom Dorf kennengelernt. Ich hätte nie geglaubt, daß junge Italiener so nett sein können; heute abend, wenn ich frei habe, wollen sie mich zum Fischen auf's Meer mitnehmen und ich freue mich unbändig. — Angekommen bin ich gut, habt keine Sorgen ich werde so fleißig als möglich sein. Sollte etwas Besonderes vorfallen, so werde ich euch schreiben

Euer

Norbert Conrad

Norbert Conrad Kaser
Villa Adriana
Fegina - Monterosso al Mare
Prov. La Spezia

Monterosso, 26. VI. 1965

Liebe Eltern!

Heute will ich euch einmal einen meiner Arbeitstage beschreiben.
Um $5^{\underline{h}}$ früh bin ich aufgestanden und habe gleich auf den Bahnhof Koffer bringen müssen; dazu habe ich einen großen praktischen Dreiradler. Ich habe der Dame dann in den Zug geholfen und bin gleich wieder in die Pension zurück. Dann habe ich begonnen den großen Garten zu gießen: er ist ungefähr so groß wie der halbe Larisch-Garten und auf einem Hang rund um die Villa gelegen u. deshalb der stechend heißen Sonne ausgesetzt. Da wir keine Beregnungsanlagen haben, könnt Ihr Euch leicht vorstellen wie lange ich allein mit dem Schlauch brauche. Um $6^{\underline{30}}$ habe ich dann schon wieder auf dem Bahnhof sein müssen. Die Sonne war schon aufgegangen und begann schon unerbittlich zu brennen. Wieder zurückgekehrt mußte ich Aranciata-Limonade u. Mineralwasserkisten in die Bar bringen und bei augenblicklich 104 Gästen sind das einige Kisten. Die leeren Flaschen habe auch wieder ich zu versorgen u. zu verräumen. Um $7^{\underline{30}}$ bekam ich das Frühstück: Kaffee und Marmeladebrot. Dann hieß es weiterspritzen. Bis Mittag habe ich dann nur noch gegossen. Um $11^{\underline{30}}$ ist dann das Mittagessen: reichlich und gut, aber mein Magen war schon vom »Neunern« voll. Nach dem Mittagessen habe ich bis zur Marende um $16^{\underline{30}}$ frei. Eine Stunde lege ich mich hin, lerne, schreibe und räume ein bißchen auf. Dann gehe ich an den Strand lege mich in die Sonne oder ins Meer. Natürlich ist alles gratis. Wie ich Euch schon erzählt habe, kenne ich ein paar Buben in meinem Alter, die politischen Haß überhaupt nicht kennen; sie sind jung und blöd wie ich: nicht, daß sie Halbstarke oder Raufbolde wären, o nein, sie sind höflich, kollegial und freundschaftlich. Einer von den vier Freunden, Antonio, brachte mich schon einigemale mit dem Motorboot in die 5 km entfernte Stadt Levanto. Ich fahre ja überhaupt gerne mit dem Schiff. Auf dem Meer draußen gibt es dann verschiedenste Fische, Muscheln, Seerosen, Seeigel, Seesterne, Korallen u.s.w.

Manchmal ist es wunderbar wenn wir so über das Wasser gleiten, da tauchen plötzlich fliegende Fische aus dem Meer auf, fliegen einen Augenblick erschreckt vor dem Boot und gleiten schwirrend ins Wasser. Die Küste selbst ist sehr gebirgig und voller Grotten; Sandstrand ist selten anzufinden. Das Wetter war bisher wunderbar, strahlend und heiß. In den ersten Tagen habe ich mir einen ordentlichen Sonnenbrand geholt, der aber nun verschwunden ist.
Um $16^{\underline{30}}$ beginnt wieder, mit einer guten Marende, die Arbeit: wieder heißt es den dürren Boden gießen, nichts als gießen. Dann muß ich auch umstechen. Ihr könnt Euch gar nicht vorstellen wie hart dieser vertrocknete Boden ist, zum Blutschwitzen. Nach dem Abendessen um $18^{\underline{30}}$ gehe ich noch zwei, drei Stunden aus; hinaus ins Dorf mit meinen Freunden: draußen am Horizont glimmen die Lichter der Fischerboote, die Luft stinkt nach Meer und dem Sonnenöl der vielen Fremden. Am Weg sitzt ein verkrüppelter Italiener und spielt jeden Abend auf seiner Ziehharmonika die schönsten Walzer. Wenn ich den spielen höre, glaube ich zu Hause zu sein, zu Hause bei Walzern und Polka. So um zehn Uhr liege ich dann wieder in meinem weichen Bett, vergesse meine von den Zoccoli geschundenen Füße, meine müden Arme und bin im Traum bei Euch.
Doch dieser Brief ist schön, zu schön, um ganz wahr zu sein:
Unter jedem Dach ein Ach, in diesem Fall ist es die Schwester Oberin; doch davon ein andermal

Es grüßt Euch
tausendmal
Euer
Norbert

Bewahrt diesen Brief auf

An Juliane und Luise Thum und an Maria Thum geb. Oberwanger

Monterosso 4. 8. 65

Liebe Tante Juli!
Liebe Tante Luise!
Liebe Großmutter!

Gerade habe ich aufgehört zu lernen, nun da es noch zu heiß ist auf den Strand zu gehen und zu schwimmen so will ich Euch schreiben. Für's erste möchte ich Dir Tante Juli herzlich für Deinen Brief danken. Ich will nun gleich auf Eure Fragen eingehen: wie ich lebe, wie ich stehe fragt Ihr? Nun mir geht es soweit recht gut: esse, trinke, schlafe u. schwimme. Mit dem Koffertragen schaut natürlich auch etwas raus, so daß ich es mir sogar leisten

konnte gestern Abend nach Arbeitsschluß nach der 16 km entfernten Hafenstadt La Spezia [zu fahren]. Dort bin ich dann herum, habe mir ein Buch gekauft, mir Denkmäler und Parks und die riesigen Schiffe angeschaut und um 11$^{\underline{h}}$ abends lag ich dann schon wieder im Bett. Nun auch Großmutter und nicht nur Mama wird sich über meinen Lohn wundern: vorläufig weiß ich noch nichteinmal wieviel ich bekomme, wenn aber der Herr Direktor Hochw. Niederkofler kommt, dann werde ich bezahlt und schicke ihn unangetastet heim. Also keine Sorge, bisher habe ich nur ein bißchen Trinkgeld gebraucht und wenn man sich Friseur, Zigaretten und noch einiges zulegen will, so muß man schon ein bißchen mit dem Trinkgeld umgehen können. Ihr seid besorgt um mein Gewicht, nun ich bin zaunmager: teils ist die Arbeit die Schuld, aber vielmehr noch die unsägliche, regenlose Hitze, die auf allen lastet und das Meerwasser, das schön schlank macht. Nun die Arbeit würde mich sehr freuen, wenn die Schwester Oberin (davon wird Euch Mama erzählt haben) nicht so bösartig wie die alte Neuhauserin wäre und dann haben wir noch die Schwester Walfrieda, die ein äußerst bärbeißiges Luder mit einer spitzen Zunge ist (es hört mich ja nur Gott u. Ihr). Nun es ist ja nicht alles Gold was glänzt. Daß ich »walische« Freunde habe, wird Euch auch ein bißchen stieren, aber ohne diese Buben wäre ich ganz allein, weil die 22 Hausmädchen mich überhaupt wenig interessieren, weil weder ich sie, noch sie mich verstehen. Entschuldigt bitte das Gesudle, ich bin etwas müde u. nervös. Du Tante Juli wirst's schon derlesen. Wißt Ihr, daß ich Euch um das Sonntagsgewitter ordentlich neidig bin; da gibt's nur Sonnenglut, heißen Wind (Scirocco) und Waldbrände. Außerdem hat man hier überhaupt keine Feuerwehr: manchmal stehen die ganzen Berghänge in hellen Flammen. — Vom tragischen Ende des Daprè Nannele habe ich zufällig in der Zeitung gelesen und Mama hat auch davon geschrieben. Sie tut mir richtig leid, diese Haut. Ihr fragt, was ich sonntags tue: Nun ziemlich früh aufstehen, Garten gießen u. bei der Messe vorbeten. Dann gehe ich meistens schwimmen, hernach zu meinem Freund Antonio Mittagessen. Nachmittags liege, lerne oder lese ich oder ich fahre mit Antonio im Motorboot in die umliegenden Dörfer: entlang der felsigen Küste liegen wunderschöne Grotten, echt-walische Fischerdörfer, stinkend, klein; voller hautmagerer Katzen sind [sie] an die Felsen geklebt; und doch ist die Gegend hier wunderbar: man kennt keinen Deutschenhaß, die Leute sind gemütlich, faul, schmutzig u. stinkend. Haben weiße Zähne, sind sympathisch und unsympathisch wie überall auf der Welt. Ja hier könnte sich sogar unsereine wohlfühlen.
Momentan haben wir 130 Gäste u. so habe ich neben der Gartenarbeit noch viel anderes zu tun.

Es grüßt Euch alle tausendmal
Euer Norbert

Hebt mir diesen Brief bitte auf!
Die Tante Julie soll bald wieder schreiben; viele Grüße auch der Großmutter; Gesundbleiben: Mueter oft habe ich Heimweh nach Eure Händ' und Eure braunen Augen.

An die Eltern

[Monterosso] 13. Aug. 65

Liebe Eltern!

So nun wäre es soweit, ich bin äußerst glücklich Euch nun das erste Geld schicken zu können. In diesem Brief liegt ein Scheck über 70.000 £, der Lohn meiner Arbeit. — Die Heimfahrt wird mir natürlich auch bezahlt. Ich werde um den 31. Aug. oder 1. Sept. eintreffen.
Liebe Mamma bist Du nun auch zufrieden? Ist dieser Lohn nicht ein Beweis, daß ich brav bin?
Ich hoffe, daß es Euch alle, besonders Großmutter wird sich freuen!
Gestern war ich in Levanto beim Optiker, habe mir vom Trinkgeld einen kleinen Fotoapparat, wie ihn Euch Breitenberg gezeigt hat; dann habe ich mir gute, schöne Brillen anpassen lassen und um 10.000 £ Lohngeld gekauft. Ich hoffe, daß Ihr mir deshalb nicht böse seid weil ich nur 70.000 statt 80.000 heim schicke!
Heute nacht habe ich mein Zimmer verlassen müssen, weil Gäste angekommen sind u. das ganze Haus mit 150 Leuten bis auf das letzte Bad vollbesetzt ist. Dann habe ich auf einem Polstersessel im Hausgang schlecht u. recht zwei Stunden geschlafen. Heute bin ich hundsmüde, aber habe meine Bude wieder! Den ganzen lieben Tag war zu laufen, in der ärgsten Sonnenglut. Fleisch u. Gemüse für 4 Tage ist gekommen, weil die Italiener ja über Ferragosto nix tun. Den Ferragosto spüre ich auch schon gewaltig.
Liebe Mamma die Knöpfe u. die Unterhosen habe ich bekommen.
Den Scheck kannst Du Tatta mit Deiner Identitätskarte oder einem anderen Personalausweis auf der Bank einlösen.

Freudige Grüße
Norbert

Schreibt bitte bald!

An Antonio Chiofalo

Brunico 24 maggio 1966

Mein Lieber Anton!

L'altroieri siamo ritornati da Firenze, il viaggio era troppo corto ed io avrei voluto restarci per tutta la mia vita. Siamo partiti alle sette di mattina e pioveva come se tutto il cielo avesse aperto i suoi lavatoi. Ma arrivati alla nostra carissima Firenze il sole splendeva come all'estate. Sebbene stanchi ci perpariammo subito per una gita attraverso la città: il primo incontro con i tesori d'arte, con i più noti monumenti della cultura italiana. O dio che gioia avevo quando vidi quel duomo: il più sincero manifesto d'un altissimo stato d'animo!

Quei giorni, che ormai mi sembrano già lontani qualche anno, abitavamo all'ostello della gioventù. Eravamo in 29: due Professori, quello di matematica e quello di tedesco (che fesso!), le otto ragazze, e noi 19 ragazzi (peccato, che uno di noi doveva restare a casa, perché suo fratello ventitreenne era morto il 15 maggio in un incidente su uno dei nostri monti; anch'io lo conoscevo molto bene e qualche escursione in montagna ho fatto con lui). I nostri professori dormivano con noi in una sala da 20 letti. Alla mattina però c'era una puzza lì dentro, che era da morire, questo era l'unica cosa che non mi piaceva.
I pasti erano molto buoni ed era una gioia assagiarli.
Il secondo giorno mi alzai già alle cinque ed andavamo in tre a Fiesole, bellissima cittadina situata sui colli vicini, poi alle sette prendevamo la colazione e tutta la schiera si recava a visitare la città di Firenze. Il programma era fitto, fitto: al mattino: Duomo, Cuppola di Brunelleschi, il Battistero con le sue tre porte del Ghiberti e del pisano, Campanile di Giotto. al pomeriggio: Piazza della Signoria, Palazzo Vecchio, Loggia dei Lanzi, Santa Croce
Il terzo Giorno:
al Mattino: galleria degli Uffizi
al Pomeriggio: Pisa: Battistero, Duomo, Camposanto e Torre Pendente, poi a Tirrenia, dodici chilometri da Pisa a fare il bagno nel mare.
Il quarto giorno: S. Maria Novella e partenza alle undici.
Ah, mi son dimenticato di aggiungere al mattino del primo giorno la visitazione della Sagrestia Nuova colle tombe medicee.

I Toshani sono gente molto simpatiha e hortese, sul piazzale della Vittoria cercavo un tabaccaio, chiesi una delle ragazze che stavano lì ad aspettare la luce del semaforo, dove uno ci fosse: strinse le spalle e mi disse di non saperlo. Io continuavo a cercare e due minuti dopo mi corse indietro ed esclamò: »Adesso mi ricordo d'tabbahhaio!« e camminò con me lungo le lunghe strade e melo mostrò. Questo era soltanto un piccolo esempio, te ne potrei raccontare ancora un bel sacco.
Firenze però è anche una città molto hara, per un haffè paghi 150 Lire, per un gelato 350.
Io mi ho homprato 95 hartoline d'arte per rihordo. E anche un busto del David di Michelangelo, che mi piace così tanto.

Ero veramente sconvolto dalle opere del Michelangelo nella Sagrestia Nuova, o dio questo si che è arte!! Quella loggia dei Lanzi con tutte le sculture del Rinascimento!
Molto piaciuto, m'è anche Fiesole con il suo anfiteatro: è abbastanza grande ma l'accustica è ottima, nel ultima fila si sente ancora ogni parola parlata nel orchestra e così abbiamo recitato qualche verso dalla Medea del Euripide (la traduciamo a scuola) nel scenario di quei tempi! Cosa ti avrei ancora da raccontare?! Del Ponte Vecchio, delle nostre ragazze, che si sono comportate molto brave, della mio gioia di fare il bagno nel crepuscolo in quel mare un po'mosso? Che ti scrivo ancora, potrei scriver libri ma son stanco!
[...]
Mille grazie intanto e un abbraccio

An Hermann (?)

Bruneck, 24. Mai 1966

Lieber Hermann!

Nun da wären wir wieder in der Heimat nach diesen drei schönen Tagen dieses Jahres. Und immer näher rücken eine Reihe von schwarzen Tagen, wie Schatten die sich am Abend unseres Lyzealstudiums vergrößern und wohl für manche eine düstere Nacht bringen. Ehrlich gesagt habe ich allen Grund Angst zu haben, bin alles eher als eine Leuchte, alles eher als fleißig. Aber lassen wir dieses grauenvolle Thema und wende Dich mit mir der Erinnerung zu, die die vergangenen Tage uns geschenkt haben!

Ich weiß nicht ob Du schon einmal in Florenz warst, aber das tut eigentlich nichts zur Sache. Das Programm für unsere drei Tage war gedrängt voll, so gedrängt, daß leider auch vieles sehr bald verloren geht.
Der erste Tag war fast völlig verbraucht von der Anreise: bei strömendem Regen waren wir abgereist, natürlich allesamt gut aufgelegt obwohl leider einer unserer Mitschüler fehlte, da am Sonntag zuvor sein 23-jähriger Bruder von der Tschierspitze tödlich abgestürzt war. Ja leider, ich habe seinen Bruder gekannt: er war ein begeisterter Bergfreund gewesen und hat den Großteil seiner freien Zeit mit Klettern und Wandern verbracht, vielleicht hast Du ihn gekannt: es war

RICHARD KASTLUNGER aus St. Lorenzen
R. I. P.

Also wie gesagt gab es bei der Abreise strömenden Regen, aber schon bei Trient hellte sich der Himmel auf und in Verona begannen wir schon zu schwitzen. Die Fahrt selber haben wir gut herumgebracht, die Plätze waren vorgemerkt und so haben wir essend und trinkend, singend, lesend und kartenspielend die »Freizeit« verbracht. Daß wir bei Prato alle unruhig wurden versteht sich und in Florenz empfing uns natürlich sofort ein Autobus und schnellstens wurden wir in die entlegene Jugendherberge gebracht, es war drei uhr Nachmittag geworden. Dort haben wir uns dann die Betten eingeräumt und sind sofort in einen zweiten Autobus eingestiegen der uns zu einer Rundfahrt wieder in die Stadt zurückbrachte.
[...]
Ich bin da bei der Rundfahrt stehen geblieben, wir fahren also los: zunächst auf den Piazzale Michelangelo, vorbei an der romanischen Kirche von S. Miniato a Monte, vorbei an den berühmten Boboligärten, dann in die Altstadt, vorbei am Dom, am Baptisterium, am Campanile, am Palazzo Pitti, durch die Stadt hindurch auf Fiesole hinauf, von wo man einen wunderbaren Überblick über die ganze Stadt hat! Nach einer ziemlich ruhelosen Nacht, die Betten haben scheußlich gequietscht und der Winkler Hermann hat geschnarcht, als wollte er sämtliche Zypressen der Toskana umsägen, bin ich dann gegen fünf aufgestanden und mitn Egger Peppile undn Nicolussi Dieter nach Fieso-

le gegangen. Nach dem Frühstück sind wir wieder in die Stadt hineingefahren um den Dom und alle Baudenkmäler in der Nähe einer näheren Untersuchung zu unterziehen. Ein Erlebnis sag' ich Dir, wie es selten eines gibt: das Baptisterium mit seinen drei Bronzetüren, der Dom mit seiner unvergleichlichen Brunelleschi-Kuppel, mit seinen Fresken und der unvollendeten Pietà von Michelangelo, mit seiner großartigen pisanischen Fassade, dann der Campanile von Giotto. Um es ganz banal auszudrücken, man kann da nur dies eine Wort sagen: »Da bleibt einem die Spucke weg.« Und weiter nach S. Lorenzo und zur Sagrestia Nuova mit den Medici-Gräbern. Eine gute Viertelstunde bin ich so vor der Aurora des Michelangelo gestanden und habe geistesabwesend gewartet bis sie sich erhebe, ihre halbgeöffneten Augen aufschlage, ihre Lippen vollends öffne und aus Stein zum Menschen werde.
Am Nachmittag bin ich dann sofort mit Paula, Margit und Peppile fuori programma nach Fiesole gefahren und wir haben uns dort umgeschaut. Die Fiesolaner haben ein eigenes Bistum und verwalten ihre Stadt ganz unabhängig von Florenz, außerdem soll dort oben eine Hochburg der Geistlichkeit sein. Wir sind sofort in das kleine Amphitheater, das ihnen Sulla erbaut hat und haben anhand von zehn lateinischen Versen, die wir uns notdürftig aus der Äneis zusammengeklaubt haben, die Akustik erprobt. Sie war erprobenswert, s'Peppile ist in der Orchestra gestanden und hat sie mit normaler Stimme und auch flüsternd rezitiert, wir saßen in der obersten Reihe und verstanden jede Silbe. Das Museum, das die Fiesolaner haben ist dagegen nicht allzu großartig: ein paar römische Büsten, etruskische Lampen und Scherben und einige Torsi von Statuen, das ist alles. Das Museum bei der Kirche ist nicht weniger »bederbig«: einige Terrakotten der Della Robbia (übrigens sind das die einzigen Künstler von denen ich richtig enttäuscht war, fürchterliche Farben haben die verwendet sag' ich Dir), ein mageres Gemälde von Botticelli, ebenso magere von Filippo und Filippino Lippi, von Cimabue, Gaddi und Lorenzo Monaco.
Wie ich leider sehe wird langsam das Blatt fertig, aber wenn ich irgendwie Zeit habe schreibe ich Dir natürlich auch noch den Rest! Leb' wohl für heute: herzlichen Dank für Deine Karte, Deine Bemühungen um meinen Kunstkartenfimmel! Frohe Grüße

Dein

Bruneck, 26. Mai 1966

Lieber Hermann !

Soviel ich mich erinnere bin ich bei unserem Privatausflug nach Fiesole stehen geblieben!
Und nun weiter:
Es war jetzt halb vier nachmittag geworden und die ganze achte Klasse traf so kleinweis wieder zusammen um auf den Platz vor dem Palazzo Vecchio

zu fahren. Du ich bin begeistert von dieser Harmonie, den dieser bisher schönste Repräsentationsplatz, den ich gesehen, ausstrahlt. Er ist nicht wie viele andere solcher Plätze, er bildet meiner Meinung nach eine Ausnahme. Denn er ist nicht nur eine schöne Kulisse, nein er ist Ausdruck wahren Machtbewußtseins durch die Kunst. Der Palazzo Vecchio selbst hat mir natürlich imponiert, die vielen Statuen, Wandteppiche und Gemälde, kurzum alles was eine vollendete Harmonie, einen Dreiklang aus Malerei, Skulptur und Architektur ausmacht, ist hier vollendet vorhanden. Aber ich war ziemlich müde und lehnte nur so mit offenen Augen und Lippen herum, der Schädel brummte mir noch ein wenig von dem strengen Vormittag her und ich war heilfroh, daß es in einem der Säle eine moderne Ausstellung gab. Die Böhmen stellten Glaswaren ihres Landes aus, feinste Handarbeit, höchstmodern (also ich hätte nie gedacht, daß hinter dem Eisernen Vorhang so etwas Edles geschaffen werden könne, da sieht man wiedereinmal den schädlichen Einfluß unserer tendenziösen Presse, die da viel zu oft meint im Osten sei die Kunst tot). Ich habe dann auch mit einem der Aussteller gesprochen und er hat mir erklärt, daß die Künstler seines Landes nicht selten zu Studienzwecken ins kapitalistische Ausland fahren dürfen und ich selbst habe bemerkt, daß neben dem höchst eigenwilligen Stil der Böhmen ein starker Einfluß der Murano-Schule und der Schule von Stockholm vorherrscht. Also diese Ausstellung war wie eine erfrischende Dusche auf das ganze monumentale Barock, auf die Renaissance und den Manierismus.

Danach sind wir nach S. Croce wo ein ganzer Haufen großer Italiener begraben liegt: Michelangelo, Kenotaph von Dante, Alfieri, Machiavelli, Leonardo Bruni, Rossini, Foscolo, Marsuppini und Galilei. Manche dieser Gräber sind scheußlicher als jeder gewöhnliche Rinnstein, man hat es den guten alten Italienern wirklich schwer gemacht aufzuerstehen: auf den meisten Gräbern sitzen, liegen und stehen furchterregende Machtweiber, unproportioniert, entsetzlich groß und robust, und diese Weibsbilder sollen dann noch Freiheit, Tugend oder irgendwelche Musen verkörpern, pfui Teufel!! Diesen Grabmälern ist es zu verdanken daß mir die Kirche nicht mehr gefallen hat, obwohl sie ein erhebender romanischer Bau wäre. Zu erwähnen sind auch die Giottofresken und die Gemälde von Gaddi. Im großen und Ganzen war ich richtig enttäuscht und müde. Schließlich sind wir noch einen Kaffee trinken gegangen und haben uns ausgerastet. Übrigens, ich möchte Dich nur warnen: der Kaffee kostet durchschnittlich 150 Lire. Schon am Vormittag bin ich mit Paula einen trinken gegangen, in ein sehr komfortables Lokal »Gambrinus« und daß er dort soviel kostete wunderte mich eigentlich nicht, aber wie wir da auf dem Piazzale della Vittoria zu viert in einem nicht allzu großartigen Caffé saßen und genauso viel bezahlten, da hab ich mir mein Teil gedacht. Dafür ist aber der Kaffee ausgezeichnet und die Florentiner sind sehr sehr höflich. O, ja, sie sind sehr freundlich, die Florentiner, nun sie leben ja auch vom Fremdenverkehr. Die Kellner sind Perlen von Höflichkeit, nicht aufdringliche Höflichkeit praktizieren sie, nein ehrliche. In dem vorhin erwähnten Caffé am Piazzale della Vittoria haben wir uns köstlich mit einem unterhalten. Die

Kinder der Stadt sind auch sehr liebenswürdig und sprechen mit Genuß ihre wunderbare Sprache mit dem toshanischen h als c. Auf dem Ponte Vecchio, dem Zentrum der Goldschmiede hat man uns gefragt, woher wir kämen, man hielt uns nämlich oft für Schweizer, weil wir so gut italienisch sprechen, da hat dann der Mair Seppl gesagt wir wären die Irredentisten, und sofort hat der Souvenirhändler eingeschnappt: »Ah, quelli he vogliono la guerra, i tedeshi la vogliono sempre!« Wir und die Deutschen sind dort unten überhaupt als kriegslustiges Volk verschrieen. Wie oft haben wir den Ausruf zu hören bekommen: »He avete fatto hon i nostri poveri Harabinieri!« Aber von Haß haben wir überhaupt nichts bemerkt, man behandelte uns zwar nicht als Italiener oder Dinamitardi sondern als »zahlkräftige« Touristen.
Übrigens, bevor ich weiterfahre muß ich noch einen Fehler berichtigen: das Theater von Fiesole stammt nicht aus der Zeit Sullas, sondern aus der Zeit Sillas! Wer dieser Silla war weiß ich nicht, jedenfalls lebte er um 138-78 v. Chr.
[...]
In die Jugendherberge zurückgekehrt sind wir Abschluß feiern gegangen: es war reichlich fad, immer Tiroler Lieder zwitschern und wegen an jedn Blösinn lachen ist ziemlich anstrengend.
Wir sind wegen der Sommerzeit eine Stunde früher ins Bett und haben so den Sprung in die neue Einteilung glücklich überschlafen und der Morgen sollte schon der letzte sein! Leider! Ich habe doppelt gefrühstückt um eine Erinnerung mehr zu haben und dann hieß es ja abfahren. In S. Maria Novella sind wir noch Kirchen gegangen. Also ich sag' Dir einen solchen Markt, wie ihn die Italiener bei der Messe aufführen, muß man gesehen haben! Alles rennt und schnattert, die einen liegen weltentrückt auf den Knien, dann schreien wieder kleine Kinder die Frauen haben ständig an ihren Schleiern zu zupfen und die Männer halten, wenn sie nicht gerade durch das Kirchenschiff wandern oder ihre Kinder hüten, die Hände auf dem Gesäß zum »Gebet« gefaltet.

Und jetzt liegt das alles schon wieder hinter uns, mir scheint es seien schon Jahre vergangen und ich gäbe wieder viel eine solche lebhafte Messe in S. Maria Novella zu erleben.

An den Direktor der Pfalzwerke in Ludwigshafen

Bruneck, 26. Mai 1966

Sehr geehrter Herr Doktor !

Durch einen glücklichen Zufall habe ich Ihre Adresse erfahren. Mein Freund und Mitschüler Joseph Mair aus Issing, den Sie sicherlich kennen, hat sie mir vermittelt. Ich bin Student wie er und suche mir für die Sommerferien 1966 eine Arbeit. Auch bin ich nicht besonders wählerisch und heikel, aber bei weitem kein Herkules. Besonders würde mich der Buchhandel interessieren, oder überhaupt das Geschäftswesen. Leider kann ich weder maschinschreiben, wie es hier den Anschein hat, noch Stenographie. Ich besitze ein ziemlich großes Allgemeinwissen und interessiere mich sehr für alles, was mit Kunst, Literatur und Musik zu tun hat. Für körperliche Arbeiten bin ich, wie schon kurz gesagt, nicht bestens geeignet.

Wenn ich mich nun noch kurz vorstellen darf: ich stamme aus sogenannten »kleinbürgerlichen« Verhältnissen — mein Vater ist Portier in der Brunecker Schafwollwaren-Fabrik — soll heuer das Abitur machen und bin 1947 geboren.

Um den 10. Juli haben wir unsere Prüfungen beendet und ich wäre bereit nach Deutschland zu kommen. Wegen des Militärdienstes habe ich noch keine Schwierigkeiten.

Wenn Sie mir nun einen Arbeitsplatz besorgen könnten, wäre ich sehr froh. Schreiben Sie mir bitte bald und sollte mein Wunsch sich erfüllen, so geben Sie mir bitte sicherlich alle Dokumente an, die ich benötige.

Es grüßt Sie hochachtungsvoll
Norbert Conrad
Kaser

An die Schwester Monica Kaser

Bruneck, 14. Juli 1966

Liebe Monika!

Es freut mich immer wieder zu lesen, daß es Dir verhältnismäßig gut geht, abgesehen von Bauchweh, Hunger, Sonnenbrand und »kirchlichen« Ohnmachtsanfällen. Mir geht es da weit schlechter: am 12. Juli habe ich meinen ersten Prüfungstag gehabt und in Latein und Griechisch habe ich leider vollkommen versagt; am 18. Juli habe ich dann den zweiten schwarzen Tag, also ich hoffe, daß Du da für mich ein bißchen betest oder mir zumindest den Daumen hebst?! Stell Dir vor im Aufsatz in Deutsch, also in der schriftlichen Arbeit, habe ich einen Fünfer kassiert, dafür habe ich aber den Professer bei der mündlichen Prüfung staunen gemacht. In Italienisch mündlich ist es mir leider auch nicht großartig gegangen, aber in Latein und Griechisch bin ich dann völlig verstummt.

Die Paula hat schon alles fertig, die hats jetzt fein, kann auf den Lorbeeren ausruhen, die Milli ist halbverrückt und die Baumgartner Margit hat einen Nervenzusammenbruch gehabt. Ich fühle mich noch verhältnismäßig wohl und gestern bin ich mit der Walde Karin und der Netti Sapino und der Paula auf den Issinger Weiher gefahren, die Karin hat alles zu Fetzen gezahlt und ich habe mir die Sonne auf den Bauch scheinen lassen; übrigens ist es bei uns ziemlich heiß, so an die 30 Grad. Zuhause geht eigentlich alles gut, nur daß Mamma stark unter Bauchweh und Abführen zu leiden hat, Du weißt ja den Sommer verträgt sie nicht. Zweimal schon haben ich und Tata Lindenblüten geklaubt, bis Großmutter, Olsacher, Pietersteiner und die Kuchelweiber mit Lindenblüten versorgt sind, braucht es schon einen ganzen Haufen. Abends um neun oder zehn Uhr steige ich noch oft in die Schwimmschule ein um zu schwimmen, gestern abends aber ist nur noch ein Frauenbadeanzug gehangen und so mußte ich damit vorlieb nehmen, ich habe über mich selber narrisch gelacht.

Ist der Baur Christoph denn nicht in Monterosso?

Es grüßt Dich herzlichst Dein
Norbert

An die Mutter

Ludwigshafen 15. Aug. 66

Liebste Mamma!

Ich bin sehr traurig über Deinen letzten Brief; ach bitte verwinde doch endlich diese Matura, es läßt sich einmal nicht ändern und schlaf doch bitte. Wie wär's wenn Du Dich mehr schontest, nun da Deine beiden »Fratzen« nicht zu Hause sind wirst Du Dich wohl nicht überarbeiten müssen. Ich verstehe nicht, daß das alles sein muß, schau Du brauchst etwas Ruhe, jetzt kommt doch auch Euer Urlaub und versuch doch wenigstens in dieser Zeit Deine Nerven zu beruhigen.

Diesmal kann ich Dir sogar sehr erfreuliche Dinge schreiben: Mamma ich bin über Wasser! Meine Krise ist überwunden, jetzt werden wir den Spieß umdrehen, und wenn von nun ab jemand Geld schickt, so bin ich es: also ich brauche kein Geld mehr. Außerdem stehen meine Finanzen unter der Obhut einer Frau, die die Chefin unserer Abteilung ist: sie gibt mir vom Geld 3 Mark täglich und damit muß ich dann auskommen; und stell Dir vor es geht. Auch die Autofahrschule geht gut vonstatten und [ich] kann heute noch nicht verstehen warum Ihr dagegen seid; ich glaube kaum, daß ich nochmals eine so günstige Gelegenheit haben werde und wenn man es kann, so kann man es.

Gestern hatte ich ein wunderbares Erlebnis: wir waren in Frankreich, noch dazu in einigen Museen und Domen, die einmalig sind für die Kunstgeschichte. Es war einer der schönsten Tage meines Lebens. Übrigens sei ohne Sorge, diese Sonntagsausflüge bezahlt das Kulturwerk für Südtirol; bis auf Essen und Trinken brauchen wir also nix zu zahlen. Die Konserven, Bröcke und Zigaretten habe ich erhalten und ich danke sehr dafür. Aber zu schicken braucht Ihr bestimmt nicht mehr. — Auch Abendvorträge besuche ich wenn es mir ausgeht.

Es grüßt Euch mit Freuden
Norbert
und bitte freut Euch mit mir

An die Eltern

Ludwigshafen 26. August 66

Liebe Eltern!

Nun bin ich schon ein ganzes Monat fort, aber mir kommt es vor, als wär ich erst gestern hier angekommen. Stellt Euch vor ich schreibe jetzt von meinem Büro aus, das ist hier leicht möglich, ich arbeite nämlich sonst ziemlich viel und dann sagt mein Chef, der liebenswerte Herr Anton, immer wieder: »Junger Mann, Sie schaffen zuviel, lesen Sie doch zwischendurch mal was oder machen Sie was Sie freut, wir sind hier in keinem Eilzuch und Sie haben ja auch Ferien«. Wie er vom Urlaub zurückkam, er war drei Wochen in Bayern, da hat er richtig gestaunt, daß ich schon so 3000 Prüfberichte aufgearbeitet hatte. Übrigens will ich Euch noch sagen, daß meine Arbeit in vielen Stücken dem »Zetteleinteilen« von Tatta gleicht; natürlich ist alles viel komplizierter, aber jetzt, da ich eingearbeitet bin geht alles flott und schnell. Hunger leide ich keinen mehr, gesund bin ich, schlafen tu ich oft etwas zu wenig, rauchen tu ich zuviel. Ich bin ja ehrlich. — Mit dem Grüßen ist das so eine Sache: ich muß jeden grüßen, den ich begegne ob ich ihn nun kenne oder nicht ist wurst. Grüße ich nicht so schaut man mich an wie einen Stier oder man grüßt mich und das ist mir oft sehr peinlich. Am Anfang hab ich mich da schwer getan: Grüß Gott und Aufwiederschauen gibt es hier nicht. Von 7—10 Uhr sagt man wie bei uns Guten Morgen, von 10—14 Uhr sagt man Mahlzeit, auch wenn man schon längst gegessen hat, später sagt man dann guten Tag oder guten Abend.
[...]
Ich habe gestern tapfer drauflos gekocht: Petersil-Kartoffel mit Sardinen, gebackene Kartoffeln und Fleischkäse. Es ist mir ausgezeichnet gelungen. Der Seppl, mein Zimmerkollege, hat nur so geschmunzelt: es hat ihm ordentlich geschmeckt. Kannst Du Dir vorstellen wie ich wasche und bügle: es ist zum Schreien, Mamma, Du würdest Dich vor Lachen verkugeln. Aber es wird alles sauber und bisher ist noch nichts kaputtgegangen: es bleibt mehr erhalten als in Monterosso, denn mit Varikina wasch' ich schon nicht. Auch hätt' ich mir nie gedacht, daß ich von Dir soviel gelernt hätte: beim Kochen verpatze ich nichts, beim Waschen wird alles sauber, nur das Bügeln ist ein Gfrett. —

Ansonsten bin ich bestimmt brav und fleißig. —
Ich wünsche meiner lieben Monika eine gute Nachprüfung und Euch viel Gesundheit und wenig Ärger. Habt keine Sorgen um mich ich bleibe der gute Bui, der ich bin.

In Liebe grüßt Euch
wie immer
Norbert

Ach es wird viel zu erzählen geben, wenn ich heimkomme. Tageweis werd' ich erzählen erzählen erzählen.

An Dieter Nicolussi-Leck

Bruneck, 2. November 1966

Lieber Dieter!

[...]
In der ersten Schularbeit des Jahres, in Griechisch, habe ich einen Fünfer bekommen, wenn diese Schufte einem nicht helfen, Sauerei —! Ich bin, wie Du weißt erst am 3. Oktober in die Schule gekommen: damals hatten wir in der ersten Stunde Deutsch. Der Auer [...] hat sich gleich erkundigt ob ich überhaupt anwesend sei und als er mich erblickte, fragte er ob ich mich dem Direktor gezeigt hätte. Ich sagte nein, denn um acht Uhr habe er ja sowieso alle Hände voll zu tun, besonders am ersten Schultag, aber ich hätte vorgehabt bei der nächsten Pause hinzugehen. Das leuchtete ihm scheinbar ein: als er aber eine Viertelstunde darauf den Direktor den Gang entlang predigen hörte, sprang er aus der Klasse, wie er zurückkommt, schreit er: »Kaser zum Direktor«! Ich gehe in die Direktion um mir den Herrn Direktor anzuhören: er schrie mich an, was ich mir einbilde. »Nichts besonderes, Herr Direktor!« Ich hätte schon am ersten Oktober zu erscheinen gehabt, so eine Frechheit, eine Messe, sei ja nur eine Messe, das könne ich mir zu meinem Pläsier wohl erlauben zu schwänzen, ich wäre abgebrüht und glaube gar nichts mehr. Und was wäre wenn alle fortblieben, er brauche mich gar nicht mehr aufzunehmen. Da stieg so langsam die Galle in mir hoch, aber es gelang mir mich zu zähmen: »Herr Direktor, ich weiß, Sie haben Recht, aber ich habe mich durch meinen Vater entschuldigen lassen, ich konnte nicht wissen, wie er es vorbringen würde. Auch weiß ich was eine Messe wert ist und das nicht alle wegbleiben könnten. Aber ich hätte dadurch 50 Mark verloren, wenn ich früher gefahren wäre.« Ich hätte ihm schreiben können, ich täte überhaupt alles zufleiß, nur um ihn zu ärgern. »Herr Direktor, ich dachte, es genügte wenn mein Vater mich entschuldigte!« Gut denn, er wurde etwas süßer, ich wäre aufgenommen, aber er habe mir noch viel zu sagen. Er rollte die Augen, seine

wenigen Haupthaare zitterten vor Ekstase, sein Brustkorb hob und senkte sich um besser schreien zu können, holte er tief Luft:
»Du machst uns alles absichtlich, so einen rebellischen Kerl, wie Dich habe ich nie gesehen, du spielst den prepotenten Haudegen und bei der Matura hast Du allein die Schule blamiert: alle Professoren haben sich gleich nach Dir erkundigt, Du bist auf Schritt und Tritt aufgefallen. Und damals, als Schulamtsleiter Ebner euch auf die Matura vorbereiten wollte, hast Du gelacht, Du Frechling ich hätte Dir am liebsten ins Gesicht geschlagen. Professor Auer hat sich beschwert, Du verließest während der Stunde ostentativ die Klasse! Sind meine Professoren denn alles Trottel? Du hast im Keller geraucht, in der Toilette und Du rauchst auf der Straße, wenn ich an Dir vorbeigehe, hast Du die Zigarette nichteinmal versteckt, Du rauchst auf dem Fahrrad, Du kannst Dich nicht bezähmen. Du bist ohnmächtig geworden und hast Schule geschwänzt, ich weiß ja doch alles, ich wollte Dich eigentlich gar nicht mehr aufnehmen, aber ich wollte, trotz allen Ärgers, den Du mir machst, immer gut sein. Auch bei der Matura konnte ich mir Deinetwegen nicht den Frack zerreißen, ich habe alles getan, Du hast mit Absicht dagegen gearbeitet. Ich werde auch heuer zu meinem Schaden nur das Beste mit Dir wollen...«
So ging die Litanei in allen Tonlagen weiter, ich hätte beinahe in die Hosen geschissen vor Zorn und Angst. Der Direktor hat sich sein Hemd trefflich gewaschen, der edle Beschützer unserer zarten Seelen, aber daß sein Selbstlob zum Himmel stinkt, weiß er nicht!
Ach erst jetzt fällt mir ein, daß ich Dir das alles schon einmal erzählt habe, aber es schadet nichts, wenn [ich] es außerdem noch schriftlich festgehalten habe.

Das wär's für heute, laß es Dir gut gehen und schick mir bald zwei, drei Kunstkarten

Dein

Norbert

An Joseph Mair

Bruneck, 11. 11. 1966

Lieber Freund!

Ich bin das einzige Relikt unserer geliebten Klasse; ein Relikt aus einer anderen Welt, ein Wundertier oder nur ein Esel? Es gibt Fragen, die niemand beantworten kann, jedenfalls fühle ich mich sehr einsam, ihr geht mir alle ab und mein Kompliment: ihr ward alles Pfundskerle, meine jetzigen Schulkollegen sind nichts dagegen. Gott, wie bin ich allein?!
Aber was nützt all das Geklage, der Italiener sagt achselzuckend »la vita è così!« Es heißt kurzum wiederholen und warten auf bessere Zeiten. Die Sor-

gen sind bei mir zumindest dieselben geblieben: Absenzen, Rauchen, unerledigte Hausaufgaben, Ausreden, Entschuldigungen etc. Doch die Freuden sind dahin: weinen würde mir zur Zeit am meisten Spaß machen, es ziemt sich leider nicht.
Auch ist nichts los: Schultrott ist Schultrott. Ach, wie ich euch beneide um Oper, Theater und Konzert. Zwar habe ich in Mannheim die Gelegenheiten weidlich genützt, das National-Theater war mein. Nun ist auch das dahin und die Wanderbühnen, die bei uns ihre kulturellen Früchtchen liegenlassen, wirken wie Flohzirkusse.
Deutschland ist ein begnadetes Land, was das betrifft, manchmal meine ich nicht Deutscher zu sein, so stockend läuft bei uns die Kultur. [...] Aber was gelten schon Vergleiche, wir verspielen immer, und nur in einem sind wir groß: im Sprengen.
Welch provinzielle Auswüchse einer schalen Politikmacherei, ja politisch können wir bald allen Sauregierungen die Hand reichen. Danke bestens! Ich will meine Ruhe. Bei uns hat die Welt hinter dem Kronplatz ein Ende, die Geschichte klingt uns wie ein Märchen, die Geographie ein Trugbild: es fehlt uns die Weite und die Offenheit. Doch sind wir darum schlechter? oh nein! Uns fehlt auch die Weite im Moralischen: seien wir froh, wir zu sein! Solange wir unser Deutschtum nur mit Bombenlegen beweisen, gehen wir unter: darum lerne und lernt Deutsche zu werden und neues, kräftiges Leben in die Kultur der Heimat zu bringen!

Norbert C. Kaser

An Dieter Nicolussi-Leck

Bruneck 22. Jänner 67
23 Uhr

Mein lieber Dieter!

Ich habe eine wunderbare Entdeckung gemacht, ich kann im tief angeheiterten Zustand Briefe schreiben, allerdings nur an Dich. Nicht aber daß Du meinst, die Rainkirchensauferei hätte wieder begonnen, oh nein ich bin erst beim vierten Bier und habe eine furchtbaren Schiffensdrang. Weißt Du warum ich eigentlich trinke, d. h. warum gerade heute abend: nun ich konnte wegen meiner miesen Finanzen nicht zum Maskenball des MGV gehen und um mich nun zu trösten habe ich mich des Trinkens beflissen und mich gleichzeitig Deiner erinnert, Du kannst ja auch nicht auf den Ball — oder ist in der Via Veneto was los? Ach, wie bin ich einsteils glücklich und doch könnte mich jeden Augenblick der Weltschmerz packen und es wäre um mich geschehen: ich zerflösse in Tränen. Du fehlst mir Dieter! Ich wollte heute zumindest mit Dir zechen; aber ich will nicht weiter auf der Sentimentallyra herumgei-

gen, sonst weine ich wirklich und könnte zu guter Letzt Dein Heimweh und Dein Mitleid hervorlocken. Gehen wir ganz einfach zu konkreten Fakten über.
Ich habe mich in die neue Klasse nicht nur eingewöhnt, sondern fühle mich sauwohl darin. Nie hätte ich gedacht, daß ich so weit sinken (philosophisch gesagt: steigen) würde. Aber ich habe nur meine Vorteile davon: ohne Selbstlob gesagt, bin ich der Star der Klasse, was bei diesem lieben einfallslosen Haufen ja kein Wunder ist. Ich sitze nun groß und breit im Komitee für den Maturaball, der sehr hübsch zu werden verspricht. Steger, Mair Friedl u. Nothdurfter Isolde sind noch mit von der Partie. Einsteils bin ich voller Sorgen, einsteils freue ich mich wie ein nackter Neger. Hast Du unsere Einladung überhaups bekommen? Wir haben sie verspätet nach Orvieto geschickt. — Regina besucht mich des öfteren und weiß immer mehr von Dir als ich. Ihre Besuche freuen mich immer, sie ist eigentlich die Einzige, die sich noch um mich kümmert: eigentlich bin ich sehr vereinsamt, ich bin ja ein Mensch, der von der Erinnerung lebt, aber mein Bedarf wird kaum eingedeckt. Brunner Tonio schreibt mir von Zeit zu Zeit und auch Mair Seppl, das ist alles. Paula macht ja noch eine goldene Ausnahme: sie liebt mich (zumindest vorläufig). Doch ich würde sogar im Schreiben noch zu stottern anfangen, wenn ich für heute nicht aufhöre. Das Bier zeigt seine Wirkung. Drum verzeih wenn ich jetzt schon ende und schiffen gehe. Ich werde morgen oder bald meinen Brief vollenden, für den Stuß, den ich bisher geschrieben habe, würde sich nicht einmal eine Briefmarke rentieren. Also gute Nacht, schlafe wohl, ich trinke weiter.

vorläufig
Dein Norbert Conrad

Bruneck, 11. März 67

Mein lieber Dieter!

Ich denke nicht, daß Du mich vermißt hast in dieser schweren Zeit. Ich weiß nicht, ob ich solches Leid teilen könnte: mit Regina habe ich zu teilen versucht. Es gelang mir nicht. Ich habe Dir nun schon lange nicht mehr geschrieben, ich hatte Angst Wunden zu vergrößern oder wieder aufzureißen. Sei Dir nun mein Beileid ausgedrückt, so ehrlich es sein kann.
Mein letzter Brief reut mich. Soviel ich mich erinnere war er nichts anderes als eine dumme Anbiederung. Aber ehrlich war er doch. Nichts Unwahres stand drin, leider! Dieter, ich sinke, sinke. Dieter, ich bin nicht mehr Norbert, auch nicht Ncc. Ich spüre es, wie ich mich selbst ruiniere. Noch ist mein Geist scharf, noch immer so scharf, daß er seine Schwäche erkennt. Mein Willen ist hin. Er wollte zuviel. Nun bin ich der Fremdling meiner selbst, der Trost sucht, wo es ihn nicht gibt: bei Bier und bei Wein, General Pappenheimer muß es sein.

Dieter ich brauche Dich..... ich brauche Dich!
[...] Ich dachte nicht, daß ich allein mit mir nicht fertigwürde. Es gab auch viel Pech in letzter Zeit und wenig Freude. Meinen Kater hat man ertränkt, den schwarzweißen, Du kanntest ihn doch und mochtest ihn nicht. Aber ich liebe Katzen.... sie haben Charakter und Selbständigkeit. Wer ihn ertränkte weiß ich nicht. Mit einem geliehenen Auto bin ich angetrunken in den Larisch-Garten gerast ohne zu bedenken, daß da noch ein Zaun war. 120.000 £ Schaden und meine Eltern ohne Bargeld. (25. II. 67, 17^{30}). In der Schule habe ich Erfolg, aber es ist alles Fassade und rabulistische Berechnung der Prüfungstermine. Im Grunde ist nichts da. Nur mit Paula hat sich nichts geändert — ich liebe sie und... ? sie liebt mich?! Sie läßt Dich grüßen. Meine Großmutter wird den Autoschaden bezahlen, hat sie mir heute gesagt. Gottseidank!
Immer öfter steigen in mir Selbstmordgedanken auf, ich kann mich kaum wehren. Dann plötzlich bin ich wieder von allesvergessender Heiterkeit, krampfhaft und galgig: dann bin ich voller Geist und Witz, um wieder in die dumpfe Romantik von Selbstmordphilosophie zu versinken. Da treibt meine Phantasie Blüten und spielt mit Stricken, Messern und Säuren.
Grausig sind auch die Nächte geworden. Ich onaniere täglich, ja ich versuche sogar allen Ernstes den Teufel zu beschwören — lache nicht, mir ist anders zu Mute — Aberglaube beherrscht mich wohl. Der Satan erscheint mir als Rettung, er kam noch nicht. Vielleicht ist er schon in mir. — Ach wäre ich doch Faust, ich bin nichteinmal Norbert, und doch werde ich mit diesem Namen unterzeichnen.... ich trage noch keinen neuen.
Schreibe mir bitte noch vor Ostern. Ich lege Dir auch ein Foto vom Maturaball bei und unsere letzte Latein-Versio (ich habe 6/7 bekommen). Bewahre mir diesen Brief auf und bringe ihn mir zurück.

Ich grüße Dich
und sage Dir — so blöd es klingt —
»lebe wohler« als ich
Dein Norbert Conrad

P.S. befürchte nichts in punkto Selbstmord. Du sollst mich noch lebend sehen!

An Anna Lanz

bruneck, 16. april 1967

ein kleiner ring begrenzt u
nser leben und viele geschl
echter reihen sich dauernd
an ihres daseins unendliche
kette goethe

liebe anna!

vielleicht wirst Du enttäuscht sein: ich schreibe nämlich niemals so, wie mir der schnabel gewachsen ist. ich wäre glücklich, Dich jetzt vor mir zu haben und mit Dir zu plaudern, so aber wirst Du aus jeder zeile den pfarrer riechen und froh sein, wenn Du endlich, endlich fertig gelesen hast.

um nicht in ungnade zu fallen, will ich Dir eine weitere vorrede ersparen, und so schön, wie der lateiner sagt, gleich in medias res plumpsen.
ich könnte Dir jetzt beweisen, daß ein neuer lebensabschnitt für Dich beginnt... aber lies das bitte selber in einem moraltheologischen buch nach.
ich könnte Dich mit medizinischen fachausdrücken bewerfen, die lexika l ägen schon bereit... aber hat das viel mit liebe und ehe zu tun? frage Dich selbst!
ich könnte Dich bekehren: kloster usw. Du weißt ja, aber dazu ist es fürs erste zu spät, fürs zweite habe ich kein recht dazu und fürs dritte könnte ich nicht mehr bei Deiner hochzeit sein.

auf Deine hochzeit freue ich mich schon irrsinnig ich habe von der meinen schon zuviel geträumt; viele philosophiestunden galten diesem thema, die braut stand fest, ich suchte mir die trauzeugen aus, suchte nach einer kirche, bestimmte den lieben, guten religionsprofessor zum priester, der uns binden sollte, verwarf ihn wieder, suchte nach einem guten gasthaus fürs mahl, m achte voranschläge der kosten... ich ärmster, meine unschlüssigkeit hat zu nichts geführt. auf Deine hochzeit freue ich mich irrsinnig, die meine kann man als jugendliche träumerei abtun: stell Dir vor, ich wußte schon, wie die bettbezüge »meiner nacht« aussehen würden: gelb-weiß gestreift, gelb-weiß, denkst Du Dir, die fahne des vatikans, gelb, die farbe der eifersucht, weiß, die der unschuld. nein, nichts von alledem, ich liebe saftiges zitronengel b über alles...

ach, wie Du siehst, kann ich noch bei den kleinsten kleinigkeiten anfangen zu schwärmen, die augen verdrehen sich mir. ich bin eben noch ein halbes kind dem die tränchen gleich zur hand sind, das sich freut, wenn es ihm gut geht, wenn man es streichelt und ihm sagt, daß es herzig sei.

aber Deinetwegen lockert sich mir kein tränchen. für Dich kann ich nur h offen. ich sehe, Du ziehst die brauen hoch, was gäbe es da noch zu hoffen, er hofft für mich, ich muß lachen. das ist nun so eine sache. ich kenne Ihn nicht, der Dich nimmt, ich kenne Deine zukunft nicht, Du warst so liebe nswürdig all das zu verschweigen. ich hoffe, daß Du Dich ins glück stürzst. Du wußtest noch immer, was zu tun sei, Du hast, soviel ich Dich kenne und wenn Dir an komplimenten noch etwas liegt, nie den kopf verloren. drum bitte ich Dich, bleibe so wie Du bist und alles wird gut gehen. warum sol lte ich Dir den boden unter den füßen heißmachen und eine zukunft he raufbeschwören, vor der sogar du zurückscheust. warum aber sollte ich D ir (verzeih, daß ich Dich getrennt habe, aber bei dieser schreibweise mußtest Du selbst auch einmal drankommen) alles rosig ausmalen, woran Du selber nicht glaubst.

so gebe ich dir zum schluß meinen einzigen rat:

bleibe wie Du bist und tilge
Deine fehler, die ich nicht
kenne, und alles wird blei
ben, wie es an Deinem ho
chzeitstag sein wird!

Dein freund

An Monica Kaser

Bruneck, 16. Mai 1967

Liebe Monika!

Kaum daß ich Zeit habe Dir zu schreiben, wir haben furchtbar viel zu lernen und mein Schädel ist wie eine Mühle. Wenn man ein Gespräch anfangen will, so spricht man zuerst vom Wetter. Also es ist miserabel... Regen und Wolken, kein Sonnenstrahl. Ebenso sieht es bei uns zu Hause aus: traurig und still ist alles, nur die Webstühle klappern bei meinem Fenster herein. Ich glaube ich werde noch verrückt, so geht mir dieses ewige Geräusch auf die Nerven. Mein Schreibtisch sieht aus, als hätte Napoleon eine Schlacht geliefert und doch habe ich nur ein wenig gelernt. Das Café Domino hat den Oberstock aufgemacht, toll sage ich Dir. Immer neue Hits und ganz moderne Fotografien an den Wänden. Sonst gibt es in Bruneck nichts Neues. Ich werde wieder nach Deutschland gehen, obwohl Mamma und Tatta nicht dafür sind und sich die Großmutter mit Händen und Füßen dagegen wehrt. Bei der Sendung »Wer macht das Rennen?«, die Du ja immer mit Feuereifer verfolgt hast, ist Freddy drauf und dran sich den ersten Platz zu holen, Du hast also nichts versäumt und siehst wiedereinmal, wie schlecht der Geschmack sogar auf solchen Gebieten ist. Noch wird es zwei, drei Wochen dauern, aber ich würde wetten, daß er siegt. — Dieter ist in Rom unter ein Auto gekommen und liegt nun noch drei Wochen in einem Militärspital. Mamma hat jetzt schon den zweiten Tag Zahnweh aber genausoviel Angst vor dem Zahnarzt, sie glaubt, er würde auch ihr den falschen reißen. Unsere Zahnbehandlung hat 15.000 Lire gekostet und wie Mamma sich gewehrt hat, weil er mir ja einen falschen riß, da hat er ihr einfach den Rücken gekehrt und nichts geantwortet. So geht es auf der Welt. Tatta ist ordentlich und Du brauchst Dich nicht sorgen. Auch bei der Großmutter steht alles gut.

[...]

Mit den besten Wünschen
grüßt Dich für diesmal
Norbert Conrad

[...]

An Dieter Nicolussi-Leck

Bruneck, 31. V. 67

Lieber Dieter!

Ich scheine wirklich übergeschnappt, da ich Dir einen zehnseitigen Brief versprach. — Ich hatte in diesen turbulenten Zeiten mein Vorhaben schon vergessen, aber da Du mir nun einmal drohend im Traume erschienst und mich heute Regina schonendst auf mein Versprechen aufmerksam machte, kann ich nicht anders als Dir den Wunsch erfüllen. Allerdings wirst Du von heute ab noch fast zehn Tage warten müssen, bis Du ihn erhältst, ich habe einfach die Zeit nicht quietschvernügt drauflosszuschreiben, außerdem ginge selbst mir nach zwei Stunden Stoff und Puste aus.

Der heutige Tag hat mir wenig neues gebracht. Soeben habe ich einen meiner Schüler entlassen, ich gebe nämlich Nachhilfe in Kunstgeschichte, was meinem Haushalt einiges einbringt. Kofler Peter, Mair Friedl, Steger Luis und Mittich Waltraud kaufen mir jedes Wort ab, verstehen tun sie alle nichts und ich sehe es erst jetzt wie schwer es ist gerade auf dem Gebiete der Kunst mit Worten zu kämpfen. Es geht mir bei meinem Unterricht hauptsächlich um das Verständnis, um die stilistische Unterscheidung, um den ästhetischen Blick, den ich zu besitzen denke.

Ich habe soeben zu Abend gegessen, eine kräftige Pastasciutta; Du weißt ja, daß meine liebe Mamma eine ausgezeichnete Köchin ist. Zur Zeit geht es ihr gesundheitlich recht gut und es besteht kein Anlaß zu besonderer Sorge. Meine verteufelte Schwester ist nun schon bald einen Monat in Monterosso, wo es ihr anscheinend nicht recht behagen will. Sie soll nur bleiben wo der Pfeffer wächst, damit unser Haus endlich mal seine wohlverdiente Ruhe hat. Für Abwechslung sorgt am Wochenende schon mein Vater, der uns mit seiner Sucht auf harte Geduldproben stellt. [...] Es gibt Dinge, die sich bei aller Regelmäßigkeit nicht gewöhnen lassen. Sonst habe ich keinen besonderen Grund über ihn zu klagen, aber ist dies nicht Grund genug? Du weißt und verstehst das ganz genau. Aus der KSJ wäre auch noch einiges zu berichten. Sie schläft jetzt, wie immer im Frühling den Schlaf des Gerechten. Die Vollversammlung und Neuwahl der Führer riß uns etwas aus der Lethargie. Gewählt wurde natürlich wieder unser lieber Zingerle, eine Puppe aus Wachs in den Händen Munters. Als Vizeführer steht nun Hansjörg Hohr an seiner Seite. Bei den Mädchen steht wieder die hochaktive und ziemlich revolutionäre Baur Johanna an der Spitze. Seit der Aufnahme am Himmelfahrtstag, sind Mädchen und Buben so ziemlich ausgewogen, es ist auch furchtbar viel Grünzeug darunter, und ich stehe dem Ganzen etwas kalt gegenüber, was soll ich auch noch. Außerdem wird Dich dies Thema nicht weiter interessieren und so lasse ich es ganz einfach unter den Tisch fallen. Meine einstmals so glühende Liebe zu Paula ist auch schon am Verglimmen, ich fühl's so leid mir's tut. Zwar habe ich sie erst vor kurzer Zeit gesehen, aber es war nur ein Strohfeuer. Trotzdem fühle ich mich noch immer sehr stark an sie gebunden und ich würde es niemals wagen so mir nichts dir nichts eine neue Liebschaft einzugehen. Ich wehre mich krampfhaft gegen diese Situation, fühle aber genau, daß ich nicht Sieger sein werde und meine Liebe vorferst einem anderen Weibe — Matura heißt die Hure — gelten muß.

Für heute herzlichen Gruß.

Norbert Conrad

vergiß mir bitte nicht den versprochenen Basco mitzubringen, und ein paar Kunstkarten hätte ich auch ganz gern.

Bruneck, 1. Juni 6 uhr früh

Warum ich wohl so früh aufstehe, Du weißt es, ich wollte studieren. Aber heute habe ich meinen »Achtertag«, so nenne ich den Donnerstag, weil vier Fächer dieses Tages meine Leibfächer sind. Ich habe es also wohl nicht nötig Bücher zu wälzen, sondern darf ruhigen Gewissens Dir schreiben. Auch heuer hatten wir in Deutsch wieder unsere Referate, auf mich trafen zwei. Das erste galt der Rede Grillparzers am Grabe Beethovens, dabei kam Grillparzer denkbar schlecht weg und meine stille Vermutung hat sich bestätigt, daß das Biedermeier keine Zeit der großen Reden ist. Mein zweites Referat behandelte Leben und Werk Kafkas. Es hat mir ungemeines Vergnügen bereitet darüber zu sprechen, und da ich mich selbst gern reden höre dauerte es gleich zwei Stunden. Der Auer war natürlich von mir begeistert. Himmel-Herrgott, hat der einen Brotneid. Meinen letzten Hausaufsatz — den letzten meines Lebens, wenn man von meiner künftigen literarischen Tätigkeit absieht — habe ich ohne »i« geschrieben, das gibt einen dumpfen monotonen Klang. Sehr reizvoll, nicht? Ich scheine wohl etwas eitel geworden zu sein? Keineswegs von mir begeistert ist der liebe Professer Pöörnbaacher. Am vorigen Mittwoch hat er mich beleidigt. Du weißt, wie ich sein kann wenn ich mich ungerecht behandelt fühle. Er bezichtigte mich des Schwätzens, während andere Krach

machten. Ich war im Moment der Bezichtigung vollends still, ich habe begonnen zu rasen und war außer mir. Wir schrien aufeinander los, so als ob wir in einen Lautstärkewettstreit getreten wären. Ich trug den Sieg davon. Aber es war ein Pyrrhussieg, eine rasante Klassenbucheintragung machte meinem rasenden Geschrei ein Ende. Ich werde also mit einem Achter in Betragen zur Matura antreten.
Das Wetter war die letzten zwei Tage mehr als nur miserabel. Doch vorher war es schön zum Verlieben. Ich habe mir einen saftigen Sonnenbrand geholt. Die allgemeine Sonnenanbeterei hat auch mich ergriffen. Am Montag den 22. Mai habe ich das letztemal Schule geschwänzt. Es war herrliches Wetter und ich ging natürlich rienzwärts. Jeden Augenblick glaubte ich Dich aus den Büschen hervorbrechen zu sehen und ich erinnerte mich lebhaft Deiner faulen Turnhosen, die zu lange unter einem feuchten Stein gelegen hatten. Gott, schenke uns noch solch schöne Tage! Ich hatte ordentlich Proviant mitgenommen und lag tatenlos in der Sonne, vor mir Kafkas »Amerika«. Neben mir streckte sich ebenso faul der Baur Christoph. Langsam stieg Fieber in mir hoch und, als ob Gott mich strafen wollte, ließ er mich am folgenden Tag bettlägerig sein. Aber hoffe nicht zu früh, diese Tage von damals kehren niemals wieder, das ganze Rienzbett hat sich verändert, es gibt keinen Platz zum Schwimmen mehr und in der Sonne dösen ist auch nicht Dein Fach. Mit der Überschwemmung vom Herbst sind nun auch diese Zeiten dahin. Ich glaube wir werden älter, ich fühle mich manchmal erwachsen, ein lästiges Gefühl, aber lange genug herbeigesehnt als daß es kommen mußte. Jung wollte ich sein, schnell, sorgenlos, tollkühn im Kleinen..... eine kleine morgendliche Träne schimmert auf meiner Wimper, so ungefähr könnte man meine Gefühle ausdrücken. Wenn Du wüßtest, wie sehr ich Dich erwarte, Du fehlst mir als hätte man mir den Kronplatz vor meinem Fenster vertragen. So ein richtiges Gaunerstückl müssen wir noch aufführen, das lasse ich mir nicht nehmen und wenn es tausend Reginen gäbe! Ich kann Pfalzen gar nicht mehr sehen und wenn ich nach Issing zum Weiher fahre, reißt es mir immer den Kopf zu eurem Haus hin. Auch die Bahnhofsgegend meide ich so viel als möglich. Hinter den Fenstern unseres ehemaligen Labors lebt nun ein geschäftstüchtiger Mensch. So ändern sich die Zeiten. So kann man in Bruneck Heimweh haben.
Der Sender Bozen bringt seine Morgennachrichten, Zeit zum Frühstück zu gehen, du wirst heute noch von mir hören.

Bruneck, 1. Juni 1967
Nachmittag

Lieber Dieter!

Es ist schrecklich, einen so verflucht langen Brief zu schreiben, ohne auf eine Antwort, die zumindest ebenso lang wäre, hoffen zu können, nun bin ich immerhin schon beim ersten Drittel angelangt und werde erleichtert aufatmen, wenn ich diese Seite fertig habe. Zwar könnte ich es mir ein wenig leichter machen, eine größere Zeilenweite wählen, einen breiteren Rand: das alles gäbe

zwar ein klassisches Schriftbild, änderte aber nichts am Schwindel. Ich schwindle so genug, da ich über Banalitäten große Worte verliere. Ist ein Alltag aber banal? Für Dich sicherlich, diese tötende Spitalslangeweile stellt den besten Geist vor die Frage: Sein oder Nichtsein. Wenn man gesund ist, geht es ja noch an. So will ich Dir nun den heutigen Tag minutiös beschreiben, wenn er auch noch nicht zu Ende ist.
Ich kroch bekanntlich um sechs aus den Federn, rauchte zwischen Federn und eigentlichem Aufstehen eine Nazionale, schlüpfte in meine neuen Gesundheitssandalen, schlich zum Waschbecken, drehte das Wasser auf lauwarm und wusch mich, nicht zu gründlich. Dann bestaunte ich meinen nackten Oberkörper, der von Tag zu Tag schmaler wird, putzte mit meiner Spezialzahnpasta die Zähne, aß aus dem Fenster nach dem lieben Wetter blickend ein Stück Nußschokolade. Dann kleidete ich mich an: eine nicht mehr ganz blütenweiße Unterhose, ein ähnliches Unterleibchen, ein rotes, großkariertes Hemd, ich gähnte als ich in die dunkelgrauen Hosen schlüpfte, dann den dunkelgrünen Pullover. Nun saß ich nach etwa vier Schritten vor der Schreibmaschine, spannte den Bogen ein und begann zu hämmern, was ich hämmerte wirst Du vielleicht wissen. So langsam ging es gegen sieben, ich ging zum Frühstück: eine angeschlagene Tasse Milch, zwei Scheiben Schwarzbrot. Lange zauderte ich ob ich Schuhe anziehen sollte, ich entschied mich für die Holzsandalen und radelte schulwärts. Auf dem Weg machte ich bei der Olgabar Station, trank, wie es so meine Sitte ist, Kaffee, zwei Brieflein Zucker und ein Glas Wasser. Den weiteren Schulweg werde ich wohl nicht weiter zu beschreiben brauchen. Vor der Schule warf ich meine Zigarette gerade auf das Heck des direktorialen Volkswagens, der Allgewaltige stieg aus und ... lächelte hinterfotzig. Einige wußten schon das Neueste: in der Rosticceria hatte man eine Bombe gelegt, es war ziemlich einiges in Brocken gegangen. Hauptsächlich die Toilette, um die meines Erachtens nicht schade ist, es roch dort nicht nur nach Urin, sondern auch nach Samen, penetrant, schmutzig, kurzum, den Fotograf Mariner, der diesen gastlichen Raum verließ, feuerte es die ganze Treppe hinunter bis vor die Tische. Jetzt liegt er im Spital und blickt leichtverletzt gegen die Zimmerdecke. Zu Deiner Beruhigung, es gab weder Tote noch Schwerverletzte. Über diesen Neuigkeiten war es acht geworden, Zeit in höhere Stöcke zu steigen, dabei begannen meine Leiden: jedermann stieg mir auf den Zehen herum, ich laufe nämlich barfuß in meinen Sandalen. Die erste Stunde machte mich auch moralisch noch fertig, es war Deutsch. Auer sprach fanatisch über Else Laß-den-Schüler, über den Dadaismus, kurz, er spinnt nach Noten, und eine minutiöse Darstellung dieser Stunde würde auch Deine Nerven ruinieren, ich laß es darum bleiben. Abwesend waren: Mair Friedl, Ploner Gerti, Lang Günther vulgo Dr. Schleich, Wieland Annelies. Die zweite Stunde war Physik, er hat sich jetzt ein neues Prüfsystem ausgedacht, er prüft jeden zwei Minuten lang in alphabetischer Reihenfolge. Jeder kriegt ein fortlaufendes Kapitel und so kann man sich prima ausrechnen, wo man drankommt. Mich prüfte er über Artwiderstände und es ging prima. In der dritten Stunde war Philosophie. Inzwischen mache ich, wenn Du es erlaubst, einen tiefen Schnaufer, weil ich diese dritte Seite fertig habe.

Stehengeblieben sind wir also bei der Philosophie. Rosmini und Gioberti waren an der Reihe. Wir zogen diese beiden Afterphilosophen gehörig durch den Kakao und wandten uns dem lieben Benedetto Croce zu. Es war halb elf und ich trat aus um mein Zigarettchen zu rauchen. Dazu begab ich mich wie schon seit jeher in den Mädchenlocus, wo man eine ausgezeichnete Aussicht hat. Außerdem dürfte Dir aufgefallen sein, daß ich noch keine Notdurft nicht verrichtet hatte, was bei mir ein Wunder ist. So ging es Hand in Hand, wohliges Schiffen (ein Dichter würde hier Pünktchen gemacht haben) und ein wohliges Rauchen. Beim Wiedereintritt in die Klasse schnüffelte der Clara Erich laut, Judasse gibt es ja immer. Wir sprachen weiter über Benedetto Croce und ich begeisterte mich richtig an dem Mann. Stemberger wurde langsam heiser und versprach uns für die nächste Stunde (Geschichte) Lichtbilder. Inzwischen kam aber noch die Pause. Ich rauchte gemütlich meine Nazi und begab mich dann unter das Volk. Das Volk, einfallslos wie es nun eben ist, störten meine Holzschlapper, man stahl sie mir kurzerhand von den Füßen weg und jagte mich barfuß durch den ganzen Klostergarten. Ich erhielt sie wieder nach erfolgter Hetz, die Rowdies von der vorigen Achten hätten mich zumindest barfuß nach Hause gehen lassen, Philipp, Winkler, Röd, Dich und ähnliche Typen kennen wir ja.
Die größte Stärke der Naturalisten besteht in ihrer genauen Darstellung. Da ich kein Naturalist bin, gebe ich diese Schilderung auf und vertröste Dich auf morgen. Morgen feiern wir übrigens die »Republik« und haben schulfrei.

Adieu bis morgen.

Tag der hochgelobten und gebenedeiten italienischen Republik, alias 2. Juni

Du wirst heute wohl etwas Besseres zum Essen gekriegt haben? Fast wollte ich fragen, wie es Dir geht, ob Du schon wieder auf den Beinen bist, aber ich erwarte ja keine Antwort, ich stelle vergebens Fragen, ich erwarte Dich. Heute war strahlendes Wetter und ich war wieder in Issing. Studiert habe ich überhaupt nichts, ist ja auch Feiertag heute. Um drei Uhr früh kam ich nach Hause, heute macht dafür mein Magen Kaprizzen, an Cognac sollte er gewohnt sein. Meine Mamma hat den Putzfimmel, den halben Vormittag mußte ich mit meinem Kater Matrazen klopfen. Der Kater verging. Mit wem war ich wohl so lange unterwegs. Interessiert es Dich? Mit dem Egger Jörgele, er hatte die Spendierhosen an, wir tranken Cognac und zum feierlichen Abschluß einen Whisky. Ich bin hochprozentiger geworden. Natürlich mußte der Steger Luis unseren Weg kreuzen.. oder wir den seinen? Wer frägt schon danach. Jedenfalls, so behaupte ich mit bestem Wissen und Gewissen, kann ich den Kerl auch benebelt nicht ausstehnen. Verzeih den Schreibfehler. Was ich Dir noch sagen wollte: im Linzer Sprengstoffprozeß wurden alle freigesprochen, der Simplicissimus ist eingegangen, der Altbundeskanzler Adenauer ist gestorben, der Spiegel ist ein Dreckblatt, deine Cousinen (weiblich) waren auf dem Issinger Weiher, ich kann mich auch getäuscht haben, den Attentäter von der Rosticceria hat man natürlich noch nicht gefunden, Israel steht vor dem Krieg, neunzig Prozent Rabatt auf alle Artikel bei Anton Jobstreibizer, telefon 85627, Sie hörten die Nachrichten und nun der Wetterbericht: morgen ist Griechisch-Schularbeit, zum Daumenhalten ist es für Dich zu spät, herzliche Grüße von Professor Forer, der an Deinem Pech lebhaften Anteil nimmt.

Ich werde diesen saulangen Brief, der mir ehrlich gesagt zum Hals heraushängt, in zweimal schicken. Die zweite Hälfte folgt bestimmt.

Gute Nacht für heute
und schlafe besser als ich
Dein B...nfreund
Norbert Conrad

Bruneck, 1. Oktober 1967

Lieber Dieter!

Ich lebe in Trance! Als ob ich selbst nicht wahr wäre. Schon wieder bin ich geflogen! Leider — und meine Hoffnungslosigkeit ist unendlich: wie soll man sich freuen, wo alles wieder aufbricht, wo alles zusammenstürzt. Ich gäbe viel darum zu wissen, was ich nun tun soll; überstürzen hat nie einen Sinn gehabt... ich bin über meine Zukunft alles eher als im Reinen. Nun weiß ich nichteinmal was ich eigentlich werden wollte; zum Schriftsteller, meinem Traum, langt es bei weitem nicht, zum Journalisten ist der Weg reichlich weit und sollte über Matura und Universität führen, vor simplem Büroberuf habe ich Angst, das Weiterkämpfen um eine nächste Matura kommt aus finanziellen Gründen nicht in Frage. Links und rechts erhalte ich Trost und Rat: und keiner sagt mir wo ich mit meinen leeren Händen hin soll!

Diese Woche habe ich die Schweiz bereist, alles per Anhalter, alles unter dem Damoklesschwert eines ungewissen Prüfungsergebnisses — es war wunderschön, die Nächte im Freien waren etwas kalt, das Schlafen auf Parkbänken hart und gefährlich, die Tage selber waren golden, meine Füße voller Blasen. Ich habe viel gesehen, ich war freier denn je. Am Freitag war es dann soweit; in St. Lorenzen lud man mich aus: ich war konsequent und hielt weiterhin Autos an. 1397 km hatte ich hinter mich gebracht: warum sollte ich zu Fuß nach Bruneck? Da begegnete mir Mair Friedl, nun wußte ich alles. Die letzten drei Kilometer waren weiter, als die ganze Fahrt. Oktoberfest, Kunsthalle Basel, Freiburger Münster, Villen in St. Moritz.. sanken dahin, konzentriert auf ein paar trockene, salzlose Tränen auf neun verpfuschte Jahre.

Die Musterung ist großartig verlaufen: ich bin untauglich. Das italienische Heer sieht mich nie und nimmer.

Die Neuhauser Thresl ist heillos um mich besorgt; sie will, daß aus mir noch etwas wird. Auch Munter will mich unbedingt helleren Zeiten zuführen. Aber ich habe keine Lust... zu nichts. Der Rex hat mir nichts als Vorwürfe und unerfüllbare Vorschläge zu machen gehabt.

Das wär's für heute. Sie nicht traurig, irgendwie geht's weiter, zum Straßenkehrer langt's noch immer.

Dein
Norbert Conrad

An Dieter Nicolussi-Leck

Laas — Konferenzzimmer
23. Oktober 1967

Mein lieber Dieter!

Es ist nun höchste Zeit, Dir Antwort zu geben: nur zu lange habe ich Dich über meine Freuden und Leiden im Unklaren gelassen. Inzwischen bin ich sogar für eine ganze Woche στηλλφερτρητηνδερ Μιττελσχουλδιρεκτωρ geworden, weil mein Χηφ bei einer längeren Studientagung in Brixen weilt. Den Unterricht finde ich großartig und ich habe mich in meinen beiden Klassen zu behaupten vermocht: nie hätte ich gedacht, daß in mir soviel »Lehrer« stecken würde. Ich bin ausgefüllt und ausgewogen, meine Nerven stehen sich prächtig — alles macht mir Freude, alles geht mir von der Hand: ich schreibe sogar wieder Gedichte; mein Barometer steht auf schön.
Eines allerdings ist furchtbar, nicht die Vinschger selber (überhaupt kann ich nicht verstehen, warum wir Pustrer ihnen gegenüber solche Vorurteile haben, hegen und pflegen), sondern die Rechtschreibung. Von Kasuslehre ist keine Spur da; ich steige auf den Dach, wäre noch leicht. Meine Gitschen sind gar nicht so dumm, einige sind allerdings stinkfaul. Die Zweitlerinnen sind mir persönlich unterstellt und haben mich sogar ganz gern. Allerdings sind ein paar freche Wanzen darunter, die man am liebsten alle Viertelstund hinauswerfen möchte. Die Drittlerinnen sind schweigsam und fleißig und großteils dumm. Zum Unterrichten gibt es genug: Deutsch ist ihnen Fremdsprache, Gedichte werden mehr als geleiert.
Meine Kollegen sind prächtige Leut: wir sind ein sehr familiärer Verein und halten zusammen wie die alten Schuhe. Der Direktor selber ist ein Pfundskerl, wir mögen ihn alle.
Am Samstag waren wir in Algund zum Törggelen; es war eine mords Hetz. — Zum Teufel, der Schuldiener bummelt meine Stunde ein. Auf in den Kampf, ich muß in die Räuberhöhle, nämlich in die I A, weil ja der Chef fehlt. Das soll eine ganz schlimme Bande sein. Sonst hätte ich heute meinen freien Tag... auf in den Kampf.

Mit besten Grüßen
Dein Direktor i. V.*
Norbert Conrad

* i. V. = in Vertretung

An die Redaktion der Zeitschrift »die brücke«

Bruneck, 19. Mai 1968

Liebe Freunde!

Es freut mich wirklich, daß ich Anklang gefunden habe. Für Lob ist man immer zu haben, daß aber gleich zwei verlockende Angebote von Eurer Seite kommen, hätte ich mir nicht träumen lassen. Ich nehme an!

Da ich mein Geschreibsel nicht nach Minuten messe, bitte ich Euch, die Arbeiten nach Zeit und Qualität für jene Innsbrucker Sendung auszuwählen. Sie werden in drei Tagen bei Euch eintreffen.

Was die Lesung betrifft, so kann ich erst zustimmen — und ich stimme gerne zu —, wenn ich den genauen Termin kenne.

Herzliche Grüße
Euer

An die Mutter

Schlanders, 11. 6. 68

Sollte für mich ein Brief von »die brücke« »Arbeitsgemeinschaft junger Südtiroler« eingetroffen sein, so schicke ihn mir bitte sofort; Du brauchst ja nur die Adresse zu ändern! — Vielen Dank für die Namenstagsgrüße; Euch allen die besten Grüße

Euer
Norbert Conrad

An Irmtraud Mair

bruneck, 21. 10. 68

leider wueßte ich nicht wie ich Dich anreden sollte ich laß es bleiben und rede Dich einfach direkt an
dieser Brief sollte nur ein vorschlag sein
doch zur sachlage: Du malst, zeichnest und liebst kunstgeschichte und bist mir sympathisch (gerade weil du malst etc — ich hasse uebrigens das wort sympathisch aber Du weißt was es in diesem fall heißen soll) wir haben uns nur eine gute stunde lang kennengelernt damals als ich mit siegfried und peppi von urbino kam im rentscher hof
unser dialog war monolog fachgespraech
Du hast mir kunstkarten geschenkt ich habe Dir versprochen welche zu schicken Du weißt daß ich gedichte schreibe
ich habe inzwischen meinen stand gewechselt aber das tut nichts zur sache mein standpunkt zu dichtung und kunst ist gleichgeblieben das ist wesentlich

I vorschlag: ich könnte Deine werke bedichten
II vorschlag: Du könntest meine ly rik ausstaffieren
format: 22 x 14 cm
III vorschlag: wir könnten diskut ieren disputieren
ad III: wir haben das hat sich d amals gezeigt zuviele gleiche interesse
n und somit eine fuelle von dis kutablen und schreibbaren themen
ad I: Deine werke gefallen mi r obwohl ich sie nicht ganz akzeptiere
ich koennte dazu schreiben sangeslust = waldeslust besingen ist
unaktuell ich wuerde sie b edichten
ad II: wir koennten geme insam etwas herausgeben: illustrierte
lyrik oder sowas der gr aphische teil waere Dein —
ad I und II: hoechstse lten hat etwas ordentliches aus der zu sammenarbeit bild-wort herausgeschaut man muß es wieder versuchen sue dtirol liegt brach wir koennen uns jederzeit trennen und bespucken es waere eine geistige vernunftsehe (ich darf sonst nicht heiraten — scheidung moeglich!)
Zur zeit erwaechst Dir nur eine pflicht, mir zu sagen was Du von alledem haeltst ab cd efghijklmn norbert opq conrad fghij kaser

norbert conrad kaser

fr. christoph kaser
kapuzinerkloster
39031 bruneck

An P. Ubald Pichler

Bruneck, 21. Dez. 1968

Fr. christoph an P. Ubald — Provinzial

Mein Studium will nicht recht vorwärts gehen. Das ist zur Zeit meine größte Sorge, auch möchte ich diese Frage noch jetzt gelöst wissen, weil es sonst zu spät sein könnte. Ich will zwar, bin aber zu schwach. Leider ist es mir aus Zeitmangel, Angst und Nachlässigkeit noch nie gelungen, mit Ihnen allein das zu besprechen. Auch tut es mir leid, Sie gerade jetzt, wo Sie sonst alle Hände voll zu tun haben, wegen so etwas Privatem zu belästigen.

1. Bedenken: einmal bin ich satt vom Studium bis zum Erbrechen, als zweites bin ich faul und hänge lieber meinen Lieblingsbeschäftigungen nach, von denen ich weiß, daß ich die Früchte gleich nach dem Säen ernten kann. Als Gegengewicht zu diesen schlechten Eigenschaften habe ich das Gute, daß ich mich auf Aufgaben ausgezeichnet konzentrieren kann, und auch wissenschaftlich sehr leicht vorwärtskomme. Bei einigen Dingen fehlt mir einfach das Interesse, einmal ist es mir aus Vorurteilen abgekommen, einmal sehe ich einfach keinen Sinn und Zweck. Die Frage nach Sinn und Zweck nimmt mir oft mehr Zeit weg, als die eigentliche Arbeit. Das Noviziatsjahr hat auch in den neuen Konstitutionen unvermindert seinen Wert behalten: kann ich mich nun zu ungunsten meines geistlichen Lebens, das dringend der Pflege bedarf, in die Wissenschaft hineinknien? Ist das Noviziat nicht zu wertvoll für »unfranziskanische« Arbeit? Wie läßt sich mein Studium mit der Regel verbinden? Wo bleibt eine Vertiefung, wenn ich mich mit einer Stoffülle vollpumpen muß, die ich nach der Prüfung ablassen kann, wie etwas Schlechtverdautes? Oder ist es ein verlorenes Jahr, wenn ich während des Noviziats nichts tue, als mich konkret mit den Zielen des Ordens, mit dem Leben in einer völlig neuen Gemeinschaft auseinanderzusetzen? Soll ich mir, wenn ich eine Garantie haben will die Prüfung zu bestehen, das Noviziat verpatzen und das Studium als Höchstes setzen?

2. Bedenken: Wenn ich in der Zelle sitze, so ziemlich verlassen, bin ich oft ganz gedankenverloren. Ich weiß dann nie, ob die Hl. Schrift oder das Physikbuch für mich wichtiger ist. Nehme ich die Hl. Schrift, so weiß ich sofort, daß ich reicher werde, daß ich mich in eine Welt vertiefe, die wir anstreben sollen. Ich weiß, daß es sich auszahlt. Von Physik steht aber nichts drin. Wenn ich die Fallgesetze studiere, so hören mich höchstens die Wände; niemand interessiert sich dafür, und selbst Gott, der mir in der Hl. Schrift so nahekommt, erscheint mir unendlich entfernt. Ich habe den Pater Magister gebeten nachzuschauen, ob ich etwas tue. Was ich so treibe, und wenn ich auch weiß, daß er in vieles, was ich zu studieren habe, keinen Einblick mehr hat, so könnte er mir doch einmal das Buch aus der Hand nehmen und nach der Lichtgeschwindigkeit oder der vierten Deklination fragen. Er hat sich gefreut über diesen Vorschlag: gekommen ist er noch nie. Ich habe ihm gesagt, daß ich eine Autorität brauche. Wenn ich mir selber

Autorität sein muß, gibt das nichts ab. Ich gebe mich immer sehr stark, sage ich ihm aber, ich wäre schwach, so freut er sich über dieses Bekenntnis und glaubt es nicht. Wo man schwach ist braucht es eine Faust; die Faust des Magisters werde ich zwar verwünschen, genauso wie ich sie jetzt wünsche, aber ich weiß, daß sie Gutes will. Ich kann nicht die Wände anstudieren. Ich sehe ein, daß ich auf etwas hinstudieren soll, daß ich nicht Außenseiter bleiben darf; wie Sie eben sagten, würde ich später auf viele Widerstände stoßen. Diese Widerstände sind noch weit entfernt: ich brauche jetzt schon Widerstand.

Ich weiß nicht ob es sich gehört, unseren P. Magister zu kritisieren. Diese kurze eingeschobene Kritik schreibe ich nicht, um ihn bei Ihnen zu verpetzen. Ich habe ihm das alles oft schon selber gesagt. Ich schätze ihn sehr und lasse nichts über ihn kommen. Er ist zu tolerant und zu wenig streng. Wir Novizen werden kampflos die Gelübde ablegen. Er interessiert sich eigentlich wenig um uns, und wenn so wird sein Interesse nur als Schnüffelei empfunden. Er liest nur kirchliche und katholische Zeitungen und beschäftigt sich fast ausschließlich mit theologischen Fragen. Wir haben auch andere Fragen. Er sollte etwas weltoffener sein. Auch hat er noch auswärts viel Arbeit, so daß oft der Eindruck entsteht, er interessiert sich außer der geistlichen Stunde nicht für uns. Diese Kritik ist aber nur subjektiv und auch etwas herzlos. Es sind Pauschalurteile, ich darf mich nicht beklagen, er hat mir viel geholfen. Ich sehe in ihm einen Mitarbeiter und einen Bruder, aber die anderen halten ihn für ein professorähnliches Wesen oder gar für einen Anstandswauwau.

3. Bedenken: Leider betrachtet man mich oft als Leithammel der Novizen, der einen harten Schädel hat und ihn auch immer herhält. Ich will kein Leithammel sein, wir sind untereinander gleich. Zwar bin ich älter und habe das bessere Mundwerk und ich halte es für richtig diese beiden Faktoren auch für sie einzusetzen. Aber ich habe so das Empfinden, daß die anderen dabei faul werden. Was mir logisch erscheint ist auch für sie logisch, was ich mit einer Geste unter den Tisch wische wollen auch sie zertrampeln. Sie werden so faul, daß sie nicht mehr selber denken. Denken sie selber etwas aus, so beschreiten sie selten wie Fr. Werner in der Habitfrage einen selbständigen Weg. Sie kommen viel öfter zu mir und lassen sich ihre Ideen von mir sieben. So bilde ich mir oft ein zu helfen und richte Schaden an. Vielleicht wäre es besser mich von ihnen zu trennen, ich möchte nicht später einsehen müssen ein Demagoge gewesen zu sein. Vielleicht wäre es auch für mein Studium besser, wenn ich von Bruneck wegkäme. Hier habe ich viele Freunde von Kind auf, die ich irgendwie betreuen kann. Ich sehe auch ein großes Apostolat darin, jenen zu helfen und Fragen zu beantworten, die ich bestens kenne und die ich hinter mir gelassen habe. Meine Familie vermißt mich sehr; ich habe nur eine Schwester, und die ist auswärts. Geht es meinen Eltern schlecht, so kann ich sofort eingreifen wie kein anderer, weil ich jederzeit erreichbar bin. Trotzdem möchte ich irgendwie fort in ein kleines Kloster, etwa Eppan, Neumarkt oder Mals, weit weg, allein mit meinen Schulbüchern.

4. Bedenken: Oft steht mir das Studium bis zum Hals. Als Sie das letztemal

da waren, haben Sie mich wiederum gebeten, ja zu studieren. Sie meinten da auch irgendwie:
»Wenn alle Stricke reißen, kann man ja Kapuziner werden.« Das war ein heißer Brocken für mich. Deshalb frage ich Sie ganz konkret: darf ich Bruder werden? Soll ich meine Talente und Fähigkeiten in Bruderdienst stellen? Soll ich meinen Wunsch, Priester zu werden aufgeben? Hat man für »intellektuelle Brüder« keinen Platz? Werde ich nicht unter den Brüdern eine Sonderrolle spielen? Ich will kein Sonderling sein, aber ich bin es.

Von Ihnen, der Sie weit mehr Lebenserfahrung haben, wünsche ich mir nun zum Jahresanfang einen harten Befehl: ich will eine Faust, die Gutes will. Vielleicht sprechen Sie auch mit Fr. Rupert darüber, der mich bestens kennt, und mit P. Magister. Eine kurze Antwort auf einer Karte soll es sein:

1. Vorbereitung auf die Matura nach dem Noviziat evtl. an einer Schule.
2. Vorbereitung auf die Matura während des Noviziats unter strenger und konsequenter Kontrolle des P. Magister.
3. Versetzung in ein kleines abgelegenes Kloster und dort Studium unter strenger Kontrolle.
4. Werde Bruder!

Mit den besten Wünschen für
gesegnete Weihnachtstage grüßt
Sie Ihr

An Martin Gort

Bruneck, 1. II. 1969

Lieber Martin!
Auch bei uns Hinterwäldlern tut sich einiges, ja wir sind schon soweit gekommen, daß wir Lust haben unsere Probleme zu dividieren und an den Mann zu bringen. Vorerst geht es uns darum, Kontakt aufzunehmen mit Euch Nordtiroler Klerikern, und auch nach dem »feindlichen« Süden, nämlich in die Trientner Provinz richtet sich unser allseits liebäugelnder Blick. Leider haben es wir noch nicht zu einer eigenen Zeitschrift gebracht, das mag uns als unmodern angekreidet werden, doch vor wenigen Wochen hat man bei uns eine Initiative von oben ergriffen: es gibt nun auch bei uns einen Ansichten- und Stimmenbarometer für die Provinz unter dem Titel »Brüder im Gespräch«. Eure Kontakte verdienen auch unser Lob und wir hätten ganz gern zur Noviziats-Klerikats-Nummer unseren Senf beigetragen, wenn es nicht zu spät ist. Sollte unsere Meinung zeitlich noch zurecht kommen und Euch gelegen sein, so können wir Euch in einer Woche damit dienen. Bitte versteht das nicht als simple Anbiederung, wir sind so wenig geltungssüchtig wie Ihr. Daß wir Meinungen austauschen, erscheint

sicher auch Euch als selbstverständlich, daß wir es noch nie getan haben erscheint uns und Euch sicher als Rätsel.

mit brüderlichen Grüssen
zeichnet im Namen aller
Kleriker und Novizen

PS. wir bitten Euch um regelmäßige Zusendung der Kontakte und schreibt uns so schnell als möglich, was Ihr von unseren gesprächsfreudigen Vorschlägen haltet.

An Friedrich Unterer

bruneck, 8. II. 1969

verzeih mir, lieber fritz, aber ich habe Dich immer irgendwie für faul geh alten, mindestens für schreibfaul. einmal habe ich eine riesige freude über Deinen brief und seine länge, zum anderen sehe ich gerne ein, daß ich mei n »faules« urteil von Dir gehörig revidieren muß. kurzum, Dein fleiß und Dein brief verdienen eine ordentliche antwort. auch sind die fragen, die Du mir stellst ziemlich interessant und meine antworten habe ich nun nach la nger betrachtungszeit für Dich bereit.

gehorsam: der gehorsam ist äußerlich gesehen nicht größer, wie überall auf der welt; in jedem beruf hat man sich einer bestimmten ordnung zu unter werfen oder man fliegt raus. vielleicht könnte man unseren gehorsam inte nsiver nennen, am besten untermauert und erklärt man ihn mit dem abst rakten begriff christlicher liebe — ein begriff, der mir wegen seiner abge griffenheit schauderhaft vorkommt, den ich leider verwenden muß. der wille des hausoberen, der wirklich alle verantwortung und arbeit auf sich konz entriert hat, gilt als ungeschriebenes gesetz. befehle und verordnungen ken nen wir überhaupt nicht; befehle werden nur erteilt, wenn auch erwartet wird, daß sie übertreten werden. der wille des hausoberen ist im grunde viel dis kutabler als der wille etwa eines schuldirektors. fehlentscheidungen fallen direkt auf ihn zurück, wo ein direktor sich noch lange die hände in unschuld wäscht. natürlich gibt es auch bei uns in der gehorsamsfrage mißstände, aber im großen und ganzen läßt sich sagen, daß wir kapuziner als utopischer staat in kirche und staat leben. warum bei uns alles gut funktioniert, daran hat der tollste konkret-abstrakt-lebendige begriff der menschheit schuld: der gott der christen. so ist es mir auch aus meiner froschperspektive erklärlich, d aß bisher alle utopischen staaten, wenn sie überhaupt zustande kamen, seh r bald eingingen, weil ihnen gott irgendwie fehlte (machiavelli, morus, camp anella, bacon, augustinus). dazu wäre noch zu sagen, daß im lauf der zeit einige orden eingegangen sind, weil sie entweder in »gehorsam, keuschheit, armut« über das ziel hinausgekommen sind oder ihre ziele selber untergraben haben.

demut: die demut erinnert sofort an speichelleckerei und schleimsch eißerei, und ist wie mindestens 90% der begriffe unserer kirche fragwürd ig und sinnentleert. diesen begriff hätte es nie gebraucht, ist doch damit n ur eine form christlicher liebe gemeint. demut hat auf alle fälle jener mann nicht, der sich vor den tabernakel stellt und laut dafür dankt, daß er so gut geraten sei. auch kein schmeichler, weil ihn ja nur die äußere form der demut zum erreichen seiner ziele führt. demut ist vielleicht das, wenn man namenlos ist und mit dem namen seine rechte verliert, obwohl man genau weiß daß man damit göttliches recht gewinnt, in göttliches recht aufgenommen wird. em otion und intellekt sind dabei gleichrangige faktoren. demut ist auch nicht jene selbstbefriedigung, die man verspüren kann, wenns einem willentlich und wissentlich schlecht geht: sich selber geißeln, muß noch lange keine demut sein. ich kenne nur wenige begriffe, die von zeit zu zeit so grundver schieden interpretiert wurden, wie gerade die demut; die äußere form war immer strittig und zeitgebunden. so kennt die kirche genügend demutsheil ige, die wir nur bei oberflächlicher betrachtung ohne weiteres als scheinh eilige abtun. was vor dreißig jahren noch wirklich demütig war, brächte heute jeden als katzbuckelei zum kotzen, damals aber damals war die kirche noch viel autoritärer und autokratischer, und ließ nur ganz geringen spielraum für dialog, diskussion und eigene entscheidung, dafür war jede gebetssilbe von oben her bis ins kleinste festgelegt.

gewissensfreiheit ist meines erachtens das beliebteste modewort von klerus und aufgeschlossenen laien. kommt von oben ein wort, so fühlt man sich von vorneherein schon in seiner privatsphäre bedroht, verteidigt man eine mei nung — die noch lange nicht stimmen muß — so wird die gewissensfreiheit als primäre und schlagkräftigste waffe herangezogen. oft liegt der schluß nahe: ich kann mit bestem wissen und gewissen ja tun was ich glaube; die gewissensfreiheit läßt sich schon für die eigenen zwecke zurechtbiegen und einsetzen. Du weißt, wie das dann aussieht, der laie sieht's vom klerus, der klerus verweist auf den laien, so beginnt der circulus vitiosus der tollsten g ewissensfreiheiten. so wird dann so lange an der pille herumdiskutiert, bis nichts mehr übrigbleibt, anstatt daß man sie ohne langen skeptizismus ein fach nach bedarf nehmen oder empfehlen würde. die pille ist überhaupt das steckenpferd für viele katholiken, die ihre dummheit und diskussionsunreife unter beweis stellen wollen. — ich selber bin der erste, der die gewissensfr eiheit verteidigt, und zwar nicht nur meine, sondern besonders die meines jeweils nächsten. vom orden aus habe ich volle freiheit, ich brauche mich nur der hausordnung zu unterwerfen, die zeiten einhalten, wie man sie in jedem büro auch einhält; was ich sonst in meiner zeit tue, denke, lese, schreibe oder mache, liegt voll und ganz in meinem ermessen. ich kann mich hinhauen aufs bett und wild onanieren oder auf den knien rutschen und den ganze vormitta g die heilige agatha anflehen oder zehn zigaretten in einer halben stunde r auchen. in meinen vier wänden bin ich völlig frei, mein haus ist mein schloß:

die verantwortung liegt ganz bei mir. ja, und ich würde auch onanieren, mich betrinken, zuviel rauchen, wenn da nicht der verflixte genius loci wäre, der da ist gott, unser herr. allein deshalb wird jede zigarette und jede taschen tuchbenützung zur frage: soll ich? muß ich? Du hast von einer bestimmten sterilen atmosphäre gesprochen, in der nichts aufkommen könne, wenn man aber praktisch 8 stunden allein mit sich selber ist, glaubst Du da wirklich es käme nichts auf? so gedanken aus meiner turbulenten vergangenheit, von der Du doch das letzte jahr ziemlich gut kennst. ich hätte die möglichkeit mich mit heiligen bildern und büchern zu umgeben und bewußt alles abzudrängen. da lobe ich mir aber doch die gewissensfreiheit: mit sich selber sein und denken und frei entscheiden müssen, was tu ich jetzt. NB.: Du brauchst keine angst zu haben, es gibt hier weder einen index, noch eine zensur, das brief geheimnis wird geachtet, die meinungsfreiheit jedes einzelnen respektiert, wenn sie sich nicht gerade himmelschreiend gegen den orden richtet. — nicht umsonst gingen einige untergrundbewegungen in spanien und sizilien von klöstern aus. manches negative wird hier im wahrsten sinn ausgebrütet, aber noch viel mehr positives.

nun wirst Du schon längst mein pseudo-theologisches geschwafel satt haben. vielleicht bist Du auch gar nicht an solchen antworten interessiert. sicher ist in Dir die meinung entstanden, ich wäre das heiligmäßigste oder zumindest scheinheiligste wesen, das man kennt. ich muß da korrigieren: ich bin weder gehorsam, noch demütig, noch arm, noch keusch und nichteinmal gewiss ensfrei. es geht so schlecht und recht, bin optimistisch und theoretisiere gern. die vielgepriesene metanoia — drehung um 180 grad — ist mir nicht geglückt und wird mir's nie.

entrümpelung: Du sprichst da auch von meiner wild-wüsten entrümpel ung. es hat sich auch auf mein betreiben hin vieles geändert, in kürzester zeit und zu meinen gunsten (auch zu gunsten der ganzen jungen ordensgenera tion). ich muß da zu einem gleichnis greifen, so sehr Du dem Dr. Eller auch die gleichnishaftigkeit ankreidest. dachböden sind immer voller altem zeug und es ist für kinder ziemlich ereignisreich dort herumzustöbern, auch ältere kindsköpfe tuns nicht ungern. da bläst man von den schweinslederschwarten die verschiedensten staubschichten, kratzt an ölgemälden herum, einer gi psstatue schlägt man den kopf ab, großvaters fotografien werden begrinst und großmutters krimis wandern ins feuer. kurzum, man entdeckt, sichtet und urteilt: ofen oder säuberung? und die wüsten gipsfiguren werden bei günst iger betrachtung und beleuchtung zu wertvollen dokumenten und die bilder werden neu gehängt und die fotos von anno sowieso sind ganz plötzlich wichtig. das ist alles spielerei. geben wir dem breviergebet einen neuen rah men, den täglichen rosenkranz finden wir langweilig, weg damit, das tisch gebet muß auch nicht lateinisch sein, also was neues her, warum tragen wir eine braune kutte, das ist klassisch für den kapuziner, also bleibts.. und stell Dir vor, ich bin vom ordensobern irgendwie schon zum entrümpler bestellt; wie man da aussieht, auf und auf voller dreck; nirgends kann man sich mehr blicken lassen: den jungen ist noch immer das brevier zu lang, den alten tuts um den rosenkranz leid.

fahrt in andere klöster: leider bin ich nicht so freizügig, wie Du vielleicht meinst, zwar war ich inzwischen in innsbruck, sterzing, brixen und innichen, aber meine reiselust ist damit auf keinen fall befriedigt. sollte es mir gelingen nach meran oder bozen zu kommen, so werde ich Dir noch rechtzeitig sch reiben. im übrigen bin ich jederzeit besuchbar.

zukunftspaar: das zukunftspaar innerhofer-moser war in der weihnachts zeit auf besuch. sie machten einen guten eindruck, wenn sie sich auch kaum verändert haben. ander trinkt noch immer etwas über den durst (wie ich, nur trinke ich auch wein) und helene ist noch immer etwas bös beim mund herum (wie ich). leider habe ich von mancher seite viel nachteiliges gehört, so daß es mir schwerfällt objektiv zu berichten: aber sie sind beide wesentlich netter geworden. jedes kloster hat riesige ohren, so daß man die schaurigsten dinge aus dem ganzen land zu hören bekommt. diese spekulation auf gerüchte ka nn mir oft viel verleiden, da ist etwas nicht in ordnung. helene und ander scheinen glücklich zu sein und ich kann ihnen nur das beste wünschen.

frau zwerger: was macht nur die frau zwerger mit drei buben, die erwehrt sich ja nicht mehr. vielleicht sind sie die quelle ihres humors. jedenfalls grüße sie schön von mir.

maridl: gerade heute hat mir maridl telefoniert, es war das erste mal, daß ich direkt von ihr etwas zu hören bekam. ich bin ganz erschrocken. olinda soll auch bald entbinden und maridl wird taufpatin. nervlich ist sie ja schon durch mich ganz heruntergekommen. jetzt aus der distanz sehe ich erst welch strapaziöser liebhaber ich gewesen sein muß. natürlich haben die laaser rei chlich kapital daraus geschlagen, daß ich ins kloster bin. hertha ist krank und die frau s[...] liegt im spital mit einem kopfgroßen gewächs im unterleib.

sondermarken: wenn Du mir wiedereinmal schreibst, so kleb bitte sonde rmarken auf, die sammeln wir für die mission. hast Du marken bei Dir zu hause herumliegen, so bin ich auch dankbar dafür.

unser studium: ich hätte für mein leben nie so was studiert, wie Du, aber es ist gut, daß es Dir paßt; allerdings kann ich mir Dich nicht als soziologen vorstellen. ich hätte Dich viel lieber als wald- und wiesendoktor gesehen, so zwischen blümlein, eichkätzchen, versteinerungen und raubtieren. sei mir nicht bös, aber wenn ich mir Dich ins gedächtnis rufe, was ja auch vorkommt, da muß ich immer an spitzwegfiguren denken. das macht Dich sehr symp athisch. kannst Du mir über Dein studium nähere einzelheiten berichten? ich habe eigentlich keinen blassen schimmer davon. überhaupt bin ich sehr in teressiert an allem, was Du machst. rauchst Du noch? Ich rauche wie ein türk. gehst Du oft kino und theater? ich sitze dafür vorm fernseher. bist Du viel beschäftigt? ich habe alle hände voll zu tun. bist Du gesund? ich bins bis auf die zähne. studierst Du viel? ich auch. ich bereite mich mit müh und not auf die matura vor. dabei fluche ich dem minister sullo das kreuz ab. hätte denn der stopsel nicht schon heuer die prüfung reformieren können, warum erst im nächsten jahr? aber sullo sieht zumindest die zeichen der zeit und tut was, minister gui war dagegen ein fauler stinker. ich aber bin am ersticken: ich kann kein buch mehr sehen, verdamme den gesamten griechisch-römisch-i talienisch-deutschen kulturschinken, diese stinkphilosophen von diogenes bis bloch, diese superchemiker und physikidioten, diese trigonometrischen trottel, diese karstigen weisheitserscheinungen aus der wüste gobi brrr. aber was hilfts, man muß halt, wohl oder übel, gute miene zu böser matura; wenn doch alles canasta wäre, mir ist bald alles schnuppe, ich bekomme noch bei lebzeiten graue haare. übrigens trage ich noch immer einen schnauzer. kür zlich habe ich ihn mit tusche geschwärzt. solche dummheiten fallen einem ein zwischen der 22. und der 27. physikbuchseite. ich würde verrückt werden, wenn ich nicht, ja wenn ich nicht meine geliebte

dichtung hätte. vor kurzem habe ich meinen vierten lyrikband abgeschlossen, macht runde 200 artefakte. daneben male ich ab und zu ein bild, von dem ich selber meistens nicht weiß, was es bedeuten soll. nun zum guten schluß schreibe ich Dir noch ein gedicht hin, das ich am 31. jänner bei kopfweh verfaßt habe:

die kreisel in meinem schaedel
sind wieder angerollt noch
bluehen die straßenlampen
im morgen nach der nacht
des vollen mondes. die zeit
hab ich überschlafen und
mein lob ist traum mit
zorn. von den gipfelkreuzen
ueber die spiegelnden fenster
der hoeher gelegenen hoefe
klettert langsam das
schneeverbrennende
sonnenlicht in den tal
kessel noch bluehen die
lampen die kreisel in
meinem schaedel sind
angerollt.

aus einem simplen brief ist nun eine enzyklika geworden, so grüßt Dich nun recht brüderlich

An P. Ubald Pichler

Bruneck, 22. II. 1969

Fr. Christoph an P. Ubald-Provinzial!

Vor wenigen Tagen habe ich von der Tiroler Landesregierung folgenden Brief erhalten:

Innsbruck, 10. 2. 1969

Hochwürden Frater Christoph,

Die Jury der 20. Österreichischen Jugendkulturwoche dankt Ihnen für Ihre Einsendung, die mit Interesse gelesen wurde. Namens der

Veranstalter lädt die Jury Sie herzlich ein, als Gast der 20. Österreichischen Jugendkulturwoche für die ganze Dauer der Veranstaltung (29. April bis 9. Mai 1969) nach Innsbruck zu kommen. Die gesamten Fahrt- und Aufenthaltskosten für Sie trägt der Kulturring Tirol.

Wir bitten Sie, uns baldmöglichst Nachricht zu geben, ob Sie unsere Einladung annehmen können. Über alle weiteren Einzelheiten werden wir Sie rechtzeitig unterrichten.

Ihre Einsendungen legen wir Ihnen, soweit wir sie von den Juroren zurückerhalten haben, bei:

Mit allen besten Grüßen sind wir

Ihr
KULTURRING TIROL
(Gerhart Engelbrecht)

Solche Briefe sind natürlich für mich sehr schmeichelhaft, und auch meine Mitbrüder haben ganz unvoreingenommen sich darüber gefreut, daß meine schriftstellernde Tätigkeit — ich hatte zwölf Gedichte eingesendet — schon im »Ausland« anerkannt wird. Ehrlich gesagt bin ich stolz. Da habe ich mich an den P. Magister gewendet, der sich sehr dafür interessierte und auch den Vorschlag machte, Sie um Ihre Meinung zu fragen. Die Veranstaltung ist rein kulturell, und ich habe, da man meine Manuskripte zurückbehalten hat, sogar Aussicht auf einen Preis. Leider würde ich ziemlich herumgereicht in der demokratischen Prominenz, bei Bürgermeister und Abgeordneten und so, aber ich würde mich als Kapuziner schon auf dem Parkett zurechtfinden. Es ist auch keine Veranstaltung vom mickrigen Niveau eines San-Remo-Festivals: die Stücke der jüngsten österreichischen Dramenschreiber werden uraufgeführt, dazwischen liegen Bildungsfahrten, Vorträge und »Dichter«-Lesungen.

Ich selber möchte ganz gern nach Innsbruck fahren. Der P. Magister sieht darin ein Form von Mission, von Werbung; ich könnte mich auf völlig neue Weise für den Orden einsetzen. Natürlich würde ich im Habit auftreten und schon damit zu Gesprächen herausfordern, die nicht nur Kultur und Dichtung angehen. In den kommenden Jahren würde ich wohl nie mehr die Zeit zur Verfügung haben, an solchen Veranstaltungen teilzunehmen. Gerade jetzt ist mein Maturastudium auf vier Fächer zusammengeschrumpft durch die großartige Prüfungsreform des Ministers Sullo.

In Innsbruck würde ich den P. Guardian bitten mir im Kloster Unterkunft zu geben, damit ich bei niemandem Anstoß errege, auch wenn ich kostenlos ein Gasthausbett kriegen würde. Nebenbei würde ich sowieso mit den Nordtiroler Klerikern gute Kontakte aufnehmen und mit ihnen unsere gemeinsamen Probleme besprechen. Sicher ergeben sich aus diesem Dialog einige positive Anregungen auch für uns Südtiroler Kleriker; wir müssen ja nicht gleich eine Revolution entfesseln. Soweit meine Überlegungen, die man als machiavellistisch bezeichnen kann, weil sie das Angenehme mit dem Nützlichen verbinden.

Zu allem Überfluß ist da noch ein Brief vom Südtiroler Kulturinstitut gekommen, mit dem ich alles eher als befreundet bin:

Bozen, am 21. 2. 1969

Das Südtiroler Kulturinstitut hat erfahren, daß Sie auf Grund Ihrer Teilnahme am Lyrik-Wettbewerb vom Kulturring Tirol zur 20. Österreichischen Jugendkulturwoche eingeladen wurden. Zu diesem Erfolg beglückwünschen wir Sie aufs herzlichste.

Mit freundlichen Grüßen
für das Südtiroler Kulturinstitut
(Dr. Josef Waldthaler)

So bitte ich Sie nun um Ihre Meinung zu dieser ganzen Sache. Wie Sie wissen, liebe ich ganz kurze Antworten, wo man nicht lange herumüberlegen braucht.
Soll ich fahren?
Soll ich nicht fahren?

Gott zum Gruß
Ihr

der leider immer ein wenig
Extrawurst spielen muß

PS. die Antworten auf die ersten beiden Nummern der »Brüder im Gespräch« werden in wenigen Tagen bei Ihnen sein.

An das Südtiroler Kulturinstitut

Bruneck, 24. II. 69

Es tut mir leid Ihnen mitteilen zu müssen, dass mir Ihr Glückwunschschreiben vom 21. dieses Monats alles eher als gelegen kam. Es stellt meine Fahrt zur Jugendkulturwoche nach Innsbruck in Frage.

1. Ich kann die SVP nicht riechen
2. Kulturelle Manipulationen à la Waldthaler gehen mir auf die Nerven
3. Ich kann das Südtiroler Kulturinstitut mit seiner Quasi-Monopolwirtschaft nicht leiden.

ad 1) ich würde nie für die SVP auch nur einen Vers schreiben und bitte mir es aus, auch nur durchs kulturinstitutionelle Hintertürchen, zum Musenross oder Kulturapostel einer Partei ernannt zu werden.

ad 2) bisher habe ich alle Aufträge von der »brücke« bekommen, sofern ich mich nicht aus Privatinitiative umgetan habe. Ich danke deshalb nicht Ihnen für Ihre Vorschusslorbeeren, wo Sie doch sicher auf ein Lorbeerblatt von meiner Seite warten, sondern ich danke hier ganz offiziell der »brücke«, die mich auf die Jugendkulturwoche aufmerksam machte.

ad 3) ich vertrete noch immer die Meinung, dass es besser wäre, das Kulturinstitut hätte nie bestanden. Mit Kultur SVP-Politik betreiben und jede missliebige Stimme integrieren kann jeder.

Wenn ich nach Innsbruck fahre, so fahre ich mit Erlaubnis und im Auftrag des Ordens, so fahre ich für den Orden der Kapuziner und für alle, die von meiner Generation noch eine freie, unentdeckte Feder führen.

So möchte ich Sie bitten, für immer meine Anschrift, Existenz und Lyrik zu vergessen und sich weitere Anbiederungsversuche aus dem Kopf zu schlagen.

Mit herzlichen Grüssen

PS. eine Abschrift dieses Briefes geht an »die brücke« — Goethestr. 44

An Reinhold Höllrigl (»die brücke«)

[Bruneck, zw. 24. 2. und 5. 4. 1969]

Lieber Reinhold,

Ihr habt mich damals wissen lassen, dass für die Oesterreichische Jugendkulturwoche ein Wettbewerb ausgeschrieben ist. Ich habe auf Euren Vorschlag hin ungefähr 12 Arbeiten eingesendet und wurde nun für 10 Tage nach Innsbruck eingeladen (29. April — 9. Mai). Bevor ich überhaupt vom Orden die Erlaubnis erhalten habe, kommt schon dieser Schrieb vom Kulturinstitut, das sich da wohl wieder ins Licht setzen will. Weiss Gott, was die nicht schon alles herumposaunt haben?

Kurzum, die Vorderseite dürfte Dir Klarheit verschaffen. Ich suche mir in solchen Fällen schon die Leute aus, von denen ich mich beglückwünschen lasse.

Damals in Innsbruck, als wir uns trafen, hast Du mir versprochen, »die brücke« frei ins Haus zu senden. Gekommen ist bisher keine, aber ich hatte Euch auch versprochen einen Artikel zu schreiben über moderne Literatur in Südtirol. Nun, ich habe ihn noch nie geschrieben, obwohl ich genug Material und Zeit hätte. Das macht diese verflixte Gegenseitigkeit.

Herzliche Grüsse und viel
Erfolg bei der Arbeit
norbert conrad kaser

Fr. Christoph Kaser
Kapuzinerkloster
39031 Bruneck

An Joseph Zoderer

Bruneck, 18. Mai 69

Lieber Zoderer

Ich bin im Augenblick in einem gewissen Nebularzustand, d. h. ich habe wohl zuviel getrunken, aber ich bin gedanklich nüchtern geblieben. Leider kann ich Dir die 50 S. diesmal nicht schicken, weil mir die finanziellen Sorgen sowieso über den Kopf wachsen, dafür wird in wenigen Tagen mein letzter Lyrikband bei Dir sein. Den kannst Du natürlich behalten. Eigentlich gehört er Deiner Frau. Ich grüße sie herzlich. Doch weiß ich nicht einmal wie sie heißt, jedenfalls ist sie netter als Du.
Wenn Du für mich Propaganda machst, was ich Dir ohne weiteres zutraue, so habe ich nichts dagegen: Der Slavik dürfte sich für mich interessieren.
Mach mir bitte einen Gefallen: schreibe mir ganz kurz, wie diese 50 Gedichte bei Dir ankommen und welche Dir besonders gefallen. Du brauchst nur die Seite anzugeben. Das Original des »aquariums« besitze ich selber. Es wäre sehr lieb von Dir, wenn ich wüßte, was man daraus machen kann.
Auf jeden Fall warte ich auf irgendeine Antwort von Dir, und seis nur auf einer Karte: »alles erhalten. Z!«
Also schreibe mir die Seiten, die Dir besonders gefallen haben. Urteile sind unvergänglich

Dein Freund
Norbert Conrad

PS. vergiß mir nicht, in meinem Namen Deiner Frau einen Kuß auf die Stirn zu plazieren.

An Joseph Zoderer

bruneck, 23. mai 1969

lieber joseph!

Du findest im besoffenen aquarium den absatz ueber Dich etwas stark. das finde ich auch. trotzdem wollte ich keinesfalls Dich attackieren, sondern nur unserer gesellschaft einen tritt in die schamgegend versetzen. Du wirst mir wegen dieses absatzes doch nicht boesgesinnt sein; immerhin kamst Du mir ueberraschenderweise in die finger. das war am 12. mai so gegen 17 uhr; ich hatte mich mit Medeia, so heißt meine neueste liebschaft, in den park hinters haus gesetzt. ich war stocknuechtern, doch sie interessierte mich auf einmal nicht mehr besonders: sie spricht nur griechisch und wie Du vielleich wissen wirst, sie ist auch sonst nicht ganz geheuer: sie bringt maenner um. zum glueck war auch schreibzeug da und sie ließ mich gewaehren. das ganze dauerte zwanzig minuten. in der 15. minute kamst Du durch mein gehirn spaziert. das mußt du beschreiben, den armen dichter, des landes verwiesen, der sich schlecht und recht durchschlaegt, der fern der heimat entwurzelt dahinlebt und so.. außerdem hatte ich noch niemand, dem ich diesen letzten band haette zuschanzen koennen: so warst Du es, der fuer widmung und tritte unter die guertellinie den kopf hergeben mußte. nach zwanzig minuten war also der rohbau fertig: die villa hatte noch immer keinen namen. aquarium oder so was exotisches mußte es sein: man haelt sich doch ein aquarium wenn man etwas auf sich haelt, mit staendig klarem wasser. eine waessrige sache, aber vielleicht schwimmen auch ein paar zierfische zwischen den blaettern herum. also ein aquarium muß her.

ich habe einen praechtigen vormittag mit Deinem brief verbracht. ich erwarte mir noch einen zweiten. Du hast recht, wenn Du meinst, Dein urteil nuetze mir wenig. so bitte ich Dich um ein halbes urteil: schreib mir welche nummern ich rausschmeißen soll. findest Du das zeug verkaufbar — ich moechte es niemals in suedtirol verkaufen, sondern immer im ausland — so tu Du Dich um. wenn was herausschaut, sollst Du die haelfte vom gewinn haben. doch mueßten wir das naeher ausmachen, man lebt sich schließlich schnell auseinander. am dienstag, den 27. habe ich in der rai meine sendung zu absolvieren. ich habe mir auch Deine sendung auf band angehoert: war das nicht die Posch, die Dir da fragen stellte? wenn man mir solche fragen stellt, mache ich schlapp. die »schlagloecher« waren klasse — sehr gut.

grueße mir den Slavik recht schoen, ja und besonders Deine frau. schreib mir bald, gute arbeit, viel erfolg, wenig verdruß

gehab Dich wohl
woehler
am wohlsten
Norbert Conrad

PS. vor ein paar tagen habe ich in bozen die Stecher-ausstellung gesehen. ich war sprachlos und bins noch. vor einer woche habe ich eine Scherer-ausstellung in meran gesehen, das ist gegen stechers arbeiten bloßes laues seifenwasser.

Bruneck, 16. 6. 69

lieber josef

soviel ich weiß, kriegst Du ganz gern briefe: ganz meine meinung, nur gibts von zeit zu zeit nichts neues, und ueber literarische problem- und hilfestellungen zu quasseln, finde ich einfach bloed. verstehst Du, so hochgeistiges zeug, briefwechsel zwischen dem großen X und dem noch groeßeren Y; lieber red ich da uebers wetter oder daß auf dem kapuzinerplatz genau hinter mir ein schweizer mitsamt motorrad zu boden gekracht ist. er hat sich nichts getan, leider, aber das motorrad brannte hellauf und war genau auf die hupe gefallen, da hats natuerlich sehr lange gehupet. vorher waren wir zu zehnt auf dem platz: 4 schweizer motorradfahrer, die hohr irmgard, die pezzei erika, 2 junge italiener in hellgruenen cordhosen und ein altes weib. die reaktion war enorm: die ratten kamen zur wurst gelaufen. so ist bruneck: neugierig, blutruenstig miserabel wie das kino. mich kotzt hier alles an: dolomiten, rai, athesia und der schifferegger metzger.

Dein letzter brief war nicht gerade herrlich. sicher habe ich irgendeinen tick, oder die jugendkulturwoche ist mir zu kopf gestiegen, vielleicht meine sendung bei der rai. irgendwo klapperts bei mir. ich leide an realitätsschwund. Du, der ÖH-kulturreferent ist aber gut, der will wohl abgestandenes wasser, noch einige jaehrchen warten. da kommt mich homerisches grinsen an. meine meinung ist etwas anders: besonders lyrik muß raus solang sie noch frisch ist. wenn die allgemeine meinung herrscht, ich waere erbaulich oder wuerde es eben in ein paar jaehrchen, so laß ich lieber beizeiten die griffel davon. uebrigens bin ich Dir sehr dankbar, wenn Du mich verkuppelst. zumindest einer, der sich realiter dafuer interessiert, was ich betreibe.. Deine meinung, in suedtirol herauszukommen, ist irrig. es bestehen dafuer nicht die geringsten moeglichkeiten. athesia hat ein fixes tirolensienprogramm (topographie, reisefuehrer, kochbuecher), ein drittel der aktien gehoert den pfaffen, von einem lektor keine spur. bei ferrari-auer muß man zahlen, bis man schwarz wird. sonst gibts da nichts.

nun zu unseren rai-sendungen. Deine ist ins wasser gefallen, weil gestreikt wurde. auf allen kanaelen hat man das 1. programm gezeigt. ich habe mich furchtbar geaergert. auch habe ich mich zu erkundigen versucht, ob Du nicht doch spaeter einmal herauskommst; es ist aber nichts zu erfahren. was hat man Dir eigentlich dafuer gezahlt? meine sendung, die man am 9. juni ausgestrahlt hat, ist ziemlich danebengegangen. der gute figl hat mir schon gleich mit seinen bloeden fragen den wind aus den segeln genommen. zwischen den neun gelesenen gedichten war zuviel musik. mit dem geld war ich zufrieden: 19.600 L. trotzdem soll ich bei vielen gut angekommen sein, zumal man mich fotografisch in den dolomiten festgehalten hat: die verewigende macht der presse. wenn alles gut geht, gelingt es mir im september ins fernsehen vorzustoßen. am 27. august halte ich in der cusanus-akademie fuer die SH ein referat ueber »suedtiroler (so ein dummes adjektiv!) literatur — heute«. im amonn'schen landhaus in kaltern steht ein leseabend oder symposion in aussicht. wenn ich naeheres darueber weiß, werd' ich Dir schreiben. gerhard mumelter hat in salzburg den lux-preis (3.000 S) geholt und in deutschland auch noch einen. markus vallazza, ein liebes kind der dolomiten, sie nennt ihn den »dichter-maler«, stellt mit paul flora in augsburg grafiken aus. mein sechster lyrik-band ist auch fertig. die »passio« geht gut vorwaerts. der band heißt »miniaturen-hymnen« und enthaelt wieder 50 stueck, eines davon fuer Dich. So jetzt weißt Du wiedereinmal alles von mir. Ich aber nichts von Dir. Grueße mir Deine frau und gute arbeit.

Bruneck, 17. 6. 69

Lieber Josef!

Gerade gestern war Deine Sendung im Fernsehen; ich habe das erst heute erfahren; sie soll sehr gut gewesen sein. Daß Du, wie ich gehoert habe, auch den Höllrigl und den Vallazza erwähnt hast, nimmt mich wunder. — Wer ist jener Gatterer, von dem Du mir im Mai geschrieben hast?

herzl. Gruß
Norbert Conrad

An Maria Stieger

bruneck, 7. 7. 69

liebe maridl!
kein geld mehr
unendlich muede
schriftliche pruefungen ziemlich gut gegangen
muendlich am 17. juli oder am 16.
2.500 lire unaufschiebbare schulden
schlafe furchtbar schlecht
war am samstag bei einem musiker eingeladen
wir haben lange ueber
literatur und moderne
musik gesprochen
war alles sehr interessant zumal er mir die vertraege fuer zwei sendungen in oesterreich vermittelt hat:
schauen insgesamt 100.000.—
dabei heraus (I. programm
im august oder september)

sonst gibt es nichts neues, außer daß ich wie ueblich mit meinen eltern sehr schlecht auskomme. vor vier tagen habe ich zufaellig dieter getroffen: er laeßt Dich grueßen.

auch ich grueße Dich

An Gerhard Mumelter (Südtiroler Hochschülerschaft)

Bruneck, 7. Juli 69

Lieber Gerhard!

Es ist höchste Zeit Deine Briefe zu beantworten.

Im Brief vom 10. Juni möchtest Du den genauen Titel des Referates vom 27. August wissen. Das kann ich Dich wissen lassen:

»Südtirols Literatur der Zukunft und der letzten 20 Jahre.«

Mit dem Inhalt des Briefes vom 19. Juni bin ich allerdings nicht einverstanden. Du schreibst da, der Vorsitzende jedes Arbeitskreises würde gewählt. Das kann nur schiefgehen, meiner Meinung nach muß er schon weit früher um sein »Amt« wissen, damit er überhaupt die Arbeit leiten kann und ein Programm aufstellen oder was es noch so braucht. Er müßte bestellt werden.

Ich habe einige Workshops und Arbeitskreise erlebt, aber immer war der Leiter schon da. Das heißt nicht, daß es der Referent sein muß. So demokratisch eine Wahl auch rein äußerlich sein mag, hier ist sie völlig fehl am Platze. Auch sehe ich nicht ein, warum der Vorsitzende Protokolle verfassen muß: das stinkt mir nach Schule oder Partei und ist nackte Verschwendung. (Betrifft naturlich die Arbeitskreise der Studientagung in Brixen)

Nun zu Brief Nr. 3 vom 3. Juli:
ich werde aller Voraussicht beim »literarischen kolloquium 69« dabei sein, kann es aber nicht garantieren, weil ich durch eventuelle Unfreiheiten verhindert sein könnte. Zu 99% ist mit mir zu rechnen.
Einige Vorschläge zur Veranstaltung selber:

1. unbedingt ordentliche Einladungen gestalten und drucken lassen, vielleicht auch Plakate!
2. spionieren wen man alles einladen könnte, also nicht nur alte Partyhasen!
3. lockeres bzw. lockerstes Programm!
4. Italiener und Nordtiroler als Gäste nicht vergessen!
5. eine hektographierte Tageszeitung herausgeben mit Werkstattexten!
6. auch für Zigaretten sorgen, nicht nur für Getränke (es darf billiges Kraut sein)!
7. den edleren Gästen ohne Scheu etwas Mäzenatentum abverlangen!

herzl. Gruß
Norbert Conrad

An Clemens Auer

Bruneck, 2. Aug. 1969

Lieber Herr Professor!

Mit reichlicher Verspätung, aber immer noch bei Lebzeiten, kann ich Ihnen nun die versprochenen Materialien zukommen lassen. Davon bleiben zwei in Ihrem Besitz und der gute Egon Friedell geht wieder an mich zurück — wann, ist gleichgültig.

Weil ich nicht ungern von Ihnen zu meinen Sachen ein Urteil gehört hätte, wäre es sehr nett von Ihnen mich einmal zu besuchen. Natürlich können wir den Spieß auch umdrehen und ich besuche Sie zu einer Plauderei. Wie Sie wünschen! Schreiben Sie mir also bitte bald. Mein Terminkalender ist nämlich pumpvoll.

Vorerst herzl. Gruß

An Joseph Zoderer

Bruneck, 3. 8. 69

Lieber Josef!

Wir werden uns voraussichtlich etwas vor dem 15. September treffen, denn ich muß demnächst nach Wien wegen der Inskription. Ich habe nämlich so ganz nebenbei die Matura bestanden. Darf ich Deine Gastfreundschaft in Anspruch nehmen, wie Du sie mir im Mai angeboten hast? Das heißt, ich brauche kein Bett und nur ein Dach überm Kopf für drei-vier Tage: ich komme so am 12. August per Anhalter mit Luftmatratze und Schlafsack angerauscht. Soll ich meine letzten literarischen Produkte mitbringen?

Herzl. Gruß und schreib mir sofort,
ob es möglich ist

Dein
Norbert C. Kaser

An die Verlagsanstalt Tyrolia

Bruneck, im August 69

Geehrte Herren!

Ihre Zuschrift hat mich sehr gefreut und doch irgendwie beunruhigt. Das hat seinen bestimmten Grund: wenn man mitten im Schreiben steht, noch dazu seit nur einem Jahr, bereitet einem jede Auswahl, die man für solche Anlässe treffen soll, eine wirkliche Qual. Ich habe noch viel zu wenig Distanz zu meinen Dingen. Außerdem habe ich große Sorge, mich durch eine Veröffentlichung in Ihrem Verlag irgendwie nationalistisch festzulegen und in den bisher üblichen Almglockenchor einzustimmen. Vielleicht haben Sie Verständnis für meine Bedenken. Wenn nicht, so haben Sie immerhin ein kleines Skriptum von mir, mit dem Sie nach Gutdünken umspringen können.

Ich wäre Ihnen sehr dankbar für nähere Informationen über diesen 12. Band »Wort im Gebirge«. Mich interessiert zum Beispiel, wann er erscheint und welchen Umfang er haben wird...

Was ich noch bitten möchte, behalten Sie die Schreibwiese meiner Gedichte bei.

Vielleicht interessiert es Sie zu wissen, daß seit neuestem Südtirol literarisch sehr rege ist: eine Wachablöse findet statt. Dazu nenne ich Ihnen die Namen zweier Freunde, die Sie bestimmt nicht kennen, aber sehr gute Sachen schreiben:

Christoph Baur
[...]
Bruneck

Fr. Richard Erlacher
[...]
Bruneck

mit freundlichen Grüßen

PS. da ich aus dem Kapuzinerorden ausgetreten bin haben sich Name und Adresse geändert:
Norbert C. Kaser bei »Moessmer« Bruneck

An Helmut L. Demel (Verlagsanstalt Tyrolia)

Bruneck, 11. September 1969

Sehr geehrter Herr Demel!

Leider wird es vielleicht schon zu spät sein, aber ich hätte noch einen ganzen Schwung von schreibenden — d. h. gut schreibenden — Freunden. So hat sich zum Beispiel Gerhard Mumelter, einer unserer bekanntesten jüngeren Autoren, gewundert, daß er von Ihnen nicht angeschrieben worden ist. Gut, ich weiß, daß das nicht Ihre Schuld ist und es sollte auch bestimmt kein Vorwurf sein.
Wenn es also zeitlich noch möglich ist, würde ich Sie bitten auch die untenstehenden Herrschaften noch zu berücksichtigen. Ich kann Ihnen versichern, daß es sich auf alle Fälle auszahlt: dafür lege ich meine Hand ins Feuer.
Im übrigen danke ich Ihnen recht herzlich für Ihren Brief, der mich sehr beruhigt hat was das »Abstempeln« in einer gewissen Linie anlangt.
Ich lege Ihnen auch noch eine Einladung zum »literarischen kolloquium« bei. Vielleicht kann jemand vom Tyrolia Verlag kommen und sich diese 12 jungen Südtiroler Autoren anhören.

Noch ein Wort zu den nun folgenden Anschriften. Leider kann ich Ihnen nicht voll und ganz garantieren, ob Ihnen jeder ein Manuskript schicken wird. Für die Qualität, wie gesagt, kann ich bürgen.

Gerhard Mumelter
[...]
Bozen

Gerhard Kofler
[...]
Brixen

Roland Kristanell
[...]
Naturns

Josef Zoderer
[...]
Wien

wenn Sie noch die Anschriften der übrigen kolloquiumsteilnehmer wünschen, schreiben Sie einfach an Gerhard Mumelter

Mit herzlichen Grüßen und
enormer Freude

Ihr

An Gerhard Kofler

Bruneck, 10. 10. 1969

Lieber Freund,

was hast Du Dir gedacht, daß ich mir denken würde, wenn ich Deine Gedichte in den Dolomiten lesen werde. Übrigens wirst Du vorerst keine so hohe Auflage mehr erreichen. Natürlich wird Dir das einen riesigen Auftrieb gegeben haben, zumal Du Dir einbildest, Zoderers Liebling zu sein. Ja ich sehe es schon kommen, daß Du seine »Schlaglöcher« wie eine Pasta verschlingst, um dann im Erbrechen (hastig wie Du bist) etwas Zodererianisches in Großformat von Dir zu geben. Sei froh, daß Du noch so jung und unbefangen bist. Daß Du noch Zeit zum Lesen hast. Laß Dir das von dem alten Mann und Altweiberdichter, der ich für Dich geworden bin, sagen. Aber ich sehe schon, die heutige Jugend hat nicht Lust, sich von alten Leuten, die so Vieles mitgemacht haben, einen wohlgemeinten Rat geben zu lassen.

Pierre Leroux war ein armer Pferdeknecht in der Nähe von Beaugency. Wenn er den ganzen Tag damit zugebracht hatte, die drei Pferde zu leiten, mit denen gewöhnlich sein Karren bespannt war, und er dann des Abends in den Bauernhof zurückkehrte, auf dem er diente, so verzehrte er sein Abendbrot mit den übrigen Knechten, ohne dabei viel zu sprechen, zündete dann eine Laterne an und begab sich ins Hängebett, welches in einer Ecke des Stalles angebracht war...

Nun, ich bin ein alter Mann und tief gesunken in Deiner Achtung. Ich werde bald sterben wie jüngst unser großes Vorbild Ho-Tschi-Minh. Das heißt, nicht physisch werde ich tot sein wie er, sondern geistig eine integrierte Leiche, die sich nicht zu wehren gewußt hat gegen die großmütterliche Integrierung der lieben Gabriele v. Pidoll und die liebenswürdige Begroßväterung und Beschutzengelung unseres Dichtervaters Kuno Seyr. So sinke ich nun dahin und mein Schaffen ist gartenlaubenreif, ein Trost und Quickborn für die Insassen unsrer Altersheime und Krankenschwestern. Nie werde ich mehr daran denken, daß der Arbeiter auf das Fließband pissen muß, weil sonst die Zeit nicht dazu reicht. Wehe, nocheinmal gedenke ich des gequälten Arbeiters, der gerade unter Verdauungsstörung leidet und Jenny wird sich freun.

Dich aber hat man in der Fülle Deines Geistes belassen, für Dich hat man sozialistische Bücher geschrieben, auf daß niemals Dein Fuß die Schwelle einer Industrie zu übertreten braucht und Du Dich bedenkenlos auf Seite 10—25 stützen kannst, um der große engagierte Arbeiterdichter zu sein. Vielleicht bist Du es, der das geistige Pissoir erfindet, in das die Kultur ihren Harn entleeren kann.

Doch eines scheint Dir entgangen zu sein: meines Freundes Zoderer Theorien decken sich mit seiner Praxis noch viel weniger, als mein Brixner Referat mit meinen Gedichten. Zoderer schämt sich, d. h. schämte sich beim kolloquium, mit mir befreundet zu sein. Er hat mich in Bozen verleugnet und er hatte recht, und es hat Dich riesig gefreut. Auch gut.

Inzwischen ist der goldene Herbst ins Land gezogen und Du wirst Dich mit

Händen und Füßen zu wehren haben, um ihn ja nicht zu besingen.. und diese Not, dieser Gewissenskonflikt freut mich. Ich kann mir vorstellen, wie Du bei Sonnenuntergang die Vorhänge zuziehst, um nicht den goldenen Ball hinter unseren Bergen verschwinden zu sehn, wie Du verzweifelt darum kämpfst, die Klarheit der Herbstluft nicht wahrzunehmen... und wenn, dann rinnt vielleicht eine stille salzige Träne in Dein Inwendiges, weil Du daran denkst, daß Milliarden Arbeiter diese herrliche Herbstluft nicht genießen können eingesperrt in ihre Fabriken. Aber solange noch Blumen durch Deine Helme wachsen, bist Du für mich noch lange kein Revolutionär... da bin ich mit meinem Gedichtchen über den Minister für öffentliche Arbeiten, mit meinen Huren- und Hodenliedern, mit meinem Gegenhymnus an Bruneck doch ein bißchen weiter.
Warum ich diese Dinge dann in Bozen nicht gelesen habe, wirst Du fragen? Warum ich nicht weiterhin gebissen, attackiert und um mich geschlagen habe?
Ich weiß es nicht!
Eines aber weiß ich: bei Deinen Gedichten ist auch kein Mensch von den Stühlen gefallen, Deine Dinger wurden genauso wie Butterbrot gefressen.

Nimm nun alles, was ich Dir da geschrieben habe ja nicht ernst. Versuchen wir weiterhin Gedanken auszutauschen, falls wir welche haben, woran sogar ich als Halbgott zweifel. Solange wir noch so ungeschickt sind, daß uns beim Pissen versehentlich ein paar Tropfen auf die Schuhe fallen, haben wir weder das Recht uns auf die Schultern zu klopfen und die Dichter (= diese Art von Dichtern) zu spielen, die wir theoretisch bekämpfen, genausowenig aber sollen wir uns das Leben sauer machen, auch dann nicht, wenn Du in Majakowkis Fußstapfen treten wirst und ich in die der Pidoll. Zum Streiten bleibt uns noch immer Zeit genug.

Die Geburtsscheine habe ich gekriegt und ich danke Dir herzlich dafür. Bei meinem chronischen Geldmangel gelingt es mir aber nicht, Dir jetzt einen Fünfhunderter ins Kuvert zu legen, sollten wir uns aber treffen, was ich sehr wünsche, so werde ich mich auf alle Fälle erkenntlich zeigen, denn da kriege ich auch meistens von Muttern ein bißchen Geld. So schlage ich Dir vor, daß Du noch vor Studienbeginn nach Bruneck kommst (oder ich nach Brixen). Schreibe mir zu diesem Zwecke vorher ein kurzes Kärtchen, damit ich mich gehörig auf Deine Erscheinung vorbereite. Du kannst dann auch, wenn Du Lust hast ins Brunecker Kloster hingehen zum Richard Erlacher (allerdings ist er nur am Nachmittag erreichbar).

Ich habe nicht ganz mitgekriegt, wer Dein Camillo Torres ist.

Ich gebe Dir also zwei Adressen:

Fr. Richard Erlacher
[...]
Bruneck

Joseph Zoderer
[...]
Wien

Mit besten Grüßen

An die Eltern und die Schwester

Wien, 30. Okt. 1969

Liebe Eltern! — Liebe Monika!

Endlich bin ich ein bißchen zur Ruhe gekommen, das heißt ich habe jetzt ein Dach über dem Kopf und auch an der Universität ist alles in Ordnung. Das Dach kostet monatlich 500 S, also 12.500 £ mit Heizung, Strom und Gas inbegriffen. Ich habe eine Küche, ein großes Zimmer und einen Abstellraum. Wenn ich mit anderen Preisen vergleiche, die so zwischen 800—1200 S pro Zimmer liegen, habe ich wirklich Glück gehabt. Weil ich selber koche, sind die Lebenshaltungskosten nicht hoch.

Folgendes habe ich berechnet pro Tag:

1 Bier	3 S	75 L
12 Zigaretten ca.	5 S	125 L
Essen	9 S	225 L
	17 S	425 L

dazu kommt noch eine Wochenkarte für die Straßenbahn zu 30 S. Alles zusammen sind das 38 S täglich oder 114 S monatlich (= 27.500 £). Leider geht's nicht billiger. Eine Miete mußte ich im Voraus zahlen, so daß mich mein Hausherr sehr arm gemacht hat, und der November, also die nächste Miete ist nah.

Ich mache Euch nun folgenden Vorschlag:
Seid so lieb und greift mir so gut Ihr eben könnt unter die Arme; mit dem Stipendium — von dem ich dann leicht leben kann, das ich aber erst zu Weihnachten kriege — geht alles gut. So bin ich nun auf Euch alle für zwei Monate noch angewiesen. Im übrigen renne ich mir ja fast die Füße aus, um ein paar Nachhilfestunden oder sonst eine kleine Arbeit zu kriegen: übernächste Woche soll es anscheinend gelingen, daß ich was Ordentliches erwische. Meine Freunde helfen mir ja auch.
Wenn Ihr aber nicht wollt, daß ich hier weitermache, so müßt Ihr mir nur einen angemessenen Arbeitsplatz suchen. Am besten ruft Ihr dann das Schulamt - Bozen an und erkundigt Euch, ob noch eine Stelle zum Unterrichten an der Mittelschule frei ist. Allerdings wird das eine Monat, wo ich Euch doch wieder auf Eurem Sack liegen muß, genauso teuer sein wie diese zwei Monate hier in Wien.
Zu Weihnachten mache ich auch meine Fernsehsendung, wo ich auch 50.000 £ kriege. Schickt mir <u>ja jede Post</u> nach, das ist sehr wichtig, weil mir der Tiroler Rundfunk eine Radiosendung versprochen hat und ich auch vom Tyrolia-Verlag wichtige Briefe erwarte.
So zu Allerheiligen kommt Herr Dietmar Nicolussi-Leck bei Euch vorbei und wird den Karton mit Büchern abholen, wenn ihn nicht schon Christoph Baur mitgenommen hat. Dietmar ist spätestens am 5. November bei Euch und wird vorher anrufen.

Liebe Mamma: packe bitte noch folgende Sachen zusammen und gib sie ihm mit:

Geld — womöglich 1000 Schilling (ich lege auch einen Brief bei für Tante Julie und Luise, was diese Frage betrifft)
meine elektr. Kaffeemaschine
x 1 kleine Packung ungemahlenen Kaffee
meine Kaffeemühle
x mein Besteck
1 tiefes und ein flaches Teller
irgendein Reindl oder Hafen
x 1 Küchenmesser
x 1/4 kg Parmesan
x ein paar Würste
2 Packungen Nazionali ohne Filter
ein paar Taschentücher
Klebstreifen
1 Wecker
2 Leintücher (alte!)
2 Handtücher
Taschentücher
1 Aschenbecher
ein bißchen Olivenöl
meine Scheere
2 Packungen Spaghetti
2 färbige Hemden

Liebe Grüße an Euch alle
Euer
Norbert C

[...]

An die Tanten Juliane und Luise Thum

Wien, 30. X. 69

Liebe Tante Julie u. Tante Luise!

Aus dem Brief an meine Eltern wißt Ihr nun wie es um mich steht. So bitte ich nun auch Euch, wo Ihr ja wißt, daß sie zur Zeit mit dem Geld schlecht stehen, Ihnen zu helfen: das heißt mir.

Im übrigen geht es mir gottseidank sehr gut: ich bin gesund, habe weder Zahnweh, noch eine Verkühlung... nur das Geld fehlt. Es ist ein wildes Gefrette.

Liebe Tante Julie! Grüße mir Frl. Maria Theres recht schön und gib ihr meine Adresse. Sag ihr, ich freue mich auf jeden Brief. Besorge im Geschäft ein paar angeschlagene Tassen und Teller und solches Zeug, was ihr sonst den Zigeunern gebt und bring' es zur Mamma, die es mir schon schicken wird. Ein Küchenmesser hätte ich auch dringend gebraucht. Ich muß nämlich den Haushalt hier einrichten.

Tausendfachen Dank im Voraus
Euer
Norbert C.

An Monica Kaser

Wien, 2. Dezember 69

Liebe Monica!

Niemand braucht zu wissen, daß ich Dir diesen Brief geschrieben habe. Am besten ist es, wenn Du ihn vernichtest. Mamma ist so entsetzlich neugierig.

Von Mair Josef habe ich so einiges gehört, was über mich von Mamma zusammengemault wird und getratscht. Vorvorigen Samstag habe ich Euren Brief mit 5.000 L und dem ärztlichen Zeugnis gekriegt, und ich hatte eine Riesenfreude. Montag steht dann ein Sack voller Lebensmittel vor der Tür. Mir hats die Sprache verschlagen und ich habe gleich angefangen einen Brief zu schreiben.
Am Dienstag habe ich ihn schon wieder vor Wut zerrissen. Ich habe richtig geweint vor Zorn.

Von nun an werde ich der Mamma weder schreiben, noch jemand nach Hause schicken mit Grüßen oder Wünschen. Ganz einfach deshalb, weil ich nicht Lust habe mir ihr Gemaule auch noch in Wien anzuhören — mir gehts sonst schon schlecht genug. Sie aber mault und mault und mault und glaubt mit einem Fünftausender wäre alles zugedeckt: ein Quatsch ist zugedeckt. Ich bin für jeden Groschen dankbar, aber mit 20 S und ein paar netten Worten kann ich eben besser umgehen als mit 200 S und dem lieblosen Gerede als Brotaufstrich. Als mir am Dienstag Mair Josef Bericht erstattete von zu Hause, da habe ich sofort 100 S versoffen. Es war mein erster Luxus hier in Wien, und im Gasthaus habe ich so lange geweint, bis das Bierglas wieder voll war. Du weißt ja, wie Besoffene vor sich hinheulen können.

Mamma glaubt mir sowieso nichts und schreibe ich ihr, daß die Sonne scheint, daß ich Warzen habe und fünf neue Haare im Schnauzer, so ist ihr das genauso schnuppe, wie wenn ich einen Fuß gebrochen hätte oder im Gefängnis säße. Ich kann mir denken, daß auch Du mir nicht glaubst, deshalb will ich dir nichts weiter vorraunzen. Immerhin habe ich aus den Worten von

Mair herausgehört, daß zumindest Du und Tatta und auch Julie und Luise sich noch für mich interessieren und mich vielleicht auch gernhaben.
Über Weihnachten werde ich nicht zu Euch nach Hause kommen, sondern bei den Tanten in Julies Kammer schlafen. Ich will nichts mehr von Mamma, auch zum Christkind keine Unterhosen, Socken oder Schuhlitzen — ich habe ihr ja schon soviel Geld gekostet —, auch nichts zum Essen, das einem doch nur mit Vorwürfen serviert wird. Einen Brief diesbezüglich werde ich auch noch an Tante Julie schicken mit der Ausrede, Benjamino würde mein Bett brauchen.

Meine Freunde hier sind — bis auf Mair — keine Freunde. Sie machen sich über meine Sorgen lustig. Wenn ich ihnen den ganzen Tag den Kasperl spiele und den Witzbold, dann laden sie mich sogar zum Abendessen ein, dann tun sie groß mit mir, stellen mich überall als den Dichter Südtirols vor und lachen sich hinter meinem Rücken krumm. Oder sie nehmen mich zum Beichtvater, wie Zoderer, dem es wirklich schlecht geht, und stopfen mich mit ihren Sorgen voll: ich habe selber schon genug.

Sorge Nr. 1: 500 S für die Dezembermiete weil ich das Geld für Schulbücher brauchte. Wäre gestern zu zahlen gewesen.
Sorge Nr. 2: 365 S Studiengebühren für das kommende Semester, zahlbar bis zum 12. Dezember

Wo soll ich bis zum 12. Dezember dieses Geld herzaubern. Ich mußte Lehrbücher haben, so wie sie schon in der Volksschule Pflicht sind. Aber ich hatte nicht dran gedacht. Jetzt fehlen in meiner ganzen Rechnung 19.000 L. Mit den übrigen Sorgen muß ich selber fertig werden: Essen, Kälte (es ist saukalt), Straßenbahn, Studium und Prüfungen.

Kannst oder willst Du diese lebensnotwendigen 865 S nirgends auftreiben, so schreib mir bitte zumindest rechtzeitig ein Kärtchen, damit ich weiß, wie ich dran bin und das Geld — Gott weiß mit welchen Kunststücken? — hier in Wien zusammenleihe, zusammentrommle usw.
Frag vielleicht Frau Kainzwalder
Dieter Nicolussi-Leck
Tatta
oder wer Dir gerade einfällt. Nur im äußersten Notfall die Tanten, denen bin ich nämlich schon lange genug auf dem Geldbeutel herumgelegen. Dieter ist fast immer Samstag-Sonntag zu Hause (Tel. 85049).
Sag den Tanten einen recht schönen Gruß von mir und herzlichen Dank für das Fleißzettelchen: es reicht noch leicht bis zum 12. Dezember zum Leben.

Ich weiß mir nicht mehr
zu helfen
Es grüßt Dich und küßt
Dich in aller Liebe
Norbert Conrad
Dein Bruder

[...]

An Gerhard Kofler

wien, 21. 1. 70

lieber gerhard!

sicher willst Du einen grund wissen warum ich Dir bisher nicht geantwortet habe. ich wollte Dir ueberhaupt nicht schreiben; nicht um Dich zu kraenken nicht weil Du der große gerhard j.a.kofler bist, nicht weil ich von Dir nichts mehr hoeren will oder Dich nicht mehr sehen koennte das ist es nicht.

grund 1: ich habe ca. 70.000 lire schulden und deshalb andere sorgen als literarische briefe send- und rundschreiben abzulassen. ich hatte genug zu tun mich vor den hauptglaeubigern zu verstecken (zb. mein wiener hausherr oder unsre athesia) ganz zu schweigen davon daß ich mich ganz trefflich zum alkoholiker heruntergewickelt habe. meine lichtb licke sind gezaehlt und wenn dann sehen sie so trist aus daß nur schlafpillen stricke rasierklingen und schnaps dagegen helfen. wie froh waere ich wenn a lles so witzig waere wie es klingt. es ist ernst. ich gebe keine versprechen mehr ab weil ich sie nicht halten werde ich lege meine haende in den schoß und um die hoden.. ich hasse jede art von aktion.

grund 2: ich habe mich totgeschrieben. der literarische rummel hat fuer mich aufgehoert. mich kotzt alles an was zu meiner beruehmten verga ngenheit gehoert. amen. ich glaube mir selbst nicht mehr. ich ver druecke mich ins lager der taubstummen. ich habe nichts mehr mitzuteilen.

— suhrkamp hat meine lyrik schon laengst zurueckgeworfen
— die fortiniuebersetzung scheitert am autor
— rohwolt ist nicht an der scuola di barbiana interessiert
— seit anderthalb monaten habe ich heute wieder etwas geschrieben: »sei mir gegrueßt«
— die passio ist ein wunschtraum
— das hoerspiel »der rundaeugige« ist zwar fertig und auffuehrbar aber vom orf abgelehnt
— die schon lange verheißene sendung in unserm deutschsprachigen fern sehen »begegnung am buechertisch« kann nur noch tiefseeforscher erw aermen (= ins wasser gefallen). die 50.000 lire haetten mich gewaltig saniert
— ich habe noch immer kein stipendium (eigenes verschulden)
— ich habe hunger
— ich habe kein geld
— ich habe zu kalt (siehe: wie eiskalt ist dies haendchen..)
— der himmel haengt also voller geigen

so! und nun genug des selbstmitleids. trinker sind anfaellig dafuer. wie heißt Deine literaturzeitschrift? wer redigiert? welche tendenz hat sie? wie hoch ist der preis? bekomme ich ein freiexemplar? bekomme ich gar ein honorar? ist mitarbeit moeglich? welche rolle spielst Du?
sollte mein manuskript zu spaet eingelangt sein so will ich es sofort zur

ueck. zur zeit bin ich auf der suche nach einer neuen form der aussage. wenn ich nichts finde gehoert alles der vergangenheit an. leben ist immer leben sgefaehrlich sagt kaestner — aber schreiben? ich habe das arme wuerstchen beschworen und werde es nicht mehr los. vielleicht breche ich noch einmal zu neuen ungeahnten hoehen auf. ein tief herrscht auf allen fronten es kann nur noch besser werden.

mit grueßen aus der depression

An Emil Stocker

wien, 22. 1. 1970

der Herr ist ein kriegsheld;
»jahwe« ist sein name ex 15,3

das ist das lamm gottes, das
die sünde der welt hinwegnimmt
joh 1,29

lieber emil!

ich war ungeheuer überrascht, daß Du Dein versprechen gehalten hast. ansonsten pflegt man solche kleinigkeiten einfach unter den tisch fallen zu lassen. vielen dank; Deine auskunft über jenen basler brunnen hat mir sehr genützt.

und nun zur religionsstunde, die Du mir da in Deinem brief servierst. wir sind samt und sonders keine weltverbesserer, zumindest nicht solange unser lebensinhalt nur darin besteht, einen mehr oder minder diskutablen standpunkt bis aufs messer zu verteidigen und nach diesem standpunkt alle anderen zu messen und zu beurteilen. ich greife da mit vorliebe auf franziskus zurück, der sich keineswegs bemüßigt fühlte, den richter zu spielen, sondern aus den gewonnenen erfahrungen heraus sich einen standpunkt schuf, den er zeit seines lebens beibehalten konnte. man hat oft in diesem zusammenhang von schweigendem oder stummen protest gesprochen. total verfehlt! sein protest war so schreiend, daß deutschland, ägypten und england sogar davon erfuhren. das nenne ich mir einen weltverbesserer. seine aktion war der gipfel der aktion, seine toleranz so übertrieben, daß sie sich ins massivste gegenteil verkehrte, seine nachahmung christi war keine imitation, sondern die bestmögliche übersetzung christi in seine zeit. das menschsein christi ist nicht voll ausschöpfbar, genausowenig wie ich als emil stocker leben könnte. deshalb scheint es mir falsch, wenn Du den gott des alten testaments zu sehr mit einzelnen handlungen christi vergleichst (feigenbaum, klage über jerusalem etc.). selbst dann wenn christus unerbittlich erscheint, voller zorn und emotion, ist er nicht der gott der rache und vergeltung, wie er aus dem alten testament resultiert. der gott des nt ist die alleingültige und endgültige offenbarung des alttestamentlichen gottes. fehlschlüsse und enorme widersprüche im alten testament schreibe ich also den menschen zu, denen es nicht vergönnt war, gott so klar vor sich stehen zu sehen, wie die evangelisten. deshalb ist für mich gott im at noch immer identisch mit dem gott im nt. gewandelt haben sich nur begriffe wie: rache, krieg, vergeltung etc.

der langen rede kurzer sinn:

— mein brixner referat mit all seinen nebenwirkungen und -äußerungen entspricht keineswegs christlichen prinzipien
— einen gott der rache gibt es nicht
— einen gott des protestes gibt es (protest in form von liebe, »perverser« toleranz, verständnis etc.)
— wir können weltverbesserer sein, wenn wir christus nachahmen soweit es uns gelingt. in diesem fall ist konsequenz eine gnade.

mit freundl. grüßen

An die Eltern

Wien, 26. Jänner 1970

Liebe Eltern!

Deine Karte, lieber Tatta, die den Stempel vom 19. trägt, ist aber lange unterwegs gewesen. Sie ist erst am Freitag, den 23. angekommen. Also wird die Bestätigung, die Du brauchst erst am Ende der Woche bei Euch sein, weil ich sie erst morgen oder übermorgen kriege. Hoffentlich ist es nicht zu spät.

Im übrigen geht es mir nicht schlecht, bin weder verkühlt, habe weder Zahnweh noch Kopfweh. Nur der riesige Appetit gibt mir zu denken. Ich habe tageweis Hunger. Oft gehe ich ins Tirolerheim hinauf, wo man um 6 S ganz ordentlich Abendessen kann. Wenn es Leberknödel gibt oder Wuchteln oder solches Zeug, das ich nicht kochen kann, so bin ich im Tirolerheim.

Das Wetter ist denkbar miserabel. Immer kalt und feucht, nie keine Sonne. So richtig trostlos. Neues gibt es auch nichts, außer daß ich am Freitag eine Prüfung sehr gut bestanden habe. Am 31. Jänner geht das Wintersemester zu Ende und es folgen die Semesterferien, die den ganzen Februar dauern. Ich bitte Euch deshalb, mir für den Februar eine Arbeit ausfindig zu machen, was bei uns leichter geht. Hier kann ich nicht viel unternehmen, weil ich die italien. Staatsbürgerschaft habe, und nur mit den paar Gelegenheitsarbeiten komme ich nicht weit. Ist es Euch lieber, wenn ich hierbleibe, so bleibe ich eben in Wien. Schreibt mir also schnell, ob ich kommen soll oder nicht. Wohnen könnt ich ja auch bei den Tanten. Solltet Ihr schon im Februar übersiedeln, so werde ich auf alle Fälle für ein paar Tage erscheinen, um Euch zu helfen. Geld für die Heimreise brauche ich keines, weil ich wenn schon, per Autostop fahre. Wenn Ihr mir sonst eine Kleinigkeit schickt, so bin ich Euch sehr dankbar. Es muß aber nicht unbedingt sein.

Vielleicht könnte ich bei Neuhauser aushelfen oder bei der Moessmer im Büro. Ich arbeite alles, nur soll es nicht narrisch streng sein, weil ich ja auch nicht gerade ein Mordskerl bin.

Mit den herzlichsten
Grüßen
Euer

An Monica Kaser

Wien, 26. Jänner 1970

Liebe Monica!

Du hast einmal gesagt, ich solle Dir oft schreiben, damit Du von mir lernen kannst. Meine Briefe sollen sehr nett und schön und lieb sein. Nun, wenn Du einmal in Deinem Leben in die mißliche Lage kommen solltest — was Gott verhüte — Bettelbriefe zu schreiben, so kannst Du zweifelsohne immens viel von mir lernen.

Am vergangenen Freitag habe ich meine erste Prüfung abgelegt und meine Seminararbeit »Stilistische Zusammenhänge in dem Werk von Fra Filippo Lippi und seinem Sohne Filippino« abgegeben. Solche Blödsinne lernen wir da in Wien. Richtigen Seelenkäse. Fra Filippo Lippi, mußt Du wissen, war ein Pater, der aus dem Kloster ausgesprungen ist und eine Nonne geheiratet hat. Diese Nonne lernte er kennen, als er für ein Madonnenbild ein Modell brauchte. Er hat sich ganz saftig in sie verknallt und ist mit ihr auf und davon. Später, als man sah, daß bei den beiden Hopfen und Malz verloren war, ließ man sie heiraten. Ihr Sohn war Filippino Lippi, der wie sein Vater ein bekannter Maler des Florentiner Rinascimento wurde... und wenn sie nicht gestorben wären, würden sie heute noch leben. Ich hatte nichts weiter zu tun, als mir die Bilder dieser beiden Maler genau anzuschauen und ihren Lebenslauf und dann niederzuschreiben, was sie gemeinsam haben. Das klingt einfacher als es ist: vergleiche doch Du einmal zwei Leute miteinander, die schon längst tot sind, und das noch zwanzig Maschinenschreibseiten lang. Die mündliche Prüfung ist prima von statten gegangen und die Arbeit haben sie auch angenommen.

Das Wetter ist ganz scheußlich und ich bin ganz verzweufelt. Ganz einsam bin ich auch noch dazu: d. h. ich bin froh nicht verliebt zu sein; wo käme ich denn hin, bei meinem Reichtum. Aber auch das Traurigsein kostet Geld, und jetzt bin ich soweit: am Donnerstag war mein Hausherr da und hat gefragt, ob ich denn überhaupt kein schlechtes Gewissen hätte. Ich bin im ganzen Gesicht rot geworden, wie eine Pastasciutta, die es dreimal wöchentlich bei mir zu Hause gibt. Ob ich nicht wüßte, warum er gekommen sei. »O, ja« sage ich »wegen der Miete vom Jänner. Aber mein Gewissen ist doch nicht so schwarz, wie Sie glauben, denn so lange ich noch täglich 20 l Wasser von ganz unten heraufschleppen muß und auch der Herd alles eher als funktioniert, ist mein Gewissen von wichtigeren Sorgen belastet. Außerdem, lieber Herr Reinold, habe ich beim besten Willen kein Geld.. und glauben Sie mir, ich hätte schon auch lieber etwas im Sack.« Langsam habe ich dann meine Normalfarbe zurückgekriegt und meine Fassung wiedergefunden. Er werde sich noch etwas gedulden, hat er gemeint.

So, nun weißt Du wiedereinmal, wie Dein armer, armer Bruder dran ist. Im übrigen geht es mir ja ganz passabel, wenn auch meine Reichtümer bis auf 18 S gesunken sind.

Wie geht es sonst zu Hause? Seid Ihr gesund? Was läßt Benjamino von sich hören?
Schreibe mir bitte bald und gedenke meiner Miete: der Februar steht auch schon vor der Tür. Grüße mir auch Carla und gehab Dich wohler als ich

Dein Bruder

An die Tanten Juliane und Luise Thum

Wien, 26. Jänner 1970

Liebe Tanten!

Ich weiß, daß ich ein Schwanz bin, weil ich nie schreibe. Aber ich hatte es dieser Tage furchtbar eilig, weil am Samstag das Semester zu Ende geht. Dafür habe ich auch am Freitag eine Prüfung gut bestanden. Wenn meine Eltern nichts dagegen haben, werde ich schon Ende dieser Woche oder Anfang der nächsten bei Euch sein und den ganzen Februar im Lande bleiben. Solltet Ihr zufällig eine Arbeit für mich wissen, so wäre ich sehr dankbar, wenn Ihr das den Eltern sagen würdet.

Gestern habe ich mit den Studenten vom Tirolerheim einen Ausflug nach Lilienfeld in Niederösterreich gemacht. Es war eigentlich recht nett. Lilienfeld ist ungefähr so groß wie St. Lorenzen und hat ein uraltes Zisterzienserkloster, das ich natürlich besichtigt habe. Das Wetter war auch ganz passabel, was fast ein Wunder ist, weil hier in Wien ist es immer kalt und feucht. Die Sonne scheint überhaupt nie.

Im Augenblick habe ich ganz gewaltigen Hunger. Ich würde ganz gern grauen Käse essen, aber der ist schon lange fertig. So sitze ich eben da und schreibe an Euch, obwohl es nicht viel Neues gibt. Komisch, bei uns in Bruneck passiert viel mehr: da kommen Kinder auf die Welt, da wird geheiratet und gestorben, und die ganze Stadt spricht davon. Hier schert sich kein Mensch darum. In der Zeitung steht auch immer das Gleiche. Wenn nicht die Universität da wäre und die vielen Theater, so würde ich vor Langeweile sterben. Oft bin ich ganz froh, daß ich viel zu lernen hatte in diesem Tagen, daß ich selber waschen, kochen und schuheputzen muß, so weiß ich wenigstens, daß die Zeit halbwegs sinnvoll vorübergeht.

Schreibt mir bitte noch kurz, wie es Euch geht und seid mir herzlich gegrüßt.

Euer

An Paul Zanon (Südtiroler Hochschülerschaft)

Wien, 28. 1. 1970

Lieber Paul!

Auf Veranlassung meines Kollegen und Freundes Josef Mair unterbreite ich Dir hiermit einige Vorschläge für die kommende Studientagung. Es sind, wie gesagt nur Vorschläge. Solltest du einiges für brauchbar und wertvoll erachten, so freut es mich, Dir geholfen zu haben. Ich bin aber weit davon entfernt größeren Einfluß auf die Veranstaltung zu nehmen. Trotzdem kannst du meiner Hilfe, wenn Du sie brauchst, gewiß sein. Ist Dir einiges unklar, so schreibe mir einfach. Im Februar bin ich in Bruneck, sonst in Wien.

Mit herzlichen Grüßen

XIV. studientagung der südtiroler hochschülerschaft
ostern 1970

Referenten	Themen
Dr. Alexander Langer	a) politische Funktion der Kirche
Bozen	b) Kirche und Wirtschaft
	c) Analyse von Hirtenbriefen
	d) Kirche und Presse
Dr. Wolfgang Röd	a) der soziale Standpunkt der Kirche
Heidelberg	b) Kirche und Unterricht
	d) Kirche und Kultur
	c) die neue Humanitas

Dr. Chrysostomus Giner Kloster Neustift	a) Funktionen der Orden b) Priesterausbildung c) die neue Liturgie d) Position des Klerus
Dr. Torggler Meran	a) Synthese: Kirche — Marxismus? b) Kirche und politisches Leben c) das »Christliche« in den Parteien d) Abriß der Südtiroler Kirchengeschichte
cand. arch. Fritz Falch St. Anton (vorgeschlagen zum Diskussionsleiter)	Kurzreferat: Laie und Kirche

---

Rahmenveranstaltungen:

Orgelkonzert	Penderecki Paulmichl Urbanner

Klosterführung in Kloster Neustift

Erläuterungen

zu den Referenten

Dr. Alexander Langer ist hinlänglich bekannt. Sein umfangreiches Wissen, auch auf theologisch-kirchlichem Gebiet, und seine Kritiken an unserer Gesellschaft lassen darauf schließen, daß ein Beitrag von seiner Seite sowohl neue Blickpunkte eröffnet als auch zu Diskussionen reichen Stoff liefert.

Dr. Wolfgang Röd, aus Kiens gebürtig und zur Zeit Dozent an der Universität Heidelberg, vertritt — soweit ich informiert bin — den Standpunkt des »humanistischen Atheisten«. Immerhin hat er besten Einblick in unsere Situation.

Dr. Chrysostomus Giner, der Abt von Neustift, bedarf wohl keiner weiteren Empfehlung.

Dr. Torggler, Philosophieprofessor am Lyzeum von Meran und Verfasser der »Staatsbürgerkunde«, kann aufgrund seiner Lehrtätigkeit und seines offen bekannten marxistischen Standpunktes, zum Thema »Kirche« immerhin einiges sagen. Sein Objektivismus ist bekannt.

zu den Themen

um nicht hinter jeden einzelnen Vorschlag »in Südtirol« hinzufügen zu müssen, sind die Titel so kurz ausgefallen. Daß in dieser Studientagung von unserer Südtiroler Kirche die Rede sein wird, war von vorneherein klar. Die Themen sollen den Referenten in dieser knappen Form (= ein bißchen besser formuliert) vorgelegt werden. Sie entscheiden sich für eines der Themen und werden den Titel ihres Referates noch genauer präzisieren. Durch die etwas

ge Form der Themen werden die Referenten sehr viel Spielraum haben. Natürlich sind die Themen frei auswechselbar, auch bei den Referenten handelt es sich ja nur um Ratschläge sehr subjektiver Natur.
Etwas verwirrend mag das 1. Thema für Langer im Zusammenhang mit dem zweiten Thema für Torggler sein. Unter der politischen Funktion der Kirche verstehe ich ihre politische Aktivität, ihre Handlungen auf politischer Ebene (zB. kraß ausgedrückt: Wahlpropaganda von der Kanzel); unter »Kirche und politisches Leben« hingegen meine ich genau das Gegenteil: die politische Passivität und Enthaltsamkeit.

An die Tanten Juliane und Luise Thum

Wien, 21. 2. 70

Liebe Tante Julie und Luise!

Schon zwei Wochen sind vergangen, ohne daß ich etwas von mir habe hören lassen.

Eigentlich bin ich, wenn es mir halbwegs gut geht, sehr schreibfaul.

Also da ist einmal zuerst das Wetter: wie ich weggefahren bin hat es ja fürchterlich geschneit. Am Brenner war alles in Schnee versunken, in Niederösterreich aber schien die Sonne und der Schnee war weggeschmolzen. Das schöne Wetter hat noch eine Woche angehalten, es war sogar so warm daß ich nicht zu heizen brauchte, und im Garten kamen schon die Spitzen der Tulpen heraus. Nun ist seit Sonntag der Teufel wieder los: es schneit und regnet durchaus und manchmal ist es saukalt. Heuer will der Winter wohl nimmer aufhören?

Das Stipendium habe ich zwar gekriegt, aber nur ein Viertel davon. 10.000.— Schilling habe ich noch zu erwarten. Inzwischen habe ich meine Miete bis Mai vorausbezahlt, in der Athesia Schulden getilgt und den Kühlschrank mit Lebensmitteln vollgestopft. So ist es mir leider im Augenblick nicht möglich, Euch das Fahrtgeld zurückzuschicken.

Im Sommer werde ich nach Berlin arbeiten gehen, wo man ganz gut verdienen soll.

Es ist nicht sicher, ob ich zu Ostern nach Bruneck komme; wenn das Wetter schlecht ist auf keinen Fall. Sonst fahre ich Autostop und bitte Euch wieder um Quartier.

Im übrigen geht's mir recht gut. Ich habe viel bei meinen Gedichten zu schreiben und zu verschicken; schließlich und endlich möchte ich doch auch einmal gedruckt werden. Nur mit den Zähnen hat's so ein Geleide; zwar bin ich in Behandlung, es hilft aber nicht recht. Vielleicht habe ich zu lange damit gewartet. Auch ist jetzt wieder Vollmondzeit und da schlafe ich miserabel.

Hoffentlich seid Ihr alle gesund und wohlauf, was ich besonders von Mamma erwünsche. Grüßt sie mir recht schön und auch Frl. Maria-Theres.

Euer Norbert Conrad

ps. die Bestätigung für die Pensionszulage kriege ich erst im März. Bitte bewahrt mir die Briefmarken auf und gebt sie unbeschädigt der Monika.

An Ivo Beikircher

Wien, 23. 2. 1970

Lieber Ivo!

Obwohl ich inzwischen wieder im Land drinnen war, ist es mir nicht gelungen, Dich aufzusuchen. Allerdings habe ich mit Freuden und auch etwas Zorn erfahren, daß unser gutester Paul Tschurtschenthaler erst 1874 zur Welt gekommen ist. Bisher war ich von der fixen Idee besessen, daß er schon 1872 geboren wurde. Das hat nun meine hochfliegenden Pläne komplett über den Haufen geworfen: ein Programm, wie ich es 1969/70 für 1974 erstellt habe, ist natürlich sinnlos geworden.

Dafür habe ich mehr Zeit gewonnen, aus diesem relativ unfruchtbaren Thema noch mehr herauszuholen. Kürzlich habe ich erst seinen ersten Gedichtband »Saitengold und Lieder« gelesen und mich dabei königlich unterhalten.

Sei mir also nicht böse, wenn ich meine bisherigen Pläne und Vorstellungen verwerfe, ja sie Dir nichteinmal vorlege.

In der Ruhe von drei Jahren lassen sich unvergleichlich bessere Sachen vorbereiten. So denke ich schon an ein Stück, an eine Ausstellung... inzwischen wird Bruneck schon seine 15.000 Einwohner haben. Die Möglichkeiten werden unbedingt besser sein als jetzt, wo ich gezwungen bin, im Rahmen von Kolpingsaal und Athesia zu denken.

Meine literarische Tätigkeit — falls man überhaupt von einer solchen sprechen kann — läßt sich im Augenblick gar nicht gut an. Das Hörspiel »Der Rundäugige« wird mir unter dem Siegel der Unverständlichkeit zurückgeschickt. Studio Tirol ist überhaupt verstummt. Was soll's? Besser, man schert sich nicht darum und schreibt wie es einem kommt. Hier zählen nur Beziehungen; die literarische Maschinerie wäre zum Fürchten, wenn sie nicht so lächerlich wäre.

So kann ich nur hoffen, daß es Dir wesentlich besser geht. Ich werde mich schon durchhauen. Wenn ich nicht gefragt bin, mache ich mich gefragt.

Mit herzlichen Grüßen

ps. Sollte etwas von mir erscheinen, werde ich Dir natürlich sofort davon berichten.

An Luis Benedikter

wien, 23. 2. 70

so, sagte die klapperschlange zur maus, und jetzt werde ich dich fressen.. (kaser)

so, sagte mein vater zu mir, wenn Du heute maturaball gehst, bist Du aus der familie ausgeschlossen und hast nichts mehr von uns zu erwarten

so, sagte ich am 31. jaenner zum vater, und jetzt werde ich Dich fressen

um etwas klarer zu sein: ich bin zu hause hinausgeflogen. beide teile sind froh darueber. mit mir konnte man anscheinend nicht mehr existieren. ich bin ihnen zu hochgegriffen.

auch recht, sagte die maus und blieb hypnotisiert auf den hinterbeinen stehen, dann aber, als die klapperschlange vorstieß, fiel die maus in ohnmacht und damit auf alle viere. sie hatte das gleichgewicht wieder und entkam

nach wien, wo sie seither in saus und braus von den brosamen lebt, die fromme rentnerinnen eigentlich den armen voegelein des winters streuen.

den gesang vom lusitanischen popanz, der gestern abend das letzte mal ueber die buehne ging, habe ich inzwischen auch gesehen. es haette sich nicht ausgezahlt, eigens nach wien zu fahren — ich war enttaeuscht. trotzdem haettet Ihr als kleines ensemble vielleicht von dem wissen profitieren koennen, wie eine kellerbuehne stuecke solcher art bewaeltigt. doch — ohne kompliment, bitte — Ihr wißt das besser als die »komoedianten«.

tendenz ist gut, nackte tendenz geht mir auf die eier, verstehst Du, wenn ein stueck an sich schon eine klare tendenz hat, muß man nicht unbedingt die tendenz u. nur sie herausarbeiten. die kritiker loben das ensemble und tadeln das stueck, ich bin verkehrter meinung.

in der dusteren provinz ist das stueck nicht auffuehrbar, in bozen mit vorbehalten.

landtagswahlergebnisse in kaernten: spoe 20 sitze bisher 18, oevp 12 bisher 12, fpoe 4 bisher 5 und 0 kpoe bisher 1. wahlbeteiligung: 85,89%.

hier stehen wir mitten im wahlkampf, der sich auf sehr burleske weise abspielt. bisher habe ich fuenf rote sozialistische kugelschreiber gekriegt und einen gruenen oevp sonnenschirm. am 1. maerz gibts nationalratswahlen.

herzl. gruß auch an
Deine frau

ps. vielleicht hast Du die beiden gedichte im kunstgeschichteband fuer china gefunden. sei so lieb, und schick mir eine abschrift.
grueße mir youl und christa.
neuigkeiten kultureller und politischer natur erbeten unter

norbert c. kaser
alszeile 64/34
A 1170 wien 17

An den Circolo Amici della Poesia

Wien 27. 2. 1970

Geehrte Herren!

Gerne bin ich bereit an Ihrem Wettbewerb teilzunehmen, von dem ich durch Ihren Brief an die Südtiroler Hochschulgruppe Wien erfahren habe.
Zugleich schicke ich mein Manuskript an Sie.

Etwas allerdings wundert mich sehr: in Ihrem Schreiben stehen zwar eine Menge von Bedingungen, aber nicht ein Wort darüber, warum dieser Wettbewerb gemacht wird, was mit den Texten geschieht und ob es in irgend einer Form Preise gibt. Gerade das würde mich interessieren.
Ich hoffe, Sie tragen meinen bescheidenen Wünschen Rechnung und informieren mich darüber.

Daten zu meiner Person:

geb. 19. April 1947 in Brixen
wohnhaft in Bruneck/Stegen 53a
Matura 1969 am klass. Lyzeum Bruneck
Student der Kunstgeschichte an der
Universität von Wien

Veröffentlichungen in: theater der jugend (wien)
Dolomiten
skolast
die brücke
sender bozen

übersetzt wurden:
Abbandono pag. 77
Gabbiani pag. 84
von Vincenzo Cardarelli
(Poesie — Arnoldo Mondadori Ed. — Gli Oscar 5a — 1966)

Mit besten Grüßen

An Gianni Bianco

Vienna, 28 febbraio 1970

Gentile signor Bianco!

Un nostro funzionario della SH (Südtiroler Hochschülerschaft) mi ha proposto poco fa di scrivere per la rivista »skolast« un articolo sul Suo romanzo »Una casa sull'argine«. Su questo romanzo avevo già parlato nella mia conferenza sulla »letteratura sudtirolese degli ultimi 20 anni e del futuro« il 27 agosto 69 davanti alla Südtiroler Hochschülerschaft. In quei giorni non avevo altro materiale che qualche piccola informazione del noto giornalista Claus Gatterer, che nel suo libro »Im Kampf gegen Rom« ha citato appunto »Una casa sull' argine« come prima opera di una letteratura italiana nel sudtirolo. Gatterer che — come mi ha confessato — non ha letto il Suo romanzo, dice che non si potrá più negare, che gli italiani dell' Alto Adige abbiano una loro cultura locale ed autonoma. Il professore Eugen Thurnher dell'universitá di Innsbruck invece dichiara, che gli italiani negli ultimi cinquant'anni non avrebbero fatto altro che distrutto quella sana cultura tedesca (che è indistruggibile) e non sarebbero stati in grado di portarvi una cultura equivalente.

Però non si tratta di dire nuovamente certe veritá che ho già detto a Bressanone e di aprire nuove polemiche, si tratta semplicemente del mio personale desiderio di conoscere il Suo romanzo e del desiderio della SH di sapere realtá che vengono negate da tutti gli altri. Però non so la casa editrice, non ho trovato la Sua opera da nessun libraio: Le prego di spedirmela o di scrivermi come posso riceverla.

Il mio articolo, che sará stampato fra qualche mese, Le verrá naturalmente mandato.

An Monica Kaser

wien, 15. 3. 1970

liebe monica!

es tut mir ungeheuer leid, daß es gerade Dich wieder erwischen mußte, besonders deshalb tut es mir leid, weil ich im augenblick ueber nichts zu klagen habe. lange habe ich mich gewundert, daß niemand schreibt. auch tante julie hat seither nicht geschrieben, und so war ich sehr besorgt: ich traeumte ungewoehnlich schlecht, daß vater mich erschlage und so oder ich ihn, daß er oder mutter mich verfolgen, daß ihr alle tot seid.. kurzum, ich traeumte das wildeste zeug. ich hatte das gefuehl, daß irgendetwas gescheh en war.

liebe monica, wenn es sich irgendwie machen laeßt, mußt Du zu mir nach wien kommen.. vielleicht im mai oder anfang juni. das geld fuer die fahrk arte werden wir gemeinsam schon irgendwie zusammenkratzen. wir haben mehr durchgemacht als nur eine fahrt nach wien. Du hast unbedingt ein paa r tage ruhe noetig, ruhe in einer großen stadt. luftwechsel, gesichterwechsel. wie waere es mit dem 28. mai? da ist fronleichnam, darauf folgt ein freitag und ein samstag und ein sonntag.. wenn Du am mittwoch den 27. abends abreist, bist Du um 8 uhr hier in wien. nun, wir haben noch lange zeit genau zu ueberlegen.

[...] Du bist noch einer der ganz wenigen Menschen, zu denen ich Vertrauen habe, denen ich sagen kann, welch schlechter hund ich bin, denen ich sagen kann, was ich denke, fuehle und leide. vieles wird Dir unverstaendlich bleiben, ich bin und bleibe ein spinner, der nirgends hin paßt, bleibe ein verschwender, ein unvernuenftiger querkopf. so ziemlich an alles habe ich den glauben verloren, gott ist mir ziemlich wurst — was der macht, ist doch nicht fuer uns —, wenige menschen haben mich geliebt: mariedl habe ich durch eigne schuld verloren, mutter und vater haben mich abgestoßen, dieter laeßt schon lange nichts mehr hoeren... ich bin einsam, wie ein alter mann, aber frei. mein eigner herr. wenn ich die schuhe nicht putze, dann putze ich sie eben nicht, wenn ich nicht aufbette, steht keine schimpfende mutter hinter mir. ich habe alles zurueckgelassen und es wird wohl dabei bleiben.. obwohl e s mir oft den magen umdreht, trockene traenen ins gesicht treibt, wenn ich daran denke, daß ich niemehr so unbeschwert im schießstandwald oder b ei den sandgruben herumschlendern kann.

es ist nicht sehr wahrscheinlich, ob ich zu ostern komme. vielleicht tauche ich ganz kurz auf. wenn ich mir zwei dutzend brunecker und andere gesichter wegdenken koennte, kaeme ich bestimmt. so aber hat es wenig sinn. ich habe kein zu Hause mehr, das weißt Du. wenn ich kaeme, wuerde ich natuerlich mutter und vater gerne sehen — ich aber kann nicht.. ich kann einfach nicht.

ich bin Dir sehr dankbar, daß Du mir die Briefe nachgeschickt hast. das mit der athesia regle ich selber, wenn Du in dieser hinsicht etwas fuer mich tun mußt (Dein geldbeutel wird dabei auf keinen fall angetastet), werde ich es Dir noch rechtzeitig mitteilen. sollte eine zeitschrift: »neue wege« kulturzeit schrift des theaters der jugend wien eintreffen, so bitte ich Dich, sie mir sof ort zu schicken. auch fuer die uebrige post bin ich Dir dankbar. die eltern b rauchen sie nicht in die hand zu nehmen, das geht sie einen kaese an.

noch einige fragen:
warum schreibt tante julie nicht? (meinen letzten brief an sie habe ich gleichzeitig mit dem letzten brief an Dich abgeschickt)
koenntest Du mir ein bißchen oesterreichisches geld schicken (ich habe fast nichts mehr)
arbeitest Du wieder oder bist Du zu hause?
koenntest Du meine gruene baskenmuetze bitte schwarz faerben lassen?
was macht dieter?

im augenblick gibts nicht mehr viel zu sagen. mit den besten wuenschen fuer eine gute genesung verabschiede ich mich fuer diesmal. grueße mir die tanten und — ja, so seis halt gesagt — grueße mir auch die eltern.

[...]

An Peter Henisch

wien, 17. 3. 1970

werter herr henisch!

leider hat mich Ihr schreiben vom 8. 2. nicht mehr in bruneck erreicht und man hat mir erst jetzt den brief nachgeschickt.

wenn es, wie Sie sagen, an mir liegen soll, Ihnen zu helfen beim »anheben« des lyrikspaltenniveaus, so bin ich dazu gerne bereit. allerdings wird ein e persoenliche aussprache unbedingt noetig sein, um die einzelnen standp unkte zu klaeren und festzustellen, ob etwas daraus werden kann. was die bisher in den »neuen wegen« von mir veroeffentlichten texte anlangt so h abe ich sie zwar verfaßt und stehe auch deshalb dazu, doch sind diese zeit en endgueltig vorbei. so lege ich Ihnen ein paar neuere arbeiten bei, ueber die Sie frei verfuegen koennen. ich denke mir, daß sich blatt 1 und 2 fuer die »neuen wege« eignen koennten. blatt 3 hingegen ins »wespennest« fallen koennten. allerdings kenne ich das wespennest viel zu wenig, nur durch zufall ist mir mein freund peter slavik damit ueber den weg gelaufen, deshalb bitte ich Sie, mir eine probenummer zuzuschicken.

leider kann ich mir unter »programmaufsaetzen« rein sauber nichts vorstell en, bei uns in suedtirol wird sowas wohl unter anderem namen laufen. eine aussprache erwuensche ich mir auch deshalb. termin und ort legen Sie bitte selber fest. bis zum 24. maerz bin ich sicherlich in wien und dann wieder ab 5. april. da ich nicht telefonisch erreichbar bin, schreiben Sie mir bitte. es duerfte sich eruebrigen, daß ich kein curriculum vitae beilege. ich hasse solchen quatsch und solche litaneien.. ist auch voellig belanglos.

mit herzlichen grueßen

eingesandte beitraege:

blatt 1: der wind treibt den schnee
granada 30. xii. 1066
gelassen geht
vielleicht wer weiß

blatt 2: chor der beamten
chor der voegel

blatt 3: die beiden hurenlieder

An Markus Vallazza

wien, 170370

..ich mache es den kritikern leicht — : sie brauchen über meine arbeit nichts zu schreiben.. wer augen hat zu sehen, der sehe. markus

natuerlich habe ich augen, natuerlich bin ich nicht blind, aber ich moechte auch alle jene zum sehen bringen, denen es unmoeglich war, Deine ausst ellung in der secession zu besuchen.
auch mit worten kann man sichtbar machen.
ich beabsichtige im skolast einen laengeren artikel ueber Deine wiener aus stellung zu schreiben (sei unbesorgt, ich beiße nicht, in diesem fall schon gar nicht). dazu fehlen mir aber graphiken von Dir, die wir veroeffentlichen moechten. so wage ich es einige bilder abfotografieren zu lassen, um sie dann fuer den skolast zu verwenden. ich erwarte nun die genehmigung zur veroe ffentlichung der bilder. außerdem wuenscht man sich von Dir eine graphik als titelblatt fuer jene skolast-nummer, die ungefaehr im mai erscheinen wird. als unterlage brauchen wir allerdings ein original, das Dir natuerlich unb eschaedigt sofort als moeglich zurueckgeschickt wird.
es ist klar, daß Dir auch eine skolast-nummer zukommen wird.

so moechte ich mich nun verabschieden und entschuldigen, daß ich Dir so unpersoenlich geschrieben habe. ich werde das mit einem privaten brief nachholen. bitte antworte uns sobald als moeglich.

mit besten grueßen im namen
(leider, diesmal leider) der SH

An Christian Alton

Du kriegst auch gern post das sind kopien einer einsendung an die wiener zeitschrift »neue wege« theater der jugend ich schenke sie Dir damit auch einmal was vom ganz ganzganzganzganzganzgroßen dichter hast

alszeile 170370

norbert conrad

An Markus Vallazza

norbert conrad kaser
alszeile 64/34
a 1170 wien 17

wien
gruendonnerstag 70
sehr spaet abends

... welch gluecklich lan
d muß norwegen s
ein!

lange habe ich heut abend nach ziemlich viel arbeit mit einem jungen nor weger gesprochen in meiner stammkneipe: brankowsky's wein- u. bierhaus, wo sonst nie etwas geschieht. es ist etwas geschehen: zwei figuren aus dem geographiebuch der zweiten mittelschulklasse. ich der hellhaeutige deutsch sprechende italiener und er mit dunklen haaren.
saufen macht sentimental.

ich bin Dir sehr dankbar fuer die fotografien.
meine fueße stecken in einer waschschuessel mit heißem wasser und spezi albadesalz.
mit dem zeigefinger der rechten tippe ich.
mein kopf klappert.
ich bin irrsinnig muede.
morgen reicht mein geld noch fuer eine semmel oder ein telefonat oder zwei schachteln streichhoelzer.

das reicht nicht zur selbstverbrennung.
wenn ich gezwungen bin askese zu ueben werde ich schriftlich fruchtbar.
morgen wird Dein artikel geboren mit einem unerfuellbaren schrei nach bier macht er sich luft.
einen durchschlag werde ich Dir schicken damit Du beurteilen kannst was man zensuriert. wenn sie den ganzen zensurieren wuerde es mir fuer Dich sehr leid tun.
das mit dem titelblatt ist nicht ganz sicher doch habe ich die zusage & au fmunterung von hellmuth ladurner (einflußreich sehr einflußreich)
am osterdienstag wird die sache fertig sein & das liegt leider nicht an mir aller vorraussicht nach in der mainummer erscheinen.
von meinen letzten schreibarbeiten habe ich noch keine manuskripte ange fertigt doch werde ich noch rechtzeitig an Dich denken.
ich schreibe Dir bald wieder wenn ich weniger hunger habe & munter & oder total besoffen bin & wenn mein status oeconomicus sich gebessert hat.
scheene feiertage. ich bleibe da.

norbert conrad

An Mariatheres Neuhauser

wien, gründonnerstag 1970

liebes frl. maria-theres!

weil ich heuer zu ostern nicht nach hause fahre und Sie sonst schon mit meinen gedanken und zahlreichen briefen stark vernachläßigt habe, ist es höchste zeit, Ihnen bericht zu geben von diversen neuigkeiten hiezulande von der wohlbestallten und altehrwürdigen stadt wien.

gemessen an den ereignissen dieser stadt, sind meine taten, gedanken und neuigkeiten karg und bedeutungslos. man findet sich mit der zeit unwichtig: ich bin nicht ermordet worden — pro woche wird mindestens ein mensch ermordet, man hat mich nicht ausgeraubt, nicht blutig geschlagen, kein auto hat mich an der kreuzung mitgeschleift, kein eisbrocken ist von den dächern auf mich gefallen. doch meine gedanken sind getrübt und überschattet vom bohrenden schmerz eines hartnäckigen hühnerauges auf der rechten ferse. manchmal kommt mir vor, niemand unter all den zwei millionen leuten leidet so wie ich. doch scherz beiseite: als ich vor kurzem in der klinik einen wiener kollegen besuchte, verschlug es mir stimme, schmerz und atem. in einem saal lagen sie zu dreißig und die luft war schwer, zäh und gelb wie der eiter, der auf den fußsohlen eines patienten lag.

und das ist das völlig NEUE. lange habe ich gebraucht es zu erfahren: wien ist nicht stephansdom und prater und heuriger und stadt der künstler und

kongresse, wien kann auch ein irrer mörder sein, der auf eine alte rentnerin einsticht, es kann auch ein geschlechtskranker mann sein mit eiter auf den augen, ein betrunkener, der sich gegen eine litfaßsäule erbricht oder ein hausierer schlafend im dunklen hof einer altstadtgasse.
das mag alles nach sehr sentimentaler karwochenbetachtung schmecken. die dimensionen sind es, die einen verwirren. kommt man für ein paar tage hierher, sind es eben die riesigen bauten am ring, ist es ein drama im burgtheater, ist es die bilderfülle im kunsthistorischen museum. und das bleibt dann hängen. die dimensionen des elends, der geheuchelten freundlichkeit, der immensen dummheit, der oberflächlichkeit, des beamtenapparats.. da gibt es keine führungen, kein frl. strohschneider.

sonst nichts neues von wichtigkeit:
es geht mir gut
das studium macht freude
die literatur, der krokus und die gesundheit blühen

Ihr

An die Mutter

Wien, Gründonnerstag 1970

Liebe Mamma!

Ich danke Dir recht herzlich für das Geld, das Du mir schon vor einiger Zeit schicktest. Ich habe es am Dienstag bei der Post abgeholt. Im übrigen geht es mir recht gut. Ich habe viel Arbeit und sitze viele Stunden hinter der Schreibmaschine. Wenn doch nur manchmal ein kleines Honorar herausschauen würde oder gar ein Literaturpreis.

Das Wetter ist wesentlich besser geworden — heuer soll der Winter in Wien äußerst hart gewesen sein. Wenn man den ganzen Schnee zusammennimmt, so schreibt die Zeitung, waren es genau 183 Zentimeter. Nun ich habe es überstanden: im Garten blüht der Krokus und die Gänseblümchen, die Tulpen werden auch nicht mehr lange brauchen, mein Eichhörnchen ist auch wieder da. So hoffe ich nur, daß bald die Sommerwasserleitung aufgemacht wird und endlich das ewige Wasserschleppen aufhört. Gesund bin ich bis auf die Zähne. Der Ofen wurde vor fünf Tagen in Pension geschickt. Mein Appetit ist sehr gut.

So kann ich mir nur wünschen, daß es auch Euch allen an nichts fehlt. Mit den besten Grüßen an alle

Dein

Ps. gib die Briefmarken der Monica, sie soll sie für mich aufheben.

An Ivo Beikircher

wien, gründonnerstag 1970

lieber ivo!

zu ostern werde ich nicht nach südtirol kommen. das hat seine gründe; ich habe zwei artikel zu schreiben, muß ein essay überarbeiten, ein paar manuskripte abtippen und ordnung bringen in den krautgarten meiner dichterei. im grunde hoffe ich nur, daß ich alles hinkriege.

ich bin im grunde über Deine erfolge nicht überrascht, es freut mich wirklich, daß man Dich so voll und ganz einsetzt, daß man Dich mitten in die Kunst hineinschmeißt. ich bin nicht überrascht und habe noch keinen gesungenen ton aus Deiner kehle gehört. irgendwie bin ich auch neidig, wie man so schön bei uns sagt.

tschurtschenthaler wird natürlich gemacht. von dieser aufgabe stehe ich nicht zurück. mein lächeln gegenüber seinen gedichten, ist nicht als spott zu verstehen, auch bruder willram hat schon gelächelt, als er dem 23jährigen das vorwort schrieb — und er hat ihn ernst genommen. auch werde ich Dich niemals in den sängerkäfig sperren, wie ich für Dich ja auch nicht nur literat bin.

kurzum, darüber sind wir uns einig: was heute alles als kunst einherläuft, darüber wird noch brüllend gelacht werden. was da hinter psychoanalyse, politischem engagement, sexualität, hinter den stauden der wissenschaft und technik verstecken spielt, ohne jemals (antiquiert gesagt) von der muse geküßt zu werden, darüber wird schneller gras wachsen als mir ein bart.

am samstag war ich bei der eröffnung einer vernissage: junge künstler, immense preise, andacht von scheinheiligen, graphiken von allerweltsnatur, schlechter rotwein, lesung eines modernen textes, komplimente und steifes getue. danach im nächsten kaffeehaus besoffene künstler, die von sozialem engagement und revolution sprechen.
da habe ich, selber angeheitert, den graphiker karl sandner gefragt, wie er sich bei seinem geschmiere die revolution vorstelle und bei seinen preisen das mit dem sozialen, er solle doch zugeben, daß das nur selbstgefälligkeit und geldtaschenspekultaion wäre. er — so behauptete ich weiter — würde mir sofort eines seiner blätter schenken, wenn ich ein artikelchen darüber schreiben würde, wenn ich ihm eine beziehung zu wem einflußreichen verschaffen könnte. und das unvorstellbare geschah: er, der große graphiker und wortdrechsler, war still. dann zwei worte in ekelhaftestem wiener slang: bleda provinzla. weitergings richtung publikum von der entdeckung des nackten körpers, von der freiheit des nackten körpers, von freien nackten arbeitern, von der befreiung des wortes in der materiellen funktion seines nacktseins und der ganze blimmrote käse, der so zusammengeredet wird. in seinen bildern keine spur von neuigkeit, keine persönliche handschrift, aber modern: mensch in der masse, mensch aus der masse sich befreiend, mensch ohne masse. und mich hatten sie persönlich eingeladen, danke.

wie kunst hier betrieben wird, ist deprimierend, kunst ist für sie eine hure, mit jedem von ihnen soll sie sich ins bett legen. in der kunststadt wien hat sie bisher alle perversionen überstanden, die rolle des goldenen kalbes wird sie auch überleben.

meiner literar. arbeit zuliebe bin ich dageblieben, also sei unbesorgt. ich habe mich wieder moralisch erholt. allerdings müßte ich wieder einen skandal aushecken, damit die kulturmacher auch finanziell darauf aufmerksam werden. ich werde keinen skandal machen. so frette ich halt dahin. ist auch wurscht! für Deine angebotne hilfe bin ich sehr dankbar.

mit besten grüßen und
mach weiter so

Dein

nachwort frei nach schiller:

dem mimen flicht die nachwelt keine kränze
der autor frettet an des daseins grenze

An Gianni Bianco

Vienna, 26 marzo 1970

Gentile signor Bianco!

La ringrazio moltissimo della Sua pronta risposta e di avermi allegato il Suo romanzo. Finora, per dir la verità, non sono riuscito a leggerlo del tutto, adesso però nella pace delle vacanze pasquali che trascorro qui a Vienna avró tempo assai per godermi la Sua opera e per riflettere su tutto ciò che intendo scrivere. Le prime sessanta pagine lette alla svelta nel tram si sono manifestate veramente interessanti. Sono sicuro che questo libro meriti piú d'attenzione da parte dei nostri »cari« altoatesini.

Naturalmente Le sará mandato una copia dello »skolast« se esce quel mio futuro articolo su di Lei, però non posso garantire che il numero di maggio esca puntualmente. La puntualità dei Sudtirolesi è nota, specialmente quella culturale e noi studenti non abbiamo il diritto di fare qualche eccezione quando si tratta di antichissime regole di vita.

Già dal 28 agosto sto aspettando che la mia scandalizzante relazione del 27 agosto sia stampata senza commenti ed interamente. Apparirà su un numero speciale dello »skolast« però chi sa quando. Spero di ricordarmi di Lei quando avrò in mano la mia relazione, non mi è rimasta una sola copia dell'originale.

Cordiali saluti e buone feste

An Gerhard Kofler

26. 3. 1970

so
das waere fuer heute nachmittag der brief numero sieben mein kopf klappert
waehrend ich so nebenbei im radio die karfreitagsliturgie mitanhoere
ich bleibe ueber ostern in wien
ich bin moralisch schrecklich angeknackst
vor einem jahr — karfreitag 69 — war ich das letztemal im kloster
ich bin im besitz von 12,25 ös
ich versuche ostern physisch (hunger & durst) sowie moralisch (1 volles jahr gottesferne) als auch geistig (meine gedanken kraeuseln sich) zu ueber tauchen
bis zum mittwoch werde ich auf heiligen bergen ausharren in gebet und fasten
bis ich weiße maeuse sehe und die letzte schlaffe erektion sich einstellt
sonnengesaenge singend
die religion am hals
den strick am hals
den arsch in der luft

du hast in deinen briefen die edle informationskunst bei weitem nicht erf unden
verflucht nocheinmal:
kannst du endlich einmal aus deinem literattenschneckengewoelbe mit der sprache herausflattern?
ha! geht dass?!
ich will endlich wissen was ich auf euerm scheißmonster feschtivell ze inn schpruck tun soll
stunk machen oder gedichtleinchen lesen zur wonne der goetter und tram fahrenden rentnerinnen so ich da allesamt vergasen koennte
oder soll ich meinen spritzer herausnehmen und dich und gesammelte schei ßliteratur samt kaser-kofler-briefwechsel ueber den haufen schiffen auf grund des kuenftigen gratisbieres

oh
verzeuch mir mein liebling wenn ich dir in worten zu nahe getreten bin
aber bittibittibitti sag mir was ich machen soll
ein antireferat wie ich es einmal vorgeschlagen habe
eine gedichtelesung
eine schocklesung   (bin ich eventuell des lebens sicher?)

an zwei wiener zeitschriften kann ich mir deine mitarbeit vorstellen
schick einmal was ein

a) biedere und reaktionaere texte, sketchs & lyrik & so
   an »neue wege«

Kulturzeitschrift des Theaters der Jugend
Wien I, Hofburg, Batthyanystiege

b) undergroundtexte, polittexte, experimentelles, lyrik
an »wespennest«
Helmut Zenker
Rauscherstr. 14/27 1200 Wien

adieu fuer heute ich m
uß zum ueberleben en
ergie sparen

ps. zoderers amerika adresse gueltig noch ca 3 wochen
[...]

An Joseph Zoderer

Alszeile, 30. 3. 1970 Ostermontag

Lieber Peppin!

Kein Schwein schreibt, so jetzt schreibt endlich diese Sau: sonst ist sie immer überall dabei.

Peppin, ich kann zwar nicht Gedanken lesen, aber so ungefähr dürften Deine Gedanken aussehen.

Es gibt nicht besonders viel zu schreiben. Über Ostern bin ich, wie Du siehst, hiergeblieben und habe die Feiertage mit Hilfe von Freunden ohne Hunger überstanden. Was das Geld anlangt, gehts mir wie üblich. Doch das tut nichts zur Sache. Muzz ist da und wir treffen uns ziemlich oft: Horst, Arthi und ich. Franco ist mit Christel über Ostern nach Prag. Karsamstag waren wir bei Peter Slavik eingeladen: es ist recht nett gewesen. Ich war — wie kann es anders sein — ziemlich blau und habe versucht so wild wie möglich mit Elfriede zu schmusen. Gestern habe ich mich vor Peter arg geniert, noch dazu, weil ich einen Mords-Kater gehabt habe. Ich war nicht einmal im Stande zu Arthi zum Essen zu gehen, dafür hat Horst meine Forelle gekriegt, was mich stiert. Das wäre der momentane »Familienkram«. Muzzi fährt Mittwoch oder Donnerstag wieder nach Südtirol.

Mir selber gehts gut. Allen geht es gut. Markus Vallazza hatte eine Ausstellung in der Secession, die ziemliches Echo fand. Ich muß sagen, es war gar nicht so mies, wie Franco meint. Im Mai werden von Peter Slavik in der Tribüne drei Einakter aufgeführt. Dazu machen Franco und Turi ein Plakat. Das Wetter ist sehr unbeständig aber noch erträglich. Für Deine Hütte ist ein Bewohner gefunden, mit dem ich ganz gut auskommen werde. Reinold ist am Stilfser Joch auf Urlaub. Ich habe sehr viel Arbeit, tue aber sehr wenig.

Horst hat vom Rundfunk den Auftrag die »Fünf-Minuten-Literatur« weiterzuführen. Wenn ihm komplett alle Autoren ausgegangen sind, gedenkt er auch mich zu nehmen.... man kennt ihn ja.

Deine amerikanischen Eindrücke finde ich reichlich bieder. Aus finanziellen Gründen werde ich in den nächsten zehn Jahren von einer Fahrt übers Wasser absehen.

Joseph Mair läßt Dich grüßen.

Mir darfst Du auch eine Karte oder etwas schreiben. Du weißt, wie scharf ich auf Post bin. So, und nun weiß ich einfach nicht weiter. Es gibt nichts mehr, daß die Tulpen noch nicht blühen und der Schnee endlich weg ist, weißt Du eh.

Also: herzlichen Gruß und auf ein schöneres Zoderer-Amerika!

An Joseph Mair

in memoriam karl rubatscher + 230270
oder wer weiß wo ich ende 70 bin

tatsache
er ist tot
in seiner tiefe
ist die erde nie
gefror'n

also koennen
tiere an ihn

tatsache
er ist tot

an weniges an
IHM
kann ich mich
erinnern:

tatsachen:
kurze turnhose blau
klettern gut
still
latein schwach
brunecker autobahnhof

wir wollen
uns treffen — spaeter — einst
tatsachen
in bozen
traegt er bart
nachdem er
vom militaer
vom schulamt
um eine stelle
kommt

tatsache

lieber sepp!

mißversteh bitte dieses gedicht nicht, sofern es ueberhaupt eines ist
es sollte komprimiert ausdrücken, was ich fühle, wenn jemand nicht mehr
da ist... verfuegbar ein glas wein zu trinken, die hand zu geben und so...
subjektivismus = egoismus in hochkultur
ich kann nicht anders
werde nie anders koennen, als von »mir aus« zu denken.. und so
karl hatte fuer mich kein profil
ich habe versucht ohne klischee diese profillosigkeit auszusagen
aussparen = pathetisch
frage:
wollen wir karls gedenken oder stilistischer subjektivismen?
ich wollte karls gedenken
ich weine
es ist vier uhr frueh und ich habe wein in mir: »von mir aus«
es ist mir leid um karl r. weil ich ihn verloren habe, nicht weil er sich verloren
hat

3. 4. 70

An Othmar Costa

wien pfingstsonntag 70

geehrter herr dr. costa

leider habe ich erst heute Ihren brief vom 300470 erhalten — meine schwester hat ihn mir nachgeschickt — und da ich ein »exiltiroler« bin bitte ich Sie nur noch nach wien zu schreiben

im übrigen bin ich stark verärgert und ich hatte vor mich überhaupt nicht mehr zu melden
warum ich dem orf böse bin werden Sie selber wissen da bemüht man sich jahrelang um ein vorgelesenes gedicht kriegt weder antwort oder nachricht und dann wenn man resolut wird kommt das probetonband brav zurück und kurz darauf telephonanrufe und angebote

zeitlich ist es also nicht mehr möglich bei Ihrer sendung vom 210570 mitzumachen da ich aber am samstag den 230570 in innsbruck eine lesung halte könnte ich im landhaus einen sprung vorbeimachen und mit Ihnen sprechen — ich würde entweder am freitag (220570) oder am samstag (230570) in der zeit von 11—12 vorbeikommen dazu nehme ich selbstverständlich ein manuskript mit und jenes tonband das die ehre hatte ein halbes jahr beim orf auszuruhen

gleichzeitig schicke ich Ihnen mein curriculum vitae

sollte doch noch eine sendung am 210570 zustande kommen so haben Sie meinen segen dazu — auf keinen fall will ich aber volksmusik und dergleichen schmäh — ich stelle mir vor daß spätrenaissancemusik leichtverdaulicher klassischer jazz oder klavier am besten passen würden.

schreiben Sie mit bitte noch kurz vorher — karte genügt — ob ich Sie in innsbruck treffen kann und geben Sie mir bitte auch Ihre telefonnummer

mit besten grüßen

An Gerhard Kofler

wien-alszeile 190570

lieber gerhard

ich danke Dir recht herzlich fuer Deine einladung zum 230570
ich werde natuerlich kommen da ich aber unter konstantem geldmangel leide werde ich autostop anreisen
am donnerstag fuehrt ein freund von mir drei seiner stuecke urauf also kann ich erst freitag frueh starten in der berechtigten hoffnung am abend anzukommen
wenn alle stricke reißen und mich der gott der katholiken durch entzug seiner vorsehung straft treffe ich spaetestens am samstag vormittag ein

im augenblick bin ich mir noch nicht im klaren was ich in innsbruck alles anstellen werde oder anrichten
ich habe vor zweimal zu lesen
einmal alte lyrische sachen die ob ihrer unvergaenglichen schoenheit gelobt werden werden
dann aber mit dem abstand von drei-vier stunden mein lyrisches antikurzreferat
es ist dies ein sehr grob ausgefallenes poem das sich leider stark an françois villon anlehnt
ich hoffe nur den mut aufzubringen daß ich es zu lesen wage
wie ich mich kenne tun drei bier oder zwei cognac schon das ihre

richte mir bitte folgenden leuten grüße aus:
engelbert schaller hans leiter den leuten denen du die degenhardt platten geliehen hast anton brunner zeno

An Isolde Nothdurfter

wien 200570

liebe isolde

hoffentlich erreicht Dich dieser brief noch mit der schönen entschuldigung, daß ich erst so spät antworte.
nun Du willst vorerst wissen, was ich so treibe, wie ich lebe kurzum die isoldchenfrage geklärt haben

seit oktober bin ich hier an der uni mit dem hauptfach neuere kunstgeschichte und dem nebenfach neuere geschichte inskribiert das ganze paßt mir aber rein sauber nicht, ich kann überhaupt keinen erfolg verzeichnen — natürlich tue ich immer so, als würde ich mich vor lauter studieren zerreißen, was man mir gottseidank auch allerorten abkauft
so ist eben dieses studienjahr flöten gegangen, nicht aber das jahr als solches:
ich habe große fortschritte zur verrücktheit hin gemacht und kann sagen, daß ich schon im pubertären stadium bin
ich bilde mir einen patzen ein auf meine lyrik
ich bin der kunst näher gekommen
ich wage mich noch nicht zum beischlaf mit traum tod trieb & monstren es wird schon werden

und... man nimmt mir meine lyrik ab
im sommer gehe ich norwegen arbeiten
ich hause in einem typischen wiener schrebergartenhaus
der winter war ungemein hart
ich hatte kein wasser
jetzt habe ich eine hängematte &
schreibe im freien
ich habe sehr viel geschrieben an einem drama gearbeitet einen roman begonnen & und muß morgen nach innsbruck gedichte vorlesen fahren
ich bin stundenlang tram gefahren um warm zu kriegen
ich habe ziemlich viel wiener freunde & bewege mich in einschlägigen literarischen kreisen
ich bin versnobt & nicht mehr auf normaler wellenlänge ansprechbar
wegen meiner mätzchen und kaprizen bin ich aus meiner familie geflogen
ich lasse mich endgültig in wien nieder
ich saufe wie ein wahnsinniger
ich zerstöre mich bewußt
ich führe einen unregelmäßigen lebenswandel
ich werde in der gosse enden von einer bierflasche erschlagen zerschmattert das unterkinn
ich habe tausendfünfhundert schilling schulden
ich bin geldlos glücklich

wir haben hier ein filmmuseum & ich bin mitglied zur zeit zeigen sie klassische horrorfilme ich geh auch sonst viel kino

wir haben hier eine staatsoper & ich habe nur die zauberflöte gesehen
wir haben hier ein halbes dutzend mieser kellertheater
am liebsten ist mir der heurige
sexuell ist überhaupt nichts los: ich suche »SIE« aber ich finde sie einfach nicht... ich onaniere
ich gehe viel schwimmen und lese wann immer ich kann (z. zeit h. miller)
wie Du siehst bin ich sehr ichbezogen
meine haartracht hat sich nicht verändert
sehr oft bin ich auf dem italienischen kulturinstitut und noch viel öfter auf der akademie der bildenden künste
dort schreit man mao was sehr chic ist
am 150570 war große vietnamdemonstration mit ca 2000 studenten
ich bin nicht mitmarschiert weil ich etwas gegen sowas hab
ich hab mir das angeschaut: es war zum weinen, wenn die rotzfratzen ho tschi minh schreien und morgen wieder adolf kreisky lebe hoch
ich sehe keinen unterschied im geschrei der masse
es ist zum totlachen
demonstration auf österreichisch ist wie lauwarmer kaffee
ebenso lächerlich waren die ersten mai feiern
ich mag wien gern
alle alten weiber hier könnte ich mitsamt ihren sexuell abgerichteten hunden und gemästeten turteltauben
der kaffee ist hier zum kotzen
der wein ist gut aber sehr hinterfotzig
die tauben bescheißen die denkmäler
die presse ist eine einzige faschistoide schweinerei der rundfunk ebenso
die alten weiber sitzen in der tram und nehmen uns die sitze weg
wir sind die zukunft des staates wir leben in der volldemokratie
das leben ist nicht teuer kulturell ist viel los ich bin aber ziemlich faul
ich schreibe klein weil es chic ist mao zu schreien
jedem seine kompensation
ich bin mitglied der sh
sonst bin ich überhaupt nirgends eingeschrieben ich engagiere mich politisch auf eigene faust
italien ist sympathisch: die österreicher bringen nichteinmal einen simplen streik auf die füß'
ich hause in einem wiener vorort (dornbach) die gegend ist verboten schön
man wird sehr leicht sentimental hier
ich pflege viel zuviel kontakt mit südtirolern: wir kommen von unserer vergangenheit sowieso nicht los

sowoll
das wärs
herzl. gruß

An den Südtiroler Landeshauptmann Silvius Magnago

wien 200570

geehrter herr landeshauptmann

in meiner eigenschaft als politisch denkender und fühlender student bitte ich Sie dieses schreiben zur kenntnis zu nehmen
meine meinung deckt sich vollkommen mit der beigelegten karte, ja sie deckt sich soweit, daß ich nicht umhin kann, noch eine kleinigkeit hinzuzufügen
uns beiden dürfte bekannt sein, daß südtirols kultur bis aufs messer geschützt werden muß, erst recht dann, wenn die meinungen »nicht ernst zu nehmender« hitzköpfe und die meinungen vollreifer kulturpolitiker so weit auseinandergehen
ich habe bei gott nichts gegen cäsaropapismus in sachen kultur, ich habe bei gott nichts gegen kerngesunde volkskultur (inbegriffen der ganze folkloristische klamauk, den man sommer für sommer den deutschen vormusiziert, vorjodelt und trompetet — und damit das große deutsche brudervolk für dumm verkauft)
ich habe aber sehr viel dagegen, wenn dr. zelger sich seiner pflicht entzieht, seiner pflicht mit seiner in sachen kultur unglücklichen hand neue befruchtende und erregende reibungsflächen zu schaffen
dr. zelger muß dem deutschen volk von südtirol unter allen umständen voll und ganz erhalten bleiben
ich bin dafür, daß in südtirol nur keusches theater gespielt wird (für schweinereien kann man ja ins ausland gehen)
ich bin dafür, daß man südtirols jugend rein und sauber am gängelband führt und durch literarische preisausschreiben von dummen gedanken ablenkt
ich bin dafür, daß man die kulturgelder noch vernunftloser ausgibt als bisher, daß man die musikkapellen, volksbühnen, trachtengruppen & co in geld ertränkt
ich bin dafür, daß alles beim alten bleibt, damit wir genügend grund haben neues zu schaffen

hiermit danke ich Ihnen für Ihr tolerantes durchlesen dieser zeilen

norbert conrad kaser

An Isolde Nothdurfter

alszeile 010670

liebe isolde

promptheit gegen promptheit
auch ich habe erst vor kurzem karl kraus entdeckt & zwar durch die von qualtinger gesprochenen texte aus den letzten tagen der menschheit
ich muß sagen daß ich tief beeindruckt bin doch die neuausgaben von kraus sind hier in wien unmoeglich zu kriegen
literarisch hat sich seit ich vorige woche in innsbruck war wieder einiges getan
der orf hat mir einige schon laengst faellige texte abgenommen & am donnerstag 280570 in studio tirol gesendet
honorar 1.000 oesterreichische schillinge
am 230570 habe ich auf einer von innsbrucker studenten im uptown jazzsaloon abgehaltenen marathonlesung neuestes aus dem wilden westen vorgetragen
honorar freibier & rueckfahrkarte nach wien
am 300570 habe ich im rittersaal von schloß forchtenstein bei neumarkt i. d. steiermark meine dusteren klampflaute aus der provinz & weltstadt gelesen — noch dazu vor europaeischem publikum
nach meiner kuenftigen dreimonatigen abwesenheit in norwegen werde ich in linz vor dem oesterreich. fernsehen lesen
gedrucktes außer verstreut auf zeitschriften ist in naechster zeit nichts von mir zu erwarten
norwegen wird sehr anregend sein
norwegen wird sehr schoen sein
alles braucht zeit wie der wein der im lagern blumen bildet
ich rede schon wieder von mir selber
meine mutter tut mir ueberhaupt nicht leid warum auch ihr leben lang ausgenutzt von maennern arbeitgebern & ohne eine lire zu kriegen fuer zwanzig jahre von der firma moessmer ist sie nun dem alkohol verfallen & bemitleidet sich selber in solchem maße daß mir oder meiner schwester kein mitleid mehr bleibt sondern nur der geschmack eines irrsinnigen hasses gegen die gesellschaft im mund — wie der geschmack von messing oder kaltem eisen
was haben sie aus meiner mutter gemacht der die faschistischen prinzipien von ordnung & sauberkeit ueber alles standen
ein gebrochenes versoffenes schlampiges vergraemtes weib
manchmal wuerde ich schreien vor wut & alle bonzen erschießen
manchmal auch jene jungen flaschelfurzer erschießen die mao schreien ohne meine mutter gesehen zu haben
die soehne der geschaeftsleute der aerzte der industriellen die sich vom taschengeld marx-texte kaufen & zu ostern sich mit gebuerstetem langhaar am vaeterlichen tisch versoehnlich vollfressen
auch ich fresse aus den naepfen der reichen
gut

Dir wird das scheißegal sein wie mir der ich das denken an andere verlernt habe & vergnuegt durch die lande reise

es wundert mich nur daß ich Dir das schreibe
es muß eine verdrehte form von heimweh sein vielleicht? gluecklich bist Du aufgewachsen hast nie Deinen vater aus dem wirtshaus heimschleifen muessen hast nie den parkplatz der firma moessmer gejaetet & nie beißende wollstruempfe getragen die mich weinend den ganzen tag auf einen stuhl nagelten
ich beklage mich nicht
aber was hast Du schon gesehen außer ein paar besonders gluecklichen tagen in der langen reihe schoener zeiten

es waere sehr schoen wenn Du noch vor dem 200670 nach wien kommen koenntest oder dann anfang oktober wenn sie den ersten milchigen wein ausschenken

etwas sehr bedauerliches habe ich festgestellt das in briefen nie so recht zum ausdruck kommt daß wir uns alle entsetzlich weit voneinander entfernt haben
wenn ich so meine ehemaligen mitschueler treffe langt die gemuetlichkeit & das verstaendnis kaum fuer ein viertel wein wir koennten versuchen die regel durch eine kleine ausnahme nicht zu bestaetigen sondern zu durchloechern

herzlichen gruß

beiliegend einige gedichte
aus dem zyklus
»klampflaute aus der dusteren provinz & weltstadt«

wien-alszeile 100670

liebe isolde

promptheit gegen promptheit
du aber hast eine große untugend immer auf das einzugehen was man Dir schreibt & selber Dich zu verbergen hinter antworten auf dinge die man dadurch daß man sie niedergeschrieben hat selber sich beantwortet
vielleicht verstehst Du das nicht ganz
aber in dieser form ist alles verblasen & bleibt monolog
semperit 384
multivalor 305
selecta 796
concentra 196
ich hoere mir gerade die wirtschaftsnachrichten an & da ich hinten & vorn

nichts davon verstehe moechte ich zumindest Dir diese vier daten aus dem aktienmarkt nicht entgehen lassen
wenn Du aber eine aktie zeichnest
wenn Du aber eine aktie zeichnes
wenn Du aber eine aktie zeichne
wenn Du aber eine aktie zeichn
wenn Du aber eine aktie zeich
wenn Du aber eine aktie zeic
wenn Du aber eine aktie zei
wenn Du aber eine aktie ze
wenn Du aber eine aktie z
zeichnest
so schreibt zur zeit die wiener schule um ernst jandl & damit waeren wir in eine literarische diskussion geraten die ich hiermit eroeffne
zu Deiner information: solche texte koennen bis zur ueberspitzten perfektion ausgebaut und gelesen werden, solche texte fußen auf den untersuchungen wittgensteins solche texte sind aktuell und tun keinem weh aus solchen texten ist handke hervorgegangen & teilweise auch thomas bernhard
sprache in reinkultur dada zu ernst genommen dada als etwas ernstes genommen verzicht auf gegenstand thema handlung etc. beschneidung von silben worten & buchstaben
das kastrierte wort ist trumpf wort ohne glied hermaphroditisches wort ohne fruchtbarkeit faszinierend wie etwas aus der art grasendes
ich aber sage daß das alles in kurzer zeit vergessen sein wird trotz seiner kargen monumentalität seiner umwaelzenden funktion im sprachempfinden
solche texte erzwingen praktisch die wiedergeburt des barocken & wieder werden waelzer geschrieben werden epen vielleicht mit sprachfuellseln wie wasserkoepfe schwer zeichen dazu sind schon gesetzt: thomas mann, musil, james joyce
und wenn auch jemand sagt mit dem ulysses waere jeder kuenftige roman unmoeglich geworden so ist dem entgegenzuhalten daß sich unser horizont massenmedial bedingt dermaßen erweitert + verengt daß wir nicht mehr anders koennen als durch fuelle sich stellen
leicht wird es sein wenn sich die literatur dann durch die suempfe waelzt wie eine fette sau mit 180 zitzen durch die suempfe des barocken der verlorengegangenen wollust die es wiederzuentdecken gilt
und ich zweifle nicht daß die literatur erotischer wird & spannend wie es vor zwanzig jahren ein ehebruechelchen war und ich zweifle nicht daß die bis zur ekelhaftigkeit entbloeßten woerter & geschlechtsteile wieder mit reich drapierten schleiern bedeckt werden
nur die form in der das geschieht ist mir unklar
ueberhaupt nach der sprachlichen ernuechterung und bewußtwerdung die jene leute auf dem gewissen haben die ich nicht muffen kann & die mich in ihrer sprachgewandtheit amuesieren
durch wittgenstein haben wir alle kniffe gelernt aber das reden und erzaehlen verlernt

die sprache ist unser wie eine geroellwueste die keiner haben will
und bring Du einen steinhaufen zum bluehen
und wenn er blueht sind die blumen exotisch schwuel hinfällig und mit hausgroßen haschduftenden kelchen versehen
im augenblick aber wird die literatur von journalisten werbetextern und papstenzykliken bestritten

indizien fuer ein barockrinascimento:

kargheit	dedakenz	vielwissen
müdigkeit	unbeholfenheit	entdeckung des naiven
technisierung	sexualisierung	aufklaererei
immensitas mundi	immensitas hominis	transplantatio cordis
	speculatio absurda	angst

alles deutet daraufhin daß die gegenwärtige situation ins genaue gegenteil umschlagen wird & das ist barock barock schlechthin

leseempfehlung fuer heute abend

thomas bernhard amras edition suhrkamp

mit besten grüßen

ps. bis zum 250670 bin ich in wien

An Joseph Mair

stord 130770

lieber sepp

gestern abend bin ich nach fuenftaegiger reise gluecklich gesund muede wohlbehalten geldlos etc. hier angekommen. die reiseroute ist folgende gewesen:
070770 wien – amstetten – linz – eferding – pupping – passau – vilshofen – plattling – straubing – regensburg
080770 regensburg – nuernberg – erlangen – biebelried – wuerzburg – schweinfurt – hammelburg – machtilshausen
090770 machtilshausen – fulda – kassel – goettingen – hamburg
100770 hamburg – bad segeberg – neumuenster – rendsburg – fanø – sønderho
110770 sønderho – esbjerg – värde – viborg – hundelev – hjørring – hirtshals

120770 kristiansand – røyknes – steinaberg bru – etne – ølen – utbjoa – stord
das erscheint weiter nicht interessant, doch wenn ich Dir spaeter mein reisetagebuch zeige oder Dir einige einzelheiten schreibe, wirst Du sehen, daß ich
a) trefflich gereist bin
b) schnell gereist bin
c) nie verhungerte bis auf die letzten zwei tage
d) immer zigretten hatte bis auf den letzten tag
e) außer in fulda nie den »kampfgeist« verlor
f) regensburg, passau, fulda, ribe, sønderho & hammelburg
ausgiebig besichtigt habe
g) viel gesehen habe & meine augen strotzen
h) da bin
ab hamburg besaß ich noch fuenf mark, in hirtshals an der faehre 2,75 daenische kronen. die ueberfahrt kostete 60 kronen. ich bettelte so lange herum bis man mich gratis fahren ließ: das ist mein groeßter sieg gewesen. gelacht habe ich erst dann, als ich sah, wie die deutschen fuer ihr vierstuendiges kotzen an bord bezahlt hatten. im bordkaffee lagen sie alle leiche. ueberall roch man das gemisch aus schweiß, magensaeure, fisch & salzwasser. der skagerrak war etwas beunruhigt. ich hatte nichts zum kotzen: es war mein erster fasttag & schließlich hatte ich auch nichts bezahlt.
geschrieben im wartesaal von hirtshals:

vor der norwegischen geldpforte

vor der norw. geldpforte
an der spitze daenemarks
mit vor muedigkeit versandeten
augen warte ich
bis die faehre sich trollt
ohne daß ich drauf bin

vielleicht faellt meinem
leergedenkten schaedel
noch eine moeglichkeit ein
oder bacchus
ein andrer gott
wirkt wunder

allein es wird dabei
bleiben
daß der schlaf
mir einen schwankenden traum
bringt
von einem schiff
das nordwaerts gerichtet
ist

ps. es ist nicht dabei geblieben

An Joseph Mair

[Stord, vmtl. Juli 1970]

a) sønderho
piet kann die touristen nicht leiden wenn sie dumme fragen stellen das tun sie gern. am strand habe ich zum erstenmal eine qualle gesehen ein glaeserner kuhfladen in den sand gesetzt. am sonntag ist großes fest auf sønderho. zu melancholischer musik auf der fidel unter der windmuehle sollen sie da einen schreittanz bieten auch theater wird gespielt. ich konnte nicht bleiben. in der kirche sollen gestiftete boote ueber den baenken haengen. ich finde das bedrohlich. ich habe sie nicht gesehen die bunten boote. protestant. kirchen sind gesperrt. von friedhoefen verstehen sie was. weit & schnurgerade geht die straße zur faehre hin. sønderho liegt hinter mir. marsch durch esbjerg. in esbjerg wird fuer england speck & schinken verladen. das fruehstueck des imperiums wuerde zusammenbrechen ohne esbjerg.
b) hirtshals
am skagerrak. inzwischen hat es geregnet. ein regenbogen kurz vor hirtshals. es ist sieben uhr oder so. die faehre geht um halb zwei. ich habe kein geld. wie soll ich nach kristiansand kommen? einmal erkundige ich mich was das kostet: an die 60 kronen. meine stimmung sinkt. ich werde weinerlich. das fraeulein sagt ich soll arbeiten. meine stimmung sinkt. dann spaeter frage ich den kapitaen. er verweist mich ans buero. es ist 0^{30}. es ist 0^{45} ich gehe nochmals zum schalter erklaere meine lage wie weit her ich kaeme ich lege 2,55 kronen hin. sie weisen sie zurueck & lassen mich an bord. ich bin zu muede um zu schreien. ich muß ausgesehen haben wie ein toter mit friedlichen zügen. das ist alles. die nacht wird bitter fuer viele. ein deutsches maedchen erbricht sich vier stunden lang. es wuergt sie gurgeln & schreie & der typische klang der magensaeure im hals. da liegt sie auf dem bauch. ohne rhythmus schwankt das schiff. die meisten kotzen. ich habe nichts gegessen. eine stunde kann ich schlafen im bordcafé. da riecht es sauer nach schweiß schlaf & gemarterten leibern. die nacht ist kurz. ein steward raeumt die schachteln mit dem erbrochenen weg. moewen verfolgen uns. gegen sechs dann land. kristiansand. norwegen. die augen brennen mir. taub bin ich vor hunger & ohne zigretten. ein neuer tag ist da.
c) durch suednorwegen
die straßen sind unendlich einsam. eigentlich will ich mich in einen schuppen schlafen legen. da haelt einer &
faehrt 300 km weit. ich bin zum schreien zu muede. meine glieder schmerzen. immer wieder fallen mir die augen zu & ich traeume. ich verstehe kein wort vom fahrer. er auch nicht wir schweigen die seen & fjorde entlang. pathetische landschaft doch karg strichregen in die krueppelwaelder. leidenschaftliche birken. wasser immer wieder wasser wasser: einmal mit holzstaemmen dann leer einmal mit moewen dann schwarz & grau & gruen & tintenblau. die berge hinauf hinunter an den fjord wieder hinauf auch oben liegen fjorde auch noch schnee es ist juli. ein sonntag. die ortsnamen sind nicht zu behalten.

dramatisch wird die gegend im regen. felsen & bei halbverschloßnen augen sind sie zu germanischen goettern geworden ueber ihre fratzen gesichter & leiber springen wasserfaelle bevor sie sich mit ihnen in die fjorde stuerzen. alle 10 km kommt ein haus. dann gleich wieder eine sammlung steinerner wesen im kampf ein großer wurm das gesaeß eines erschlagnen helden die nase eines blinden koenigs hirnschalen beine von baeumen bewachsen. aber nur maenner die meisten erschlagen keine frau & alle nackt vom krieg. was sich die natur da geleistet hat ist nicht spielerei traeumerei symphonie das ist gewalt. doch es muß schwer sein hier kriegzufuehren. ploetzlich bricht ruhe aus 80 km vor meinem ziel. die fjorde werden milde sind von haengen begrenzt. es geht dem meer zu. wind kommt auf. erwacht & entlastet bin ich. die kleinen bergziegen frech wie sie sind bleiben noch haften. wieder halte ich die hand den waegen der sonntagsausfluegler entgegen. weite strecken gehe ich zu fuß. dann utbjoa die faehre & stord. alles ruhe. mein ziel steht still & unverrueckbar auf dem wasser.

sønderho

verschuldet der koenig
gierig die maenner auf fanø
so kauften sie ihm
das strandrecht
ab
erschlugen alle die sie
mit falschen lichtern
ins seichte gelockt
raubten die schiffe
aus
blutig sind die haende
der friedliebenden
von sønderho

irgendein fjord

im kampf der goetter untereinander
stuerzen sie als steinerne haenge
nun ins meer
ihre hintern verkrampft die waden
& die ruecken
darueber ein wasserfall geht
im kampf der goetter mit den
wuermern siegt keiner bis
der fels sich ihrer erbarmt
sich in sie verwandelt hat
langsam faellt der skandinavische
schild sie sinken ins wasser
wie die taeler vor ihnen
ruhe wird sein in diesem land
aus
gewalt

d) stord

trotz seiner 10.000 einwohner erscheint mir stord ein verschlafenes nest abgesehen davon daß es im ganzen ort keinen tropfen alkohol gibt. nirgends kann man wein kaufen oder bier oder gar schnaps. dafuer wird hier schwarz schnaps gebrannt & löwenzahnwein gebraut aus den gelben blueten was leicht bittersueß schmeckt. stord das nest in suednorwegen knapp unter bergen schlaeft nicht sie haben eine werft da die den groeßten kran europas hat. was aber nuetzt mir der kran. die faehren laufen ein und aus. von utbjoa das sich ungefaehr wie uetbjua ausspricht oder anhoert von bergen von den umliegenden orten auf dem festland. die gemeinde baut eine wasserleitung. fisch & moebel sind billig. das ist alles. etwas entlegen liegt die kirche. ein rechteckiger holzbau mit quadratischem turm wie ueberall. nirgends der ueberschwang katholischen glaubens. steril wie ihr glauben sind ihre kirchen. seit

daenemark nur weiße holzkirchen rechteckig mit quadratischem turm. doch nicht daß ich mich in glaubensfragen zerfressen will nur ist hier gott einer der nicht unbedingt mitmischt. nicht ueberall ist. vielleicht doch. wasser bestimmt hier vielmehr das leben die moewen & die geschaefte schließen um vier. um zehn ist noch heller tag. nirgends wird getanzt. um 22^{30} endet auch das fernsehen. dann hoert man sich grieg an irgendein stueck von gigli gesungen schwer dumpf gewittrig leichter regen auf den daechern von stord die jugend am kai vielleicht sie erkennen gleich den fremden gesungen wird nicht. auch frode mein freund singt nur wenn er betrunken ist. hier in stord singt er nie. orange & gelb sind die wind-jacken.
jetzt ist es vier. hildegard knef singt ihnen ein unverstaendliches chanson hier im café & die preise werden klettern auch die wohlfahrt steigt. blond sind die maedchen selbstaendig auch kuehl doch wie sie nun erfahren daß ich aus dem tiefsten sueden bin kramen sie ihr englisch deutsch & amore zusammen & entschuldigung ich werde unterbrochen

[Stord, zw. 13. u. 22. 7. 1970]

lieber sepp

oeffne bitte den ersten brief den ich an mich geschrieben habe & tippe ihn bitte mit diesen texten hier ab. sollte von kuno seyr ein brief aus bozen kommen (rai-bozen) so oeffne ihn und schicke, wenn er etwas entsprechendes schreibt, eine kopie dieser (von Dir abgetippten) texte nach bozen. vielleicht schaut wieder eine sendung heraus. so danke ich Dir im voraus recht herzlich. eine kopie & die originalmanuskripte wirf in meinen kasten. sollte sich kuno seyr innerhalb von 20 tagen nicht melden, so schicke die texte an othmar costa nach innsbruck, der veroeffentlicht sie dann sicher. achte auf die umlaute & die nicht vorhandene (bis auf den punkt) interpunktion.

norbert conrad

eventueller wortlaut eines briefes an othmar costa:
geehrter herr costa
norbert c. kaser hat mich beauftragt beiliegende texte an Sie zu schicken & nachzufragen ob sie in einer sendung unterzubringen sind. als musik dazu stellt er sich grieg oder sibelius vor. mit besten grueßen auch von norbert c. kaser, der sich irgendwo in norwegen herumtreibt

Ihr
joseph mair

ps. an costa kannst Du die texte auf alle faelle schicken auch gleich faellt mir gerade ein.

mit der arbeit hier steht es schlecht.
sollte sich in drei tagen nichts machen lassen, reise ich nach schweden & versuche es dort (vielleicht als leichenwaescher). geht dort auch nichts, fahre ich nach berlin & tu dort was. das wichtigste ist, ich bin hier: im augenblick genügt das vollkommen. muede bin ich & unendlich gluecklich, denn weit ist der weg zurueck.
daß ich mich hier nicht fremd fuehle, wundert mich: auch bin ich mir der dimensionen noch nicht bewußt. zigretten und bier sind unerschwinglich: 500 £ die simpelsten zigretten, 600 £ ein kleines bier. die volksgesundheit wird mit horrenden preisen geschuetzt (natuerlich umsonst). auch die form eines nordischen sozialstaates kann fuer einen auslaender unertraeglich sein: fuer mich jedenfalls. d.h.: ich bin in jeder hinsicht ungesichert unter leuten, die in jeder hinsicht gesichert sind. vom sexualismus ist nichts zu spueren: bisher wenigstens. das wetter ist hundsmiserabel. in daenemark war die landschaft wie aus dem bilderbuch, hier laeßt sie sich nicht so leicht in kategorien pressen. auch das volk entspricht nicht unseren schul- und illustriertenvorstellungen. nationalistisch aber sind sie auf alle faelle, daenen wie norweger. es wird sich leben lassen müssen.
das sind so einige der ersten eindruecke, die sich in wenigen tagen sowieso als falsch erweisen werden. ich werde Euch bald wieder schreiben... im uebrigen gilt dieser brief fuer drei leute.
christian wird von frode herzlich gegrueßt & er soll sich darauf gefaßt machen, daß er fuer ein monat arbeit hier bekommt.

Euer
norbert conrad

stord 220770
6^{15}

lieber sepp

verzeih daß ich Dich zu meinem sekretaer degradiere gut Du bist schon allerhand von mir gewohnt: verfahre also mit diesem text wie mit den anderen (abtippen etc.) aber schick weder etwas an die rai noch an den orf sondern eine kopie an jeannie ebner (adresse im telefonbuch) & sie moechte dafuer sorgen, daß es gedruckt wird. wo ist wurscht.
hebe mir bitte die briefmarken auf diesem brief auf.
ich habe
endlich arbeit bekommen als gemeindearbeiter. die sprachschwierigkeiten entpuppen sich erst jetzt. ich verdiene 10 kr. die stunde: also 1000 £ das macht im monat 130.000 £ cirka. teile mir christians sommeradresse mit.
ich muß gehen

adieu weitere briefe folgen
norbert conrad

lieber sepp stord 300770

durch geographische veraenderung allein aendert man sich meiner meinung nach nicht so schnell auch die aenderung der situation was denken handeln oder so anlangt ist bei mir nicht so tiefgreifend wie man meinen moechte. die flucht zu sich selber gelingt immer. ich genuege mir.
so habe ich zum beispiel nichts zum lesen & das ist irgendwie gut so daß ich nicht ein buch habe. die flucht zu mir oder in mich hat sich durch groeßeren literarischen ausstoß gezeigt. zum lesen bleiben mir nur eigene sachen. ich habe groeßere kontrolle ueber das was ich schreibe. das heißt nicht daß die texte besser wuerden dadurch es liegt vielmehr ueber ihnen etwas verkrampftes abgesehen vom schritt zurueck: mich draengt es zurueck zum manierismus. nicht meine urspruengliche vitalitaet will ich haben. das traurig schoene, das negativ schoene, das grausig schoene moechte ich »beschwoeren«. das bringt aber schreibarbeiten mit sich die ich seit jeher gehaßt habe: klassizitaet, eleg. pathos, sentimentalitaet. pfui.
doch zurueck zum thema fluchtwege & fluchtarten das Du in Deinem brief mit fast kranker sehnsucht angeschnitten hast. wie nun Deine flucht wirklich aussieht habe ich nicht erkennen koennen. deshalb bleibt es bei meinen ausfluechten fluchten & fluechen. flucht nach vorn oder nach hinten. ich habe beides gern. geographisch auf alle faelle vorwaerts was mit sich bringt daß ich in neues milieu einfalle das ich dann spaeter in die erinnerungskette einbauen kann. nach vorne auch insofern damit meine augen neues sehen daß ich in das intime einer landschaft eindringe daß ich in ihr schlafe. flucht ins hinterland tritt immer dann ein wenn mich das gefuehl vertraegt. wenn ich mit situationen nicht fertig werde weil ich sie hasse weil sie mich durch ihre gewoehnlichkeit & gemeinheit um den geschmack des lebens bringen wollen. dann wird zurueckgerannt sozusagen an den schurz der mutter: im schreiben, denken & reden... ans meer ins kinderbettchen in den wald an mein meer mein bett in meinen wald. durch das vorwaerts baue ich mir also haeuser in denen ich dann (bei der flucht nach rueckwaerts) wohnen kann. je mehr stuetzpunkte um so besser: bunker fuer alle arten von kriegsfuehrung.
wenn ich aber in mich selber fliehe so ist das ein zeichen daß etwas nicht in ordnung ist. nur weiß ich nicht was. dann bin ich eingesperrt in die zelle des geistes: da wird nichts geraeumt auch nicht das kleinste. nur durcheinandergeworfen neue unordnung geschaffen. mitten in exkrementen & getrockneten blumen haust sichs da & jaehrlich wird neues material angeschleppt. nichts aber bringe ich aus mir heraus... (vielleicht nur aber nur vielleicht besteht hoffnung durch das schreiben einiges herauszuschmuggeln). so habe ich zum beispiel durch das brixner referat einen großen scheißdreck in meine zelle gesetzt. anfangs hat er schrecklich gestunken mir wurde fast schwach davon. jetzt ist er eingetrocknet ein wenig geschrumpft aber wegzubringen nicht. auf einer anderen flucht habe ich im vinschgau eine blume abgerissen in den mund genommen daran gekaut. jetzt steht sie unter einem glassturz. wehe ich hebe das glas auf: ich habe angst sie zerfaellt zu staub... sie ist bleich & sehr schoen.

[...]

jan erik vold

rapport	rapport
de er reist på fjellet	sie fahren in die berge
Sårer vil ikke gro	die wunde heilt ihm nicht
de er reist på fjellet	sie fahren in die berge

norbert conrad

An die Verwandten in Bruneck

stord 010870

liebe monica
liebe eltern
liebe tante julie & luise

nun ist es wirklich hoechste zeit daß Ihr erfaehrt was mit mir los ist. wie Ihr schon wißt habe ich nun arbeit & zwar bei der gemeinde so als eine art wegmacher. arbeitszeit von 7^h—16^h; samstag/sonntag frei. schlafen & essen kann ich bei meinem norwegischen freund der eine zeitlang mit mir in wien gewohnt hat. die arbeit ist so einfach & dumm daß ich tag fuer tag muede werde vor lauter herumstehen & nichtstun. wie Ihr wißt sind die brunecker gemeindearbeiter auch nicht die schnellsten aber wenn Ihr Euch vorstellt daß die storder genau um die haelfte langsamer sind dann koennt Ihr Euch ja denken wie wir an unseren schaufeln lehnen mit einer zigrette im mund. dazu kommt noch der dauernde regen: tag fuer tag. jetzt bin ich immerhin 3 wochen da & es hat nur 5 tage sonne gegeben. wenn man im freien sein muß so ist das alles eher als angenehm. interessanterweise gibt es hier in dem ort (= ungefaehr so groß wie bruneck) keinen alkohol, kein bier keinen wein auch keine gasthaeuser in unserem sinne nur kaffeehaeuser mit coca-cola & orangensaft. so faellt bei unserer arbeit eben das weg was bei uns typisch ist: die flasche wein hinter einem baum versteckt. die kollegen sind auch recht sympathisch obwohl keiner ein wort deutsch versteht ich aber begreife immerhin soviel norwegisch daß ich zurecht komme: so an die dreißig saetze kann ich sogar schon sprechen.

stord ist eine kleine insel in der naehe von bergen norwegens zweitgroeßter stadt & an einem fjord gelegen. soweit ganz nett. die gegend ist ziemlich gebirgig & mit foehren bewachsen. klimatisch & geographisch unterscheidet sich die gegend nicht sehr von der unseren. das meer gleicht eher einem see weil es durch berge begrenzt ist & nicht frei & endlos wie etwa monterosso. die straßen sind sauber die leute wie bei uns: kleine & große schwarze & blonde. fisch wird viel & in allen formen gegessen. die preise aber sind doppelt bis dreifach so hoch im vergleich zu italien das liegt an den riesigen steuern mit denen von der semmel bis zum motorboot alles belegt ist. traurig macht einen der regen. eigenartigerweise sind hier alle viel weniger lebendig als etwa bei uns das mag an den nicht vorhandenen gasthaeusern liegen am kino das es nicht gibt an der abgeschlossenheit der insel. dafuer sind die leute sehr reich jede familie hat ein eigenes haus das so blendend sauber schoen & modern eingerichtet ist daß wir alle unsere sachen sofort als alten krempel aus dem fenster schmeißen wuerden. einige male war ich eingeladen: beim gemeindearzt beim bibliothekar beim kuester ... die leute sind sehr freundlich und aufgeschlossen & verstehen wenn sie zu den »gescheiteren« gehoeren auch deutsch. hoffentlich kann ich ab dem 180870 in der schule hier fuer 1 1/2 monat deutsch unterrichten. das waere mein groeßter wunsch. sonst bleibe ich eben bei der gemeinde wo man dafuer daß man dem herrgott einen tag abstiehlt oder totschlaegt seine 6.000 lire kriegt. ich bin faul aber ich kann tun was ich will die hiesigen arbeiten noch weniger als ich.

norbert conrad

An Johann Scheiber

stord 020870

guter hansi

natuerlich schreibe ich Dir nur unter der bedingung daß Du mir auch mit einem brief antwortest. da ich aber keine garantie dafuer habe vertraue ich auf Deine menschlichen werte so da sind: gutmuetigkeit ordnungsliebe gruendlichkeit sauberkeit glaube hoffnung liebe ehre guter ruf pflichtbewußtsein kurzum der ganze popanz mit dem uns die welt der tanten wiener weiber onkel & buergermeister noch immer zu schrecken versuchen.
hier ist es nicht anders: auch hier haelt man uns — man meint wir kommen oder sind von der unterwelt — sich selber zum schutz den schild aus recht & ordnung entgegen. der hl. georg gewappnet mit allen tugenden reitet durch die straßen seine lanze ist der große weißmacher seine fahne ist rot vom blut der alkoholiker an seinen sporen haftet tabak sein panzer ist feinste mailaender renaissancearbeit & auf & auf mit den gesetzen der menscheit in antiqua beschriftet. 5000 maenner haben 60 jahre gegen einen schundlohn an dieser ruestung 12 stunden taeglich gearbeitet. wenn er kommt stoehnen die gottesfuerchtigen in ehrfurcht & himmlischer freude mit den betenden zitternden fingern weisen sie in die richtung in die er zum saubermachen reiten soll. er

reitet fehl & kommt er zurueck schlaegt er den gottesfuerchtigen mit seinem schwert — das wahrheit heißt — ganz leicht auf den kopf. davon werden sie ganz dumm & die richtung die sie anzeigen wird von jahr zu jahr falscher. heute wuerde er alleine reiten aber in stord lassen sie nicht locker: die heilsarmee laeßt sich vortraege halten im gebrauch der atomwaffe »liebe« die zeugen jehovas halten ihn fuer jeremias in jugendjahren & lecken an seinem schwert (siehe oben — wahrheit) als letztes wird er von den koeniglichen protestanten zu weihnachten mit neuer unterwaesche eingekleidet das leibchen heißt »herrlichkeit« die bauchbinde verheißt »kraft« & die slips werden aus taufkleidchen gefertigt & gelten fuer »fruchtbarkeit«. in neapel reißt man ihm dann die protestant. waesche vom leib. das wissen die storder nicht.

genug der mythologie
tatsache ist daß die kirche hier herrscht: unsere insel muß frei bleiben von alkohol. auch die wilden unterentwickelten freuden muessen bekehrt werden. so bin ich wie ein strafgefangener. zumindest tut die arbeit nicht weh & ist gut bezahlt (320 schilling fuer 8 stunden). ich arbeite bei der gemeinde: kanalisation straßen parkanlagen & so. arbeitstempo gleich null & das nicht nur bei mir als fremdarbeiter. wohnen kann ich bei frode der allerdings etwas komisch ist. das mag daran liegen daß er gerade die 987ste alkoholentziehungskur macht. außerdem ist seine mutter schwer krank. das wetter war bisher so miserabel wie nur denkbar... regen regen. gestern zum ersten mal war es richtig schoen: ich habe den ganzen tag gerudert heute war ich schwimmen morgen montag wieder arbeiten was bei schoenwetter auch viel angenehmer ist. daran aber daß norwegen ein scheißland ist aendert das wetter nichts & nichts der arbeitslohn. ich rate Dir nicht nach norden zu fahren: Du stirbst vor langeweile Du gehst drauf in diesem sumpf aus supersozialismus sexueller auf- & abgeklaertheit & puritanismus. leben kann man hier nicht kein norweger kann leben. ihr rhythmus heißt wenig arbeiten (das tu ich auch) viel verdienen haeuschen bauen mit fabelhafter inneneinrichtung zwei kinder kriegen. sie essen nichts aufregendes sie trinken nicht... zu 70% koennen sie nur saufen 10% haben noch etwas mitteleuropa mitgekriegt & 20% noch nie alkohol oder tabak oder sowas gesehen. viele sind mit 25 schon psychologische leichen. zum anschauen ist ihr land herrlich: warum aber sind sie so ganz anders gesotten als wir. das fernsehen besteht aus importfilmen vierter garnitur & laeuft von 20^{h}—23^{h} auf einem einzigen programm. die drei alkoholfreien kaffeehaeuser schließen um 22^{h}. gasthaeuser in unserem sinn gibt es nicht. tanzen kann man zweimal in der woche: sehr modern & jung allerdings mit orangensaft. irgendwohin fahren scheitert am automangel & eine insel ist immer etwas abgeschlossenes. kurzum bleib Du nur in Deinem kufstein & bete fuer mich daß ich es bis oktober aushalte. frode laeßt Dich schoen grueßen. ab morgen arbeitet er in bergen: dort kann man fuer 25 schilling sogar ein kruegel bier trinken

norbert conrad

ps. schoenen gruß Deiner mutter!

An Joseph Mair

stord 130870

lieber sepp!

schleppend & zaeh wie honig vergehen die tage... unter großen ueberraschungen habe ich nicht zu leiden außer es kommen von dir bei & aus heiterm himmel zwei buecher fuer die ich Dir bestens danke. eine kleine ueberraschung die sich nicht schicken laeßt ist fuer Dich im herbst faellig. zuerst habe ich gedacht es sei die bergland-anthologie »das wort im gebirge« dann habe ich geglaubt ich solle ueber die beiden baendchen etwas schreiben was Dir zur diss nuetzen koennte.. nichts von alledem: die buecher sind wirklich fuer mich & nur zum lesen! den thomas bernhard habe ich sofort verliehen ich habe jetzt naemlich sogar freunde hier mit denen ich diskutieren reden mich einfach unterhalten kann. so drei bis viermal in der woche tauche ich beim gemeindearzt auf der hat zwei toechter von denen ich in eine total verknallt bin: es wird eine sommerliebe bleiben aber allen anscheines nicht unerhoert die flamme an der ich mein muetchen kuehlen will heißt gulla sechsundzwanzig jahre studiert psychologie & paedagogik in oslo spricht gut deutsch singt sentimentale volkslieder spielt gitarre ist nicht schoen auch nicht schoen blond hat ansaetze zu einem doppelkinn & viel liebeserfahrung & zur zeit eine sturmfreie bude das ganze haus ihres vaters. vielleicht geht was? ihr bruder nils macht medizin ist recht herzlich & nett ihre schwester karin aber (23) ist so immens schoen daß es sich nicht leicht sagen laeßt munch koennte sie in einem lichten moment in hellen farben mit fließenden langen haaren gemalt haben. sie ist mit haakon verheiratet der gerade ueber wittgenstein dissertiert. & dem haakon habe ich den bernhard zum lesen gegeben: bin neugierig was er dazu sagen wird.
ich selber habe geschmack gefunden an norwegischer lyrik das uebersetzen juckt mich in den fingern aber ich trau mich nicht. ich werds auch nicht tun denn oft genug habe ich ueber jene geflucht die zu einer sprache zuiischnuffeln & schon uebersetzer spielen bei suhrkamp fischer & den uebrigen großkopfverlagen.
meine eigene schreibwut ist etwas abgeflaut: ich erlebe jetzt mehr es geschieht mehr ich kann reden & verstehe schon sehr viel. im ganzen ist das bisher so langweilige scheißleben interessanter geworden seit ich zwei boese stockzahne (→ winter 69/70) habe reißen lassen: gulla hat mir dabei den kopf gehalten ihr vater dr. emil moe pfuschte in meinem maul herum. heute haben wir weit draußen in rommetveit an der straße gearbeitet. der himmel war bewoelkt das meer grau & krausig. in einer selbstgenehmigten pause bin ich hinunter & habe auf den nassen steinen zu singen angefangen ein eigenes lied von einem der mit dem herz seines maedchens hinausfaehrt & ertrinkt. sie aber wartet & weiß daß ihr herz unwiederbringlich unter seinen gebeinen & schweren steinen liegt (reimt sich gut). & sie singt dieses lied mit seltener monot[on]ie eben wie jemand ohne herz. so schoen war das & so traurig heute vormittag. vor zwei tagen waren wir hoch in den bergen ein reichlich verwestes schaf ver-

scharren das im wasserschutzgebiet zu tode gekommen war.
inzwischen ist bei euch die stromrechnung eingelangt oder mueßt eingelangt sein. jedenfalls flucht bitte nicht sondern schreibt die summe auf.
eigentlich wollte ich schon lange dem hellmuth schreiben aber was schreibt man so einem menschen? fuer erzaehlungen scheinen mir diese gattung leute nicht recht empfaenglich behauptungen thesen & dergleichen zeug untersuchen sie zu tode. also sag ihm daß es mir ziemlich gut geht: gut gehen wird bis zur naechsten depression. sag ihm daß ich 8 1/2 stunden offiziell taeglich arbeite in wirklichkeit aber durchschnittlich nur 3 das wetter ist gut heute scheint es sich zu verschlechtern der verkehr undicht die uhr zeigt 17^{20}. die wiesen sind gruen die kirschen eben reifgeworden das meer ist blau & grau & gruen um 18^{h} kommt eine faehre von utbjoa. um 20^{h} die naechste. stundenlohn 9,34 kronen netto entspricht ca. 35 oeS. das ist fuer ihn & entspricht der wahrheit: daran laeßt sich nicht ruetteln. ich moechte jetzt gern ein bier. das ist unmoeglich. heute werde ich nicht zu gulla gehen. mein kiefer schmerzt noch immer leicht von der extraktion.
ach ja... da haette ich etwas konkretes fuer hellmuth: wann & wie inskribiert man. ist eine inskription durch einen mittelsmann moeglich. was fuer dokumente sind noetig etc. ich bin notfalls fruehestens am 041070 in wien. kurzum alles wissenswerte moege er mir in leserlicher schrift mitteilen.
in freudiger erwartung neuester nachrichten aus politik leben ueber seelenzustaende frauen & lokalsorgen neuigkeiten aus heim & garten

grueßt Euch in erektion
norbert conrad

An die Tanten Juliane und Luise Thum

stord 210870

liebe tanten!

Eure karte vom 16. august hat bis heute gebraucht anzukommen & doch habe ich nicht das gefuehl so weit weg zu sein. die landschaft hier gleicht sehr der unseren foehren stehen da & schwarzbeerstauden die sich biegen voller fruechte. zwar gibt es hier auch das meer aber es wirkt wie ein großer see denn ueberall ist es von bergen begrenzt. auch spuere ich nichts davon daß ich eigentlich auf einer insel lebe & arbeite. wenn ich mit freunden ins gebirge fahre dann liegt das ganze land unter mir weit & gruen & leuchtend & in den felsen blaest der wind wie bei uns unten aber liegt das meer mit tausend kleinen inseln. blau ist es & klar wie glas.
nur das wetter ist immer traurig & wenn die sonne scheint so wird es nie so schoen heiß wie bei uns: schwimmen kann man hier nicht & ich wuerde so

gern. da denke ich an bruneck zurueck wie jetzt alle jungen leute schoen braun werden & in der sonne liegen.
die arbeit ist gut & keineswegs schwer wie man meinen moechte: ein bißchen an der straße sand schaufeln oder in den parkanlagen gras & unkraut jaeten. bei uns muß jetzt ein ganz schoener trubel los sein. hierher kommen kaum fremde nur manchmal ein bloeder deutscher. heute scheint ausnahmsweise die sonne.
eigentlich um ganz ehrlich zu sein waere ich halt doch lieber bei Euch: hier bin ich so einsam. auch mit dem sprechen geht es nicht so recht & erst jetzt sehe ich wie wichtig es ist wenn man mit den arbeitskollegen ratschen kann. so haenge ich meinen gedanken nach wenn ich mit der schaufel herumkratze & der kopf wird mir ganz schwer davon. zwei zaehne habe ich mir reißen lassen, verkuehlt war ich auch sehr stark (einmal regnete es den ganzen tag & dann ist es kein vergnuegen im freien zu arbeiten), jetzt geht alles wieder in ordnung.
so hoffe ich daß auch Ihr gesund seid & den sommer gut uebersteht. schreibt mir diesmal bitte schneller & wenn es geht schickt mir bitte ein paar alte »dolomiten« oder »sonntagsblatt« damit ich weiß was alles passiert. so grueße ich Euch fuer diesmal recht herzlich

Euer
norbert conrad

stord 050970

liebe tante julie & luise

ich bin nun wie ihr wißt ganz allein
meine freunde die ich hier kennengelernt habe sind alle wieder fort: das studium faengt frueh an.
morgen kommt der gemeindearzt dr. moe zurueck den ich sehr gut kenne & den ich gut leiden kann. & er mag mich auch. dann werde ich am abend oft zu ihm gehen musik hoeren in großen norwegischen buechern herumschnuffeln & mit ihm ueber alles reden was so in der welt geschieht. er spricht immer norwegisch was ich ganz ordentlich verstehe & ich rede deutsch was er wiederum versteht. so wurstelt man sich hier durch die sprachen.

auch wenn ich allein bin ist die zeit sehr schoen. zwar grueble ich sehr oft & mache ein trauriges gesicht aber im innern freue ich mich sogar ueber den regen der hier tag fuer tag alles grau macht ich freue mich ueber die fische die im glasklaaren meer schwimmen & so gegen sechs uhr abends wenn die fischer kommen kaufe ich ihnen ein paar krebse ab setze mich irgendwo auf einen stein & eß bedaechtig ein krebslein nach dem andern wie man bei uns kastanien ißt.
meistens habe ich papier mit & schreibe gedichte & lieder die ich vor mich

hinsinge ohne daß jemand es hoert. es ist sehr gut daß man hier auf der ganzen insel weder im gasthaus noch im geschaeft wein oder bier bekommt & doch wuerde ich viel darum geben ein ordentliches glas kalterer beim schreiben zu trinken.
ich bin nicht traurig & dieses alleinsein beruhigt mich irgendwie & gleichzeitig lebe ich in einer gewissen spannung: wer schickt heute einen brief? wird es morgen wieder regnen? werde ich mit meinen liedern & gedichten in wien glueck haben & wird man sie drucken?
Ihr kennt mich ja... ich bin ein großes kind mit vielen untugenden ich bin ein traeumer ich erzaehle gern & will daß alles gut bleibt wie es bisher 23 jahre lang war. aber dann reißt es mich wieder von der groeßten freude hinunter in tiefste traurigkeit & dazwischen bleibt kein platz fuer vernuenftiges denken.
die leute meinen vernuenftiges denken heißt geldzaehlen haeuserbauen autofahren usw. ich werde nie vernuenftig denken denn alle die das tun koennen nicht leben. diesen leuten wird die schoenheit des meeres der geschmack von rosaroten krebsen der klang ferner flugzeuge sich nie auftun und wenn sie jedes jahr ans meer fahren & kiloweise krebse essen.
am 25. sept. werde ich nach oslo reisen zu einigen norwegischen freunden & in zwei drei tagen der heimat zu fahren. mit dem ueblichen system: so lange den rechten arm aufheben bis man mich ein stueck mitnimmt. am 5. okt. muß ich in wien sein einmal weil ich die formalitaeten fuers studium zu erledigen habe zum zweiten weil ein freund von mir nicht ohne mich heiraten will: ich soll trauzeuge machen.
jedenfalls werde ich im oktober ganz bestimmt eine woche lang oder zehn tage in bruneck sein & ich bitte Euch schon jetzt darum bei Euch wohnen & essen zu duerfen. genaue zeit kann ich keine angeben das haengt von vielen dingen ab & wie ich es gewohnt bin werde ich ganz ploetzlich dasein.
ich lege Euch drei fotos bei die Ihr mir bitte gut aufhebt. das erste foto zeigt utbjoa das man wie ütbiua ausspricht. es liegt genau gegenueber der insel stord auf dem festland. hier legen die faehren & schiffe an die von stord kommen & nach stord fahren.
das zweite foto zeigt die romanische michaelskirche in fulda. das dritte foto die kiste mit den fischen habe ich besonders gern. das habe ich in der stadt bergen gemacht auf dem markt. bergen ist so groß wie bozen aber fuer norwegen so wichtig wie fuer italien neapel oder genua.
wenn Ihr lust habt schreibt mir noch eine kurze karte. aber achtung die post kann 6 tage brauchen. ausnahmsweise ist Euer brief schon in drei tagen angekommen.
bleibt gesund
arbeitet nicht zuviel
grueßt mir mamma & vater

Euer
norbert conrad

ps. die zeitungen sind noch nicht gekommen aber sie kommen sicher. auf jeden fall tausendfachen dank.

An Joseph Mair

stord 050970

lieber joseph

in einer einzigen nacht habe ich hesses »narziß & goldmund« gelesen. es ist mir nicht gut bekommen
das ganze kloster ist in mir aufgetaucht & die unstetigkeit mit der ich lebe. so lange es noch zeit ist will ich das unternehmen norwegen als mißlungen bezeichnen. wenn ich wieder da bin erscheint alles unter dem blickwinkel der vergangenheit: ich werde dann kraeftig retuschieren & mir das bild machen das mir gefaellt. wer lebt schon gern mit dunklen bildern.
um nun kurz bilanz zu ziehen. die vorteile sind bald aufgezaehlt: neue menschen kennengelernt eine neue sprache gestammelt angenehme arbeit & kollegen die landschaft ist gut & gute zwei monate fiel ich finanziell niemandem auf die nerven geschrieben habe ich viel wenn auch nicht alles gold. die zeit wird sieben. das prosamanuskript anknuepfend an jene skizze »nach einem tanzabend« ist maechtig angewachsen & in form eines briefes an christian geschickt worden. es muß umgearbeitet werden & christian weiß nicht daß ich mir selber geschrieben habe... sage es ihm nicht. irgendetwas hat er schon geahnt weil er sich ueber die form der briefe beklagte. (urteil: »aergerlich«).
was aber mißlungen ist betrifft weltlichere dinge als das leben. 4000 kronen wuerde ich verdienen (= ca. 400.000 £) tausend davon wuerde ich fuer's leben brauchen gebraucht habe ich bisher 1.800 kr fuer nichts & wieder nichts... ein ende ist noch nicht abzusehen. ich moechte wissen was ich nur getan habe: bier nicht einen tropfen selber bezahlt buecher 10 stueck zum schnitt von 10 kr korrespondenz ca. 20 kronen woechentlich ausfluege einmal fuer 2 tage bergen 250 kr. sonst nichts aber schon gar nichts. nicht daß ich Dir groß rechenschaft geben will wie ich alles verbrauche nur hatte ich mir vorgestellt ich wuerde von oslo nach wien fliegen ich koennte alle schulden tilgen mir & anderen leuten schoene dinge kaufen & mit dem rest den oktober ueberleben. weit gefehlt & das macht mich zornig. das verpatzt mir die ganze stimmung zumindest zeitweise.
heimfahren werde ich wie ich gekommen bin. oslo werde ich mir noch leisten schon gulla zuliebe. & was bleibt uebrig das nackte nichts.
ich troeste mich immer damit daß alles doppelt & dreifach so teuer ist. gut. aber hat es dann ueberhaupt einen sinn hierher zu fahren...
& da meldet sich wieder der alte in mir. jawohl es hatte einen sinn: ich habe erlebt & gesehen beruehrt & geatmet. das genuegt.
am 25. fahre ich los. schreibe mir bitte noch vorher schon wegen der inskription. das studienbuch ist in der schwarzen kunstledermappe oder in einer meiner aktentaschen entweder in der bank oder im kasten. am 5. okt. bin ich auf alle faelle in wien. den studentenausweis schicke ich Dir mit dem vorlesungsverzeichnis das hoffentlich bald auftaucht (hast Du die karte bekommen?)

die zehn kronen sind zum versaufen oder buecherkaufen... wenn Du narziß & goldmund nicht kennst oder hast. fischer buecherei 450. danke tausenfach fuer das buch von v. woolf. ich habe es heute angelesen. grueße mir hellmuth. ein letzter norwegischer brief folgt mit studentenausweis & vorlesungsverzeichnis. braucht es wegen verspaeteter inskription aerztl. zeugnis oder arbeitsvertrag? koennte ich beibringen.

entschuldige die schroffheit meines briefes. ich bin gereizt weiß der teufel warum.

beste grueße
norbert conrad

ps. es ist schaebig & beleidigend nur 10 kronen zu schicken ich weiß.
aber ich meine es nicht so sei nicht zornig!
ich kann nicht mehr ich moechte aber...
also trinke ein bier wenns langt.

An Monica Kaser

stord 130970

liebe monica

ich bewundere Deine klaren vorstellungen die Du von bestimmten sachverhalten hast wenn Dir auch in gewissen punkten die vorbildung fehlt gesellschaftl. strukturen & schaeden zu durchschauen. das macht nichts auch meine urteile meine haltung zu den verschiedensten problemen sind mehr oder weniger von emotionen bedingt. jedenfalls haben wir beide Du und ich je einen brief sozusagen eine schriftliche grundlage zu unserer situation. damit laeßt sich nun arbeiten & darueber koennen wir einmal in einer gemuetl. stunde in der hinterstube irgendeines gasthauses reden. ich denke daß wir dann wenn die gruende unseres daseins aufgedeckt sind sich auch mittel & wege finden lassen dieses dasein grundlegend zu aendern. das wird fuer Deine ohren sehr optimistisch klingen aber Du weißt daß ich durch meine trennung von den eltern schon abstand gewonnen habe & sozusagen einen vorsprung habe in richtung freiheit. was meine gescheitheit anlangt so stimmt Deine behauptung nicht ich haette Dir alles durch... Du hast auch einen hellen kopf nur leuchtet bei Dir das licht nicht so richtig. ich war als kind viel krank ich war koerperlich immer der schwaechste das hat mich gezwungen andere kraefte zu entwickeln mich auf mich selber zu konzentrieren. das hatte zur folge daß ich meinen kopf ausgebaut habe mit einer gehoerigen portion phantasie traeumerei spintisiererei: eine eigene welt die es mir ermoeglicht auf alles sehr fein zu reagieren. nur so kann ich mir erklaeren daß ich zu wilder freude &

tiefster traurigkeit faehig bin wie kaum jemand. gleichzeitig habe ich in mir selber einen menschen der die welt verbessern will (natuerlich nicht kann) & gleichzeitig tief in suende faellt. so stellt fuer mich das sexuelle ein großes problem dar. ich suche & finde nicht. anlagen liegen in mir vor denen habe ich angst abgesehen ganz davon daß ich so ziemlich ungluecklich bin wenn es darum geht mich zu verlieben: ich setze alles ein was ich habe meinen ganzen leib mein fuehlen & denken & immer falsch. ich bin blind sehe keine feinde lasse mich von ihr betruegen.
[...]

ich will nicht klarheit ich will kompliziert aufgebaute spiele mit vielen verwicklungen die sich loesen lassen & wieder neu verstricken. so wurschtle ich mich durch das sechste gebot das mich so wenig kuemmert wie einen stier das geluebde der keuschheit. & ueber allem stehen meine gedichte wie kilometersteine auf diesem weg von gesuchter liebe. ich bin froh daß ich schreiben kann: ein lied ein klingen dann faellt licht in mich & die vielen netze in mir bilden klare muster schoene zeichnungen von allem.

zurueck zu Dir & Deiner gescheitheit. an gescheitheit fehlt es Dir nicht das beweist schon Dein letzter brief. Dir fehlt es an erlebnissen & an erlebenkoennen. nehmen wir an Du siehst auf einer wiese ein haus so ist das ein haus auf einer wiese fuer mich aber liegen da drinnen leichen fische ehebrecher kinder mit blinden augen. fuer mich ist das haus uninteressant auch was wirklich da drinnen geschieht ist mir egal: essen schlafen sitzen stehen was aber geschehen koennte ist mir wichtig: die moeglichkeiten des hauses. dieses verschiedene verhaeltnis zu den dingen bedeutet keinen unterschied an gescheitheit das ist eine frage der phantasie. das normale interessiert mich deshalb nicht weil ich es kostenlos haben kann & alle es haben. ich will etwas haben was nur ich allein besitze & so versuche ich alles umzuwandeln soweit es geht: dann ist es mein. daß ich darin bestimmte faehigkeiten entwickelt habe & auch im schreiben hat nichts mit intelligenz oder gescheitheit zu tun. mit dem schreiben kann ich umwandeln wenn ich besser zeichnen koennte oder musizieren dann wuerde ich eben das tun. ueber kunst wird viel geredet: die kunst ist umwandlung nichts anderes. daß viele leute damit nichts anfangen koennen & lieber ein ausgestopftes reh haben ist verstaendlich wer will schon ein haus mit leichen usw.
[...]

fuer heute herzlichst
norbert conrad

An die Mutter

[Stord] 190970

liebe mamma!

heute sind die schuhe angekommen. recht vielen dank auch fuer die zigaretten. ich komme auf alle faelle bis zum 3. okt. weil dieter heiratet. hoffentlich geht es Euch allen gut & ich treffe Euch gesund an. ich nehme so langsam abschied von stord heute esse ich zum beispiel das letzte mal krabben & krebse. auch bin ich gesund & wohlauf & bei gutem humor. mit dem geld hapert es allerdings ganz gewaltig aber da wir uns ja familiaer gesehen in diesem punkt getrennt haben ist das nicht wichtig.
liebe mamma Du weißt wie ich Dich & vater gern habe & Ihr moegt mich auch: ich will nicht mehr zurueck seit ich aus der familie geflogen bin & sehe daß es besser ist wenn ich nur ab & zu zu Euch komme wenn wir uns so gut leiden koennen ohne uns vorwuerfe zu machen wie frueher. Ihr seid mich los ich bin frei & kann tun was Ihr nicht versteht. alles was ich tue trifft Euch niemehr so wie frueher als ich bei Euch war. & bei den tanten bin ich auch nur gast, nicht mehr. darueber gibt es noch die liebe die uns alle verbindet & ich sehe daß ich Euch mehr liebe als frueher & Ihr mich auch. ich bin ein erwachsener mensch & will es auch bleiben frei & ungebunden: ich will schreiben studieren & kaempfen fuer eine bessere welt — geld schaut dabei keines heraus doch fuer das leben & die liebe kann man dabei lernen. so liebe ich Euch alle Dich & vater & die tanten vielmehr als frueher & besonders monica (monica ist meine schwester & gehoert meiner generation an) ...

in diesem sinne kueßt
Dich Dein norbert conrad
kilsen fra norge

An das Südtiroler Kulturinstitut

stord 24. sept. 1970

geehrte herren!

in keiner weise erfuelle ich die wettbewerbsbestimmungen fuer ein stipendium trotzdem bitte ich Sie folgende umstaende in betracht zu ziehen:
einmal bin ich 23 jahre alt & moechte nur ungern dieses studienjahr verlieren was aber eintritt wenn ich ohne finanzielle unterstuetzung dastehe. von meinen eltern kann ich keine hilfe erwarten die rente meines vaters betraegt 42.250 £ im monat & meine schwester verdient 50.000 £ dazu damit hat meine

familie gerade ihr auskommen fuer mich bleibt nichts. so mueßte ich denn einen beruf ergreifen & damit waere dieses jahr verloren (noch ein mittelschulsupplent mehr in unserem land!)
nicht zum vergnuegen bin ich hier in norwegen: ich habe ordentlich gearbeitet doch die ersparnisse reichen gerade bis dezember.
zwar habe ich in wien die vorlesungen besucht & auch ein proseminar doch eine pruefung oder ein kolloquium wagte ich nicht abzulegen. Sie wollen sicher wissen warum: ich kann es nicht sagen vielleicht war es angst oder unsicherheit in der wahl der fachrichtung ich weiß es nicht. inzwischen aber bin ich fest von meiner laufbahn ueberzeugt & bleibe bei kunstgeschichte.
ich stehe hinter allen bewerbern zurueck doch sollte es moeglich sein mein gesuch zu beruecksichtigen werde ich das vertrauen das Sie in mich gesetzt haben erfuellen.
ich bitte Sie um baldige antwort auf diesen meinen brief & grueße Sie hochachtungsvoll

An Karl Gruber

oslo 260970

kassandra erblindet

ein vogel
setzt der traum sich
ueber sie
hackt die augen
ihr aus
wie sie erwacht ist sie
blind von gesichten

so wird es mir gehen wenn die aetzende schaerfe dieser tage in sonne so bleibt

norbert conrad

An Cesare Guglielmo (»Adige Panorama«)

wien 021270

geehrter herr cesare guglielmo!

für Ihre neue zeitschrift »adige panorama« wünsche ich Ihnen vorerst einen guten start, viel erfolg und viele interessenten.
in der ersten nummer dieser zeitschrift, die ich durch puren zufall hier in wien zu gesicht bekam, entdeckte ich auch eine meiner gedichtübersetzungen, die ich damals zum »premio poesia traduzione giovani 1970« eingeschickt habe. ich bitte Sie deshalb mir eine nummer des »adige panorama« zu schicken, weil es, wie Sie sicherlich wissen, sitte ist, daß jeder autor wenn schon kein honorar so doch ein freiexemplar erhält.

sollten Sie mir mehr freiexemplare schicken können, wäre ich Ihnen sehr dankbar, weil die wiener hochschulgruppe der südtiroler sicher daran interessiert ist.

außerdem wäre es wünschenswert, wenn ich von fall zu fall über die tätigkeit des »circolo amici della poesia« informiert würde. auch denke ich daran mehr texte und neues von mir selber veröffentlicht zu sehen.
kurzum schreiben Sie mir

mit besten grüßen
norbert conrad kaser

An Wolfgang Pfaundler

wien 041270

geehrter herr professor

ich danke Ihnen herzlich fuer Ihren brief vom 5. november kann aber im augenblick nicht Ihrem wunsch nachkommen da ich es mueßig finde in meinen aelteren texten nach rosinen zu suchen die es unter umstaenden wert waeren in »das fenster« veroeffentlicht zu werden. von der lyrik habe ich mich abgewendet & mein roman den ich aus norwegen zurueckgebracht habe muß noch in maschine abgefaßt werden. wenn schon moechte ich Ihnen aktuelle brandneue texte zukommen lassen aber ich denke Sie verstehen meine situation: ein roman laeßt sich nicht von einer stunde auf die andere herunterklopfen... so werden Sie sich wohl bis mitte jaenner gedulden muessen um einige in sich geschlossene auszuege aus diesem neuen »opus« zu erhalten. im uebrigen bin ich stark daran interessiert in »das fenster« zu veroeffentlichen oder auch nur ganz bescheiden mitzuarbeiten.

so moechte ich Sie denn auf meine »scherzi« hinweisen die vor kurzem in »das wort im gebirge« erschienen sind... davon koennen Sie sich ein bild machen wie ich geschrieben habe & nicht mehr schreiben kann.

zu guter letzt bitte ich Sie mir zu schreiben ob Sie an meinen texten auch dann noch interessiert sind wenn diese erst im jaenner bei Ihnen einlangen.

An Maria Stieger

wien 041270

meine liebe maridl!

ich weiß schon was Du denkst... »aha, das ist wieder so ein notschrei.. der kerl ist beim verhungern.. dann meldet er sich.. sonst natuerlich verspricht er großartig vorbeizuschauen.. mich irgendwie zu ueberraschen... aber der teufel soll ihm das genick brechen«

sicher bin ich am verhungern — wer ist das schon nicht — sicher gehts mir finanziell miserabel & ich habe nichts dagegen wenn sich das aendert.

aber ich schreibe Dir nicht deshalb.. ich habe da eine ueberraschung fuer Dich.. doch davon erst am schluß. dieser brief haette schon vor vier tagen geschrieben werden sollen aber der teufel hat mich heuer wirklich am genick: ich habe soviel zu studieren Du wirst lachen ich nehme es ernst diesmal ich muß es ernst nehmen sonst ist das stipendium floeten.. wovon sollte ich leben.. von Dir nein bestimmt nicht.
außerdem kommt noch ein haufen buerokratischer kram dazu weil ich trottel zum chef der suedtiroler studenten in wien geworden bin... findest Du das nicht ehrenvoll, há?
ich habe mich seit norwegen ueberhaupt in einen tugendbold verwandelt alle vierzehn tage einmal trinke ich ueber den durst & suscht traibimi aff do uni ummanondo fann oan sol aussa in oan inni so laafts in gonzn tog nicht ass wie zi tian honni...

so & iatz heb ban stuahl asse net oafollsch:
zi sylfeschto (= sylvester) formo af venedig Du & i. a zimmo homo i honn schun olls gimocht. Du loschs auto dohoam & olls stian & liegn inn zwoatn jenno sammo wiedo dohoam.

das ist kein witz liebe maridl das ist mein plan damit wir eine hetz haben zum jahresschluß — wie gesagt laß alles liegen & stehen, hau ab & scher Dich um kein schwein... wenn Du nicht mitkommst wirst Du zumindest brieflich zerwurschtet. Du hast im augenblick nur folgendes zu tun ganz einfach mir SOFORT zu schreiben ob du mitfaehrst.. den rest koennen wir noch besprechen. komm mir aber nicht mit ausreden: »ich krieg vom buero nicht frei, ich feire sylvester auf tarnell, ich bin krank.. « bei uns sollte nichts unmoeglich sein.. deshalb kuesse ich Dich ja ganz schmatzend auf die augen mit dem autoritaeren befehl: schreib SOFORT & fahr mit mir in die untergehende stadt!!!!!

das ganze kostet Dich ungefaehr 15.000 lire... ich sorge fuer mich selber... unterkunft ist frei... wir kriegen eine leere studentenwohnung fuer uns.. gondelgefahren wird nicht.....

An Gulla Moe

wien 121270

liebe gulla!

von Deinem letzten brief habe ich nur 50% verstanden... zusehends verliert mein norwegisch an kraft deshalb kann ich auch nicht auf einzelheiten eingehen. trotzdem will ich Dir danken & Dir sagen, daß ich mich ganz ordentlich gefreut habe: & die zeichnung von klaus ist am besten zu verstehen.

immerhin moechte ich heute mein versprechen einloesen & Dir versuchen zu berichten was ich treibe... so einfach laeßt sich das nicht sagen... ab & zu gibt es ein interessantes erlebnis wie vor kurzem im gasthaus »leupold«. da kommt irgendein hoeherer beamter aus einem ministerium zahlt mir — es ist mittagszeit — drei vierteln wein & nimmt ganz ploetzlich meine hand & schuettet sie mir mit rasierwasser voll das er eben erst von einem anderen beamten aus einem anderen ministerium erhalten hat. ich soll probieren: es riecht gut & herb aber ich habe es schon ein bißchen eigenartig empfunden so bei hellichtem tag von einem wildfremden vorzueglich gekleideten verrueckten rasierwasser angeschuettet zu bekommen. noch dazu war er nicht im geringsten homosexuell sondern erzaehlte wueste weibergeschichten die er angeblich mitgemacht hat... so nebenbei ruehmt er sich in rom eine villa in zuerich ein chalet & in wien ein haus zu besitzen. dann ploetzlich nachdem ich ihm meine politische situation erklaert habe & gerade dabei bin stolz zu behaupten daß ich vollkommener italiener bin springt er auf: »wenn Sie in 5 minuten nicht von hier fort sind kommt die polizei & verhaftet Sie!« ich bleibe noch ruhig eine halbe stunde sitzen.. polizei kommt natuerlich keine. so ist wien! alles koennen die scheißoesterreicher verschmerzen: den verlust ihres ganzen reiches (1918) nicht aber suedtirol... es ist zum totlachen.

sonst gibt es wenig neues: ich bin chef von 250 suedtiroler studenten die hier in wien studieren & habe viel administrative klamotten zu erledigen. der winter verschont uns heuer mit ausgesprochen mildem wetter.. die tage sind schoen & warm wie damals in oslo. ich bin sehr froh darueber weil ich in meinem gartenhaeuschen ja ziemlich vom klima abhaengig bin. das studium nimmt mich sehr in anspruch. fuer literatur oder korrespondenz finde ich kaum zeit. das maedchen das ich zur zeit »anbete« hat aeußerlich zwar avantgardistische sexualvorstellungen... doch zur praxis ist der weg noch weit. preise Dich gluecklich: ich fuehle mich zur zeit wie ein verhinderter stier....... es faellt mir nichts mehr ein. sei gegrueßt & grueße mir alle

Dein

An Erling Frugård

wien 121270

geliebter erling!

ich weiß nicht ob Du verstehen kannst daß ich Dir so lange nicht geschrieben habe. alle Deine briefe sind angekommen & fuer die 50 kronen danke ich Dir herzlich. im augenblick habe ich große sorgen & soviel zu arbeiten daß ich nichteinmal meinem vater schreiben konnte. ich bin vor kurzem chef der tiroler (suedtiroler) studenten geworden & muß vom innenministerium zum unterrichtsministerium laufen & soviele briefe schreiben daß es mir zum hals heraushaengt. außerdem darf ich mein studium nicht vernachlaessigen & noch dazu arbeite ich an einem roman in dem in verchiffrierter form alles vorkommt was ich in norwegen erlebt habe.

Du siehst also daß ich nicht mit absicht keine briefe geschrieben habe. sei ohne sorge: ich liebe Dich wie immer nur dürfen wir das nicht von briefen abhaengig machen sondern von taten... in sieben (7) monaten bin ich bei Dir.

vom 20. dezember bis zum 10. januar lautet meine adresse:
norbert conrad kaser
romstraße 4
i 39031 bruneck
italia

dann bin ich wieder in wien.

nun willst Du gerne wissen wie ich lebe & wie es mir geht.... ich muß sagen schlecht:
wie jeder student habe ich kein geld & der norwegische tabak »rød mixture« ist schon lange fertig & das zigrettenpapier... das gibt es hier in wien nicht... doch solltest Du auf die blendende idee kommen mir tabak zu schicken so schicke nicht mehr als 2 packungen sonst zahle ich irrsinnig viel zoll.
nein... mir geht es gut: das studium freut mich & meine literarische arbeit... physisch & psychisch bin ich in ordnung.. das übrige sind kleine sorgen. hab keine angst: ich ueberlebe den winter & vergesse Dich nicht.

ich kuesse Deine augen

bruneck 020171

lieber erling!

mit großer freude habe ich heute tabak socken & schokolade von Dir erhalten... auch Deine beiden briefe habe ich bekommen & 50 kronen: tausendfachen dank!

auch hier in suedtirol ist der winter mit gewalt hereingebrochen & in den skigebieten sind viele gaeste aus italien & deutschland. trotzdem ist das leben in meiner heimatstadt recht langweilig & so sitzt man halt den ganzen tag in den kaffeehaeusern herum diskutiert die politik & kunst oder ich bleibe zu hause & arbeite am roman. das weihnachtsfest habe ich mit meiner schwester & mit meinem vater verbracht der fuer drei tage aus dem sanatorium (= krankenhaus) heimkommen durfte. es ist ziemlich traurig mit einem kranken menschen weihnachten zu feiern. den jahreswechsel habe ich mit studentenkollegen in einem uralten bauernhof gefeiert & ich bin ziemlich betrunken gewesen: bei uns gibt es ja herrlichen & billigen wein.
was waere unser land tirol ohne wein?
gesundheitlich geht es mir sehr gut was ich auch von Dir hoffe: ich wuensche Dir ein gutes neues jahr & bleib gesund mein großer erling.

nun so gehe ich denn hinaus in die stadt & trinke ein glas auf Dein wohl mit den gedanken an stord. spaeter dann aus wien schreibe ich Dir wieder. (ab 060171 bin ich dort).

ps. mit den 50 kronen habe ich mir ein buch mit moderner lyrik gekauft das ganz neu zu weihnachten erschienen ist.

An Gerhard Mumelter

wien 200171

lieber gerhard

es tut mir leid daß man jeden unwillen ueber die SH-anthologie ueber Dich ausschuetten muß.
doch soll man sich an das kollektiv der autoren wenden & ganze 24 briefe verfassen!
in diesem fall geht es darum:
zum ersten ging das geruecht um wir autoren wuerden 4 freiexemplare erhalten... geruecht bleibt geruecht. dann erhielt ich aber von richard erlacher die zusage von drei exemplaren die er nach moeglichkeit in bozen fuer gerhard kofler sich & mich abholen sollte. ich traf erlacher am 060171.. er hatte die freiexemplare aus drucktechnischen gruenden nicht bekommen. jetzt sind bei

mir in wien ZWEI exemplare eingetroffen. das finde ich etwas mager zumal ich bestimmte dinge mit dem dritten exemplar vorgehabt haette die ich Dir im folgenden erlaeutern werde. doch auch sonst: es war von vorneherein ausgemacht daß wir autoren kein honorar kriegen.. so haben wir doch zumindest anspruch auf einige anthologien.. oder nicht? oder ist das sache der SH? dann gut.. dann werde ich eben der zu leibe ruecken.

irgendwo hinkt das ganze. Du bist nicht mehr SH-mitglied. die anthologie ist Deine arbeit von der SH finanziert... & die SH steht nicht zu Deiner arbeit.
bitte versteh mich nicht falsch.. was die SH-mitgliedschaft im augenblick wert ist wissen wir beide.

& nun zum dritten exemplar. hast Du schon dem ORF eines uebermittelt oder in oesterreich ueberhaupt das buch bekanntgemacht. wir sitzen auf 1500 schwarten das gilt es zu bedenken. sicher hast Du als »zusammensteller« der anthologie arbeit genug gehabt deshalb kannst Du noch nicht gehen. so hat sich zum beispiel sektionschef rieger ueber Dich beklagt daß Du ihn nur zur subskription aufgefordert hast & nicht finanzielle unterstuetzung wolltest... er gibt vor daß er geholfen haette. das ließe sich noch einrenken.. wieweit das nun Dich oder die SH betrifft weiß ich nicht zu sagen. jedenfalls waere eine aussprache zwischen uns nicht von nachteil. der ORF macht wie Du sicherlich weißt taeglich um 15 45 die sendung »kreise punkte linien« & wenn er sich schon mit dem langsamen versinken roms oder der wiederauffindung der ara pacis beschaeftigt kann er uns ohne weiteres fuenf minuten schenken. seine woechentliche sendung »buecher von denen man spricht & buecher von denen man sprechen sollte« waere auch von uns in betracht zu ziehen abgesehen ganz von den kulturredaktionen der oesterreich. tageszeitungen »Express« »kurier« & »die presse«. ich kann Dir hier in wien helfen... doch nur wenn Du willst... dazu brauche ich allerdings ungefaehr sechs exemplare der anthologie ueber deren verwendung ich Dir oder der SH natuerlich rechenschaft ablege. im uebrigen bin ich den ganzen februar ueber in suedtirol & ein treffen ist leicht moeglich. mit simplem briefeschreiben koennen keine positionen oder plaene besprochen werden.

noch eines allerdings wollte ich wissen bevor ich den 310171 erlebe wie wir uns zur »literarischen beilage« vom 070171 verhalten wollen. jedenfalls habe ich selten einen so koestlichen nachmittag verbracht als den vom 7. jaenner. ich habe mich verkugelt vor lachen & werde mir der tragischen gewichtigkeit der eichbichler-worte erst langsam bewußt. von der weite scheint die dummheit dieser seite einfach so strahlend daß sie nicht wahr sein kann & wirkungslos ist im rahmen unseres scheißsuedtirol jedoch? paepste gebiert oder hat die provinz mehr als urbane zentren. dem herrn da die tiara vom kopf reißen & drauschiffen waere es wohl an der zeit.

schreibe mir bitte noch in diesem monat & wenn Du kannst schicke mir 6 anthologien fuer wien. beeile Dich. ich weiß Du bist stuff.

An Sebastian Marseiler (Südtiroler Hochschülerschaft)

wien 200171

lieber kollege marseiler

schon vor jahren habe ich dem »skolast« texte von mir zukommen lassen... sie wurden irgendwie verwurschtelt & nie veroeffentlicht. diesen text den ich vor jahren verfaßt habe moechte ich als bestaetigende antwort auf eichbichlers »literarische beilage« (dolomiten 070171) im »skolast« gedruckt sehen. sollte mein wunsch unerfuellbar sein bitte ich Dich das manuskript zurueckzuschicken & nicht zu verzaubern wie Deine vorgaenger.

eichbichler soll endlich sehen wie geschmacklos gemein stillos schweinisch blasphemisch idiotisch dripsdrillisch ein nicht weiter ernst zu nehmender autor aus der HUMANISTISCHEN schule (= griechisch & latein & philosophie & kunstgeschichte & all die faschistoide winckelmannsche furzerei) suedtirols zu schreiben vermag.

gruß

An Monica Kaser

wien 200171

liebe monica

ich bin so quasi vor dem weltuntergang.
ich habe soviel zu tun daß ich nicht mehr weiß wo mir der kopf steht... er duerfte sich im augenblick so zwischen den auswirkungen palladios auf den niederlaendischen barock & der methode ein spaetbyzantinisches mosaik nach einfluessen aus dem untergegangenen roemmerreich zu untersuchen, befinden.
wie Du siehst bringe ich nichteinmal mehr einen komplizierteren satz zuwege. brrrrr...

aber den eigentlichen grund warum ich Dir schreibe hast Du laengst erraten: GELD

ja es ist wieder einmal soweit daß ich keines habe. wie es verschwunden ist muß ich Dir wohl nicht erklaeren.. die eine haelfte sind ausreden die andere haelfte ist wahrheit.
rette mich.

heute nacht hatte ich irre nierenschmerzen. es ist auch scheißkalt in meiner huette wenn ich keine kohlen habe... GELD zu essen habe ich genug... paschtaschiuttapaschtaschiutta.. den ganzen tag. zumindest ist christian noch nicht da sonst wuerde ich studieren auch nichts. meine hohen schuhe sind hin. eine sohle loest sich. ich habe vorerst mit reißnaegeln repariert. GELD?

vorgestern ist mir etwas boeses passiert: ich bin mit ulli einer schwarzhaarigen kunststudentin ins »HELLAS«. das ist eine griech. kneipe wo sich immer die studenten treffen. schoen & gut. ich habe mir schon hoffnungen gemacht von wegen mit ihr danach schlafen & so. zu dem zweck habe ich zwei vierteln rhetsina (= griech. harzwein) auf nuechternen magen getrunken von wegen der schneid. mai.. man traut sich halt auch nicht immer gradheraus zu fragen. & die 22 schilling war mir ulli schon wert. kommt nicht um zehn einer aus salzburg & macht mords mist & stellt eine halbvolle whiskyflasche auf den tisch.. aha denke ich mir da kriegst Du jetzt gratis schneid & er »trink norbert trink nur« & ich »danke thomas danke«.
um zwoelf gehts heim. ich habe einen zieml. hieb. thomas will mit. ich sage »nix da!« aber es hilft nix. wie wir bei der ulli sind setze ich mich in den weichsten sessel & schlafe ein. daß ich eingeschlafen bin merke ich erst um sieben uhr frueh.. sie haben mich sogar mit einer decke zugedeckt. zuerst kenne ich mich nicht recht aus & was das gestoehne aus dem nebenzimmer bedeuten soll weiß ich auch nicht. da geht mir das licht auf. wozu große sizilanische rache... daß ich ein trottel bin dafuer kann weder ulli noch thomas etwas. wir trinken in frieden kaffee & dann gehts ab: ich auf die universitaet sie auf die akademie er auf die technik. so hart ist das leben.
so ein lotterleben fuehre ich. die welt ist groß & voller apfelbaeume. alle 500 jahre ein maedchen & alle 1000 wirklich eines. mein sparschwein dem ich noch nicht den kragen abgedreht habe ist ganz verhungert. das arme tierchen. & ich bin so tierliebend.

Du wirst Dich maßlos ueber meine scherze aergern aber warum soll ich immer verraunzte briefe schreiben. das wetter & das leben sind zwar im augenblick wilde scheiße. wenn nur die nieren heute nacht einen frieden geben. im »notturno dall'italia« werden gerade deutsche nachrichten verlesen. colombo ist in paris. moro auch. heute zwei ministerratssitzungen in rom. debatte ueber die universitaetsreform. luftverschmutzung in mailand. tote fische in turin.. Sie hoerten nachrichten. das waers fuer heute & jetzt wird weitergschtudiert. die radiobatterien gehen dem ende zu. GELD?
der ulli schulde ich 40 schilling.

Dein

An Reinhold Huber (Südtiroler Hochschülerschaft)

alszeile 210171

lieber reinhold

irgendwie bin ich erfreut daß im arbeitskreis »kultur« nicht mehr leute mittun — viele hunde sind des hasen tod. auch daß Du Dein »programm« zur diskussion stellst finde ich richtig.. doch mußt Du bedenken daß Du damit quertreibereien negative kritik & ablehnung kassieren wirst.

Dein »programm« fuer 1971 erscheint mir nicht utopisch dafuer aber etwas forciert & hochgestochen. daß Du es zu ostern wieder in diskussion stellen willst oder gar eine abstimmung forderst erscheint mir unlogisch & kann der SH nur schaden. arbeite einfach drauflos & versuche einige punkte bis ostern durchzubringen... auch wuerde ich es nicht bedauern einen vorgaenger nicht gehabt zu haben. so kannst Du zumindest nichts schlechter machen als er.

zu den einzelnen programmpunkten:

ad 2) ausstellung

wenn Du die total verfahrene kulturelle situation suedtirols kennst & noch dazu bedenkst wie stark das meinungsmonopol der hochwohlgelobten »dolomiten« ist ist es voellig abwegig ja pervers zu glauben daß unser publikum juryfaehig ist zumal man ja sonst kaum eine wirklich kompetente unvoreingenommene jury bei uns zusammenstellen kann. also schlag Dir dieses idealistische gefasel von der publikumsjury aus dem kopf... eine silbe der dolomiten genuegt bei der ausstellungseroeffnung & Du bist aller sorgen in dieser hinsicht enthoben. dolomita locuta causa finita.. siehe SH-anthologie! unser land befindet sich in einem geschmacklichen kindergarten. was soll das geschwafel vom glorreichen geschmack des publikums? in welcher hinsicht soll der kulturell auch nur im mindesten relevant sein von kulturpolitischer halbreife gar nicht zu reden!? es geht darum die einspurigkeit der leute zu brechen da hilft nur noch gewalt.. von alleine werden sie aus dem netten toepfchen das Du ihnen vorerst in form einer (kompromißbereiten) ausstellung vorsetzt nicht fressen. Du kannst den status quo nur durch massive eigeninitiative veraendern & die realitaeten sind dabei nicht zu vergessen. suedtiroler kulturpaepste & ihr orthodoxes fußvolk an schafen kannst Du nicht durch anbiederung gewinnen. je oefter Du sie vor den kopf stoeßt & je mehr Du ihnen an scheinbar unverdaulichen knochen vorwirfst um so eher hast Du aussicht daß sie kurz vor dem sterben einsehen »die welt geht hinter dem ritten dem ifinger dem kronplatz & der plose weiter«. es geht darum ihnen etwas anderes zu zeigen als sie zu sehen gewohnt sind daß dieses andere gezwungenermaßen als gegenteil empfunden und abgelehnt wird ist logisch. kurzum statt dem publikumsgeschmack kannst Du gleich die dolomiten zur beurteilung einladen. Du ersparst Dir zeit & kriegst noch dazu gedrucktes lob. pfui teufel oder hast Du angst?

mach die ausstellung wenn die idee einer ausstellung auch etwas abgegriffen ist mach sie unbedingt aber pfeif auf alles.. such Dir eine jury zusammen. laß Dir bilder geben die noch keiner zu denken gewagt hat mach eine wanderausstellung eventuell mit lesungen verbunden. laß Dir ein tolles plakat fabrizieren sei mobil mit Deinen bildern sei wie ein zirkus voller aktion & ueberraschungen einen tag da einen dort fuehr Deine elefanten vor laß ein kamel tanzen auch wenn es markus vallazza heißt. wir brauchen kein happening wir brauchen etwas lebendiges.. action!

ad 3) filme

die technischen schwierigkeiten sind vielleicht zu groß auch hat es so etwas schon irgendwie von kirchlicher seite her gegeben oder gibt es noch. so einen filmzirkel.. & man muß es ihnen lassen sie haben gute filme gebracht wenn es auch stubenreine filme waren. von der kanzel herunter wird fuer unsere filme nie geworben werden diesen vorteil haben wir nicht. neben dieser katholischen aktion gibt es noch eine zweite: linksintellektuelle jungfilmer suedtirols haben schon erste vorstoeße gemacht & fuehren ihre sachen an volksschulen vor. wie das ganze funktioniert wuerde hier zu weitlaeufig zum erklaeren sein. jedenfalls waere die angelegenheit unterstuetzungswuerdig. wir mueßten ueber das ganze sprechen. das mit den filmen wuerde ich fallenlassen: machst Du filme fuers volk so brauchst Du keine zensur zu fuerchten außerdem ist man Dir von kirchlicher seite schon zuvorgekommen, machst Du filme fuer intellektuelle (was ich fuer sinnlos erachte) (= selbstbefriedigung) so kannst Du die zensur durch errichtung eines klubs umgehen (zb. die klubkarte kostet 1000 lire, ohne klubkarte bekommst Du keinen film zu gesicht. ins klubleben kann von der polizei nicht gut eingegriffen werden!)

ad 5) »forum fuer modernes theater«

sei froh daß Du den ganzen krempel erst im herbst machst.. da haperts noch wilde. Dein satz »Erstens sollen die Aufführungen keineswegs auf Bozen beschränkt bleiben...« hat mich zu solchem lachen gereizt daß ich schließlich an meiner & Deiner vernunft zweifelte. Deine idee mit den auffuehrungen auch ins ausland (pustertal eisacktal etc.) zu gehen ist so grandios daß Du sicher drei naechte zu ihrer geburt brauchtest. was denkst Du Dir eigentlicht? bevor man bruneck & schlanders vergißt sollte man das wasserkoepfige bozen laengst vergessen haben. muß denn wirklich jeder schmaeh in dem scheißbozen abgewickelt werden... sozusagen approbiert um dann auf die wilden menschen in der provinz ausgeleert zu werden. wir tragen nicht die gebrauchten hemden der bozner merk Dir das ein fuer allemal. zum theaterprogramm ist nichts zu sagen. ich finde es gut. auch die wahl der welsberger buehne erscheint mir richtig. die tribuene wuerde ich fuer zwei stuecke einsetzen. auch bin ich nicht dafuer daß Du das ganze theaterzeugs auf das volle jahr ausdehnen willst. ein kompromiß erschiene mir richtiger: wie waere es mit einem suedtiroler theaterherbst der entsprechend im ausland publik gemacht werden koennte. nicht zu vergessen seien dann die kritiker aus deutschland & oesterreich: die sind kompetenter mir einen mißerfolg oder einen erfolg zu bescheinigen. aber da dieser vorschlag eines »theaterherbstes« nur eine persoenliche meinung ist & keine rechten argumente hat stehe ich nicht ganz dazu. es waere zu ueberlegen.

daß das »straßentheater« auf plaetzen spielt wußte ich bereits. danke fuer den hinweis. in bruneck kommt nur der graben in betracht. eine absprache mit buergermeister unterpertinger muß getroffen werden. »change« von bauer brauchst Du Dir nicht anzusehen das muß bei uns gespielt werden! von eventuellen handke-produktionen wuerde ich abraten. mein volksstueck »maria mair« kriegt ihr nicht. das hat nichts mit sturheit zu tun aber aus bestimmten privaten gruenden gebe ich es nicht her zum lesen nicht & zum auffuehren auch nicht. sollte ich es jedoch bis zum sommer genuegend ueberarbeitet haben werde ich es rechtzeitig zur verfuegung stellen.

damit ware ich mit meiner kritik am ende & es folgt nun die aufforderung zu einer ungeheuer wichtigen aktion die sowohl in die kompetenz des kulturreferates wie des pressereferates faellt:

gezielter geistiger mord an hermann eichbichler

sicher hast Du am 070171 die literarische beilage in den dolomiten gelesen. unser land ist zwar dumm aber daß wir es noch duemmer machen lassen sollen geht nicht an. was bildet sich dieses r[.......] ein meinungsfreiheit ist gut meinungsmacherei unter umstaenden die diktatur der dummheit ist in jeder hinsicht unser untergang. was soll all die schwaetzerei von kultureller brueckenfunktion europaeismus von großen geistern namens rampold seyr trenker mumelter pidoll... wenn man die kleinen »nachwuchsgeister« mit solcher gemeinheit umzubringen versucht. das ist abtreibung schaendung des geistes pornographie in reinkultur.. & so etwas wird gedruckt. quousque tandem. auf solchen saeulen ruht gemaechlich mit gespreizten beinen & stinkendem kitzler unsere suedtiroler kultur. waere ich samson ich wurde mit gaudi diese saeulen stuerzen & alle was ebner heißt oder zelger oder weiß der teufel wie begraben.... sicher kannst Du sagen was schert mich die anthologie die hat der gerhard mumelter gemacht das geht mich nix an. & ob!
wenn wir schon eichbichler nicht fertig machen koennen daß er keinen blutschaenderischen pieps mehr macht so haben wir doch die pflicht — die heilige pflicht moechte ich sagen — an seiner kulturellen unfehlbarkeit zu sageln & gelingt uns das nicht so muessen wir zumindest kulturelles pinschertum beweisen & das hintere fueßchen heben & ihn anprunzen tag & nacht.

was ist nun zu unternehmen?
die idee hat mir ein kollege ins ohr gefluestert: woche fuer woche einen leserbrief an die dolomiten + einen gleichlautenden an den »alto adige«. jeder nicht veroeffentlichte brief wird im skolast abgedruckt. das ganze zieht sich ueber drei vier monate hin kurzum solange bis entweder der eichbichler oder die dolomiten milch geben. die leserbriefe sollen eindeutig gegen eichbichlers artikel stellung nehmen & entweder von autoren SH-funktionaeren oder personen des oeffentl. lebens verfaßt sein. auch ist die weitere »literarische beilage« kritisch zu ueberwachen!
eine liste von eichbichler-schandtaten soll oeffentlich ausgehaengt & immer auf den neuesten stand gebracht werden was insofern einfach ist da eichbichler ja woechentlich sich mit literatur befaßt... »zwei dolomitenseiten fuer einen t[......]«
wir werden uns seitenlang mit ihm beschaeftigen.

versteh mich bitte nicht falsch. es ist mir gleichgueltig wenn der eichbichler mich in den dolomiten unmoeglich macht. ich lache ihn aus.. aber wenn er ueber eine sache herzieht die alle zwanzig jahre & bestimmt nicht unter den guenstigsten sternen das licht der dolomiten erblickt so hat er dazu einfach kein recht. hat er schon einmal ein buch herausgebracht? kann er nicht froh sein daß ihn seine zeitung durchfuettert & ehren ihm zukommen laeßt die ihn ueberheblich unfehlbar & masturbatorisch machen? kultur ist nicht etwas worauf sich mit falschen aesthezitismen & der berufung auf goethe herumreiten laeßt schon gar nicht unsre schwaechliche kultur die sich sonst schon nicht zu ruehren traut vor lauter bewachern & bewahrern. ich koennte noch seiten fuellen mit fluechen. schreibe mir sofort was sich machen laeßt. nimm diesen zeilen das emotionale weg damit sie logisch werden.

es grueßt

An Johann Scheiber

alszeile 280171

hoffentlich erwischt Dich diese karte noch rechtzeitig. sei willkommen in wien... Du kannst in meiner huette quartier nehmen. im februar werde ich in suedtirol sein & vielleicht raffst Du Dich auf mich zu besuchen. alton leidet unter seiner funktion als praesident der suedtiroler hochschuelerschaft. er ist noch nicht da wird aber von tag zu tag erwartet. uns gehts gut alles gesund: auch meine weiße maus... o ja. ich halte mir aus geselligkeit eine. mein studium ist wieder fudjiama. goettlein zum gruß.

norbert conrad

An Karl Gruber

wien 280171

servus korl!

ich habe heute eine schreibwut die ans perverse grenzt... & dabei habe ich nichts was ich mir von der seele schreiben koennte.. denn alles ist schon in naechten vorher abgefaßt worden.
mir hat erst vor kurzem durch das »folterlexikon« von e. a. rauter & horst mahler angeregt getraeumt wie ein mensch mit einer halbverhungerten ratte kaempft. ein nackter mensch in einem total leeren raum. kein stuhl kein tisch kein auskommen nur angst. & daraus habe ich eine kurzgeschichte gemacht die einen verrueckten darstellen will der so pervers geworden ist daß er den humanismus & humanistisches gedankengut zur rechtfertigung seiner folterungen verkehrt & sich schließlich als »aufklaerer« der menschheit fuehlt.. die gefolterten werden »bekehrt«. die geschichte scheint mir halbwegs gelungen zu sein. jedenfalls bleibt einem der atem weg. empoerung will ich haben damit. nicht empoerung gegen mich sondern gegen die verdrehung jeder ideologie gegen die unfreiheit schlechthin... die vom menschen dem menschen gemachte unfreiheit. plemms!!

die tage sind jetzt ungeheuer mild & in der frueh schrein die voegel unsereinen aus dem schlaf. dieses semester ist mir verlorengegangen.. was kuemmerts mich wenn ich nicht auf andrer leute kosten leben mueßte. ich weiß schon was ich tue

1. ich nehme hier in wien eine arbeit auf die mir viel freiheit laeßt & verzichte auf die kunstgeschichte
2. ich gehe ins kloster & verzichte auf die kunstgeschichte
3. ich gehe weit weg (amerika, afrika etc.) & gleich fuer ein paar jahre & scheiß auf die kunstgesch..

jedenfalls gehe ich den ganzen februar ins land unterrichten & meinen kopf & meine zukunft klaeren. ach schrien denn die voegel nicht so!

was soll all der kram der krempl. es ist dies nicht verzweiflung ueber nicht bestandene oder gemachte pruefungen.. es ist die sinnlosigkeit des dasitzens. schade daß Du mich nicht kennst.. sehr schade. verrueckt will ich werden sein & bleiben.. versteh nicht falsch: ver — rueckt. alle werte verruecken & mich selber. pemms!

daß ich Dir fuer karte & lob danke ist selbstverstaendlich.

im februar bin ich wie gesagt zu hause.

norbert conrad

An Cesare Guglielmo

wien 290171

geehrter herr guglielmo!

Ihre zeitschrift »adige panorama« beginnt sich dermaßen zu verschlechtern daß ich es (& das wuerde wohl jeder vernuenftige mensch tun) ablehne in irgendeiner weise mitzuarbeiten. ich ziehe also mein angebot zurueck:

1) »adige panorama« wird zusehends zu einem nationalistischen instrument & mir mit verbohrter krampfhaftigkeit glauben zu machen daß es in suedtirol eine kultur italienischer zunge gaebe scheint wohl etwas absurd. nicht daß ich etwas gegen ital. kultur in suedtirol haette aber wenn sie sich mit solch mageren produkten wie Ihren eigenen gedichten & den artefakten eines Pietro Di Spazio eines Pasquale Cardone usw. manifestiert so zweifle ich sehr daran ob das etwas mit kultur zu tun hat. das ist wohl eher der beweis daß die ital. volksgruppe sich kulturell aeußerst unsicher fuehlt... dieser beweis sollte nicht von Ihnen geliefert werden! denn es gibt italien. kultur in suedtirol. eine italienischsprachige literatur gibt es nicht besonders dann nicht wenn »adige panorama« in einem anfall von caesaropapismus sich zumutet anwalt des nichtexistenten zu sein. inwieweit nun »adige panorama« nationalistisch ist will ich kurz erklaeren. die existenz einer deutschsprachigen literatur wird geleugnet oder ignoriert die existenz von deutschsprachigen italienern ebenso... noch dazu gibt es literaten deutscher zunge die sehr wohl in italienischer sprache lyrik verfaßt haben. ich verweise auf »C'è un avvenire« von friedrich lottersberger auf »Pianto per la perdita dei miei seguaci« von gerhard kofler & auf diverse gedichte von mir selber (»fiesole« »fanciulla romana« & »paesaggio femminile« um nur einige zu nennen). aber das interessiert Sie ja nicht. es ist betrueblich daß wir deutschsprachigen Euch italienischsprachigen die literatur.. die last der literatur abnehmen muessen die Ihr nicht zu tragen imstande seid! was soll nun eine rein literarische zeitschrift wie die Ihre in einem gemischtsprachigen territorium? lernen Sie deutsch bevor Sie ein solches unternehmen starten oder ziehen Sie zumindest deutschsprachige mitarbeiter heran: in brindisi koennen Sie eine nur italien. zeitschrift dieser art herausgeben. nehmen Sie sich ein beispiel am »alto adige« (seite fuer deutsche leser — obwohl ich den alto adige als letztes empfehlen wuerde!) haben Sie jemals eine nummer von »die bruecke« gesehen? mir scheint nicht.

2) wenn ich mir so die zweite nummer von adige panorama ansehe: ueberall strotzender AESTHETIZISMUS. hermann eichbichler wuerde Sie umarmen wenn er wueßte daß es Sie gibt. wollen Sie nun ein literarisches museum redigieren oder etwas neues lebendiges machen? was soll denn Eugenio Matteuccis artikel »Medicina e medici nel capolavoro die Goethe« bedeuten? das ist doch quatsch & dumme anbiederung. es wuerde mich nicht wundern wenn Sie im naechsten heft den verlorengegangenen stockzahn von schillers großmutter im brixner dioezesanmuseum entdecken. Sie wußten

nicht daß der dort aufbewahrt wird? einer meiner kollegen schreibt gerade seine doktorarbeit ueber die literarischen zusammenhaenge dieses stockzahnes mit dem kniefall der maria stuart vor elisabeth I. auch Silvano Demarchis »umanità di Gabriele D'Annunzio« ist museumsreif.

& so ginge das weiter seitenweise.
seien Sie unbesorgt: Ihre zeitschrift wird nicht untergehen. Sie tut niemandem weh. Sie ist politisch sauber unkritisch liebenswuerdig. brav, sehr brav!! nur eines tut mir im grunde leid: »adige panorama« bildet sich ein klug zu sein & galoppiert dabei der dummheit in die arme. troestlich fuer Sie duerfte sein daß es in den meisten faellen den deutschsprachigen italienern auch so geht.

Ihr
norbert conrad kaser

An die Redaktion der Neuen Kronenzeitung

wien 300171

geehrte herren!

vor zwei tagen wollte ich so gegen 18 uhr in Ihrer kulturredaktion vorsprechen. allein es war niemand da.. alle tueren standen offen auf einem schreibtisch lag ein ledermantel der mir sehr wohl gepaßt haette. die schreibmaschinen standen verlassen herum.. kurzum man haette alles in ruhe davontragen koennen. doch das soll meine sorge nicht sein.

ich kam nachdem man mich vom 12. stock auf den 11. (verlassenen) verwiesen hatte wegen eines buches das ich Ihnen hiermit zusende.
ein buch dieser art ist in suedtirol seit kriegsende nicht erschienen. auch sticht es irgendwie aus dem rahmen normal gaengiger anthologien: das niveau ist aeußerst unterschiedlich. auch schlechte autoren wurden aufgenommen & noch dazu ist jeder einzelne mit moeglichst vielen beitraegen vertreten.. auch von den »guten« autoren sind miserable texte vorhanden. insofern kann man die anthologie & jeden einzelnen autor besser beurteilen. »schoene« anthologien gibt es genug auch diese ist meines erachtens zu schoen geraten. trotzdem hat sie den vorzug daß man sich ueber texte auch aergern kann & fuer die »erbauung« ist zwei seiten weiter gesorgt.

dieses buch ist unter großen umstaenden zur welt gekommen. wieweit oesterreichs kulturelle oder literarische situation verfahren ist (abgesehen von den zugpferden handke & bernhard) wissen Sie wohl selbst am besten. stellen Sie sich nun eine dustere provinz hinter dem brenner vor absolutistisch beherrscht von einer handvoll kulturpaepste die jede staatliche zensur eruebrigen & jedes sich regende leben abtreiben oder ersticken. suedtirols literatur ist im embryonalen zustand.. den foetus schicke ich Ihnen. Sie koennen nicht ablesen ob dies nun ein maennliches oder weibl. wesen wird.. daß es ein mensch wird davon zeugt diese anthologie.

es geht nun darum ob Sie irgendwann im kulturteil Ihres blattes dieses zum fruehen tode verurteilte buch besprechen koennen. koennen Sie es nicht — »die presse« & der »kurier« koennen — so bin ich Ihnen als letzter boese. das buch wird in einer woche etwa bei der galerie-buchhandlung dr. andrè wildbolz walfischgasse 14 1010 wien zum preis von ca. 90 schilling zu haben sein. sollte eine besprechung nicht moeglich sein... zeit spielt keine rolle... so bitte ich Sie mir dieses belegexemplar zurueckzuschicken. bei einer besprechung haette ich gern zwei oder drei exemplare Ihrer zeitungsnummer gehabt.

mit besten grueßen Ihr

(norbert conrad kaser
verbindungsmann der
suedtiroler hochschueler-
schaft gruppe wien)

An Christian Alton

bruneck 140271

norbert conrad kaser
an
johannes christian alton

1. Deinen brief vom 090271 glaube ich mit meiner karte hinreichend bean twortet zu haben zumal ich an jenem angekuendigten termin von 14 uhr MEZ am 110271 nur zu puenktlich in bozen war. immerhin habe ich ein en romverreisten (der physisch gar nicht so arg beinander sein kann oder warst Du auf kur?) & seyr & zoderer angetroffen bei welchem letzteren ich auch genaechtigt habe.
2. was die faschistismen suedtiroler schuldirektoren & professoren & lehrer anlangt freut es mich zu wissen daß von Eurer — ich meine der bozner seite — etwas unternommen werden wird. es bleibt nur zu hoffen daß man die fruechte Eures guten wollens nicht in den kamin schreiben muß... Du weißt selber zu genau wie sehr es mir ein beduerfnis ist daß solche leute an die wand gestellt werden.
3. der »skolast« & das war vorauszusehen macht Dir ziemliche schwierigk eiten. mehr als daumenheben kann ich Dir nicht. mich hast Du zum ref erenten nicht gewollt deshalb werde ich mich auch als sproede jungfer

geben wenn Du mit einer artikelbitte an mich herantrittst dafuer von Euch verlangen daß Ihr wenn ich wirklich einmal etwas komplettes verfasse — ich denke da noch immer ueber die beiden artikel vallazza & gianni bianco nach — Euch auf das bankel setzt.

4. es ist inzwischen der 150271 geworden. die beigelegten briefe des studient itelreferenten waren unzustellbar deshalb gehen sie an Euch zurueck.

5. im namen von peter slavik — der Dich außerdem schoen grueßen laeßt — bitte ich Dich mir folgenden gefallen zu machen der eigentlich mein e aufgabe gewesen waere aber nicht erfuellbar war weil ich nicht nach m eran gekommen bin. frl. maria stramik moechte im krankenhaus von meran unter umstaenden auch in dem von bozen als diplomierte medizinisch techn ische fachkraft arbeiten. es geht nun darum herauszufinden ob dieses diplom bei uns anerkannt ist & es sich mit ihm arbeiten laeßt oder ob bei nichtane rkanntem diplom trotzdem wegen arbeitskraeftemangels gearbeitet werden kann. schicke aber unbedingt noch innerhalb dieses monats das diplom bea ntwortet oder unbeantwortet an peter zurueck. herzlichen dank! (peter slavik — wilckensweg 4/8 — a1190 wien)

6. den »voltaire« kannst Du veroeffentlichen oder nicht... wenn dann auf alle faelle mit folgendem zusatz:

»damit hermann eichbichler eine schriftliche bestaetigung zu seiner liter arischen beilage vom 070171 hat wage ich es diesen text zu veroeffentlichen & auch damit er weiß daß in suedtirol & das soll ihn besonders wurmen so infam schlechte texte verfaßt werden die mit dem heiligen voltaire dem h eiligen marx & unserer lieben frau von lourdes in gleich respektloser weise umspringen als haette der autor mit dem allerheiligsten suedtirolbereisthab enden goethe in einem bette geschlafen aus einem becherchen getrunken etc. mit dieser hommage grueße ich meinen literarisch alleinseligmachenden k ollegen hermann norbert conrad kaser«

7. von joachim goetz hruschka fehlte bisher zur beitrittserklaerung der stat istikbogen. beides liegt bei.

8. es ist inzwischen der 160271 geworden & in einer stunde geht mein zug ab. ich bin folglich etwas in eile & kann Dir bei gott nicht alles berichten was ich Dir zu berichten haette. ich hoffe das von wien aus nachzuholen w ohin ich mich soeben begebe. ich werde entweder ab 010371 oder genau am 120371 wieder im lande sein. am 120371 findet naemlich jene ominoese seyrl esung im waltherhaus statt. naeheres wie gesagt von wien aus

mit besten

An Erling Frugård

bruneck 140271

lieber erling!

auch mich hat es immer gewundert warum Dein zweites paket nicht angekommen ist... leider ist es verlorengegangen das kann man nach so langer zeit wohl behaupten.
im uebrigen geht es mir im augenblick gar nicht gut & ich werde morgen oder uebermorgen wieder nach wien reisen um mir dort eine arbeit im buchhandel zu suchen. es ist mir trotz großer bemuehungen nicht gelungen hier in italien — wie ich es mir vorgestellt habe — einen platz als lehrer fuer ein monat zu finden. so geht es mir nun wie ueblich finanziell schlecht & gesundheitlich gut. soviel ich Dich verstanden habe wunderst Du Dich daß wir studenten in italien & oesterreich so ein ewiges hungerleiden haben. ja mein lieber wir werden bei gott nicht so gut gehalten wie die norwegischen studenten die ungefaehr viermal soviel vom staat an stipendien kriegen wie wir. wir kriegen im monat ungefaehr 250 kronen & davon sollen wir leben wohnen essen trinken & buecher kaufen.
selbstverstaendlich werde ich im sommer nach norwegen kommen damit endlich meine ewigen sorgen ein ende haben... doch schließlich bin ich nicht dazu da Dir meine sorgen vorzujammern sondern ich muß ganz einfach versuchen so zu leben wie es eben am besten geht. wenn Du mir in diese kommenden trostlosen tage ein (aber nur 1) paket rød mixture schickst bin ich Dir sehr dankbar. (schick nur ein einziges sonst geht es nur wieder verloren oder wird vom zoll beschlagnahmt!) es geht auch nicht darum daß ich keine zigaretten haette aber wenn ich eine zigarette mit rød mixture rauche tauchen norwegische berge auf oder ein weg der durch die wiesen nach rommetveit fuehrt oder ich sehe wie im traum fitjar. ich weiß das ist sehr sentimental... immerhin bist Du in amerika gewesen & hast sicher mehr von der welt gesehen als ich.
kannst Du mir bitte im mai oder juni noch einen anderen gefallen machen: wenn in den zeitungen passende arbeitsplaetze fuer mich zu finden sind so schicke mir bitte die angezeichneten anzeigen (zum beispiel aus »bergens tidende«). darueber werde ich Dir noch ausfuehrlicher schreiben. fuer heute grueßt Dich von

herzen

An Kuno Seyr

wien 250271

lieber kuno

ich danke Dir fuer den brief vom 180271 & kann Dir zusichern daß ich unter diesen bedingungen nach bozen kommen werde. außerdem habe ich heute mit hans haid telefoniert & ihm auch einen brief geschrieben der ihm die s ache schmackhaft machen soll. er wird Dir antworten. zur vorsicht gebe ich Dir seine anschrift: hans haid reinprechtdorferstraße 9/24 a 1050 wien.

da ich Dir im augenblick wirklich nicht sagen kann was ich genau lesen werde ja sich das hoechstwahrscheinlich angesichts des publikums entscheidet bitte ich Dich fuer mich auf das programm nur meinen richtiggeschriebenen n amen (= norbert conrad kaser) & etwa folgenden titel hinzusetzen »texte 70/71«. was Du eventuell an lebensdaten brauchst findest Du ja in unserer anthologie.

so steht es mir frei die leute lyrisch einzulullen oder prosaisch zu erregen. grueß mir Deine sekretaerin & sei selber gegrueßt.

ps. es ware sehr lieb von Dir wenn Du mich zwischendurch ueber den stand der dinge informieren wuerdest wer da alles lesen wird & gelesen wird kurzu m wie das programm aussieht.

II. ps. siehst Du & das wichtigste faellt mir immer erst am schluß ein: sorge fuer mich & hans bei der lesung fuer einen ordentlichen wein. so zwei liter pro kopf brauchen wir schon das macht die gurgel rollender de n kopf mutiger & alles viel unterhaltlicher... aber nicht daß Du uns diese »liebesgabe« vom honorar abrechnest! im uebrigen ist dazu zu sagen daß es im ausland schon lange ueblich ist auch an das publiko etwas auszuschenken & zwar gratis: kultur ist unter umstaenden hart zu schlucken selbst dann wenn sie sich schoen & liebreizend gebaerdet.

An Hans Haid

wien/alszeile 260271

servus hons!

mit dieser kuenftigen bozner lesung ist es ein bißchen scheiße... die leicht anruechigen hintergruende werde ich Dir im folgenden erklaeren.

kuno will den etwas festgefahrenen karren der suedtiroler & respektive der nordtiroler (oder was er dafuer haelt) literatur wieder in gang bringen. von ganz weit her treffen ihn noch die strahlen der untergehenden sonne des liter arischen kolloquiums (bozen — herbst 69) & dann moechte er sich noch in den beiden letzten publikationen »neue literatur aus suedtirol« & »wort im gebirge 12« sonnen solange es noch warm ist: daraus ergibt sich nun fuer ihn das beduerfnis etwas fuer die dichterei zu tun. natuerlich will er nicht als p rovinziell gelten & bezieht gleichzeitig & netterweise den nordtiroler raum mit ein.. dagegen habe ich bei gott nichts einzuwenden (ich fuerchte nordtirol nicht) aber die praemissen widern mich an: dieses getue von der einheit tirols. sicher sprechen wir eine sprache & schreiben mit ihr sicher haben wir mun darten die einander ausnahmslos verstehen & herrliche spektren im laendl ichen kolorit abgeben sicher wir haben auf grund dessen auch eine verwandte literatur (ein gemisch aus realismus konservativismus trakl'scher nachfolge derbe & kitschige reimerey ehrlichkeit & verschlagenes kurzum tyrol — Du weißt besser was ich meine). wenn aber die literatur fuer die politische einheit herhalten soll geht mir das auf die eier.

außerdem habe ich das ungute gefuehl daß uns kuno zur glorifizierung seiner selbst braucht. sein literarischer ruf im lande ist ziemlich angeknackst seine vor 10 jahren geschriebenen gedichte sind halt doch nicht mehr die neuesten & seine neuen dinger wurden abgelehnt... von jung & alt. so floerschtet er eben mit den jungen wie eine sitzengelassene jungfer ohne einzusehen daß wir darauf nicht reagieren. doch das soll Dich weiter nicht beruehren. obwohl ich innsbrucker avantgardismus kenne habe ich Dich ihm vorgeschlagen... das hat nichts mit freunderlwirtschaft zu tun sondern ist logisch. einmal ist die avantgarde der landeshauptstadt entweder dermaßen aesthetizierend & ortsfremd daß sie nichteinmal boeses blut in suedtirol machen wuerde so ndern aufgrund mangelnder »information« ueberhaupt nicht verstanden wuerde die andere haelfte der avantgarde aber steht unter jedem niveau & gefaellt sich in perfektem provinzialismus & vollkommener stillosigkeit d. h. unvermoegen im verfassen von texten. so bin ich auf Dich verfallen einmal weil Deine sachen mir zusagen zum anderen weil Du verstanden werden wirst zum dritten weil Du kein »einheitler« bist (oder?).

ziemlich hart waren meine verhandlungen mit seyr. er wollte von vorneherein saemtliche texte von sprechern lesen lassen um geld zu sparen. da habe ich mich geweigert mit haenden & fueßen. ich lese meine sachen selber & Du erst recht. so habe ich ihm folgende bedingungen gestellt:

1. nicht mehr als 10 autoren
2. ich lese selber
3. spielraum von 20 minuten
4. freie wahl der texte
5. nicht die geringste vorzensur

fuer diese zugestaendnisse mußte ich allerdings mit dem »preis« herunterg ehen (die anderen kriegen meines wissens ueberhaupt nichts): es blieb bei b ezahlter hin- & rueckfahrt & einem zusatzgeld von 6.000.— Lire (= ca. 250.— oeS). das geld wird einem sowieso erst in bozen ausgehaendigt. ich an Deiner stelle wuerde mir einen verdienstausfall vergueten lassen. die gelder sind da ich weiß es genau & stammen keinesfalls aus kunos taschen. einen teil bezahlt soweit ich informiert bin das suedtiroler kulturinstitut den anderen das lokale deutschsprachige fernsehen.

selber lesen werden:
hans haid
joseph zoderer
norbert conrad kaser

der sprecher wird lesen:
gerhard mumelter
gerhard kofler

wer aus nordtirol kommt weiß ich nicht auch ueber meine uebrigen suedtir oler kollegen kann ich nichts sagen.

es wuerde mich freuen Dich am 120371 in bozen zu treffen auch duerfte es fuer Dich interessant sein einige neue leute kennenzulernen. fuer unterkunft werde ich zu sorgen versuchen.. garantieren kann ich nichts. daß wir am abend etwas zum essen kriegen werde ich den organisatoren waermstens ans herz legen oder ich schlag ihnen den schaedel ein. noch wichtiger duerfte sein daß man zur lesung etwas ordentliches zum trinken kriegt & nicht nur rae usperwasser.. ich fuer mich brauche sowieso einen halben rausch damit sich meine zunge loest.

ich werde ganz neue dinge lesen die wiedereinmal die bozner vor den kopf stoßen werden. die koennen nie genug pinggel haben in ihren kulturvisagen. schreibe mir eine kleine karte ob Du kommst!

gruß
norbert conrad

ps. kuno seyr braucht nicht zu wissen daß ich schon ab 010371 in suedtirol bin!

An Maria Stieger

wien 260271

geliebte maridl

drei wochen sind Dir nun vergangen daß Du mir geschrieben hast & ich habe mich in allen moeglichen bundeslaendern herumgetrieben wie ein raeudiger hund ohne um Dich zu wissen.
vor drei tagen ist mir endlich Dein brief in die haende gekommen. & ich schuft habe noch lange hin- & herueberlegt ob es noch einen sinn hat Dir zu schr eiben. welche ueberlegungen! ich gehoere geschlagen & in den bauch get

reten ... ich der ich mir immer einbildete Dich zu lieben habe beim einfach sten versagt. was ist das eigentlich fuer eine liebe die so mager ist daß sie mich nicht sofort umwirft & mich hinzuknien befiehlt um Dir truebe gedanken zu vertreiben.

ich das großmaul gebe vor schreiben zu koennen im geheimen gar zu dichten. daß ich nicht lache. was bin ich denn fuer ein herzloser markloser knochen? ich weiß es nicht oder hast Du mich jemals im dreck stecken gelassen? nich teinmal zum danken bin ich faehig geschweige denn zu lieben.

die tage sind truebe & stuermisch die naechte sind Dir schlaflos oder mit a rgen traeumen verduestert. kind mein kind! ich traue mich nicht zu fragen was Dich ungluecklich macht doch glaube ich noch zu wissen was Du mit mir gelitten hast. hat es nun ab er einen sinn Dir das alles wieder vorzufuehren & zu sagen HA! was ist das elend von heute im vergleich zu den leiden von gestern??

warum aber kenne ich Dich nicht mehr & bin unfaehig Dich zu troesten? soll ich Dir etwas sinnloses von der macht des gebetes vorfloeten oder Dir sagen: »schau maridl alles blueht in kurzer zeit ringsum ist freude & sind kinder die schreien lachen & fußballspielen & rad fahren & nichts anderes im kopf haben als die winterstruempfe mit socken zu vertauschen. was sind Deine sorgen denn?« soll ich so Dich troesten? nein! niemals!

was nuetzt es Dir wenn ich wiedereinmal sage daß ich Dich liebe.. das weißt Du seit jahren es ist immer dasselbe lied: einmal sanfte einmal harte toene.

wenn ich Dir erzaehle daß ich gestern geweint habe so glaubst Du mir nicht wenn ich aber hinschreibe ich habe gesoffen so ist fuer Dich das wahr. wenn ich Dir berichte wie hart mein leben ist — was hast Du davon? Deines wird nicht leichter. mein leben ist eine teufelei das ist das einzige was noch stimmt. sorgen — nein — sorgen habe ich keine ich verlottere zwar aber das ist wohl richtig so: vom mantel sind mir alle knoepfe abgesprungen ein gebuegeltes hemd habe [ich] monate nicht gesehen ... fuerwahr ich stinke. in faulig r iechender bettwaesche verkruemle ich die tage die naechte in kneipen & auf der straße sogar als strichjunge will mich keiner mehr. meine augen sind mir im kopf versunken zwischen meinen zaehnen haengen wurstreste & der lange hauch von bier zwischen meinen zehen verhaertet sich die mischung aus staub & schweiß meine ehemaligen schuhlitzen sind erfinderisch durch spagat e rsetzt. so geh ich halt durch die straßen fechte von dem einen einzigen sch illing von dem anderen eine zigarette so am ganzen tag kommt schon genug zusammen.. auch verdient man sich wenn man ein so gewinkelter hund geworden ist wie ich es bin einiges durch auskuenfte ueber straßenbahnen bis zu hehlern. wenn es wirklich nichts zu tun gibt stehn wir in den herrlich du ftenden pissoirs zusammen & tauschen zigrette erfahrungen & onanien aus. frueher das weißt Du ja noch war ich kurzsichtig man hat mir die brillen aus dem gesicht geschlagen »wozu brauchst Du das gestell in Deiner prunzvis age« & ich muß sagen seither bin ich hellhoerig & bei gott — dem alten kr achmaul — nicht mehr kurzsichtig.. wenn es etwas zum klauen gibt.

so & wenn Du das nun glaubst dann lache ich mich an Dir gesund. im grunde

wuerde ich nur zu gern ein solches leben fuehren & es gibt genug menschen die es tun.. was sind da unsere kleinen sorgen?
was sind sie schon vor soviel elend? wir die edle gesellschaft mit unseren w ehwehchen haben alle jene hinausgeschmissen? ja wir trampeln nur auf and eren herum & sind stark & sauber & hoeflich & mit guten sitten befleckt! die andern haben keine sorgen zu haben.. mit unseren zeitungen decken sie sich in der nacht auf den parkbaenken zu & dann ploetzlich stuerzt fuer uns der himmel ein wenn es mit einer liebschaft schiefgeht wenn das linke blinklicht nicht mehr blinkt. was sind wir doch fuer selbstmitleidige schweine. andere liegen ihr leben im krankenhaus herum das gesicht nur aus gelber haut den ruecken eine einzige wunde die beine wuerden ihnen zusammenbrechen wenn sie jemals aus dem bett kaemen. oder etwas anderes fluechtlinge werden e rschossen frauen werden in gefaengnissen vergewaltigt & mit elektroschocks bearbeitet nur weil sie anderer meinung sind oder schwarz oder gelb... bestimmt es ist nichts troestliches was ich Dir hier niederschreibe. wir aber haben die pflicht wenn es uns miserabel geht an solche von keinem nachri chtensprecher verbreitete wahrheiten zu denken.. nicht etwa um zu sagen verflixt geht es mir im vergleich zu denen gut. nein ganz einfach an sie zu denken & daraus dann die lehre zu ziehn: wenn ich wieder besser dran bin werde ich weder mein elend noch das ihre vergessen.

jeder will nach freiheit so oder so. nicht jeder hat das glueck zu wissen was freiheit ist: ein elender weiß es ein gefangener ein gefolterter ein weinender ein sterbender. die gesunden & starken & »gluecklichen« wissen es niemals. wenn sie sich auf »ihre« freiheit zubewegen landen sie ausnahmslos in unf reiheit weil sie einen ordentlichen verdienst frau & kind & waschmaschine fuer freiheit halten. dann sitzen sie festgeklemmt zwischen ihren gegenstaenden inmitten ihrer vollkommenen gefuehlskaelte glauben zu lieben zu hassen ein herz zu haben einen kopf zu haben... einen schafkaes haben sie & nicht nur das
ihre kinder fuehren sie in sklaverei & fuer jede unverschuldete unfreiheit auf der welt sind sie verantwortlich sie allein.

vielleicht hast Du mich nicht ganz verstanden macht nichts ich predige f urchtbar gern.

fuer Dich ist vielleicht jetzt die zeit der freiheit gekommen. nur freiheit & befreiung bringt Dir trost. Du darfst nur eines nicht in den stand zurueckf allen aus dem heraus es Dir dann todungluecklich wurde ob sich das nun auf geld bezieht auf gesundheit oder einfach auf ein seelisches tiefdruckg ebiet
hau ab!
nicht oertlich
hau ab!
fluechte!
nicht in Dein taschentuch reiß Dich zusammen & mach einen sprung nach vorn einen ganz gewaltigen satz aus dem dreck & wenn Du dabei Dir selber ins gesicht spucken mußt. nimm Dir irgendein buch geh spazieren tu das was

Du fuer richtig haeltst & scheiß auf jedes gerede. verkriech Dich nicht in Dir selber.. hau ab!

daß ich Dir gern habe weißt
daß ich Dir auf keinen fall mit diesem brief beleidigen wollte glaubst Du mir
vielleicht habe ich glorreiche zwei seiten an Dir vorbeigeredet ich hoffe es nicht.
laß mich neues von Dir wissen

ich kuesse Dich

An eine unbekannte Person

wien 270271

als voller italiener — wenn auch deutscher muttersprache — habe ich vor heimweh fast geweint... endlich einmal einer der weiß daß venedig bei regen am schoensten ist.. bei regen der das gewuerm der markstinkenden frem dlinge wegschwemmt & in den kanaelen ersaeuft.
verzeihen Sie mir das kompliment: noch nie habe ich von einem venedigr eisenden einen solch wahren & ehrlichen bericht gelesen. komisch... wie komme ich eigentlich zu den attributen wahr & ehrlich? Ihr bericht ist es! das zu behaupten kann ich mir erlauben. es ist nicht lange her daß ich in ven edig bei einem fegato alla veneziana in einer kneipe »da renzo« »da paolo« vielleicht zwei meiner besten gedichte geschrieben habe gedichte ueber ven edig natuerlich.
daß Sie von der bilderfuelle — sagen wir kunstfuelle — dieser stadt ersch lagen wurden wundert mich nicht.. wir italiener leben mit kunst in einer selbstverstaendlichkeit die es uns erlaubt neue kunst zu machen... seien Sie beruhigt wir leben auch mit dem kitsch in bester harmonie & den großen patriarchen von venedig johannes xxiii haben wir laengst auf kissen gestickt oder auf samt verewigt.
begreifen Sie bitte das uebrige italien genauso gut wie venedig — ich bitte Sie darum
meinen segen haben Sie & meinen glueckwunsch

Ihr

An Ernst Reinold

bruneck 250371

lieber herr reinold!

mit reichlicher verspaetung ist mir Ihre nachricht von der stromrechnung zugegangen. vor kurzem habe ich Ihnen nun 1500.— öS ueberwiesen & hoffe daß das geld noch halbwegs rechtzeitig eingelangt ist. auch moechte ich Sie — weil mir die stromrechnung einen strich durch die rechnung gemacht hat — um etwas geduld bitten wenn ich mit der maerzmiete ins hintertreffen gerate & erst so gegen ostern bezahlen kann... dann aber auch die miete fuer april & mai.

ich werde jetzt mindestens ein monat in suedtirol bleiben weil ich einmal eine stelle als lehrer angenommen habe & zum anderen im kulturellen leben suedtirols etwas leisten muß: ein theaterstueck von mir wird in kuerze aufgefuehrt.

so grueße ich Sie herzlich & danke Ihnen fuer Ihre geduld. grueßen Sie mir auch Ihre frau & die familie Picha.

Ihr

ps. ueber den verbleib von kollegen alton weiß ich nichts doch wird er als oesterreichischer staatsbuerger zur bundespraesidentenwahl bestimmt auftauchen.

An Wolfgang Pfaundler

innsbruck 250471

meinem versprechen gemaeß schicke ich Ihnen fuer eine der kommenden fensternummern diese beiden kurzen literarischen beitraege.

bei »die koechin eines pfarrers« ist mir in der letzten zeile ein tippfehler unterlaufen: es soll dort nicht »talhanghoefefinden« heißen sondern getrennt »talhanghoefe finden«.

im uebrigen waere die »koechin« so zu setzen daß die woerter die willkuerlich & ohne trennungsregeln am rande getrennt werden muessen so belassen bleiben:

zB:

die glut verlisch
t leuchtet auf im
zusammenfallen l
aeßt.....

mit herzlichen grueßen verbleibt Ihr

PS: lieber sebastian

natuerlich erinnere ich mich noch immer an unseren spaziergang durch die wiesen & werde auch unser gespraech nicht vergessen. versuche in diesem sinn weiter Dein leben auszubauen. vergiß Deinen kopf voller guter umgangsformen & lege Dir mehr natuerliches zu. sicher ist treffliches benehmen ein vorteil im umgang mit menschen doch was Du selber dabei an lachen weinen & empfinden verlierst ist unersetzlich.

Dein

An Christian Alton

bruneck 190871

lieber christian

oft frage ich mich wirklich wozu der ganze zauber gut sein soll das herumg efahre das betrogenwerden der kuehlebringende sonnenuntergang in der wueste.
& eine muedigkeit nistet sich in mir ein von der ich nicht weiß ob sie aus der bilderflut des gesehenen stammt oder in mir selber liegt als pol zur unrast.
mir geht sich alles quer & doch steht keinem die sonne hoeher als mir auch fallen die sterne wenn ich es will.. der wunsch beim fallen der sterne ausg esprochen geht in erfuellung.

wenn ich dann zu tunis in einem haus zu gast bin dessen kinder sich schlangen & chamaeleons halten & geht noch der volle mond auf der vom erdschatten getroffen sein licht verhuellt & wieder erbricht dann erst ist die erkenntnis da daß es so sein muß & daß es gut so ist.

Du mußt auch wissen daß der araber nie auf ein liegendes tier schießt.
die verletzte gazelle scheucht er auf damit sie im laufen getroffen werde.
die faustgroßen augen gebrochen voller sand die kehle durchschnitten. noch warm den bauch schweiß im fell liegt sie hinten im jeep zu meinen fueßen.
meine zehen sind finger die ihr leicht ueber den ruecken fahren... zwei stu nden ueber mitternacht.

Du mußt auch wissen daß Dir hier die huren oel & essenz ueber den leib schuetten bevor & nachdem Du bei ihnen gewesen daß sie Dich streicheln nicht aber kuessen daß sie ornamente ins fleisch gebrannt haben & von der unendlichen weichen fuelle vollreifen obstes sind.
gut sie sind alt d.h. nicht 16 & ihr franzoesisch verfaengt sich immer im arab ischen.

in ihrer kammer haengt dumm-laechelnd jasminbluetenriechend der praes ident.
auch mußt Du wissen die sonne ist kein schwert ein ganz gemeines kuech enmesser das pfeilgerade 10 stunden in Deinem scheitel steckt (lob der tur bane!). der schweiß verbrennt sich Dir auf der haut & leckst Du sie so ist es eignes salz.
ich werde obst nur dort noch essen wo es waechst.

norbert conrad

An den ORF — Studio Tirol

bruneck 190871

geehrte herren!

sicherlich kuemmern Sie sorgen andrer leute wenig wo kaemen Sie auch hin? auch moechte ich nicht verwirrend in die so schon komplizierte apparatur des ORF eingreifen. sollte es Ihnen jedoch moeglich sein mir die zugesich erten 1.500 oeS fuer meine lesung vom 010771 (theater am landhausplatz) sofort zu ueberweisen koennte ich Ihnen nur danken: Sie wuerden mich d amit wieder der literatur zurueckbringen da ich seit tagen vor hunger & p apiernot nicht mehr schreiben kann. (= etwas uebertrieben!) verzeihen Sie mein ungestuem

Ihr
norbert conrad kaser

An Joseph Mair

bruneck 240871

lieber sepp

enttaeuschung & schwur

so großartig auch dieses tunesien gewesen ist so war es gerade deshalb eine enttaeuschung wie ich sie selten erlebt.
es geht nicht an wenn ein »genosse« 16 leute mit goldenen versprechungen fuer sich unter harten bedingungen (klima, sprache etc.) arbeiten macht &

in ein land lockt wo man nicht das mindeste dagegen unternehmen kann: kein rechtsmittel außer dem der faust.
wir waren alle seine freunde das wußte er genau & wir kamen ihn billiger zu stehen als der gelernte filmmitarbeiter. wir verzichteten auf schriftliche versprechungen & glaubten seinen worten: wir waren allesamt hornochsen nichteinmal in krisenzeit im stande gegen ihn aufzustehen ihm den dreck vor die fueße zu schmeißen & zu sagen: »da mach weiter Du schwein von einem freund«.

rebellierte einer von uns — ich habs zweimal getan — so bestaetigte er die frueheren versprechungen & erweiterte sie noch ... immer muendlich & scheißfreundlich.. oder aber er machte Dich vor allen dermaßen laecherlich daß man sich vor ohnmaechtiger wut verkroch & alles dem kuechenmesser sonne zuschrieb.

mit einem trostpreis von 40.000 lire werde ich mich abfinden muessen einem viertel vom versprochenen & die krieg ich erst im september gezahlt.. von rom aus natuerlich.
so sitze ich trottel herum ohne knopf im sack mit einer wut die schon drei wochen dauert.
allen andern ist es nicht besser gegangen in diesem chaos von intrigen geh eimnistuerei & erpressung. der film ist fertig: wir danken dem herrn regisseur dem genossen eiertreter.

doch was soll ich lang herumraunzen bei leuten die mich kennen? kann ich doch selber zu ihm gehen & mich beklagen.. bin ich nicht frei? ich bin zu der sau hin & habe versucht mich auszureden. ich habe versprechungen g eerntet. ich habe ihn beschimpft bis ich ins zittern kam & meine haende f aeuste wurden ihm das grinsen zu zerfetzen.. es kam nicht soweit. ich bin bestimmt nicht tapfer aber zu grob verletzen lasse sogar ich mich nicht.

SCHWUR: hiermit vergesse ich fuer immer den namen ivo micheli de'bar nabò!
hiermit war das meine erste & letzte arbeit ohne kontrakt!
hiermit kaempfe ich gegen das machen von linker kultur mit kapitalistischen-ausbeuterischen mitteln!
hiermit spucke ich der marxistischen phrasendrescherei & disk utierwut ins maul: zur praxis haben sie es noch nie gebracht!
kampf der theorie die sich an den hoffnungslosen heranschlei cht ihm hoffnungen nimmt & raubt wie es ihr gerade ins konz ept... in den geldbeutel paßt!

ich werde mich wehren bis aufs letzte
solange zumindest bis ich endgueltig aufs maul falle!

Dein
norbert conrad

An Franz Kaser

bozen/lucca 150971

lieber vater!

nachdem ich hier an der berufsschule alles erledigt habe, der posten ist mir sicher, habe ich mit dem zahnarzt in lucca telefoniert.. es geht alles in ordnung.

hier in bozen habe ich die fuer die schule notwendige aerztliche untersuchung gemacht & ein paar stempelpapiere & dokumente besorgen muessen. dadurch ist mein geld ziemlich zusammengeschrumpft & ich mußte von der suedtiroler hochschuelerschaft 7.000.— lire leihen. koenntest Du ihnen bitte bitte dieses geld ueberweisen.

herzlichen dank

norbert conrad

An Maria Stieger

bozen 150971

geliebte maridl

natuerlich hast Du Dich ueber meine letzte karte geaergert
natuerlich hast Du zorn & groll & haß auf mich.. vielleicht schon mehr als liebe
natuerlich bedrueckt auch dieser brief Dich.. ich weiß!

ich kann nicht anders als Dir schreiben... & weiß nicht was!
was weiß ich denn schon:
daß ich Dich nicht vergeß trotz bordell in tunesien trotz einer wiener wei hnachtswitwe trotz norwegischer wasserfaelle nicht

siehst Du & Du bist so unendlich weit wie alle landschaften zusammen die ich gesehen... Du bist mildes umbrisches land sproedes gebirge mit toten schafen die sich am felsen zerstuerzen Du bist nun einmal mehr als die hitze der wueste oder die tiefe eines burgenlaendischen brunnens.

lange ist es her daß ich Dich geliebt.. unruhe und trauer ist mir geblieben auch jetzt wo es mir gutgeht

ich atme Dich aus
& bin in Dir voll luft

informationen:

1) heute fahr ich nach lucca mir die zaehne gratis reparieren zu lassen (ich bin ja in keiner krankenkasse & kenne dort einen zahnarzt)
2) ab 270971 werde ich an der italien. berufschule bozen deutsch unterrichten & zwar das ganze jahr.
3) vielen dank fuer Deine sommerkarten.

An Peter und Elfriede Slavik

bruneck, 190971

lieber peter
liebe elfriede
MEINE LIEBEN

montag den 0609. bin ich richtung wien losgefahren & es ist sehr schlecht gegangen mit der stopperei auf der suedbahnstrecke dann am achten endlich bin ich in wien gewesen.. alles schnell geregelt um sofort gegen stuttgart weiterzufahren.
es ist anders gekommen: von irrrem zahnweh zerschunden bin ich nach bruneck zurueck & zwar sofort. dann bozen weiter wo faschisten eine bombe gegen das deutsche lyzeum geschmissen hatten.
130971 demonstration auf der piazza matteotti bozen. christian getroffen & peppin.. »gedankenaustausch« & großes abendessen im »caminetto« via goethe bozen.
christian laeßt auch grueßen.
140971 an die direktion der italien. landesberufschule in der via montecas sino. zu 99% werde ich dieses schuljahr dort deutsch unterrichten. altgeh egter wunsch italienern deutsch beizubringen.
150971 nach mailand abgereist.
160971 nach lucca weiter zu einem arzt der mich weil ich seine tochter melitta gut kenne (befreundet, verliebt usw.) zusammenflickt.
170971 alle zaehne gratis in ordnung
180971 fahrt nach verona
190971 rueckkehr

es ist schrecklich hier in bruneck zu ueberleben.
ab montag werde ich unterrichten.
morgen fahr ich nach urbino

gruß Euer

An Monica Kaser

vernuer 151071

liebe monica

dieses lange gekaempfe um einen posten hat mich viel nerven & geld gek ostet... so an die 30.000 wenn ichs ueberschlage.
weder die nerven noch das geld kriege ich von den verantwortlichen herren in schulamt & diversen direktionen zurueck.. nun ist alles gluecklich ueb erstanden & ich bin gerade dabei mich von der letzten gestern stattgefundenen strapaze naemlich der zweiten aerztlichen untersuchung (= blutprobe, roe ntgen, brustabhorchen, arztmarken- & carta-bollata-kaufen) zu erholen.

hier lebe ich wie ein einsiedler weit auf dem berg zwei gute gehstunden vom tal entfernt.. der brieftraeger kommt nur dienstag & freitag.
vergessen sind die pustrissaabende & das langweilige herumdiskutieren in der post.. vergessen ist auch das ewige nicht wissen was tun.. soll ich nach m ontal reiten gehen? schwimmen? in die pilze?
was fuer dumme fragen ich mir doch oft gestellt habe. ich hoffe daß mein unruhiger geist hier etwas zur ruhe kommt... daß ich in meiner warmen k ueche auch etwas schreiben kann.. ich bin so voller ideen: melitta tunesien & das alles!
es wird viel zu tun geben & viel papier vertippt werden wegen dieses einen reichen sommers.

meine zaehne sind geflickt!

ich habe hier sechs stunden am tag. vormittag die unteren drei klassen drei stunden lang... mit denen ist es ein rechtes gfrett: die dritteler koennen n ichteinmal schreiben. mit den oberen klassen gehts gut: sie sind aufgeschl ossen & wiff.
die kinder moegen mich gern.. ich habs ja immer schon gesagt daß ich mit kindern umgehen kann aber wer glaubt das schon auf dem schulamt.. die verfluchten trottel. was hat denn meine literarische vergangenheit meine i ntoleranz gegenüber jeder autoritaet mit paedagogischem talent zu tun.

zumindest bilde ich mir ein paedagogisches talent zu haben!

zum arschkriecher & buerohengst bin ich nicht geboren! das weißt Du gen auso wie alle anderen auch.

der italienischlehrer ist mein einziger kontakt zur außenwelt & kommt zwei mal in der woche.. er ist auch sonst ein recht interessanter mensch ein spinner wie ich wuerde die mamma sagen noch dazu ist er maler & befaßt sich ae hnlich wie ich in meinen texten mit religioesen themen... kurzum er hat vieles mit mir gemeinsam nur daß er nicht raucht oder trinkt.. er ist aber auch geizig.

was ist geiz: selber sparen & andere nicht sparen lassen!

meine telefonnummer weißt.. ein anruf wuerde mich sehr freuen! daß ich

hier eine gratiswohnung habe weißt Du ja schon: vom bett heraus & in die klasse hinunter.
hier sind die felder narrisch steil.
es ist ein abenteuer mit der materialseilbahn zu fahren. unten liegen sie die doerfer fuer die scheißdeutschenfremden: riffian saltaus dorf tirol genau gegenueber genauso steil & herb liegt thall.. denen ihre materialbahn schaut wie ein hundehaus aus. wir vernurer lachen darueber: unsere ist eine ganz gewoehnliche niedere holzkiste an zwei starken ketten aufgehaengt & jede smal wenn sie oben einen andern gang einschalten haelt die bahn wackelt & schaukelt ueber dem schaurigsten abgrund & mit einem ruck gehts weiter.

hier in der gegend gibt es massenweis ledige kinder. die werden dann an die bauern verschachert & dienen dort wie bei uns ein roß. das ist pure sklaverei. solange wir aber eine liebe volkspartei von bastarden haben wird dazu g eschwiegen. kinder werden gemacht verkauft gekauft & aufgebraucht wie es den bauern hier paßt. tiefes mittelalter.

der lammwirt von riffian hat viele kinder ein fuenfzehnjaehriger bub davon ist mongoloid: er ist gerade kein zwerg aber nicht gewachsen er hat vorste hende augen aber sonst wirklich keine maengel. geistig fehlt ihm nix & k oerperlich leister er mehr als ich. demnaechst wird er nach kaernten zum h ueten verschachert. noch ist er hier beim wirt von vernuer & muß fuer nichts den ganzen tag schuften. er hat nie liebe erfahren er ist wie eine zertengelte sense oder eine zerquetschte nuß.
er lieb mich & ich lieb ihn auch. er ist der einzige (wohl gemerkt als solchen schaetze ich ihn ein) ERWACHSENE mit dem ich hier rede.

der kurat ist auch ein eigenartiges wesen: seine leidenschaften sind mutte rgottesersch
einungen schreibmaschinschreiben & buchbinden. er predigt immer gegen die boesen kommunisten. er ist nicht alt aber weißhaarig & fragt 30-mal am tag das gleiche. außerdem spuckt er nicht beim reden wie es vieler leute u ntugend ist.. er laeßt den speichel einfach ueber rock oder soutane fließen. seine schwarzen kleider sehen auch dementsprechend aus.

so das waere vorerst eine kurze beschreibung der gegenwaertigen situation.

norbert conrad

PS. damit ich nicht das gleiche noch zwei- dreimal schreiben muß bitte ich Dich diesen brief als rundschreiben zu betrachten tante juli und luise v orzulesen der mamma dem corrado kurzum allen die es gerade inter essiert was mit mir los ist.

vernuer liegt beileibe nicht im vinschgau!

[...]

An die Volksschuldirektion Meran III

Vernuer, 6. Nov. 1971

Sehr geehrte Herren!

Da die Bergbauernkinder sonst schon benachteiligt sind durch langen Schulweg, gemischte und zu große Klassen, durch harte Arbeit und schlechte Lernbedingungen zu Hause, bitte ich Sie um einen Beitrag für die Volksschule Vernuer.
Es fehlt an Büchern und Lehrmaterial.
Daß ich über die Verwendung Ihrer Spende voll Rechenschaft ablege, dürfte selbstverständlich sein.

Mit besten Grüßen

An die Mutter

vernuer 271171

liebste mamma

hier liegt schon schnee und aus dem passeirertal pfeift wilder wind. die kinder sind geschickt und fleißig, aber viel langsamer als in den Schulen im tal. arbeit hab ich genug, aber es macht mir Freude. gott grüße Dich und schau daß Du bald gesund wirst und aus dem Spital heraus kommst.

An Frieda Kainzwalder

vernuer 031271

liebe frau kainzwalder

Sie koennen sich denken wie ich im augenblick in diesen tagen verstoert bin trotzdem will ich Ihnen darauf antworten wie meine mutter selig gestorben ist es war der 3. november um 9 uhr: ploetzlich fliegen meine mutter selig schweißausbrueche & starke schmerzen an
wir wissen uns nicht zu helfen.. einen arzt will sie nicht
gegen 19 uhr holen wir erst einen arzt: herzinfarkt! dieser erste infarkt wird im spital gut kuriert & meine mutter selig freut sich schon auf den kommenden mittwoch (011271)... sie soll entlassen werden. am samstag den 27. november am spaeten abend zerreißt sie ein neuer infarkt... & wir haben sie verloren..... unsere mutter, meine mutter

ich danke Ihnen tausendfach fuer Ihr mitleiden & Ihr verstaendnis... ich glaube wir haben sie alle geliebt..
jene GROSSE FRAU KASER

---

ich bin in diesem Jahr Lehrer hier im Bergdorf Vernuer & kann nicht klagen... es geht mir fast zu gut.

Es grueßt Sie in
Dankbarkeit

An Karl Erlacher

vernuer 041271

lieber richard

zuerst muß ich Dir natuerlich fuer Deinen brief... den beginn unserer ko rrespondenz... danken. was zum teufel hast Du fuer eine schreibmaschine zur verfuegung.. ein mißtoenendes hackbrett mit ausgeleierten lettern.

der beiliegende totenschein & der schwarze rand des briefes wird die kuerze meines briefes entschuldigen.. auch bitte ich Dich nicht mit fragen in der frischen wunde herumzuwuehlen. daß Du mir beistehst weiß ich.

laudato si' mi signore per sora nostra morte corporale da la quale nullo omo vivente po' scampare.

beantwortung Deiner fragen:

1) wie komme ich ueberhaupt nach nordafrika: sehr einfach der film in dem

ich die kleine rolle eines verrueckten franziskaners spielte mußte zwecks wegen wueste in tunesien fortgesetzt werden.. ich bin mit hinunter zum kulissenschieben...
40.000 Lire verdient.

2) in rom habe ich den verrückten mönch gemacht.. es ging darum in BOSCHens narrenschiff zu sitzen & eine ebenso verrueckte nonne anz ubruellen. nur eine frage der interpretation eines mittelalterlichen bildes.. ich soll sehr gut interpretiert haben... sagen sie.
3) lorenz habe ich schon lange nicht mehr gesehen. erst tunesien dann lehrst elle suchen & auf den berg hinauf verbannt werden.

bis zum 221271 werde ich hier in vernuer zu unterrichten haben dann verbr inge ich ein oder zwei tage in bruneck um nach frankfurt weiterzufahren. ab 070172 bin ich wieder an der volksschule vernuer. kommst Du vor weihn achten in die meraner gegend so rufe die nummer 0473/25336 an und verl ange den lehrer kaser... ein treffen waere mir lieb.

literarisch bin ich stark beschaeftigt & zum ersten & richtigen mal engagiert: ich verfasse texte für meine kinder.

mit bestem gruß & in erwartung
eines baldigen briefes

An Peter und Elfriede Slavik

vernuer 071271

lieber peter
liebe elfriede

nachdem mir am 27. nov. ganz ploetzlich meine mutter gestorben ist stehe ich so ziemlich allein im leben.

heute hat mich mariedl angerufen.. jene mariedl die ich in meinem ersten u nterrichtsjahr geliebt habe.. sie hat mich zum weinen gebracht vor zorn. v erflucht alle weiber & zugleich gebenedeit vor allen meine großmutter († 1968) meine mutter († 1971) meine mariedl meine melitta... alle alle.

trostlos ist diese herbstliche zeit. die arbeit an der schule ist streng & ertr agreich wenn man es so nennen kann. ein weitverstreutes bergdorf von 162 seelen steil am westhang des andreashofertales hingepappt. rinderbestand: 260 stück. wir haben heute in der klasse nachgezaehlt. ein gasthaus eine k leine schindelgedeckte kirche ein widum ein paar materialseilbahnen ein te lefon der brieftraeger kommt zweimal in der woche ein sabbernder geistlicher einen kindischen lapp zum kollegen das ist alles. es lebt sich. ohne zeitung ohne radio eine gehstunde von der zivilisation entfernt.. straße gibt es keine. wie hinter zehn bergen liegt meran wo christian hausen wuerde & ladurner... meran das bundesdeutsche altersheim 12 km entfernt oder nichteinmal das.

ich gehe nie ins tal.

ich werde der landschaft nicht muede.
meine mutter ja die hab ich begraben.
das gasthaus da genuegt mir. sie lieben mich im dorf. ich bin einer der ihren geworden: verträumt verschlagen & hinterhaeltig. wir fluchen alle ueber de n talgrund. unten sitzen die schweine die uns keine straße bauen die unsere schule verwahrlosen ließen huelfen wir uns nicht selber die unsre milch schlecht zahlen. wenn sie heraufkommen ziehen wir ihnen das hemd aus. wir verlangen viel fuer unsere luft die berge die hoehe den speck. zu allen hab ich den kontakt verloren.. das letztemal habe ich bozen mit traenenblinden augen gesehen. ich habe mich nicht eingeigelt. der rhythmus ist ein anderer geworden.. ich habe nichts mehr zu verlieren & zu versaeumen.

die tage sind schoen & das blau meines himmels noch ungemalt.

meine kinder.. 23 von 8 bis 13 jahr.. sind nicht besser & nicht schlechter als anderswo aber die besten weil es meine kinder sind. sie heißen sepp m artina luis & hans hell hanifle hofer lamprecht & pixner. karl hat dunkelb raune große augen die er zum himmel dreht wenn er denkt er rauft gern.

ich bin soweit daß ich Dir alles ueber alle 162 vernurer seelen sagen kann & das ist mehr weisheit & wissen als die millionen zerfahrenen ameisenlebens im tal. & doch will ich zu Euch in den ferien kommen. zu hause leidets mich nicht mehr seit eben meine keifende geizige harte mutter nicht mehr ist. ich werde so am 271271 auftauchen.. schreibt mir die absage wenn Ihr nicht in stuttgart seid oder mich nicht braucht. ich kann Euren brief nicht mehr fi nden in dem Du mich peter einen saeufer & orgiastischen opportunisten nennst. jedenfalls war es fuer mich ein aeußerst amuesantes schreiben... fahr nicht mit der gabel ins feuer - dann zuckt es auf.

sei nun der ganzen dinge wie der seien.
ich weiß daß es Euch halbwegs ordentlich geht.
wenn ich um den 27. komme dann nicht als bettler.
schreibt mir noch vorher & legt mein elektrisches zahnbuerstel auf die seite.. ich glaube es war das blaue

euer

An Irmtraud Mair

vernuer 091271

liebe irmtraud

ich bin ungemein gluecklich.. vielleicht so gluecklich wie noch nie. mein e rstes unterrichtsjahr in laas war im vergleich zu heuer nichts als eine etwas phantasievoll gestaltete sauf- & leiborgie. nicht daß ich nichts mehr trinken wuerde oder gar in froemmelnder heuchelei meinen befremdenden lebensstil aufgegeben haette... die hast habe ich verloren. mir laeuft nichts mehr davon aber schon rein sauber nichts mehr.

ich habe arbeit! endlich etwas zu tun außer kaffeehaussitzen & das geschwafel der laeuse in marxens bart anhoeren. unsaeglich liebe ich meine kinder: oft endet der tag mit einer muedigkeit die etwas warmes hat wie ein ofen.. ich habe revolution gemacht.. ich einem kind vielleicht ein augenlied angehoben einen zipfel wahrheit gezeigt & das macht muede unsaeglich muede. nicht jeder tag geht so aus aber viele. wozu sollte ich mich loben? nicht noetig! Du weißt halbwegs wie ich unterrichte: ich will keine kuenstler (ach, wie malen meine kinder schoen) & keine lexika zu kindern.. wunder gibt es keine. es gibt einen landeshauptmann mit schweinsohren das wissen meine kinder. »draußen« habe ich ihnen gesagt »gehoert Euch nichts. da herinnen in der klasse gehoert allen alles auch ich gehoere Euch. Ihr koennt mich auf den kopf stellen ihr koennt mich ins tal hinunterschmeißen.. nur eines leide ich nicht DUMMHEIT.«
jetzt wissen sie was ich unter dummheit verstehe.. ich glaube wir haben m itsammen genug darueber geredet: dummheit ist ein schneeball mit einem stein inwendig oder ein »heimatlied« dummheit ist luege & alles bequeme, ist haeßlich

ich: »bernhard hast Du heute dieses wetter gemacht?«
bernhard: »ja fuer uns. um fuenfe bin ich aufgestanden & habe feuerhoelzer genommen & ein korb voll kleine scheiter. dann bin ich zur sonne gegangen & habe sie angezunden. jetzt ist schoenes wetter.«

so zuenden wir uns jeden tag die sonne an & es wird schoen oder wir lassen es regnen & es regnet & ist wahr & nicht dumm sondern weise.

danke irmtraud daß Du
mich angehoert hast

---

ich habe vor ungefaehr einem monat der CGIL geschrieben & ihr auch eine liste der schulamtlichen folterungen zugeschickt aber noch nie antwort erh alten. entweder habe ich den brief falsch adressiert oder er ist verloren geg angen weil ich ihn nicht selber aufgegeben habe. (postkasten gibts da heroben keinen & so muß man alles durch leute die gerade ins tal hinuntergehen m itnehmen lassen). Schreib mir bitte

An Paul Flora

vernuer, 151271

recht vielen dank fuer Ihren brief & thomasens »hoferiade« ich habe natuerlich sofort an die »TT« geschrieben.. eine etwas schwaechliche zuschrift & noch dazu mit reichlicher verspaetung was bei den postalischen geschwind igkeiten auf suedtiroler bergdoerfern kein wunder ist. wie ich die gewuenschte andreas-hofer-karte dekoriert habe ersehen Sie am beigelegten exemplar. die idee hofer zu vervampirisieren finde ich ja vortrefflich — das habe ich thomas schon in frueheren gespraechen gesagt — daß er stilistisch große schwaechen aufweist & die brillante idee des verfallenen rosenkranzes nicht durchhaelt schert ihn wie ich ihn kenne wenig. trotzdem sei ihm ein weihnachtliches k ompliment zu dem text gesagt: der patriotische wespenkessel ist wiedereinmal gehoerig gestoert.. ich kann mir denken wieviel braune sure zum 100.000 stenmal aus tiroler herz geflossen ist.

auch ich bin von privater unbill nicht verschont geworden. mir ist von einem tag auf den anderen die mutter an herzschlag gestorben & das hat mich z iemlich verwirrt verstoert & traurig gemacht. Ihrer frau sei beste genesung gewunschen. was aus einem besuch bei Ihnen wird kann ich nicht sagen.. ich bin & das zum erstenmal in meinem leben ueberarbeitet.. oder sagen wir besser die schule freut mich. zu allem ueberfluß sind unsere volksschulb uecher so unter jedem hund daß mir nichts anderes ueberbleibt als fuer meine drei klassen maßgeschneiderte texte zu verfassen. das hat zwar den nachteil daß alles ziemlich einseitig wird aber den vorteil daß die kinder nicht die zeit mit noch nutzloseren mythisierungen des tiroler bauernstandes der landesf ahne etc. vertun. außerdem kann ich damit behaupten daß ich engagierte t exte schreibe & mich nicht als selbstgefaelliges dichterchen in lyrischen lok alteilen & waltherhaeusern herumtreiben muß.

was aber meinen vortrag in innsbruck anlangt so bin ich noch immer bereit dem enterbten vaterland die wahrheit zu sagen.
schreiben Sie mir bitte bald wieder in meine einsiedelei herauf.

Ihr

der vielleicht ganzploetz
lich zur weihnachtszeit a
uftauchen koennte

An Karl Erlacher

[Vernuer] 151271

lieber richard!

diese karte nimmt bezug auf eine juengst in der tiroler tageszeitung veroeff entlichte »hoferiade« thomas floras. ich traue mich nicht sie oeffentlich zu schicken.
danke fuer Deinen brief.. ruf mich sofort an wenn Du nach meran kommst (25336). sollte ich schon abgefahren sein werden Dir die wirtsleute sagen ob & wo ich in meran sitze & auf Dich warte.

Dein
norbert conrad
christoph

An Linde Müller

vernuer, 151271

geehrtes frl. mueller

um Ihnen die trostlosigkeit weihnachtlichen papierwustes fuer ein paar m inuten vergesssen zu machen & da ich nicht sicher bin Sie in jenen trauten tagen der ach so silberlockigen weihnachtszeit anzutreffen will ich Ihnen nun kurz berichten wie ich so lebe lehre & hause.

vernuer ist ein vollkommen abgeschlossenes bergdorf am eingang des andr eas-hofer-tales (passeier). keine straße. der brieftraeger kommt zweimal die woche.. an zeitungen wird von den einheimischen 162 seelen natuerlich nur der volksbote gelesen.. der rest ist suende. die leute da sind naß & in irge ndeiner weise verschlagen (= pauschalurteil) nicht so falsch wie die vint schger (= pauschalurteil) & irgendwie mit den tesselbergern vergleichbar... weiß man sie richtig zu nehmen kommt man mit ihnen aus als waere man selber hier geboren. ich kann nicht klagen sondern mit stolz sagen daß die leute mich moegen.

die kinder sind nicht duemmer als anderswo auf dem berg nur haben sie durch staendigen lehrerwechsel (keiner will in das nest herauf) groeßere schaeden davongetragen. voriges jahr waren ganz junge frischgeschluepfte lehrerinnen da. ich mag lehrerinnen nach moeglichkeit nicht.. die folge war: ueberhaupt kein erziehungskonzept weder autoritaer noch antiautoritaer. von vorne a nfangen.. die dritteler mitschleifen die vierteler ueberbeanspruchen & die fuenfteler langweilen. dazu kommt noch daß hier wegen der schlechten ve rkehrslage keiner mittelschule geht & ganz einfach hier ausschult. immerhin sind die kinder nicht vom fremdenverkehr verdorben der in der meraner g egend zu wuesten blueten treibt... rauskommen reingehen rufflaufen.. ein mischmasch aus hamburgerisch & westfaelisch gibt es hier gottseilobundd ank nicht.

in diesen tagen werden wir ganz einfach eine ganze klassenwand anmalen.. warum auch nicht: hier auf vernuer gehoert die schule uns. thema: die vog elpredigt des heiligen franziskus. abfaelle aus der arbeit: fuer rechnen ma ßstabgerechtes zeichnen, fuer naturkunde die verschiedenen voegel, fuer geschichte das italienische mittelalter & seine kultur, fuer deutsch die predigt, fuer italienisch ebenso (den italienischlehrer freut das), fuer erdkunde »wie schaut eine fremde landschaft aus«... so versuche ich zu unterrichten. mit den kindern keine schwierigkeiten mit den vorgesetzten wird es sie noch g eben. verzeihen Sie mir daß ich zuviel ueber die unterrichterei geredet habe.. aber es freut mich

mit bestem gruß

An die Volksschuldirektion Meran III

[Vernuer?] 11. 2. 72

wenn dem so ist
wenn dem so sein sollte

quittiere ich mit ende dieses monats (= falls ich ueberhaupt bis dahin schule halten darf) den dienst

hochachtungsvoll
norbert c. kaser

Vernuer 4. März 1972

An die Direktion
Meran III
Meran

Es ist äußerst schwer, auf Briefe dieser Art zu antworten; mich jedenfalls, der ich panische Angst vor Autoritäten habe, hat Ihr Schreiben für Tage gelähmt: nicht weil meine Schandtaten nun aktenkundig geworden sind, ganz einfach deshalb, weil ich die Arbeit von vier Monaten zerstört sah wegen einer Dummheit, deren Folgen ich sogar hätte voraussehen können.

Sei wie dem sei: die Tatsachen sprechen gegen mich und es gilt nur noch, so gut als möglich Stellung zu nehmen.

ad 1 Ich habe gewußt, daß es untersagt ist »artfremde« Personen während des Unterrichts in den Klassenraum zu lassen. Die beiden Herren und jene ominöse Dame sind Freunde von mir und allesamt Studenten an der Akademie der Schönen Künste in Venedig.. außerdem interessiert sie die pädagogische Seite der Kunst. Sonst wären sie auch nicht gekommen; aus purer Freundschaft hat mich noch nie wer besucht. So habe ich mir hocherfreut erlaubt, sie den Kindern vorzustellen, sich von den Kindern Malerarbeiten zeigen zu lassen und ihre Erzählungen anzuhören. Ich glaube nicht, daß die Schüler dadurch Schaden gelitten haben. Mir erscheint jenes Klausurgesetz für die Schule einfach absurd. Ist die Schule ein Gefängnis mit Dunkelhaft und mit mir als Oberhäftling? Ist die Schule dazu da, menschenscheu zu machen, dazu da, das Fürchten zu lehren? Warum sollte ich nicht einen lebendigen Menschen in den Unterricht einbauen können, oder dürfen es nur gepreßte Blumen sein und tot-bedrucktes Papier? Keine Sorge, es wurde nicht »politische Arbeit« geleistet noch Gott verteufelt in jener Stunde.. es wurde über den Vogel geredet, der fliegt, über die Mischung der Farben, wenn man einen Himmel malt.

ad 2 Doch nicht genug der Freude über meinen Besuch in dieser Einöde, habe ich die Dummheit gemacht, den Nachmittag mir nichts dir nichts freizugeben, um für meine Gäste dazusein, von denen ich wußte, daß sie noch am selben Nachmittag abreisen würden.

ad 3 Jetzt nun entsteht zwingend der Eindruck, ich hätte meinen »freien« Nachmittag einfach zu meiner Lust ausgedehnt auf einen Urlaub von drei Tagen.

DAS STIMMT NICHT!

Meine Freunde sind noch am späten Nachmittag des 28. Jänner abgefahren das kann die Frau Wirtin vom Gasthof Lamm in Riffian bestätigen. Außerdem kann die Wirtin bezeugen, daß ich in der Nacht vom Freitag auf den Samstag in ihrem Gasthof übernachtet habe, mit dem festen Willen, am nächsten Morgen in Vernuer zu sein. Der Samstag (29. 1.) war bitter: ich hatte starke Zahnschmerzen und ans Unterrichten war nicht zu denken. An jenem Vormittag versuchte ich einen Zahnarzt zu erreichen. Ich begann meine Schmerzen mit den üblichen Mitteln zu kurieren, ohne zu bedenken, daß Schnaps und Tabletten zusammengenommen böse Nebenwirkungen haben. So ging es dahin bis zum Montag: betäubt von Schmerz, Schlaflosigkeit, Tabletten und Alkohol und mit den Nerven fertig. Das, was der Italiener »esaurimento nervoso« nennt und schon Dutzenden von Lehrerinnen berechtigt und unberechtigt zu freien Tagen verholfen hat, gilt für uns Lehrer wohl nicht. Daß das wahr ist, bestätigt mein hinterster linker Stockzahn: ich habe ihn noch im Mund und gehe äußerst vorsichtig mit ihm um.
Doch zum Kern der Sache:
Warum habe ich meine Abwesenheit nicht gemeldet?

Sehen Sie, weil man als Supplent von Staats wegen nicht das mindeste Recht hat, weder kranken- noch altersversichert ist, habe ich meine Abwesenheit nicht gemeldet. Abzüge da und dort und nicht eine Tablette wird gezahlt (meine Privatversicherung lief eben erst an). Daß ich gehörig draufgezahlt habe, hat mich einiges gelehrt. Bei einem Apparat, der mit der Inquisition nicht wenig gemeinsam hat, empfiehlt es sich nicht zu spaßen.

ad 4 Ich habe immer unterrichtet.

Die einzelnen Monatsprogramme habe ich immer skizziert und auch das Jahresprogramm ist schon lange entworfen. Ich wollte nichts verheimlichen, kann Ihnen aber schlecht die Skizzen schicken, die einem Schlachtfeld gleichen. Ich bin aber aufgeschmissen, wenn ich meine Entwürfe in »Amtshochdeutsch« bringen soll. So habe ich diese leidige Arbeit auf die lange Bank geschoben, in ständiger Furcht, mir einen Verweis einzuhandeln. Ich bitte Sie, in dieser Angelegenheit Nachsicht zu üben und verspreche Ihnen, daß die Programme am 20. März in Ihren Händen sind.

Anhang oder eine Art von Selbstlob:

Es ist eine Tatsache, daß man für ordentliches Unterrichten, für den Einsatz der ganzen Person, für gutes Auskommen mit Kindern und Eltern, weder rote Briefe noch Anerkennung kriegt, es sei denn, man wäre ehrenvoll im Dienst ergraut.

1. Ich komme mit den Kindern prächtig aus.
2. Im Dorf hat man mich gern und man schätzt mich.
3. Es gibt keinen Leerlauf und keine Experimente.
4. Durch meine Initiative sind endlich — leider nur für die Hälfte der Kinder — neue Schulbänke ins Haus gekommen.
5. Ich habe bei der Raiffeisenkasse einen außerordentlichen Beitrag erbettelt und bei der Buchhandlung Poetzelberger einen Stoß Bücher.
6. usw.

Das ist alles selbstverständlich, sicher. Ich könnte aber auch ganz einfach ohne Einsatz und Einfall, ohne Engagement und Enthusiasmus dahinunterrichten, regelmäßig schale Monatspläne abliefern, ich bräuchte nicht Zahnweh zu haben, ich bräuchte nur Beamter zu sein.. und ich hätte meinen Frieden. Soviel ich weiß, soll man als Lehrer alles zum Wohl der Kinder tun. Ich habe keinem Kind geschadet.. insofern fühle ich mich nicht schuldig, wohl aber gebe ich zu im Amt als Beamter.. und nur als Beamter gefehlt zu haben.

Hochachtungsvoll
(Norbert C. Kaser)

PS Ich bitte Sie, mich über alle Folgen meiner Fehltritte zu informieren.

An Paul Flora

vernuer 120472

lieber herr flora

ich weiß nicht wie ich Ihnen fuer Ihr promptes einschreiten danken soll... es ueberrascht mich einfach, ich bin von den socken daß es noch moeglich ist einem menschen bei einem mittagessen von seiner arbeit zu erzaehlen vo n den zielen die man dabei verfolgt & von den mitteln die man dazu braucht.. Sie haben es mir bestaetigt daß ich ein engagierter lehrer bin — wenn ich s o zufaellig wiedereinmal lehrer mache — ein engagierter lehrer in dem sinn daß ich fuer die kinder dabin & auch fuer diese kinder lottern gehe. ich freue mich!

lindgren-buecher koennen wir noch mehr brauchen.. auch die pippi lan gstrumpf. zur zeit sind sie bei »poetzelberger« nicht erhaeltlich (seit weihn achten nicht nachbestellt ist der kommentar der firma & zur athesia geh ich aus politischen gruenden nicht).

des uebrigen gibt es nur schlechtes zu berichten: vor ein paar tagen ist der direktor dagewesen & war bitterlich enttaeuscht von mir und meiner unte rrichterei.. seiner meinung nach scheint schulehalten nur im programmesch reiben zu bestehen & im programmbefolgen.. werde er selig.. ich bin kein bueromensch.. sekretaerin kann ich mir keine leisten.. die kinder haben mich voll & ganz & ich habe sie.. leck mich am arsch was da an großkopfet en herumwabbelt.. grundfrage: bin ich fuer die schule da oder als schlach topfer auf dem schreibtischaltar der direktion? wann hoert endlich die in quisition auf? sind wir nicht »deutsche« uns gegenseitig zu helfen oder m uessen wir uns vor den augen der walschen die schaedel einschlagen. ich bin stolz italiener zu sein! wenn die kinder atome spalten wollen sollen sie atome spalten wenn sie lieber auf australien hasen schießen als zu wissen daß siz iliens hauptstadt palermo heißt & 7 buchstaben hat so koennen sie das von mir haben.. die welt ist groeßer als ein ochsenauge hat einmal ein vernurer gesagt, jedenfalls groeßer als das ochsenauge der direktion.

unter diesen umstaenden ist es natuerlich sehr fraglich geworden ob ich im naechsten herbst wieder auf diesen berg herauf darf. ich habe lange nachg edacht was ich mit Ihren 100.000 Lire anfangen soll: einem nachfolger eine kopiermaschine oder einen werkzeugkasten oder ein tonband aufhalsen scheint mir nicht klug.. wer weiß was er damit anfaengt oder nicht so bin ich zu dem schluß gekommen daß es wohl am besten ist wenn mir von der summe 20.000 lire ueberwiesen werden der rest aber an die Volksschuldire ktion Meran III I39012 Meran mit der auflage die summe mit schulbeginn der lehrperson von vernuer zur freien »schulischen« verwendung in die hand gegeben wird. es erscheint mir dies als die beste loesung.. so bleibt den k indern von vernuer das geld & kein lehrer ist gebunden. die 20.000 lire die noch heuer an mich gehen moegen nicht der direktion gemeldet werden.. ich melde unten ueberhaupt nichts mehr es ist ja sowieso nichts recht!

An die Gemeinde Riffian

An die
Gemeinde RIFFIAN
Abteilung Schule

Betrifft: offene Rechnung
der Schule Vernuer für
Schulmaterial

Geehrte Herren!

Die Volksschule Vernuer hat sich bei unserem Eintritt in den Schuldienst in einem hoffnungslosen Zustand befunden: es war weder an Schulmaterial, wie Hefte, Farben usw. etwas vorhanden, es gab keine Klobürsten, keine Kohlenkübel, nichteinmal ein Trinkglas für die Kinder.
Einen Teil dieser Gegenstände hat das Schulpatronat bezahlt, einiges haben wir Lehrpersonen aus eigener Tasche beglichen und die Raiffeisenkasse ist mit einer außerordentlichen Spende eingesprungen. Trotzdem sind noch, wie Sie aus der beiliegenden Rechnung ersehen können, 65.000.- Lire offen. Dafür kann ich sagen, daß die Schule nunmehr ordentlich ausgerüstet ist und in etwa den Erfordernissen entspricht.
Gleichzeitig möchte ich der Gemeindeverwaltung Riffian auch im Namen meines Kollegen Peter Hauger danken für Ihre Hilfe in diesem abgelaufenen Schuljahr und hoffe — sicher zu recht — daß die Schule Vernuer auch in kommenden Jahren so gut betreut wird wie heuer. Schließlich kann eine Bergschule nichts dafür, daß sie eine Bergschule ist.

Mit aufrichtigem Dank
grüßt Sie hochachtungsvoll

Vernuer, am 6. Juli 1972 (Lehrer)

An Juliane Thum

barcelona 140872

liebe tante julie

nur diese kirche die da auf dem foto recht beduerftig aussieht ist es wert, herzufahren. sie ist so hoch & so fein gebaut, daß man angst hat sie faellt zusammen. beim hinaufschauen schwindelts einen. 90 jahre bauen sie jetzt dran, irgendwie wird sie wohl immer unvollendet bleiben weil der architekt schon lange tot ist.

herzlich
norbert c.

was mich in diesem spanien ueberrascht

[Barcelona-Tagebuch]

[...]

[14. 8. 1972]

was mich in diesem spanien ueberrascht sind die preise — mir ist es trotz eines irrtums (1 pta = 1 oeS) gelungen fuenftausend lire auszugeben. zugegeben der wein kostet nichts das taxi (park-güell—kathedrale 29 ptas) viel zu billig die zigretten zwischen 50 & 80 lire.
am abend auf dem domplatz. das rochusfest zieht sich hin diesmal fuer die kinder. eintritt: lautsprecher eruebrigen ihn. vorn kasperltheater der teufel wird von der polizei bekaempft. frage- & antwortspiel an die kinder. hat mich bedrueckt. ist die polizei gut? von vaetern bezahlter kinderchor: ¡ja! ist der teufel schlecht? ¡ja!
barcelona erscheint reichlich italienisch. nicht baumaeßig & ohne abschaetzung. die sprache von weitem gehoert ist so/ die laermentwicklung/ die gestik gemaeßigter. beim naeherkommen ist spanisch viel schwieriger als es sich liest. siehe die zimmerwirtin die dermaßen mißtrauisch ist daß sie mir eine zweite nacht nicht goennen will. sie hat waesche im zimmerkasten deponiert & fuerchtet daß ich damit abfliege.
spuren zum buergerkrieg gleich null. gespraeche keine. vielleicht gilt das kindertheater oder die aufschrift auf ein fahrverbotsschild «falange no franco no» oder im kreuzgang der kathedrale das feine schild von «gefallenen priestern» als spur. das zimmer ist miserabel kleiner marmortisch waschbecken gesprungen laerm (trotzdem daß es erst neun uhr ist & keine bar mehr offen zu finden war).

zur sagrade familia ist nichts zu sagen. diese dimension konnte nicht gutgehen... siehe die kathedrale... unvollendet.
die kathedrale sprengt sich sowieso in fuelle wie eben auch gaudis ungeheuerliche schoepfung der park güell ist ueberlaufen nicht wegen ballspielender kinder... touristen... leider... & er ist so gesehen doch sozialistisch konzipiert: platz fuer alle ein lustiger großer platz zum fotografieren ungeeignet zu verschieden. traenen neben wasserspeiern usw. ich muß schlafen.

barcelona 150872

ich habe geschlafen wie ein toter schließlich hatte ich noch vom zug her schlaf gut. es ist 10^{30} ich will in die elfer-messe in die nahe marienkirche. im augenblick trinke ich weißwein fuer wenig gestern im spar-laden unterm park güell gekauft. im calle sind arbeiter bei einem loch beschaeftigt einer hat gerade eine junge nonne mit gelben chrysanthemen angestoßen sie geht weiter. feiertag hoher feiertag. der laerm ist groß. giuliano wird schwer zu finden sein. die indizien sind zu schwach... zufall nicht ausgeschlossen. vielleicht kommt morgen klaus.

16^{30}

ich bin ziemlich besoffen & hab zuviel ausgegeben. eine diskussion mit zwei emilianischen komunistinnen hat nichts erbracht. auf einem wichtigen platz gefruehstueckt: knapp gebackene gamberetti herrlich zum essen 1 glas bier. dann wein & muscheln. hafen touristisiert. viel gutes wetter. das rochusfest hat fortsetzung. es wird viel gebettelt. zwei statuen werden davongetragen langsamen schrittes... zweimal mannshoch unter den kleidern verdeckt ein mann — soll an einen roem. feldherrn erinnern oder so — & eine frau — spanierin mit diadem — 3/4 sind kleider drueber der kopf in den kleidern steckt verborgen ein kind ein mann? sehschlitze trommler voraus. ich bin wie versprochen in der messe gewesen. gleichviel faecher wie frauen. eigentlich bin ich muede & will in die pension etwas schlafen. ich weiß nicht. das innere der evangelisten-tuerme von sagrada familia reizt zum selbstmord. vielleicht fliegt man aufwaerts wenn man hinunter will. // franco ist nicht allgegenwaertig sein bild hab ich bisher nur auf muenzen gesehen.

An Karl Gruber

barcelona 160872

meinst Du wirklich ganz spanien gehoert Dir allein?
barcelona gehoert jetzo mir!

herzlichst
norbert conrad

An Claus (?) und Veronika (?)

bruneck 091172

lieber claus
& veronika

ich bin sehr stolz ueber Eure gastfreundschaft & wenn auch wegen der geographischen entfernung ein dauernder kontakt schwer moeglich ist, so ist es doch angenehm & beruhigend zu wissen, daß es menschen gibt denen man nicht wurscht ist.

ich habe von Euch genommen, was Ihr mir geben wolltet & es war etwas zuviel. ich konnte nichts dafuer hergeben als ein bißchen von meinem holzhammerhumor, ein bißchen gerede ueber welt & hoelle & teufel... mehr hatte ich nicht bei mir. ich fuehle mich nichts schuldig, nur moechte ich nicht, daß Ihr Euch ausgenutzt fuehlt. jedenfalls trage ich die lederjacke mit viel «gschaft».

neues gibt es bei mir nichts. ich habe mein normalleben wieder aufgenommen: 11^h zeitunglesen & kaffeetrinken, 13^h—18^h spazierengehen, diskutieren oder schreiben dazu klassische musik, 20^h—24^h weintrinken reden und aehnliche dummheiten.
ich bin froh, wenn sich das aendert, obwohl ich weiß, daß ich etwas neues nur solange es neu ist aushalte.

wenn Ihr nachwuchs bekommt mueßt Ihr mir schreiben wie er heißen wird & wieviel das kleine wiegt.

so grueß ich Euch denn
bestens & danke Euch
norbert conrad

p.s. lieber claus, sei beruhigt, ich bin ganz friedlich mit dem zug nach haus gefahren.

An Joseph Mair

bruneck 101172

lieber sepp

ich weiß daß Du einen narrischen zorn auf mich hast weil ich weder meine treuaeugigen versprechungen eingehalten habe noch sonst wie mich um Dich kuemmerte...

eine der boesesten philosophien ist es, daß man zwar der «armen» gedenkt, wenn sie einem geographisch oder koerperlich nahestehen, ja selbst dann ihrer gedenkt, wenn es einem*) schlecht & dreckig geht... sonst aber (& das bei mehr als nur gewissenlosen gemeinen labilen & pseudogenialen ausnuetzercharakteren wie ich einer bin) geht es mir gut: wien ist weit, er weiß sich zu wehren, er ist gut, er ist der mair sepp etc.... ausreden genug, die lange bank, auf die man die dinge hinausschiebt, zu verlaengern... bis ploetzlich die lang-verlaengerte bank ihr ende hat. da sind dann die dinge nicht vollzogen die man haette tun koennen. alles was leicht gegangen waere geht ploetzlich nicht mehr: die dinge sind unmittelbar von der bank gefallen & ihr genick ist gebrochen. vertrauen & ehre & der uebrige moralische kram eingeimpfter vorsaetze sind verloren & auf immer tot.

da kommt mir ein boeses gefuehl in den bauch: »haettest du doch beizeiten.« was nutzt es: Dich ergreifen grimm mißtrauen & zweifel an allem, & ich scheinheiliger hund werde von reue gebeutelt weil ich wieder arm geworden bin.
lustig hm dieses gottverdammte schwein, das sich selber des gottverdammten schweines zeiht. fluche, wenn es Dir wohler wird in der haut, begrabe Deine hoffnungen in mich.

es ist der tage
aller
abend nicht
allein...

wenn nichts
folgt ist
alles
hinfaellig

trient 051172
in anderer sache

*) d.h. einem selber

An die »Autostrada del Brennero S.p.A.«

brunico 171172

gentile signor Caproni

già da qualche tempo stavo aspettando una Sua risposta o quella della società dell'autostrada. nel mio caso non si tratta di semplice curiosità, ma essendo senza informazione rimango bloccato. non posso ne studiare ne cercare altro lavoro.
così Le volevo chiedere un solo favore: mi informi se la società è ancora interessata della mia persona, se potrò svolgere il lavoro di esattore o se tutto

quanto per me è andato male. anche una risposta negativa mi serve, così posso decidermi che altro fare.
sempre però preferisco il lavoro dell'esattore.

saluti e mille grazie
norbert c. kaser

ps. tutti i documenti richiesti sono pronti.

An Maria Stieger

bruneck 201172

liebe mariedl

im grunde weiß ich gar nicht was mich veranlaßt Dir zu schreiben mich quaelt kein gewissen ich bin nicht in krise mein herz ist ruhig wie ein stehender bach auch die erinnerung bereitet mir keine qual.
ich lebe da in den tag & schreibe viel.. vielleicht schreibe ich Dir zur en tspannung.. ich weiß es nicht.. oft kommt mir vor als wueßte ich ueberhaupt nichts mehr. wozu denn auch? ich habe mich mit der dummheit unseres l andes abgefunden & bilde mir nicht mehr ein klueger zu sein als wer andrer. zu muede bin ich kampftaenze und scheinkaempfe auszuführen. ich habe wenig interessen mehr & suche ganz einfach irgendeine arbeit bei der ich mein leben so leben kann wie es mir am langweiligsten erscheint. das mag jetzt m ißverstaendlich erscheinen aber dem ist nicht so: mir ist klar geworden daß ich keine veraenderungen hervorrufen kann nichteinmal an mir selber. nur geht das ganze mit einer gewissen glaubenslosigkeit vor sich: ich glaube weder an guete noch bosheit des menschen glaube mir selber nicht & fuehle mich doch nicht angelogen. es gibt wenig mehr was mich erregen koennte oder beleidigen. der tag der »loesung« ist nicht gekommen & wird nicht komm en.
in einigen der letzten naechte hatte ich den ekelhaften traum daß mir alle zaehne ausfielen & ich sie falsch wieder einsetzte.
vor zwei wochen hat man mir in neumarkt eine lederjacke geschenkt. ich trage sie mit stolz.
meine schwester hat mir dazu eine grauweiß gestreifte hose gekauft.
anfang november war ich in trient auf einem italienischen kurs & ich hatte gelegenheit viel gutes zu tun denn viele teilnehmer beherrschten die sprach e nur mangelhaft. meine kollegen (bauern arbeiter & so) haben mich gesch aetzt & fast geliebt. es waren schoene tage herbstlichen wetters & erfuellt mit arbeit. trotzdem habe ich den kurs mit bitterkeit abgeschlossen: die absch ließende pruefung habe ich gut gemacht doch sie haben mir keinen der au

sgeschriebenen posten gegeben dazu gab es ja den kurs. allein wir wissen b ewerbungen & empfehlungen bewirken mehr. was solls?
wir haben in dieser trientner zeit viel wein getrunken.
einmal in Deinem leben waere es gut wenn Du nach barcellona fahren wue rdest. ich liebe barcellona sehr.. die dreckigkeit des hafens.. die sonne der regen die billigen kneipen ein fruehstueck mit krebsen & bier der park gueell oder am ende der selbstmoerderische bau einer sagrada familia. fahr allein wenn Du kannst fuer 600 lire gibts ein zimmer fuer 20 ein viertel vino blanco fuer 500 ein ordentliches essen. aber Du mußt ja nicht. ich komme langsam davon ab empfehlungen zu geben oder zu behaupten das ist schoen es folgt doch niemand es gibt nichts mehr zu sagen von meiner seite was solls?
so habe ich mich ins schreiben gerettet das mein lebensinhalt ist. zuviel nae chte habe ich durchdiskutiert verplappert mit politischen oder kulturellen (schein-)freunden die nicht das fingernagelschwarze fuer mich hergegeben haetten wenn es darum gegangen waere.

herzlichst Dein

An den Direktor des Lyzeums »Antonelli«

bruneck 121272

geehrter herr direktor

wie ich aus der heutigen ausgabe des »alto adige« entnommen habe suchen Sie einen lehrer der deutschen sprache fuer Ihr institut. ich glaube einen großteil Ihrer voraussetzungen die bis auf das doktorat nicht angefuehrt waren zu erfuellen.
dazu eine art von curriculum vitae:
der unterzeichner ist italienischer staatsbuerger deutscher muttersprache, geboren bin ich am 19 april 47 in brixen, wohnhaft in bruneck (romstraße 4) — ich wuerde sofort nach bozen uebersiedeln, wenn das gewuenscht ist.
bisher habe ich drei jahre lang als supplent unterrichtet, davon eines an der deutschen mittelschule laas (faecher: deutsch, geschichte & geographie), des weiteren zwei jahre an volksschulen des pustertales & im direktionsbereich meran III
zwei jahre lang habe ich an der universitaet wien kunstgeschichte & moderne geschichte studiert, allerdings ohne pruefungen abzulegen.
vorher habe ich das klassische lyzeum deutscher sprache hier in bruneck besucht & im jahre 69 mit 39/60 maturiert.
weiters bin ich mit erfolg literarisch taetig & habe veroeffentlichungen im »skolast«, in der »brücke«, in der anthologie »neue literatur aus suedtirol«, im sender bozen der »rai«, im »orf« (oesterreichischer rundfunk), in der »Tiroler Tageszeitung« etc. nebenher habe ich mir auf verschiedenen reisen

nach dem sueden italiens soweit die italienische sprache angeeignet, daß man gar nicht mehr von doppelsprachigkeit reden kann. so habe ich mir angemaßt von leopardi, franz von assisi, franco fortini & anderen italienischen autoren & dichtern einzelne texte zu uebersetzen, die leider noch nicht veroeffentlicht sind.
im augenblick bin ich nur literarisch taetig & da das wenig einbringt & ich mich nach weiterer arbeit umsehen muß, wende ich mich an Sie. alle von Ihnen geforderten dokumente habe ich hoechstwahrscheinlich schon griffbereit, da ich schon eine zeitlang arbeit suche.

Seien Sie bitte so liebenswuerdig & schreiben Sie mir auch dann, wenn diese bewerbung negativ ausfallen wuerde.

herzlichst Ihr

An Walter Alber (Volksschuldirektion Meran III)

bruneck 141272

lieber herr alber

wenn man wie ich von einem direktor nur tribuliert wird & das ein ganzes schuljahr lang wenn das schulamt von der straße zurueckweicht wenn ich komme dann weiß ich zumindest was los ist allerdings nicht was gespiel t wird. jedenfalls habe ich im ganzen land freunde die mich in jeder hinsicht diffamieren & schaedigen nur weil ich anders bin als sie weil ich vom unt errichten eigene vorstellungen habe weil ich die sprache anders behandle weil ich nicht arschkrieche & obendrein mir erlaube eine politische meinung zu haben die der seichtheit von svp & kirche widerspricht.

die geschichte mit dem vernurer klassenbuch ist aus zwei gruenden herausg ekommen. zum ersten habe ich einen grausen vor dem amtsdeutsch das bis zum erbrechen reicht Ihr vorgaenger aber liebte jene sprache zum zweite n wollte ich mich irgendwie an ihm raechen (nicht an Ihnen oder an den ve rnurer kindern wohlgemerkt!). sicherlich eine dumme form der rache aber es machte mir spaß.. schließlich hat man mir in dieser sache sogar die car abinieri ins haus geschickt vor denen ich bei gott keine angst habe. kurzum ich habe mich amuesiert.

zu Ihrer information: das klassenbuch habe ich vor einigen tagen auf der c arabinieristation von bruneck abgegeben & mueßte eigentlich schon in Ihren haenden sein. der maresciallo meinte zu recht nun sei der rache genug.

was nun lyrik & stil anbelangt worauf Sie in Ihrem brief anzuspielen geru hen so bin ich Ihnen fuer die komplimente dankbar. Ihr enzensbergerzitat ist leider hinfaellig: sehen Sie jeder der schreibt hat perioden in denen nichts aus ihm herauskommt & wo er meint das schreiben & die ganze literatur sei hinfaellig & sinnlos weil nichts damit geaendert wird. das sind krisen. in einer solchen krise befand sich auch enzensberger als er den von Ihnen erwaeh nten satz sagte inzwischen aber ist von ihm neue lyrik herausgekommen. da haben wirs. dazu ist noch zu bemerken daß meine vernurer kinder am ende des jahres soweit waren telefonbuecher & fahrplaene zu lesen. ist das nichts? oder hat man von mir gedacht ich wurde sie nur mit lyrik fuettern. warum hat man mir den platz nicht nocheinmal gegeben (ich hatte angesucht!)? nun wird das wissen meiner kinder verschuettet sein & in ihren koepfen waechst das heu unsrer grandiosen suedtiroler lesebuecher. reden Sie einmal mit he rrn salvaterra darueber dann vielleicht koennen Sie sich ein bild von meiner geleisteten arbeit machen.

herzlichst Ihr

An Claus (?) und Veronika (?)

bruneck 010173

lieber claus — liebe veronika

Dein brief hat mich sehr gefreut ganz ehrlich gefreut schon allein deshalb weil ich konventionen verpflichtungen & hoeflichkeiten hasse. schade daß ich ueber die autostrada noch einige zeilen verlieren muß: jedenfalls sind das alles bestochene grasaffen die hoechstens fuer einen sommerjob in frage komm en... im uebrigen haben sie sich nicht gemeldet.. gottseidank... gut ich bin in meiner arbeitslosigkeit etwas nervoes geworden, habe nicht den kopf ve rloren & endlich sowas wie einen platz an der sonne gefunden... als lehrer fuer deutsche literatur am istituto antonelli cortina.. viel geld.. sechs wo chenstunden... auf zwei tage verteilt... kost & unterkunft... am 10. fang ich an.
genug von mir.
im uebrigen bin ich etwas herumgefahren venedig innsbruck wien & so. es war sehr schoen.
Dein erstgeborenes uebers wasser heben tu ich mit freuden. lege bitte die tauferei so fest daß ich bestimmt kommen kann (montag-freitag-samstag-s onntag habe ich frei)
mit Dir arbeiten kann ich wie Du siehst nicht mehr. vielleicht tut es Dir leid.. bestimmt auch mir.. aber der fisch soll im wasser schwimmen & der vogel in der luft fliegen & was fueße hat soll gehen.. ich habe mein wasser gef unden. die autobahn waere sand gewesen... leider lebensnotwendiger.
damit laß ich es bewenden. mit der litanei von fragen: wie geht es & wie steht es? will ich Euch nicht belaestigen. auch mit glueckwuenschen will ich Euch nicht ueberschuetten & ertraenken... Ihr wißt daß ich Euch gut will.

Euer

An das österreichische Bundesministerium für Unterricht und Kunst

cortina 060273

geehrte herren

in der »tiroler tageszeitung« stand kuerzlich ein bericht daß vom ministerium fuer unterricht und kunst ein stipendium fuer literatur ausgeschrieben ist. ich wollte nun fragen ob es fuer mich als suedtiroler einen sinn hat unterlagen einzureichen & mich zu bewerben. in nordtirol bin ich literarisch jedenfalls bekannter als bei uns. ich habe im orf-studio tirol gedichte & texte veroeff entlicht, ebenso im »fenster« & in der »tiroler tageszeitung«, ich verkehre gerngesehen im hause paul floras & habe des oefteren in innsbruck gelesen — zuletzt im theater am landhausplatz.

folgendermaßen habe ich mir das vorgestellt: ich ziehe fuer ein jahr nach oes terreich, vielleicht in ein kleines nest, & arbeite an meinen beiden projekten »die apokalypse & johannis evangelium« & an der komödie »maria mair«. gleichzeitig fallen sicher ein schwarm gedichte ueber mich her wenn ich in neuer umwelt bin.

leider bin ich suedtiroler & habe die italienische staatsbuergerschaft. bitte i nformieren Sie mich... auch eine negative antwort ist eine information.

hochachtungsvoll

An die Redaktion des »horizont«

bruneck unsinniger donnerstag 1973

geehrte herren

ich bin schon einmal von Ihnen um texte angeschrieben worden. es hat etwas lange gedauert: ich bin nun einmal einer der mit der sogenannten langen bank zutiefst befreundet ist & außerdem leide ich unter einem geographischen w irrwarr sondergleichen das es mir schwermacht die texte halbwegs zusam menzuhalten. ich habe keinen festen wohnsitz. uebrigens hat mich Ihr sch reiben von damals gefreut. ich kanns nimmer finden aber das betruebt Sie wohl weiter nicht. zu den texten die ich Ihnen gerne ueberlasse ist nur fo lgendes zu sagen: in der auswahl lasse ich Ihnen freie hand bis auf jene die mit einem sternchen gekennzeichnet sind die will ich unbedingt veroeffen tlicht haben sonst ziehe ich mich sofort zurueck. kommentieren Sie wenn Sie wollen... den besten kommentar dazu habe ich Ihnen schon beigelegt: die schlußbetrachtung von brecht. aus dem umfangreichen curriculum vitae brauen Sie sich einfach einen extrakt oder sonstwas.

die texte haette ich gerne wieder zurueck (natuerlich nur wenn es Ihnen m oeglich ist), die beiden fotos brauche ich aber ganz gewiß. das große stellt mein arbeitsutensil dar das kleine bin ich selber. beide wurden von meinem freund klaus gasperi gemacht was Sie ohne weiteres vermerken duerfen. noch ein tip fuer Sie: klaus gasperi hat herrliche fotos gemacht. schreiben Sie ihn doch einmal an, einen kommentar zu seinen bildern kann ich dann geben. ich kenne ihn gut & kann mit meinem geschmack fuer ihn buergen. jedenfalls ist er eine seite bei Ihnen wert. (klaus gasperi — romstraße 9 — 39031 bruneck) ach was — ich lege Ihnen einfach noch drei fotos bei — vielleicht koennen Sie sie zum illustrieren meiner texte gebrauchen.

An das österreichische Bundesministerium für Unterricht und Kunst

Zl. 400.621 — IV/3/73

an das
bundesministerium
fuer unterricht & kunst
abteilung IV/3
minoritenplatz 5
1014 w i e n

geehrte herren

Sie waren so liebenswuerdig meine anfrage nicht unbeantwortet zu lassen & ich danke Ihnen als erstes dafuer. Ich schicke Ihnen hiermit einige abschriften meiner arbeiten & ein ziemlich ausfuerliches curriculum vitae. ich hoffe daß Ihnen fuers erste diese sachen genuegen & bin jederzeit bereit weitere auskuenfte zu geben. sollten Sie mich eines stipendiums fuer wert halten waere ich sehr erfreut & werde versuchen die bedingungen die daran geknuepft sind zu erfuellen. geben Sie mir auch dann bescheid wenn Sie mich als bewerber ablehnen senden Sie mir aber bitte in diesem fall mein manuskript zurueck.

hochachtungsvoll

bruneck 280273

An norbert conrad kaser

venedig 240473

tempora mutantur et nos

An Joseph Mair

sterzing 190873

lieber sepp

um Dich nicht ganz im ungewissen zu lassen ueber mein los & Dir mit ein paar zeilen eine spaerliche freude zu machen hab ich mich aus meinem trott gerissen & mich hingesetzt. Du fragst Dich warum man sich gerade dann zum schreiben berufen fuehlt wenn man aus dem naeheren horizont verschwu nden ist. leicht zu klaeren: die nabelschnur die bei Dir schon eingerissen i st willst Du retten.

nun wisse von mir was ich tue & treibe. im winter habe ich am hochfotzno blen privatlyzeum »antonelli« in cortina verschiedenen muttersoehnchen versucht deutsch beizubringen. abgesehen von den politischen vorurteilen meiner studenten die mich als mensch zweiter kategorie betrachteten da ich ja aus der venezia tridentina stammte jener italienischen kolonie in der die wilden cruchi hausen abgesehen davon fehlte ihnen jedes interesse fuer diese fremde sprache. warum auch nicht? nebenfach & kultur haben wir auch k eine... daß sie aber parallel dazu in philosophie sich mit kant oder hegel abplagten ging ihnen nicht auf. es hat mich ziemlich verdrossen. der winter war kalt & schneereich. in cortina ungebraeunt & ohne schiausruestung h erumzugehen ist unmoeglich. die cortineser selber falls man sie zu gesicht bekommt reden einen unverstaendlichen dialekt sind hinterhaeltig wie jedes bergvolk das gegen fremde ueberflutung zu kaempfen hat. aber geldgierig sind sie alle. zurueck nach bruneck. tageweis auf der faulen haut gelegen. zu ostern dann einen erkrankten sizilianer ersetzt der an der hiesigen ital. mi ttelschule deutsch unterrichtet. ich habe ihn nachher getroffen & mit ihm b esprochen was ich mit seinen kindern durchgemacht hatte: die konversation war nicht in deutsch zu fuehren er kanns zuwenig. ich rege mich ueberhau pt nicht mehr auf. dann ploetzlich bin ich in sterzing aufgetaucht als mautner bei der autobahn. das bedeutet acht durchgehende stunden am tag von total verdummten piffkinesen 650 lire verlangen. die arbeit hat mich komplett v erbloedet. drei monate habe ich keine zeile geschrieben. vor einer woche hat man mich entlassen weil ich mir habe drei zaehne reißen lassen ohne zu fragen & daraufhin prompt krank geworden bin. ich war fertig gezahlt fuer diese luderarbeit haben sie zumindest gut. morgen bin ich am brenner anzutreffen & werde eine zeitlang den fernlastern zollpapiere ausstellen... solange es mir eben taugt. weiterhin versuche ich bei der sparkasse im herbst unterzuko mmen um sicher den harten winter zu uebertauchen. aber ich fuerchte die nehmen mich nicht... die schwarzen haende der svp sind im spiel ich habe zuviel politischen dreck am stecken & werde meine sozialistische meinung auch nicht aendern. lustig an meinen bestrebungen ist nur das eine daß ich jahrelang ueber alle jene maturanten geflucht habe die sich ganz einfach bei der sparkasse verkrochen haben.

hier in sterzing bewohne ich ein uraltes haus das direkt an den zwoelferturm angebaut ist. zu kaisers zeiten war es gericht gendarmerie & gefaengnis dann haben die carabinieri darin gehaust & zuletzt die maurer von der autobahn. es ist dementsprechend gut erhalten: scheiben fehlen boeden brechen durch leitungsrohre bersten verputz faellt. ich bin allein in etwa 25 raeumen.. ich habe sie ehrlich nie gezaehlt. die beiden dachboeden sind albtraumhaft schoen zum sich erhaengen. mein haus ist zwischen zwei gasthaeuser gekl emmt.. was mir wie Du micht kennst außerordentlich paßt.

im uebrigen schreibe ich noch immer. die hoffnung auf einen durchbruch habe ich aufgegeben. ists was wert kommts dennoch an die sonne. freunde habe ich keine mehr. zuhause bin ich das x-temal hinausgeflogen ich geh jetzt wirklich nicht mehr hin (doch meine brunecker anschrift gilt). es kann schoen sein keine bindungen mehr zu haben es tut nur manchmal weh. manchmal nur aber nicht an diesen blitzendheißen ferragostotagen wo einem das scharfe sonnenlicht die augen zerschneidet. Du wirst das alles fuer etwas tr uebe halten was ich da geschrieben habe.. tu das nicht. soeben habe ich einen himmlisch stinkenden furz fahren lassen & das beethovensche klavierkonzert (3) das ich gerade hoere ist auch nicht von schlechten eltern.

fuer heute gruß & glueck meine fae
uste halt ich Dir

An eine Lehrerkollegin in Flaas

Flaas 7. Oktober 1973

Um des lieben Friedens willen

Da ich von vornherein vermute, daß meine Anwesenheit im Schulhaus Ihrer Person unangenehm ist & ich in keiner Form mit Ihrer Sympathie rechnen kann (wie Sie auch mit meiner nicht zu rechnen brauchen), verzichte ich auf das mir zugedachte Lehrmittelzimmer.

Es würde früher oder später auf so engem Raum zu Reibereien kommen, zumal die sanitären Anlagen gemeinsam benutzt werden müssen. Weiters ist mein Lebensstil so grundverschieden vom Ihren, daß ich mir nicht vorstellen kann im gleichen Stockwerk zu hausen. Wohlgemerkt verzichte ich damit nicht auf mein Recht, es geht mir vielmehr darum, daß der Schulbetrieb nicht unter privatem Geplänkel leidet, denn ich weiß sehr genau wie sich »innerbetriebliche« Spannungen auf die Kinder auswirken.

Soweit dürfte von meiner Seite her Klarheit herrschen.

Was Ihr erpresserisches Getue anlangt (ich zitiere Sie wörtlich: »Nein!! nein!! der Hund kommt nicht ins Haus, dann gehe ich, ich gehe! Ordnung muß sein!!«), so kann ich mich eines leichten Lächelns nicht erwehren. Ist Ihre beschränkte Ordnung vielleicht durch mich & den Hund gestört. Meines Wissens hat jeder Staatsbürger das Recht, die Tiere zu halten, die ihm belieben. Auch hat man das Recht auf eine Bleibe, in der man seine persönliche Freiheit hat. Die Haltung eines Tieres kann nur durch einen Mietvertrag verboten werden, nicht aber von Ihnen.

Ich kann es mir vorstellen, daß Sie dieser Brief alles eher als freut & male mir schon Ihre Reaktionen aus. Sie werden sich sagen, was will der junge Mensch da überhaupt (er will aber überhaupt nichts!), kaum einmal das Leben gesehen & schon will er aufmüpfig werden (bedenken Sie, daß man auch in meinem Alter »gelebt« haben kann & nicht alles mit dem einfachen Ruf nach Ordnung abgetan ist) & zuguterletzt denken Sie noch, will er MIR Lehren erteilen.

Ich will überhaupt nichts, außer meinen Frieden vor Ihrer leider nicht verbergbaren Herrschsucht.

Herzlich
norbert c. kaser

An Paul Flora

flaas 201073

geehrter bzw. lieber herr flora

es ist wohl wieder an der zeit daß ich mich melde. die letzten beiden monate haben mich etwas verwirrt & ich wußte nicht so recht »wo mein haupt hinl egen«. nun ist meine lage wieder eindeutig. meine schreibmaschine klappert wieder nach dem uralten system »adler such!« & was sie klappert sind in der hauptsache texte fuer die schule... hoehenlinien wuerde ich tippen wenns ginge... so bleibts bei der geschichte des roemischen reiches bei pfahlbauten kinderreimen großstadtbeschreibungen etc. ja Sie haben recht gehoert: die schule hat mich wieder oder ich sie man kanns nehmen wie man will & was das herrlichste dabei ist eine bergschule hat mich wieder noch dazu eine u nter aehnlichen bedingungen wie damals vernuer.
hinter jenesien erstreckt sich ein plateau & 10 km hinten ist flaas ausgestreut. ein nest von etwas mehr als 300 seelen sogar mit einem friedhof & betrae chtlichem lokalpatriotismus ausgestattet & einer straße die kein citroen b ewaeltigt.. nur volkswaegen fuenfhunderter haflinger & jeeps wursteln sich durch den roten schlamm. der pfarrer ist ein alter sympathischer herr mit einem todgeweihten wolfshund, die schulleiterin leistet seit 46 dienst & heißt bezeichnenderweise melanie molterer. sie ist die dreifache guete & geduld in person. ein mageres frauenzimmer mit dem typischen »deutschen« akzent der lehrerinnen. die andre lehrerin hat sich hochgearbeitet mit kursen etc., sie strotzt vor erfahrung herrschsucht & duenkel. sie ist vom ledigen unwillen beherrscht, aelteren datums, mager & klein, mit den resoluten zwoelfeckigen ohrringen der landlerinnen behaftet & mannsbild hat sie unter der guertell inie noch keins gesehen. wir gehen uns aus dem weg. die melanie ist ganz d eprimiert wegen dieser person & der pfarrer mag sie auch nicht. sonst ist alles gleich wie in allen bergschulen nur steht hinter meinem ruecken nicht mehr der hirzer sondern der salten & die wenigen bergnarren kommen nicht aus meran sondern aus bozen. Ihnen von der schulmisere zu berichten ist wohl ueberfluessig. es ist die liebe not... keine buecher oder lehrmittel, dafuer ein herrliches klo nach bauernart wos einem vor kaelte das arschloch zusamm enzieht & jede sitzung zur qual wird, dafuer »hellstrahlende« 25 wattbirnen in der klasse & nackte waende. GOTT gebe Ihnen eine offene hand das w uensch ich meinen kindern. ich hab 16 stueck 7 dritteler & 9 fuenfteler.
das waers als einleitung. ich werde Ihnen noch oefter berichten muendlich & schriftlich wie's grad kommt. so bleib ich denn in diesem flaas sitzen die kuehe werden heimgetrieben die buben tragen den blauen schurz die letzten erdaepfel warten auf besseres wetter die bauern bieten laub mein hund (ich hab mir einen jungen rattler zugelegt) zerbeißt in der klasse die pantoffeln meiner kinder

herzlichst Ihr
norbert c. kaser

grueßen Sie mir Ihre frau, den thomas & die katzi

An Mariatheres Neuhauser

flaas 220774

wohl wird es Dich wundern zweimal hintreinander post zu kriegen aber weil Du immer sagst es wuerde Dich freuen von mir zu lesen & ich gerade nichts zu tun habe so seis denn doppelt genaeht. die schule ist zwar aus & trotzdem ists nie langweilig.. so bin ich gestern feierlich ueber die schulstiege (= die reinste hennenleiter) heruntergekugelt & alle rippen tun mir weh & der haymo hat gewinselt.. zwei junge geistliche hab ich kennengelernt.. einen verirrt en bozner schuhhaendler namens fill.. der baur christoph hat mich fuer ein paar tag besucht & mit dem bin ich aufs »joechl« gewandert wo gerade ein junges schwein geschlachtet wurde & das beste davon haben wir nachmittags als braten verspeist. die »znichte« lehrerin ist verschwunden. geblieben ist die liebenswerte melanie auguste moltrer die mich taeglich zum filterkaffee ei nladet & kaum bin ich eine stunde außer haus raeumt sie heimlich meine k ammer auf belaeßt aber die heilige unordnung meiner buecher & schriften. ach von dem frl. moltrer gaebe es soviel zu erzaehlen: sie ist vom gleichen jahrgang wie meine mutter selig.. katzgraue haare hat sie.. keinen mensch mehr auf der welt.. viecher hat sie gern.. von politik versteht sie nichts.. den alten etwas muerrischen weißhaarigen pfarrer versorgt sie.. auch spr itzen kann sie geben.. sie ist fuer das dorf unentbehrlich was ich von mir leider nicht behaupten kann. gut die leute haben mich gern & brauchen mich hauptsaechlich zum kartenspielen wie Du weißt. das frl. moltrer haben sie schon vergessen gernzuhaben weil es selbstverstaendlich ist daß sie da ist & sorgt & schaut.

nun kommt die traurige geschichte von der weißen katze die darfst Du aber keinesfalls weitersagen.

von der kleinen weißen katze (ein weibchen)

da war einmal ein junger lehrer der nicht ungern ein glas wein trank. er war gerade vom doktor aus der stadt gekommen & aus freude weil ihn der nach einer schmerzhaften untersuchung fuer ganz gesund erklaert hatte trank er etwas mehr & weil er warten mußte auf eine fahrgelegenheit in sein entlegen es dorf trank er noch mehr. des wartens & des lesens muede schaute er einer katze zu die zwischen den tischen herumging. eine junge schneeweiße katze nur ihr schwanz war hellgrau. die katze gefiel ihm sehr & er beschloß sie m itzunehmen. sie war heimisch & schnurrte. ein kuechenmaedchen aber gab vor das tier gehoere ihr. sie wurden nach langem hin & her handelseins & der lehrer kaufte die katze... in den augen der bauern ist es eine narretei katzen zu kaufen... sie haenselten ihn deswegen auch. kurzum es gelang ihm endlich heimzukommen. nun muß man wissen daß der lehrer einen hund hat den er ueber alles liebt (& umgekehrt) & der hund wurde eifersuechtig tat aber der katze nichts. sie wohl: sie kratzte ihn & fauchte. der hund gutmuetig & dumm raunzte & plaerrte dem lehrer etwas vor. nach zwei tagen sah der lehrer ein daß es so nicht mehr weiterging besonders in der kleinen kammer in der er hauste da beschloß er die katze abzuschlagen. er packte sie an den hi nterfueßen & schlug sie mit vollem schwung gegen das hintere schulhauseck. die katze war mausetot & er ging um sich vom mord zu erholen ins wirtshaus einen schnaps trinken, vorerst aber warf er den kadaver in eine jauchengrube. nach einer stunde kam die tote katze quietschlebendig zum wirt & miaute um milch. sie stank fuerchterlich. gott im himmel! da nahm der lehrer eine axt & mit der hinterseite zerschlug er dem tier den kopf... dem lehrer war sp eiuebel aber die katze lebte nicht mehr. ihr kopf war nach dem massaker flach wie eine scheibe brot. er wollte sie von vornherein nicht leiden lassen aber daß sie eine stunde litt waehrend der gnaedige herr zur erholung sein schn aepschen trank war mehr als grausig. laß was Du nicht kannst. um eine tote katze schert sich niemand eine gemarterte ist jedermanns mitleid wert & der lehrer hatte in jener nacht sehr sehr schlechte traeume.

An P. Peter Brugger

flaas 220774

lieber lenz

hoffentlich bist Du mir nicht besonders boes daß ich so klammheimlich von gsies abgehaut bin. ich bin einmal zur zeit nicht in bester physischer verf assung.. die nieren machen mir kraempf. inzwischen ist das behoben (dr. jenny hats derrichtet) & jetzt bin ich mindestens soweit Dir eine entschuld igung schreiben zu koennen. im uebrigen danke ich Dir fuer Deine beiden briefe die Du mir in die einsamkeit heraufgeschickt hast & die ich nie bea ntwortet habe: einen nicht weil er mir zu extatisch & esoterisch war, der zweite betraf priesterweihe & primiz: dazu hatte ich keine worte.. wirklich nicht. das von Dir erwuenschte lebenslaufgedicht haett ich nie so gut schreiben k oennen zum einen weil ich diese form epischer erzaehlung vorher nie gehoert hab zum andern weil ich es gar nicht so gut dermacht haette.

soviel ich mich auskenne (dies war meine erste primiz auf der ich »geladen« war) ist es brauch ein entgelt fuers mahl zu entrichten aber damit Du nicht zuviel geld bekommst haben wir (rupert, richard & christoph) beschlossen Dir ein saftiges buch zu schenken. da mußt Du Dich halt mit geduld wappnen: bis es bestellt ist & Dir uebergeben vergeht noch sicher ein monat.

etwas anderes noch & das wird ein recht nuechterner diskurs: soviel ich l aeuten gehoert habe willst Du unbedingt unter die zigeuner gehen. der orden will Dich nicht lassen (unreife & diverse andre ausreden, Du kennst sie ja). ich selber rate Dir aus persoenlichen gruenden ab: Deine ureigene mentalitaet paßt nie & nimmer fuer diesen dienst. mit rassismus hat das nichts zu tun: Du als »bodenstaendiger« willst unter die wanderer? geh wenn Du bei Deiner sicherlich ehrlichen ueberzeugung bleibst & dazu fordre ich Dich besonders auf: laß Dich vom orden nicht hindern. komisch wirst Du Dir denken, zuerst sagt er JA dann wieder NEIN & JA... ich habe mir eben das recht herausgenommen Dich zu kennen zu glauben. herzlichst fuer heute & laß von Dir das beste hoeren

An Egmont Jenny

flaas 010874

lieber dr. jenny

sicher haben Sie nichts dagegen wenn Sie außer krankenblaettern arztzei tschriften partei- & landhauszeug einmal etwas privates zu lesen kriegen. k eine sorge ich werde Sie jetzt nicht mit meinem gesundheitszustand belaes tigen, dazu sind Ihre sprechstunden da: ich fuehl mich recht wohl die m edikamente nehme ich das wetter ist herrlich amen!

apropos wetter.. meistens faengt man ein gespraech damit an. im zug im bus oder so halte ich das wettergerede fuer nichts anderes als anpoebelei. hier in meinem nest aber sind wettergespraeche wichtig weil die karge ernte an heu kartoffeln hafer roggen gerste buchweizen etc. wirklich vom wetter ab haengt. was soll aber das geschwaetz in den gegenden der reichen obstbauern die protzig jeden hagel mit raketen vertreiben wo wirs noch mit sturmglocken tun. sicher sind wir technisch ein wenig hinten & solange das sich nicht ae ndert werden wir viel vom wetter reden muessen. die bauern scheinen zuf rieden (zu raunzen haben sie ja immer von den alten guten jahren wo der sommer noch sommer war & der winter eben winter) das heu ist eingebra cht dann regnets in der nacht & das ist gut fuers grummet das korn ist beim reifen & die erdaepfel bluehn. furchtbar poetisch klingt das... einen dreck ist das poetisch.. tatsachen sinds. das essen ist eintoenig. die kinder kommen nicht zum spielen: die hoefe liegen weit auseinander & was haende hat hat zu helfen. der feierabend ist dafuer gemuetlich & verdient: jeder weiß was er geleistet hat & teilt es mit. wie wir ja wissen hat der bauer einen direkten bezug zu seiner leistung nicht wie der farbrikarbeiter der seine erzeugnisse meistens weder gebrauchen noch verkaufen kann. ich allerdings bin in ihren augen in dieser zeit voellig nutzlos wohl schreibe & lese ich aber das soll arbeit sein? wenn einer angetrunken ist krieg ich solche dinge ganz schoen vorwurfsvoll zu hoeren. meine antwort ist klar: was tut ihr im winter? melken holzhacken fuettern & der rest heißt ofenbank. dann sind sie still. der studierte hat ja immer das feinste leben.. vom physischen her gesehen ja.. gebe ich zu

viele meiner intellektuellen kollegen meinen daß ich mich zu tod langweilen mueßte. bei haut & haar nicht. sicher ist es spuerbar wenn ploetzlich die k ultur ausbleibt: kein kino kein klass. konzert kein theatersaal keine ausst ellungen. sehen Sie wenn ich manchmal nach bozen komme ich geh weder kino noch in eine galerie der kulturbetrieb ist mir zu »betrieblich« & zu »b etucht«. als ich in wien studierte bin ich von film zu film gestuerzt von konz ert zu konzert von galerie in galerie zum studium bin ich nicht gekommen. jetzt ist mir das alles wurst: in der baeuerlichen kultur meines dorfes fuehle ich mich aufgehoben noch dazu mit dem großen vorteil »der lehrer« zu sein. was aber baeuerliche kultur ist weiß ich nicht zu definieren. ich werde es v ersuchen wenn ich nocheinmal schreibe.

herzlich

An Siegfried Baur

Flaas, 14. August 1974

Der Brief vom 9. August hat mich reichlich in Verwirrung gebracht. Ich bin auf jeden Fall an einer persönlichen Aussprache interessiert und in Flaas zum vorgegebenen Zeitpunkt sicherlich anwesend. Ich kann auch nach Jenesien kommen, wenn es sein soll. Weiters werde ich versuchen ein ebensolches Marathonpapier zu verfassen, damit uns genuegend Unterlagen und Material zur Diskussion zur Verfügung stehen.

Gestern wurde endlich das Schulhausklosett abgerissen und Staub und Baulärm verheißen neben den Flüchen der vier Arbeiter einen baldigen Abschluß. Was genau entstehen wird, weiß ich nicht: jedenfalls schlechter kann's nicht werden und zeitlich (man hüte sich immer vor Torschlußpanik!) sind wir gut dran. Auch die Schulstiege wird erneuert: es soll wieder eine Holzstiege werden, die zwei-drei Nachteile hat; Lärm und Geklapper, schnelle Abnützung, schwierige Reinigung etc. Ich wäre dafür, sich an der neuen Stiege im Jenesiener Widum ein Beispiel zu nehmen. Der Herr Pfarrer meint, die Kosten seien auf alle Fälle geringer. Kurzum seien wir froh: es wird gebaut, nur der Herr Bürgermeister drückt sich vor jeder Aussprache.

In Bezug auf den Riesenbrief vom 9. d. M. wäre noch folgendes zu sagen: war dieser Aufwand überhaupt nötig? Sicherlich: quod scripsi scripsi und kann ich getrost nach Hause tragen. Ich möchte kein zweites »Öttenbach« sein! Nebenbei bemerkt sind dreizehn Seiten negativer Kritik mitten im herrlichsten Sommer keineswegs erquicklich!

Herzlich
norbert c. kaser

PS. der Brief war keineswegs unlesbar und wurde voll und ganz aufgenommen, aber nicht verdaut.

flaas 220874

lieber siegfried

zur elternversammlung ist niemand gekommen; d.h. gekommen sind alle maenner nur zogen sie es vor kartenzuspielen weil sonntagvormittag war. ich schicke Dir nur deshalb die vorbereiteten unterlagen damit Du sie hast. der rest laeßt sich ausreden.

norbert conrad

An Mariatheres Neuhauser

flaas 220874

liebe maria-theres

Du sollst auch einmal etwas frisch gedichtetes von mir kriegen & es soll Dir schmecken wie ein heutiger semmel eine sache die ich hier schon lang ni mmer gesehen (gebissen) habe. auf der schneckenreise mit der post haben die beiden an frische verloren an alter gewonnen. heute ist ueberhaupt ein eigener tag ich fuehl mich schrecklich dichterisch so wie man sich schrecklich m uede froehlich oder uebel fuehlen kann. morgen wirds natuerlich wieder nuechtern: ich geh zum doktor um mir wieder sagen zu lassen daß ich ein großer saeufer bin & zuviel rauche. aerzte sind aerger als barockprediger & zum schluß geben sie doch mit einem kleinen »amen« bei & erklaeren Dich gesund wenn Du ihnen hoch & feierlich versprichst nicht mehr zu suendigen wider Deinen leib. aha! & in der euphorie des gesundseins werden die suenden & laster so groß daß man halt wieder zu ihnen pilgern muß. zu gut deutsch heißts: »ich bin in staend. behandlung.« aerzte sollten sich eigentlich nur um kranke kuemmern & nicht die zeit vergeuden mit leuten die sich selber (»kraft ihres geistes«) behandeln koennten. voller vertrauen hasse ich diesen stand: die beichtvaeter des leibes.

dem pfarrer seine kirschen sind heuer sauer obwohl sie so klein sind daß kein wurm drin platz hat seine weißen johannisbeer' sind koestlicher. der pfarrer ist uebrigens schrecklich sierig in diesen tagen weil sein schaeferhund sich zum verenden anschickt. er hat sonst niemanden & wenn gar noch der strom ausgeht (was bei uns oft vorkommt) & natuerlich sein fernseher streikt dann ist's aus. die lehrerin versucht ihn zu beschwichtigen es gelingt nicht. weiters haetten wir nicht zu klagen.

herzlich

flaas 310874

liebe maria-theres

verzeih daß ich schon wieder auf rosarotem papier schreibe aber es hat e rstens keine tiefere bedeutung ich moechte nur endlich dieses aus not in meran gekaufte papier fertigkriegen. im uebrigen gibt es wenig zu bericht en außer daß ein aeußerst kurzer sommer vorbei ist: uebermorgen haben wir konferenz dann ist nachpruefung fuer die zweite klasse & bis zum 20. muß ich das jahresprogramm erstellen. diesmal kriege ich die dritte & vierte & schon wieder sind die maedchen in ueberzahl was mir nicht besonders paßt. am schulhaus wird noch immer gebaut aber so in zehn tagen duerften wir ein fertiges haeuschen haben: nur daß die bauern einzelne wasserrechte nicht herlassen wollen. in diesen tagen heißt es frueh aufstehen die maurer treiben einen foermlich aus dem bett: ueberall klopfen & klumpern & staub. dafuer werdens die kinder & lehrer spaeter umso mehr genießen ein wohngerechtes viermillionenentspannungsoertchen zu haben. Du hast gar keine vorstellung wie die baukosten gestiegen sind noch dazu bei uns wo alles muehselig h ergeliefert werden muß. gut: das ganze schlottrige schulhaus wird noch ein wenig verputzt & eine neue stiege wird an stelle der alten ausgetretenen & selbstmoerderischen errichtet. ob ich fuer meine klasse einen ordentlichen ofen kriege & eine christliche beleuchtung steht noch dahin. sorgen & so rgen.

auch der pfarrer hat seine noete: sein großer wolfshund liegt auf dem vere ndungsbett. selber will er ihn nicht toeten & andre die ihm das ueble ges chaeft abnehmen wuerden laeßt er nicht obwohl es ihm keineswegs an v ernunft & hausverstand fehlt. der hund hat nun 13 jahre hinter sich ist vo llkommen blind & duerr & hat zweimal in letzter zeit einen schlaganfall g ehabt. die zweite not des pfarrers ist das elektrische gelaeute & die kircht urmuhr (kostenvoranschlag: vier millionen). Das trifft auf jeden hof etwa 50.000 lire aber die bauern wollens ihm nicht zahlen. in dieser woche hat der blitz beim »thaler« im stall eingeschlagen alle elektr. leitungen zerfetzt & eine kuh. sonst ist nichts passiert. ein bißchen hagel.. mein gott.. am 0809. haben wir hier kirchtag. ich freu mich drauf.

herzlich

An Klaus Gasperi

flaas 040974

lieber klaus

wie Du weißt kriege ich mein geld ja in bruneck da ich aber jetzt schon pater bin & nicht weiß wie ich in das rienzstaedtchen kommen kann bitte ich Dich dringend um folgendes: schicke mir 5.000.— it. Lire (in buchstaben: fuen ftausend) als reisegeld. diese summe kriegst Du ja sofort zurueck weil wir zusammen das gehalt abholen. capito! zum essen & saufen hab ich hier im dorf kredit genug aber zum heimfahren reichts nimmer. schick den gruenen kolumbuszettel rekommandiert.. die marken leg ich bei.
auch die marken die ich außen aufgeklebt habe moecht ich fuer meine kind er haben.

mit dem siegfried bin ich wieder in einigkeit & frieden. im uebrigen gehts mir gut nur daß ich stinkfaul bin & die halbe zeit im bett verbringe. besuch kommt auch keiner... ich weiß nicht: die leute fuerchten wohl die fernen nester. ist auch scheißegal. heute kommt endlich wieder der brieftraeger mit den zeitungen (=dolomiten + volksbote + sonntagsblatt + la voce del ta baccaio) von vorigsjahr. da werde ich mir ein bißchen rampold zu gemuete fuehren & mich aergern.

Grueß mir die marlene & Deine ungetauften fratzen mit samt dem tito & v ergiß mich nicht laß mich nicht in stich

herzlich
norbert conrad

An Mariatheres Neuhauser

flaas 040974

schon wieder rosarot. das wird schon bald verdaechtig. & die haeufigkeit d es briefwechsels... nein nein wo das noch hinfuehrt. also das geht zu weit. da muß etwas dahinterstecken. vielleicht? wer weiß? & so denken die »w eiber« wenn sie ueberhaupt um unser geschreibe wueßten.
daß ich ein bißchen kommunikation da heroben brauche versteht wohl jeder & Du bist — das sei Dir hoch angerechnet — der einzige mensch der orde ntlich zurueckschreibt. was hab' ich schon freunden & bekannten geschrieb en ohne einen laut zurueckzuhoeren. ueberhaupt scheint das schreiben außer mode gekommen zu sein: was haben doch leute wie goethe oder voltaire

(uebrigens ein herrlicher mensch!) an briefen verbraucht auch in letzter zeit
war da noch kafka der mindestens zweimal pro tag einen brief verschickte.
es ist nun einmal bequemer in das telefon hineinzuplappern: es geht schneller
 fast gleich teuer die vertraute stimme des partners es laeßt sich endlos
schwatzen ueber nichtigkeiten. im brief muß jeder satz gesetzt sein ueberlegt
& sogar gespart. es gilt einen stil zu entwickeln. beim telefon kann man sich
gehen lassen hand im hosensack hoerer leicht baumeln lassen schaut recht
gut aus so salopp & schick dazu... je nach partner braucht man oft nur in
kurzen abstaenden »ja, ja, ja« zu sagen (sehr fein). aber versuch Du mir ei
nmal eine briefliche antwort zu geben wo nix drinnen steht außer: ja ja ja
ja ja ja ja oh ja ja ja ja oh ja jawohl. soweit meine morgenbetrachtun
g: ein bißchen simpel wohl ein wenig altvaeterisch oder sentimentoel. bed
enke eines: ich mache keine rechtschreibfehler! auch wenns oft danach au
ssieht. ich hab die sprache an sich gern. ich mag sie nicht als diktatur ich
mag sie auch nicht als bloßes werk- oder spielzeug ich mag sie so wie Du
Deine geige. die gesetze einer violine sind geschrieben & eisern bist Du mit
dem kodex vertraut kannst Du ersteinmal ueber die seiten streichen & toene
bilden hast Du aber den kodex im griff (= woertlich Du beherrschst ihn)
kannst Du spielen. ich versuche zu spielen auf einem instrument: »sprache«.
ich kann mir erlauben alles klein zu scheiben ich kann mir's gestatten die
gesetze zu umgehen. vielleicht liebt sogar die sprache mich? man wird da oft
aberglaeubisch: zurueck zur musik! wieviele interpreten haben nicht ein fast
manisches persoenliches verhaeltnis zu »ihrem« instrument!

zweiter teil der morgenbetrachtungen beendet:
gehen wir ueber zu den nichtigkeiten die man dem telefon nie anvertrauen
wuerde:

1. kleinigkeit: das wetter
   heute 10uhr15 stuermisch windig ferner donner sonne regen schauer grad
   so wie's der bozner meldet. ein wetter mit gemischten gefuehlen.
2. kleinigkeit: die wilden kirschen
   gestern habe ich drei zweige wilder kirschen geschenkt bekommen. weißt
   Du diese hemdknopfgroßen schwarzen die wirklich nur aus haut & kn
   ochen bestehen & in denen aus platzmangel kein wurm mehr haust. tro
   tzdem hab ich mich ueberfressen. heute dann haben die kerne in der klo
   schale nur so geklappert.
3. kleinigkeit: (traurig) des pfarrers hund ist noch nicht hin.
4. kleinigkeit: vorgestern war ich auf dem markt in sarnthein. es ist eine freud
   e diese echten haflinger zu sehn mit ihren lebhaften fohlen. die bauern
   waren ueber den geschaeftsverlauf halbwegs zufrieden. ich versteh nichts
   vom vieh.. aber die »facken« werden beim verladen ziemlich maltraetiert:
   bei schwanz & ohr gepackt & aufgehoben. da quietschen sie schaurig. al
   lerdings schreien schweine wegen jeder kleinigkeit. zimperliche oder sens
   ible viecher?

herzlich

flaas 140974

liebe mariatheres!

es ist ungemein friedlich angegangen an diesem morgen. vom betlaeuten um sechs bis sieben als die maurer kamen habe ich eine goettliche stunde ve rbracht. das milchige licht der daemmerung ist so leicht uebers federbett d ahergekrochen und die angefeuchtete frische luft hat meine nase gewuerzt. unter den federn lag mein leib in der ganzen gesammelten nachtwärme & er wollte vielleicht nichts anderes als ewig da drinnen bleiben aber der kopf lag in der kuehle hatte helle gedanken & goennte nur eine schonzeit. helle ge danken hatte er eigentlich nicht der kopf sinnierte so vor sich hin hoerte auf die turmuhr & traeumelte. drueben im wald einzelne schuesse: die jaeger sind unterwegs.
um sieben die maurer. besseren wecker wueßt ich nicht: eine viertelstunde spaeter große toilette & erster sonnenstrahl in der kammer: teesieden nach richtenhoeren puder & in die schuhe wie's eben geht.. der tag geht an.

ich sitz halt schon wieder im wirtshaus & hoere die maehmaschinen rattern (ein durchaus ertraeglicher laerm). in den umliegenden feldern gehts ums grummet. heute haben die flaaser roesser ihre versammlung durchwegs helle haflinger bester gattung beim kreuzerstadel werden sie registriert & die fue llen dieses jahres werden sozusagen der »matura« unterzogen um sich ueb erhaupt haflinger nennen zu duerfen. die bauern stolzieren mit ihren tieren daher wie der wohlbekannte hahn auf dem misthaufen.

unser weißhaariger pfarrer — sonst ein stattlicher mann — geht ganz ged aucht & truebsinnig ueber die gasse. sein leiden hat sich verschlechtert er spuert den winter kommen.. es koennte jeder winter sein letzter sein. es ist eine gemeine krankheit: er kommt auf dann gehts wieder nieder.. auf & ab jahrelang monatelang. am dienstag ist ihm sein wolfshund verendet. das hat ihn hergenommen. da sitzt der alte geistliche herr mit eingefallenem gesicht raucht seine gewuzelten sinniert dahin gibt muerrische antwort. am dien stag war er ueberhaupt nicht anzusprechen da hat man von ihm wohl den ganzen tag nur einen satz gehoert: »iatz bin i alloan«.

sonst geht alles gradeaus:
der kirchtag ist ohne rauferei abgegangen. vereinzelt kommt ein wanderer oder eine bauernfrau mit schwaemmen. die preiselbeeren werden eingekocht. es ist ueberhaupt so: hier sind die monate in ihren einzelheiten weit spuerbarer als in der stadt. dort ist alles verpackt: die preiselbeeren die zerlegten kuehe die gerueche in flaeschchen & alles ist kaeuflich. hier liegt alles offen: die vier wirtshennen in der wiese sein hund in freiheit die baeume dem blitz ausg esetzt. vielleicht kannst Du Dich besinnen daß vor jahren ein kuenstler n amens christo mit nylonplanen ganze kuestenstriche & gebaeude verpackt hat.. richtig verpackt! war es hohn warnung oder bloß spinnerei?

herzlich

flaas 240974

liebe maria-theres

damit Du nicht meinst nur ich könne schreiben & damit Du Dir nicht das ganze buch zu kaufen brauchst schicke ich Dir die erzaehlung eines tschechen.

Das verliebte Nilpferd

Das Nilpferd verliebte sich in eine kleine schwarze Äffin. Prustend und schnaubend kroch es aus einem Tümpel, lag stundenlang unterm Baum und schaute zu der Äffin empor, die mit ihren Freundinnen schwatzte und herumsprang. Das Nilpferd glotzte sie mit solch tiefer Empfindung und Ergebenheit an, daß auch das grausamste Herz hätte gerührt sein müssen. Doch Nilpferde haben so oder so Glotzaugen, was jungen Äffinnen lächerlich vorkommt, denn wie sollten sie in dem ewigen Trubel auch erforschen warum ein Nilpferd Glotzaugen hat?
Als sich das Nilpferd endlich entschloß, der Angebeteten seine Liebe zu bekennen, kicherte und kreischte sie derart, daß zweihundert Affen zusammenliefen, lachend an ihren Schwänzen schaukelten, von Ast zu Ast sprangen und ein schreckliches Spektakel vollführten. Das arme Nilpferd versuchte vergebens, mit dem Kopf unterzutauchen, stand es doch auf harter Erde. Es ergriff die Flucht.
Im Gekreisch der kleinen schwarzen Äffin hatte jedoch viel Stolz mitgeklungen und im Gekicher ihrer Freundinnen viel Neid. Ein Nilpferd war nun mal ein großes Tier, und was man von ihm auch sagen mochte — Solidität war ihm nicht abzusprechen.
Als das Nilpferd wieder erschien, begann die kleine schwarze Äffin eine Unterhaltung über die modernsten Muster bei Pfauenfedern und über die Gartenparty, die von den Makaken auf der Bananenplantage vorbereitet wurde.
Das Nilpferde interessierten solche Dinge wenig, aber es hörte dem Geplapper der Äffin gern zu, es fühlte sich selig dabei und hätte viel darum gegeben, wenn es ihm gelungen wäre, ihr seine Gefühle zu zeigen. Aber Nilpferdmäuler vermögen Gefühle nicht so zum Ausdruck zu bringen wie Gesichter eines, sagen wir, Rhesusaffen oder gar eines Schimpansen. Ein glückliches Nilpferd sieht kaum anders aus als ein unglückliches.
Die kleine Äffin langweilte sich ziemlich mit dem schweigsamen Verehrer, andererseits tat es ihr gut, daß jedermann sehen konnte, wie sie dem großen Tier auf der Nase herumtanzte und wie sie sonst mit ihm umging.
Das Nilpferd liebte sie immer mehr. Es wußte allerdings, daß es von ihr nicht verstanden wurde, und seufzte oft und tief. Dabei öffnete es das Maul weit — was es übrigens auch beim Lächeln tat —, und der Äffin wurde unheimlich.
Gern hätte sich das Nilpferd ihr Pfötchen auf die Brust gelegt, damit sie spüre, wie sein Herz klopfte, doch konnte man Herzklopfen durch einen Berg Nilpferdfleisch wahrnehmen?

Sie lief mit einem Pavian davon, der sie irgendwo auf einer Palme beim Nackenfell packte und mitschleppte.
Das Nilpferd litt und wollte sterben. Es wollte sich ertränken — aber es war ein halbes Wassertier und schwamm ausgezeichnet. Es wollte sich erhängen — aber keine Liane hielt drei Tonnen Lebendgewicht aus. Es wollte vom Baum springen — aber wie einen Baum erklettern, wenn man ein Nilpferd war?
Verzweifelt streifte es durch den Urwald oder lag stundenlang traurig auf dem Platz, wo es sich immer mit der kleinen Äffin getroffen hatte. Voll Verwunderung und Leid glotzte es vor sich hin und seufzte.
Freilich ein unglückliches Nilpferd sah kaum anders aus als ein glückliches.
Die Affen umsprangen und übersprangen es und riefen erbittert:
»Seht ihr? Sie ist ihm davongelaufen, und ihm ist es egal!«
»Na ja«, kreischten andere, »ein Nilpferd ist halt ein Dickhäuter!«

Gabriel Laub geb. 1928

---

nun ist es 22uhr30... etwa um drei hab ich diesen brief angefangen & bin unterbrochen worden vom liebenswerten besuch eines KLAUS & seiner frau. ich bin von großer muedigkeit besessen & will morgen weiterschreiben. im ganzen war es ein ausgefuellter tag wie selten nur meine lit. ader quillt zu dieser stunde nimmer. gute nacht... unser haus ist hellhoerig & das frl. moltrer soll zur ruhe kommen obwohl sie mir keinen vorwurf macht wenn ich naechtens auf der maschine hacke (= buchstaben hacke)

---

schon koemmt der tag
mit mattem licht & fahlem schein
schoen kommt der tag
& die sonne bricht im nebel
ein

240974

---

ich liebe ueberhaupt die tschechische erzaehlweise. nicht daß sie mir vorbild waere & ich fleißiger nachmacher nur treffe ich bei den tschechen oft dinge an die ich am liebsten selber verfaßt haette. ich bewundere die kraft mit realistischen mitteln konservativster natur erzaehlungen zu schreiben mit h intergruenden die zu abgruenden werden koennen. ich denke nicht nur an den großmeister frantisek kafka auch seine neuen landsmaenner leisten b etraechtliches auf dem gebiet vertrackter prosa die sich leicht liest & schwer verdaut falls man ueberhaupt bereit ist sich beim lesen etwas zu denken. so empfehle ich Dir fuer heute die lektuere des fischer-taschenbuchs nr. 1129 »tschechoslowakei erzaehlt«

herzlich

flaas 260974

liebe maria-theres

endlich das letzte rosapapier verbraucht (sowas kann furchtbar hartnaeckig sein) doch keine sorge: ich werde schon weiterhin schreiben dann gehts zum glueck wieder normal-weiß weiter.
wenn Du das jetzt liest ist die schule sicher angegangen & fuer mich das alte elend. ich glaub ich hab Dir von dem boesen weib erzaehlt das mir heuer das leben versauert & vergaellt hat. also diese lehrerin ist wieder im haus.. zwar hab ich schon zu ostern dem siegfried ein ultimatum gestellt: »ich geh wenn die da wiederkommt!« was nutzts die ist so richtig zaeh ordnung muß sein um jeden preis & strenge & diktatur dabei schaut sie eigentlich nur wie eine maus aus mit denselben fahrigen zuckigen bewegungen & ueber den gang huscht sie auch gleich. heuer braucht sie sich zumindest der dinge nicht mehr bemaechtigen weil wir armen bereits wissen was ihr zusteht & wie wir unser leben zu gestalten haben. ich moechte gern ein paar gute haare an ihr lassen ich finde einfach keine beim besten willen nicht. ich hoere sie schon mit dem besen stundenlang saubre boeden fegen ich hoere sie schon in der holzhuett e scheite zaehlen & schichten ich sehe schon ihre armen kinder vor dem h aeuschen schlangestehen (denn außer der »zeit« hat man sich zu beherrschen — die kinder muessen lernen ihren koerper unter kontrolle zu bringen — daß sie ihnen mit der manier oft die halbe pausenzeit stiehlt kuemmert sie wenig). dann ist sie noch so schrecklich gesellig: guten-morgen-sagen ist das aeuß erste was mit ihr zu reden geht wenn man sie ueberhaupt zu gesicht kriegt. eigenartigerweise ist sie fluechtig & scheu vielleicht auch unsicher. jedenfalls zu gesicht kriegt man sie nicht zu spueren schon. im grunde habe ich angst vor der. warum? ich bin gedrueckt wenn sie im haus ist ich schleiche ueber den gang in meiner kammer hoere ich mit kopfhoerer die musik zum sch reiben geh ich ins wirtshaus. ich bin ein feigling denn rechte im haus hab ich die gleichen.
ich koennte mich versetzen lassen & gerade heute faellt die entscheidung: ich bleibe! drei orte koennte ich waehlen mit besseren bedingungen mit schulh aeusern in denen man nicht friert mit kollegen die nie so boesartig sein koennten mit weniger kindern etc. was solls? ich bleibe: nicht so sehr aus paedagogischen erwaegungen heraus oder um mich als held der einsamkeit feiern zu lassen oder um mitleid zu heischen weil ich quasi im kulturell-z ivilisatorischen exil lebe. die gruende liegen einfacher & sind egoistisch: mir paßts! mir paßts bis auf jene liebe kollegin die ich nicht mag & wegen der gehe ich nicht.. dieser grund zum gehen waere zu schaebig. des uebrigen werde ich ihr sowieso demnaechst in diesem theater mit donner-wetter-blitz ein wenig schneid abkaufen dann laeßt sich's ein paar monat leicht im gl eichen hause hausen.
fuer unsern geknickten pfarrer hab ich einen hund in aussicht: beim holzh andler prugger in olang gibt es welpen nach seinem geschmack. davon wuerd ich einen sogar geschenkt kriegen. wir werden sehen. die ringlotten beim wirt

sind halt noch nicht reif. neues gibts nichts: außer es interessieren Dich die schweinepreise (stark gefallen sag ich Dir) oder daß die kreuzer noch immer in der alten baracke hausen obwohl daneben bezugsfertig das wohnhaus steht.

An Karl Gruber

flaas 280974

zum kuckuck laß doch endlich einmal etwas von Dir hoeren oder glaubst Du ich bin da heroben nicht auf jede kleinste neuigkeit erpicht. bist Du schon so integriert daß mit unsereinem nicht mehr zu reden ist? wenn Du uebe rarbeitet bist laß es einen zumindest wissen!

norbert conrad

(telefonier einmal 0471/59636)

An eine Lehrerdelegation aus der DDR

Flaas, 28. Sept. 1974

Liebe Genossen!

Dank und Bitte zugleich. Für's erste danke ich ganz persönlich (unabhängig von Gewerkschaft und Partei) dafür Euch kennengelernt zu haben. Die Bitte habe ich schon mündlich in Bozen ausgesprochen: vermittelt mir Kontakte zu jungen Lehrern (ca. 25—30 Jahre), die sich, wie ich eben auch, mit acht—elfjährigen Kindern herumzuschlagen haben. Natürlich ist die Situation bei uns mit unsern Zwerg- und Bergschulen völlig anders, aber gerade das dürfte das Interessante am Gedankenaustausch sein. Wenn ich einmal ins Betteln komme, geht's gleich weiter. Ich halte hier auf 1300 Metern Schule, nach Bozen zu gelangen ist für mich eine halbe Weltreise und so haben mir denn die lieben Kollegen von der Stadt auf Eurer Ausstellung alles weggeschnappt. Ich bitte nun darum mir einiges Material zuzuschicken: Studienpläne, Lesebücher, Lehrbücher oder Ähnliches.

Ich will Euch nun nicht damit langweilen und lange lamentieren, wie es sich hier in meinem kleinen Dorf haust, wie sich's lehrt und arbeitet, das kriegt

Euer Lehrer zu hören, der mir als Erster schreibt. Nur eines sei abschließend gesagt: ich laß mich von keiner unsrer schulischen Obrigkeiten unterkriegen, ich bin glücklich bei meiner Arbeit und habe zu allem Überfluß und zu meiner Sicherheit den Siegfried Baur als Direktor (der jüngste in Südtirol und in seinem Stand der einzige Genosse). Wie schnell allerdings unsre konservativen Bergbauern »rot« sehen oder wittern, ist auch so ein Kapitel. Doch sind sie mir lieber als manche beschissenen Städter, die Bauern sehen in der Schule einen Zweck, etwas Brauchbares und Praktisches und wollen, daß ihre Kinder in diesem Sinn unterrichtet werden, die Bürger erstreben bei uns dagegen reine Schöngeistelei und möchten ihre verzogenen Sprößlinge mit Goethe ausstaffiert wissen. Es wäre seitenweis' über solche Dinge zu reden, persönliche Dinge schon fast, die in einem Gewerkschaftsgespräch in der CGIL nie auftauchen, was ich ihr oft verüble. Die Genossen sitzen in der Stadt und haben andre Probleme. Danke, daß Ihr mich angehört habt... so verbleibe ich denn mit freundschaftlichem Gruß in gebirgiger Dorfschuleinsamkeit

Euer

An den Bürgermeister der Gemeinde Jenesien

Flaas, 30. Sept. 1974

1) Ich bedanke mich für die nicht erfolgte neue Beleuchtung im unteren rechten Klassenzimmer. Es liest und schreibt sich weiterhin ausgezeichnet, wo doch auch die Sonne mithilft und den ganzen Winter über keinen Strahl hereinwirft.
2) Ich bedanke mich für die nicht erfolgte Versetzung des Ofens. Es wird in der feuchten Klasse recht lebendig werden, wenn die einen erfrieren und die andern verbrennen.
3) Ich bedanke mich im vorneherein für die Kohlen, die dieser Ofen brauchen würde, weil er sonst Unmengen an Holz frißt. (Ich frage: wird Kohle geliefert oder nicht?)
4) Ich bitte: daß ich auf Gemeindekosten von einem Techniker einer Bozner Elektrofirma in der erwähnten Klasse ordentliche Beleuchtungskörper einbauen lassen darf.

ps. eine Kopie dieses Schreibens geht an die Schuldirektion.

Hochachtungsvoll
n. c. kaser
(Lehrer, Hilfs-)

An Mariatheres Neuhauser

Flaas 300974

liebe maria-theres

unser pfarrer ist ein harter unzufriedener knochen. nicht daß ich mit ihm schlecht auskaeme — das weißt Du ja welch gutes verhaeltnis wir zueinander haben — nein, ich finde ihn nur ein wenig undankbar. er will unbedingt einen echten deutschen schaeferhund. soll er haben! gut ich fahre also ins gruene pustertal wo ich einen bei der reichen holzhaendlerfamilie prugger weiß & zu schenken krieg. der hund hat reinrassige eltern & eine schoene zeichnung.. er ist noch etwas jung aber ein maennchen & das will der geistliche herr ja haben. mit einem etwas saurem gefuehl im magen & trotzdem mit viel freude ihm eine freude zu machen fahre ich mit dem tolpatschigen zwoelf-kilo-vieh von olang weg. bis hierher ist es sowieso eine weltreise mit reichlicher umst eigerei. es war ein richtiges »gscherre«. hund-durch-unterfuehrung-tragen, h und-ins-taxi-heben, hund-in-seilbahn-heben, hund hin hund her hund run dherum. noch dazu nicht stubenrein wie der herr von rubenstein. um drei bin ich endlich in jenesien. der pfarrer kommt uns holen. er zieht die nase: »der ist mir zu schwarz — der ist mir zu jung — der hat die ohren noch nicht aufgestellt usw.« der kleine winselt & heult zum gotterbarmen. gut der pf arrer erbarmt sich sein (aber im grunde seines herzens will er ein haustier das da sagt: guten morgen herr pfarrer, guten appetit herr pfarrer, gute nacht & gut geschlafen? — solche hunde gibt es eben auf der ganzen welt nicht). die erste nacht ist vorbei: ich hab ihn wieder. zur vollen unzufriedenheit aller seiten. alle sind wir geplagt: der pfarrer weil er fuers leben gern einen hund haette die lehrerin weil sie sich sofort verliebt hat & schließlich ich weil ich wirklich keinen zweiten halten kann (schon gar keinen der ein kalb zu w erden verspricht) & ich ihn jetzt veraeußern muß. es gibt groeßre probleme die man auch bewaeltigt hat. ich habe irgendwo einen fehler gemacht daß ein hund in den ersten tagen schwierigkeiten macht & nicht lammfromm ist wueßte der pfarrer auch & daß er halt erzogen werden muß der fehler liegt wohl darin daß ich ihm (er ist krank & verbittert) ein tier hergebracht habe dem er nicht mehr gewachsen ist. ich habe geglaubt ihm ein heilmittel zu b ringen: es ist zu stark. lassen wir diesen diskurs.. wie es enden wird berichte ich spaeter.

morgen gehts also wieder los. meine gefuehle sind eher gemischt. ich habe angst vor der verantwortung & uebernehme sie doch wieder gern. es ist so wie im schwimmbad: das wasser ist schrecklich naß & kalt & bist Du drinnen bist Du im element. das eintauchen ist kurz & erschreckt Dich.

herzlich

flaas 041074

liebe maria-theres

es geht gegen zehn uhr abends... verzeih also wenn meine hackmaschine etwas stottert & tippfehler selber produziert.

I. die situation: sie ist zum verzweifeln. der pfarrer will den hund halt noch nicht & ich bin nervoes weil ich das liebe tier pflegen & hegen muß bis ichs irgendwie an den rechten mann br inge & das ist nicht einfach: dem hund moecht' ich ein kettendasein bei irg endeinem bauern ersparen ich selber will & kann ihn nicht haben. der ev entuelle abnehmer stand zurueck weil er heiraten im kopf hat & seine braut nicht will. so haengt mir dieses tier am hals & ich kann ihm keine liebe (nur fressen) geben weil ich mein herz an den »haymo« gehaengt habe. laß bitte diese sachen niemanden von den pruggerischen wissen. ich werde Dir ber ichten was aus dem aermsten geworden ist der da jault zum weinen kaum daß ich mich zwei zentimeter entferne.

der betrieb ist angegangen. die schueler die mich neu h aben sind ziemlich verschuechtert. der bildungsuntersch ied ist gewaltig: schleppend geht die verstaendigung vor an. einige haben eine bereits aus gepraegte schrift andere wieder kratzen ihren namen hin wie kraehen & schauen abwesend in die luft. auch traenen sind schon dahin-geronnen... mitten auf die tintenschrift. ich bin natuerlich keinem boes. leider werde ich den ueblichen fehler machen — ich habe d a unter den »neuen« ein paar »hausnummern« gefunden die keineswegs auf-grund ihrer leistung sondern wegen ihres wesens sympathisch sind & da kommt es eben daß ich mir »lehrerpoppelen« heranziehe. sicher bin ich so v ernuenftig diese erscheinung im rahmen zu halten aber so etwas kluges wie ein kind (ad absolutum) gibt es nicht.. das gespuer der rehe ist nichts d agegen. vorerst lassen wir den betrieb einmal anlaufen. ich hoffe daß au ch Du keine großen schwierigkeiten hast d.h. daß Dich dieses neue jahr fr eut.

II. vom sadismus: heute ist der tag des hl. franziskus des großen tierfreu ndes & welche beziehung ich zu diesem liebling gottes habe weißt Du. daß seine tierliebe nicht zum moepsef uettern reichte wissen wir (es ist ueberhaupt unwahrscheinlich daß uns ein italiener des mittelalters tierliebe gelehrt hat wo doch der italiener faelschl icherweise als reiner vogelfresser gilt wo doch die edel-arischen germanen des zwanzigsten jahrhunderts — ja es war im 20. Jh. — ein tierleben meh r achteten als das eines juden). so geh ich denn in die wirtskueche.. es ist ja irgendwie kirchtag fuer mich. der haymo zerbellt draußen rinder roesser & dorf.. den kleinen nehm ich mit. er hat noch keinen namen. da sitzen drei maenner & kaum werden sie meines mitbringsels ansichtig geht's los. stumm bin ich geworden wie ein hackstock auf den man dauernd schlaegt: ich will Dir die einzelheiten ersparen.. es ging um diverse methoden hunde zu ersch lagen zu vergiften abzuwehren zu »zuechten«... blut rann wirklich von ihren lippen.. spritzendes blut. sie uebertrafen sich in der schilderung der toetung & waren doch ganz gewoehnliche bauern. das thema wechselten sie eigentlich nicht. als die hunde beendet waren war es an dem zaehen leben der katzen. eine geschlagene halbe stunde: katzentod! dann war das gewuerm (= sch langen, kroeten, froesche etc.) an der reihe ueber maeuse maulwuerfe & so gings weiter bis den erbaermlichen geschoepfen in vielfarbigkeit die daerme heraushingen.. doch nicht genug: kuehe schafe ziegen mußten am kuech entisch ihr grausames ende hoeren. ich hatte keinen hunger mehr & streichelte verbittert den armen bettnaesser neben mir.. derweil haymo sich draußen m it »kohlen« (= bellen) verteidigte gegen tierfeinde. vielleicht umsonst.

III. zur entschuldigung: das verhaeltnis des berglers zum tier ist nicht aus kuenstlicher liebe. es hat zu geben (= mehr zu geb en) als es bekommt. nutzloses wird getilgt. so haben hunde zu wachen oder zu jagen... reinrassigkeit oder stammbaum sind un wesentlich. mir straeuben sich oft die haare deswegen.. allein welche gege nlogik kann ich bieten. sicher behandle ich meinen hund [alles] eher als gut.. wie die bauern hier hunde erziehen ist ein graus. aber folgt er nicht ihnen schlagen sie ihn eben ab bis endlich der hund da ist der auf ihre erfordernisse eingeht. die makabren abenteuer sind realitaet. zarte haeute werden zu nich ts. tierliebe (d.h. kosen, scherzen, spielen) ist nur den kindern gestattet die aber bald lernen was ihr liebling wert ist & es samt aller liebe gewinnbringend veraeußern. (handelsobjekt). daraus resultiert auch das gejammer wenn der blitz eine kuh erschlaegt: um die kuh ist nicht schad wohl um das fleisch. trotz alledem: tiere werden besser behandelt als in letzter zeit sklaven noch behandelt wurden. (halt sie nicht schlecht sie zahlens zurueck!) so bleibt es denn dabei: nur zwei sind frei. dem pfarrer (wenn er ihn nur naehme!) & dem lehrer sein hund.

An Markus Vallazza

flaas 051074

lieber markus

sei bitte nicht beleidigt daß ich Dich damals vergeblich habe anrufen lassen. oft sitze ich tageweis im gasthaus & niemand kuemmert sich um mich... das ist weiter nicht arg aber kaum bin ich außer dorf kommen drei vier anrufe. die wirtsleute sind im ausrichten & rufen etwas schlampig: ihr telefon ist ihnen noch ein geheimnis. komme ich dann zurueck heißt's telefon fuer dich lehrer. ja wer & was? ja eine frauenstimme. ich kenne zwar nicht viele frau enstimmen die mich anrufen koennten aber immerhin wer koennte es gew esen sein. tausendmal habe ich ihnen aufgetragen sich eine nachricht fuer

mich geben zu lassen oder zumindest nach dem namen der stimme zu fragen. so aehnlich war's auch bei Dir.. »eine maennerstimme!«
ich halte hier schule. viele meinen ich wuerde bald versauern ich merke noch nicht die geringsten anzeichen davon. es ist wohl ein verlassnes dorf & es v erlangt mich nicht nach der stadt. man hat mit den kindern (3.+4. kl.) zu tun man hoert radio geht in die schwaemme fuehrt etwas lahme korresp ondenz man schreibt intensiv aber nicht viel man liest zweimal in der woche die dolomiten oefter kommt sie nicht. spezialitaeten wie sardellenringe oder kapern oder orangenmarmelade bringt der italienische kollege. viel wird uebers wetter geredet viel uebers vieh wovon ich nichts verstehe viel wird kartengespielt was ich leidlich kann. das riecht nach enthaltsamkeit: kein kino kein fernsehen keine »kultur« keine politik. ich habe erst jetzt gemerkt daß ich mich in wien uebersaettigt habe mein gott & meinte ohne das & jenes nicht auszukommen. nur das essen macht mir ernste schwierigkeiten: ich habe schon knoedelrunde augen & eine zunge wie paniertes schnitzel. man chmal traeume ich naechtens regelrecht von lasagne norwegischen krabben wiener saftgulasch oder aehnlichen hier unbekannten luxusguetern. alle vie rzehn tage wenn die wirtin in die stadt faehrt darf ich den herd hueten da wird dann kulinarisch gedichtet soweit es die spaerlich vorhandenen gew uerze erlauben. sorgen hat der mensch wirst Du denken. von mir aus.
gegen schrulligkeit wehre ich mich mit haenden & fueßen & mit meiner besch eidenheit in dieser eremitage ist es nicht weit her. ich habe einen hund als gesellschaftsdame bin mit dem mesner & dem wirt gut freund der pfarrer mag mich & die leute auch.
nun noch ein wort zu meiner schreiberei: meine ja nicht ich waere untaetig weil man von mir nichts mehr sieht oder hoert. fernsehen & rundfunk koe nnten einem schon alles verleiden: was bei diesen betrieben gegen ein spo tthonorar alles zusammengeschnippelt & verdreht wird graust ein schwein. wir haben da beide unsre erfahrung. ich laß nichts mehr von mir hoeren & sehen. mag ich fuer jene arschloecher tot sein. ich bin lebendig & lasse meine lebendigkeit an meinen texten aus. große projekte wie schauspiele oder rom ane habe ich nicht. um so unbelasteter ist meine kurzprosa. lyrisches finde ich in dieser herben landschaft des tschoegglberges nichts auch wenn sich der rampold anprunzen wuerde wueßte er daß mich der schlern rotgluehend weckt.

in freundschaft
norbert conrad

An Paul Flora

flaas 111074

lieber paul flora

ich habe gestern einen schlechten eindruck gemacht.. das haette sich bei
etwas mehr zeit ohne weiteres gegeben. am meisten hab ich es bedauert daß
ich nicht schule zu halten hatte als gasthoerer oder -dozent waeren Sie mir
recht gewesen. (ein lehrer ohne schueler ist ein leblos ding). zum zweiten h
aette ich gern so ein bißchen geratscht aber die wirtsleut spitzen augen &
ohren & so ließ sich vieles nicht sagen. das dorf ist klein & ich moechte b
eileibe nicht mit »beruehmtheiten« aufkreuzen weil sich die leute dann ve
rschließen. so hoffe ich zumindest daß der speck & die behandlung von
seiten der wirtsleute in ordnung waren. beim naechstenmal werden wir aus
reden was ich gern gesagt haette & ich werde mich bis dahin bemuehen ph
ysisch bluehender herzuschauen. daß mich Ihr besuch gefreut hat ueber die
maßen ist sicher auch bin ich bei haut & haar nicht immer so geklemmt Sie
wissen das ja. zur zeit bin ich einfach nicht imstand baeume auszureißen.

wir haetten wirklich noch oben auf lafenn einkehren sollen: die alte stube war
leer. ich bin ein schlechter gastgeber & ein unguter gast: man sehe es mir nach.
abwaerts hab ich noch eine handvoll reizker gefunden die jetzt in meiner k
ammer zum trocknen ausliegen. heute beißt mich die nase zur verzweiflung:
eine strauche zieht auf. alles erscheint auf anhieb ungemein lyrisch aber es
ist nicht so: wenn ich jetzt sage hier sei das leben herb dann meine ich herb
& nicht ein schoenes eigenschaftswort oder das holz knurrt im ofen dann
knurrt es wirklich nur deshalb weil ich zu kalt habe. das wetter hat sich s
owieso ins miserable verkehrt. heute das uebliche: waesche & post versorgen,
buechergutscheine fuer die kinder schreiben, nicht zuviel essen & etwas
kartenspielen & versuchen zu gewinnen weil meine kasse schlecht steht. ein
typischer freitag nur hat heut um drei keine kirchenglocke gelaeutet weil d
er pfarrer jetzt alles elektrisch will & die meister alle kloeppel mitgenomm
en haben. am naechsten freitag wirds wieder laeuten.

wie die tage davonlaufen wissen Sie gar nicht. ich bin ausgelastet & dieses
intensive leben tut mir gut.. fuer mich selber bleibt oft nichts mehr uebrig
als rechtschaffen muede zu sein (= nicht zum eigenlob gesagt). daß die kl
einigkeiten hier gewicht kriegen kann mich aergern.. wo ich doch frueher
großzuegig darueber hinweggegangen bin. lassen wir das lamentieren & bei
chten.

seien Sie & Ihre frau
gegrueßt

An Alfred Gruber

flaas 121074

ich verbitte mir in hinkunft jedwede telefonische oder schriftliche einladung zu literarischem techtelmechtel. ich fuehle mich in meiner intimitaet gestoert durch diese form von anbiederung. was soll das heißen »Begruendung einer literarischen Reihe mit Veroeffentlichungen von Südtiroler Autoren«? (im vornhinein warne ich Sie texte von mir irgendwie anzutatzen!) ich werde mir literarisch schon zu helfen wissen, bin weder auf eine clique noch einen cl ub noch auf aesthetische freunderlwirtschaft angewiesen. & was sollen sch on die »Autorenbegegnungen« heißen? danke! schulterklopfen & lyrismen & streit habe ich genug erlebt. ich will grundsaetzlich in frieden gelassen w erden, merken Sie sich das!

seit november 73 sind Sie — herr gruber — sowieso fuer mich ein gestorbener mann. lebensabrisse auch wenn im schweiße Ihres hoechsteigenen angesi chtes verfaßt & von solcher natur gehen unter die guertellinie. noch dazu diese scheinheilige telefonitis die vorangegangen ist. nicht umsonst haben sich einige biedermaenner darueber entsetzt daß ich bereits schlernreif sei. danke fuer dieses mißfallen.

ohne jede hochachtung
Kaser

An Inge Hauer

flaas 121074

liebe mutz

zum ersten schreibe ich Dir weil ichs versprochen habe zum andern weil ich dann mir selber gegenueber ein alibi habe nicht im klassenbuch programme zu kritzeln oder hefte zu beschriften. dieses scheißzeug bringt mich noch in s grab. tausendmal die namen & daten meiner kinder niederschreiben (dr uckbuchstaben wohlgemerkt) wenns einem beim hintern stockzahn fehlt protokoll fuehren wenns ein schulbuch braucht bittesehr: stempelpapier & staatlichen gutschein. eine faxe nach der andern. aber heute ist samstag das hat zu bedeuten daß mir alles ueber den buckel rutschen kann (unten bre msen!) das hat zu bedeuten daß ich mich nur noch auf diesen brief ko nzentriere & dann aufs karten.

auch das wetter bringt mich ins grab. so ein hoellisches gesudel. sogar der weg ins wirtshaus ist mir zu weit. ziemlich verlassen mit ein paar gedanken an den zweiten hieb sitze ich da in der leeren klasse. hinter mir jodelt der bozner vom tegernsee etwas daher. zum glueck klappert meine maschine so laut daß sogar der bozner still wird & sich nur bei der leertaste melden kann oder wenn ich verschnaufe: ich werde mich hueten. hinter mir brummelt ei n vielfraß von ofen. zweimal die holzkiste voll verfeuert. draußen kriecht so recht milchig & fetznaß der abend herum: so ein richtig fader abend der den tag um drei vertreibt aber beileibe nicht die nacht kommen lassen will. der himmel ist eine spuelhuder. die pilze sind allesamt erfroren. heuer ist ein g utes haselnußjahr. die kinder haben nie zu kalt.. man muß ihnen die muetz en aufzwingen beim heimgehen. heimwaerts werde ich sicherlich hinausfl iegen weil die gasse stockdunkel & fein eisig sein wird. & sonst kann der herbst hier sein wie im bilderbuch: mit jaegern & kartoffelfeuern & »flammenden« laerchen & allem drum & dran. der bozner sender beschaeftigt sich mit zith erspiel.. zum speien alles. & doch bin ich regelrecht vergnuegt denn das h oechste was mir passieren kann es holt mich der teufel das tut er aber nicht weil die flaaser keinen lehrer mehr haetten. also bin ich zumindest davor si cher. natuerlich wuerde mir jetzt eine pizza passen oder lasagne oder ein s aftgulasch.. wenn ich nur an die kalten krapfen denke die mir heut abend bevorstehn (uebrigens ich eß jetzt weidlich).

ich hab wie ueblich kein geld: also pizza & solche scherze aus dem kopf.. sonst waer ich glatt imstand einen roten fliegen zu lassen... natuerlich bliebe trotzdem zum allgemeinen aergernis die halbe portion stehen. es ist etwas schreckliches mit den geluesten.

An Markus Vallazza

flaas 121074 21uhr14

ich muß das radio abstellen es ist eine nackte katastrophe was einem da zu dieser zeit geboten wird.. denn ich bin voller freude & der bozner kitsch zwaengt meine eier.

mich freuts daß Dichs gefreut hat
mich freut Dein spontanes lebensz
eichen wobei ich von Dir doch
wußte wie lebendig Du bist.
mich freut »das maedchen & der t
od«

das da wird ein brief in etappen.. ich bin naemlich leise angesoffen & weiß nicht genau wann mein ueberbelasteter rechter zeigefinger (der einzige von

20 schreibmaschinfaehigen) sich in fehlern ergibt. er sagt ergib Dich bis m orgen frueh.. da ist sonntag & diesmal ohne gelaeute vor dem fenster (wobei ich das dermaßen gewohnt bin daß ich ehrlich wegen eingetretener ruhe e rwache) ohne gelaeute weil der weiße pfarrer elektriker geholt hat die ihm das gebimmel erst zum naechsten sonntag fertigstellen... die kloeppel hab en sie ihm halt weggenommen. gute nacht.

flaas sonntag 131074 13uhr12

»klingendes alpenland« eine sendung von norbert waldner. dem fack graust. die reinste gegeninspiration. kommentar zu Deinem stich (bitte ich darf wohl interpretieren?): also »das maedchen & der tod« gefaellt mir ausgezeichnet & ich habs sofort an die wand gepiekst. nur das »maedchen« ist reichlich dick & alt um noch als solches zu gelten. bei dieser kritik bleibts. nun zu meinem hund: voriges jahr um diese zeit hab ich im suff beim wirt an der ahr in st. johann i. ahrnt. einen hund erworben der noch immer nicht bezahlt ist. es ist eine richtige wald- & wiesenmischung & bis auf die angerichteten schaeden (= zerbissne schuh, zerfetzte buecher etc.) ein recht kommoder gesell. klein handlich strapazierfaehig wie ein fleckerlteppich schwarzer ruecken gelber bauch weiße tatzen & weißer »baafer« (=brustlatz). das tier heißt haymo & der postwirt von bruneck hat einen mords haß deswegen. wenn ich so durch die stadtgasse gehe & schrei haymo komm haymo sitz.. das beruehrt die leute. ich habe meinen hund zufleiß so getauft. hier hat er's allerdings mehr als gut: wiesen & felder sind sein die schulkinder kennt er alle & er klaefft nur uns ympathische leute an wenn er hunger hat geht er zum wirt etwas lottern.. angehaengt ist er nie, dreckig sehr oft.
klaus ist mein wirklich einziger freund. auch die marlene habe ich gern & es wird schon von dreiecken geschwatzt. die zwillinge jan & jiri geraten wie die rueben. wenn ich heimfahr — was selten ist weil ich seit dem tod meiner selig kein zu hause mehr habe — stecken klaus & ich beisammen. zum glueck & ueberfluß hat sich klaus den boxer tito angeschafft.. ein maechtiges v ieh von 30 kilo gleich alt wie haymo (9 kilo) & die beiden sind gleich dick befreundet wie ihre herren. so gehen wir denn spazieren gegen waldheim h inaus: fuer die viecher ein kirchtag.. fuer uns grund zum philosophieren & falls draußen das gasthaus offen hat ein grund zum saufen. marlene gibt den segen wenns sein muß & wickelt zwei praechtige knaben. klaus hat 73/74 in innichen schule gehalten sonst ist er faul geblieben wie eh. malen tut er kaum noch zum vergleich bin ich fleißig obwohl ich diese eigenschaft nicht mag. ohne klaus waer mir alles oed. ich schaetze nun einmal geistreiche konve rsation mit gleichzeitiger bloedelei.. aus maedchen mach ich mir wenig. m einen geschmack trifft keine: die schoenen sind dumm oder existieren nur auf bildern die haeßlichen sind aus kompensation heraus intellektuell & uebe rheblich. mir taugt der mann. gaeb es doch noch die salons aus barock rokoko oder klassizismus mit jener frau als haupt deren liebhaber ich sein koennte zumindest deren schwaermer. das sexuelle an sich laeßt sich kaufen. reize hi ngegen nie.

flaas dienstag 151074

wieder ein schultag hinter mir. nicht daß ich wie ein haeftling striche deshalb machen wuerde. die tage gehen mir eher zu schnell.. was ich mir vornehme & vorbereite bringe ich selten durch. sicher liegt es nicht nur an ein paar b egriffstutzigen eher an der fuelle dessen was ich anbieten moechte. fleißig bin ich nie gewesen viel mehr rege & sprunghaft oft sogar kleinlich bis zur ermuedenden vollstaendigkeit falls es die ueberhaupt gibt.

bestimmt darf ich Dir schildern wie meine kammer hier aussieht & unter w elchen umstaenden hier briefe verse oder texte geschrieben werden (natuerlich geschieht in dieser kammer auch andres: lesen schlafen saufen waschen etc.)
fangen wir bei der decke an: hellgraues einmal weiß gewesenes getaefel
spinnweben ruß ein unverschaltes kabel fuehrt
in die raummitte daran haengt eine zugbirne
mit einem gezackten milchglasteller als schirm (& hunderter birne). dann ein kleiner von mir selbst geklebter modellhubschrauber aus plastik der dreht sich in der spaerlichen warmluft des ofens.. der heilige geist meiner stube.
fahren wir weiter mit der wand zur rechten: geweißt ohne jedes muster. zuerst
lehnt da zusammengeklappt ein ganz gewoe
hnlicher liegestuhl es folgt eine von mir selber
gefertigte fotografie (sonnenuntergang auf lavenn) in bauchhoehe angebr acht & vom bett aus wunderbar zu betrachten in sequenz eine postkarte mit niederoesterreichischem christuskopf rostropowitsch aus dem stern ausgesch nitten eine bulgarische kirche (farbpostkarte) ein hochzeitsbild von marlene & klaus eine 20lire-muenze von 74 »das maedchen & der tod« von markus vallazza zwei postkarten aus tarquinia alles mit selbstklebenden fotoecken versehen. darueber ziemlich hoch haengt ein kleines schneidbrett fuer evtl. marenden. es folgt der schreibtisch = ein ausgedientes pult. nichts mehr auß er dem kreisrunden loch in der ecke das da den ofenkamin nach oben ve rschwinden laeßt.
frontwand: ein großer bogen braunes packpapier an die mauer geklebt da
rauf meine »galerie«: caravaggio »medusa«
allende karl kraus grosz benareswasserfaelle m
it moench kinderzeichnungen gogh brueghel duerer papan die erste schr eibmaschine u. ä. es folgt die einzige steckdose von der aus tauchsieder ele ktrooefchen radio tonband & batterieladegeraet versorgt werden (ueber eine anzahl von verschiedenfarbigen schnuren denen man im suff besser nicht ueber den weg bzw. boden laeuft). es folgt die tuer in der farbe der decke & garderobe mit drei haken. nur von innen verschließbar halbs aus den angeln die lausigste im haus. daran haengen zwei blaue hosen & eine hellgrau eine windjacke eine lederjacke ein sonntagsrock eine zerbissne hundeleine eine baskenmuetze. wand fertig.

versteh mich nicht falsch: es geht mir keineswegs darum die elendiglichkeit meiner bude zu schildern. samt ihrer erbarmenswerten kaelte ist sie wohnlich aufgrund geschaffener unordnung: so haengt der schuerhaken an einer stu hllehne so mischen sich im kasten unterwaesche mit erbsendosen so sind auf dem tisch zitronen stecknadeln kaffee schnupftabak briefe blaetter bl umen & alles unmoegliche. ich will Dich aber nicht laenger mit meiner ka mmer (in litaneienform) langweilen & die restlichen drei waende auf spaeter sparen (eigenartig ist es daß immer von den »vier« waenden geredet wird.. was waere ohne decke & boden?). Ihr von der bildenden sparte habt es auch leichter einen raum mit wenigen strichen zu erfassen & mitzuteilen. unsereins — auf woerter angewiesen — hats bei der beschreibung von kammern nicht leicht.

norbert conrad

An Monica Kaser

flaas 131074

liebe monika

[...]

die einsicht daß die narren frei herumlaufen habe ich schon lange gew onnen. ich habe hier nicht besonders zu klagen (außer mit mir selber wo ich doch ein halbspinner bin) aber sonst wenn ich so nach bozen kommen kann: ein waffengeschaeft & eine ordentliche maschinenpistole.. nichts besser! nichts waere besser gegen saemtliche vertrottelten piffkinesen edeloesterr eicher & — ich find kein schimpfwort — italiener. aber darueber brauch ich nicht zu klagen: unsre meinung ist in der hinsicht schon seit jahren die gleiche.

Du haettest sicher gerne neuigkeiten von mir. weiß keine! arbeit bis ueber die ohren (schulanfang, buerokratischer krimskrams, 19 kinder, 3. + 4. kl.) v erkuehlt (3 sacktuecher pro tag), literarische korrespondenz in alle himmel srichtungen, immer zu kalt, furchtbar reich an fluessigem geld (wie ueblich), ich schlafe gut esse wenig & trinke viel.. leider. aber knoedel & schnitzel haengen mir bei den ohren heraus. sonst bin ich zufrieden. jedenfalls gehts dem haymo besser als mir samt daß er floehe hat & ich nicht.

ich bin nicht mehr so verlassen wie voriges jahr wenn auch im schulhaus alles beim alten geblieben ist (der drachen ist wieder da) ich habe kontakte zu allen moeglichen interessanten leuten. so alle zehn tage bekomme ich prominenten oder lieben besuch. vorgestern war es prof. paul flora mit frau, gestern eine postalisch zugeschickte mir persoenlich gewidmete grafik von markus valla zza (wert: ca. 60.000.—), dann wieder besuch aus wien (leute vom theater)... also der drachen kriegt immer mehr respekt wenn ich so aus dem linken he mdaermel heraus sage: also das war der & der, also der ist vom fernsehen usw. wir »kuenstler« sind ein muntres volk. eingebildet sind die wenigsten. jeder hat ein laster & keiner schaut nach kuenstler aus denn die die so ausschaun habens noetig. wie gesagt ich schreibe sehr viel.. kurze geschi chten dinge fuer die kinder. im winter wird sich gewiß wieder etwas im fe rnsehen ergeben. aber diesmal verlange ich saftig geld & will nicht mein wort im mund verdreht wissen wie es bei der letzten sendung im oest. fernsehen der fall war.

Ihr habt mir gegenueber noch immer eine sorge. ganz einfach daß ich schu lden oder skandale mache. niemand braucht fuer mich einzustehen. ich bin nicht mehr sechzehn wo ich in der athesia buecher geflaxt habe ich bin voll verantwortlich & was ich schreibe oder sage ist meine sache. soviel courage werdet Ihr wohl haben das den leuten zu sagen. untereinander bindet uns nichts mehr außer private liebe (die ist so privat daß sie niemanden zu b ekuemmern hat). bedenke immer was Euch von mir zu ohren kommt habt Ihr nicht von mir gehoert: was von mir auch gesagt wird schau Dir ihn an der es sagt.

herzlich & schau mir auf tatta

An Erika Prader

flaas 251074

ich moechte endlich wissen wo der herrgott — so man an ihn glaubt — das wetter hernimmt. es ist nicht zu verwundern daß die alten heiden dafuer eigne goetter hatten. gut es mag alles metereologisch erklaerbar sein: hier ein tief dort ein hoch zwischendrin regen oder wind. aber leb mit dem wetter dann wird es wichtig die zivilisation hatte bisher von der waermflasche bis zur k limaanlage alles zu erfinden gewußt um das wetter zu besiegen was teilweise gelungen ist. schließlich ist das HAUS auch nur ein wetterschutz & der fr oehlichste & groeßte einsiedler hat seinen unterschlupf. heute ist ein fuertr efflicher tag & um einen solchen bete ich auch fuer morgen. sonne scheint & waermt. ich bin in die pilze gegangen & habe glatt noch welche gefunden: ritterlinge semmelpilze reizker so recht fuer ein winterliches sueppchen oder zum verschenken. die hagebutten sind recht aber ich mag sie nicht weil sie mich zuviel ans kranksein erinnern.. die berberitzen sind mir lieber kern & haut & sauerkeit. schon wochenweis geht in der gegend eine schwarze katze um (gegend bedeutet: widum schule kirche wirtshaus dazugehoerige holzh uetten & gaerten.). sie ist fluechtig & wohlgenaehrt. wo sie uebernachtet weiß ich nicht. stundenlang kann sie auf einem grab in der sonne sitzen.. es muß aber eines mit blumen sein.

die stille des dorfes hat sich verdichtet stille in der stille. auch wenn das vieh von den almen wieder da ist die arbeit scheint getan holz fuer den winter noch abends im wirtshaus kein blitz mehr der in die kuehe fahren koennte die handvoll welscher jaeger stoert nicht. die stille wird sich weiter verdi chten: die sommerliche in der herbstlichen & diese wiederum in der winter lichen .. schachtel in schachtel. & dann platzt das ganze in feiertagen & festen: schweineschlachten friedhof aufputzen wintermaerkte wursten im somm er gezeugte kinder kriegen & taufen zur ziehorgel im pfarrsaal tanzen theat erspielen weihnacht neujahr schneeraeumen .. man ist fast zu gut in diesem zyklus aufgehoben. samt daß die zeit in bahnen verlaeuft wird sie nicht lang.

der pfarrer hat mich beauftragt ein stueck zu schreiben & einzulernen. ich habe noch nicht zugesagt. es soll halb traurig halb lustig werden. eigentlich sehe ich mich schon als flaaser volksbuehnenvorstand .. was ich unbedingt von mir abwenden will. einmal habe ich angst mit dem stueck durchzusausen & trotzdem gelustet es mich etwas fuer das »volk« zu schreiben & endlich die gelegenheit zu fassen baeuerliches an den bauern zu bringen (ohne kitsch richtig etwas proletarisches & doch kein lehrstueck). ich weiß gar nicht wie ich mich verhalten soll. arbeit habe ich sonst in jeder hinsicht genug doch kann es passieren daß ich in irgendeinem anfall gradewegs was hinhaue. die frage der schauspieler ist leicht geregelt: leute von hier die ich alle kenn & denen man leicht rollen auf den leib schreiben kann.

heute kommt endlich wieder der brieftraeger: er erfuellt eine richtige nab elschnurfunktion. selbst die bauern sind begierig auf sein kommen. er ist auch so ein mensch fuer sich: ein schrecklicher schnatterer politisch ein windfaehnchen & undefinierbar diskussionsfreudig falls man es so nennen kann seine vorteile als staatsangestellter weiß er zu wahren seine pflichten schaetzt er nicht besonders. nachmittag werde ich mit den kindern zu einem weiher wandern: graeser oder schilf fuer den winter ein paar silberdistel n beeren einfach etwas naturkunde. der fahrerweiher (Du kennst ihn glaub ich) als lebensraum. noch dazu wird fotografiert: jedes kind ein foto. sie sind schon ganz nervoes. endlich auch haben sich alle ein taschenmesser oder eine schere: es herrscht noch immer die meinung daß die kinder zum schulbeginnn mit sinnlosen stiftfarben gummis kiloweis papier ausgeruestet sein muessen dabei fehlt das eigentliche werkzeug: lineal schere nadel gute wasserfarben ein bogen packpapier oder so. was fuer dummheiten oft in den schultaschen stecken & ungebraucht oder unbrauchbar herumgeschleppt werden kannst Du Dir nicht denken. lieber ist mir ein stueck spagat in der hosentasche eines rotzigen buben als das gepaeck der »fleißigen«.

herzlich, flaas 261074

An Inge Hauer

flaas 301074

liebe mutz

stell Dir einmal diese schweinerei vor: da wagt es dieser schleimige hochwuerden gruber aus dorf tirol mich zu »kuenstlerbund-taetigkeit« zu animieren. & das waere nicht das erste mal daß mich dieses literarische schlitzohr wie ein boeser onkel mit sueßzeug in den wald lockt. ich habe ihm diesmal keinen korb gegeben wie sonst: diesmal hab ich ihm den korb aufgesetzt.

gestern war ich mit den kindern oben am weiher. das wetter hat nicht recht gespielt: saukalt aber immerhin ein paar tropfen sonne. ich hab sie fotografieren lassen. jeder ein farbfoto mit meiner idiotensicheren instamatic mehr geht nicht sonst werd ich arm. der weiher war traumhaft schoen: nicht eine eisplatte (grau oder milchweiß) eine wahre glasplatte lag darauf von derselben dicke & klarheit. darunter die pflanzen & schneckenhaeuser darueber das schief einfallende licht der sonne ohne zu blenden nur farben wurden gelockt & so war es leicht ihnen zu sagen daß wasser etwas farbenpraechtiges & buntes ist.. nicht immer blau oder gar farblos wie im trinkglas. eine weile haben wir dann aststuecke von einem ufer ans andere befoerdert: eine form von eisschießen. ploetzlich sieht irgendein solcher von meinen erzraeubern in der schwarzen erde eines kuhtrittes drei zuendholzlange stocksteife molche. die nehmen wir mit um sie zu leben zu bringen. heute sind sie zum gaudium in einem großen marmeladeglas aufgetaut & quicklebendig geworden. wir haben sie wieder ausgesetzt um ihnen den weiteren winterschlaf zu lassen. in der klasse fuellen sich langsam die waende: schneckenhaeuser »gemaelde« oertliche wetterkarte ein splitter von einer blitzgetroffnen fichte eine fotografie vom weiher etc. schade daß ihr damals praktisch vor der leeren klasse gestanden seid. ich habe meine fratzen narrisch gern.

Deine bitte um einen kommentar zum toerggelen will ich gern erfuellen:

das toerggelen ist ein nicht besonders alter brauch der zwei gruenden entspringt. einmal dem baeuerlichen erntedank zum zweiten der einfachen weinverkostung. eigentlich haben erst die buerger daraus einen brauch gemacht. zum toerggelen gehoeren unbedingt ein auto (in dem man dann besoffen heimkommt) um die dorfgasthaeuser oder hoefe zu erreichen weiters ein gutes wetter um im freien bleiben zu koennen vielleicht musik oder tanz mindestens eine handvoll leute. weiters ist als grundstock vorhanden: neuer wein (farbe eher weiß, aber auch rote gehen an) kastanien (gesotten oder gebraten) speck vom brettchen. alles uebrige wie trauben birnen nuesse wurst mit kraut aufschnitt geselchtes usw. sind nur erfundene zutaten. wichtig ist das brot. richtig ist hartes eisacktaler fladenbrot das mit der faust zerschlagen wird. schweinefett (verzeih! -schmalz) kalter braten russen usw. sind unbekannt. in essig gelegtes gibt es auch kaum, ebenso fehlen maiskolben oder paprikaschoetchen. der »buschen« wird vielleicht nur ausgesteckt um an die monarchie zu erinnern.. entweder ist er ziemlich abgekommen oder von den wienern abgeschaut. das toerggelen waere fuer rechts wegen fruehestens mitte november durchzufuehren. es geht schon mitte september los: der »neue« ist noch trueb die kastanien sind keine einheimischen usw. stilwidrig wird »alter« getrunken oder gar gluehwein. zwei dinge gelten noch: ein gewoehnlicher bauer ginge nie hin & etwas zum beißen mitzunehmen ist verpoent, nicht wie beim heurigen. toerggelen geht nur im herbst.. der h eurige ist sowohl ein gasthaus wie der wein wie die veranstaltung. toerggelen ist nur eine taetigkeit: eine sehr nasse.

---

mit morgen gehen bei uns schon wieder ferien an: denk Dir! donnerstag h aben wir sowieso frei folgen allerheiligen & allerseelen folgt ein sonntag & um nuechtern zu werden kommt der 4. 11. als staatsfeiertag. dauerts nicht lang sind am 17. gemeindewahlen: etwa 4 freie tage wiederum.

selig sind saemtl. staatsangestellten!
herzlich

An Siegfried Baur

flaas 111174

lieber siegfried

fast — so kann ich mir vorstellen — wirst Du Dich beleidigt fuehlen wenn Du hoerst wie oft ich schon in bozen war ohne Dich aufzusuchen. mein staendiges nichtkommen beruht keineswegs auf einem schlechten gewissen (ich sehe keinen grund eines zu haben) oder einer form wie angst. ich hatte die paarmal einfach keine zeit: nicht ein troepfchen zeit. es war eine einzige rennerei in der kette der besorgungen. & wenn's nix zu rennen gab saß ich wie ein packesel lieber in der kneipe.

hier laeuft der laden gut. frl. wiedenhofer benimmt sich ordentlich & keineswegs borstig. schulholz ist auch einiges da... wenn auch nicht in rauhen mengen. unterricht normal & lebendig. hund & lehrer gesund. pfarrer ohne auto (komplett hin der karren) & deshalb bei schlechtem humor aber gesund. morgen krieg ich in meiner klasse endlich eine ordentl. neonroehre (von mir in der electronia ausgesucht: 1,50 m mit ordentl. verglasung etwa 52.000 L samt installation.)

ich habe kuerzlich recht prominente besucher gehabt. ich steige anscheinend im interesse. mein wert ist vielleicht groeßer seit ich mehr schreibe und weniger saufe. zu fuß — stell Dir vor — ist paul flora gekommen um zu fragen was ich brauch. zu fuß mit einer tollen grafik unterm arm, mit kind & kegel & verwandschaft hat sich vallazza eingestellt. was will man mehr. ich bin sehr gluecklich & dermaßen beschaeftigt (schulisch & privat) daß ich mich wunder wie ich's nur alles derricht. gestern habe ich die veronika getroffen die es jetzt wohl fein saeuberlich bereut nicht nach flaas gegangen zu sein. sie schaut schlecht aus & hat viel humor verloren. auch stiert es sie daß sie das ganze jahr nur auf krankensupplenzen herumtanzen muß. sie laeßt Dich grueßen.

dann ebenso gestern bin ich mit christoph erika & peter zum markus vallazza nach st. ulrich gefahren. wir haben fuertrefflich gegessen & uns gut unterhalten nur der christoph hat schrecklich politisiert & den von uns gelobten armen reimmichl in den untersten kreis der hoelle verdammt.

am 3. november ist der magnago zur wahlrede angerauscht: rotweiße fahne am schulhaus musik & feuerwehr. er hat die flaaser zwei stunden lang belogen bis sie wirklich schwarz waren. meine einwaende & angriffe auf diesen »heiligen« haben den leuten nicht recht gepaßt. dem frl. moltrer hab ich im scherz gedroht an nationalfeiertagen die staatsfahne auszuhaengen wenn sie mit der tirolerfahne ausrueckt.

sei fuer diesmal bestens gegrueßt & verlaß Dich: ich werde mich schon lebendig machen wann es irgend moeglich ist. grueß mir auch martina.

norbert conrad

ps. der gemeindearzt ist ein pfuscher: er hat mir beide arme zerstochen daß es mir heut nach fuenf tagen noch weh tut.

An Erika Prader

flaas 121174

das war doch wohl ein rechtes besaeufnis in groeden: kirchlich gesehen haben wir dem da oben nichts wie seinen sonntag gestohlen. an zurueckerstattung ist nicht zu denken. ich bin literarisch reichlich eingebildet aber daß Euch m ine texte mehr oder weniger zugesagt haben verwirrt mich ein bißchen. ich bin es gewohnt widerspruch zu erregen & allen auf die nerven zu fallen.. ich bin es sogar gewohnt grundsaetzlich mißverstanden zu werden oder zorn & unruh zu stiften. die elefantenrolle scheint's haett ich verloren & damit vie leicht auch den holzhammercharme (= mittelalterliche form der narkose m it einem schlegel auf den hinterkopf). & nun soll ich ploetzlich ein vernuen tiges lamm sein... ein lamm mit erfahrung im umgang mit woelfen? Ihr seid nicht die woelfe: im gegenteil es hat mir wohlgetan von Euch halbwegs & o fensichtlich verstanden worden zu sein... dieses verstaendnis haette ich schon vor jahren gebraucht. versteh nicht falsch: ich bewegte mich vorher in den falschen kreisen so zB. sh oder wiener universitaet oder orf oder rai...

oder gar in nichtsnutzigen anthologien. von zu haus aus konnte ich nie ve staendnis erwarten: die welten meiner eltern waren wesentlich un-ge-bildeter als meine. meinen mitschuelern war ich entweder als verschrobener streber zuwider oder als kasper gerade recht: sie sind allesamt nicht soweit gekomm n wie ich. ihre wege sind verfahren meine sind frei ihre moeglichkeiten sin durch familiengruendung titel grade positionen haeuserbauen begrenzt ich kenne keine grenze (nur die eine mich selber in zaeunen zu halten aber die zaeune kann ich nach meiner facon errichten). verzeih mir wenn ich glue klich bin. neunzehn kinder sind ein geschenk & wenn die »herren« wueßten was sie mir geschenkt haben: groeßere & bessere waffe gibt es keine gegen sie. die dichterei was soll's wirkt erst in betagten tagen das kinderformen z itigt ergebnisse schon im ersten jahr. oder erinnerst Du Dich Deiner lehrer nicht mehr?

ich habe einen großen bloedsinn angefangen: ich lese wieder dostojewskij. meine saetze werden schwer & verbaut. schon meinen kindern koennt ich das nicht zumuten. ich werde ihn so schnell wie moeglich bleiben lassen & irge detwas klares wissenschaftliches anfangen. bei dem russen ist alles so duster & dumpf. nix helles von kindlichkeit keine spur nichteinmal von baeue licher grob- & ehrlichkeit. mit vierzehn jahren habe ich den »idiot« gelesen. ich muß wohl pubertaer masochistisch gewesen sein.

des uebrigen ist alles beim gleichen... gleich ist ja sowieso nichts nur die unterscheidung der unterschiede ist hier schwerer als unten. das gemaechliche auseinanderklauben der kleinigkeiten.

so & jetzt gehab Dich wohl ich bin mued der tag ist beschlossen neblig & feucht ich will hinauf zum wirt dazu passiert es mir in den letzten tagen daß [ich] so etwas wie hunger habe & den habe ich jetzt. grueße mir peter & alle denen Du einen Gruß von mir vergoennst. (sei sparsam!)

An Eduard Stemberger

Flaas 191174

Geehrter Herr Stemberger

der Winter ist hier auf dem Tschögglberg glatt hereingebrochen und ich habe gut daran mir einen Mantel zu besorgen. Nur ist das in einer Art und Weise geschehen, die mich selber überrascht hat, ohne eine Lire im Sack, mich allein auf den Teil des Lebens berufend, den ich im Raume und im Rahmen der Fabrik verbracht habe, ging ich einfach in die Bozner Filiale und nehme mit, was mich schön und gut dünkt, ohne im geringsten daran zu denken, daß schließlich Ihre Filialleiterin für meinen Leichtsinn geradestehen muß. Keine Sorge! Das ist nicht der Grund warum ich schreibe: ich möchte mich nur für meinen stürmischen Mantelkauf entschuldigen und Ihnen gleichzeitig danken für den großzügigen Preisnachlaß. Wenn ich das nächstemal nach Bozen komme — und das wird am Samstag den 23. oder oder am Donnerstag den 28. sein — begleiche ich meine Schuld.

Nun bin ich hier in diesem verlassenen Nest schon das zweite Jahr gewöhnlicher Volksschullehrer und es sieht fast danach aus, als hätte ich nicht jene Karriere gemacht, die man sich von mir wünschte oder erwartete. Aber ich kann Ihnen versichern, daß für's Schreiben oder Denken nichts besser ist als diese himmlische Ruhe hier und ein Beruf, eine Arbeit, bei dem ich glücklich und zufrieden bin. Ich habe mir durch meine Eigenwilligkeit schon genug Schaden zugefügt, ich habe sie auch noch nicht verloren... aber hier darf ich eigenwillig sein ohne etwas zu befürchten: Leute und Kinder haben mich gern. Was ich schreibe ist ihnen gleich und meine Ideen berühren sie wenig. Ein Studium reizt mich nicht mehr. Deswegen ist aber noch keine Angst zu haben, daß mein Geist verkommt. Ich lese, schreibe, denke und halte Schule und auf den ersten Blick möchte man meinen ich wäre nicht ausgelastet. Doch der Tag ist prallvoll! Nach der Hektik der Stadt verlange ich nimmer.

So verbleibe ich mit besten
Grüßen

ps. zwei Bitten noch

1. sollte die Firma einen Bildkalender drucken lassen, so hätt' ich gern einen in meiner Klasse aufgehängt. Auch kleine Notizbüchlein sind bei meinen Kindern äußerst gefragt (Die Zeit der »Fleißzettelen« ist vorbei).
2. Bitte werfen Sie die beigelegten Karten nicht gleich weg. Es sind Selbstporträts von achtjährigen Schülern. (meinigen, versteht sich)

An Markus Vallazza

flaas 211174

eigentlich wollte ich meine kammer aufraeumen anstatt mich mit geistreich itaeten zu befassen im grunde wollte ich ins jenesiener postamt mein saub er-sauer verdienstes geld holen das das schulamt geruht mit einer woche verspaetung auszuzahlen. so bin ich hier festgenagelt & die kohlen (= richtige kohlen, briketts) gehen auch zu ende. kalt sag ich Dir kalt. noch dazu habe ich mich in fatale unkosten gestuerzt & einen teuren mantel bei der moessmer erstanden wo ich aufgewachsen bin. natuerlich nicht bezahlt.. aber anstatt daß die trottel sich als maezene erwiesen & mir das stueck schenkten.. ein klitzekleines rabaettchen weil ich eben zwanzig jahr in ihren mauern leben habe duerfen. trotzdem war es ein leben in herrlichkeit & dicht in erinnerun g: marillenbaum hinterm haus vater woche fuer woche besoffen dienst von 6—21uhr schliche gaenge diebstaehle sexuelles jeder farbart braende das w achsen einer firma miterleben kegelaufstellen etc. etc.

ach gott.. zurueck zu meinem brotgeber staat der bringt mich noch draus. wie doch montesquieu einmal sagte: der staat verlangt von jedem seiner b uerger jene tugenden die er selber nicht hat. toleranz-intoleranz puenktli chkeit mit unpuenktlichkeit belohnt... geistige gueter (nach der definition sowieso schwer faßbar) sind in der verfassung nicht belegt & gesichert.. g efuehle werden im gesetz nur negativ verbucht: jaehzorn habgier hinterfo tzigkeit. & vielleicht bestraft. belohnung von gemuetsregungen ist nicht vo rgesehen. »aufopfernde liebe« & »sein leben galt den seinen« finden sich nur in nachrufen von lokalzeitungen wo doch besser stuende: »liebe hat er sich genommen oder geliehen ohne pfand« & »sein leben galt dem Seinen«. ueber jeder staatsverfassung schwebt die gloriole der freiheit & je mehr sie schwebt & leuchtet um so verlogener ist der staat. staatliche organe... daß ich nicht lache. wenn unser koerper mit solchen organen hausen mueßte bitte die f olgen denk Dir selber.

heute ist die wirtin gegen bozen gereist & ich werde mich in ihrer kueche umtun weil der wirt hunger hat. eine carbonara kann nicht schaden obwohl der hiesige speck schade ist.

---

gut gegessen aber wenig. kartengespielt. tapfer einen liter verloren. deme ntsprechend viel gewonnen (gewinne zaehle ich nicht!) dementsprechend ange..
folglich bleibt fuer diese seite nichts weiter uebrig als Dir einen meiner sch ultexte vorzufuehren. geschichte.

Das Flaaser Gericht

Schon lange hat Flaas ein eigenes Gericht. Früher mußten die Bauern nicht nach Bozen fahren, wenn sie sich um ein Stück Feld oder Wald stritten: der Richter saß unten beim Taber, gab recht dem, der recht hatte. Nur wenn ein Mann erschlagen oder ausgeraubt wurde, machte man Prozeß in Bozen. Richter war immer ein Bauer, der lesen und schreiben konnte und sich in den Büchern auskannte. Ein Bettelrichter (= Scherge) war sein Schreiber und Polizist, 12 Geschworene (alles Bauern von Flaas) halfen ihm auch. Ganz zuerst wurde auf der Schrann' (= Kirchplatz) der Prozeß gemacht, später beim Wirt und dann im Gerichtshaus beim Taber.
Arbeit hatten die Flaaser Richter wenig, weniger noch die Schöffen, am meisten der Scherge.
Gründung: 1253
Auflösung durch die Bayern: 1806

An Siegfried de Rachewiltz

nov. 74

lieber siegfried

ich willfahre gern Deinem wunsch nach antwort besonders deshalb weil Du Dir ein »so herrliches« exil gesucht hast. Du bist wohl auch eine solche er frorene haut wie ich.. hier — so wuerden's die dolomiten berichten — »hat der winter einzug gehalten« & gerade deshalb wuerd' es mich interessieren wie ein marokkan. winter aussieht. versteh mich recht... sicherlich haben Dich ganz andre gruende nach marokko vertragen so wie ich unter Deinen voraussetzungen edler fahnenflucht nach norwegen gegangen waere (!auch im winter!). so sitz ich denn da mit schlernblick schneetreiben foen & allem drum & dran rampoldscher selbstbefriedigung.

neues, d. h. was ich fuer neues halte will ich Dir berichten:

1. ein stegener (stegen bei bruneck) ist beim drachenfliegen ohne prognose verunglueckt.
2. der vernurer wirt franz ilmer hat ende november sein gasthaus fuer immer verlassen. er hinterlaeßt zwei trauernde ziehsoehne & die wittib (= ein r esolutes geiziges weib).
3. die gemeindewahlen haben den sozialisten erfolg gebracht. die svp hat sich ihrer haut erwehrt & triumphiert dementsprechend mit »gekampelten« statistiken. die deutschen unabhaengigen mit oder ohne dietls fahne wissen vor lauter programmlosigkeit & gewinn nicht recht weiter. die dc hat ihr hockeyspiel verloren.
4. italien hat eine neue regierung mit alten hausnummern.
5. der joseph zoderer strebt mit seinen »drecknuidelen« zumindest den n obelpreis an. er »gschaftelt« schrecklich weil er endlich außerhalb einer anthologie was gedrucktes in haenden haelt. die lokalen kritiken sind l ogischerweise negativ... auch meine ist es aber unter vollkommen andren vorzeichen. unter umstaenden kann ich Dir die »pustrischen« cantos verz eihen aber dem zoderer verzeihe ich die anbiederung an die volksseele nicht. solche dinge ueberlassen wir besser einem reimichl selig zumal zoderer no ch politische inhalte verkaufen will.. gar nicht zu reden daß mundart k aum verstaendlich ist wenn sie der angerempelte bauer lesen soll... wenn j ener lesen kann versteht er hochdeutsch zehnmal besser. der »gebildete« kann seine fisimatenten lesen sicher aber sie kratzen nicht seinen arsch wie der autor es wollte. dichterei ist fuer mich weniger interessant als briefmarken.
6. in der klasse zuechte ich kresse: doppelter gewinn naemlich paedagogisch steckt die erklaerung des wachstums & diverses beobachten drin & dan n folgt der kressalat den ich selber fresse.

Fragen:

frage 1: brauchst Du zeitschriften etc. brauchst Du geld (letztres hoff ich nicht — steh selber miserabel!)

frage 2: marokkanisches schulmaterial waere erwuenscht: karten, briefm arken, kleine per post schickbare dinger, stoffstueckchen, gefaerbt e wolle, marokkanisches im allgemeinen. die frage lautet am ende: kannst Du mir & den kindern ohne große einbußen material senden?

frage 3: wie lang gedenkst Du im exil zu bleiben... oder besser wann we chselst Du »land«?

frage 4: berichte von Deinem status & wie Du hausest!?

befehl!

antworte

herzlich

An Erika Prader

li - den 011274

OGGETTO:
BETRIFFT: farbband & stempelkissen

liebe erika

aus sparsamkeit tippe ich rot noch dazu ist erst mitte dieses scheinheiligen monats dezember ein geld zu erwarten. unterschlage mir im buero ein gew oehnliches farbband fuer die schreibmaschine & ein kleines stempelkissen. wenn schon mußt Du's unterschlagen anders will ich's nicht. ich komm's mir holen.

des uebrigen geht alles gut. dem hermann hat das bozenfahren sehr gesch adet: er benimmt sich prepotent gegenueber seinen mitschuelern. sein tut es saukalt & ich schuere was nur geht. hoffentlich werd' ich nicht krank. danke fuer Deinen anruf: ich moechte fast sagen daß zu meinem glueck der wirt von vernuer seit ende november unter der erde liegt so kann ich fuer den ausgeschriebenen wettbewerb eine geschichte ueber ihn schreiben.. d. h. ein portrait von ihm verfassen. in vernuer habe ich unter fast den gleichen b edingungen 1971 schule gehalten nur daß das dorf steiler gebaut war & ich wesentlich unvernuenftiger. heute nachmittag ist der erste adventsonntag & ich habe mich zwischen schneetreiben sonne & foen mit nichts weiterem b eschaeftigt als mit schlafen briefe schreiben (zB. an de rachewiltz der sich frisch gleich nach marokko verzogen hat um nicht it. militaerdienst machen zu muessen) & dem skizzieren des wirtsportraits. es war ein ausgefuellter nachmittag.

nun ist es abend & ich geh karten.

herzlich
norbert conrad

komm ich in die hauptstadt so meld ich mich.

An Siegfried Baur

flaas 031274

es waere wohl an der zeit wenn Du »galing« kaemest. nicht daß ich nach Dir als »amtsperson« verlange aber amtliches mit angenehmen verbinden waere recht. heuer scheint es ueberhaupt glaenzend zu gehen, auch sonst bin ich rundum beschaeftigt. zum reiten bleibt keine zeit: bin ausgefuellt bis ueber beide ohren.

herzlich
norbert c.

An Inge Hauer

Nr. 2.

li - den 041274

OGGETTO:
BETRIFFT: alles moegliche, wird dann ausgefuehrt.

liebe mutz

heute ist ein doppelt schoener tag: um 8uhrl ist die sonne hinter dem schlern aufgegangen & zweitens gibts generalstreik (was dann wohl beim gehalt sp uerbar ist) & um ganz ehrlich zu sein streike ich wirklich nur wegen des freien tages. politisch ist in unsrem staat eh nimmer viel zu retten & der streik hat als waffe an schlagkraft verloren.
wir haben alle schulden ich & der staat: die lage ist ziemlich verfahren & zu allem ueberfluß hab ich mir noch eine teuflisch teure lodenpellerine gekauft. ich sag Dir da haben drei drunter platz. eine kleine blauschwarz gestreifte gratschenfeder hab ich auch gefunden & an den kragen gesteckt.. so ganz nach jaeger. fehlt noch die waffe & der gruene hut — was solls? mein hund waere ja zu dumm auf jagd zu gehen & bei mir stehts nicht besser: jedenfalls soll der winter nur kommen den heb ich mit meinem bodenlangen mantel schon her. wie man sieht werde ich in meinem alter noch eitel.
dem herrn joseph zoderer ist sein gedruckter dialekt zu kopf gestiegen... g anz schrecklich sag ich Dir.
vorigen sonntag war doppelsprachigkeitspruefung (bedeutet wenn bestand en glatte 25.000.— lire mehr im monat) aber sowas bloedsinniges hab ich mein lebtag nicht uebersetzt das war so dumm daß es schon wieder schwierig wurde. einmal war auf italienisch die wolga hinunterzufahren da war folg ender satz drinnen »die wolga ist herz & blut von rußland« oder »in moskau

kann man fuer eine wolgareise die fahrkarte kaufen« & so auf die tour gings weiter. also bitte! & das soll ich uebersetzen? ich? naechster tag nicht besser. thema: »der wert des wanderns«. grauslig.

heute werde ich waschen & lederflecke auf die ellbogen eines dunkelblauen pullovers aufnaehen. vielleicht wenn mir das prachtwetter nicht zu schade ist packt mich die aufraeumewut. außerm geld habe ich keine sorgen. ich saufe wie eh & je & zwischendurch sogar milch wobei ich mir einbilde die wuerde alles auswetzen. arbeit hab ich genug: manchmal mach ich richtig platsch vor muedigkeit. diese neunzehn engelteufel von kindern nehmen mich ordentli ch her. ich bin ja auch ein esel wenn ich bei bloßer pflichterfuellung bliebe haett ichs leicht. die pflichterfuellung wird nicht betrieben was schwierigk eiten mit der obrigkeit bringt (selbst wenn sie tolerant ist & siegfried heißt). ich habe eine geliebte: die schule. aber sie muß nach meinem geschmack gehen.. sie muß schoen sein wie ich es will.

herzlich

An Mariatheres Neuhauser

Nr. ?

li - den barbaratag 74

OGGETTO:
BETRIFFT: hoechste zeit ungewolltes schweigen zu brechen

liebe mariatheres

Du bist ein frommes wesen & streikst heute natuerlich nicht. oder? ich hi nwiederum streike tapfer & nutze die gelegenheit Dir endlich einen ausfue hrlichen brief zu schicken.

an neuem weiß ich wenig zu berichten. die doppelsprachigkeitspruefung hab ich gemacht. richtig laecherlich & erniedrigend: es tut einem weh wenn man mit leopardi auf Du & Du steht & solche idiotentexte vorgesetzt bekommt. noch dazu ist es ein gluecksspiel nix weiter. das kolloquium steht im frue hling in aussicht das geld weiß gott wann? ich habe mich schwarz geaergert ueber diesen firlefanz: solche kaprizen fallen den herren vom landhaus im autonomieduenkel ein. nichts gegen doppelsprachigkeit & ich bin unendlich gluecklich von Flensburg bis Malta mit jedermann perfekt reden zu koennen. aber waer es nicht klueger diverse sture beamte anstatt bei dieser teppenpr uefung schluepfen zu lassen in einen ordentlichen sprachkurs zu stecken? zum glueck hab ich nicht die nerven verloren & das vorgegebene geroestel brav uebersetzt aber gedemuetigt bin ich doch.

die geschichte vom weiten langen mantel.

der winter will kommen. das fieberthermometer des wetters leugnet es nicht. der schnee will sich nicht begeben & ist zu frueh gefallen. der magre mensch friert bereits & schuert & hat nur eine bessere versandhausjacke zum anlegen. dem staat friert auch. was tun? vom weintrinken allein wirds nicht waermer & doch entspringen dem wein manchmal kluge dinge. das sollte sich der staat zu herzen nehmen. daß im wein die wahrheit liege (= in vino veritas) soll er besser nicht erfahren.. wenn der staat naemlich die wahrheit erfraegt e rschlaegts ihn ganz. nein er soll kluge dinge tun wie der magre mensch. wie man weiß ist der magre zwischen wollballen & webstuehlen aufgewachsen kennt die herren samt ihrem liebesleben etc. jene herren die webstuehle & wollballen unter sich haben. der magre ist eines tages etwas angesoffen hat es eilig zum bahnhof kommt dabei am laden der herren vorbei geht schnellen schrittes hinein ohne einen herrn anzutreffen haengt den hund an ein stu hlbein hat kein geld & beschließt einen MANTEL zu erwerben. die hueterin des ladens ist verwundert ueber die beziehungen des magren probiert ihm in eile den mantel an beraet ihn gibt ihm einen rechnungszettel & ist noch mehr verwundert wie mensch & hund & mantel fort sind mit dem lieben swuerdigen versprechen alles zu regeln.. mit den herren von dort draußen wo die wolle herkam. es war etwa nicht ein gewoehnlicher mantel so irg endein billiger nichtssagender nein ein umhang aus gruenem loden bode nlang & weit fuer drei einer der sich im wind blaeht & entfaltet einer zum sich einwickeln zum schmuggeln zum weitausschreiten zum warmgeben nach bedarf. (nicht billig). stolz sitzt der mensch im zug & nicht so ganz großzuegig wie st. martin laeßt er den hund auf einem mantelzipfel schlafen. inzwischen zittert die hueterin des ladens um das geld.. angst vor einem g roßen schwindel weil der magre sich tagelang nicht zeigt (nicht zeigen kann weil ihm der staat nicht zur rechten zeit sein geld gibt) ein brief an einen der herren (Deinen Vetter) ein lammsanfter brief der sogar beantwortet wird von hoechsteigener hand (das ist an den fehlern zu erkennen die eine sekretaerin nie machen wuerde) ein paar telefongespraeche beheben die zweifel doch nicht die schuld. zehn tage spaeter kommt der mensch im mantel & zahlt & es wird ihm von dem fraeulein gesagt daß er praechtig darin aussieht (wobei sie aufatmet)

& ein viertel wird ihm nachgelassen.

An Karl Gruber

lieber karl

kenn mich vor lauter arbeit nicht mehr aus bin vollstaendig unfaehig freu ndschaften begegnungen etc. zu koordinieren . . . mir scheint's als waer' krieg & ich hab mich ins schneggenhaus verzogen. mein seel. gleichgewicht wackelt gewaltig . . . meine ruh ist hin mein herz ist schwer . . haett' ich nicht den fr ieden meines dorfes der mich bewahrt was habt Ihr da unten im 4. kreis der hoelle doch fuer eile & hast?

flaas 061274

norbert conrad

An Klaus Gasperi

flaas 131274

lieber klaus

endlich hat mich der zorn gepackt & ich schicke Dir einen leserbrief wie Du ihn liebst wobei es so gut wie sicher ist daß er vom ALTO ADIGE nicht gedruckt wird.
sonst geht alles gut . . . zum »christkind« komme ich dann. ich grüße marlene & kinder & haymo grüßt tito!

norbert

An Mariatheres Neuhauser

flaas 130175

liebe mariatheres

recht viel erfrischendes gibt es nicht zu berichten & an dem was Ihr staedter fuer neuigkeiten haltet mangelt es mir sowieso. in voeran hat es wohl zu n eujahr eine toedlich endende wirtshausrauferei gegeben was mich insofern beruehrt hat daß ich beinahe einem der schlaeger eine stunde zuvor in die haende geraten waere. er hat im gasthaus zu staenkern angefangen & mich ohne grund mit einer druckreifen litanei von schimpfwoertern bedacht & den hund auch nicht vergessen. er war ziemlich angestochen hitzig protzig ist der kerl auch noch & was er zuviel an koerperkraft hat fehlt ihm an geist oder feinheit. ich bin zum glueck still geblieben nur mein kopf hat wie eine ver fruehte osterkugel geglueht. der kuckucksepp ist bald weiter ins naechste dorf eben nach voeran & dort ging der affenzirkus aufs neue los. ueber einen der ihren fielen sie her.. einen mit 30 jahren ledig rauflustig staenkerisch einziger sohn (ich hab ihn nicht gekannt).. ein paarmal unter den tisch g eschlagen.. besoffen & blutend soll er heim sein & sich niedergelegt haben. am morgen war ihm schlecht er hat sich noch selber angezogen der arzt wurde gerufen sofortige einlieferung im rettungswagen ist er gestorben. das ergebnis der obduktion ließ wegen der feiertage auf sich warten & der voe raner pfarrer setzte alles daran die schatten zu verscheuchen. es gelang ihm: der mensch war an einfacher lungenentzuendung gestorben von irgendwe lchen inneren oder aeußeren verletzungen keine rede. die ueberlebenden r aufbrueder erschienen fein saeuberlich zum begraebnis streckten beileidg ebend den verwandten die hand entgegen sind sich heute noch keiner schuld bewußt (nach dem motto: »gestern waren wir noch so lustig beisammen«) & trotzdem weiß der ganze weite tschoegglberg was im grunde geschehen ist.

ich habe versucht den fall zu analysieren. es ist mir nicht gelungen: wohl koennte ich einige gruende angeben. sicher bin ich mir darin daß das ganze kein moderner fall ist (gekennzeichnet durch strukturen oder soziales miß verhaeltnis) gerauft & gesoffen ist immer worden eher ist kraftmeierei im spiel herausforderung angriff als ausloeser genuegt ein verweigerter schluck wein eine bemerkung ueber das wetter.

es ist passiert!

so wie eine schale zerbrechen kann in negativem uebermut oder zorn ge worfen.

gestern sind endlich die barbarazweige ausgekommen.
ein paar kinder sind krank.. grippe geht um.
das wetter ist zu warm.
der pfarrer liegt im spital. seit heute.
morgen wird ein strenger tag seine stunden sind zu halten.
gesund bin ich.
haymo auch er ist ja schließlich buergermeister nur benimmt er sich oft recht ungeziemend.
auf meiner tuer steht: 19—K M B—75 schoen in kreide mit geweihter kreide wohlgemerkt & mit koenigswasser ist mein bett besprengt um alle leiden zu vertreiben.

herzlich

An Annelies Grabenweger

flaas sebastianitag 75

grueß gott annelies

eines muß ich voraussetzen: Du antwortest! wie mir mariatheres gesagt hat willst Du e rquickliches von mir hoeren.. sollst Du hab en! als antwort brauche ich nun kein elendsl anges schreiben nur ein lebenszeichen & ich werde Dich weiterhin mit berichten geschicht en schnattrereien bedenken.

lassen wirs los.

bei fremden leuten faengt sichs am besten beim wetter an: also hier sudelts so richtig schnee mit regen gemischt eingeschmierte be rgschuhe ein schwarzer samthut & ein riesiger lodenumhang sind das beste dagegen. diese kleidungsstuecke habe ich jetzt natuerlich abgelegt weil sie mich beim tastenhacken behindern. von draußen schaut recht betrueblich die sonst weiße jetzt fahle kirche herein. es herrscht nackter frieden samt daß das dorf seinen patron sebastian feiern sollte aber die zeiten sind vorbei. ich kann mich noch gut an die brunecker sebastianiandacht erinnern an die v ielen kerzen & die traurige litanei von der erschießung jenes roemischen so ldaten & jenes saetzchen »sebastian von irene erquicket.. bitt fuer uns« hab ich bis heut nicht begriffen aber behalten. am entsprechenden sonntag haben mich die tanten nach st. lorenzen zur prozession geschliffen & ich habe dort die heiligenstatue bedauert die im vergleich zu den unsren so klein waren... aber sie hatten schoene richtige seidengewaender an & das hat mich vertr oestet. hinunter auf dem bachdamm drei vaterunser in der steinkalten kreu zkirche dann weiter in die lorenzner pfarre die damals finster war wie ein stall & nur von den dickgedraengten leibern der beter erwaermt wurde. ich hatte meistens schrecklichen ohrenweh. die kaelte um jene zeit ist auch nicht mehr die gleiche & dort unten ging die sonne um drei unter. die rienz fuehrte treibeis.

die eule da oben schaut Dich boese an. der schueler der sie mir als briefkopf gemacht hat kann nur boese kaeuze malen.. kuehe macht er immer mit lachendem maul.

zurueck in die vergangenheit: ich trauer ihr nicht nach ich habe sie auch nicht verloren wie eine geliebte ich weiß ganz einfach um sie & laß mir dieses wissen nicht nehmen. selten kommt es vor daß ich mich ueber veraenderungen ae rger.. hoechstens wenn sie von einem typ wie unserm dekan werth ausgehen (diesen großkopfeten bozner oder was). ich bin recht kirchlich heute wirst Du denken sei beruhigt ich kann auch sehr saggrisch heidnisch sein.

HEIDNISCHES

der kalte schweiß bricht mir aus wenn ich bedenke was fuer ein haderlump ich eigentlich bin. ich brauch soll & will nix beichten.. zum glueck richte ich keinen großen schaden an weil ich praktisch ohne anhang bin (ohne familie im gewissen sinn) & meine 19 kinder hab ich viel zu gern um ihnen etwas anzutun. nein ich bin sonst ein haderlump & klag mich gar nicht an.. einer auf eigne kosten. kein fensterscheibenschmeißer das waere phantasielos kein betrueger oder so vielleicht ein kleiner dieb ein genießling ein nutz nießer der sonnenseite (wobei die heute leider nicht scheint) & reichlich jaeh. da hab ich doch neulich einem bozner ladenmaedchen saftig & in publico (was man nie tun soll) den kopf gewaschen die trampel fand kein pergament wußte in ihrem papierladen nichteinmal was das sei. geschaeftsfuehrer her geschaeftsfuehrer angepfiffen gpfiffen wie eine schlange aus dem loch: »soll sie doch marmelade verkaufen!« hab ich geschrien, der chef honigs ueß was mich noch mehr verflucht macht: »ja wissen Sie, verstehen Sie & heutzutage & in der berufsschule & stehe Ihnen selber zu diensten!« »stehen Sie wie lang Sie wollen von mir aus bis Sie starre fueße haben ein solcher laden mit so herrlich ausgebildetem personal sollte sich schaemen ueberh aupt eine lizenz zu haben!!« hinaus wie ein rauschender dampfer. geschehen beim amonn in bozen vorige woche. danach hab ich ein viertel getrunken um das theater zu verdauen... aber das sind nur kleine zornige scherze die ich auf fuehre.
ich kann Dir heute nicht gleich zum anfang wildere stueckchen erzaehlen.. das nimmt sich schlecht aus. so sei mit einem verschen fuer heute versehen:

die kirch ist schwarz geworden
& die nacht hat sich drauf
zum schlafen gelegt
die nacht gesiebt von
weißen
schneestreifen
denen sie auch
die farb genommen hat

nimm mantel hut & schuh &
licht
geh hinaus
& verhilf den flocken
zu glanz

herzlich

An Karl Gruber

flaas sebastianitag 75

lieber karl

bzw. don carlos (wobei sowohl der infant gemeint ist als auch die anrede fuer italienische geistliche herrn.)

natuerlich verfuege ich nicht ueber derlei protzige briefkoepfe meine sind nur solide handarbeit der dritteler. daß ich bei meinem A-A-leserbrief sozusagen adresse verfehlt habe aergert mich weiter nicht daß aber in der alten schererin (bereits beruechtigt als kunstkritikerin'chen) so eine konservative politsau stecken koennte haette ich niemals gedacht. aber was wundert's einen noch in den »dolomiten« ist kein tingeltangel unmoeglich« theologen schreiben sportkommentare »sprachforscher« kaempfen fuer »gesunde« bebauungsplaene ansonsten apolitisch sich gebende pappfiguren toben sich in der arena der roten tuecher aus alles in typischer kraut- & ruebenanonymitaet. also bitte.. die sind im grunde keinen einzigen gedanken wert nur einmal im jahr platzt mir halt der kragenknopf was natuerlich sinn- nutz- & wertlos ist.. einmal mach ich halt den kleinen puff einer knallerbse. bei der rai-mafia ists auch nicht besser. das große grausen koennte Dir ankommen: ich bete nur noch um einen lokalen karl kraus. wuerde auch nix nuetzen.

zu Deiner beruhigung schreibe ich noch immer. unverfaengliche dinge schultexte kurzprosa ums veroeffentlichen kuemmre ich mich nicht brauche auch kein andaechtiges einfuehlendes publikum nichteinmal freunde in diesem sinn auch kein ermunterndes wort. gegen modisches (siehe zoderer & die verspaetete entdeckung der mundartdichtung) wehre ich mich seit eh.

was Du vielleicht noch nicht weißt: ich habe einen hund & der heißt haymo wie bruneggens jetziges stadtoberhaupt.. gleicht ihm aber gar nicht. fehlalarm faellt mir grad ein das tier war ja sogar schon in Deiner bude. ein besuch wuerde mich in vergnuegen & freude versetzen Deiner person wegen & Deiner mitbringsel. ich gebe es zu ich bin ein bißchen hysterisch ich bin einfach zuviel in meine kinder verknallt.. wie der apostel barthlmae laß ich mir die haut abziehen & ziehe dafuer noch an andren haeuten.

naechtens grunzen maulen raunzen wirst Du mich kaum zu hoeren bekommen: hier geht man frueh ins bett. ein stimmliches vergnuegen kannst Du von mir nicht erwarten aber das schreiben han' ich nicht verlernt wenns nur die andern noch koennten.

lebewohl fuer heute der himmel sudelt regen & schnee unsre kirche gehoert dem »wastl« deshalb ist heute schulfrei & die maenner haben krawatten.

norbert conrad

An Markus Vallazza

flaas sebastianitag 75

lieber markus mit mariechen

brrr die stillen tage wollen nicht enden mir ist bald der friedlichkeit zuviel. & doch aergere i ch mich jedesmal buckelig wenn ich nach boz en fahr & die ganzen pikierten arschgesichter seh die weiber mit hut & hund die geschae ftigen geschaeftstuechtichtig zu sein sich einb ildenden geschaeftsleut die hochpolitisch di skutierenden nachtschwaermer jeder farbsch attierung. ich bin immer zerschlagen richtig muerbe wenn ich wieder im nest bin.. dann beißt's mich wieder unter der haut & die eri nnerung (keineswegs heimweh zu nennen) an große staedte treibt mich nach vier wochen bestimmt wieder in das bozner kaff das so gar nichts vom hauch der welt riechen laeßt.
hier laufen die bahnen ihren lauf. gestern bin ich bei herrlichstem wetter auf die lavenn gewandert: es hat genieselt & geschneit die uebliche hand vor den augen war nicht mehr zu sehen an den eingeschmierten bergschuhen konnte sich der nasse schnee nicht haengen & mein schwarzer samthut (eine gest ohlene neuerwerbung aus dem weihnachtlichen pustertal) wurde schwer. n atuerlich standen die baeume schweigend da & kein voegelein (= ein hung erndes) zwitscherte. die zweige kratzten fast den boden vor der last der weißen masse etc. etc. man weiß ja wie es in solchen faellen weitergeht: also sammeln wir zeitwoerter: **stapfen, fliegender dampfender atem,** hauptwoerter: **stille, unendliche stille, nebel, triefende baeume, natur, waschkueche** eigenschaf tswoerter waeren zuviel. der hund hat sich gefreut.
oben hab ich schnaps gesoffen ein bißchen geselchtes verkostet geredet. f ertig. herunter wieder ins dorf in sackfinstrer nacht leicht schwankend mit batterie.

keine seele nichteinmal ein geist wo es doch auf scharmoos geistern soll.

der vernurer wirt wo ich einmal schule gehalten habe ist mir auch wegge storben ich hab's erst jetzt erfahren: dieser geizige kropfhals. mir ist leid um ihn samt daß ich ihn nur blaß in erinnerung habe & immer gehaßt. ACH & jetzt kommt der große seufzer wie schnell vergeht die zeit.. troestlich daran ist nur daß ich bis jetzt nicht weiß was langeweile waer.

in der schule geht es fuertrefflich voran. heuer habe ich ein ganz eigen es verhaeltnis zu den kindern: eine mischung aus distanz & liebe. irgend wie scheuen sie mich nicht wie einen gott (beileibe nie) wohl aber wie einen der etwas zu sagen hat & der meinige sagt bestimmt nicht immer erfreu liches.

herzlich
ich muß karten gehen
hier ist festtag
jener roemische soldat von pfeilen armselig durchbohrt ist unser patron.
auf sein wohl & seine seligkeit!

flaas 170275

lieber markus

dieses bildnis einer schoenen dame sei Dir zugedacht & ich finde sie monalisischer als alle andren gemalten renaissanceweiber zum al es eine stichdame ist. außerdem habe ich zu danken fuer Deine einladung nach groeden zu kommen... ich werde Dich nun den ganzen brief hindurch zappern lassen ob ich nun folge leiste oder nicht. es ist sehr bedenklich in das groedner kulturzentrum mit versen & texten zu kommen wenn schon solche verehrungsw uerdige herren wie zoderer oder kristanell als vorgaenger da waren. ich moechte nun nicht als die kroenung dieser beiden fungieren.. zumal meine texte sowieso zehnmal reiner edler etc. sind & eig entlich nur fuer beste freundesohren taugen. ich habe mir in letzter zeit den tick erworben kostbar zu sein & dementsprechend kostspielig. ich habe mir geschworen nicht mehr das maul unter 100.000.— lire (in buchstaben: hu nderttausend) zu oeffnen.. zoderer hat ja das maul auf der erd & kristanell hats wohl im baeuerlichen philosophenhimmel. meine edlen lippen gehoeren den kindern dem dorf & jenen wenigen denen ich etwas sagen kann ohne mißverstanden zu werden. o ja: ich habe lippen von denen bitterer honig fließt. das laeßt sich natuerlich nicht bezahlen. das sind hohe kuenstlerische werte. wer steckt denn eigentlich hinter der einladung ins kroetental? das wuerde mich wundern. soll ich deutsche kultur bringen? rettung in den urwald?

spaß beiseite scherz herbei.

& doch wirds jetzt ernst. hoer zu: sei ganz ohr! folgende bedingungen:

1. ich nehme ein maedchen (9 jahre) mit weil es noch nie richtig außers dorf gekommen ist. ich bitte dafuer um unterkunft & verpflegung im schoß Deiner familie.
2. es ist moeglich daß auch haymo kommt.
3. ich haette lieber private uebernachtung.
4. wein & MS (3 paeckchen)

5. die reiseunkosten werden sich auf ca. 7.000.— Lire belaufen.
6. das honorar beträgt 0.— Lire (in buchstaben/ NULL)
7. man moege mich maschinell in bozen abholen & dorthin wieder zurueckbringen.

dafuer biete ich neue produktion, einen rausch, nach moeglichkeit ein paar geistreichitaeten & etwas hantigen humor, mich selber.. aber laenger als 45 minuten lese ich nicht. ich wuerde am 1. maerz ersch einen. da ich erst um drei die schule fertig habe weiß ich noch nicht mit welcher seilbahn ich in bozen lande: bis 17uhr wirds gehn. Du brauchst nur kurz ein kaertchen schreiben was davon zu halten ist. telefonisch bin ich nicht erreichbar weil der apparat seit zwei wochen spinnt & keine aussicht besteht daß die sip ihn flickt. wegwaerts kann ich telefonieren aber herwaerts gehts nicht. kurzum ich ruf Dich d emnaechst an.

---

so! jetzt rein privat.
sei gegrueßt liebes haus.. endlich kann ich mich vom amtsquatsch freima chen & Dich umarmen (nach russ. sitte Du mußt naemlich wissen daß ich eine richtige dostojewskiperiode habe) zuerst sei gott gesegnet wegen des wetters wenn man so darniederlag in letzter zeit fiebrig & bereit den geist zur hoell zu jagen... wobei das natuerlich wieder uebertrieben ist.. die g rippe hat mich halt gestreift.. gott sei des wetters wegen gesegnet beruehrt er mich doch mit samtenen sanften strahlen & seiner gnade mich vor ung utigkeit zu verschonen. gebetet muß werden. wir hatten einen todesfall im dorf eine 66jaehrige frau ganz schnell die begraebnisse sind hier bis zur irrsinnigkeit schoen es haftet ihnen nichts routiniertes ausgeleiertes an es ist ein ereignis selbst das geschaeftliche faellt großteils weg die traenen rinnen unverschleiert & unsonnenbebrillt man ist unter sich & erfuellt die funktion des trauernden der dann nach ende des totenmahles den schmerz ertraenkt hat & die musik hat schauerlich falsch gespielt.. ich werde die flaaser trauermaersche als untermalung fuer den naechstbesten vampirfilm vorschlagen.

es ist ein fluch schreiben zu koennen.. um das thema zu wechseln.. & be schnitten zu werden wenn man in einem gewissen alter ist. gluecklicher schriftmaler Du! Dir radiert niemand an den bildern herum außer es kom men wieder hitlerische zeiten. da sind wir sowieso alle beim teufel. alle heißt alle die denken koennen & dem denken einen leib geben.. pathetische for mulierung. geht nicht anders. ich bin der letzte der nach gedankenfreiheit schreit aber ich weigre mich sie nicht zu praktizieren.

jetzt faellt mir nichts mehr ein

herzlichst an alle
norbert conrad

An Erika Prader

flaas 180275

meine liebe erika

mit großer freude habe ich Deinen brief gekr iegt auch mich beim lesen geaergert (schon nur ein bißchen) & zu danken darf ich nicht vergessen.. besonders dank ich fuer die vas arely-karte.

ebenso fein ist es daß Du mir die buecher b estellt hast.. ich bin ganz in dostojewski ve rnarrt & die paar baende haben mir noch ge fehlt. auch wuerde mich schon lange interess ieren welchen wert d. in der sowjetunion heu tzutage hat. aber da ist nichts herauszukrieg en.. selbst aus der ddr war nichts zu erfahren. von mir aus! von mir aus ist er ein ganz großer schriftsteller & politisches interessiert mich dann weiter nicht... hat mich weder bei ezra pound noch bei d'annunzio interessiert. v erflucht kann ich nur werden wenn bestimmte landesuebliche schreiberlein sich politisch irgendwo links oder rechts ansiedeln & meinen sie haetten die sprache erfunden & wuerden nun eier legen koennen.

der A-A hat natuerlich meinen leserbrief wieder kuerzen muessen. das sind feiglinge erster sorte. gerad den ganzen pfeffer zu nehmen ist ihnen zum glueck doch nicht gelungen. aber was nuetzts ist doch alles fuer den wind geschrieben & oft nehme ich mir vor ich schreibe nur noch meine traeume auf die gaeben mindestens das konzept oder drehbuch eines mittleren gru selfilms oder einer skurrilen komoedie ab.

sicher war ich »schon wieder krank«. das hat nichts weiteres zu bedeuten außer daß ich mued & matt bin & noch ein bißchen des friedens beduerfte. & so lege ich mich an freien tagen wo ich voller lebendigkeit sein sollt ins bett & schau daß ich zu kraeften komme. deshalb ist es auch mit dem schrei ben schlecht bestellt. meine krankheit besteht aus einer mischung von fau lsein & muedigkeit. Dein ruf nach dem onkel doktor ist voellig unbegruendet.

sonntags saufe ich sekt wie ueblich. passiert ist meinen flaschen weiter nichts mehr. mit foermlicher wollust genieße ich den sonntagvormittag mit all seinen geruechen von tee weihrauch rasierwasser & noch-nicht-gewaschen sein. saemtliche taetigkeiten vollziehe ich dermaßen langsam zeremonioes das bett hat noch seine betoerend naechtliche waerme die sonne ist jetzt auch nicht mehr so geizig (ich habe morgensonne in der bude) der bozner sender ist mit seiner geistlichen & klassischen musik ganz recht & ueberhaupt: die festlichen kirchgaenger von flaas sektsaufend in langen unterhosen noch unrasiert zu beobachten muß einen festlich stimmen. danach kartenspiel & krawatte um den hals. fein herausgeputzt alles in unordnung hinterlassend. diesen sonntag gehe ich reiten & moechte daß auch jemand von Euch kommt.

wer sich nicht getraut kann wandern. roesser stehen mir leider nur zwei zur verfuegung. ich werde wohl wieder mit wundem arsch heimkommen & eine woche lang nicht sitzen koennen. recht so.
die trueffel sind noch nicht verspeist aber sie werden demnaechst da ich ein gutes rezept weiß das zeitliche segnen.
am ersten maerz werde ich in st. ulrich zeug von mir vorlesen & wiedereinmal ordentlich lumpen & saufen. wenn es soweit ist werde ich Dir's melden. hier in der wirtsveranda ist es fein warm. sonst gibt's nichts neues. haymo gedeiht. der staat vergißt wieder zu zahlen. ich sitze deswegen nicht trocken.

zum wohl

flaas 050375

liebe, sehr liebe, fast schon geliebte erika!

schaetze diesen beigelegten elefanten samt seiner geschichte. schließlich hat ihn mein miserabelster schueler gemalt. ich war betroffen von der muetter lichkeit die dieses tier beinhaltet.
hast Du die fotokopie vom rampold vergessen? bitte sei so lieb & schick sie . . . auch einen packen papier koennt ich brauchen . . nicht weil ich dicke romane zu schreiben im sinn habe sondern weil ich das zeug fuer die schul gut br auche.
warum eigentlich seid Ihr alle so um mich besorgt? ich wueßte nicht welch besonderen wert ich hann. mehr als die gesundheit macht mir die isolation & einsamkeit zu schaffen: so geht das eben daß ich durchhau & alle sicher ungen nicht mehr still halten & meine sicherheit davonfliegt aengste sorgen & kurzschluesse sich ausbreiten.
ich habe heute per versandhaus & post ein solches mobiles tischchen be kommen . . es wackelt wie ein besoffener laeßt sich nach allen windrichtu ngen hin verstellen & geht ganz gut um im bett zu lesen & unmoegliche dinge zu betreiben. laut prospekt kann man sogar von der liegestatt aus fleisch suppe essen & ich mag suppen nicht: gesalznes wasser nicht mehr! jedenfalls taugt das geraet nicht zum maschinschreiben.

An Erika Prader

flaas 120375

ich bin ein erschroecklicher faulpelz. vielleicht auch nur muede. im augenblick genieße ich die vorfreude auf surfleisch mit kraut & passe auf das geld unsres liebenswuerdigen staates weil ich schon wieder »pater« bin. ansonsten wuerde nix fehlen: stadtweh habe ich nicht. siegfrieds inspektionen haben mich einmal verwirrt & das zweite mal getroestet. danke fuer brief & karten, aber doktor spielen sollst Du bei mir nicht. da werde ich grantig, sierig & hantig. elefantengeschichte & großer brief werden noch werden

norbert conrad

An Siegfried de Rachewiltz

flaas blauer erchtag
maria verkuendigung
kardienstag 1975

endlich lieber siegfried

finde ich zeit Dir etwas ausfuehrlicher zu schreiben. die genesung hat mich einige zeit gekostet & die arbeit an der schule ist ja auch nicht von gestern wenn man's nur ein bißchen ernst nimmt. ich bedanke mich fuer karten & brief doch kann ich Deinem wunsch neuigkeiten aus der »ach so geliebten heimat« zu bringen kaum willfahren. die politische situation hat sich natue rlich nicht im mindesten veraendert es schmeckt alles truebe & fad nach svp-suppe. den walther wollen sie rueckfuehren & damit schmuecken sie sich & putzen sich ganz patriotisch auf. die »stille hilfe« geistert weiterhin lauthals im lande. kulturell gibts auch nix. außer vielleicht daß ich einen meiner gei stigen vaeter verloren habe was mir schmerzen gemacht hat wie selten ein todesfall vorher.

vielleicht hast Du ihn gekannt den großen glatzkoepfigen professor ALBUIN FORER aus muehlen fuer neun jahre mein lehrer in griechisch & latein. ein mann von hoechster kultur nicht aufdringlich oft eine leibhaftige satire mit dem gesicht eines verschrumpelten apfels. 7 sprachen waren sein eigen gr iechisch hat er mich nur lesen gelehrt zum verstehen hab ich's nie gebracht das lateinische aber verdanke ich ihm & unserer lieben mutter kirche das v ersteh ich noch heute mit genuß. des uebrigen war [er] ein rechter dunke lmann man wußte nie wie man bei ihm dran war. seine politische karriere

(& er hat eine saftige) wurde erst in den partezetteln enthuellt uns gegenueber war er weder sandner altbuergermeister noch landtagsabgeordneter noch richter im parteischiedsgericht ob er je im krieg war weiß ich nicht. uns g egenueber war er enzyklopaedisches wissen wohldosierte weisheit & woert erbuch in einem. jetzt hat er wohl schon erde zwischen den falschen zaehnen & in den loechern seiner immensen nase. terra mater sua est fiat ei levis.

vor tagen haben mir die kinder einen toten gruenspecht gebracht. das war ein ereignis sondergleichen der beste lehrgegenstand den man sich denken kann. am liebsten haett ich ihn ausstopfen lassen aber wir haben das edle schoene tier nur gerupft & mit den federn die hefte ausstaffiert. kuerzlich hat der rampold den skolasten als linksgerichtets hetzblatt rotester natur ausgemacht. eine bozner uni findet nicht statt ist mir auch gleich weil ich der meinung bin daß man zum studieren hinaus soll meinetwegen in palermo germanistik belegen & in uppsala dafuer romanische sprachen. 50% unsrer innsbrucker oder paduaner-veroneser studenten nur dort um ihrer mutter woechentlich die dreckige leibwaesche bringen zu koennen. das wagnis die 250 km-grenze zu durchbrechen.. wer von diesen faulen unbeweglichen tieren wagt. die argumente warum bozen keine uni kriegt liegen aber nicht da daß man den eigenen leuten verbieten moechte vor der haustuer zu scheißen & sie in die welt hinauszuschicken (per modo di dire) nein die argumente sind so ridikuel & betreffen nur den ominoesen staendig gefaehrdeten mutterk ulturraum die ewig drohende ueberflutung aus dem sueden als ritte der t eufel selber ins land herein. dabei schadet noch nuetzt uns eine universitaet sie kostet nur geld... motto: eine uni welln sie a no hobn
in großbozen in großbozen
in tirol
damit die bessern maturanten
schnell im landhaus landen

soviel ich mich erinnere hast Du ganz gerne informationen aus suedtirol. mit einiger geographisch bedingter verspaetung kann ich sie Dir liefern. nur moecht ich wissen welcher natur die neuigkeiten sein sollen. wuenschest Du politisches oder die todesanzeigen? wuenschest Du mord rauschgift unterw elt & totschlag oder kultur & gegenkultur?

fuer heute herzlich

An Klaus Gasperi

flaas 090475

lieber klaus

in anbetracht der allgemeinen katastrophensituation muß ich mit befriedigung feststellen daß gerade den piffkinesen der schnee im hals stecken geblieben ist & sich ihre dummheit bezahlt gemacht hat. ich kann mir ihr gejammer & gezapper denken: bei ihnen wuerde es sowas nicht geben da herrscht ordnung & ausgefallener strom oder telefon ein abgeschnittenes dorf waeren undenkbar. im sommer kugeln sie von den bergen & mercedisieren die straßen jetzt gehorchen sie nicht goettlicher wetterkunst & fahren als schneeleichen zur hoelle. niemandem paßt's wenn nix mehr funktioniert aber in ganz flaas ist keiner hysterisch herumgehuepft & hat unbedingt weggemußt. etwas zum beißen hat jedes haus wein & schnaps auch ein paar kerzen & gemolken wird halt wieder mit der hand fertig.

Deine hosen sind wieder zurueckgekommen mit dem vermerk vom postamt bozen daß schachteln nicht zugepickt sondern zugebunden zu sein haben. ich werde es heute mit spagat versuchen. wenn Du die gewuenschte lampe noch nicht in auftrag gegeben hast so laß eine 3,50 m-schnur dranmachen & ist's schon gerichtet mit 2 m ist auch wurscht.

eigentlich war ich dieser tage recht schadenfroh daß es anderen schlecht gegangen ist schadenfroh deshalb weil es zu 90% die richtigen erwischt hat.

so grueße ich Dich fuer heute kueß mir jiri & marlene & jan
gib dem tito gut zu fresssen & laß ihn von haymo grueßen.
ruf mich bitte am 180475 gegen 15^{30} an denn dann bin ich den letzten tag 27 jahr gewesen. am 19. mach ich mit den kindern ausflug.
ist Dein elefant fertig & tot?

norbert conrad

An Rita Mair (Südtiroler Hochschülerschaft)

flaas 180475

liebe rita

dieses ist nun der vorerst erste von den geplanten »stadtstichen«. alles uebrige haben wir bereits besprochen: kurz der text steht Euch zur vollen freien ver fuegung zur verfuegung! als illustration waere mir ein alter stich genehm — es muß nicht gerade merian sein — bei nichtveroeffentlichung bin ich keineswegs beleidigt. sonst aber haett' ich ganz gern drei skolaste geschickt bekommen.

herzlichst

An Siegfried Baur

flaas 180475

lieber siegfried

mit diesen sieben zeichnungen moechte ich am 18. nationalen wettbewerb »pennello d'argento« von maser teilnehmen. ich bitte Dich um's rechte weiterleiten. hoffentlich zerwuzzelt nicht alles die post

herzlichst

Siccome non abbiamo un paese nel senso vero della parola dato che non è un normale agglomerato di case ed edifici ... era per noi abbastanza difficile trattare il tema postoci. Il nostro paese ha una conformazione strana: appare come un insieme di case e masi sparsi per prati e boschi spesso lontani delle ore dal centro. Il centro è composto di tre soli edifici, vale a dire: chiesa, osteria e scuola. Perciò era un problema darVi un immagine comprensibile della nostra situazione; saranno immagini scarni come appunto il nostro paesello si presenta. Non abbiamo monumenti storici o culturali, abbiamo buoi e cavalli, boschi fitti, patate e montagne, tutto li. Ci manca il turismo ma non la calma.

I lavori sono stati eseguiti a scelta libera sia del tema sia nei colori. Non ho dato ne consigli ne una mano d' aiuto.

Da wir nicht ein gewöhnliches Dorf haben, wie es eben ein Haufen von Häusern wäre, war es für uns recht schwer, das Thema zu behandeln. Unser Dorf ist nicht eigentlich zusammengesetzt.. es ist die Einheit weitverstreuter Häuser und Höfe mit Wald und Wiesen. Zum Teil vom Zentrum für Stunden entfernt, einem Zentrum, das nur aus drei einzelnen Gebäuden besteht: Kirche, Gasthaus und Schule. So war es denn ein Problem ein verständliches Bild davon zu geben: es werden spröde Bilder sein wie eben unser Dörfchen sich zeigt. Wir haben weder Historisches noch Kulturelles zu bieten, wir haben Ochsen und Pferde, dichten Wald, Kartoffeln und Berge, das ist alles. Fremdenverkehr fehlt uns aber nicht Ruhe und Friede.

Die Arbeiten wurden nach freier Wahl ausgeführt, sei es nun im Thema oder in den Farben. Ich habe weder geholfen noch Einfluß genommen.

An Klaus und Marlene Gasperi

flaas 040575

lieber klaus liebe marlene

zuwas ich Euch heute schreibe weiß ich nicht eigenartiger weise sind regnerische sonntage mir bekoemmlich. der hund ist dreckig die luft so feucht daß sie durch die knochen bis ans herz geht. wenn es zumindest wichtige neuigkeiten gaebe aber es ist mir in den letzten tagen nichteinmal gelungen ueber dolomiten oder rai in zorn zu geraten.. & wie Ihr wißt ist mein zorn ein heiliger. daß ich keine antwort kriege ist sowieso gewiß: in der hektik der pustrer metropole bleibt nicht zeit fuer schoene briefchen. Ihr armen wuermer! da geht alles gleich aber wehe mir sagt einer das sei ein trott. aber des mesners knieleiden & die gesprengte rippe des wirts sind so an flaas gebunden daß sie Euch gar nicht interessieren koennen.

ich selber leide unter appetitlosigkeit & scheiße. essen macht mir grausen.. mich verlangt weder nach pizza noch andren unerschwinglichen sachen.

der gasteiger-artikel in bezug auf das seeboeckhaeusl war so mager & katzbucklig unkonkret & fasulant daß mir der ganze »kulturbau« gesprengt werden kann. soll ihn der avs beim putz & beim stingel kriegen!

die schulzeit neigt sich dem ende zu.. ich bin gar nicht muede oder ueberdruessig nur einen horror krieg ich wenn ich die amtsschriften bedenke. zumindest ist die steuererklaerung erledigt außer haus & unter dach.
oft versuche ich zu schreiben. es geht krampfhaft vor sich wie das beigelegte blatt beweist. ich muß mich wieder saftig besaufen um zu hoecheren kraeften zu kommen.

die buben sind jetzt bald ein jahr & ich kuesse beide ohne unterschied.. natuerlich den »joerg« ein bißchen mehr.
der haymo benimmt sich ungebuerlich & unfolgsam seit unsrer spaziergaenge. wenn er wueßte wie lang unser sommer waehrt.. er wuerde nicht klagen.

zur hetz herzlichst
norbert conrad

An Christel Hemme

flaas 040575

liebe christel

meine saumseligkeit sei zu verzeihen.. sie war bedingt durch meinen etwas miesen gesundh eitszustand so daß ich meine kraft mehr dem unterricht geben mußte als der korresponden z. Du mußt wissen daß ich ansonsten ein reger briefeschreiber bin & in alle windrichtungen zu schreiben habe. dafuer will ich sofort auf Deine erste frage eingehen die Du mir auf Deinen karten vom 10. april stellst.

I. wie verbringe ich meine freizeit: relativ l eicht! mit den bauern meines 360seelen-do rfes spiele ich karten hoere den rundfunk besonders klassische musik ae rgere mich brieflich mit politischen goetzen suedtirols herum schreibe g edichte & kurzprosa koche auf dem eigenen herd schultexte fuer meine ki nder lese viel (wobei mir die perfekte doppelsprachigkeit deutsch-italienisch sehr zugute kommt) mache aus spaß auch manchmal eine uebersetzung & langeweile mich grundsaetzlich nie. frueher da war ich ein passabler taenzer & tanzte gern aber in diesem bergnest wo aus tradition sich maedchen nur beim kirchgang blicken lassen hat sich das auch aufgehoert. ich bin nun einmal kein bauer knecht oder bauernsohn.. nicht ihre mentalitaet ist mir fremd sondern die meine ist ihnen nicht geheuer. einen hausstand zu grue nden erlauben mir verschiedne umstaende nicht: mein vollkommen unnorm ales verhaeltnis zu geld oder karriere meine freiheitsliebe meine oft splee nigen vorstellungen & eine seltene form von unbeugsamkeit. auch sonst habe ich keine verwandtschaftlichen bindungen zu hueten: meine eltern sind tot mein stiefvater nur ein freund von mir meine schwester (juenger als ich) lebt in einer andren welt meine beiden tanten sind alt & verknoechert. im aug enblick bin ich weder verliebt noch verlobt... das liegt an mir & es kann ruhig so bleiben. ich halte mit großer freude schule habe offene augen & ohren. auto — bei uns das um & auf des daseins & es waere auch leicht erschwinglich — habe ich keins dafuer buecher daß ich nicht mehr weiß wohin damit. sport interessiert mich nicht: ich wandere gern fahre auch mit der rodel & schwi mme gern. aber ohne jeden ehrgeiz. passives sportteilnehmen ist mir ein gr euel (= fernsehen). bildende kunst ist mir das liebste: selber malen kann ich nicht & wage es auch nicht. die literatur ist mir passion & die betreibe ich auch selber. musikalisch bin ich ein unglueck: wie gesagt aber bin ich ein dankbarer hoerer von palestrina bis weill.

II. wie stehts mit chansons in franzoesisch & italienisch? musikalisch gesehen hat es nie ein italienisches chanson gegeben die leichte italienische musik ist recht »orecchiabile« (= geht ins ohr) & vom text her recht schmalzig aber immerhin tausendmal genießbarer als das anglisierende geschluchze aus der BRD. franzoesische chansons werden in italien kaum gehoert da die unterhaltungsmusik vollkommen in den sog englischer gruppen geraten ist. & da ich englisch kaum verstehe & auch nicht mag kann ich Dir nicht w eiterhelfen. schallplatten sind bei uns so teuer wie ein paar schuhe & ich muß Dich in dieser hinsicht enttaeuschen. ich selber habe gar keinen plattensp ieler.

III. was ich lese: verlang nicht von mir eine liste. ich wuerde nicht mehr fertig vor mitternacht. im augenblick d. h. heute befasse ich mich mit thomas mann dostojewskij. leichtverdauliches ist nicht meine sache. die russi sche literatur ist mir recht gelaeufig seis die vor- als die nachrevolutionaere. Eure prosaschriftsteller sind mir auch nicht fremd.. was reine literatur angeht bin ich international & allesfresser: es ist mir moeglich am selben tag neruda voltaire oder hesse zu lesen.

politisch gesehen mache ich mir wenig gedanken darueber was ich lese. die englisch-amerikanische literatur spar ich mir allerdings auf den achtzigsten geburtstag... zumal ich bereits poe miller bierce wilde shakespeare marlowe etc. kenne. ich reise gern. warum nicht auch in der sogenannten weltliteratur. politische & philosophische texte kaufe ich lieber als sie intensiv zu lesen: das ermuedet mich viel zuviel.

damit hoffe ich fuer heute antwort genug gegeben zu haben.

ein paar fragen an Dich:

liebst Du wein? ich trinke taeglich mindestens anderthalb liter.. er ist bei uns leicht bekoemmlich billig & ein rechtes volksgetraenk. wenns irgendwie moeglich ist schick ich Dir zum kosten eine flasche.

wie stuende es mit einem gegenseitigen besuch? unsre ferien gehen vom 12. juni bis zum 1. oktober. ich habe einen reisepaß mit dem ich leicht zu Euch kommen kann. wie stehen die moeglichkeiten umgekehrt? ein paar tage venedig (dort hab ich ein paar kollegen vom kpi bei denen man gut fuer ein paar tage hausen kann) oder ein paar tage suedtirol w aeren nicht schlecht.

was kann man Dir am besten in freundschaft schicken? unsre saupresse re det immer davon daß Ihr ein armes land waeret froh um jedes marmeladeglas. ich weiß daß das nicht so ist. ich meine nur damit daß man sich etwas schickt was es bei Euch nicht gibt & umgekehrt. dh. Du willst etwas italien isches weil es von etwas weiter herkommt & ein wenig fremdlaendisch riecht genauso wie mich DDR-gegenstae nde interessieren weil sie von Euch sind.

herzlich für heute
& nicht zu vergessen
grueße auch erika.

An die Volksschuldirektion Sarnthein

Betrifft: Anmeldung des
»Maiausfluges«
für die 3./4. Kl.
Schule Flaas

Der unterfertigte Norbert Conrad Kaser ersucht um Erlaubnis am 20. oder 21. Mai 1975 (je nach Wetter) einen ganztägigen Ausflug mit seinen Schülern machen zu können. Der Termin war nicht früher ansetzbar wegen des schlechten Wetters.

Die Exkursion hat folgende pädagogischen Ziele:

1. Kontakt mit den Kindern der Runerschule
2. Naturbeobachtungen
3. Sport und Spiel, da dies der heurige Winter kaum zuließ.

Programm:

8 uhr Aufbruch zur Runer-Schule (die dortige Lehrerin wird von mir vorher benachrichtigt)
Vormittagsjause und Begegnung mit den Kindern
10 uhr 15 Aufbruch zum Tomanegger
Mittagessen und Spiele
13 uhr 30 Ankunft auf der Lavenn
spätestens 15 uhr 30 sind die Kinder wieder zu Hause.

Die gesamte Gehzeit beträgt etwa 3 Stunden. Die Wege sind normale Wanderwege ohne Gefahren oder besondere Schwierigkeiten..

Es versteht sich, daß für die Kinder Bälle, Sprungseile, Spiele, ein Bestimmungsbuch, ein Feldstecher und ein Fotoapparat mitgenommen werden.

Mit herzlichen Grüßen

Flaas 5. Mai 1975

An Mariatheres Neuhauser

flaas
himmelfahrtstag 75

liebe mariatheres

es ist ungemein schwierig einem menschen wie Dir zu schreiben. einem den man haßt bzw. dick hat schreib ich leicht bei jemandem den ich liebe gehts schon schwerer & ganz aus ist es dann bei leuten die ich nur (= »nur«) schaetze wie Dich. zumal Du eigentlich schuftig bist & Dich immer nur mit ein paar spaerlichen zeilen oder komplimenten fuer die eingegangene post bedankst. was soll ich darauf antworten? es passiert hier nichts absolut nichts rein gar nichts oder soll ich ein wettergespraech mit Dir beginnen wie es in zugabteilen brauch ist?

ich bin inzwischen ein jahr aelter geworden ohne auch nur eine spur von neuer last zu fuehlen oder gar gescheiter geworden zu sein. ich rauche unmaeßig wie immer werde mager noch mehr mager & erwarte eigentlich nur den fruehling der nicht kommen will.. heizen muessen wir noch immer heizen & ich hab mir doch so herrliche schlapper gekauft & komm nicht dazu sie einzuweihen. sandalen eben wie sie winter & sommer ohne socken von den noch nicht verweichlichten kapuzinern getragen wurden. ach noch immer muß ich mich mit der bettflasche herumschlagen & in die regnerische nacht hinausschauen. in der frueh ist dann alles wieder waschkuechengrau daß man weder wirt noch kirche sieht & draußen im gang stehen die verschmierten stiefel der kinder. fuer die arbeit selber ist dieses wetter nuetzlich: scheite im ofen adventliche waerme & kein verlangen auf flausen fruehlingshafter natur. der blick auf den kalender allerdings schmerzt.

hast Du meinen nachruf auf prof. forer selig erhalten? warum hast Du mit keiner silbe davon erwaehnung getan? den nachruf in den dolomiten hast Du sicher gelesen & wie ich leider in erfahrung gebracht habe soll ihn kein an derer als clemens auer verfaßt haben. [...]

vor schulschluß den ich mit keinerlei sehnsucht erwarte werde ich kaum nach bruneck kommen. es verlangt mich auch wenig danach. was soll oder kann ich besonderes tun: in den kaffeehaeusern sitzen allein denn ich habe niemanden mehr der meine interessen teilt.. sind ja alle verheiratet dokto risiert verbeamtet so recht integriert: kinder frau & autosorgen.. was in bruneck mir an »kollegen« geblieben ist hat sich bereits ein buergerliches schneckenhaus gerichtet & die die's nicht in bruneck leidet sind weit weg & lassen sich zu allerheiligen weihnachten ostern & wahlen blicken. koennen mir alle gestohlen bleiben beneiden tu ich keinen.. bin mir selber gluecklich genug & viel zu stolz dazu. ich weiß noch immer nicht wer ich eigentlich bin aber daß ich wer bin weiß ich & daß ich tausendfach anders bin als sie. ich kann immer noch nicht sagen welchen beruf ich habe.. so recht zu nichts habe ich es gebracht bin weder schriftsteller noch lehrer student ehemann koch verliebter oder so aber ich denke tagaus tagein was man von den anderen wohl nimmer behaupten kann von denen geistigen faultieren. der schluß ist nun geworden wie das wetter. verzeih es mir. die wiesen sind unter dem grauen nebel bereits gruen & nach den eismaennern wirds schon bluehn.

An Klaus Gasperi

flaas 110575

lieber klaus

heute war bei uns erstkommunion & als ich die gequaelten kinder sah stießen mir soviele erinnerungen auf daß ich sie einfach aufschreiben wollte ich hoffe der text gefaellt. er ist noch nicht fertig vielleicht wird ers nie. vorerst einmal das da. die vorurteile gegen italiener zigeuner & hinterschloeßler sind bewußt eingebaut um sie abzubauen & gleichzeitig unsre kindliche & beei nflußte gehaessigkeit darzustellen. auf den ersten blick erscheint es auch die kirche rette uns.. schafkaes.. das berauschende & verlogene an ihr moecht ich zeigen.

bleib gesund mit
frau & soehnen
norbert conrad

flaas 260575

lieber klaus

wieder ist ein grausamer tag angebrochen doch krieg ich zumindest heute endlich mein gehalt. seit etwa zehn tagen bin ich vollkommen darnieder: psychisch am arsch & schlechter dran als ein nerververl, physisch kann ich mich kaum mehr auf meinen duerren stecken halten, jede form von essen bereitet mir kotzen & selbst der wein ist mir widerlich.. nur rauchen geht noch (zigretten lassen sich zumindest nicht scheißen oder speien). sonst verbringe ich die zeit im bett halbschlafend doeselnd. ich bin wie ein lahmer; lese nicht schreibe nicht denke nicht.

bitte besuche mich am donnerstag (fronleichnam) mit dem tito denn auch haymo ist ziemlich unterm hund. nimm mit was Du mitnehmen kannst.. vielleicht auch meinen vater.. aber komm. ich bitte Dich.

hoffend
norbert conrad

An Mariatheres Neuhauser

flaas 010775

liebe mariatehres
verzeih als erstes den tippfehler Deines nam ens zwotens bin ich nicht der mensch der g erne fotos in der gegend herumschickt um sich irgendwie ewig & unvergeßlich zu machen. drittens warte ich krampfhaft hier heroben auf einen platz im krankenhaus... ich werde wohl so ungefaehr der einzige sein der gerne hingeht. was heißt gerne? der kopf sagt mir daß ich muß. & ich will auch. die fotos schick ich Dir zur hetz & weil ich an dem tag gerade 28 geworden bin (pfui teufel wird man alt!!) wirst Du denn nie aelter?
bei uns gibts nichts neues.. vielleicht zum glueck.. es liegt niemand leiche.. das heu ist gemaeht & teilweise eingebracht .. der pfarrer wartet noch zu auf bessres wetter. saukalt ist mir. dieses schaebige wetter bringt mich noch ins grab. ich weiß nicht was ich weiter schreiben soll: ach ja solltest Du geran ienpelzer rote oder weiße brauchen (sie haben recht fette hier) so laß es mich wissen, dann bring ich Dir in etwa 14 tagen welche. schlag den vorschlag nicht ab Du wirst es nicht bereuen.
wie gesagt sonst ist alles gleich: draußen pecken die wirtshennen oder es tschilpen die voegel mein bett ist noch immer nicht gemacht die schuhe ungeputzt so recht schlamprig wie es sich fuer ein junggesellchen g'hoert. alles fuer heut

herzlichst

An Siegfried de Rachewiltz

flaas 020775

lieber siegfried

zuerst etwas trauriges das gleichzeitig mit einer entschuldigung meines lang waehrenden schweigens verbunden ist: ich bin krank! so richtig saftig krank... seit meinem geburtstag spielt bei mir ueberhaupt nichts mehr. zu allem ueberfluß bin ich im juni vom roß gekugelt dann folgten zwei nerv enzusammenbruechchen etc. etc. kurzum ich will nicht weiterplaerren.
hier gefriert man ueberhaupt nimmer auf. mein ofen ist durchaus bei gang. das schuljahr ist fertig. einen hab ich leider sitzen lassen muessen... das leben

ist halt nicht so einfach wie manche zu wissen glauben. neues gibt es im ganzen land nicht.. aber schon gar nichts. sicher beginnt jetzt die zeit der hysterischen volksmaersche der kirchtage schuetzenfeste weiß-kreuz-feiern & mit solchem geraffel ist der veranstaltungskalender ausgebucht. alle wollen geld fuer »fromme« zwecke. das haben sie fuertrefflich den pfaffen abgeg uckt.
fremde gibt es heuer zum glueck nicht viel. auch sonst erscheint die gegend friedlich & unberuehrt. den wein saufen wir uns selber falls er uns guttut... ach wenn ich doch wueßt was schreiben eine geschichte zu erfinden bin ichs zu faul & zu marod.
jenny hat sich fuer den tschoegglberg eingesetzt & will keine motorradler mehr da haben. rampold & co. sollten sich schaemen: sie die passionierten landschafts- & bergbauernbeschuetzer muessen sich von einem »sozi« vor haltungen machen lassen. im passeier hat ein ehemann frau & geliebte (f orstaufseher) umgebracht. sechs unmuendige kindlein stehn nun da. & weil es wirklich nichts mehr gibt schließe ich.

herzlichst

An Markus Vallazza

flaas 020775

liebster markus
bin nicht gerade hin aber fast. dieses jahr war bitter hab selber schuld & werd kaum daß ein platz freiwird im bozner spital mein zelt aufschlagen. kaum bin ich dann wieder bei leben (maestfack wird aus mir sowieso keiner) werde ich mich lebendig machen. kueß mir Deine frau. zu allem ueberfluß bin ich am 2. juni noch vom roß gefallen: meine gebeine sind in scherben. duerr bin ich wie eine wueste.. nur mein kopf ist noch bei gang. herzlichst ein großer raunzer

n. c. kaser

An Siegfried Baur

bozen-spital 280775

lieber siegfried
ueberhaupt alle

ich bin Euch unendlich dankbar daß Ihr mich wieder zur vernunft gebracht habt. ich bin wieder auf der hoehe was erika bestaetigen kann. Eure eselsgeduld mit mir & meinen kaprizen (die mir uebrigens vergangen sind) verdient mehr als gewoehnliches lob. daß aus mir noch etwas zu machen waere haette ich nimmer gedacht. Ihr aber habt mir bestaetigt daß es fuer mich der ich doch ein alleinstehender querkopf bin noch freunde gibt die sich nicht nur finanziell (das muessen wir auch einmal regeln) einsetzen sondern mit leib & seele hinter mir her sind. es war nicht »des widerspenstigen zaehmung«, ich hab mich auch kaum veraendert (ja hunger habe ich halt mehr): der geknickte halm steht wieder geblieben ist er gleich.
Ihr seid im sueden ich bin da noch im krankenhaus werde nicht gequaelt & habe wieder einen klaren kopf; nur bitte verzeiht mir meine ausfluechte luegen fluchtversuche etc. Ihr habt ja selber gesehen im welcher verfassung ich war.

vorerst tausendfachen dank
ein kleines fest soll folgen
ein paar ernste gespraeche
Euer
norbert conrad

An Erika Miel

bozen-spital 290775

liebe erika

ich zaehle die tage gar nicht mehr sie rinnen schmerzlos im bett dahin & das nennt sich stolz »Sie sind unter beobachtung«. ich kann rauchen essen was ich will habe eine leber wie ein elefant & nur saufen darf ich nicht. ich bin neugierig wann sie mich endlich laufen lassen.
Du mußt mich mit meiner kleinschreibung mißverstanden haben: privat & literarisch gebrauch ich sie einfach. in der Schule wird natuerlich mit dem duden gekaempft & alles was man angreifen riechen sehen usw. kann muß groß sein.
bei uns faengt die schule am 1. oktober an & ich haette gute lust fuer etwa eine septemberwoche in die DDR zu kommen; macht ja nichts aus wenn Du

schon schule haeltst. so haette ich denn von Dir gern ein paar hinweise wie ich das anstellen soll: unterkunft, waehrung, ernaehrung usw. mein paß ist in ordnung. tag & nacht wirst Du ja nicht schule halten. informiere mich also bitte.
so halte ich mich fuer heute kurz & werde mich melden wenn mich die lieben doktoren entlassen

herzlichst
norbert c.

An Erika Prader

spital 050875
19 uhr

»auch wenn ein freund weggeht muß man die tuere schließen« sagte me-ti »sonst wird es zu kalt«.
»es kann nicht kaelter werden« sagte kin-jeh.
»doch es kann« sagte me-ti

brecht

»ich habe leere haende u. kann nichts fassen. das macht mich traurig«

erika

ich bin noch hinunter in den garten um den letzten 17 stunden meines hierseins ein wenig frische luft abzugewinnen ich bin zurueck in unsern krankensaal & mein gewissen zittert mir gegenueber wie die fluegel des kranken vogels vor der offnen bauertuer.
wohl ist die tuer zu schließen wer immer auch weggeht gesperrt muß sie nicht unbedingt sein aber geschlossen. der atem ist mir enger geworden bei Deinen zeilen was solls? seis bieder grob oder edelgestochen gesagt. der schritt ist getan: Du hast recht wenn Du sagst daß ich nur dem zwang gehorche. mit der zeit gehe ich um wie mit dem geld. ich werde beide nie besitzen. denke nicht ich sei flatterhaft.

mein gewissen lebt vor offner kaefigtuer.

norbert conrad

An Siegfried Baur

flaas 290875

lieber siegfried

heute ist ein so trueber tag daß ich die gelegenheit nutzen will Dir ein paar zeilen zu schreiben obwohl es wohl vom miesen wetter & meinem besseren befinden gar nichts zu berichten gibt. gleichzeitig wirst Du ja auch den brief mit den klostersatzungen der beiden orden erhalten von denen ich dachte ich koennte darin einen unterschlupf finden. aber hab keine angst die sind beide nichts fuer mich. die vegetarische kost ginge noch an auch die bibl iotheken sind verlockend & das gemuetliche kartaeusergaertlein nicht zu v erachten aber die schweigsamkeit (außer langwierigem psalmenbeten) ist mir schon gar ein bissel zu tueckisch... kurz es ließe sich wohl alles gewoehnen aber grad die gewoehnungszeit wuerde ich nicht ueberstehen & abspringen. da fangen wir lieber gar nicht erst an. da haben wir noch andre orden die ueber nachwuchs raunzen & mich mit den sog. offnen armen aufnehmen o rden mit reichen bibliotheken mit oeffentlicher sozialer arbeit (OSB, OFMin, OCist etc.). alles orden die wohl ueppig leben & damit aergernis geben aber einen zumindest das maul auftun lassen. in die mission gehe ich bestimmt nicht. am meisten interessiert mich die laufbahn eines predigers wo ich schimpfen himmel & hoelle eroeffnen kann nach belieben bei trappisten & kartaeusern geht das nicht. auch mit publikationen relativ weltlicher natur laeßt sich bei denen nicht viel machen. ehrlich gesagt leider! mit den ben ediktinern von muri-gries ließe sichs schon reden zumal ich dabei den vorteil haette im lande (sozusagen mitten unter Euch) bleiben zu koennen & als zweiten vorteil mein geliebtes flaas nicht ganz zu verlieren durch die sommerfrische in kampidell. wie gesagt bleibt das alles noch haengen & bitte ganz unter uns beiden. das liebste bleibt mir der schuldienst!! ich bin auf dr. do brillas kommende untersuchung teuflisch gespannt. aber habt Ihr denn nie sorgen die Ihr mitteilen koenntet? ein brief gerade in diesen regentagen wue rde mich freuen.. aber erzaehlt mir von Euch so wie ich von mir erzaehl.

herzlichst durch nebel & regen
grueßt
norbert conrad

An Erika Prader

flaas 290875

meine liebe erika

ich habe das getelefoniere einfach nicht gern. ich schreibe viel lieber obwohl es im augenblick bis auf das truebe wetter schon rein sauber nichts zu ber ichten gibt. mit ziemlicher spannung sehe ich der visite bei dr. dobrilla en tgegen & hoffe gesundet davongehen zu koennen. sonst bin ich relativ bra v auch wenn ich so ein-zweimal in der woche zum kartenspielen verfuehrt werde was natuerlich zu einem extraviertele fuehrt. sonst meide ich in dies er zeit eher die menschen laboriere in meiner kammer herum bastle ein biß chen & bis alles getan ist hat der tag sein ende.. ich leiste nichts bedeutend es ich troedle so dahin schlafe viel (fast zuviel) & lasse alle fuenfe grade sein. uebrigens habe ich das traeumen wieder erlernt & bin dabei viel herumgek ommen. so war ich kuerzlich in einem rumaenischen grenzdorf: ich sag Dir dieses blonde steppige gras mit einzelnen blauen wasserlachen & einsam st ehenden sonnenblumen bestanden ein pfauenschrei & mittendurch die auf gelassene bahnlinie gerade wie ein boeser doppelstrich. auf einem huegel liegt das dorf weil es herunten zu sumpfig ist ein schmutziges dorf der dreck rinnt ueber das grobe pflaster die wirtsstube ist gekalkt ohne bild oder kreuz nur an den waenden haengen große zettel mit seltsamen woertern & runden za hlen dahinter: das sind die schulden der leute sagt die wirtin die uebrigens einen bildschoenen stark gebauten schwarzhaarigen sohn hat. 16 jahre alt: er heißt karapoff & ich habe mich in ihn verliebt & noch oefter versucht dies es traumbild zu beschwoeren & mit ihm zu reden.. aber er kommt nicht mehr. er spricht gutes deutsch & hat mir das dorf gezeigt die leere kirche mit den gelagerten zementsaecken die weißen haeuser an denen manchmal ein plakat mit roter flagge haengt verblichen aber die blumen an den simsen & fenstern bluehten ihre unverwuestlichen farben. leute sind wenig anzutreffen die tueren bleiben verschlossen vielleicht mag man karapoff nicht oder man hat scheu vor mir. in der schule ist gerade pause die kinder bewundern mich & karapoff hat muehe mir ihr geschwaetz zu uebersetzen zum schluß muß ich ihnen das wort »freundschaft« aufschreiben. es gibt viele kinder im dorf. karapoff ist unendlich schoen so halbnackt in den baeuerlichen hosen aber seit er mir vor dem erwachen eine pfauenfeder geschenkt hat kann ich ihn nimmer beschwoeren.

& davon lebt er wirst Du denken oder damit lebt er. ach ich habe andre sorgen als karapoff & naechtliche doerfer oder phantastisch zusammengebaute staedte. ich will nur sagen daß mir das traeumen wieder zu dem geworden ist was es schon einmal fuer mich war: ein buch ein film jedenfalls etwas ganz privates & seit ich wieder quasi gesund bin wieder schoen. flaas ist nur grau in diesen tagen neblig & feucht & ich ginge so gerne in die pilze dieser tage oder in die beeren. selbst der hund wartet vergeblich auf fremde die er verbellen koennte. er sitzt relativ truebsinnig auf der friedhofsmauer. appetit habe ich guten nur kocht die wirtin so lieblos & fad & muß wiedereinmal ih re launischen tage haben weil sie so recht muerrisch ist. lecke sie mich. m ich kuemmert das italienische dritte programm mehr als ihr langes gesicht. aufs geld ist sie wiedereinmal wie ein geier. bei der mela esse ich nicht me hr weil die wie ich gemerkt habe schon mit dem pfarrer genug hat. alles ist langweilig & unlebendig so recht gemacht fuer einen beschaulichen gen esungsurlaub auf dem man eigentlich nur auf das taegliche spritzchen wartet das mir der hias (= mesner) mit wirklich geschickter hand zum abend ver paßt.

es kueßt Dich durch regen
& nebel hindurch fuer heute

An Mariatheres Neuhauser

flaas sonntag 140975

liebe mariatheres

verzeih mir die strikte aufforderung den briefwechsel wieder aufzunehmen was Du ja schon getan hast. ich bin nicht daran schuld aber unsre post hat nun einmal den tadel nicht vorwaertszukommen & somit ueberschneiden sich karten oder briefe was sogar zu unbeabsichtigten beleidigungen kommen kann.
ich bin genesen & noch ein kleins bißchen auf der schwaecheren seite aber immerhin kein klapperkasten mehr. ich habe dieser tage (100975) eine ku rzgeschichte geschrieben die meinetwegen romantisch-kitschig sein mag kurzum ich schick Dir einmal eine kopie. sonst ist hier alles gleich das wetter bleibt wendisch & die bauern bringen ihre gruenmahd nicht ein. die waelder sind rundum voller pilzesammler & man trifft leichter einen von diesen an als einen pfifferling. ich bin nicht sonderlich auf die schwaemme aus zumal ich sie beim wirt dreimal in der woche serviert krieg.

& nun eine geschichte. ganz fuer Dich allein. frischgemacht wie eine sem mel.

eine kuh

einmal gab es da eine kuh die von boesen geistern besessen war. um ihr den satan auszutreiben versuchten es die bauern sie mit weihwasser zu traenken zum andern ließen sie sie auf dem friedhof weiden dann wieder raeucherten sie den stall aus & ließen den bauern dem sie gehoerte nicht mehr am an gestammten tisch sitzen. es half nichts & die kinder hatten zu leiden wegen der nachschreierei. sie war bestimmt kein schoenes tier waren doch ihre hoerner nach vornunten gebogen & ihr geschau schlimmer als das eines stiers.

zu schlachten wagte man sie nicht ihr untugendsames fleisch galt als giftig. sie war sonst wohl gewachsen & milch gab sie fuer drei.. wenn sie einen stier sah (ohne ihn irgendwie heranzulassen) da kaelberte sie schon am naechsten tag. das vieh war einfach nicht geheuer. sie fraß nur frische brennesseln. heu oder gras waren ihr zuwider sie gab stattlich milch ohne auszuschlagen oder sich zu weigern nur die milch hatte einen blaeulichen schimmer & das ist nicht gut sagten die bauern. die kuh ist einfach verhext. da beschlossen sie die unglueckbringende naechtens abzuschlagen. niemandem hatte sie ung lueck gebracht: niemanden getreten gestoßen versprengt.. hoechstens unglueck dem bauern der sie hatte aber der schlief tief in jener nacht. der kadaver wurde muehselig im misthaufen vergraben bei kerzenschein wind lichtern & neumodischen batterien. anderntags bluehten die besten rosen auf der stelle... traene wurde keine geweint der bauer kam wieder an seinen stammtisch die geworfenen kaelber waren nichteinmal verzaubert... es muß eine indische kuh gewesen sein.

liebe mariatheres
ich bin mir bewußt daß Du an dieser freiausgopften kein besonderes gefallen hast. schreib mir wieder & sei gegrueßt.

An Erika Prader

flaas sonntag 210975

meine liebe erika

warum bist Du denn immer so traurig wenn Du mich siehst? & dann noch dazu immer diese predigten (helfen sowieso nix). am liebsten moechte ich mich in Deinem schoß ausweinen was weder im buero noch in bozner gast haeusern geht... schau auch ich bin traurig. nehmen wir's einfach nicht so ernst sondern feiern wenn ich komm warum zB. ißt Du nichts wenn ich in bozen bin? so & jetzt fertig mit meiner predigt.. wie Du siehst halt ich sie kurz!

dieser tage habe ich mordsmuehe eine grabtafel zu schreiben: die leute glauben er koenne schreiben weil er lehrer sei. da bringen sie uns tafeln die sollen dann wetterfest praechtig in gotischer schrift namen & verslein tra gen.. es ist ein jammer. »hier ruht unser lieber onkel x. geb. am ixten tag des jahres 1889 verschieden am ixten 1975 er ruhe seligen angedenkens im frieden des HERRN« & das alles brav mit weißer tusche & dreifach la ckiert damit der naechste regen keine patzerei dreinmacht. es bleibt ein jammer.

& nun eine frische geschichte fuer Dich:

das pferdchen

es hatte eselsohren obwohl man in unsrer gegend fein & peinlich auf rasse & zucht achtete also wurde es auch nicht ins stammbuch der adligen haf linger aufgenommen da nutzte es nichts daß es seine mutter heiß liebte aufs wort gehorchte blonde maehne & schweif hatte. gut daß es nicht wußte daß fuers leben eine eintragung ins adelsbuch nicht sonderlich wichtig war. od er doch? wir werden sehen. die andern fohlen des gleichen jahrgangs wußten auch nichts von ihrer edlen herkunft & benahmen sich uebermuetig-mutw illig wie der »esel«. der esel machte karriere als er von seiner mutter wegkam & seinem bauern trotz kraft lebensfreude & billiger erwerbung nicht mehr paßte (das tier hatte bereits drei jahre willig gedient) da gab er es her: ein em zirkus. mit der klugheit des haflinger esels hatte man dort gar nichteinmal gerechnet. er wollte sich nicht zum wilden tanz- oder cowboypferd dressieren lassen auch nicht die obligaten runden in der manege drehen.. er wurde stoerrisch wie ein rechter esel bis endlich jemand draufkam daß er unter die seiltaenzer gehen wollte. zwei saftige stahlseile wurden gespannt & der verd orbene haflinger bestieg sie ohne hilfsmittel besann sich noch einiger aufg ezwungener tanzkuenste & wurde die NUMMER & alt & von mir aus gesehen adlig.

An Siegfried de Rachewiltz

flaas 240975

lieber siegfried

ich bin total zerstoert meine liebe leber ist beim teufel demnaechst stecken sie mich in eine spezialklinik. ich kann Dir nichts laengeres schreiben lege Dir aber zwei kostproben juengeren datums bei. meine anschrift bleibt vorlaeufig die gleiche. herzlichen dank fuer Deine beiden karten.

norbert

An Erika Prader

flaas freitag/samstag ende sept.
26/270975

geliebte erika

es war gestern eine unheimlich anmutende trauer in mir. der hias ist wegen der spritze gekommen & aufeinmal haben wir beide geweint eben wie klein e kinder glatt wie kleine kinder. Du weißt der mesner ist mein bester freun d da ein außenseiter wie ich & wenn zwei außenseiter die sich wie brueder fuehlen wissen daß es bald an der zeit ist fuer lange auseinander zu gehen kommt es eben zu solchen dingen. wir saßen auf dem bettrand in meiner kammer stellten den kuebel meines abwaschwassers auf das kalbsfell (da s mir meine schwester zum bettvorleger spendiert hat) & weinten hinein.. geredet haben wir wenig nur »geraert« wie ich auch jetzt weine. ich kann nicht anders. verzeih immer wieder muß ich von der schreibmaschine auf stehen & ein paar dieser muehseligen tropfen wegwischen. ich weiß nicht aus welch nassem stoff ich gebaut bin. ich kann auch lachen wie ein kitz & eben plaerren wie norwegischer regen & dabei waere ich so im rechten alter eine dickere haut zu kriegen. es hilft nichts.

uebrigens brauche ich haymo nicht zu schlachten. der hias nimmt ihn wollte noch heute 5.000 lire dafuer hinlegen ihn vielleicht sofort haben. ich bin sehr gluecklich daß alles so gut ausgeht der hund ist bei ihm bestens aufgehoben & er hat mir versprochen kein kettenvieh daraus zu machen. das geld lehne ich natuerlich ab & der haymo bleibt bei mir solang ich in flaas hausen darf & kann.

der himmel schreits
aus allen falten
& die gestalten
um mich her
sind wie ein mantel
& mich halten
& nicht mehr

jerusalem Du bist zerfallen
& das goldne rom
gefallen ist der habicht
der wiegt nicht schwer

wen soll ich noch
kuessen
ohne tropfen salz aus
meinen augen

zurueck zur realitaet gestern waren zwei junge lehrerinnen da zum lokal augenschein & wie es brauch ist bei diesen gaenschen wurde nach zentral heizung gefragt nach fernsehen & aehnlichem zivilisatorischem klimbim den es halt bei uns nicht gibt. was sie als resultat heimgebracht haben weiß ich nicht.. sie haben sich bei mir nicht blicken lassen. wir werden ja sehen was der himmel den flaasern beschert. kaum etwas bessres als mich.

Dein

An Rita Mair

flaas 051075

sehr liebe rita

nochmals danke ich Dir tausendfach fuer die heine-kopie & wenns irgendwie geht werd ich heut nachmittag schon mit brixen anfangen obwohl ich das zitat von den schafen & pfa ffen nicht gefunden habe. aber ich bin dessen gewiß daß heine es irgendwo stecken hat.. doch ich weiß mir schon zu helfen: ich form uliers einfach neu stelle es als motto hin & schreibe dazu »anonymus des 19. jh.«
hast Du das fotokopierte von heine ueberhau pt selber gelesen? hast Du Dich zumindest dab ei amuesiert.. das muß unbedingt im skolasten gedruckt werden & florian wird nichts dagegen haben. zur sicherheit leg ich Dir eine abschrift bei die natuerlich stubenrein & ohne mogelei eintrifft. »meran« ist wie Du siehst auch fertig fertig waere auch sterzing aber ich finds in meinem wirrwarr im augenblick nicht. ich weiß daß der skolast kein »literatenblattl« ist wo jeder seine ejakulationen auslassen kann.. es geht mir darum etwas gegen rampold zu tun & weil ich bei Euch schon liebkind bin oder fast hoffe ich auf die halbe seite.
ich habe kurz unterbrochen weil sonntag ist & ich mich schließlich schoen machen muß was bei uns manndersleut oft laenger waehrt als bei Euch weibern. rasieren schuheputzen an hemd & kravatte herumbasteln etc. auch jetzt bin ich noch nicht im vollen staat.. ich moechte nur wissen wie sich der pillenpaule herausputzt der es ja taeglich zu tun hat.
gesundheitlich bin ich wohl noch etwas schwaechlich aber mein geist tut halbwegs wie er soll. das konzert im waltherhaus war herrlich & eine rechte kulturspritze. weiteres gibts zu berichten.. ich werde mich wieder blicken lassen.

An Klaus und Marlene Gasperi

flaas 061075

la pioggia d'ottobre

ed è proprio lei la cattiva
che fa cadere le foglie
del mio grande albero
e bagnati com' i poveri
senza tetto
si metton a letto
con molta fortuna
li copre un pezzo
di carta

noi invece che non
stiamo sotto ponti parigini
sogniamo al ritmo delle celesti
lacrime nel caldo dell' osteria
fra i diversi vini
vini rossi come le foglie
o il sangue di qualche
fucilato
in ispagna o altrove

maledetta pioggia
e d'estate rovini
il fieno dei contadini
almeno d'inverno ti fai
neve
e copri i danni tuoi.

---

lieber klaus samt marlene

wie Du merkst kann ich auch noch italienisch.. im uebrigen habe ich alles eher im sinn als zusammenpacken & von hier zu verschwinden. ich hoffe daß Du die kopien von »meran« & »brixen« gekriegt hast. ich bin so in litera rischem schwung daß ich jeden tag ein wohlgefeiltes seitchen einfingring herunterklapper von der korrespondenz gar nicht zu reden

ich kuesse Euch beide
norbert

ps. der beiliegende brief ist fuer Deine mutter
ps. 2 natuerlich begeb ich mich in kur nur in diesen letzten zwei wochen tu ich wild! keine sorge

An Mariatheres Neuhauser

liebe mariatheres

dieses ist der letzte brief den ich Dir aus meinem geliebten
flaas schreib. meine gesundheit zwingt mich wieder in ei
n spital aber endlich hab ich meine sturheit aufgegeben
& eingesehen daß mir ein ordentlich hergerichtetes leben
mehr wert sein muß als meine kinder. noch weiß ich nicht
in welche klinik sie mich stecken.. wenn ich ein bißchen
schreiben kann & zum lesen kriege ist mir alles gleich.

sicher hat es teuflisch wehgetan von da wegzumuessen
zumal meine sommerferien schon in dieser bozner kasern
e floeten gegangen sind die tiefste wunde aber ist daß ich   flaas 141075
meine kinder verloren hab (kitschig ausgedrueckt: schafe
& hirt). das hat mir im letzten monat das herz zerrissen & die narbe bricht
immer wieder auf. hier bleib ich noch bis zum 20. etwa um den letzten gehalt
abzuwarten & zu pluendern.. aber wohin pluendern: der monica sind meine
wenigen hemden im kasten schon im weg den tanten moecht ich auch nicht
alles aufhalsen ich bin gluecklich den klaus zum freund zu haben er ist der
einzige der mir wirklich zurecht unter die arme greift. der haymo ist auch
versorgt er darf in seiner welt bleiben halt ohne mich aber es wird kein
kettenhund aus ihm & das beruhigt mich.

vor meiner nase steht als erinnerung & zukunft eine infusionsflasche eine
zuckerdose ein paar tropfen (dh. eine kleinere apotheke.. meinen tages
stundenplan muß ich nach medikamenten einrichten. macht nichts.)
schnupftabak von den grieser benediktinern liegt da ein batt'rielicht pul
verkaffee unvermeidlich ein strengstens verbotnes glas wein (sonst tut die
schreibmaschine nicht recht) & draußen scheint ausnahmsweis die sonne. es
ist alles als waer nichts gewesen oder komme nichts auf mich zu. angst hab
ich keine. karapoff ist mir zwar nimmer im traum begegnet.. aber ich schl
afe gut & traeume was mir gefaellt nur ist das programm etwas schwach &
nicht schreibenswert immerhin farbfilme.

demnaechst heiratet mein chef (siegfried baur) & ich habe jetzt hoechste n
ot den beiden ein gedichtchen anzupassen grad wie ein schneider: maßne
hmen verschen-zaehlen usw. des uebrigen schreibe ich recht intensiv nichts
»großes« so kleinere prosa & lese viel waehrend unter meiner kammer die k
inder laermen.

ich werde demnaechst einen hupf nach bruneck machen & es sehr eilig haben
so wie Du's meistens hast zu einem kaffee werden wir die zeit schon fin
den... diesmal hab halt ich das vorrecht (nicht beim zahlen) sondern bei der
zeit. zu ratschen haben wir wenig dafuer kennen wir uns ja gut genug.

herzlichst

An Erika Prader

flaas 151075

ganz liebe erika

aus diesem FLAAS ist das jetzt der letzte brief. & noch dazu weiß ich nicht was schr eiben.. ich bin ueberfragt. wie im zug so ue blich oder sonst als notloesung faengt man m it dem wetter an: strahlende sonne ziemlich kalt die fliegen sind noch immer laestig das oefele hab ich eingeschaltet damit meinen f ueßen auch warm sei also das wetter ist gut wie's sein wird wenn diese post kommt kann ich leider nicht voraussagen.

troestliches oder freudiges moecht ich Dir sa gen mir faellt nichts ein mein seelisches »ach & weh« ist fast verheilt selbst ein geschicht chen fuer Dich will mir nicht kommen. oder doch?

ein gruener papst

lauer wind ging durch rom vor den bars saßen an winzigen runden tischchen die herren & lasen die sporttageszeitungen & bestimmt kein kirchliches blatt. auf den blechttableaus der kellner schepperten dezent die taeßchen. es war ein schoener wie gemalter septembertag. juventus hatte gewonnen. 3:0. de r verkehr sprudelte nach roemischer art ueber zebrastreifen & rote ampeln eine flatternde schar von nonnen bewies daß noch nicht alles heidnisch war. aufeinmal stille die zeitungen sanken von den gesichtern die kellner standen steif im gehen begriffen einem fiel das serviertuch aus dem ellenbogen der verkehr war querschnittgelaehmt: ER, der »neue« kam nicht im mercedes oder flankiert von seinen schweizern oder beschuetzt von motorradbewaff neter polizei. voraus schritten drei ministranten einer mit dem vortragskreuz einer mit brennender kerze (krampfhaft wehrte er die flamme gegen den wind & der dritte hatte ein weihrauchfaß das er eifrig schwenkte um ungute dueft e & katzen zu vertreiben.. ihm kam der wind zupaß). ER, sixtus VI. schauk elte winkend & segnend in offner gruener saenfte durch den stadtteil den er sich fuer diesen montag zum lokalaugenschein vorgenommen. vier in gruen en samt gesteckte maenner trugen also den vertreter unsres Herrn durch die straßen & wackelten betraechtlich weil sie unterschiedlich groß waren. nach diesem voruebergang gingen die zeitungen wieder vor die gesichter die ke llner aus ihrer stellung etc. ein schoener montag fuerwahr. der naechste m ontag den der hl. vater einem andren stadtteil zugedacht hatte verlief schlecht: ein bundesdeutscher mercedes ueberrante am tieberufer den kirchl ichen haufen die saenfte kippte um sixtus in gruenem ornat dagegen in den fluß & vor lauter viel klerikaler kleidung ersoff er regelrecht wie eine maus. eine gute woche war er nun papst gewesen »aimè« sagten die roemer »era un buon papa 'sto sisto sesto aber halt auch gruen hinter den ohren«.

juventus hatte diesmal gegen roma verloren.

An Klaus Gasperi

flaas 171075

lieber klaus

das wird nun wohl der letzte schrei sein den ich vom tschoegglberg loslasse. viel haett ich noch zu weinen oder plaerren.. es tut entsetzlich weh zu gehn wo man glaubte daheim zu sein.. aber Du kennst ja die ganze geschicht

also kuess ich
Dich denn auf
russische art
Dein
norbert c.

soeben ist haymo gekommen fetznaß & in frischem kuhdreck gewaelzt.. was lieb ich doch dieses vieh. & verflucht schon wieder kommt mir wasser in die augen wenn ich bedenke daß er uebermorgen nicht mehr mein ist.. was bin ich denn fuer ein sentimentaler hund & nicht in schwedischen windeln oder seidenpapier aufgewachsen.
meine leserzuschrift wird demnaechst (dh. ab mittwoch) im alto adige kom men.. ich glaube Du hast schon eine kopie. jedenfalls heb mir die A-A-nu mmer auf. mit der pluendrerei gehts relativ gut. uebermorgen kommt mich siegfried holn also brauchen wir nicht mehr nach flaas

An Christel Hemme

flaas 191075

liebe christel

dank fuer Deine karte vom 20. sept. & denk Dir der bach wird mir lieb sein ich bin schon fast krankhaft fanatisch in bezug auf klassische musik. sonst bin ich auch noch krank & ans schulehalten ist in diesem jahr gar nicht zu

denken. in wenigen tagen werde ich in die universitaetsklinik von verona gesteckt (bitte landkarte nehmen & suchen oder an dietrich von bern denken).
heute loese ich meinen hausstand auf & wandre morgen wohin mich die wolken der gesundung treiben. es ist ungemein bitter sich von kindern & hund zu trennen.. nun es muß halt sein.. heimat hab ich keine. ich bin eine waise oder ein findelkind trueb gesinnt & dann kann ich wieder lachen daß mir vor lauter gaudium die traenen aus den augen kugeln. was nun auch wieder nicht das rechte ist.. ich bemitleide mich nicht selbst & will keine weinerei von andrer seite. zum ausgleich hab ich musik & hausgemachte literatur & etwas zuviel wein (der mir sowieso in den naechsten tagen verboten wird). eine frage: habt Ihr meine suedtiroler reisefuehrer nicht gekriegt? ich habe Euch zwei verschiedne geschickt.

meine anschrift aendert sich nun: n. c. k. — romstr. 4 — I 39031 italien
bruneck

natuerlich hab ich interesse mit Euch in kontakt zu bleiben & werde mich aus meinem kuenftigen »gefaengnis« wieder melden.. dann hab ich zeit genug im jetzigen wirrwarr der aufloesung ist's nicht moeglich.

von ganzem herzen Euer

ps. & schon wieder kommt mir salziges wasser in die augen. auf meinen fueßen unter dem schreibtisch liegt mein haymo eine richtige wald- & wiesenmischung & morgen ist er nicht mehr mein.

An Erika Prader

verona 241075

meine lieber erika

natuerlich bist Du die erste der geschrieben wird. da hat man mich aber in einen schoenen kaefig geschickt.. wie ich gestern angekommen bin sofort eingesperrt noch dazu bin ich eine halbe stunde zu frueh drangewesen um nur ja recht puenktlich zu sein dafuer durfte ich anderhalb stunden im wartezimmer mit katholischen zeitschriften herumhocken. ach haett ich's nur geahnt haett ich mir auf dem bahnhof noch eine saftige halbe wein einverleibt. nun ists schon geschehen die goldnen pforten sind zu. im aug enblick hab ich ein einzelzimmer mit vergittertem fenster dann komm ich in eines mit zwei betten in der großen hoffnung einen annehmbaren kump anen anzutreffen. untersuchungen hat man an mir noch nicht angestellt. das wird sich wohl in der kommenden woche dahinschleppen. von den frauen sind wir strengstens getrennt vor dem essen wird saftig gebetet die mahlz eiten sind gut & ueberreich bemessen wo ich doch alles eher als appetit habe (vorlaeufig noch vielleicht hilft das beten & der weinentzug zum hu nger)

mußte kurz unterbrechen weil ich zu einem kolloquium mit dem behand elnden arzt gerufen wurde. er fragte mich nach strich und faden.. wollte sozusagen meine seele durchleuchten.. aus. die durchleuchtung ist ihm nicht recht gelungen & soll morgen fortgesetzt werden. ist auch kein wunder bei mir wo sich kaum ein freund recht auskennt geschweige denn ein fremder. ich hab ihm so gut als moeglich entgegenzukommen versucht & nicht gelogen (Du kennst mich ja nicht luegen kann bei mir auch heißen: unter- & ueb ertreiben) morgen soll er beim verhoer mehr glueck haben. ich versprech e s Dir.

mit medikamenten hat man mich bisher verschont. wird schon noch kom men.. eine schlaftablette wollte man mir geben. hab nicht angenommen schlaf ja sowieso wie ein ratz. die andern pazienten spoetteln ueber meine frisur. sie reichen vom 16jaehrigen rotzbuben bis zum tattergreis.. intellek tuellen hab ich bisher keinen aufgetrieben. manche haben ein bißchen einen tick. eigentliche spitalspflege gibt es nicht denn bettlaegerig ist niemand die aerzte sind froh wenn ihr volk recht herumlaeuft singt & plappert. dement sprechend laut war auch der gestrige abend mit schallendem chorgebruell auf den gaengen einem auf vollen touren laufenden fernseher etc. »unsrer« mentalitaet entspricht es nicht ganz.

soeben ist der taegliche wanderhaendler ins spital gekommen: wegen zigretten briefmarken kuverts usw. braucht man sich keine sorgen zu machen & wenn man bei ihm kunde ist braucht man sich nur einen wunschzettel anzufertigen & er bringt von der neugebuegelten hose ueber himbeersaft & zahnpasta alles.. was er leider nicht bringen kann ist deutsche lektuere. den alto adige bringt er auch taeglich. wenn der »richelieu« auch eine schwarte von 600

seiten ist les' ich zur vorsicht jede seite zweimal um zu sparen. was ich ge rn zu lesen haette schreib ich Dir dann morgen denn vor samstag/sonntag kommt sicher niemand von Euch.
ueber siegfrieds hochzeit mußt Du mir ausfuehrlich berichten.. nicht nur so in zwei zeilchen. heute nachmittag waehrend wir da gerade ruhestunde ei nhalten muessen findet sie statt ich werde nicht ruhen sondern dabeisein nicht mit traenen oder truebsinn sondern mit großer freud!
mittagszeit.. essengehen

Dein

241075/ etwa 18 uhr

Ihr werdet im besten feiern sein & das wetter haetts mit martina & siegfried auch nicht besser meinen koennen. hier ist kugelrot die sonne untergegangen wie es sich für die ebene geziemt. auch sonst bin ich guter stimmung & mit den spielregeln des hauses halbwegs vertraut. in jedem spital gehts anders zu. hier wuerde man es natuerlich gern sehen wenn ich zur messe gehn wuerd e was ich vielleicht auch aus langeweile manchmal tun werde.

beschreibung eines zimmers: rollos die nur von einem pfleger bedient werden koennen gitter wie gesagt doppelfenster bodenlange weiße vorhaenge steinboeden keine heizung (wie wird das nur im feuchten winter werden?) brunnen mit warm- & kaltwasser kahle hohe weiße waende ein wandkasten ein spartanisches bett tisch mit stuhl & eine poltrona aus plastik basta. die aufenthaltsraeume (in denen ich auch noch keine spur von heizkoerper ent decken konnte) tragen als wandschmuck heiligen druckkitsch. weltliches ist nur auf der anschlagtafel zu finden: bibliothekszeiten schlafzeiten dokt orzeiten usw. der stundenplan ist nicht kloesterlich persoenliche freiheit selbstverstaendlich an diesem ersten richtigen tag hab ich den eindruck g ewonnen daß man fast zum nichts-tun gezwungen wird. obwohl das nicht im sinn der aerzte liegt.. aber die versehen nachmittags keinen dienst. vorerst ist alles in ordnung & die krisen werden schon noch kommen.

am nachmittag ist mir folgendes eingefallen & jetzt beginnts schon mit der bettlerei (natuerlich fang ich bei Dir bzw. beim orf zu betteln an). also fol gendes: ein rundschreiben! um nicht allen mehr oder weniger das gleiche schreiben zu muessen schreibe ich einen einzigen brief an alle gleichzeitig & zwar in folgender form: gleicher text fuer alle von Dir fotokopiert & an die angegebenen adressen verschickt. so erspar ich einen haufen arbeit. geld fuer briefmarken & muehe Deinerseits lege ich gleich bei. wer mir dann an twortet wird seine persoenliche antwort von mir bekommen. schließlich schreibt der bischof ja auch nur <u>einen</u> hirtenbrief. es folgen nun die ansch riften:

melanie moltrer	mariatheres neuhauser	klaus gasperi
flaas [...]	[...]	[...]
mölten	bruneck	bruneck

siegfried & martina
christoph
elmar locher
peter litturi

karl gruber
[...]
brixen

siegfried de rachewiltz
[...]
rabat marocco

rita mair
[...]
bozen

markus vallazza
[...]
st. ulrich

nochmals Dein

villa s. giuliana
sonntag 261075

meine liebe erika

gestern wurde ich wieder vom arzt begutachtet. diesmal betrafs meine physis & ihre reflexe reaktionen & wie das alles heißt. der psychotherapeut pinzello der mich in der kur hat ist jung & aeußerst freundlich. zu meiner beruhigung haelt er das begleitschreiben des bozner leberdoktors dobrilla fuer reichlich uebertrieben & dramatisierend. dann fing er wieder an beichtzusitzen & mich nach allem moeglichen auszufragen. bin neugierig was er morgen zu fragen hat.. seine aeußerungen sind spaerlich. er macht sich notizen. mein seelisch es gleichgewicht sei noch ein wenig durcheinander meint er sonst nichts & ploetzlich sind wir in ein literarisches gespraech ueber kafka & musil geraten das eine gute stunde dauert.. vielleicht ist das ein umweg die maus mit speck & kaese zu locken & mich nebenbei auszuhorchen. ich versuchte in allen stuecken so ehrlich wie moeglich zu sein.

sonst ist das leben hier recht angenehm & zwanglos nur daß mir die frommen nonnen das essen aufzwingen wollen. gestern hat es huhn gegeben & gekochte federviecher mag ich partout nicht & halt schon wieder suppe & nochmals suppe. ich habe pinzello gebeten mir etwas fuer den appetit zu geben. zu d en anderen pazienten habe ich noch kaum kontakt gefunden.. ihre k artenspiele kann ich nicht & fuers boccia ists mir zu kalt. am vormittag doese ich meistens in der sonne waehrend der siesta lese ich sparsam die seiten meines »richelieu« & dann geht es ans schreiben wobei ich bisher auch noch nicht viel geleistet habe weil ich noch nicht recht eingewoehnt bin. vor dem fenster habe ich eine pinie mit großen tschurtschen ein paar kugelige buchs baeume eine palme & eine exotische laerche.

die gitter ueberall machen mich nicht nervoes. manche pazienten sind ziem lich schlattrig & geistig beschraenkt.. arme teufel mit ausdruckslosen au gen.. andre wieder essen vielzuviel & traeumen vom wein (belauschtes gespraech: »che ne diresti d'un fiasco di quello buono« »ah, quando vengo a casa me ne bevo una damigiana«) fahrige & unruhige gibt es & apathische die nicht nur das tage-zaehlen verlernt haben sondern auch die monate nicht mehr beachten was soll ich mit meinen drei tagen hier schon sagen?

lustiges weiß ich nichts geschichte faellt mir keine ein also schließe ich mit einem wunschzettel an einem samstag oder sonntag wird wohl jemand k ommen.

ich wuensche mir: zwei paar dicke socken oder stutzen die nicht recht beißen
blumen aber nicht mehr als in eine cola-flasche passen & rosarot duerfen sie auch nicht sein
zwei gewoehnliche wasserglaeser
flaschenoeffner
zwei plastikkapseln fuer cola-flaschen
die illustrierte »stern« evtl. auch einen angelesenen sp iegel
eine flasche fruchtsaft zum verduennen (nicht zu sueß lichen bitte)

ich kuesse Dich & alle

ps. umseitig steht das RUNDSCHREIBEN

RUNDSCHREIBEN gegeben ende oktober zu bern an der etsch

um nicht in einem dutzend varianten immer das gleiche sagen zu muessen habe ich diesen fast beleidigenden weg gewaehlt obwohl Ihr mir alle allen ernstes einen echten persoenlichen brief wert seid. aber wie machts der bisch of mit den hirtenbriefen oder die direktoren & aehnliches volk? wer mir an twortet & ich bin begierig auf post kriegt auch eine recht fein saeuberlich persoenliche antwort von mir. zeit dafuer hab ich genug.

so da sitz ich nun in der steige die zufaellig den namen meiner lieblingstante traegt & unterziehe mich demuetigst der auferlegten kur beschuetzt von weißen klosterfrauen ohne wein aber bei klassischer musik & ueppigem essen das ich einfach nicht wegbringe. wohin damit wenn mir in den fruehern la sterzeiten ein knoedel oder ein wurstbrot als tagesmahlzeit genuegten?

sonst gehts eher hotelmaeßig zu. mit den pazienten habe ich wenig kontakt ihre interessen sind den meinen fremd & die meinen den ihren. der kaffee duftet feierlich nach spital & enthaelt bestimmt keine giftstoffe. dieses getraenk gibt es viermal am tag zum fruehstueck gleich eine ganze schuessel voll & die hiesigen brocken soviel brot hinein bis ein mus daraus geworden ist.. schade um das herrliche brot das bei uns kaum ein baecker zuwege bringt. am vormittag der um acht beginnt gehoert das zimmer den aufrae umern & man lungert herum bis der wanderhaendler mit zeitungen & zig aretten kommt oder der pfleger einen zum doktor oder zur spritze ruft. am nachmittag hat man bis drei zu ruhn & dann kann man sichs wieder einrichten wie man will ohne die sorge zu haben nochmals von aerzten oder medika menten pissackiert zu werden. leider kann ich die italienischen kartenspiele nicht & singen ist auch nicht der fall fuer mich. so sitz ich meistens abends vor dem fernseher ganz allein mit dem hochw. padre.. komisch von den andren kranken ist keiner daran interessiert. die geschlechter sind getrennt & treffen sich hoechstens im geometrisch angelegten park der zwar nicht groß ist dafuer aber sauber & mit immergruenem suedlichen gewaechs bepflanzt. im viereckigen bassin schwimmen lustlos ein paar elendsdicke goldfische. die beiden bocciabahnen haben loecher & herbstlaub. die zimmer sind unendlich hoh & kahl vor den fenstern natuerlich gitter dafuer haengt in den aufen thaltsraeumen umsomehr herzzerbrechender religioeser oeldruck- & gipsk itsch. die muttergottes erscheint einem taeglich hundertmal da soll wer kommen & nicht an wunder glauben. nirgends eine spur von einem heizk oerper (wie wird das im feuchten winter werden?).

brauchen tu ich eigentlich nichts nur an lektuere fehlts. da sind am besten taschenbuchneuerscheinungen (vom september weg).. meine interessen kennt Ihr ja. taschenbuecher sind leicht mit der post zu schicken & nie verfehlt aber das soll nicht heißen daß ich jemanden zwingen will mir unbedingt ein buch zu schicken jede karte macht mir auch genug freude.

II. technischer teil

a) besuchszeiten

dienstag	15—18 uhr
donnerstag	15—18 uhr
samstag	10—12 uhr & 15—18 uhr
sonntag	10—12 uhr & 15—18 uhr

b) anschrift

n. c. k.
ospedale s. giuliana
II. reparto maschile
37100 verona

c) tel. 045/48250
(am besten ab 15 uhr)

Euer
norbert conrad

An Joseph Mair

bern an der etsch 281075

lieber sepp

es tut mir leid Dir nicht frueher auf Deine kurze buendige alles aussagende karte geantwortet zu haben aber die wirren der zeit ließen es nicht zu. ich koennte ebenso kurz antworten mit demselben wortlaut sogar. also denn: trotzdem froehliche grueße

n. c. k.

ich befinde mich naemlich im narrenhaus.. nein Du hast Dich bei gott nicht verlesen. in einem richtiggehenden narrenhaus nobel ausgedrueckt in einer

nervenheilanstalt noch nobler in einer psychotherapeutischen klinik. diese vorlaeufige station meiner odyssee vom karteibeamten in der pfalz ueber den kapuzinernovizen straßenkehrer mittelschulprofessor volksschullehrer mau teinheber studenten & was zum teufel es noch alles gibt den buehnenbildner in tunesischer wueste den tiroler der nach santiago de compostela pilgert (allerdings haben die tiroler diesen ihren hoechsteigenen wallfahrtsort ganz vergessen.. viele wissen nichteinmal warum sie jakob heißen) kurzum diese station wird mich bis zur trauten weihnachtszeit auch nicht umbringen so ndern so der HERR es will mit sanftem gemuet geheilter leber kraft neue apsekte eroeffnen. hoch auf dem huegel am ende der stadt hinter gittern mitten unter den sog. »ruhigen irren« nicht gefangen & nicht frei leicht kloesterlich (zumal das haus von nonnen gefuehrt wird & heiliger kitsch die waende bedeckt) sitze ich mit kalt-warmwasser schreibmaschine & radio friedlich in der zelle & doch ist das ganze haus mein mitsamt park & kirche die ich nicht betreten werde. nur eines fuerchte ich.. vor eingriffen in meine persoenlichkeit oder meinen geist vor dem stumpfsinnigwerden habe ich keine angst.. ich fuerchte den nebligen winter gegen den kein gewand hilft dieses kuenftige feuchte milchige. noch bluehen die tage in den zypressen. ich werde zum schreiben viel zeit finden.
berichte mir wie es dazu gekommen ist daß sie Dich eingezogen haben. hat es schwierigkeiten wegen Deiner fahnenflucht gegeben? Du hast doch frau & kind! kurzum schreib mir von Dir & bedenke daß die »irren« genauso hart auf post warten wie die soldaten.

norbert conrad

An die Familie Reiterer

Verona 30. Okt. 1975

Lieber Hias
Liebe Frau Reiterer

Wenn ich nun schon eine gute Woche da im Spital bin, so habe ich bis jetzt einfach nicht die Zeit gefunden, Dir zu schreiben. Als erstes möchte ich mich entschuldigen, daß ich zum Abschied noch ins Bett getan habe, aber mir gehts einfach so, wenn ich zuviel Wein trinke. Also: bitte um Verzeihung. Sofort möchte ich wissen, wie es dem Haymo geht und ob ihn nicht jemand erschlagen hat. Von Euch hoffe ich, daß in Haus und Hof alles in Ordnung ist, daß Ihr gesund seid und auch bleibt.
Mir geht es recht ordentlich und ich spüre, daß die Kur zu wirken beginnt. Ein Mastschwein wird man aus mir nie machen können. Leider dauert das alles halt so lang, denn vor Weihnachten besteht keine Aussicht da herauszukommen. Zum Glück brauche ich nicht im Bett zu liegen, das will der Doktor auch nicht, ich kann im ganzen Haus und im Park herumlaufen oder in mei-

nem Zimmer lesen, schreiben und Radio-hören. Wein gibt es natürlich keinen, aber es macht mir wenig aus. Spital ist Spital und Gasthaus ist Gasthaus. Die andern Pazienten sind alles Italiener, aber weil ich italienisch sehr gut kann ist das auch kein Problem. Manche sind recht arme Hascher und wissen nicht wie sie den Tag herumbringen sollen, weil sie sich für nichts interessieren und nur stumpfsinnig dreinschauen, viele haben einen richtigen Dachschaden und sind schon über ein Jahr da herinnen. Die tun mir richtig leid, wenn man sie anredet, antworten sie nicht, drehen sich um und schauen einen an mit erloschenen Augen, wo kein Funken von Humor oder Geist mehr ist. Dann wandern sie trübsinnig weiter, den Gang hinauf hinunter hinauf hinunter.. den ganzen Tag. Andre wieder sind recht lebendig und zum Karten aufgelegt und zum Reden, einige reden mir sogar zuviel. Gehütet werden wir von Klosterfrauen, was mir nicht recht paßt. Die Ärzte sind höflich, gewissenhaft und vertrauenswürdig. Mit Medikamenten gehen sie sparsam um: am Tag kriege ich sechs Tabletten und zwei Spritzen, von denen eine teuflisch zieht, weil es eine ölige ist. Das ist alles, dann habe ich Frieden. Man wird wirklich nicht zerschunden. Das Essen ist ausgezeichnet und jeder darf unter ein paar verschiedenen Speisen aussuchen, was er gerade will. Der Kaffee heißt nichts: den bringt auch unsre Wirtin zuweg. Dafür ist das Brot umso besser. Nur wollen sie immer einen ganzen Haufen in mich hineinstopfen. Zuerst war das gar nicht fein, diese Fuder aufzuessen, weil ich einfach keinen Appetit hatte, aber jetzt gehts schon viel leichter. So, für heute mache ich Schluß und grüße Euch von ganzem Herzen, mit der Bitte, daß Ihr mir bald schreibt: ich warte hart auf Post.

Euer
norbert c. kaser

An Erika Prader

verona 311075

liebe erika

vielen dank fuer Deinen heutigen anruf. viel zu sagen gibt es ja nicht. ich werde jetzt langsam zu schreiben beginnen (literatur) nachdem nun saemtl. korrespondenz endlich erledigt ist. die stadtstiche sind noch nicht fertig an einem theaterstueck wird laboriert (apropos! schick mir nochmals die rauriser bestimmungen; ich hab sie in bruneck vergessen). auf der vorderseite bezeichnet das kreuzchen meinen vormittagsstammplatz auf der treppe wo ich in die sonne blinzle & lese & beobachte

Dein
norbert conrad

An Erika Miel und Christel Hemme

verona 021175

liebe erika
liebe christel

& halt schon wieder im spital .. es will kein ende nehmen dieses jahr aber wenn ich schoen brav bleibe bin ich zu weihnachten wieder der, der ich einmal war. in den klauen der aerzte mit zerstochenem arsch behuetet von klosterfrauen sitze ich hier in diesem bigotten verona & laß mir am zeug flicken was es gerade zu flicken gibt. zum glueck beherrsche ich das italienische vollkom men & kann mich ausdruecken kann sagen wo's mich zwickt & mich mit jedermann unterhalten. mein spital liegt weit außerhalb der geschichtstrae chtigen stadt auf einem huegel mit oelbaeumen palmen oleander pinien etc. herrlicher frieden herrscht kein laerm kein auto eine stille gegend so recht zum genesen gemacht. die hausordnung ist keineswegs barbarisch um acht stehen wir auf um halb elf gehn wir ins bett untertags stecken wir in den eigenen kleidern & auch nachts sind wir vor anstaltshemden sicher das essen ist ueppig & so recht italienisch. mir jedenfalls schmeckt's. strikt verboten ist natuerlich jeder alkohol.

jetzt bin ich zwei wochen da habe viel gelesen geschrieben (= auf literatur gemacht) aber nun ist mir der deutsche lesestoff ausgegangen. deshalb haette ich eine große bitte an Euch: schickt mir ein taschenbuch mit DDR-kurzge schichten hierher oder so etwas aehnliches. ich waere sehr dankbar (es soll mehr dick als teuer sein!). schreiben mueßt Ihr mir unbedingt .. bin ja wie gesagt bis weihnachten da. dann — & ich freue mich schon drauf — geht es wieder in den schuldienst. diese relative tatenlosigkeit hier dieser mueßig gang tut wohl meinen nerven & meiner leber wohl aber die konfrontation mit leben & arbeit ist nun einmal mein element. zwei monate beschaulichkeit sind schon auszuhalten mehr wuerde ich nicht schaffen. zu meinem großen betruebnis mußte ich mich von meinem hund trennen: ich hab ihn bei einem bauern untergebracht bei dem ich sicher bin daß das »vieh« gut aufgehoben ist. trotzdem ist mir um meinen »haymo« sehr leid & es hat mich etliche traenen gekostet .. auch um das dorf & seine kinder bauern ochsen pferde huehner berge waelder & hoefe ist mir leid. der oktober war ein schwarzer monat.

jetzt geht es wieder bergauf. ich spuere die ersten spuren der kur langsam kommen wieder energie & kraft .. Ihr gluecklichen gesunden!
so verabschiede ich mich denn fuer heute mit dem beigelegten selbergema chten gedicht, denn mehr weiß ich im augenblick nicht zu berichten

herzlichst Euer

An Erika Prader

bern an der etsch 031175

ganz liebe erika

wir koennen nur stumm bleiben in anbetracht von pasolinis bittrem ende. die spekulation darueber was uns sein geist sein intellekt noch geschenkt haetten eruebrigt sich seine tafel ist geloescht & keine klappe wird mehr fallen. str aßen werden seinen namen tragen seine werke neu verlegt seine filme unze nsiert in retrospektiven gezeigt. schon heute hat er seinen heiligenschein gr oeße 10 von presse & fernsehen von freunden halbfreunden pseudofreund en & kritikern verpaßt gekriegt & weil sich die toten nicht mehr ruehren b leibt es dabei. ich spucke auf seinen heiligenschein ich bin nur irritiert & der 2. november wird mir im kopf bleiben. unisono singt der chor der ital ienischen kultur: »was Du im film gezeigt
pier paolo
dessen opfer bist Du geworden«
sehr beruhigend sehr troestlich
muß ich bemerken dezent wird seine achillesferse zugedeckt deren opfer er wirklich ist. so einfach geht das nicht wenn man sagt: wer gewalt saet wird gewalt ernten. pasolini hat keine gewalt gesaet sondern seinen geist gegen die chthonische gewalt antreten lassen & die synthesis waren seine filme. seine achillesferse war seine homosexualitaet & er wurde nur deshalb nicht verfemt oder geaechtet weil er schon zu »groß« war. unverwundbar gegen zensuren & kritiken ganz einfach weil sein geist bereits unschlagbar war gehoerte er doch zu den »warmen« vor denen einem normalen das grausen kommt erst recht dann wenn das opfer intelligenz und intellekt besitzt. dann entsteht beim normalen eine respektvolle laehmung als waere der leibhaftige jude gekommen & saeße mitten unter uns. ueber die nacht in ostia herumzurae tseln ist mueßig. es hat bestimmt viele aehnliche naechte gegeben mit gutem ausgang der eine ist wieder untergetaucht mit ein paar scheinen der andre ist an der sonne der oeffentlichkeit geblieben mit seinen zweifeln mit seiner gier nach arbeit mit scharfem geist. diese nacht ist beendet fuer beide partner. diesmal erschlug abel den kain. in einer schlußszene von uccellacci uccellini schlaegt ein raubvogel einen kleineren & franziskus ruft seinen bruedern mahnend befehlend & froehlich etwas zu diesen beiden bruedern die ein jahr lang sich mit beten wundgekniet hatten um ein wunder zu bewirken & sich nun befreit glauben weil es eingetreten ist diesen beiden ruft er auf die voegel weisend zu: pregate fratelli pregate!
so wie ich gestern verwirrt war so haben mich seine filme verwirrt. ich hab sie im italienischen kulturinstitut von wien gesehen. »medea« war das letzte was ich von ihm kenne. seine gedichte sind mir ungenießbar & unuebersetzbar vorgekommen.. sie liegen irgendwo begraben in meinem buecherberg.

Dein
norbert conrad

An Klaus Gasperi

bern an der etsch 041175

lieber klaus

ach ich bin in ein richtiggehendes narrenhaus geraten das zwar einen guten ruf hat & weder zwangsjacken noch angebundne tobsuechtige kennt.. ein narrenhaus fuer harmlose. bestimmt harmlos sind wir alle aber welch tolle kombinationen an spinnereien es hier gibt dieses kunterbunt an krausi- & kuriositaeten ist zum lachen & gar einige haben zum alten tick sich noch vom religioesen infizieren lassen denn das haus wird von klosterfrauen gefuehrt. da sitz ich am abend mit dem meraner carabinieri beim scalaquaranta: ihm ist die ehe danebengegangen er hat darueber den kopf verloren ist hierher gekommen macht der schwester angela den hof schreitet zur taeglichen messe flucht betet & nimmt die kommunion alles in einem daneben malt er auf styropor zum himmel schreiende madonnen daß sogar dem horribilikribrifax davor graust. da ist der ehrenwerte kaufmann aus pinzolo der von der ent deckung des feuers bis zur erfindung der musik alles auf sein pinzolo zur ueckfuehrt.. ein alter behaebiger mann. pinzolo ueber alles ein kaff im t rentino. oder gennaro aus pescara mit dem »hausgangwandertick« der große zigrettenfechter & mich maltraktiert seit ich ihm keine zigrette mehr gebe & er sich einbildet ich haette ihm naechtens 10.000 lire geflachst. die tollste hausnummer ist franco er verschreckt die nonnen indem er das hosentuerl aufreißt & seinen spritzer schwenkt. er stotzverliebt in eine verrueckte hae ßlichkeit vom oberstock & obwohl bei uns strengste geschlechtertrennung herrscht findet er immer einen schluf mit ihr zu sein & seis in der kirche selber wo er vor lauter sinnlichkeit laut furzt & grunzt.. & dabei ist diese liebschaft keusch & rein wie keine. dieses haus ist eine treffliche sammlung von typen mich nicht ausgenommen. [...]. am meisten oder am ehesten leid koennen mir die deprimierten tun. die haben panische angst vom »draußen«.
lassen wir das. verona ist eine bigotte stadt & unsympathisch. wir sind weit außer den mauern & spueren nichts davon & unschaetzbar ist die ruhe. am samstag ist siegfried von der hochzeitsreise zurueckgekommen & hat mich besucht. ich hab fuer eine stunde den permesso gekriegt & wir sind in die stadt zeitungen holen & weintrinken (ein glas weißen nur um den colage schmack zu vertreiben & mir in erinnerung zu rufen wie er schmeckt). sie gfried war sehr zufrieden mich wohlauf zu sehen. er hat mich in tausendmal schlechterer verfassung geglaubt. ich habe auch keine szenen gemacht mit heimweh schule flaas haymo & so. ich haette auch keinen grund gehabt. truebsinnig bin ich nicht geworden warum sollte ich dann nicht mein »aus geglichenes gemuet«zeigen. es geht mir gut da in dieser mischung aus kloster kerker & kaserne. langweilen ist nicht meine sache. diese zwei monate werden auszuhalten sein unvernuenftige vorzeitige flucht ist nicht in sicht. ein viertel der zeit hab ich schon abgesessen & das christkind kommt bald.

herzlich
norbert

An Joseph Mair

lieber sepp

bern an der etsch 051175

Dein brief hat mir wenig freude gemacht. ich weiß du bist mutig & stark & zaeh aber daß Dir alle unbilden widerfahren muessen noch dazu weil Du schuldlos bist das macht mir zu denken.. & Du hast in Deiner lage noch zeit & lust mich zu fragen wie mir zu helfen sei. ich bin zumindest an meinen noeten selber schuld & sollte die suppe deshalb fein selber loeffeln. es waer an der zeit. fuer das troepfelweis auslaufende 75 ist gesorgt meine finanzen reichen bei etwas klugheit bis zum christkind & dann ist mir eine stelle in durnholz sicher weil wiedereinmal zur rechten zeit eine lehrerin schwanger geht & damit ist auch fuer den kommenden sommer gesorgt. noch dazu trete ich zur lehrermatura an damit sie nicht mehr mit mir nach belieben um springen koennen.. fall ich durch stuerzt die welt auch nicht ein. wie ist mir sonst noch zu helfen: ganz einfach! schreib ab & zu einen brief mit etwas moralischer unterstuetzung gewuerzt & die sache hat sich. vielen dank daß Du mir aus wien die buecher etc. mitgebracht hast.. bewahr sie bei Dir auf & verwende sie nach belieben. die privatissima werde ich mir zu weihnachten holen. meine uebrigen buecher liegen beim nicolussi dieter in pfalzen & wenn Du es ueber Dich bringst bei ihm vorzusprechen.. schließlich ist er schue tzenhauptmann.. so such Dir aus was Du gebrauchen kannst. ich leih sie Dir auf lange zeit denn erst in zwei-drei Jahren wird es mir gelingen eine feste bleibe zu finden & meinen einzigen schatz um mich zu haben.

ich kann mir vorstellen welche qual es fuer Dich sein muß in diesem haufen von suedlaendern & schikanen zu stecken wo ich hier in dieser friedlichen umwelt eines herrlichen spitals schon leide. den ganzen tag hoere ich kein auto keine maschinen herrlich.. aber da ist nun einmal die laermentwicklung der lieben pazienten keine spur von zimmerlautstaerke gesang gebruell man giadischi kasettenrecorder fernseher alles geht hochtourig vor sich. gut wir sind da im narrenhaus & vieles ist entschuldbar was mir auf den wecker faellt aber ich kann mich einfach nicht dran gewoehnen genausowenig wie ich mich am religiosen kitsch des hauses nicht gewoehnen kann.. da ist es zumindest moeglich mit blicken auszuweichen oder die augen zu schließen. ebenso ekelhaft sind die diebstaehle & es ist bezeichnend fuer die unbekannten taeter & ihren geistigen zustand daß nur kleinigkeiten mitgenommen werden: ein halbes paeckchen zigaretten ein paar kecks rasierklingen etc. alles dinge die wenig wert haben & dem dieb wenig nützen wie eine mir abhanden gekom mene alte dolomiten-nummer beweist. was das kulturelle anlangt stehe ich mich nicht recht viel besser als Du. ich bin in dieser hinsicht in den letzten zwei jahren schon unterernaehrt (bergschule) & hier ist es noch aerger.. immerhin verfuege ich hier im haus ueber ein paar schlupfwinkel wo ich in aller ruhe lesen kann. unter krisen habe ich nicht zu leiden (weder physisch noch psychisch) obwohl ich gerade das befuerchtete als folge des abrupten alkoholentzugs. an den wein verschwende ich pro tag hoechstens einen kurzen gedanken & der ist fluechtig & ohne trauer. sicher moecht ich ganz gern wissen wie wein schmeckt eh ich es ganz vergesse.. aber den dunklen un durchsichtigen veroneser hab ich in schlechter erinnerung & schon seit jahren aus meiner weinkarte gestrichen. ich habe mich fuer einen zu großen sklaven gehalten. gut daß dem nicht so war.

es war ein kind
in schoenstem jahr
das fraß
ein großer schwarzer baer
lang lang ists her

das kind war blond
& federleicht
& hat gerad zum
mittag gereicht

der baer ist erschossen
ob seiner boesen tat
keiner hat genossen
was er verbrochen hat.

trueb sind die tag
& wieder blau
der pfarrer in der wiese

blau sind die tag
& wieder trueb
des pfarrers wiese
ist gemaeht

dahin gehn die tag
aus gras
(aus pfarrers gras)
wird heu

flaas 020775

zwei kostproebchen — ich kann das lyrikmachen einfach nicht lassen auch wenn mir kurzprosa besser geraet & leichter von der hand geht — aus diesem sommer. in diesen tagen haette ich gern einen nachruf auf pasolini geschr ieben.. ich habs unterlassen angesichts der nachrufeflut in der it. presse. der fall hat mir weh getan & der tote hat seinen heiligenschein.. was wird aus pelosi? lebendig begraben mit 17 jahren. tragik eines uccellaccio.

beten hab ich verlernt daumenhalten ist mir
zu sinnlos & aberglaeubisch so bleibt es dab
ei daß ich Dir herzlichst sonnigere tage wue
nsche

dein
norbert conrad

ps. danke fuer den briefmarkenhinweis
habe aber kein fuenfzigerle zur hand.

An Karl Gruber

bern an der etsch 071175

lieber karl gruber

haeltst Du es wirklich nicht mehr der muehe wert irgendwann einmal etwas von Dir hoeren zu lassen. ich habe Dir ein paarmal geschrieben: es wird do ch nicht alles verlorengegangen sein. oder ist Dir gar die dioezesane denkma lspflege zu kopf gestiegen.. wundern wuerde es mich nicht wenn Du leuten a la knoetig schon die hand gibst. der kurzen rede kurzer sinn. ich brauch e etwas von Dir. einen munteren brief oder einen besuch. ich stecke naemlich bis weihnachten hier im narrenhaus. Du hast Dich nicht verlesen. zwar nennt sich das spital beschoenigend »ospedale specializzato« aber das aendert an der tatsache gar nichts.. auch wenn hier nur harmlose irre mit stumpfem blick auf den gaengen herumschleichen mit einem magen voller psychoph armaka auch wenn das ganze haus eine mischung aus kerker kurhotel kloster & kaserne ist mit ueppigem essen mit guten zimmern mit annehmlichkeiten die kein spital zu bieten hat.. so bleibt es doch ein narrenhaus & damit basta. ich bin nicht in deprimierter verfassung deswegen im gegenteil ich fuehle daß es mit mir aufwaerts geht & die kraefte saefte etc. wiederkommen. ich habe mit meinem leib schindluder getrieben & hab es eben zu bueßen. die heißen tage meiner verdienten sommerferien habe ich im bozner spital liegend verbracht angeschlossen an unzaehlbaren ewigen infusionspundeln & dar auf folgt nun der zweite teil der buße hier im welschland. zwei vitaminspritzen pro tag ein paar lebertabletten zweimal in der woche ein kolloquium mit dem psychotherapeuten (= beichte & seelenwaesche zugleich: dobbiamo — as sieme noi due assieme — dobbiamo cercare la ferita il nodo nella Sua vit a la ferita principale che di Lei ha fatto un bevitore.. immer dasselbe lied beruhigend an den schluß der sitzung gehaengt & der dieses lied singt ist sizilianer). wenn er wueßte wieviele nodi & ferite ich habe wenn er wueßte wieviele gedichte wieviel lust mir ferite & nodi bereitet haben.. aber er ver steht nichts davon. unsre mentalitaeten klaffen herrlich auseinander. er will einfach nicht begreifen daß ich das saufen bereits im gymnasium gelernt habe & um etwas in den augen der anderen zu gelten daß dann mit den jahren (lyzeum klosterzeit studentenzeit) eine abhaengigkeit vom alkohol eingetr eten ist daß ich nie aus traurigkeit getrunken habe meine leber hat die sucht angegriffen meinen geist keineswegs. aber das versteht er nicht. wenn er so mich weiter zu kurieren gedenkt laß ich mir glatt in einer stillen stunde einen »nodo capitale« einfallen den kriegt er bruehwarm mit etwas phantasie ge wuerzt vorgesetzt dann wird er mich wohl in frieden lassen. sonst ist er ja nicht uebel: dunkle augen feingliedrige haende ein ebenmaeßiges gesicht jung vielleicht etwas arriviert angenehme stimme & sein laecheln ist ehrli ch man merkt wann es spoettelnd ist & wann verhalten knabenhaft er raucht pfeife hat die gabe zuzuhoeren & passend einzuhaken nur ist er fuer mich nicht das richtige publikum.

ich fuehle mich wohl. das erzwungene zeittotschlagen bereitet mir keine schwierigkeiten ich lese & schreibe hoere musik & rauche mir die lungen schwarz. viele von den anderen sind wie gittertiere schreiten tagaus tagein ihre unsichtbar festgelegte route im hausgang ab in einigen ist alles erloschen. arme teufel zwar aber ich hab kein mitleid mit ihnen jeder ausbruch jede regung ist ihnen durch die medikamente vereitelt. valium & co. regieren mit sanftmachender diktatur. keine traene kommt hoch kein schrei sie lachen nicht sie laecheln stumpfsinnig keiner haut ein fenster ein nie zerbricht ein glas niemand laeuft oder springt oder tanzt. daß mit dieser manier auch positive ausbrueche unten bleiben muessen ist den aerzten noch nicht auf gegangen. ich habe saumaeßiges glueck bei mir wird nur die leber mit me dikamenten kuriert.. mein kopf ist heil. in den ersten tagen hatte ich die große sorge daß mir der ploetzliche weinentzug krisen bringen wuerde. nichts davon ist eingetreten. im gegenteil ich schlafe nicht mehr steinschwer sondern leicht & locker ich traeume genauso herrlich bunt wie immer der appetit ist mir zurueckgekehrt & das morgendliche zittern vollkommen verschwunden. ich sehne mich nichteinmal nach wein. sicher werde ich wieder wein trinken wenn ich heraußen bin weil er mir schmeckt gesoffen wird nicht mehr. das lehrgeld ist bezahlt die lehre hab ich saftig zu spueren bekommen ich ziehe die ko nsequenzen bleibe gern bis weihnachten da um die noetige kraft zur durch fuehrung zu kriegen & werde nicht mit lieben guten vorsaetzen heimzu reiten (denn liebe gute vorsaetze sind vernunft- & geistlos sind bloße lullende luege). fertig.

An Erika Prader

bern an der etsch 111175

erika!

beim telefon bin ich immer recht muerrisch.. ich weiß es & kanns nicht aendern. dafuer soll Dir dieser brief den ich bewußt am 11. des elften schreibe mehr geben. in einigen teilen deutschlands beginnt am 1111. um 11 uhr 11 der fasching waehrend am abend die martinigans das leben lassen muß die aermste ihr eignes schmalz hat sie braungemacht & im bauch liegen ihr g ekochte kastanien. das wetter schlaegt aufs gemuet diese feuchte knoch entiefe kaelte & heute leckte endlich wieder die sonne das haus. mit buch & freuden habe ich mich in den park gesetzt eine kleine graue eidechse tat es mir gleich eben von der starre erloest. ploetzlich war ich eingewickelt in weißes nasses bettzeug der boden dampfte die sonne erlosch die treppe des hauses war nicht mehr sichtbar was blieb uebrig als ins zimmer zu gehn an dessen außenmauern schon eine woche lang ein preßlufthammer klopft daß die scheiben scheppern.

ich tu mich noch immer schwer mit den anderen zurechtzukommen. ich will niemanden belasten & von niemandem belastet werden. aber ein paar recht unsympathische wesen kreuzen immer wieder meinen weg — wie es »drau ßen« auch ist. gennaro aus pescara spinnt vollkommen & traktiert mich mit schwaechlichen boxhieben oder er ueberrascht mich beim lesen indem er mir behutsam ueber den schaedel streicht dabei sagt er kein wort. wie eine fliege muß ich ihn verscheuchen. dann wird ueber meinen kopf ein schwall von unverstaendlichen fluechen ausgeschuettet & mein leib zu hoelle tod & teufel gewuenscht denn ich verfuege seiner meinung nach ueber den boesen blick & wuerd ihn jeden tag aufs neue verhexen. der zweite saftige nervenschinder ist ein »frischling« aus st. ulrich in meinem alter etwa sehr aufdringlich it aliener spricht leidlich deutsch mit seinem leben geht er hausieren er ist t ausendmal klueger als jeder arzt versteht von allem alles & nichts schnee katzenvertreter weit herumgekommen verfolgt er Dich nicht nur mit seinem eigenen schwerenoeterischen lebenslauf sondern will partout als edelpsych iater in Dein eigenes seelengewirr eindringen um gruendlich aufzuforsten mit religion lebensweisheit & verhaltensregeln. ganz so nebenbei stuerzt er Dir ins zimmer macht Dir wie gesagt einen seelenputz oeffnet so nebenbei sch ubladen & kasten ohne daß Du es ihm wehren kannst. wenn er heute wied erkommt: ich schmeiß ihn einfach hinaus bin zurecht aufgelegt dazu.

dieser tage habe ich pirandello-novellen gelesen & habe mich drangemacht eine zu uebersetzen. gar nicht so einfach obwohl er eine einfache klare sprache benuetzt aber bestimmte teile sind mir zu trocken geraten.. es fehlt ihnen hintergrund & buehnenbild die bei ihm wohl da sind bei mir aber nicht mehr. ich gebe Dir weder titel noch inhalt an. es soll fuer Dich eine ueberraschung werden von der Du mir dann eigennuetzig wie ich bin bitte zwei fotokopien schickst. wenn nichts dazwischen kommt werde ich in zwei drei tagen ferti g sein mit der ueberarbeitung & Du wirst sehen es ist ganz gut geraten.

post kriege ich ganz wenig & selbst hias von flaas hat noch nichts verlauten lassen. vielleicht haben sie ihm den haymo massakriert daß er sich nicht zu schreiben traut oder die italienische post schleicht wiedereinmal zu fuß auf umwegen richtung verona. sonntag ist meine schwester dagewesen & es hat mich recht gefreut denn sie war keineswegs »tamisch« wie sie es mit mir zu sein pflegt. wir haben in der stadt gespeist & ziemlich viel geld verbraucht. dafuer haben wir es uns auch gut gehen lassen & aus der kindheit haben wir einen schwarm erinnerungen auffliegen lassen wie tauben. die anfangsfo rmel: »weißt Du noch?« oder »kannst Du Dich erinnern?« haben wir nicht zu verwenden brauchen.. die zeit ist uns verflogen. vielleicht habe ich mein e schwester gern? ich weiß es nicht.

langsam wird es auch zeit daß ich Dich hier sehe denn ich ertappe mich des oefteren mit heimweh nach Dir nach Euch allen. sicher ich weine nicht aber meine gedanken schweifen oft mitten aus einer buchzeile aus hinauf zu uns. unsre erde ist klebrig & haengt sich in knollen an die sohlen.. die tage zaehle ich nicht weder rueckwaerts noch vorwaerts auch truebsinnig bin ich nicht geworden aber ein wenig traeumerisch & die traeume siedeln sich eben in

unserm land an. ich kanns nicht wehren. wenn ich unsre zeitungen lese kommt mir wie immer der groll hoch ein gutes zeichen daß ich noch gesund & bei sinnen bin.
es ist fuenf & nacht. der waerter treibt die rollläden herunter. die erste sch ließung eines geschlossenen hauses um acht werden die einzelnen abteile gesperrt & um halb elf die augen.

bern an der etsch 121175

liebe erika

die sehr traurige geschichte des jungen rechtsanwaltes a[...].
der herr der geschoepfe leert meines erachtens zuviel elend oft auf einen einzigen kopf & es klingt wie spott wenn die buerger auf den totenzettel s einen »unerforschlichen ratschluß« drucken lassen.. die lebenden haben mehr unter dem »gefallen« des herrn zu leiden.
»dem unerforschlichen ratschluß des herrn hat es gefallen unseren lieben sohn bruder & enkel nicht zu den seinen aufzunehmen sondern ihn im bl uehenden alter aber zerstoert zu belassen.«
schon in den ersten tagen war mir seine hohe gestalt aufgefallen seine mo disch-geckenhafte erscheinung seine grußlosigkeit sein obenherab & beim voruebergehen sein parfuem. ich habe nie ein wort mit ihm gewechselt. der einzige mit dem er verkehrte ist mein jetziger raminopartner (jener carabinieri dem die ehe zerbrochen ist der aus meran kommt & n[...] heißt) bei einer partie erzaehlte mir giancarlo in kurzen skizzen von a[...]: er sei ein vero neser advokat der karriere gemacht habe aber bald habe ihn der hafer gest ochen & sei finstre wege gegangen indem er seine klienten ums geld betrog. a[...] ging die wege zu weit bis er regelrecht von den geprellten belagert wurde & darueber die nerven verlor. deshalb sei er da. soweit giancarlo nachdem a[...] bereits drei tage außer haus war & seine erscheinung im herbstlichen park nicht mehr auftrat.
am sonntag begegnete ich a[...] wieder auf der piazza brà. meine schwester & ich sueffelten einen aperitif — schließlich sind wir auch wer — & da schritt er vorueber. nicht gehetzt nicht nervoes den kopf ganz oben die lackschuhe unten.
ich dachte mir nichts dabei. gar nichts.
heute ist er wiedergekommen.
ich dachte mir nichts dabei. gar nichts. viele kaemen wieder haben sie mir gesagt. er schien ganz normal. beim abendessen fiel er vom stuhl. keiner ruehrte ihn an als ob er giftig waere auch kein pfleger keine schwester. er kam langsam auf. er rudert der tuere zu haelt sich im gang an den waenden bis er wieder stuerzt. er ist berauscht oder die drogen lassen aus. die andern stehen luestern um ihn schwester angela mault. ein bozner den wir wegen seiner allwissenden geschwaetzigkeit das vierte programm nennen spuckt

feuer & flamme gegen die bosheit der welt gegen die drogen jeder art gegen diese sau von a[...] der auch die jungen verdirbt. der gang stinkt schweflig nach verurteilung & todesstrafe. gerade wir haben grund dazu verdammtes unwissen wo manchmal unser geist nur an einem faden haengt. die kranken fordern einen exemplarischen toten um geheilt zu sein.. liebliche perspektive. ich bringe kein gefuehl auf kein positives kein negatives weder neugier noch mitleid noch haß. vielleicht weil ich meinen teil an schnaps- bier- drogen- oder wasserleichen gesehen habe. draußen ist jetzt frieden. ich geh nun zu den abendnachrichten dann kartenspielen. gute nacht geliebtes kind!

131175

es regnet was der himmel hergibt. ich habe alles bei putz & stingel aufgeg essen: pasta & brot zunge mit salat zwei birnen & kaffee. ich habe schlecht getraeumt a[...] ist schuld oder vielmehr das entsetzen ueber das verhalten der anderen. auf sinkende schiffe zu schießen.. welche verruecktheit. Du willst wissen wie das haus ausschaut & so. ein lokalaugenschein ist diesmal besser als zwei briefseiten. bei den rauriser bestimmungen steht der begriff »jugendstueck« das bringt mich in zweifel. soll es ein stueck fuer jugendliche sein oder ein stueck von einem jungen autor. bitte klaere mich auf. ich werde versuchen anzufangen. ich traue mich nicht recht. die anderen schreiben alle so modernistisch effekthascherisch & psychedelisch wortklauber mit ame rikanismen etc. da mitzumischen ist mir unmoeglich. alte schule ich bin traditionell. guckkastenbuehne ohne querschnitte vielleicht ein bißchen r ahmenhandlung.. wir werden sehen.

16 uhr 55

ich habe den ganzen nachmittag im bett zugebracht da ist es wenigstens ordentlich warm (was bin ich doch kaelteempfindlich) auch paßt mir das bett zum lesen.. es ist ein entsetzlicher tag heute: waschkueche waschkueche & nocheinmal waschkueche nebel wechselt mit regen & umgekehrt. kein rechtes licht dieses gemisch aus 60ger birnen & der milch von draußen. es war im oktober schon zu ahnen daß es so werden wuerde. ich rauche zuviel & saufe zuviel cola. meine neueste entdeckung ist tonic-wasser das ist mindestens bitter & recht gut trinkbar. nur der automat ist seit ein paar tagen hin. morgen erwarte ich klaus der mich in die stadt entfuehren darf. verona ist nicht ganz uebel. eine stadt immerhin. wie das volk ist weiß ich nicht. fromm auf alle faelle. noch immer bilde ich mir ein daß draußen eine andre luft waer oder gar freiheit: quatsch! was werden wir schon unternehmen. im gasthaus essen & dann in einer bar hocken das wird so alles sein. morgen sind zumindest alle laeden offen: vielleicht daß ich etwas sinnloses kaufe.. wer weiß. tr otzdem freue ich mich auf morgen wie ein patenkind zu allerheiligen. wir werden viel zu schwatzen haben. locker leicht satirisch boese ueber kultur & dergleichen. klaus spricht auf meiner wellenlaenge was ich bei siegfried i mmer vermißt habe. siegfried ist ein banause mit etwas geschmack aber tieferes verstaendnis bringt er nicht auf.. die nuechternheit des gewerksch aftlers des beamten. als freund ist er praechtig als gespraechspartner vielseitig

& wendig aber zur kunst (in jedweder form) fehlt ihm die antenne die muße & die ruhe. klaus ist da ganz anders. mit temperament geistvoll & mit sicherem urteil. er ist leider so begeisterungsfaehig daß er gleich besser machen will was ihm gefaellt.. so riechen seine letzten bilder einfach erschreckend nach hundertwasser. auch vertraegt er kritik sehr schlecht. er akzeptiert sie nur von mir ohne deshalb neue wege zu gehen. schade daß er so fahrig ist & eben das beste fahren laeßt.. aber er ist sonnigen gemuets & das tut mir wohl. wie koenige werden wir uns morgen unterhalten. ich berichte Dir darueber.

fuer heute sei gekueßt
Dein

ps. ich werde wiedereinmal eine geschichte erfinden muessen damit meine briefe nicht ganz leer bleiben. auch bin ich Dir noch immer jenen traum aus dem bozner spital schuldig. jener alptraum von der toedlichen dor frauferei & der »antrischen« (= geisterhaften) buße die das dorf ablegt. kurzum aufeinmal ist es da & straft mich denn ich glaube nicht an inspir ation ich glaube an tatsachen: schweißausbrueche vulkanausbrueche etc. aber geistige ausbrueche gibt es nicht & wenn ich im gegenteil dazu floskeln vom inneren reifen von gaerungsprozessen vom mit-sich-herumtragen hoere wird mir uebel & ich hau die tuer zu.

An Joseph Zoderer

verona 151175
tag des hl. leopold

lieber peppin

ich war sehr ueberrascht & nicht weniger erfreut von Deiner spontanen schuetzenhilfe & zum guten glueck hat erika keinen neruda auftreiben koennen (den besitz ich naemlich bereits fast vollstaendig auf deutsch italienisch & spanisch). ihre auswahl war vortrefflich.. auf erika ist immer verlaß. keines von den buechern besaß oder las ich je (etwas musil etwas r. walser, etwas benjamin & tretjakoff). also nochmals tausendfach dank. im augenblick ist es mir voellig unmoeglich mich irgendwie zu revanchieren selbst mit eigenbau nicht aber bin ich erst aus diesem narrenhaus heraus kehre ich die welt um (= nicht ernst zu nehmen). fuer heute weiß ich nichts zu berichten. wie es mir geht etc. kannst Du bei siegfried erika etc. erfahren. Deine anschrift haett ich gerne gehabt um sie in mein notizbuch einzutragen. landespolitisch & kulturell bin ich immer auf dem laufenden & es tut ganz wohl wenn die aerztlich verordnete nervenruhe zwischendurch gestoert wird von aerger & haß. ich laufe dann im gesicht himmelblau an wenn das landeskulturbonzentum wiedereinmal etwas verbrochen hat. bis zu unserm schmaelichen ende — dessen sei versichert — werden es windmuehlenkaempfe bleiben... seis drum. der wind blaest uns ins gesicht aber er schmeißt uns nicht um. der bundesdeutsche moloch frißt zwar in »stiller hilfe« bereits unsre kindergaertler die nabelschnuere des mutterkulturraumes sind schon zum netz geworden & unsre dummheit hat triumphale exportquoten erreicht. das alles ist zum schreien haarausraufen & traenen zu lassen. laß man gut sein maenne! schafkaes.. nix wird verziehen vergessen Ihr erzrampolde allesamt.

es ist wieder sonntag geworden in diesem von nonnen beherrschten haus & der himmlische gesang der himmelsweiber hat mich geweckt. natuerlich liegt wieder nebel ums haus aber truebsinnig werde ich einfach nicht. besuch wird keiner kommen: die lebenden haben so viel zu tun! ich frage mich oft was den italienern die immergruenen pflanzen im winter helfen wenn sie sie nicht sehen koennen so in nebel gewickelt.
es wird ein ruhiger beschaulicher tag den ich im bett mit lektuere verbringen werde. grueß mir frau & kind

in freundschaft

An Markus Vallazza

verona 191175
hl. elisabeth

lieber markus

gestern hat mich in diesem vergitterten bau die erste krise erwischt.. ich war betruebt bis in den tod vielleicht weil ich wetterfuehlig bin & der beruhig enden schneeflaechen meines landes gedachte (ich gebe ehrlich zu daß mich heimweh beschleicht) vielleicht auch weil in meinen letzten traeumen mein hund vorgekommen ist den ich zuruecklassen mußte.. ich war einfach nicht zu haben & selbst Dein brief hat nichts daran aendern koennen.

heute da es mir wieder besser geht & mein seelchen in diesem narrenhaus d a wieder ins lot gekommen ist will ich sofort meiner pflicht nachkommen & Dir antwort erstatten. neuigkeiten finden in spitaelern nicht statt. die tage unterscheiden sich nur in wetter & speisen. um acht uhr werden wir geweckt. eine schuessel kuechenkaffee mit brot & zwei leberpillen. eine spritze fuer den aufbau lektuere bis zwoelf. welsches mittagessen (immer fleisch & immer fleisch) & zwei leberpillen. ruhestunden bis 15 uhr. freie betaetigung bis 18 uhr 30. abendessen mit zwei leberpillen dann wieder frei bis 22 uhr 30.. e twas kartenspielen nachrichten im fernsehen. von den aerzten klosterfrauen & waertern wird man nicht gequaelt. unter langeweile leide ich keineswegs. die zimmer sind elendiglich hoch aber angenehm. fußbodenheizung. radio schreibmaschine etc. natuerlich erlaubt. ich lese schrecklich viel & schreibe auch einiges. freihaendig uebersetzte ich eine pirandello-novelle. ich habe zu tun & kann Dir keine zeit abtreten schenken oder verkaufen. kurz vor weih nachten gehen die gitter fuer mich auf. physisch sind fortschritte zu verzei chnen ich komme zu kraeften habe wieder appetit & an wein werden keine großen gedanken verschwendet. das soll nicht bedeuten daß ich als antialk oholiker hier herauskomme oder gar als fanatischer engel. ich werde meine viertelen mit bedacht zu nehmen wissen. raeusche werden nicht mehr gelie fert: die buße dieses jahres hat mir gereicht. psychisch bin ich den aerzten ein undankbares objekt. tut mir leid aber meinem kopf fehlt einfach nichts. dr. pinzello — das psychotherapeutchen — stochert in meinem lebenslauf herum um die wunde zu finden der ich mein saufen verdanke. da friß! Du trottel siehst Du denn nicht daß alles an mir wunde ist oder alles gaudium oder alles »tanz«. wenn Du mich fragen wuerdest warum ich denn schreibe so koennt ich Dir genausowenig antwort geben.. am liebsten wuerde ich Dir eine patzen. daß ich Dir keine einzige minute meines lebens auch nur leihweise abtreten wuerde begreifst Du nicht. ich bereue nichts keine lira keinen tropfen wein keinen haß keine traene keine liebschaft keine sexuellen ausfluege keinen schiß. zum x-tenmal gehen wir ergebnislos auseinander.

der abgang aus meinem geliebten flaas war eine aeußerst schmerzhafte prozedur. da glaubte ich wuerzelchen geschlagen zu haben & nun wurde das bluemlein ausgezupft. auch das ist nun vorbei: schon in den ersten tagen hier in dieser affensteige legte sich leichter sand ueber das dorf & seine gesichter bis daraus duenen wurden & sich nur noch die spuren von hias dem mesner abzeichneten (den habe ich geliebt.. vielleicht zu wirklich geliebt) oder die pfoten meines hundes den nun er hat. ich habe den halben oktober viel geweint & getrunken. es ist an der zeit daß dieses leben in etappen sein ende nimmt. ich bin der abschiede satt.

literarisch habe ich viel zu tun. hier habe ich ein stueck fuer einen wettbewerb zu schreiben (1. preis: 25.000 öS) das nimmt mich einen monat in anspruch zumal ich es eigentlich das erstemal betreibe. der stoff liegt vor & auch das konzept. ich fuehl mich etwas unsicher aber ich wags. anfang 76 soll ich 60 minuten lang suedtirol vorstellen in einem film fuer den ARD oder ZDF so genau weiß ich das noch nicht.. suedtirol literarisch & kulturell zeigen kr itisch den kulturbetrieb & die dazugehoerige dreckspolitik beleuchten abli chten lassen etc. ich laß mich ueberraschen & werde ueberraschen. dazu kommt noch der marterweg zur lehrermatura die ich 76 unbedingt ablegen will um endlich nicht mehr von schulamtsleiters gnaden abzuhaengen. zeug genug ein jahr zu fuellen.

Dein

An Leni Dorfer

bern an der etsch 221175

liebe leni

es ist schon lange her & ich war noch oben in meinem flaas als dorfschul meister daß mich mariatheres darauf aufmerksam machte daß man Dir auch einmal schreiben koennte. nun ich habe es damals unterlassen & weil ich jetzt in noeten bin hole ich es nach. ich bin insofern in noeten daß ich seit dem 15. juni von einem spital ins andre kugle & es muede bin ... dh. ich will w ieder etwas tun! aber zur nutzlosigkeit & zum nichtstun verdammt muß ich alles was ich aktives in mir stecken habe mit schriftlichen arbeiten abdampf en lassen ebenso mein heimweh mein gefangensein meine traurigkeit. keine s orge ich will Dich keineswegs mit meinem elend beschweren es zahlt sich gar nicht aus briefe mit ungeweintem zu fuellen. im grunde weiß ich gar nicht so recht was ich Dir berichten koennte. die tage fließen recht lustlos dahin die oliven sind schwarz an den baeumen des parks eine truebe regenwoche wechselt mit einer kuehlen voller sonne & rundherum eine scheinheilige be wegungsfreiheit in gittern so daß viele pazienten stumpfsinnig wie gittertiere ihr arreal abtanzen abkreisen & davon mancher mit erloschenem blick. zur zeit habe ich eine tragoedie in der arbeit die mich vollstaendig in anspruch nimmt & wenn vollendet wird sie bei einem oesterreichischen wettbewerb eingereicht um den ersten preis zu holen & in salzburg aufgefuehrt zu werden. ich lese ungeheuer viel schlafe gut & habe appetit.

verteufelt viel habe ich verloren: freunde schuljahre großmutter mutter ganze doerfer die gesundheit & nicht zuletzt meinen lieben haymo-hund. zum gewinnen gibt es wenig im kommenden jahr. zum guten glueck wird in d urnholz eine lehrerin in den ueblichen schwangerschaftsurlaub treten & ihr platz ist mir sicher. außerdem mache ich die lehrermatura um nicht wie ueblich im ganzen land herumgespeckt zu werden (zwar steht es unter meiner wuerde diese pruefung ueber mich ergehen zu lassen ... was solls). schließlich will ich endgueltig volksschullehrer werden zum ersten weil es in meinem alter wohl an der zeit ist irgendwo seßhaft & finanziell relativ unabhaengig zu sein zum zweiten weil ich kinder sehr liebe & mir das schulehalten große freude macht & zum dritten bleibt mir genug an freizeit & freiheit der kunst & der literatur nachzulaufen (oder voraus?).

fuer heute

An Klara Reiterer

Verona, 24. November 1975

Liebe Klara!

Zuerst einmal tausendfachen Dank fur Eure beiden Briefe . . ach die Post geht ja immer so langsam. Ich habe oft Heimweh, weil ich Euch alle so gern habe. Es freut mich, daß Ihr gesund seid. Auch ich habe jetzt wieder ordentlichen Hunger: früher habe ich wie eine Katze gegessen, aber recht viel dicker bin ich noch nicht. Mein Gott, wie bin ich froh, daß der Haymo noch lebt. Ich habe schon Angst gehabt, daß ihn irgendein Dorfräuber abschlägt. Daß ihr in der Schule Aufsätze und Diktate schreiben müßt, tut Euch nur gut. Voriges Jahr haben wir viel zu wenig getan. Jetzt pfeift der Wind halt ein bißchen anders. Ihr werdet schon Schnee haben, da herunten schneit es nie und das Wetter ist trüb und neblig. Noch dazu ist es tamisch kalt. Mit den Briefmarken sieht es diesmal schlecht aus, aber ich werde Dir zu Weihnachten einige bringen oder schicken. Jeden Tag kriege ich zwei Spritzen. Ich bin es schon ganz gewöhnt, nur eine rote tut recht weh, so daß ich oft eine Viertelstunde nicht mehr sitzen kann. Den ganzen Tag habe ich nichts zu tun. Ich lese sehr, sehr viel, schreibe Briefe und Geschichten.
Ich habe es ja gewußt, daß Du es in der Schule gut machen wirst. Bald kriegt Ihr auch schon die Zeugnisse und Du wirst sehen, daß die Noten gut werden. Wie geht es eigentlich den anderen? Der Evi, der Erna, dem Hermann? Kommt die Helga ein wenig mit? Lassen Dir die Buben eine Ruhe? Den Haymo hast Du im Brief recht nett gemalt. Soviel wie bei mir werdet Ihr wohl nicht mehr malen dürfen? Und auch nicht in der ganzen Klasse herumtanzen. Deinen Eltern wünsche ich alles Beste und Dein Vater soll sich nicht ganz zerschinden. Du selber brauchst nur so weitermachen, wie bisher, dann kann Dir nichts fehlen, und nächstes Jahr um diese Zeit bist Du schon in der Mittelschule.

Mein Gott, wie die Zeit vergeht!
Ganz herzlich Euer
norbert c. kaser

An Paul Flora

verona 261175 hl. conrad

lieber paul flora

Sie stuerzen mich in große dankbarkeit mit Ihren großzuegigen spenden. ueber meinen freund klaus kam jener gruene schein mit dem kopf leonardos & jetzt der rote michelangelo. ich sage klipp & klar danke & weiß daß Sie mir trotzdem meine (narren-)freiheit lassen & entsetzlich hohes von mir erwarten aber nichts fordern als mein koerperliches heil. ich habe mit meinem leib schindluder getrieben & die buße ist noch bei lebzeiten erfolgt. es geht aufwaerts & daß das hier eine nervenheilanstalt ist stoert mich nicht im g eringsten. nur die kur wird etwa bis weihnachten waehren. ich werde auch wenn ich hier von braeuten christi behuetet bin nicht als engel in die welt treten aber große besaeufnisse darf ich meiner leber nicht mehr antun. basta.

nun zum thema »stadtstiche«
ich bin beim fuenften angelangt. bleiben noch drei. fertig sind: glurns meran brixen & sterzing. in arbeit: bozen. geplant: bolzano (in ital. sprache) klausen & unter schweren noeten bruneck. bei bolzano handelt es sich nicht um die uebersetzung von bozen sondern um einen neuen eben italienischen stich. saemtliche stiche haben das gleiche format & sollen es auch im druck be halten. wuenschenswert waere ein richtiger stadtstich zu jedem stueck (es muß nicht merian sein aber pfaundler duerfte material genug haben.) das fenster kann alle haben kleinschreibung umlaute & trennungs- sowie satz zeichenlosigkeit sind aber unter allen umstaenden beizubehalten. am besten waere eine teilung in zwei gruppen zu je vier stueck.. alles aufeinmal ist zu dick. als entgelt will ich jeweils zwei fensterexemplare & wenns gerade her ausschaut ein paar öS (alles an meine brunecker adresse). glurns lege ich gleich bei. sterzing muß noch in die maschine gehackt werden & wird mit bozen in einer woche folgen.

dieses veroneser spital scheint es in sich zu haben. ich lese & schreibe wie ein geistig verhungerter. fuer rauris im salzburgischen schreibe ich eine tr agoedie in der eines dicken pfarrers segen schiefhaengt & schiefgeht. fuer den jaenner muß ich mich auf ein erquickliches treffen mit einem bundesdeut schen fernsehsenders vorbereiten. die wollen partout mich 50 minuten lang fuer suedtirols kultur ins treffen schicken & mit meinen augen das land besichtigen (ich hoffe den herren die augen aufgehen zu lassen). nebenbei gibts hier zu korrespondieren zu taktieren zu traktieren.. also bitte.. von spitalslangeweile keine spur. eigentlich bin ich ganz froh daß mich die him melshenne schwester angela zum adventkranzwinden abkommandiert hat. dazu kommt das ekelhafte aufwaermen uralter gymnasiumsgeschichten: ich muß nun einmal die lehrermatura machen sonst geht das nicht weiter denn von der ehre der klassischen matura allein lebe ich auch nicht. nach weih nachten springe ich im hinteresten sarntal (durnholz) fuer eine schwangere lehrerin ein & dabei ist mir denn auch das sommergehalt sicher. fast moechte ich meinen: rundum lauter gaudium. mein optimismus wird wie ueblich seine fußtritte kriegen. wird schon werden.

in diesem sinne herzlich

An Mariatheres Neuhauser

verona 281175

liebe mariatheres

Du mußt mir vorerst drei dinge verzeihen

1. dieses heftlpapier das so nach armseligkeit ausschaut.. ich will daß auch das aeußere meiner briefe eine gefaellige form hat aber im zimmer ist man beim generalputz & da bin ich nur im wege wenn ich auf der schreibmaschine werkle. so sitz ich denn hier im fernsehraum mit einer frischen ziehenden spritze im hintern & diesen erbaermlichen freßzetteln & nuetze die zeit von der Du meinst ich haette soviel uebrig Dir zu schreiben.
2. wie ich schon angedeutet habe ist die zeit hier zumindest genauso kostbar wie »draußen«. ich bin den ganzen tag dermaßen ausgefuellt daß ich mit dieser meiner antwort ins hintertreffen geraten bin & Dich wegen dieser verzoegerung um die zweite verzeihung bitte.
3. ich kann mich nicht erinnern jemals von Dir kuesse verlangt zu haben oder Dir welche meinerseits aufgedraengt zu haben. doch kann es in dem geistigen & seelischen wirrwarr dieses sommers leicht geschehen sein daß ich vor verzweiflung & trostlosigkeit solche worte niedergeschrieben habe. wie es mir schon des oefteren passiert ist war wieder einmal alles um mich herum zusammengebrochen diesmal sogar ich selber. versteh bitte also meine saetze nicht als anzueglichkeit & vergiß das. daß ich Dich schaetze & gut leiden kann dagegen wirst Du wohl nichts einwenden.

ueber dieses spital hier schreibe ich nicht gern. ich schaeme oder geniere mich keineswegs weil es eine nervenheilanstalt ist in der ein halbwegs vernuenftiger abgestumpft wird gegen die naechtlichen schreie & anfaelle der weniger vernuenftigen. ich schreibe deshalb nicht gern weil jedes spital den stempel eines bestimmten elends traegt das man nur am eigenen leib erfahren kann & diese erfahrung wird bei der entlassung sofort abgestreift. das will nicht heißen daß spital gleich spital ist die <u>krankheit</u> verfuegt ueber tausend gesichter die gesundheit hat nur eines. so will ich kurz bleiben & mich nicht lange bemuehen atmosphaere tagesablauf etc. zu beschreiben versuchen. es ist ein gutes spital mit vielen freiheiten so vielen freiheiten daß man die vergitterten fenster erst richtig verspuert.

ich bin aus zweierlei gruenden ein wahrer haderlump: inzwischen ist aus dem 28. november ein 29. geworden (also wieder ein tag verzoegerung) & zweitens ist heute ein bluehendes wetter & ich ueberlege gerade ob ich nicht nach dem mittagessen ein kleines gitterchen ueberklettern soll um draußen draußen in der freien luft zu sein. es gibt genug schlupfloecher um der hausordnung & der haft zu entgehen. je nach stimmung wechselt auch das haus: bald ist es kerker schlimmster sorte dann wieder kurhotel oder kaserne oder kloster. in der nacht hat wieder eine frau geschrien & das ginge wohl durch mark & bein wenn man nicht hier waere. so dreht man sich eben um & fuehrt den schlaf fort. nie haette ich geglaubt daß der menschliche brustkorb ohne zu zersprin-

gen soviel geschrei so etwas schrilles verwundetes gelles herausbringt. gern wird der vergleich mit den tieren herangezogen. ich lehne solche vergleiche ab. es ist etwas heidnisches tief versunkenes im geschrei der geisteskranken. eine undefinierbare dimension der rachen des schmerzlosen psychischen elends. »jetzt redet er wieder reichlich hoch« wirst Du denken. ich bin weder verhaertet noch stumpfsinnig...
»wo der dornbusch brennt« von carretto habe ich angelesen. es ist ein sehr troestliches buch zumal es geographisch aus einer gegend kommt die ich irgendwie kenne. auch ich habe die naechte der wueste kennengelernt damals tief unten in tunesien ich kenne taranteln skorpione einsame ziellos scheinende voegel harte grasbueschel sand wind... kibili. doch religioeses wie er konnte ich nicht empfinden. bin ja auch aus ganz anderen gruenden dort unten gewesen. aus reichlich irdischen muß ich sagen doch spricht aus jeder zeile carrettos die großartige moeglichkeit gott dort zu empfinden & das gefaellt mir & hat mir gezeigt daß die wueste (an deren vielfaeltigkeit ich immer glaubte, deren vielfalt ich selber gespuert gesehen & empfunden) auch gott beherbergt.

schoen ist an der wueste auch der aberglauben der einheimischen: sie haben große angst vor naechtlichen daemonen & weigern sich im freien zu schlafen. das trifft bei unserem wald auch zu. der hat auch etwas bedrohliches unsre maerchenwesen sind dort angesiedelt wildes getier raeuber moerder hinter jedem baum... ich kann die araber in der wueste gut verstehn. aus jedem kleinsten geraeusch wird hier im wald wie dort in der wueste beunruhigender laerm eine unfaßbare drohung: so hat es mir den kalten schweiß hergetrieben beim ruf eines kaeuzchens im pfalzner berg mit 23 jahren mir dem zivilisierten europaeer. in der wueste habe ich dergleichen nie verspuert weil meine daemonen eben im wald hausen weil ich ohne wissen oder ahnung hinkam.

ich habe eine recht nette kurzgeschichte geschrieben ueber meinen partner bei tisch. er ist ein aelterer herr & liebt besonders die aepfel die wir zum nachtisch kriegen. nun habe ich mir vorgestellt wie sich seine leidenschaft auswirken koennte wenn er draußen lebte. ich werde Dir demnaechst eine kopie zukommen lassen. zu den anderen pazienten habe ich wenig bezug. welten liegen zwischen uns. freunde will ich mir fuer diese kurze zeit nicht schaffen — mit aller herzenshaerte seis gesagt — aber mir fiele die trennung wieder schwer. herrn cozzi habe ich recht gern (meinen apfelfreund) er hat feine umgangsformen. mit einem jungen fabrikarbeiter (21 j.) aus mezzolombardo teile ich das sonnige zimmer. er hat einen selbstmordversuch hinter sich ist schrecklich kindisch & unbedarft. ich mag ihn nicht aber er laeßt mich in frieden schreiben & lesen. fuer die unterhaltung habe ich einen trefflichen kartenspieler einen carabiniere aus meran dessen ehe zerbrochen ist & der schaurig kitschige bilder malt. er ist auch sonst ein recht guter kollege & es laeßt sich mit ihm reden. von frauen & alkohol sind wir streng getrennt. ich bin gut gelitten werde nicht angepoebelt weil ich deutscher bin pfleger & schwestern behandeln mich gut. zum arzt habe ich kein besonderes vertrauen.. weiß selber nicht warum.

damit sei geschlossen
herzlich

An Renzo Forti

verona 301175

Caro renzo

parliamo un po' di soldi. Tu hai messo dentro
nella simpaticissima lettera un bel foglio v
erde raffigurante cristoforo colombo ci vole-
va e non ci voleva. non ci voleva perchè non
faccio più la vita spensierata e lussuosa (non
avrei neanche l'occasione di farcela) però
queste cinquemila lire mi servono per comp
rare riviste gironali ed a fumare qualche si
garetta in più. Ti ringrazio e chiudo il discor
so economico.
non ti pare che Tu mi abbia fatto troppi com
plimenti? come miele li leccavo.. aihmè qua
nto sono orgoglioso ancora. nemmeno la ma
lattia e l'aria di ospedale mi possono inchin
are. e sotto sotto ci sono ancora tutte le ferite
di un' addio tanto crudele ferite che appena
appena incrostate si riaprono quando mi arr
iva una cartolina (piena di sbagli e per questo
cordiale e amabile) dai bambini. non puoi
immaginarTi quante volte al giorno penso a
haymo.. lasciamo perdere. sto qui e sto bene
anche se devo essere fra gente matta o quasi
matta posso muovermi sono sempre in giro
per tutta la casa scrivo leggo ascolto musica:
insomma mi curo. le due punture prima del
pranzo e le pastiglie non mi danno fastidio.
l'ambiente è buono e non da paragonare alle
torture dell'ospedale di bolzano. belle stanze
notti tranquille dottori e infermieri gentili
mangiare buono ed abbondante.. m'è per
sino tornata la fame ed in effetti il mio pe
so è aumentato (ci voleva). non mi annoio mai. ho da fare. mi manca il lavoro
mi manca il paesaggio nostrano e mi sono accorto che mi mancano i cane
derli. (i crauti le salsiccie etc.). crisi vere o ansie non provo. sono assai tran
quillo un po'troppo pensieroso.. tutto lì. anche questa tappa della mia
stramba vita avrà fine. per oggi chiudo con un cuore pieno di nostalgia
speranze sentimentaliani...

un cordialissimo ciao

sabbia fine
s'è messa
sul mio paese
e fa appena
sentire i contorni
dell'osteria della scuola
della chiesa

sabbia fine
s'è messa
sulla lingua
del mio cane
ed il suo abbaiare
è diventato sogno irrequieto
ormai
coperti gli occhi
dei bambini e nascosti
i fiori sotto i nudi
ciliegi
ci vuole il vento
del mio arrivo
a soffiar via
lo strano elemento
ed a portarvi
calda neve.

An Erika Prader

verona 031275

meine ganz liebe erika

heute ist claudio unser verhindertes selbstm ordkind wieder einmal ganz unertraeglich. das wetter wird umschlagen denn er ist aufg ekratzt pfeift & singt & stoert mich beim schreiben oder ich stoere ihn damit.. es muß nicht leicht sein sich mein unrhythmisches g eklapper anzuhoeren. ich »leide« wie schon berichtet unter appetit & noch dazu unter gel uesten.. gefuehle die ich schon jahrelang nicht mehr gehabt habe. viel fleisch viel sueßes soll ich essen wenig fett.. es fehlt an proteinen & zucker sagt der pinzello: gern geschehen aber man verschone mich mit gesottnen hennen oder kaelbern meine avversion besteht seit der kindheit sonst esse ich Euch alles. geht gut spricht pinzello. heute brachte ich bereits stolze 56 kg auf die waage. die eisenspritzen allerdings die mir seit neueste m in die venen hineigestoßen werden & mich mit baeren- oder stiereskraeften ausstatten sollen sind teuflisch schmerzhaft. die letzte nacht habe ich schlecht zugebracht nachdem aus verschiedenen befunden hervorging daß es mit mir sehr knapp stand damals im juni.. nun bin ich ueberm berg vorausgesetzt ich weiß mich zu halten. sicher habt Ihr es mir damals des oefteren gesagt wie schwarz es um mich aussieht aber ich habe es einfach nicht zur kenntnis genommen. Ihr seid in sorge um mich gewesen & ich habe Euch ausgelacht & nicht begriffen. ich war von unverschaemter blindheit ohne zu bedenken daß im bozner spital das gewaehrte mittagsviertele nichts als ein gnadenakt war. ich bin undankbar gewesen & habs nicht gewußt ich war ein saukerl ohne verantwortung weder mir noch Euch gegenueber. jetzt wo langsam wieder leben in mich kommt beginnt mir zu daemmern was ich »derstellt« habe. l eider widersteht es mir zutiefst Euch zu danken oder Euch um verzeihung zu fragen. die dimensionen stehen in keinem verhaeltnis.. was soll meine armseligkeit ausrichten ich bin nur zu recht sproeder liebe faehig ein mis erabler »danker«... aber umarmen darf ich Euch wie & mit welchem recht weiß ich selber nicht. nun die nacht war schlecht weil sich meine gedanken im kreis geregt bewegt verschlungen haben. die versaeumnisse unterlassungen (katholisch gesagt die suenden »wider den hl. geist«) kamen wieder auf ve reint mit hoffnungslosigkeit & immerzu schlich sich ein scheinheiliger vo rsatz ein oder ein plan fuer spaeter. wozu plaene in diesen tagen? ich habe mit dem heilwerden genug zu tun dann mit dem heilbleiben.. & darueber schlief ich endlich ein.

das drama fuer rauris kann ich nicht schreiben. ich bin zu kraftlos ich habe zuviel zweifel ich bin unsicher & alle ausgekluegelten ideen sind nicht stark genug um auf der buehne fleisch & blut zu kriegen. ich habe den plan heute endgueltig fallenlassen. sei mir nicht boese. ich will kein pfuschwerk es fehlt mir an selbstvertrauen. manchmal bin ich froh wenn ich bei den kurzen sachen nicht steckenbleibe & wie man letzthin gesehen hat fallen schon die recht unterschiedlich aus. fuer etwas laengeres groeßeres reicht mein atem nicht aus.

herzlich fuer heute der bauch ruft zum abendessen der kopf nach kartenspiel & die schreibmaschine muß auch weggeraeumt werden. gute nacht.

Dein diesmal kurzgefaßter

bern a. d. etsch
041275
st. barbara

meine liebe erika

da ich am vormittag nichts im zimmer zu suchen habe aber im augenblick wirklich nicht weiß was tun so will ich ein paar freßzettel fuer Dich vollschreiben.

die schreie aus dem oberstock haben seit ein paar tagen aufgehoert & in der nacht herrscht ruhe... manchmal stoehnt claudio im schlaf wenn er schlecht traeumt. in der kueche klappern die fruehstuecks-teller das wetter hat schon wieder kehrtgemacht & wir pazienten sind nicht gut zu sprechen. ins haus gesperrt in diese raeume wo alles doppelt & dreifach widerhallt.. da fallen wir uns unweigerlich auf die nerven. sanson latscht daher der bigotte schleicher um sein menu aufzuzeichnen wobei ihm seine schwester die saure funze hilft weil ihr bruederchen eben so tatschert & tschappert ist. sanson ist schon deshalb zu allem untauglich weil ihm schon alles gar alles zum arsch getragen & weggetragen wird. & jetzt der friseur ein bildschoener schwarzhaariger kerl der schon 11 jahr von einem narrenhaus ins andere verfrachtet wird. ein rechter weibernarr kommt wieder in die welt hinaus hat nichts keine arbeit keine existenz keine lira... seinen roemischen barbierladen haben die aerzte aufgefressen. ein junger neuer jetzt an der tafel der sich nicht fuer thunfisch entscheiden kann.. kenn ihn nicht. bald werden sie mich zur eisenspritze rufen mir graust schon jetzt davor. dann wird abteilungsversammlung sein & luciano wird wieder vom lieben gott reden die aerzte umschmeicheln & sein wort nicht herlassen. & dann wartet unsereiner mit sehnsucht auf die dolomiten & die post. viele neue sind jetzt da aber angenehmes volk. auch an unserem tisch ist seit gestern einer mittleren alters mit schnurrbart & siegelring am kleinen finger. heute hat mutter geburtstag aber wir werden nicht abhauen dafuer umsomehr kartenspielen & faulenzen.

vor meinen augen ein alptraum von einem bild. christus auf dem oelberg. vollmond hinter den wolkenstreifen unten die hingewuerfelte stadt zypressen

auf dem steinigen weg & dann er mit violettem ueberwurf reichlich nachdenklich sitzt da am wegrand mit niedergeschlagenen augen (im oberstock muß wieder eine rauferei zwischen schwestern & kranken im gange sein) also christus im oeldruck auf dem oelberg eine schmierige geschichte wenn mans so bedenkt. kein apostel weit und breit... der weltuntergang ist zutiefst empfunden. jetzt hat sich ein neuer an den tisch gesetzt & schaut stumm auf das dahinfließen meiner zeilen & versucht das auf dem kopf stehende deutsche zu entraetseln. seine augen gehen unruhig sein gesicht ist bleich er muß angst haben wovor? cozzi kommt & wird natuerlich kalbfleisch ankreiden & einen unausbleiblichen apfel. morgenstimmung wie mans nimmt geraeusche & das entsetzliche schleifen der pantoffeln. ich kann nicht begreifen wie manche nicht ihre fueße aufheben koennen: faulheit mit apathie. oder der aergerliche zizola der im pyjama zum mittagessen kommt unrasiert & fern der heimat sich aber taeglich das gesicht mit weihwasser besprengt sich mit allen verbruedern will & gleichzeitig vor geiz von allen zigaretten fechtet. zizola der froemmling.
mit diesen boesartigkeiten werde ich Dich in hinkunft verschonen. ich werde nicht mehr von den anderen reden weil ich weiß daß es Dir nicht gefaellt daß es Dich vielleicht sogar schmerzt. Du haettest sicher fuer jeden mitgefuehl & verstaendnis aber waerest Du nur des laengeren hier nichts wuerde ausreichen & Deine haut wuerde wie leder. wie oft hast Du Dich schwergetan mir gegenueber verstaendnis aufzubringen was wuerdest Du bei 30 leuten tun die alle leidend sind behaftet mit einer krankheit die nicht schmerzt & deshalb so weh tut. nicht umsonst lehnt die gesellschaft den irren ab... dieses strotzende monstrum kann nur steine werfen weil der blick der gang die geste des irren zutiefst trifft weil es ein schlag ist in das gesicht des normalen stinktiers.
ab zur versammlung!

Dein
norbert

bern an der etsch 131275
st. luzia jungfrau

meine ganz liebe erika

hoffentlich ist es das letztemal daß ich Dir von einem krankenhaus schreibe. in meinen zehen kitzelt schon der hauch der freiheit die allerdings etwas bitter ausfaellt weil ich ohne geld starten muß. immerhin besser frei relativ gesund & arbeiten koennen als dieses langweilige kranksein das wenig finanziellen aufwand erfordert. heute ist ueberhaupt so ein eigener tag. claudio mein zimmerkollege ist entlassen worden & kein neuer fuellt heute nacht sein bett. morgen spaetestens uebermorgen werden sie ein neues opfer anschleppen. heute endlich wieder ein kolloquium mit pinzello (jetzt sage ich »endlich«

frueher maulte ich »schon wieder«). er scheint sehr befriedigt von meinem zustand & wir warten beide die naechsten analysen ab die fuer mittwoch faellig sind. ich habe grausames heimweh nach meinem hund & auch sonst.. ich will einfach heim. keine sorge deswegen zu kurzschlußhandlungen kommt es nicht. uebermorgen darf giancarlo gehen & ich bin praktisch allein. keine kartenspiele mehr keine rechte unterhaltung.. ein paar buecher fertiglesen zuwarten die letzten beiden stadtstiche schreiben viel essen nur nichts mehr neues anfangen. ich bin wieder fuer drei tage in vegetarischer kost wegen der proben. heute hat es zum mittagessen als st.-luzia-ueberraschung ein glas wein pro kopf gegeben & als nachtisch nuesse sueßigkeiten & mandarinen. dieser wein in unserm speisesaal sah ganz nach suende aus nach ehebruch nach verlockung der welt außerdem war er vorzueglich schließlich haben die klosterfrauen auch weinberge & nicht nur radicchiobeete. letzte nacht habe ich nicht schlafen koennen bis halbdrei hab ich schaefchen gezaehlt gedanken fabriziert mich gewaelzt. warum? weiß selber nicht. ich bin jetzt stolze 56 kg fett fehlen noch etwa 10 um mir selber gleichzusehen. zoderers gedichte habe ich hinter mich gebracht. das sind recht ueberspannte saechelchen aus denen ich oder unsereins nicht klug wird. das zeug hat mich weder geaergert erregt gefreut oder gar neues mir gebracht. heute nachmittag hab ich socken & unterwaesche gewaschen. besuch stand keiner in aussicht & wird sich wohl morgen keiner zeigen.

3. adventsonntag hl. joh
annes vom kreuz 141275

gott das wird ein langer trueber tag werden. es regnet. es ist noch frueh aber schon beginnt das hoffnungslose warten auf die hausglocke wo doch kaum jemand kommen wird.. leere sonntage sind arg. heute nacht hat wieder eine frau geschrien schrill & spitz wie der pfiff einer maus nur viel viel laenger. sonst habe ich gut geschlafen. die orangenmarmelade ist fertig. an die tr aumbilder kann ich mich nicht mehr erinnern. der radio verkuendet froh daß sich auch die sowjetunion wird einschraenken muessen. vom flugballspielen tun mir noch immer die handgelenke weh. die waesche trocknet schlecht. von schwester angela hab ich mir den plattenspieler geliehen & die bachkantate angehoert. moralischer auftrieb. jetzt vom kartenspiel als gewinner in die kammer zurueck das radio laeuft orgelnd. ich liebe die sonntage nie: weder im dorf noch in der stadt & schon gar nicht hier. in mir liegt noch tief der religioese befehl daß man zu ruhen habe & das widersteht mir. deshalb sind die sonntage bis auf das essen oede & unausgefuellt. ein freier wochentag ist dagegen eine wonne wenn die ganze welt sich geschaeftstuechtig fleißig & arbeitsam um den freien dreht. so & dabei lassen wirs bewenden. nachmittag leg ich mich hin & les oder schlaf. schon wieder bin ich hungrig.

grueß Dich fuer heute

An Klara Reiterer

Verona, 16. Dezember 1975

Liebe Klara!

Vielleicht komme ich schon vor diesem Brief an. Hier im Krankenhaus muß ich nicht mehr lange bleiben. Ganz gesund bin ich zwar noch nicht, aber mir geht es sehr gut, so daß ich ganz bestimmt in diesen Tagen nach Flaas komme. Ich freue mich sehr Euch wiederzusehen. In Flaas kann ich natürlich nicht mehr Lehrer machen, weil das Schuljahr ja schon lange angefangen hat. Ich werde irgendwo im Sarntal statt einer kranken Lehrerin Schule halten. Das ist von Flaas nicht weit weg. Hier habe ich viel gelesen, gelernt, studiert und geschrieben, wie es eben meine Freude ist. Aber ich bin immer eingesperrt und das Wetter ist auch recht traurig: es regnet durchaus. Zu essen kriege ich gut und ich bin schon sieben Kilo dicker geworden. Auch heißt es hier recht brav sein und wer nicht folgt, kriegt halt mehr Spritzen und die tun oft recht weh. Aber es geht alles vorbei. Neues zu erzaehlen habe ich nicht. Im Spital gibt es nie etwas Neues. Die kranken Leute machen alle ein langweiliges Gesicht, auch wenn sie nicht im Bett liegen müssen und herumgehen dürfen. Die Klosterfrauen da haben auch einen Hund. Der ist ein richtiger Dummkopf, aber sonst ein liebes Tier. Er wedelt immer mit dem Schweif, wenn er mich sieht, weil er weiß, daß ich ein Stueck Schokolade oder ein Zuckerle für ihn hab. Hier wachsen ganz andere Bäume als bei uns: Ölbäume, Zypressen, Palmen, Stechdorn und Pinien. Manchmal ist den ganzen Tag so dicker Nebel, daß man ganz blöd wird im Kopf.

So und nun wünsche ich Dir und Deinen Eltern recht recht schöne Weihnachten. Neujahr brauche ich nicht wünschen, denn ich komme noch vorher.

Ganz herzlich Euer
norbert c. kaser

An Klaus Gasperi

verona 171275

bitte dringend »stern« nr. 48 suchen & aufheben. evtl. monica informieren. weiß noch nicht wann genau freiheit herrscht. bin teiflisch nervoes. schwitze in der nacht & traeume heimatliches zeug.

Euer
norbert

An Erika Prader

bern an der etsch — weihnacht 75
231275

ganz fest liebe erika

nichteinmal einen fetzen papier hab ich diese selbstgegossne kerze fuer Dich einzuwickeln. mein ganzer reichtum besteht im augenblick in 3 hundertlire muenzen einigen briefmarken & zwei packungen zigretten & schließlich in mir selber mit nuechternem magen heute gewogenen 59 kilo. ein aufgeregtes gezittre geht unter den pazienten um ein gewarte das sich morgen noch st eigern wird jedes einzelne klingeln des telefons hat spannung & enttaeusch ung. ich gebe mich relativ unberuehrt aber auch ich kann mich bestimmter dinge nicht erwehren tut mir leid.. ich hatte mir einfach alles zu schoen ausgemalt. schneespaziergang mit klaus & den beiden hunden ein lockeres gespraech mit dampfendem atem dann die wohltuende stille des waldhei merweges kalte fueße & schmerzende naegel.. dachte ich & dieses denken muß ich schnellstens bleiben lassen sonst kommen mir die traenen. ich haenge jetzt eifrig an schwester angelas kuttenzipfel & sie laeßt mich gewaehren & gibt mir ein herrliches raetsel auf.. naemlich dahinterzukommen was es mit ihrem persoenchen eigentlich auf sich hat. sie laeßt mir nicht nur deswegen keine freie minute sie spannt mich ein wo immer sie kann sie wickelt mich bereits dermaßen um den finger daß ich auf ihren wunsch hin vor dem ganzen personal ein gedicht aufsagen wuerde oder im solo in der kirche stille nacht saenge. aus dem operationssaal ist ein atelierartiges schlachtfeld geworden.. ich habe ein halbes dutzend kerzen gegossen einen mannshohen tannen zweig aus styropor gefertigt mit einem spruchband dran (esultiamo di gioia è sceso l'amore) baenderflechten maschendrehen kunstschnee-an-die-fenst er-spritzen schablonenschneiden krippen-bau-berater-spielen.. man hat zu tun auch wenn es nutzlose scheintaetigkeiten sind. im atelier hat man ruhe & es ist herrlich regulierbar warm & die beleuchtung ist trefflich. so lese ich denn & bastle vertreibe unnuetzes volk aus meinem revier schnattre mit an gela & darf (das hat sie mir fuer naechste woche versprochen) lernen wie man eine spritze gibt.

aber was soll das geschwaetz. ich werde zusehends kindisch. es ist alles so nichtig. warum eigentlich verkrieche ich mich nicht im bett leintuch ueber augen & ohren & plaerre drauflos ohne hemmung nur in erwartung einer alles loesenden valiumspritze. oder ich koennte durchdrehen was hier ja nicht weiter auffiele scheinheilig oder auch richtig wie's gerade kommt. abhauen waere auch keine besondre kunst. ich tue nichts von alledem. oft suche ich nach dem »warum« ich's nicht tue. lethargie apathie oder aehnliches ist es nicht faulheit oder folgenangst auch nicht vielleicht sind's meine privilegien die mich stuetzen vielleicht bin ich schon so vernuenftig geworden. ich wu ndre mich den ich bin nicht gelassen ich kann mich ereifern von tempera ment- oder charakterschwund wueßte ich nichts. oder ist es nur anpassung wie so oft. mit langwierigem nachdenken ist auch nichts getan.. hoechstens daß der kopf schwer wird oder daß heimweh wieder aufstoeßt.

ich will einfach hinaus hinaus hinaus. scheißkranksein. unbefriedigende lage. ich will etwas tun. die blockade brechen. ich brauche keine feiern & festivi taeten.. gut die sind auch irgendwann vonnoeten ich muß etwas tun. ich bin unruhig. ich waere gar nicht ungern tot. scheißsinnlosigkeit von zerstoerung & aufbau ein handgriff waere fuer den stillstand genug.. aber nichteinmal da ist man sicher denn himmel oder hoelle koennten wie ein fortsetzungs roman weitergehen denn das nichts ist genausowenig bewiesen oder widerlegt wie lockende jenseitige orte. oh ich werde mich raechen fuers dableibenm uessen: acht stunden dauert eine ordentliche nacht weit mehr ein ordentli cher traum so werde ich es schneien lassen wie es mir paßt ich werde rod elfahren wie der wilde bis mich im bauch das schwindeln kitzelt ich werde mich mit haymo im schnee waelgen & Dich umarmen eine ganze nacht mit Euch allen kann ich sein kann hin wo ich will nichts wird mich hindern kein gitter kein arzt keine krankheit. ich will mich austoben bis mir das zaehe blei der morgendlichen vitaminspritze in den zersiebten arsch faehrt.

gar nicht sonderlich weihnachtlich
friedlich oder hochgestimmt kuesse
ich Dich & laß Dich in wirklicher &
getraeumter umarmung nimmer los
norbert

An Paul Flora

bern an der etsch 281275

lieber paul flora

in der vagen & doch wieder berechtigten hoffnung dieses gastliche narren haus noch vor jahresende verlassen zu koennen & ehe wieder die postgeb uehren steigen & ehe man mich ganz unter die irren & verlorenen zaehlt schreibe ich vorerst noch wobei es eigentlich gar nichts zu schreiben gibt. ich habe heimweh. ganz simples einfaches heimweh nach hund & haeusern kindern & kleinigkeiten. komisch sprachlich habe ich es nicht obwohl ich zwecks wegen praktitzitaet untertags italienisch denke um nicht jede klein igkeit uebersetzen zu muessen. im uebrigen ist es natuerlich schwer in meiner eigenen welt leben zu muessen & mich nicht mitteilen zu koennen... ich bin schon immer ein diffiziles problemstueckchen gewesen & daß das pazienten pflegern & aerzten wurscht ist bleibt verstaendlich (umgekehrt natuerlich auch). ich schere mich einen pfifferling um naechtliches wahnsinnsgeschrei oder wenn mir wieder eine rasierklinge gefladert wird & ein selbstmord be vorsteht — was natuerlich mißlingt weil der lebensmuede entweder zu un

geschickt ist oder aus schiß alarm schlaegt. es bedrueckt mich nichteinmal da unter diesem lethargisch-apathischen volk zu leben.. aber hinaus moe chte ich schon verteufelt gern wenngleich draußen ebenso gesponnen wird wenn nicht mehr.
beduerfnisse habe ich keine. mit buechern bin ich eingedeckt. mein hunger ist groß geworden mein gewicht ist gestiegen mein physisches wohlbefinden ist beneidenswert. von depressionen bin ich bis auf eine ausnahme (ich haette nicht geahnt daß mich spitalsweihnachten umschmeißen) verschont geblie ben. psychisch leb ich also im gleichgewicht. was das schreiben anlangt: nun es geht gleich gut wenn nicht besser jetzt ohne wein. ohne sorge gehe ich ins jahr 76 wenn sie mich nur bald auslassen diese wohlwollenden schweine.

herzlich Ihr

An Erika Prader

runerschule 190176

meine ganz liebe erika

nun bin ich wieder da in meiner ganzen geliebten einsamkeit daheim sozusagen nach flaas ist es eine gute halbe stund die kinder hier kennen mich auch & den hund den sie auf valpogun haben ist schließlich von mir gebracht worden. in afing unten habe ich quartier genommen bei einer jungen etwas zu lauten familie. es ist ein ganz eigen gefuehl sich geliebt zu wissen oder geachtet oder herzugehoeren. ein genuß ist es daß die wenigen veraendereungen nicht gewalttaetig sind. die baeume stehen noch gerade die wege gehen bergauf & -ab & sind nicht sonderlich vereist. elendsgroß stand uns der mond ueber dem schulweg oben stehen die flaaser hoefe drei minuten vom bach dort ist die grenze grenze einer heimat. heute nachmittag geh ich hinauf zu ihnen & schade daß sie von umarmungen nichts halten.
zur mela werde ich gehen zum pfarrer zum hias & alles wird anders sein ohne weinglasperspektive klarer reifer satter voller.
es genuegt
Du kennst flaas.

norbert

An Paul Flora

bruneck 010376

lieber paul flora

ad adjuvandum me festina

man koennte glatt wieder ins saufen kommen bei der trostlosigkeit meiner finanziellen lage & meiner troepfelweisen arbeitslosigkeit die ab & zu erhellt wird von einer kostspieligen reise in ein weit entferntes dorf um dort fuer zwei drei tage kinder zu hueten denn mehr kann man nicht. unternehmen kann ich auch weiter nichts weil die taegliche abberufung zu erwarten ist das blockiert mir auch das schreiben & mit meiner verwandtschaft bin ich auch schon verkracht wegen meines parasitaeren daseins. da sitzt dieser parasit dieser 28jahr-alte laggl herum. lust haette ich alles hinzuschmeißen. & wenn ich sie so grinsen sehe die gesamte brunecker mafia wenn das schulamt sich die haende reibt & erwartet ich wuerde mit dem maul voller entschuldigungen daherkriechen den verschmaehten speichel der bonzen aufzulecken dann allerdings haben sie sich getaeuscht. die parabel vom verlornen sohn mag schoen & gut sein aber lakai bin ich keiner. & als etwas andres sehen einen diese hiesigen christenmenschen gar nicht an. ich bitte Sie nun mir fuer

zwei-drei wochen unter die arme zu greifen mit einigen schillingen auf daß ich nicht zum gaudium jener pharisaeer umfalle damit ich mir tageszeitung kaffee leidige bozenfahrten & ferngespraeche ungefragt leisten kann ohne um jedes zipfelchen zu meiner schwester oder zu den alten tanten betteln gehn zu muessen.
mit herzlichen grueßen & damit ich mich wacker halten kann

Ihr

An Siegfried de Rachewiltz

bruneck 100376

lieber siegfried

lange hats nun gewaehrt & der faden unsrer kommunikation scheint zerrissen gewesen. ich wußte nicht so recht wo Du umgingest habe ein paarmal nach marokko geschrieben & von Dir post aus amerika bekommen. den ganzen herbst war ich in einer veroneser klinik wegen meiner sauferei. . es hat sich wieder alles eingerenkt doch bin ich zur zeit brotlos weil ich das schuljahr nicht beginnen konnte & jetzt auf zipfelsupplenzen in den wildesten bergn estern angewiesen bin. trotzdem bin ich bei recht gutem humor & schreibe viel.
das buch Deiner mutter (»discrezioni«) habe ich gelesen & bin dabei es ins deutsche zu uebersetzen. frag einmal vorlaeufig ob sie mir dazu den segen gibt oder ob sich schon wer andrer drangemacht hat. in einem jahr waere ich mit der arbeit fertig. Deine »großmutter« in gais habe ich auch kuerzlich besucht & mich mit ihr fuertrefflich unterhalten.
zu Eurer »arunda« wuensche ich viel glueck & wenig geburtswehen. zwei texte lege ich Euch bei wenn Ihr sie veroeffentlichen wollt. die erste nummer mueßt Ihr mir unbedingt schicken.
da ich in eile bin & sonst nichts besondres an neuem von mir zu berichten ist schließe & grueße ich Dich

norbert conrad

ps. bitte immer an meine bruneck er adresse schreiben dann kriege ich alles

An Hans Haider

rabenstein 250576

lieber haider

vorerst herzl. dank fuer Deinen brief. ich muß allerdings schulschluß & wahlen abwarten um Deiner einladung fuer wien folge zu leisten .. da wuerd' ich Dir auch manuskripte mitbringen. mit der grazer autorenversammlung will ich nix zu tun haben ich hasse jedweden verein & jandl & mayröcker mag ich beide nicht!

n. c. kaser

An Klaus Gasperi

wien 220776

positivster alptraum meines daseins:
es ist manchmal gut wenn man in die »hauptstadt« kommt seine literarische anonymitaet zu lueften.

n. c.

An Hans Haider

bruneck 260776

lieber hans

sowoll! ein konto waere eingerichtet & auch sonst bin ich recht wohlbehalten wieder zurueck. nur sonst sind mir zweifel gekommen wie ich dem minist erium meine kontonummer mitteilen koennte .. teil Du es ihnen bitte mit .. ich finde einfach nicht den richtigen ton & mut dazu.
in diesen tagen werde ich bozen fahren & Dir den »skolast« & die »arunda« besorgen. hier schiffts aber die bauern sind schon wieder unzufrieden.

wie im maerchen habe ich drei wuensche an Dich (die natuerlich maerch enschnell in erfuellung gehen solln):

1.) schick mir die anschrift + telefonnummer von unserm horst christoph

2.) betreibe die sache mit meinen texten bei der »presse« denn ich sitz in baelde auf dem trockenen.

3.) teile den zustaendigen leuten vom unterrichtsministerium meine konto nummer von der volksbank bruneck mit. (Volksbank Bruneck 1147-6).

so grueße ich Dich herzlich & Deine frau & den feuerwehrhauptmann

Euer
norbert

ps. verzeih die kurze form. ich bin erschroecklich in eile & werde mich schon noch weitschweifiger melden.

An Franz Hölbing (ORF-Tirol)

bruneck 260776

meine stadtstiche sind bekanntlich durch den aether gelaufen das honorar natuerlich nicht obwohl man weiß wie gut es mir geht. um Ihnen die zahlung zu erleichtern habe ich mir mit dem letzten geld glatt ein konto eingerichtet (ein vorgang den ich fuer meine person entwuerdigend & unkeusch empfi nde). also hier bin ich als nummer:

K.to 1147-6
Volksbank Bruneck

so bitte ich denn um mein verdientes geld oder soll ich mich als kellner no rwegischer straßenkehrer oder tunesischer buehnenbildner verdingen wo ich doch tausendmal lieber auf sommerlich-fauler haut liege.

von tiefstem herzen

Ansprache vor der KPI-Bruneck

[Sommer/Herbst 1976]

cittadini e compagni

con questa manifestazione il PCI/KPI rivela la sua esistenza a Brunico ed in Pusteria che sino adesso era latente: ed è questa la prima volta. Siamo partiti dalla realtà di 234 voti per il senato e di 352 per la camera. La simpatia che il PCI/KPI gode anche da parte della popolazione di lingua tedesca risulta da dati statistici e dall' analisi del voto locale: il 4,9% dei voti è andato a noi che ci stiamo formando in un gruppo di compagni senza pregiudizi etnici ed occupandoci al più presto delle classi sopresse esistenti pure nella piccola Brunico. Partendo da questa realtà ci siamo permessi di invitare i compagni ... per un chiarimento della posizione, del lavoro futuro e del nostro possibile sviluppo in provincia.

Geehrte Anwesende & Genossen,

mit diesem Abend wird endlich das Bestehen der KPI in Bruneck und im Pustertal bestätigt. Es ist wie eine Geburt. Wir gehen von der Tatsache aus, daß für den Senat 234 Stimmen abfielen, und für die Kammer 352. Genauso ist es eine Tatsache, daß viele deutsche Wähler die KPI vorgezogen haben, auch wenn die SVP einen Triumph im Pusterer Bollwerk feiern möchte: knapp 5% (4,9%) in dieser Stadt sind mit uns, und wir sind dabei, ohne sprachlich-völkisches Techtelmechtel eine Gruppe zu bilden, die sich für Tal und »Kleinstadt« einsetzt. Deswegen haben wir es uns erlaubt die Genossen ... einzuladen, damit Klarheit herrsche über die Lage, die politische Arbeit und unsren weitern Weg in Südtirol.

An Hans Haider

bruneck 160976

lieber hans

es ist regelrecht zum verzweifeln. es geht mir sehr sehr schlecht & vom lite raturstipendium noch keine spur. wenn ich gewußt haette daß der oesterrei chische amtsschimmel in etwa die flotte gangart unsres italienischen hat haette ich mir eine sommerarbeit gesucht denn die gesichter meiner beiden alten tanten denen ich seit dem 1. august auf dem geldbeutel herumliege w erden von tag zu tag saurer. so bin ich finanziell vollkommen an mein haß geliebtes bruneck gebunden & gehe schon gar nicht mehr auf die volksbank meine kontonummer visitieren weil ich mich schaeme. wohl hat man mir vom ministerium geschrieben daß die ueberweisung via innsbruck erfolgt & ueber das buero der hofrat stadlmayer laeuft aber in innsbruck wurde fuer

mich noch kein geld gesichtet. so sitze ich denn hier blockiert & drehe freudlos
daumen. nichteinmal zum schreiben habe ich mehr lust & an reisen ist gar
nicht zu denken: alle sommerplaene sind vertroepfelt. ich bitte Dich weil Du
ja in wien bist & die noetigen leute kennst mach Dich auf die suche nach
meinem brot.

gesundheitlich geht es mir recht gut nur die zaehne ließe ich mir gern flicken.
mein politischer schwung ist etwas abgeklungen aber beileibe nicht versch
wunden das ginge gar nicht weil die volkspartei einfach zuviel mist zusa
mmenbaut als daß man tatenlos zusehen koennte wie land & leute verschau
kelt werden. kulturell war der sommer mit den ueblichen volks- feuerwehr-
trachten- schuetzen- sport- & dorffesten ausgefuellt. der schaedel surrt noch
vom scheppern der blechkapellen. ich habe sehr zurueckgezogen gehaust &
mich auf keinem tanzboden blicken lassen. auch sonst habe ich es vorgezogen
einsiedler zu machen um ~~n~~icht unter die raeder & stampfenden fueße der
germanenhorden zu geraten die mehr denn je das land ueberfallen haben.
ich habe viel zu lesen gehabt habe joseph roth entdeckt & in der aktuellen
oesterreichischen literatur herumgeschnueffelt wobei mir haids »oberlang
dorf« bisher am besten taugte.

ich hoffe daß Du einen besseren sommer verbracht hast & grueße Dich ganz
herzlich mit weib & kind

norbert conrad

ps. gleichzeitig mit diesem brief schicke ich auch einen an frau ziha vom
bundesministerium. kopie liegt bei.

An das österreichische Bundesministerium für Unterricht und Kunst

Bruneck, am 16. Sept. 76

Sehr geehrte Frau Ziha.

Aus einem Schreiben vom 6. August, das Herr Dr. Wolf unterzeichnet hat, geht hervor, daß mein Literaturstipendium via Innsbruck überwiesen wird. Ich habe im Büro der Frau Hofrat Stadlmayer telefonisch nachgefragt, wie es dem Gelde ginge, und da hieß es, aus Wien sei noch nichts da.

Ich bin sehr ungern lästig, aber halt ein wenig um mich selber besorgt, weil es mir finanziell schon ganz und gar nicht gut geht und das Stipendium bleibt so lange aus...

So bitte ich Sie denn, sich um mich zu sorgen, denn ich bin nur mit dem Reichtum meiner Feder gesegnet und lebe da bei meinen alten pensionierten Tanten, die alles verstehen können, bis auf meine »verrückte« Schreiberei.

Mit vorzüglicher Hochachtung

An Erika Prader

bk. 280976

noch immer ohne geld noch immer blockiert an haenden & fueßen gefesselt — es ist wohl ein geleide. so grueße ich Dich denn herzlich aus dieser faden stadt

norbert

An Hans Haider

bruneck 291076

lieber hans

endlich hat es funktioniert. nur ich bin gesundheitlich beim teufel. weiß gott wie's weitergehen soll. grueß mir frau & filius. ich werde mich wieder aus verona oder venedig melden.
muede bin ich sterbensmued.

norbert

An Klaus und Marlene Gasperi

venedig 091176

Ihr habt gemeint mit dem vielen gehen wuerde mir mein fußwehwehchen schon vergehen: das gehen ist mir vergangen. brennenden fußes lieg ich schon fast eine woche im bett mit schmieren fußbaedern kriminalgeschichten. es hat zweimal hochwasser gegeben ein paarmal regen einmal besuch (frankie, waltr. & nero gott im himmel nach mitternacht). sonst komm ich mir gar nicht allein vor obwohl ich's immer bin.

herzlich
norbert conrad

An Paul Flora

venedig 101176

lieber prof. flora

es ist wohl an der zeit daß ich mich einmal nicht als bittsteller bemerkbar mache aber auch vor kriechender dankbarkeit sollen Sie verschont bleiben. endlich endlich habe ich mein geld & meine langersehnte bewegungsfreiheit (ich bin meine eigne schwalbe & flieg mir selber von der hand).. nicht daß ich mir das GELD verdient haette (womit denn schon? publiziert ist fast nichts & nur die paar stadtstiche..) aber ich kam mir im laufe des sommers fast schon vor wie ein ministeriumshuendchen dem das reifenspringen bei gebracht werden soll. ich habe in innsbruck auch keine freude mehr gehabt mit dem patzen da in der hand.

jetzt bin ich wieder ausgeglichen & recht arbeitswuetig. fuer Sie ist auch eine geschichte bereit eine ganz nur fuer Sie & Ihre frau. hier in dieser mansarde bin ich vollkommen allein & hab meinen schreiberfrieden. die arbeitskulissen sind wie gewuenscht: waerme ruhe keine fremden = touristen in den gassen doch wieder volksgewurle in den versteckten gasthaeusern ordentliches essen kinos die sogar filme zeigen (mein nachholbedarf ist enorm) faehren hinaus zu den nebligen inseln der hund geht mir ab. eine dicke schaerpe um den hals die eine irre in der anstalt von verona mir gestrickt hat & rundherum den weiten mantel.. ich bin fast wieder wer. die fueße brennen vom gerenne.. aber jetzt werd ich schon wieder lyühyterarisch & berichte wenn ich nach innsbruck komme um den zweiten patzen zu holen. im jaenner dann kriegen meine geliebten landsleute ein paar manuskriptchen zu fressen & mit gusto bin ich mir des einen schon sicher daß keine silbe davon in suedtirol gedruckt wird.

herzlichst
norbert c. kaser

ps. ich lese gerade mary hottingers kriminalgeschichtensammlungen die Sie vignettisiert haben. das haetten Sie nicht zu tun brauchen: auf 1.500 seiten so viel un-schreckliches zusammentragen kann nur ein aengstl. weib.

An norbert c. kaser

padua 111176

hoffentlich

An Erika Prader

venedig
rialto
pescaria
s. polo 464

barbon
tria
sardela
sardon
cm. 7

branzin
orada
dental
corbe
sparo

botolo
boseghete
soaso
lotregan
mesciato
verzelata
lovo
sfogio
passarin
rombo
cm. 12

bisato
cm. 25

ostrega
cm. 5
peocio
cm. 3

liebe sehr liebe erika
s. polo 141176

Du wirst sagen endlich. auch ich sage endlich kann ich schreiben. an der zeit waer's gewesen. faulheit bestimmt nicht eher das heulende elend not im saeckel unbeweglichkeit das reißen in den fueßen daß mir am liebsten das ganze purgatorio vor schrittlosigkeit bei den augen gekommen waer ziemlich viel bitternis.. es hat halt nicht getan wie es sollte. tanzen gehn wir doch & sei's mit flammiger sohle. mein gewissen stinkt nach fisch.

neuigkeiten:
inskribieren tu ich nicht
kuriert werde ich werden wann mir danach ist in der ddr oder in padua
es fehlt wieder (& wunder ist's schon gar keins)
Deine geistergschichte »die große trute« wird immer laenger (nicht gedehnter aber die einschiebsel mehren sich.. zerstreuende momente)
mit meiner schwester steh ich seit dem 220976 auf krieg.. sie will nicht ein lenken obwohl ich jetzt mit geld ein paar familienwunden verkleben koennte. auch mit meinen tanten hat sie sich vollkommen ueberworfen. es schmerzt insofern weil es sich so dahinzieht. ich wiege sehr wenig.. bin erschreckend mager.
fuerchte Dich nicht!
mit der »arunda« hab ich beschlossen affrontierend abzuschließen. mit der brd mit der ddr & besonders mit oesterreich denke ich zu arbeiten aber erst ab jaenner.. texte etc. habe ich genug. laßt mich lebendiger werden dh. auf gestaute psychische & physische noete zum teufel schicken.
in wenigen tagen kehr ich kurz ins »land« zurueck.
die anwesenheit bei der von der sh fuer'n dezember geplanten literaturtagung koennen sie sich auf den hut stecken. redet sowieso nur peppin z. & waer auch sonsten fruchtlos wie macedonia.

An Hans Haider

bruneck 221176

bin verzweifelt mein stipendium ist schon wieder stecken geblieben. liege unversichert & marod im krankenhaus. setz bitte alles in bewegung damit die gelder von wien nach innsbruck rinnen. gedruckte lorbeeren (= papierne) sind bitter sehr bitter.

Dein
norbert

bozner spital 131276

scheißerei & nocheinmal scheißerei...mir will's einfach nicht recht gutgehn. dafuer bin ich nun die erfahrung reicher die ein araber nach 20 von allah verordneten stockschlaegen auf die fußsohlen haben muß. es lebe allah! aber nicht mehr lang: ist ja christkindlzeit.

norbert

venedig 140377

bin wieder zu leben gekommen & den spitaelern entstiegen. auch das schreiben laeßt sich wieder an. wenn ich mehr habe bringe ich es Dir. heute habe ich mich auf den kleinen inseln draußen herumgetrieben. zerstochen bin ich von muecken sterbensmued hungrig nach muscheln riechend

norbert c. kaser

An Klaus Gasperi

140377 torcello/burano/giudecca
zatterischer sonnenuntergang

friedenreich in neuseeland. morgen zeigt mir seine sekretaerin behausung & atelier. auf burano zuviel scampi gefressen: wueste viecher. torcello ist mir gar zu einsam. hab's nur 3 stund ausderhalten. schreibe in der nacht... sonst stechen die zanzaren

norbert c.

An die Redaktion des »Alto Adige«

bruneck 100577

geehrte herren — lieber kurt pardeller

»innsbruck« ist mein letzter stadtstich jener neun essays in denen ich die sieben staedte suedtirols maltraktiert habe (trento & innsbruck sind sozus agen die klammern die den kern umschließen). & ich bitte um veroeffentl ichung auf der seite fuer deutsche leser. kurt pardeller kennt mich gut & weiß wie meine texte behandelt werden sollen (ungekuerzt ungewuerzt & klein geschrieben).. vorgestellt brauche ich nicht zu werden. bin bekannt wie ein bunter hund. ein kleines honorar verschmaehe ich keineswegs (andre tages zeitungen wie die tiroler tageszeitung oder die presse zahlen auch) denn ich habe weder fuer »trento« noch fuer den »adler« von Ihrer zeitung etwas erhalten..
aber das liebste ist mir eine schnelle veroeffentlichung da ich naechste woche fuer laengere zeit verreise & schon am dienstag dem herrn dolomiten-X w adenkraempfe bereiten moechte. außerdem ist der text noch recht frisch & ungedruckt.

herzlichst Ihr

An Klaus Gasperi

bad berka 200577

lieber klaus

da steck ich halt wieder im spital & es wird wohl so an die sechs wochen dauern bis ich ihnen gut genug bin. die ersten eindruecke sind durchwegs positiv ausgefallen & zum glueck ist vieles anders als bei uns. das essen ist wie befuerchtet: sueß (butter salat saucen suppen brot etc.) aber sehr wurstreich. wie aber die vielen wurstsorten mit dem sueßen harmonieren sollen ist mir schleier- & grauenhaft. empfangen wurden wir herzlich & zum glueck ohne blumenstrauß & reden. mein arzt hat mich sofort mit buechern versorgt — mit ganz normalen. genosse foldi ist ein rechter rompi scatole & ich muß den großen uebersetzer spielen welches amt ich mir geschworen hab binnen einer woche niederzulegen. ich bin kein kindermaedchen fuer einen so alten laggl & wenn er schon so ein gewitzter gewerkschafter ist (wie er tut) wird er sich wohl mit der zeit selber zu helfen wissen.

die gegend ist ziemlich flach aber waldreich. erfurt ist haeßlich. die oertliche mundart ist relativ verstaendlich. bad berka ein vertraeumter kurort mit mineralquelle. goethe war im mai-juni 1814 da. zum glueck war er ein feind des tabaks. mit dem rauchen habe ich schwierigkeiten: ich werde es trotz aller aufgestellten hindernisse nicht aufgeben. der alkohol ist leicht zu entbehren.

meine leber hat sich seit der letzten untersuchung (jaenner) um zwei fingerbreiten zurueckgezogen was mich sehr freut & genauso ueberrascht bei meinem bierkonsum in letzter zeit. im uebrigen ist es trueb & regnerisch & der weite park ums sanatorium voller schnecken & naesse.

vorerst ist dies alles. ich werde mich einleben & in kuerze mehr zu berichten haben. die ersten eindruecke waeren zuviel aufeinmal & wuerden sich hoechstens als falsch erweisen.

grueße mir unsre freunde & marlene & bitte sie mir bald zu schreiben. Du bist sowieso zu faul dazu.

Dein
norbert conrad

An Joseph Zoderer

[Bad Berka] 220577

lieber peppin

weil ich sehr weit & lang entfernet bin bitte ich Dich um alte dolomitennummern & sonstige lokalnachrichten. auch jeder andre gruß ist mir hochwillkommen & wird erwidert aus dieser kulturtraechtigen gesundheitbringenden goethelandschaft.

norbert c. kaser

An Hans Haider

[Bad Berka] pfingsten 77

lieber hans

nach winterlicher schwebe zwischen weiterleben oder nicht wird endlich mit einer saftigen kur ein schlußstrich unter mein kranksein gesetzt. schreib mir bitte ich krieg so gern post. sonst weiß ich wenig neues & geschrieben hab ich auch nicht viel. herzlich grueß mir Deine frau

norbert c. kaser

An Monica Kaser-Segala

bad berka 310577

liebe monika

endlich endlich wirst Du Dir denken schreibt der lump. nun es gab in diesen letzten tagen so viel neues zu erleben daß ich einfach nicht recht dazukam. das neueste erlebnis ist wohl daß ich meine brieftasche verloren hab & so wird es mit meinem geld etwas knapp... 190 mark sind ein nettes suemmchen. zum glueck habe ich noch reserven. die kur ist vortrefflich nur hab ich einen kleinen rueckfall mit meinen fueßen & den kann ich mir kaum erklaeren. dr. entling meint das waeren nur entzugserscheinungen. wir wollens hoffen. ansonsten wie ueberall in den spitaelern dieser welt: spritzen und tabletten. vieles ist auf selbstbedienung aufgebaut. fruehstueck abendessen betten waesche etc. in der frueh heißt's um sechs aus den federn. fruehstueck mit viel wurst & miesem kaffee. zwei stunden ruhezeit mit warmen umschlaegen. spaziergaenge nach wahl im weitlaeufigen park. mittagessen mit sueßem salat & ewigen erdaepfeln. zwei stunden wiederum ruhe dann fahren wir oft in der gegend ein bißchen spazieren etwa nach weimar zu schiller & goethe oder an einen der kleinen seen in der umgebung denn das wetter ist schoen. zweimal in der woche ein schwefelbad zweimal infrarotbestrahlung vom brunnen eifrig wasser trinken & solche scherze mehr. in heimwehkrise bin ich noch nicht gekommen aber das wird sicherlich noch werden. bis ende juni heißt es dableiben. die leute sind recht nett & politisch keineswegs verhetzt wie man meinen moechte aber ziemlich verschlossen & wortkarg. sie kommen aus allen gegenden der ddr weil hier das beste sanatorium fuer leberschaeden steht. das staedtchen selber ist langweilig schmutzig & hat nichts aber schon gar nichts zu bieten. nichteinmal farbige postkarten. kontakt mit der bevoelkerung zu bekommen ist nicht schwer & als italiener ist man hier so ein richtiges exotisches tier. so das waer's fuer heute. schick mir wenn du kannst ein paar briefchen faemmo-kaffee aber schnell denn die post ist langsam grueße mir corrado recht schoen & schreib mir neuigkeiten aus bruneck.

Dein
norbert conrad

bad berka 060677

liebe monika

ein vierteljahrhundert traegt Dich nun der erdboden & noch dreimal so lang mit gesundheit & ohne not soll er Dich tragen. 1977 wird uns beiden unvergessen bleiben denn nie waren trauer & freude so eng beieinander. ich bewundere Deine festigkeit & Deinen mut & freue mich mit Dir auf Dein allerschoenstes geschenk das wir dann im herbst in unsren armen halten. noch eines freut mich daß wir unsre grundverschiednen lebenswege respektieren daß wir uns trotz der fremden charaktere lieben naemlich lieben wie bruder & schwester in aller offenheit & ehrlichkeit & nie mit falscher heuchelei.

behalte Du Deinen liebenswuerdigen »schaedel«
behalte Dir Dein haeusliches glueck
freue Dich stolz & unverhohlen auf das kind

das sei Dir zum 12. juni 77
gewuenscht von Deinem
norbert
mit den ewig leeren haenden

An Klaus Gasperi

bad berka 060677

lieber klaus

da Ihr ja nach berlin & bad berka kommen wollt hier ein paar nuetzliche hinweise:
1. reist bis kurz vor die grenze & ueberschreitet sie am fruehen morgen: Ihr erspart Euch damit eine komplizierte polizeiliche anmeldung.
2. legt Eure route genau fest. z. B.: eine uebernachtung im hotel elephant zu weimar besuch in bad berka weiterfahrt nach berlin dort drei uebernachtungen... auch zweck & grund der reise muß genau angegeben werden. pro tag & person sind 20 DM zu verbrauchen (wechsel 1:1 an den grenzuebergaengen. bestaetigung nicht verlieren. rechnungen u. U. aufbewahren). anmeldung z. B. in weimar bei der verkehrspolizei-kreisamt zimmer 108.
3. deckt Euch ordentlich mit DM ein aber schwarzwechseln ist nicht ratsam. nie mit DM bezahlen außer in interhotels oder intershops (dort werden auch lire angenommen.) ansonsten kann die verwendung von westgeld strafbar sein.
4. gewerkschaftsausweis & parteiausweis in den paß einlegen, geld aber weit davon entfernt halten (ich hatte schwierigkeiten).
5. nehmt Euch genug zigretten mit denn die einzig rauchbaren »Duett« kosten 6 M.
6. Euer geld braucht Ihr nicht genau angeben: je mehr Ihr verbraucht um so lieber ist es den genossen. etwas irgendwo in reserve halten schadet nie.
7. kleiner kanister fuer benzin kann nicht schaden denn superbenzin (uebrigens ist er schwaecher) gibt es nur in groeßeren staedten. erkundige Dich beim ACI ob es fuer uns italiener benzingutscheine gibt, 1 l kostet sonst etwa 1,70 M.
8. imbisse & essen sind relativ preiswert auch das bier alles uebrige ist in den gaststaetten teurer. die bedienung ist schlecht.
9. geduld & wohlverwalten gegenueber der polizei ist sehr ratsam. der grenzuebertritt duerfte etwa 1 stunde in anspruch nehmen. vorsicht bei unbeschrankten bahnuebergaengen: schrittempo anhalten & dann drueber: die strafen sind gesalten.
10. nuetzliche telefonnummern:
FDGB-Erfurt 538368
Sanatorium Bad Berka 251 (Vorwahl weiß ich leider nicht)

ich haette gebraucht:
3 zehnerstangen MS
3 schaechtelchen loeslichen faemino-kaffee in briefchen
2 flaschen neustifter sylvaner (fuehrt der stadtmetzger)
der tanten ihren kleinen taschenradio mit frischen batterien & ein paar schneuztuecher
(etwas geld) — dolomiten & alto adige nummern (etwas verstecken!)

aldo foldi will unbedingt gegen bare bezahlung einige kitschige suedtiroler holztellerchen mit fotografien wappen von bozen etc. — so zum an die wand haengen. & einige von den bunten landtagsheften in deutsch (waeren kiloweis bei der SH zu haben). er braucht das zeug zum verschenken.

Anhang:
es geht mir gut & doch wieder nicht. meine fueße sind bedrohlich geschwollen. ich werde wegen einer sprungbeinverformung zum orthopaeden muessen. es hat sogar ein bißchen nach gicht gerochen. trotzdem habe ich humor & appetit. am pfingstmontag habe ich zum erstenmal im leben die brieftasche verloren: 150 DM und 40 M beim teufel. naechsten tag lag sie ohne geld aber mit unverletzten ausweisen im postkasten des blumenladens. wir rumpeln viel in der gegend herum & kommen dreimal in der woche nach weimar (12 km). [...]. fuer uns liegt ein ganzer karton marx. schrifttums bereit. grundstock fuer den paßlerischen buecherkasten. freu Dich drauf.

herzlich
norbert c.

An Hans Heiss

weimar 120677

die luft ist bedrueckend hier & das schreiben wird zur qual & zur frage. man kommt nicht umhin daran zu zweifeln & an mehr: es ist wie mit dem hohlen zahn der alle gedanken auf sich zwingt. selbst ehrfurchtslosigkeit hat zwang an sich & wird zum gescheiterten galgenhumor & laeßt Du Dich an den heiligen staetten vom schauer ergreifen so wirst Du Dir zum ekel & zum kitsch.

norbert conrad

ps. ich hause zum glueck nicht hier sondern 12 km entfernt in einem kurbad dessen schwefelquellen g. entdeckt hat. aber dreimal in der woche zieht mich der magnet seiner stadt an. so sei gegrueßt.

An Rosmarie Judisch

ilm-caffe oder der große Berkaer abschied
(vorbemerkung: schriftbild etwas irritiert original nur bei Dir kopie gibt's keine — abgestoßnes ding.)
in berlin bist Du vielleicht hier bricht sich noch zum trotz ein strahl oestlicher sonne in mein honiggelbes bier — Du hast das »ich« vermißt — ich finde

daß im westen sie eintaucht ins meer sich zu kuehlen & mit der ersten amsel frisch zu sein. ophelia die aermste deren gifthaar sich mit den gruenen algen der ilm verwebt muß noch truebes schlucken — hast denn Du (-frage!) jemals den bach rein geseh'n vorteil des alten kurgastes. die faeden sind abgeschnitten. der entlingarzt bewundert mein gezieltes saufen. es ist nur neid. die leiden uebernimmt er nicht wonne nicht der keusche. sie fragen mich warum ich wegwill... hundefaenger. ich kann meine tanten nicht verderben lassen sogar meine berge trueben sich ein — so mein ich's & bild's mir ein. anwesenheit wird nicht gelitten. abwesenheit genauso. liebes kann ich nichts sagen zu betrunken bin ich — & wenn Du jetzt meine ewig unverriegelte tuer aufmachen wirst — kein wunder mach ich draus — & Du stehst im rahmen im tuerstock. vergeßlichkeit ist eine zier eine henne schuettelt das nasse aus den federn (die kulissen) — sei Du mir floh & ja kein tropfen

weiter komme ich nicht
die kurgaeste
besaufen sich
& sind auf die zeilen
wunderlich

laß mich sinken

norbert

270677

An Siegfried Baur

berka 280677

die kur hat sinn & zweck gehabt.. die schlußtage waren oede. die heimat hat mich wieder: etwas veraendert inwieweit gebessert weiß ich nicht.

norbert

An Rosmarie Judisch

bruneck 050777

hatte kreislaufkollaps. hing am faden. gerade aus dem spital zurueck. koffer & literatur noch unberuehrt. danke fuer Deinen brief. da hast Du schon wieder denselben berg. hab mich in den postkarten vergriffen. werde mehr von der sorte schicken. habe geduld: laß mich die verwirrung ablegen

norbert

An die KPI-Bruneck

[Bruneck, 16. 7. 1977]

»fratellernment«

An das österreichische Bundesministerium für Unterricht und Kunst

bruneck 200777

geehrter herr minister

mit Ihrem schreiben vom 6. juli 76 (zeichen: Zl. 20.751/7/43/76) wuenscht en Sie mir ein erfolgreiches, schoepferisches jahr ohne unmittelbare wirtsch aftliche belastung. es war das grausamste jahr meines lebens: ans schuleh alten war nicht zu denken vielmehr habe ich den ganzen winter in spitaelern & bei aerzten verbracht & waere mein stipendium nicht gewesen weiß gott was aus mir geworden waere nur mit der mageren krankenversicherung der arbeitslosen. finanziellen rueckhalt habe ich keinen keine reichen verwan dten weder haus noch hof ein paar buecher das ist alles. nun steht mir bis zum herbst bis zum schulbeginn am 1. oktober das wasser bis zum hals denn sommergehalt kriege ich keines weil ich nicht unterrichten konnte & arbei tslosenunterstuetzung gibt es fuer hilfslehrer nicht. auch erlaubt es mir die gesundheit nicht eine saisonarbeit zu uebernehmen bin ich doch erst vor drei wochen einem sanatorium entronnen. so bitte ich Sie denn mein literatu rstipendium bis einschließlich oktober 77 weiterlaufen zu lassen bis ich w ieder im schuldienst bin & meine spitalsaufzeichnungen aufbereitet habe um sie einem verleger zu geben. alle meine angaben sind wahr & prof. paul flora oder die beamten des innsbrucker landhauses koennen sie bestaetigen. eines aber bitte ich Sie im besonderen mir zumindest eine antwort auf diesen brief zukommen zu lassen auch wenn Ihre ablehnung drinsteht.

seien Sie gegrueßt. ich bin
in not.   Ihr

An Siegfried Baur

Bruneck, 010877

lieber siegfried

vor der abreise in die ddr hast Du mir versprochen mich fuer den herbst zu m unterrichten in Deinem sprengel vorzumerken. ich hoffe Dein versprechen gilt weiterhin denn ich bin arg in sorge & wueßte nicht was weiter aus mir

werden soll. daß ich schon jetzt in finanziellen noeten stecke dafuer kannst Du nichts & niemand anders aber zumindest fuer den herbst ein quentchen sicherheit zu haben waere halt teuflisch beruhigend. kannst du mich auch darueber informieren ob es moeglich ist an einer italienischen volksschule deutsch zu unterrichten & was dazu erforderlich ist: ich habe etwas von einem kurs laeuten hoeren.
weiters habe ich wenig zu jammern oder zu berichten wenn man von den ddr-erlebnissen & -eindruecken absieht aber soviel papier habe ich nicht das lasse ich lieber meine zunge erzaehlen. zur zeit bin ich in bruneck gefange ngehalten & muß mich mit der literarischen arbeit sputen damit ich wieder zu etwas geld komme. das ist schon ein solches geleide. so grueße ich Dich & martina aufs herzlichste & warte auf schnelle antwort

Dein

An Johannes E. Trojer

bk 050877

domine ad adiuvandum me festina!
bin teiflisch in geldnoeten nix zinn saufn zi rachn s'isch letz gånz letz

norbert c. kaser

An die Redaktion des »Alto Adige«

[Bruneck, 10. 8. 1977]

Geehrte Herren!

Zutiefst bin ich vom Ende des Vittorio Bresciani erschüttert. Was ich Ihnen hier beilege, ist kein Leserbriefchen sondern ein polemisch literarisches Produkt und verlangt nach einem Honorar, das Sie aber keineswegs an mich schicken sollen, sondern an die (laut Ihrem Zeitungsbericht) im Narrenhaus von Pergine dahinlebende Gefährtin des Ertrunkenen. Ich weiß wie man sich in solchen Anstalten über jede Kleinigkeit freut. Nennen Sie meinen Namen nicht, aber Sie können die Frau leichter ausfindig machen als ich. Mein Beitrag zum Fall Bresciani werde aber mit meinem vollen Namen gezeichnet, denn ich stehe grundsätzlich hinter allem, was ich schreibe. Am meisten würde mich die Veröffentlichung auf Ihrer deutschen Seite freuen (ungekürzt versteht sich), denn wenn noch ein Funken an Gewissen in uns ist, muß gegen jedes Elend gekämpft werden, selbst dann, wenn sich die Außenseiter der Gesellschaft dagegen wehren. Unsre Hilfe ist beschämend oft schlecht getroffen, weil wir kaum einmal echtes Verständnis aufbringen. Verzeihen Sie mir heute meinen pathetischen Ton, aber diesmal kann ich nicht anders.

Hochachtungsvoll

An Rosmarie Judisch

K.P.I.
FEDERAZIONE AUTONOMA ALTO-ATESINA
AUTONOME LANDESORGANISATION SÜDTIROLS
P.C.I.

Sezione di Brunico
Sektion Bruneck
Casella post. 83 Postfach
I 39031 Brunico — Bruneck

im grunde ist es diebstahl wenn ich auf parteieigenem papier sehr persoen liche briefchen schreibe was solls. mein land hat mich wieder & ich habe genug politisch zu tun daß ich ein blatt papier veruntreuen kann. Du wirst Dich wundern daß ich noch nie richtig geschrieben habe wie es sich gehoerte aber ganz ehrlich wiedereingetaucht in die aufgeblasene hektik unseres wilden westens fand ich keine zeit mich besser als nur sporadisch zu melden.

berichterstattung: bin gut in innsbruck (nordtirol-oesterreich) angelangt hab e mich dort mit meinem freund & goenner dem großen grafiker paul flora getroffen sofort am abend war dann die vorstellung unsrer kulturzeitschrift (ein exemplar werd ich Dir zukommen lassen) war steinmuede & voller m itgebrachter impressionen & in kuerze stockbesoffen. der naechste tag noch in innsbruck gelder eintreiben verhandlungen fuehren mit einem verleger ueber ein buch das ich noch immer nicht geschrieben habe (aber ich bin dabei) die letzte rate meines oesterreichischen staatspreises abgehoben & getrachtet ueber die grenze in meine heimat zu meinen tanten zu kommen. natuerlich streikten die italienischen zuege was mich nicht aus der fassung bringen kann: taxi genommen & 120 kilometer damit gemacht was mein halbes monatsgeld gefressen hat aber das war mir wurscht. in bruneck am abend angelangt leicht angesaeuselt & beileibe nicht nach hause gegangen sondern klaus marlene & die beiden buben geherzt & dann mit ihm & vollem gepaeck in den kneipen meiner heimatstadt herumgetrieben (wir schafften nicht alle 55) sternhage lvoll nach mitternacht meine armen tanten herausgeklopft die vor schrecken glaubten es wuerde geistern. & der geist war ich & ich war auch einer. in den naechsten tagen wurde ich von den genossen ausgepreßt wie eine zitrone ueber die ddr & ich habe auch Dich nicht verschwiegen & geweint dabei & sie haben gemeint ich haette ganz den kopf verloren (was auch wahr ist). alte schulden gezahlt das geld ist laengst schon gar eine saisonarbeit gesucht aber es gibt nur stehende angebote (kellner etc.) & das leiden meine fueße nicht. so warten wir halt den herbst ab naegelkauend zigrettenfechtend. sehr oft sitze ich hinter der hackmaschine & tue kund daß die KPI nicht in ferien ist was meine genossen freut weil ich eine freche deutsch-italienische schnauze hab & ein bißchen schreiben kann & ihnen der intellektuelle kampf erspart bleibt. ich weiß daß Du Dich ueber mein engagement in dieser hinsicht wunderst daß aus meinem kopf solch politischer jargon kommt aber Du kennst unsre lage nicht in der wir stecken & wo das wohlklingende wort »kampf« noch im unverfaelschten sinn gehalt & bedeutung hat. Ihr seid richtig ausgerastete fast schon rostende genossen. ich weiß auch daß es unfair ist mit einer geliebten von der leidigen weltverbesserung zu reden aber wenn einer tag & nacht mitten drin steht & dabei noch einiges zu vergessen versucht oder zumindest bohrende weinerliche gedanken beiseite schieben will dann verstehst Du das wohl. mitte juli hatten wir in der stadt große feierlichkeiten die sich europatage nannten mit umzuegen musik folklore heldenehrungen & halt dem ueblichen tam-tam. wir sind naemlich mit gleich drei westeuro paeischen staedten verbruedert: tielt in flandern groß-gerau (brd) & mit der linksgerichteten provencestadt brignoles was unsrer stockkonservativen gemeinderegierung sauber nicht paßt. wir genossen von der KPI haben unsre weißen handschuhe hervorgezogen & scheinheilig zutiefst bedauert daß wir nur passiv am jubel teilnehmen konnten weil man uns kulturell bewußt schneidet aber wir haben mit viel hoeflichkeit & schlauheit unsre karten mitgemischt uns mit den franzosen verbruedert & waren jederzeit mit der krawatte vorhanden was unsren buergermeister (groeßter kapitalist & hotelier am platze) & den gemeinderat arg gegiftet hat.. Du kannst Dir vorstellen hier kennt jeder jeden.. aber diesmal mußten sie uns als partei zur kenntnis ne hmen & der vizebuergermeister hat sich geschaemt weil er von klaus & mir auch oeffentlich geduzt wurde was privat seit eh & je der fall ist. das war meine letzte politische silbe.

es tut mir leid nur ueber mich schreiben zu koennen. ich weiche ganz bewußt einem direkten gespraech aus denn wunden bluten leicht. sicher koennte ich Dir sagen daß Dein haar wie fluegelfalter ist daß Dein gang nicht aus schritten gemacht ist etc. aber ich will & kann nicht. ich muß mich einfach verschließen sonst wird nichts mehr aus mir & meiner schreiberei. ich habe einiges neues geschrieben & in druck gegeben aber alle liegen in ferien & der betrieb geht erst richtig los wenn der herbst blaetter geld & honorare wirft. mein humor ist immer der gleiche meine bissigkeit ebenso mein lebenswandel sprunghaft wie meine gefuehle. ruhe ist meine sache nicht. uebrigens freut es mich m einen tanten manchmal zu kochen (heute: venezianische leber mit schink enerbsen.. aber Ihr versteht ja nichts vom essen) & ihnen sonstwie dienlich zu sein schließlich bestreiten sie meine eskapaden. meiner schwangeren schwester geht es trefflich sie saeuft zwei liter milch am tag & hat die sch oenheit einer frau erreicht. ich freu mich mindestens so wie sie. fuer sexuelle faxen habe ich keine zeit aber das ist eine luege im grunde warte ich nur auf die sogenannten gebratnen tauben die mir ins maul fliegen wollen aber das soll bei meiner sproedheit sehr selten der fall sein habe ich sagen hoeren. was solls. ich gehe oft ins konzert lese durchaus befasse mich kritischer mit der umwelt seit ich von der ddr zurueck bin leide unter thueringer heimweh & wuerde dort wiederum leiden. wuerde gern verreisen.. ueber die lande ausfahren ueber die huegel weit es fehlt das geld. spiele am abend mit den genossen karten saufe zwischendurch & schnattere recht hochgeistiges zeug (werde nicht eifersuechtig) wie eben auch mit Dir. in die pilze gehe ich nicht auch die berge (wir haben vielzuviele) reizen mich kaum. physisch bin ich ein lahmer hund. der morgen beginnt im stammcafe mit der lektuere der tages zeitungen der abend waehrt lang (wir sind nachtvoegel..) so & jetzt bin ich des schreibens muede in der hoffnung daß Dir der brief lang genug war & Dich ein bißchen »erquicket« hat.

gegeben zu bruneck 110877
norbert conrad

An Heidi Opfer

bruneck 160877

liebe schwester heidi

endlich finde ich zeit einmal ordentlich zu schreiben.. sehen Sie unsre gesell schaft ist dermaßen von hektik & hast & tourismus aufgeblasen wie ein s innlos gewordener ameishaufen da bleibt nicht mehr viel fuer besinnliche briefchen & wenn es auch medizinisch heißt nach einer kur waeren noch zwei wochen zu ruhen hab ich mich doch voll & ganz in dieses »westliche« leben gestuerzt. ach habt Ihr ausgerasteten genossen doch eine ruhe dran. bei uns in diesem stotzkonservativen erzschwarzen suedtirol heißt es auf schritt & tritt seine ueberzeugung leben beweisen verteidigen & erkaempfen. oft k omme ich mir wie ein unbeholfener weißer missionar im dunkelsten afrika vor. mein aufenthalt bei Euch hat nicht nur gesundheitlich genuetzt sondern mir fuer vieles die augen geoeffnet das heißt ich bin kritischer geworden & schaerfer im blick auf mißstaende. daß Ihr das paradies auch nicht habt ist klar aber daß wir zu beneiden waeren.. keineswegs. hier geht alles auf biegen & brechen & jemandem freund sein ist ein risiko. wir lieben einander nie & zeigen uns nur die zaehne. lassen wir das & hoeren Sie was ich von mir selber (egoist der ich bin) zu berichten habe.
eigentlich hatte ich vor eine sommerarbeit zu uebernehmen aber bis auf h ilfskellner obstpfluecker & dergleichen war nichts zu finden & das leiden meine fueß noch nicht. so bleibt nichts andres als unsren spaeten schulbeginn abzuwarten nur daß die erzwungene brotlosigkeit recht schmerzhaft ist. gut ich schreibe & arbeite an einem kurzroman aber im voraus gibt es keine vergoldeten lorbeeren die ich bitter noetig haette. nebenher stehe ich der partei zu diensten was auch nicht gerade lustig ist denn unsre realitaet ist hart. manchmal besaufe ich mich vor trostlosigkeit oder ich gehe mit freunden in die waelder pilze suchen. natuerlich lese ich viel & denke & habe thueringer heimweh. zum unglueck habe ich mich in den letzten berkaer tagen hoffn ungslos in eine berliner patientin verliebt. das ist auch nicht grad das ges uendeste zumal ich viel sentimentaler bin wie ich ausschaue. reisen moecht ich auch gern doch der geldbeutel laeßt's nicht zu. trotzdem sollte ich nicht soviel lamentieren: bin zwar kein kind des gluecks aber ich gehoere hierher man mag mich ich lebe in meinem geliebtgehaßten bereich.
grueßen Sie mir alle die mich gut leiden konnten besonders schw. baerbel & dr. entling Ihnen selber wuensche ich interessante patienten & zerstechen Sie mir ja keinen. sollte es mir bis zum herbst gelingen ein buch herauszubringen so werde ich es Ihnen zukommen lassen. weiters weiß ich recht wenig & wenn schon waers nur trauriges zeug. erfreulich benehmen sich meine fueße & ich darf straflos tanzen gehen. mein appetit der unter der »sozialistischen« kost sehr gelitten hat ist wieder voll da also herrlich sage ich Ihnen so ein teller echter spaghetti!!! 58 kg habe ich inzwischen erreicht. bauch das habe ich mir vorgenommen werde ich keinen ansetzen. eine große bitte haette ich an Sie: waere es Ihnen moeglich zwei nummern sowjetliteratur zu schicken &

zwar das heft mit dem thema georgien es mueßte die juninummer sein wenn ich nicht irre. ich weare sehr dankbar dafuer weil ich wirklich nicht nach mailand fahren kann mir diese zeitschrift zu besorgen. voraus besten dank.

so verbleibe ich & hoffe genug geschrieben zu haben.

Ihr

An die Redaktion des »Alto Adige«

bruneck 260877

geehrte herren

ich bin grundsaetzlich bereit fuer jede sonntagsausgabe eine glosse zu verf assen nur moechte ich Ihrerseits eine zusage haben & ein paar spielregeln w issen. an themen — aktuellen und alten — wuerde es mir nicht fehlen & als kleines gegengewicht zum rampold vielleicht passen. aus taktischen gruenden bevorzuge ich den sonntag weil da keine deutsche presse erscheint & die leser leichter zum ALTO ADIGE greifen. daß ich voll verantwortlich bin fuer m eine texte habe ich Ihnen bereits gesagt. bitte geben Sie mir bald antwort auch eine abschlaegige ist was wert. telefonisch bin ich allerdings nicht erreichbar.

mit herzlichsten grueßen

An Rosmarie Judisch

bruneck 110977

diese letzten tage vor dem heuer vorverlegten schulbeginn sind voller hektik nervositaet & unruhe.
wenn sich der sturm gelegt hat der papierkrieg beendet ist & ich mein plaetzchen an der sonne habe melde ich mich wieder ordentlich.

norbert c.

ps. plenzdoerfer sind zwei eingetroffen. danke!

bruneck 230977

rosmarie!

damit Du eine kleine idee bekommst wie heiß bei unsrer lokalpresse gekocht wird & du auch eine ahnung kriegst wie dieser verdammte fleck suedtirol in etwa ausschauen koennte schicke ich Dir diesmal zwei fotokopien aus unsren tageszeitungen. »X« ist natuerlich mein verbissener widerpart ein erzreak tionaerer deutschprofessor glossenschreiber & obert[...]. ich hingegen bin im konkurrenzblatt taetig. seis drum. zur zeit bin ich nervlich recht unter m hund weil mir noch immer keine lehrstelle zugewiesen wurde. was soll nur aus mir werden? ersparnisse habe ich keine das geld ist gar meinen tanten liege ich auf der tasche ... ich bin wie die grille die den sommer vergeigt hat & sich im winter von der ameise vorwuerfe machen lassen muß. der winter steht bei uns im gebirge schon vor der tuer & mir ist kalt an leib & seele.

mein noch nicht erkaltetes
herz grueßt Dich heute
norbert conrad

ps. zwei kleine bitten habe ich noch:

a) klebe immer wie Du es bei Deinem leipziger brief — der mich ueb rigens vor freude aus den socken gehaut hat — sondermarken auf.
b) zwei exemplare der »sowjetliteratur« vom juni haette ich gebraucht. die bekommt man bei uns ganz unmoeglich & gerade das behandelte thema »georgien« dieser sondernummer haette mich teuflisch inter essiert.

An die Redaktion des »Alto Adige«

bruneck 300977

geehrte herren

die serie von umberto gandini ueber die via rasella haette ich sehr gern ue bersetzt — nicht nur daß ich gandini persoenlich schaetze sondern mich interessiert auch das thema und eine solche sache auf dem blatt fuer deutsche leser (in mehreren folgen) waere meiner meinung nach angebracht. außerdem ließe sich eine uebersetzung gut an eine deutsche zeitung verkaufen. ich habe sehr viel einfuehlungsvermoegen in die italienische sprache & denke auch im deutschen halbwegs bewandert zu sein. was halten Sie & umberto gandini von meinem vorschlag & wie stellen Sie sich die verwirklichung vor? bitte teilen Sie mir entsprechendes mit.

herzlichst Ihr

Pressemitteilung

SEKTION DER KPI BRUNECK
SEZIONE DEL PCI BRUNICO

Casella Posta 83
Postfach 83

39031 BRUNECK/BRUNICO 6. 10. 1977

Die Sektion der KPI von Bruneck steht weder gedanklich noch materiell hinter den nächtlichen Wandschmierereien an der Mauer des Sternbach-Gartens und am Widum. Unser Verhältnis zur Kirche soll ohne Haß bleiben; für die Sudelarbeit extremer und infantiler Außenseiter bringen wir kein Verständnis auf.

Für den Sekretär:

La sezione del PCI di Brunico si rifiuta di essere identificata con i »lavoretti« notturni di firma infantile ed estremista esseguiti sui muri del giardino Sternbach e della canonica. Il nostro rapporto con la Chiesa rimarrà senza odio.

In nome del segretario

Comunicato stampa

a conoscenza:
Sindaco di Brunico
Decano Werth di Brunico
»Dolomiten«

Kommunique

Zur Kenntnisnahme an:
Bürgermeister von Bruneck
Dekan Werth von Bruneck
»Dolomiten« — Tageszeitung

An Johannes E. Trojer

bruneck 121077

lieber hans

was da auf der vorderseite ersichtlich ist hat mein großer freund rampold als antwort auf meine schützenglosse geschrieben. kommentare erübrigen sich schon ganz & gar. des übrigen bin ich halt noch immer ohne posten aber mein gottvertrauen ist groß nur meine nerven leiden unter der spannung. vorerst fasse ich mich deshalb kurz & melde mich wieder wenn alles sich beruhigt hat & in butter ist.

herzlichst & dankbar
norbert conrad

An Joseph Zoderer

bruneck 161077

lieber peppin

wie ich aus der TT vom 14. okt. entnommen habe trifft sich die lyrikerei u nter den fittichen der teuffenbacherin vom 28.—30. okt. in amras. mich ha bt Ihr wieder vergessen auch wenn Du noch vor kurzem mir ins angesicht geplodert hast meine lyrik waer sehr eigen wertvoll & schließlich von mir selber.
finanziell stecke ich im tiefsten dreck zumal ich keine lehrerstelle erwischt habe & der AA auch nicht gerade goennerhaft mit mir umspringt. kurzum koennte ich sowieso nicht nach amras weil mir der stegenermarkt viel wich tiger ist. trotzdem koenntest Du goennerhaft auf mich & meine katastroph ale lage hinweisen... auch auf meine verse.

es mag sein daß ich Dich zum x-tenmal als steigbuegel brauche aber bedenke Deine eigne truebe wienerzeit so verstehst Du leichter die lage.
als »kuperion« will ich keineswegs enden!

Dein
festgenagelter
norbert conrad

An Rosmarie Judisch

innsbruck 241077

tausenfach grueße
nach beendeter »großstadt«-hast melde ich mich ausfuehrlicher

norbert

An Erika Prader

bruneck 281077

liebe erika

bald werde ich nach bozen kommen & Du wirst mich rundum gluecklich sehen. in bruneck da stinkt & schreit gesund meine nichte pamela francesca segala & ich bin bald pate. fred sinowatz hat mir nocheinmal unter die arme gegriffen. arbeit die mir spaß macht habe ich genug & nur eine bittermandel steckt im kuchen: zum unterrichten will mich niemand haben. Dir soll es gut gehen & Du sollst froehlich sein auch wenn herbst ist.

das will bis bald
norbert

An Josef Gasteiger

bruneck 011177

lieber josef gasteiger!

wenn es machbar ist wuerde ich zur ausstellungseroeffnung von kubin ganz gern einen text von ihm selber lesen & wie Du weißt bin ich nicht ganz schlecht bei stimme & tonfall. ich habe da schon eine geschichte ins auge gefaßt die vom tragischen ende seiner ersten liebschaft handelt & bestens zu seinen »antrischen« sachen paßt. allerdings wuerde ich fast zehn minuten brauchen. ob die leute soviel kultur aushalten? aber es gaebe sonst noch wesentlich kuerzere texte von kubin die besser als jedes einfuehrungs- & vorwortgetue ein mattes schlaglicht auf seine werke werfen. wir koennen uns ja einigen.

paul flora habe ich von meinem vorschlag unterrichtet. laß mir eine nachricht zukommen was Du davon haeltst.
fuer Dein bild danke ich Dir sehr mußte es aber als leihgabe meiner schwester ueberlassen aber da wird es mindestens taeglich angeschaut.
eine »stegenermarkt«-kopie lege ich Dir bei.

herzlichst

An Josef Perkmann

bruneck 221177

lieber josef perkmann

soviel ich informiert bin hast Du meine aerztlichen DDR-zeugnisse in den haenden. sei bitte so liebenswuerdig & schick sie mir nach bruneck her. zum glueck habe ich sie im moment keineswegs noetig aber ich moecht sie halt doch haben. physisch geistig & arbeitsmaeßig kann ich nicht klagen nur daß die brunecker KPI-sektion im augenblick eingeschlafene fueße hat will mich so recht nicht freuen. des weiteren kann ich Dir nicht viel berichten außer meine anschrift (nck — romstr. 4 — 39031 bruneck).

mit herzlichsten grueßen
norbert c. kaser

An die Redaktion des »Alto Adige«

bruneck 131277

guter ALTO ADIGE

es passen mir zwei sachen bei Ihnen schon gar nicht:

1. soll ich mit meinen glossen immer brav puenktlich sein Sie aber sind es mit der bezahlung keineswegs. wie stellen Sie sich das bei meinen hohen ein kuenften vor? zu jedem monatsende haben Sie mir die honorare verheißen & heute haben wir bereits den 13. dezember. an der bisher einzigen verzoe gerung meinerseits trage ich bestimmt keine schuld — wir wissen beide bestens um die engpaesse bei der post — aber daß Ihre honorare sich staendig so langsam daherschleppen kann nur unser »verhaeltnis« versaeuern, da im

weihnachtsgetrubel etwas verlorengehen koennte werde ich mich bei den naechsten vier glossen eines kuriers bedienen der zwar mein volles vertrauen hat aber nur abgeben & nichts annehmen darf was Euch passen wuerde.
2. als allerweltsmeckerer vom dienst muß ich noch etwas bemeckern: wenn Sie bei den glossen schon den titel aendern muessen nehmen Sie bitte nicht mehr mein schlußzitat her das ist uralter journalistischer schmaeh und verzichten Sie auf das reißerische wie bei den von schuetzen beschuetzten jungfrauen. das macht mich grantig denn solche sachen vernebeln thema & inhalt & gegen die schuetzen werde ich auch ohne Ihre schuetzenhilfe zu wettern wissen. des uebrigen glaube ich falls mein titel nicht paßt gibt es mitten im text noch pointen (pustrisch: zibeben) genug die dafuer herhalten koennen. veraendern Sie aber weiterhin ruhigen gewissens meinen titel. sollte ich unbedingt auf dem meinigen bestehen so teile ich es sowieso mit wie es beim »st. proportius & san bilinguo« geschehen ist.

abschluß: ich danke Ihnen ausdruecklich & mit stolz daß Sie am inhalt wie abgemacht kein silbchen aendern daß ich meine »kinder« alle wiedererkenne & als solche anerkennen kann daß nichts verzerrt wird wie sonst so ueblich bei vielen blaettern die sich weiß gott wie serioeser geben & halten wie das Ihre. nicht zum selbstlob sei's Ihnen mitgeteilt: im pustrer raum werde ich gern gelesen oft von gewissen (svp-)lern angestaenkert & angepflaumt. so ver bleibe ich in der hoffnung daß das auch fuer weitere landstriche zutrifft worueber Sie mir ja einmal berichten koennten. weiters hoffe ich auf kuen ftige mitarbeit — ad multos annos — wuerde onkel rampold sagen.

Euer

An Rosmarie Judisch

bruneck 281277

ich bin so sterbensmued. was soll das alles, die beiden berliner bierdeckel sollen doch von zwei leuten eingeweiht werden. woher sie nehmen auch wenn ich gespalten bin. meine nase weint mein auge traent & fieber faehrt mir uebern buckel. mir ist immer kalt. in der nacht hat es watte geschneit (»geschnieben« sagt man zu brauneck). mir mundet nichts es ist ein elend. kinder brauch ich um mich & ein dorf & den dampf geschlachteter schweine & den duft von sauerkraut denn mir wird uebel wenn ich auf die straße geh & mich ein mercedes niederfaehrt. ruhe moecht ich unter einer weißen decke die sanft auf mir lastet & die traeume sollen mir zur zeit alles sein. ein glueck ist nur daß wenn Du diese zeilen zu lesen kriegst schon wieder alles anders ist. daß Du Dir sagen kannst er hat die tiefe geschafft.. jetzt ist er wieder heiter & schreibt lang nicht mehr. ein jammer ists & nichts weiter. das neue jahr kommt mit gleichen plagen und freuden auf uns zu. mein geldbeutel wird ewig schwindsuechtig sein meine seele einmal kleinmuetig einmal groß- & wieder wankelhaft.

norbert

bruneck 230178

mit dank & gruß
& gruß & dank
& voller eile &
in hetzerei

norbert conrad

An Rosmarie Judisch

bruneck 240178

ein bissel spaet kommen heuer die hl. drei koenige denn sie haben den stern verpaßt dafuer kommen sie halt erst jetzt. noch dazu mit leeren haenden & dem herzen voller wuensche. dafuer hoffe ich daß Du inzwischen meine b eiden buechlein & die dazugehoerigen tuechlein erhalten hast. meine wue nsche hingegen sind folgende:

1. meinen kleinen maroschka-kalender habe ich entweder verloren oder es hat ihn mir wer ausgehaengt. bitte bitte schick mir gleich zwei zur sicher heit denn er war mir lieb. jan & jiři lassen fuer das buch danken & haettens laengst zerrissen wenn's nicht in verwahrung waere. ich meinesteils hab m ich ueber Deine sachen ueber die maßen gefreut & an Deinem verstand schon ein wenig gezweifelt.
2. ein paar neuere sowjetliteraturen waeren mir sehr recht.
3. ein kollege von mir der an einer oberschule philosophie & philosophie geschichte unterrichtet haette gern die schulbuecher fuer dieses fach geh abt wie sie eben bei Euch verwendet werden (schueleralter 15—18 jahre). zwei drei verschiedene wird's wohl geben er zahlt es Dir dann hart denn der herr genosse hat geld.

mir geht es jetzt ein wenig besser. grippe zu weihnachten & silvester. danach schlapp mutlos & schlackig ohne gedanken verse woerter oder zeilen. daz wischen zwei geeiterte zaehne (sind gerissen!) & erkaeltung. finanzielle schwierigkeiten. unverliebt & kalt. in der kirche die nichte getauft & ich durfte nichteinmal pate machen & die pamela francesca ueber's wasser heben wei l die kathol. geistlichkeit keine atheisten oder kommunisten leidet. gerade daß man mich noch in die kirche hineinlaeßt. zu meiner zufriedenheit hat pamela furchtbar geschrien: sie scheint gegen heiliges wasser allergisch zu sein. am tag danach mußte ich wieder in die kirche weihrauch schnuppern um meines toten vaters zu gedenken († 16 jaenner 77). so ist der welten lauf: unlust streit sucht verhaengte bilder. aber es geht wieder aufwaerts... sei beruhigt denn wenn Du diese karten in den haenden hast ist das wetter in bruneck wied er besser.

Dich berlin & die Deinen
grueßt
norbert conrad

bruneck 250178

liebe rosmarie

kein ende will das elend nehmen das ich da nach berlin zu schicken habe. uebern harten winter hab ich mir ein geheiztes zimmer gemietet & jetzt schmeißt mich die hausfrau hinaus weil ich nicht gesund war & zweimal ei n nasses bett hatte.. & noch liegt immer schnee & saftig kalt kann es auch noch werden & mir blueht dann wieder ein krankenhaus. ein jammer ist es wohl. wieder faellt die katze vom dach aber sie wird wie ueblich auf alle v iere unbeschadet fallen.
den GARIBALDI lege ich zum scherze bei damit Du endlich einmal wei ßt wie so ein nationalheld auszusehen hat. uebrigens war er rothaarig noch dazu.
manchmal — schließlich ist faschingszeit — ginge ich gern auf einen ball oder sowas aber die energie ist noch zu gering & so kriech ich halt mit einem b uch ins liebe bett. politisch regt sich im staedtchen auch nicht viel. sogar die faden wochensitzungen finden nicht mehr statt. aber dafuer tut sich in ro m allerhand denn das liebe italien hat wiedereinmal keine regierung.
sei getrost ich schweig schon stille mit meinen klagen & bis Du diese Zeil en liest ist alles anders wie gesagt: heute aber weine ich in ein kissen & denke mir es waere Deine brust

verzeih!
norbert c.

An Rosmarie Judisch

brixen 290178

endet denn der winter nie? schneuztuecher brauch ich drei große am tag & frieren tu ich immer. es ist ein elend denn ich bin ab uebermorgen obdachlos.

norbert

An Johannes E. Trojer

bruneck 010278

wie Du Dir denken kannst gehts mir wie ueblich uebel. ich stehe da ohne g escheidem dach uebern kopf weil mich die hausfrau hinausgeworfen & wenn ich sie gewesen waere haett ich's auch getan. in letzter zeit bin ich mensch enscheu & boesartig. mit der gesundheit hapert es: alle bitt-fuer-uns derw ischt mich die grippe. das schreiben macht kein spaß der geldbeutel ist so wieso schon schrumpfig & keine schwangere lehrerin zum einspringen in sicht. ich hab auch kein interesse mehr dran empfinde weder neid noch haß noch lust.

sei mir gegrueßt
norbert

An Rosmarie Judisch

bruneck 090278

& so schaut es jetzt da aus wirklich so an waerme nicht zu denken der winter zeigt sein gebiß. verspaetet umso schlimmer. schreiben tu ich ziemlich einiges denn die ueberlebenschancen sind zu dieser jahrszeit in warmen verrauchten kneipen am groeßten. der tiefpunkt meiner krankheit scheint ueberwunden moralisch bin ich noch nicht ganz da

norbert

An Markus Vallazza

bruneck 100278

lieber markus

spaet schreibt er doch er schreibt & bestaetigt gerade noch daß er am leben ist. scheißwinter gottverfluchter alle zehn tage reißt mich die grippe nieder & die apotheker werden fett. danke fuer unseren freund villon der koennte einen lehren wie man mit dieser dreckswelt umzugehen hat — hat's aber halt auch nicht besonders weit damit gebracht & bald ins gras gebissen. dem alto adige liefre ich noch so ein paar beitraegelchen habe aber nicht lust mich zu verausgaben denn mit dem mageren honorar ist er oft wochenweis hinten. dazwischen ein bissel lyrik oder ein geschichtel.. die saison (wien-lienz-innsbruck) beginnt auch fuer unsereinen & ich mōechte dann ganz gern mit ein paar neuen texten ausgeapert dastehen. neuigkeiten gibt es im lande schon gar keine & es ist stinkfad sei es politisch sei es kulturell oder gar kirchlich. nix los auf weiter flur. rampold beweint kappler. es provinzelt mehr denn je: waer auch kein wunder ist ja niemand mehr »daheim«. bald werden die lawinen donnern. der winter hat verspaetung. bald kommt der osterhase. bald schneit es & ist kalt. bald gewinnt bozen die hockeymeisterschaft bruneck bleibt mit fast dreihundert Toren in der kiste hoffnungsloses schl ußlicht. das waers.

Deinen & Dir einen
gruß
norbert conrad

ps. bitte schick mir etwa ein dutzend von Deinen »hommage a salzburg«-karten (EDITION GALERIE ACADEMIA).

An Rosmarie Judisch

bruneck 110378

danke & kuß fuer trost & aufraffendes. es geht schon irgendwie weiter. foto von mir gibt es allerdings keines. wenn ich fotografiert bin schau ich schrecklich aus jedenfalls fuerchterlicher als in wirklichkeit was Dir genuegen duerfte. sei unbesorgt ich habe wieder plaene (& will sie noch nicht verraten) & ich habe auch luft geholt auch wenn ich mir beim holztragen eine schmerzhafte rippenprellung zugezogen habe. eisige kellerstiegen haben's in sich

norbert c.

bruneck 160378

gequaelt gebeutelt
& zerruettet
italien wird verschuettet
es ist oesterliche
zeit

n. c.

An Hans Haider

bruneck 040478

lieber hans

vor komme ich mir wie von zehn toden auferstanden denn stell Dir vor ich tu wieder etwas fuer kultur & solcherlei maetzchen. es ist zwar nicht weiters viel was ich geleistet habe wenn man die manchmal qualvolle woechentliche glossenschreiberei fuer den alto adige wegzaehlt aber ein paar gedichte habe ich nebenher doch bewerkstelligt & trachte sie nun unter die leute zu bringen was zum beispiel auf einladung der suedtiroler hochschulgruppe in wien in der »alten schmiede« getan werden soll. gemeinsam mit josef zoderer werde ich am 11. april den wienern was vorlesen & ich freue mich unbaendig darauf. zu diesem behufe bleibe ich gleich zwei tage in wien & bitte Dich fuer zwei naechte um quartier was bei meinem notorischen reichtum nicht zu verw undern ist. (ankunft: 10. april zwischen 22 & 23 uhr). vorlaeufig will ich nicht lange erzaehlen von meinen leiden bresthaftigkeiten & avventueren das geht beim heurigen von angesicht zu angesicht besser.

ganz herzlich
norbert conrad

An Erika Prader

lienz 070478

generalprobe fuer wien da im lienzer gymnasium
heb den daumen bitte!

norbert

An Rosemarie Judisch

lienz 070478

endlich wieder bei geistigem leben lese ich heute abend da.. heb mir die daumen

norbert

lienz 080478

es war praechtig da gedichte zu lesen. das publikum richtig griffig & mitgehend. angst hatte ich keine — katzen fallen bekanntlich auf vier beine.

norbert

wien 110478

es tut sehr wohl fuer ein paar tage weltstaedtische luft zu kriegen aber die lesung von heute abend macht mir ein wenig sorgen. das publikum ist doch anders als in der provinz. es wird schon hinhauen.

norbert conrad

wien 120478

die lesung war ein ganzer erfolg. ich habe die leute in den griff gekriegt. bin neugierig was die zeitungen schreiben. heute geht es wieder in die heimat. bin sehr gluecklich & elendiglich muede. diese stadt macht es einem schwer & leicht zugleich. maskiert marod zerfallend & ein unverweslicher leichnam aus kaisers zeit

Dein
norbert

An Erika Prader

wien 120478

gut gegangen
glueck gehabt
elendiglich muede
muß noch aufs ministerium vielleicht schaut etwas fuer die zukunft heraus. schaden koennt es nicht. ich habe gespuert daß Du mir den daumen haeltst. halt bitte weiter

kuss
norbert

An Rosmarie Judisch

bozen 150478

immer auf achse auf tour gedichte verkaufen versaufen man wird wer nur daß ich in vier tag' um ein jahr aelter & doch nicht klueger bin. immer muede meine augen netzt schlaf. troepfelweise sind die verse mein.

norbert conrad

bozen 160478

ich tappe durch den tag. der wolkensteiner konnte nur ein auge schließen... mir faellt's bei beiden schwer.

norbert

ps. hast Du philosophielehrbücher besorgt?

An Hans Haider

bruneck 180478

lieber hans

nun ist wien schon wieder eine woche her & die eindruecke trueben sich ein. die heimfahrt ist gluecklich vonstatten gegangen denn zoderer hat sich in seinem erfolg mehr als gesonnt & war gut aufgelegt. sein geplapper war gar nicht mehr anstrengend ich ließ ihn gewaehren & im guten glauben. hier in bruneck tut sich wie ueblich nichts: es rinnt die rienz ihren alten gang. anfang mai bin ich nach innsbruck zu »literaturtagen« eingeladen & das wuerde sehr lustig & erquicklich werden wenn die nordtiroler nicht solche harte unfre undliche & ungute knochen waeren. aber bei einigen glaesern wein laeßt sich auch das noch ueberleben.
der besuch in der strozzigasse hat sich gelohnt & ich hoffe beim ministerialrat ein gutes bild hinterlassen zu haben. jedenfalls wird sich etwas tun. von Dir hat er sehr loeblich gesprochen. er war sehr aufgeschlossen & hat meine seitenhiebe auf die suedtiroler kulturszenerie nicht ungern gehoert. in dieser hinsicht habe ich zwei bitten an Dich: schreib mir seinen genauen namen auf denn ich weiß nicht ob der herr jetzt meyer mair oder mayer heißt & moechte nicht einen verkehrten namen hinsetzen (bin mit dem meinigen auch heikel). zweitens halte mir den herrn ministerialrat ein bißchen warm Du sitzest ja fast an der quelle.
& dann hab ich noch zwei wuensche so da waeren:
a) denk an den karl kraus
b) schick mir sotriffers »arunda«-kritik

wie Du siehst will ich nicht nur den kleinen finger. uebrig bleibt von mir wenig außer einem großen tropfen dankbarkeit & den besten grueßen Dir Deiner frau dem filius & dem steinerhaufen wien.

herzlichst
norbert conrad

Offener Brief der Südtiroler Hochschülerschaft

[20. 4. 1978]

Bei vollem Verstand und Bewußtsein und mit mehr als gutem Gewissen unterzeichne ich NORBERT C. KASER den offenen Brief der Südtiroler Hochschülerschaft der sich an Dr. Sylvius Magnago und Dr. Anton Zelg er wendet. Sollte es nötig sein meine persönlichen Daten zu erfahren so we nde man sich an die Gemeinde Bruneck die ich nach Möglichkeit nicht aus Zwang Schikane oder »Dissidententum« verlassen werde.
In vorzüglicher Hochachtung gegeben zu Bruneck an Führers Geburtstag 1978.

norbert c. kaser

An Rosmarie Judisch

bruneck 070578

liebe rosmarie. gerade komme ich von einem recht anstrengenden literar. symposium von innsbruck zurueck & bin muede & der kopf surbelt mir: im hotel zusammengesperrte literaten muessen sich sehr beherrschen einander nicht totzuschlagen. ich hoffe daß es Euch modemachern besser geht.. ich hoff's fuer Dich.. »anders-sein« ist hart aber es wird halt ueberall mit & um geld gekocht.

norbert der rastet jetzt

bruneck 180578

liebe rosmarie

man möchte meinen südtirol wäre so etwas wie ein garten gottes gepriesen wegen seines milden klimas wegen baumblüte usw. gar nichts davon ist wahr: ich friere armselig habe handfesten husten eine tropfende nase & auch die geliebten kastanienbäume meiner stadt sind mit ihren blättern arg in versp ätung. ansonsten führe ich ein recht fades leben in diesem fahrschulbüro da wo ich ein bißchen aushelfe um mir tabak & wein leisten zu können. die h eizung ist vom hausmeister abgedreht worden & ich klappere bei 15 grad kanzleitemperatur mit den zähnen & schneuze mich ein ums andre mal. an richtige arbeit (literatur) brauch ich bei dieser kälte nicht zu denken. im gebirge liegt noch schnee die gärten sind noch öde. glücklich allerdings war ich im letzten monat über meine literarischen auftritte die zwar nicht viel geld eingebracht haben dafür viel erfolg & anerkennung. ich kann's halt doch & diese bestätigung ist mehr wert als verlockende angebote. bei der druchsicht meiner manuskripte kam soviel druckbares material zutage daß ich es ohne weiteres wagen könnte einen lockeren prosaband herauszubringen. aber ich bins noch viel zu faul um die manuskripte wieder abzutippen. kommt zeit kommt rat. irgendetwas wird sich schon tun & bei mir weiß ich's ja selber nicht wann mich die wut packt.

daß Du Dich nicht recht ausgelastet fühlst & Dich nicht entfalten kannst schmerzt mich schmerzt mich für Dich denn »brachliegen« ist unsre sache nicht & bei Dir kommt noch hinzu daß du nicht unter faulheit leidest. oft verwünsche ich meine lage hätte ich doch nie mit »schöpferischem« angefangen aber einmal blut geleckt läßt man's nimmer & wenn man noch dazu gebremst wird — Du aus gründen der organisation ich aus kälte & faulheit — dann schlägt das auf den magen.

zoderers »glück beim händewaschen« hat Dir also gefallen. nun es sollte eine kostprobe sein zum beweis daß sich auch auf unserer literarischen landkarte etwas tut. lustigerweise war ich mit zoderer gemeinsam in wien (ich kenn ihn schon sehr lange & bin nicht gerade sein freund dh. wir sind im charakter zu verschieden) & er hat beim publikum nicht so gut abgeschnitten wie ich.. aber da erhebt schon wieder eine todsünde ihr haupt nämlich der stolz. lassen wir's.

eine bitte noch: bevor das schuljahr zur neige geht bräuchte mein freund der philosophielehrer eure DDR-lehrbücher für die oberschule (15—18 jahre sind die schüler) verstehst Du die lehrbücher zur geschichte der philosophie. zwei drei verschiedene bitte. sie werden Dir dann in DM vergütet. kannst Du Dich noch an meine bitte erinnern? die »sowjetliteratur« ist unbeschadet eingetroffen & ich kaue mit freuden dran. tausendfachen dank. als revanche werde ich bald etwas tirolerisches in berlin einflattern lassen wenn nur unsre italienische post nicht so verschlafen & diebisch wäre.

mit besten wünschen
& .... im herzen

An Siegfried Baur

bruneck 230578

lieber siegfried

eine woche lang habe ich die italienischen schulbuecher fuer unsre deutsche mittelschule durchgeackert & finde sie summa summarum grauenhaft weltf remd kindisch & eine dumme paedagogische anbiederung. ins detail zu geh en bei meiner kritik wuerde zu weit fuehren auch sind ohne weiteres einige recht schoene & brauchbare schultexte dabei. nun sehe ich mich aber auß erstande im alleingang texte zu veraendern (auch nicht kostprobenweise) texte selber zu verfassen faellt mir leichter aber das wichtigste an der ganzen sache waere mein nun folgender vorschlag: irgendwann waehrend der sommerfer ien ein paar leute zusammenzubringen die in einem einwoechigen seminar zu bozen die ganze problematik besprechen & einen entwurf fuer ein neues schulbuch erarbeiten. fuer aufenthalt & verpflegung mueßte wohl irgendein landhausamt ansprechbar sein. ich stelle mir das ungefaehr so vor: jeder arbeitet intensiv fuer sich allein & in einer abenddiskussion wuerden die »f ruechte des tages« diskutiert. natuerlich setzt das bei den teilnehmern viel disziplin voraus hat aber den vorteil daß die arbeit rasch & intensiv vorangeht & nicht im gestruepp der aemter oder in uferlosigkeit steckenbleibt. was haeltst du davon? ich hoffe daß Du mich trotz meiner knappheit halbwegs verstanden hast daß die idee ankommt & durchfuehrbar ist. natuerlich will ich mitmachen die organisation liegt sowieso in bozner haenden.

von mir kann ich Dir zum glueck nur gutes berichten. ich bin ziemlich im schwung war mit viel erfolg auf literarischer tournee in lienz wien & inn sbruck & habe im kopf leider vielzuviele ideen als daß ich alles ausfuehren koennte. trotzdem verliere ich nicht die nerven & werde schon irgendwie einiges unter dach & fach bringen. auch gesundheitlich gehts gut. von Dir wuensche ich mir bald nachricht & Dir selber & der martina wuensche ich soviel wohlsein wie es gerade in mir steckt.

herzlichst
norbert conrad

An Rosmarie Judisch

brixen 280578

weißt Du noch um den weimarer elephanten? lang lang ist's her. was will man mehr. die wunden
im innern
verheilt

norbert

bruneck 120678

ich habe ziemlich arbeit & fuer mehr als einen schnellen dankenden gruß reicht es nicht. der zahnarzt hat mich um geld & zwei zaehne erleichtert. dir wuensche ich beim kursus erfolg & ein besseres lebendigsein. ich schreibe viel & werkle herum & hab an allen ecken & enden zu tun. endlich auch ist es warm geworden aber wenn man denkt daß sich in zehn tagen der tag wendet wird mir kalt.

norbert c.

An Johannes E. Trojer

bruneck 130678

lieber hans

bin schrecklich im »geneat« & kann mich nur kurz halten. eine bitte: die suedtiroler hochschuelerschaft sammelt unterschriften von leuten die mit den 83 unterzeichnern des offenen briefes solidarisch sind; sammel Du ein paar & schick sie (+ Adresse, Beruf etc) an die SH — Waltherhaus — 39100 Bozen. die wuerden sich bestimmt freuen. auf daß wir uns bald wiedersehen & viel gesundheit dem was Dir lieb ist.

norbert conrad

An Rosmarie Judisch

bruneck 280678

liebe rosmarie

um ist dieses jahr & meine augen blicken zurueck auf das schmerzliche bad
berka. die ilm die goethens nackte fueß gewaschen hat & noch mehr von ihm
wird weiter ekelhafte schwaene auf sich schaukeln lassen. im verrotteten
kaffeehaus gleich hinter der kleinen bruecke sitzen bestimmt die kranken
beim wein. was so ein jahr beinhaltet? veraenderungen elend sorge neug
eborene gegglueckte gedichte & lesungen ewige geldnot (aber das schon seit
jahrzehnten). neue liebschaften keine hoechstens aufgewaermte & die sch
mecken auch danach. oede in diesem verdammten fahrschulbuero wo ich
dem telefon wachhund spiele. oede ebenso unter den freunden & genossen
nur die kinder wachsen heran: jiri jan & pamela gedeihen. muß man de
nn immerzu aelter werden? mit den tanten der dicken wie der duennen st
ehe ich mich gar nicht gut.. was wunder bei diesen verschiedenen welten
die da unter gleichem dach hausen sollen. aber sei unbesorgt: toleranz re
nkt alles wieder ein. selbstverschuldete spuren von krankheit quälen mich
manchmal doch es ist nicht arg. auf & nieder geht meine stimmung. immer
unglaeubiger werde ich fast schon scheu. ich muß mir einen vogel oder einen
hund anschaffen um nicht allein zu sein. hier in bruneck sterben die inter
essanten leute wie die fliegen dahin & unsre jahrgaenge stehen jetzt in vor
derster front. wir sind ueberhaupt eine recht eingeklemmte generation.
rueckwaerts geht es nimmer & vor dem vorwaerts graut uns. ich esse gerne
kirschen. auch rhabarber. es waer an der zeit. der sommer will & will nicht
werden. Deine briefe & botsch
aften sind licht blicke vielleich
t sonnenstrahle n. es gelingt mi
r nicht dankba r zu sein. ich w
aere es gern. da von traeume i
ch naechtens. l aß mich fallen.
loesche mich. l oesch aus Dein
licht & schlafe. zu vieles ist n
och zu tun aber es ist unser los
alles unvollend et lassen zu m
uessen. & das is t besser so den
n gelebt muß s ein. oder nicht.
auf der ilm ver dreckte schwae
ne (was ich dies e galgenvoegel
hasse!) zu weimar ein friedhof & buchenwald & historisches pflaster. heim
weh hab ich nach Dir & jener pfuetze im kurpark wo i Dir die ersten meiner
silben schenken konnte.
vor gefuehl tropft das blatt.. die erde hat mich wieder.

verzeih zum jahrestag

Dein

bruneck 280678 15uhr

diese zeilen sind genau geschrieben wie das gefhoeft meiner seligen großm utter in flammen aufgeht noch dazu ist es das haus meines leiblichen vaters dessen eltern in den wirtschaftswirren der zwischenkriegszeit das gut er schlichen haben. seis drum. alles nimmt bittre enden & ich habe jene zeiten ja gar nicht erlebt. verlorengegangen ist in unsrer familie schon mehr so der hof meines großvaters zu reischach den ihm der eigene leibhaftige bruder abgeluchst hat und der schließlich in den gierigen haenden eines hoteliers bis auf den granitenen gotischen torbogen mit der spitzhacke sein modernes ende fand. doch wird Dich das alles wenig beruehren — mich uebrigens auch nicht sonderlich — aber was bei uns so alles zerstoert & dem monstrum fremd enverkehr zum opfer faellt von diesen groeßenordnungen kannst Du in al ptraeumen nicht traeumen. immer & immer wieder stelle ich mir die frage was denn einen ddr buerger unter lebensgefahr dazu veranlaßt in diesen beschissenen goldenen westen zu wollen. dissidenten kann ich sowieso nicht leiden aber ich bin tiroler dissident geworden & bleibe mit mut zorn & ekel meinem tal treu. ich weiß nicht ob Du mich richtig verstehst es macht auch nichts aus wenn es Deinem hirn nicht eingeht & ein lokalaugenschein ist Dir irgendwie zum glueck verwehrt. das ist nicht die klage des zukurzgekomm enen dazu liebe ich mein land viel zu sehr... ist es dann die klage des lie benden?

es ist kalt. wind haust im roggen. am hang wo es brennt wird wenig wasser sein. das vieh ist gerettet. es ist kalt sehr kalt auch in mir. unsre hoefe stehen einzeln. kleinfuersten auf kuhmist.

heute habe ich wiedereinmal gekocht. den tanten hats geschmeckt. gegrillte schweinswuerste leberkaes & koteletts. wie ueblich wenn man mich an den herd laeßt war ich verschwenderisch. sie haben alles aufgegessen auch die drei bunten salate. ich koche gern & bin sehr zufrieden heute mit mir. im buero da ist wieder nichts los nichteinmal das telefon ruehrt sich. im radio ist keine genießbare musik. demnaechst ginge ich gern schwimmen ehe der sommer um ist aber heuer hat der fruehling noch nicht angefangen. ich bin auch schrecklich duerr & wage mich nicht so recht halbnackt unter die leute. ein vergnuegen ist mir donnerstags das kartenspiel. wir haben da eine viererrunde gesetzterer herren. ich bin der aelteste. lache nicht: man wird bieder. an den straßenecken betteln die zigeunerinnen. die fremden werden in bussen an gekarrt mit torte abgespeist & duerfen schlangestehend schnell aufs haeus chen: so sehen die dann suedtirol. welch ein glueck daß ich mit offenen augen bei Euch sein durfte. welch ein glueck waer ich bei Dir (dichter wuerden s agen: das wasser ist viel zu tief).. ich sage mein geldbeutel hat ein loch.

herzlich

An die Redaktion des »Alto Adige«

[Bruneck, 11. 7. 1978]

geehrte herren

es ist zwar nicht ueblich im blatt fuer deutsche leser nachrufe zu drucken aber dieser fall verdiente eine ausnahme besonders deshalb weil der italienische teil des ALTO ADIGE nicht mit wuerdigungen etc. spart & nicht zuletzt d eswegen weil pfarrer kasseroler keine ueberragende persoenlichkeit darste llt sondern der prototyp des bergpriesters ist unbeleckt von politik & raffgier nur fuer die pfarrgemeinde da. die beiden arbeiterpriester & gewerkschafter stricker & pichler kannten den toten sehr gut & auch dir. dr. siegfried baur gibt Ihnen gerne auskunft & wird bestaetigen daß herr kasseroler ein paar zeilen mehr als wert war.

An Rosmarie Judisch

bruneck 180778

liebe rosmarie

meine leber wird immer groeßer mein geldbe
utel immer duenner ich saufe zuviel aber end
lich ist der sommer ausgebrochen den ich mit
vollen zuegen genieße wie wein. die arbeit ist mir
ziemlich zuwider wenn man alle ferien halten sieht.
zum schreiben hab ich auch wenig lust & manchmal
quaele ich mich wenn wieder eine glosse zu verfassen
ist. trotzdem bin ich rundherum recht zufrieden & freue
mich auf den vollmond. meine nichte hat zaehne & schr
eit wenn sie mich sieht dafuer quietscht sie vor freude we
nn ich telefoniere & ins telefon pfeife. klaus war mit seinen
beiden gaunern am meer. jan & jiři sind richtige teufel gewor
den: gar keinen respekt vor dem alter mehr. so ist unsre jugend.
das will nicht bedeuten daß ich beim vergreisen bin. im gegenteil
ich fange wieder an auf den dorffesten zu tanzen: alter schuetzt vor
torheit nicht. in der literatur ist flaute aber es wird schon wieder stuer
misch werden.. ein bißchen liebe koennte mir dazu nicht schaden. aber ist
ja wurscht. schwimmen ging ich so gern aber kaum ist das wetter halbwegs
dazu geneigt geht's mir nicht aus & ist das wetter miserabel dann haett' ich
frei. Deine buecher sind allesamt eingetroffen & vorerst kann Dein schmal
hans nur dafuer danken. & gleichzeitig um ein weiteres buch bitten: das ph

ilosophielehrbuch war nicht so ganz das richtige (verstehe das bitte bitte nicht als vorwurf) aber bei uns an den oberschulen wird ganz anders gelehrt n aemlich nicht theorie sondern einfach die geschichte der philosophie von den anfaengen bis zur jetztzeit etwa von thales von milet sokrates chronologisch bis zu bloch & adorno & sartre. wenn Du so etwas auftreiben koenntest waere uns sehr sehr recht. (wenn er nur immer etwas zu meckern hat wirst Du Dir denken oder der schreibt auch nur wenn er etwas braucht oder wenn es ihm dreckig geht). ich bin ein sehr fehlerhafter mensch von untugenden gar nicht zu reden. politisch bin ich auch recht faul geworden natuerlich noch immer bei den gleichen einstellungen geblieben aber die schlummern so dahin aber dem einst so feurigen klaus geht's auch nicht besser & das ist troestlich & traurig zugleich. man hat hierzulande einen schweren stand zumal das bun desdeutsch-bayrische monster franz josef strauß seinen stockrabenschwarzen schatten ueber die grenze wirft. da kann oft nur ein ordentlicher tiroler wein & ein gutes italienisches nachtmahl drueber hinweghelfen. die beschimpfu ngen die ich mir meiner haltung wegen oft anhoeren muß passen in keinen brief. roter bock ist noch gelinde. zum glueck bin ich körperlich auf der zartgebauten seite so kommt es nie zu handgreiflichkeiten. zum glueck sind meine tanten & meine schwester von großherziger politischer toleranz. zum glueck bin nur ich mir selber ein unglueck. warum aber der italienische staat noch nie floeten gegangen ist ist mir seit 10 jahren ein raetsel. lassen wir das. die seite wird gar. langsam & bedaechtig werde ich das buero sperren gut essen gehen vielleicht einen fisch vielleicht danach kartenspielen wein trinken mir vom mond heimleuchten lassen sanft schlafen & von jemandem zu traeumen versuchen der rosmarie heißt.

dein
norbert conrad

An Johannes E. Trojer

bruneck 010878

lieber hans

im grunde tut es mir leid daß der liebe
wielander die pustererarundanummer
hat ins wasser fallen lassen. unser tal erscheint ihm wohl zu groß & nicht ganz geheuer. am 5. august wird da in der brunecker athesia die nummer ueber meransen vorgestellt (18 uhr unsrer zeit) & da kann man ja weiterschauen. wielander laeßt Dich recht grueßen & meint daß es recht wear wenn Du kommen kannst.
vor kurzem wurde die prettauer faust-fassung im schloßhof aufgefuehrt & der hat mir sehr gut gefallen. das stueck wird am 5., am 8. & am 11. noch einmal gegeben & zwar um 21 uhr unsrer zeit. vielleicht auch ein grund fuer Dich die grenze zu ueberschreiten. mein freund klaus — der mit dem wer bestudio — moechte wissen wieviel eine annonce fuer sein buero im osttiroler boten in etwa zu stehen kommt (format 7 x 9 cm) & ob es sich lohnt zu inserieren. auch sonst haett er ganz gern mit Dir ein bißchen gehandelt was wir das letzte mal ganz vergessen haben. ansonsten trottet & trottelt unser leben so dahin was Du an der laenge dieses schreibens ermessen kannst. fauheilt greift um sich. weil ich das betteln nicht lassen kann bettle ich noch gleich um einen abzug von dem aufgebahrten kind.

grueße der maria dem alten lehrer
& Dir
norbert conrad

Nachträge zu Band 1 und Band 2

Gedichte

Innsbrucker Kino II

hamlet la marge
der rosarote panther
kehrt zurueck zur
spitzenkloepplerin
im abenteuer
in atlantis / ·
serrano faellt nur
samstag nacht /
hausfrauen report
bei madame O &
ihren heißen maedchen
und liebestollen
apo
thekers
toechter

220578

da hasch in fratz
Dein besten schatz
lei bein gschrei
koa hånd ma frei
va lauto windl
sigsch koa kindl
dechto glick & friedn
sëira bschiedn

& Dir a

norbert
bruneck okt. 77

beim kuessen die zaehne verbissen
damit weder atem noch zunge entweicht
ansonsten in kontinentaler hitze
die keiner thueringschen gleicht
von der logik der sinnlosigkeit
ein veroedetes hirn & in berka
birkenkraenze — & mein nacken mein
harter — Du muß wissen selbst
naehere liebe hat mir bisher nur
zum schaden gereicht — dafuer
rette mich gott denn mein spott
schmerzt mich selbst mehr als die
andern.

blitzburg 070777

der HERR
tritt den kopf des menschen
schlechthin aber er laeßt
seine toten fueße auch
auf ihm ruhn. ein
troestlich fastenbild

[240377]

Was nimmt
mir denn alles
der

Dein stachel
dieser dorn
nicht aus
rosen gemacht

[240177]

traeume viel
von meinem hund & dem schnee
drin er sich waelgen wuerde

von keksen
& dergleichen hielt er mehr als ich

schon riecht nach mandelkern
die weiße schwester

was soll's (ich egoist) geg'n
meine fueße
mein hund der wuerd sie lecken
s'ist gewiß
& heilen auch.

131276

die dachrinnen sind hier
aus marmor die wege oft
aus wasserglas
die katzen warten schon
um sieben daß ein fisch
der marktfrau aus der
kiste springt

in der mansarde sitzt mit
feuerfueßen der magerling
zaehlt sonnenbeleckte
ziegel oder sieht zu
daß regen & nebel sie
waschen

[101176]

Das Gedicht *sabbia fine* vom 30. 11. 1975 steht in diesem Band auf S. 279 im ursprünglichen Kontext, dem Brief an Renzo von diesem Tag.

martina

es dreht sich um nix
nur ums zer'moniell
vergiß das schnell
Du kannst das JA
                hauchen
es bruellen oder fauchen
nur JA muß es sein
                die pfaffen
                wollen's so.

flaas 141075
n. c.

die herzdame
Du als hagestolz
beide aus hiesigem
                holz
es ging' nicht besser
        kann nicht
                sein

            allein?

wo blieb der
        geistlich segen?

wie frommer regen
            kommt er
                    nach

flaas 151075 n. c.

Das Gedicht *schon koemmt der tag* vom 24. 9. 1974 steht in diesem Band auf S. 191 in seinem ursprünglichen Kontext, dem Brief an Maria-Theres Neuhauser von diesem Tag.

der plattenspieler am boden
ein kirchendach mit reiter & schindel
ein baum mit reifenden roßkastanien
ein fichtenbestueckter hang

gezackt in lichtgrauem himmel
des
abends

ein bild

150873

aus jener hand
des engels
nehme ich das buch
& fress es
mit meinem mund
honig auf der zunge
bitternis im bauch

060573

de vita oswaldi von wolkenstein
anno domini MCMLIIIVIII

es war ich war so gegen vierzehn
& wollte einfach wissen wie welt aussieht.
so hab ich zugebracht mit not
bei vielem volk
drei pfennig im sack & ein belegtes brot
das war so alles.
von fremden & freunden geschlagen
gerade so
daß ich davonkam ging ich zu fuß
& dann nachricht
daß mein vater *tot.*
auto hatt ich keines
doch ich stahl es mir & wurde
mir gestohlen.
laufbursch hab ich gemacht &
koch & autowaescher & chauffeur
& dann in kreta
warens blaue hosen was ich
noch besaß.

im strengen land der deutschen
war ich
wie ich auch in litauen war &
weiter nach sibirien
irgendwie uebers meer in die tuerkei
bei mailand wieder herum
spanien frankreich & schweres
mit der polizei
zehn sprachen mit hand & fuß
erlernt: franzoesisch sehr viel
brockenweis arabisch russisch
italienisch & dergleichen mehr
da hab ich langsam spielen
gelernt
auf seltenen floeten die gitarre
war mein ein schlagzeug auch
so lebt sichs.
ich hab umfahren inseln & buchten
auf großen schiffen manches land
da ging eines davon
unter
auf einer schwimmenden tonne

hab ich mich gerettet
damals war ich fast reich
das ganze geld versank.
am ufer nahm ich dann
nackt wie odysseus von einem reichen mann
die tochter & sie gab mir
ein armband mit das ich
nicht vergessen kann
& kettchen & viele ringe.
wie ich mich so mit dem schmuck
den einflußreichen leuten meiner heimat zeig
die mir halfen & mich
unterstuetzten
brechen sie in lachen aus &
erklaeren mich fuer irr
sie beten ein gebet fuer meine
seele.
da will ich in mich gehen
in oestlicher schau
aber das dauert nicht lange
zwei jahre geht mein hang
auf kontemplierende lehre
& weil ich wieder wegmuß
ein auge hab auf eine
da fing ich an zu reisen ganz
mit normalen mitteln
zu ihr
so hab ich abgeworfen was mir
an weisheit nicht zustand
& trieb sport
alles vergessen der nebel verzogen
seither hab ich mich
um sie geschlagen.
es waer zu lang erzaehl ich meine not
dazu braucht' s den einen mund
von dem mein herz gefangen wie vom tod.
viel schweiß verbrauchte ich bei ihr
mein gesicht ist dick geworden
rot & bleich bei ihr & vor erinnerung.
zum teufel bin ich alt
wenn ich so lieg
& zittre seufze stoehne
daß kein genuß mehr bleibt.
ach kaelte regen schnee
tun nie so weh
wie das.

wenn ich mit ihr schlafe
fehlt mir mitte & maß ...
bei ihr zu sein fahr ich ab die straß
damit sie kleiner wird mit ihrem haß
& wenn ich bei ihr bin
dreht sich elend in genuß.

auf einer griecheninsel
fand ich
eine weiberkolonie
ohne einen mann
bisher nichts schoenres
hab ich gefunden
außer SIE
wo ich SIE doch tragen
wuerde
auf haenden
allein
in den fremden laendern
steigt mir ihre liebe in den hals
& schmerz & not retten mich
vor dem ersticken.
wenn ich in elend
druck meine haend
& sie baendigen muß
mit großem leiden
SIE ist nicht da
& ich will ihren gruß
von frueh bis spaet.
kein schlaf bedeckt mein auge
& das allein
schulden ihre arme mir
ihr wißt genau wie das sein kann
die plagerei
als SIE mir sagte »gut! genug!«
fuer ernst
wenn ich wueßte
daß ich SIE nimmer find
ich wuerde weinen wie ein kind.

jetzt hab ich gelebt & hab
40 jahr
& alles ging an mir vorbei
fuer kindsgeschrei
im eignen haus
waer es wohl zeit
aber vergessen kann ich die eine

nicht die mir mut & zorn & leben
gab in dieser welt
in dieser welt hab
ich dafuer angst mich zu binden
an eine die mir befiehlt
in dieser welt hab
ich keinen narren getroffen
wie mich & keine gefunden wie
SIE

ich fuercht sosehr das weiberbellen.
mein urteil mein rat hat
vielen geholfen & mir ehre
gemacht
bei leuten die ich frueher
vor den kopf gestoßen mit meiner
schreierei
ich bin nicht mit vernunft gesegnet
daß ich die welt verbesser
& weiß nur
— weiß wer wann ich enden soll —
daß an den guten meiner taten
ich bewertet werde
waer ich ein simpler glaeubiger
geblieben
ich waer der gnade gottes voll

170273

wenn ich 30 silberlinge
zuviel habe
ist ein muehlstein besser

er ist schwerer

wenn ich 30 silberlinge
mit freude
in die furche einer frau

bohre

bin ich koenig der griechen

[140672]

Hoffahrt I

nie werd ich
mein delfter zeug
vergessen
nie mein klein
koffer
mit der kette
im zimmer putz
ich mich
wie am gang
die katze

der spiegel ist
mein lob
kruege mein
stolz
mein gerafftes kleid
spangen hab ich
viel
mein fuß geht
leicht

mein & ich
& mein
mein gott
wie schoen ich
bin
wie gut

[1971/72]

als waer ich ruhig
mein herz
eine verweste blaue flamme
aus fleisch

[5. 7. 70]

zum grab ist Dir
der mai geworden
zum grab ist Dir
der fruehling

wehe den
trauernden
sie haben nicht
platz in schwarzer
gesellschaft
die auf lustgewinn
aus ist
ach wehe

[8. 6. 70]

tutta la spaventosa verità

no
non è vero
no
no
non è vero
no
non ha mangiato
il padre

[9. 2. 1969]

tutta la spaventosa verità II

non è vero
dico di no
mio padre
padre mio
mio padre
morirà
d'assassino

ha
amazzato
me

però vivo

[10. 2. 1969]

preghiera del marine

mio dio ti sono assai grato
per avermi creato
mio dio ti sono assai grato
per avermi educato
mio dio ti sono assai grato
per la salute che mi hai dato
mio dio ti sono assai grato
perchè alla leva non mi hanno salvato
mio dio ti sono assai grato
perchè in Vietnam mi hanno mandato
mio dio ti sono assai grato
per i rossi che ho castigato
madre prega dio anche per me che qui
    nel Vietnam porto la sua civiltà
mio dio dai cieli perdona che i rossi me
    mi hanno ammazzato
padre dio perchè non sanno
.. che loro si fanno

[14. 9. 68]

se un certo gruppo
d'anarchisti
o che siano
    (definirli non si può)
se questo certo gruppo
il ghiaccio lo
    mangia
prima del whisky
ormai ordinato
per motivi
rivoluzionari
in questo night club
mi piange
il cuore
questo mio cuore
questo mio cuore vuoto
    deluso
di sé stesso
di loro

vorrei sapere
come mai
io
sto qui
immerso nelle
luci
del ghiaccio
che loro
mangiano
per ...
perchè
senza
whisky non
sanno teoretizzare

tiragli fuori
quel grigio
cervello che tanto
pensa
e sembra pensare
sull' avvenire
della classe (a loro)
inferiore

martiri della loro esistenza
si consentono
e martiri quelli che per il loro bene
lavorano

»Sentenzen«

brixen hat ein lamm zum wappen
die schuetzen marschieren wie schafe

so gesehen fronleichnam 78 bx

adria

sardinen in der dose
oelbeschmierte deutsche weiber

hanno abolito
i ponti
i fiumi son
rimasti

[27. 10. 1977]

dieser
staat wiegt sich
in toleranz
& verkruemelt
sich
in ekliger
buerokratie

[1. 4. 1977]

i morti nel mare
per mancanza di vermi
non sanno crepare

[10. 3. 1976]

den weibern steht
das zu was den
maennern absteht
(wegsteht)

[22. 2. 1976]

erzogen in paris
schmeckt er nach kohl
den man ihn fressen ließ

der gez. hase

[5. 2. 1975]

frueher hab ich das
geld nicht angeschaut
& jetzt wo ich eins
brauch seh ich keins
mehr

[15. 8. 1973]

ich bewundre die
die noch eine kuh
von hand melken.
so liegen bescheiden
heit des vorganges
arbeit & hand-
arbeit engstens
beisammen.

[23. 6. 1973]

liebe nicht zu sehr den schlaf
du koenntest arm werden

[1972 oder 1973]

woher kommt die kahlkoepfigkeit der vernurer?
weil sie immer huete aufhaben.
warum haben die vernurer immer huete auf?
um die kahlkoepfigkeit zu verdecken.

[1. 2. 1972]

welch bergvolk
sind wir denn
unter eutern
aufgewachsen
& weinschlaeuchen

[12. 8. 1971]

mai morto
si muore

[29. 5. 1971]

la mia vita
me la pago
non con soldi
ma vivendo

bar melitta 210471

bei mamaci
gibts nur zwei moeglichkeiten
reich geboren
oder traurig sein

[1. 1. 1971]

rezept

nimm dir eine reiche frau und kauf dir mit dem geld ein
schloß in tirol und bau es aus.
dann erst kannst du auf den baellen mit schoenen
frauen tanzen.

[3. 1. 1969]

Prosa

es zwang ihn auch wenn er wußte daß nichts schon gar nichts nachvollziehbar & gleich sein konnte den zug zu besteigen der das einzige regelmaeßige (halbwegs regelmaeßige) leben fuehrte das ihm fehlte. nichts ließ sich wiederholen selbst diese fahrt nicht sooft er sie auch machte diese mageren 12 km wenn es ihn ueberkam & er ordnung bringen wollte in seine krause welt an der nichts zu beneiden war bis auf das wissen daß kein ding kein ei kein atom oder stern keine minute sachlage gleich sind. wer gleichmaeßig lebte war ihm ekel & opfer zugleich. er bewunderte die einfoermigkeit ihrer vertrotteten tage ihre ausgeruhte glueckseligkeit ihr geseufze wenn sie tag fuer tag sich gegen den alltag auflehnten schwach nur & um wieder zurueckzusinken in vorgefaßte sorgenlose welten. dieses glueck ließ sich nur mit einer fahrkarte fuer dieselbe strecke erkaufen immer zur gleichen zeit die ruhe war am wenigsten gestoert in dieser gegend fuhren um die zeit die leute dieselben jeden tag ganz spaerlich aenderten sich stimmen lachen & mienen oder am kinderwagen der jungen frau quietschte ein rad — wie lange noch die zange des kontrolleurs schnipste sich vertraut ein loch in die karte.. es herrschte ordnung sanft sehr sanft gestoerte.

es zwang ihn dazu auch wenn er wußte... es wuerd sich was aendern kurz nachdem der waggon aus dem gleis gesprungen war lag er als gleicher unter gleichen. endlich ein erfolg ein ereignis nicht gerade ein taegliches was wollte er mehr.

260677

Anhang

bern an der etsch 031175

ganz liebe erika

wir koennen nur stumm bleiben in anbetracht von pasolinis bittrem
ende. die spekulation darueber was uns sein geist sein intellekt
noch geschenkt haette eruebrigt sich seine tafel ist geloescht &
keine klappe wird mehr fallen. straßen werden seinen namen tragen
seine werke neu verlegt seine filme unzensiert in retrospektiven
gezeigt. schon heute hat er seinen heiligenschein groeße 10 von p
resse & fernsehen von freunden halbfreunden pseudofreunden & krit
ikern verpaßt gekriegt & weil sich die toten nicht mehr ruehren b
leibt es dabei. ich spucke auf seinen heiligenschein ich bin nur
irritiert & der 2.november wird mir im kopf bleiben. unisono sing
t der chor der italienischen kultur: "was Du im film gezeigt
pier paolo
dessen opfer bist Du geworden
sehr beruhigend sehr troestlich
muß ich bemerken dezent wird seine achillesferse zugedeckt dere
n opfer er wirklich ist. so einfach geht das nicht wenn man sagt:
wer gewalt saet wird gewalt ernten. pasolini hat keine gewalt ges
aet sondern seinen geist gegen die chthonische gewalt antreten la
ssen & die synthesis waren seine filme. seine achillesferse war s
eine homosexualitaet & er wurde nur deshalb nicht verfemt oder ge
aechtet weil er schon zu "groß" war.unverwundbar gegen zensuren &
kritiken ganz einfach weil sein geist bereits unschlagbar war g
ehoerte er doch zu den "warmen" vor denen einem normalen das grau
sen kommt erst recht dann wenn das opfer intelligenz und intellek
t besitzt. dann entsteht beim normalen eine respektvolle laehmung
als waere der leibhaftige jude gekommen & saeße mitten unter uns.
ueber die nacht in ostia herumzuraetseln ist mueßig. es hat besti
mmt viele aehnliche naechte gegeben mit gutem ausgang der eine is
t wieder untergetaucht mit ein paar scheinen der andre ist an der
sonne der oeffentlichkeit geblieben mit seinen zweifeln mit seine
r gier nach arbeit mit scharfem geist. diese nacht ist beendet fu
er beide partner.diesmal erschlug abel den kain. in einer schlußs
zene von uccellacci uccellini schlaegt ein raubvogel einen kleine
neren & franziskus ruft seinen bruedern mahnend befehlend & froeh
lich etwas zu diesen beiden bruedern die ein jahr lang sich mit
beten wundgekniet hatten um ein wunder zu bewirken & sich nun bef
reit glauben weil es eingetreten ist diesen beiden ruft er auf d
ie voegel weisend zu: pregate fratelli pregate!"
so wie ich gestern verwirrt war so haben mich seine filme verwirr
t. ich hab sie im italienischen kulturinstitut von wien gesehen.
"medea" war das letzte was ich von ihm kenne. seine gedichte sind
mir ungenießbar & unuebersetzbar vorgekommen..sie liegen irgendwo
begraben in meinem buecherberg.

Dein

norbert conrad

Zur Edition

Kaser hat schon als Jugendlicher Briefe mit Schreibmaschine geschrieben, bereits sehr früh hat er vereinzelt, später dann mit großer Konsequenz, von den meisten dieser Briefe auch Durchschläge angefertigt. Diese hat er zuerst in der elterlichen Wohnung, dann, als er seine Heimatstadt Bruneck verließ, bei einigen Freunden aufbewahrt. Der Großteil seiner Korrespondenz ist auf diese Weise erhalten geblieben. Hans Haider konnte für die Edition des Briefbandes »Kalt in mir« (1981) die bei kasers Freund Klaus Gasperi aufbewahrten Materialien kopieren und hat diese Sammlung um Kopien von Postkarten und hangeschriebenen, in der Regel nicht durchgepausten Briefen aus dem Besitz von Briefpartnern und -partnerinnen ergänzen können. Haiders Sammlung ist seit einiger Zeit im Innsbrucker Brenner-Archiv zugänglich, ebenso können auch die von Klaus Gasperi zu einem späteren Zeitpunkt dem Archiv zur Verfügung gestellten Originalmaterialien großteils eingesehen werden. (Näheres siehe im editorischen Bericht zu Band 1, S. 477.) Aus diesen beiden Sammlungen stammt der größte Teil der in diesem Band veröffentlichten Briefe.
Ergänzt wurde dieser Bestand durch Briefe, die ich im Laufe meiner Arbeit an einer Biografie zu kaser von einigen seiner Freunde und Freundinnen in Kopie erhielt. Die meisten davon hat kasers Oberschulfreund Dieter Nicolussi-Leck zur Verfügung gestellt, bei dem kaser vor seiner Übersiedlung nach Wien mehrere Jugendbriefe zusammen mit anderen Materialien deponiert hat. Vereinzelt haben dann in den letzten Jahren Besitzer von Schreiben kasers diese von sich aus dem Brenner-Archiv in Kopie übergeben. Schließlich wurden weitere bisher unbekannte Briefe und Postkarten bei der Vorbereitung zu diesem Briefband bekannt.
Die uns jetzt vorliegenden Briefe hat kaser vor allem in den Jahren 1965—1978 geschrieben, im Alter zwischen 18 und 31; einige wenige stammen aus den Jahren 1964 und 1962. Es ist anzunehmen, daß trotz dieser überraschend umfangreichen Sammlung einige seiner Briefe nicht bekannt sind. Auffällig ist etwa, daß aus den Jahren 1973/74, als kaser bereits intensiv Briefe verfaßte, für einen Zeitraum von acht Monaten kein einziges Schreiben vorliegt. Außerdem dürften wohl vor allem Postkarten bekannt werden, möglicherweise der eine oder andere handschriftliche Brief, wohl in geringerem Maße Typoskripte, wegen der offenbaren Konsequenz kasers beim Anfertigen von Durchschlägen.
Es versteht sich von selbst, daß im Unterschied zu den beiden ersten Bänden dieser Ausgabe hier Vollständigkeit nicht nur nicht zu erreichen, sondern sinnvollerweise auch nicht anzustreben war. Selbst bei jemand wie kaser, der Briefe mit großer Sorgfalt geschrieben hat, ist die Korrespondenz in ihrer Qualität und ihrem Informationswert zu unterschiedlich.
Es sollte in diesem Briefband ein umfangreiches, die in Briefen festgehaltenen Lebensstationen, die unterschiedlichen Stilisierungsformen sowie die verschiedenen Interessen und intellektuellen Beschäftigungsfelder umfassendes Bild kasers dargelegt werden. Auf einige frühe Briefe, auch auf den ersten bekannt gewordenen, sollte aus diesen Gründen, und nicht nur aus Kuriosität, nicht verzichtet werden. Um mehr Platz für die interessanteren Briefe zur Verfügung zu haben und um diese möglichst weit vorne im Band plazieren zu können, habe ich von den Jugendbriefen freilich verhältnismäßig wenig ausgewählt; mir wichtig erscheinende biografische Informationen sowie ein paar auffällige Stilisierungsversuche waren hierfür die Kriterien. Bei

längeren Schreiben wurde hier in wenigen Fällen aus den oben genannten Gründen auch leicht gekürzt.

Aus dem späteren Zeitraum, ab 1968/69 etwa, wurde aus der Korrespondenz in geringerem Maße ausgewählt; weggelassen wurden vor allem Postkarten, kaum noch maschingeschriebene Briefe. Nicht aufgenommen wurden Briefentwürfe, auch dann, wenn sie biografisch von Interesse sind; ebenso wurde weitgehend auf Bewerbungsschreiben verzichtet, zur Gänze auf die wenigen Telegramme; einige wenige Briefe sind nur in unleserlicher Kopie vorhanden und waren im Original nicht greifbar — auch sie mußten entfallen; von Briefen mit sehr ähnlichem Wortlaut, die kaser manchmal an verschiedene Adressen sandte, wurde jeweils nur einer gedruckt. Bei den Postkarten war insgesamt in größerem Maße ein Auswahl zu treffen; auch hier gilt, daß aus den späteren Jahren mehr veröffentlicht wurden als aus den früheren. Nicht gedruckt wurden einige wenige Briefe aus Rücksicht auf die Privatsphäre lebender Personen, ebenso, auf ihren Wunsch hin, einige bisher unveröffentlichte Briefe an kasers Schwester.

Hingewiesen werden soll noch auf die bereits in Band 2 der Ausgabe veröffentlichten Briefe, die hier selbstverständlich nicht noch einmal erscheinen: die Leserbriefe, Briefe, die den Charakter öffentlicher Stellungnahmen haben; und vor allem den von kaser als »roman in fortsetzungen« bezeichneten, in mehreren Folgen geschriebenen, »Brief aus Stord« (Band 2, S. 269—306). Ebenso wird auch der zum Gedicht stilisierte und in Band 1 der Ausgabe (S. 180 f.) enthaltene »brief an josef z.« nicht noch einmal gedruckt.

Aufgenommen wurde hingegen eine kurze Tagebuchaufzeichnung kasers von einer Barcelona-Reise, die den Herausgebern von Band 2, Erika Wimmer-Webhofer und mir, besser in den biografischen Zusammenhang der Briefe als in den der Prosatexte und kleinen Schriften zu passen schien und die deshalb auch hier nicht in einem eigenen Kapitel zu finden, sondern chronologisch eingeordnet ist; dasselbe gilt für eine kurze Ansprache vor der Brunecker KPI, bei der erst jetzt Zweifel an der Autorschaft ausgeräumt werden konnten.

Da kaser fast alle seine Briefe und Postkarten mit einer genauen Datumsangabe versah, ergaben sich bei der Anordnung der Briefe, die chronologisch erfolgt, keine größeren Probleme. In den ganz wenigen Fällen einer fehlenden oder ungenauen Datumsangabe, wurde versucht, eine Eingrenzung der Datierung vorzunehmen (sie steht in eckigen Klammern); wenn eine genauere Datierung unmöglich war, steht ein Brief, der nur mit einer Angabe des Monats versehen ist, am Ende desselben; ein an mehreren aufeinanderfolgenden Tagen verfaßter Brief wird zum Datum des ersten Tages gereiht.

Eine Gliederung in Kapitel wurde nicht für sinnvoll erachtet: eine Unterteilung nach Kalenderjahren hätte biografischen Zusammenhängen nicht genügend Rechnung getragen, umgekehrt erschien mir eine nach biografischen Zäsuren (z. B. nach dem Wechsel von Aufenthaltsorten) als ein zu großer editorischer Eingriff.

In der Regel werden die Briefe kasers vollständig veröffentlicht, inklusive Grußformel, Unterschrift und Zusätzen. Mit den Briefen werden auch Gedichte und Prosatexte kasers gedruckt, die er in seine Schreiben eingefügt hat: zwei Gedichte davon sind Erstveröffentlichungen (vgl. den Gedichtenachtrag), die Prosatexte zeigen teilweise Abweichungen von den als lose Typoskripte überlieferten und in Band 2 veröffentlichten Fassungen. Verzichtet wurde weitgehend auf Adressenangaben und Telefonnummern, inklusive der öfters (meist am Briefende) zu findenden Angabe des Absenders, es sei denn, daß diese Teil eines Satzes ist. Da kaser auch seinen eigenen Namen stilisiert hat, mußte auf das Anführen von seiner Unterschrift dann verzichtet werden, wenn nur auf Durchschläge von Briefen zurückgegriffen werden konnte. An einigen wenigen Stellen wurde auch aus inhaltlichen Gründen gekürzt, dann nämlich, wenn grobe, möglicherweise beleidigend wirkende Äußerungen über lebende Personen vorkommen. Bei Briefen an Personen, die in der Öffentlichkeit präsent sind, wurden solche Auslassungen hingegen kaum vorgenommen: hier haben kasers Äußerungen oft den Charakter einer öffentlichen Polemik, und es wäre eine zu große Glättung seiner Haltung und Schreibweise gewesen, wären derartige Passagen entfernt worden. Fehler, die sich in den Vorlagen finden, wurden nur dann korrigiert, wenn es sich eindeutig um Flüchtigkeitsfehler handelt; bei Personen- und anderen Eigennamen wurde auf jede Korrektur verzichtet. Manchmal finden sich unvollständige Sätze, bei denen kaser offenbar vergessen hatte, ein Verb oder ein Substantiv einzusetzen: diese wurden nur dann ergänzt, wenn sich das fehlende Wort mit sehr hoher Wahrscheinlichkeit aus dem Kontext erschließen ließ. Bei nicht erfolgter Korrektur steht Näheres jeweils im Anmerkungsteil. Alle Auslassungen und Ergänzungen sind durch eckige Klammern gekennzeichnet.

Bei der Wiedergabe von kasers eigenwilliger Schreibweise war es ein Ziel, sich so getreu wie möglich an die Vorlage zu halten und nur die notwendigsten Eingriffe vorzunehmen (hier gelten manche von den zum Prosa-Band angestellten Überlegungen; siehe Band 2, S. 341). Selbstverständlich wurden Eigenwilligkeiten wie Kleinschreibung, weitgehende Interpunktionslosigkeit (bis auf das Satzzeichen am Satzende) u. ä. belassen. An manchen Stellen im Typoskript steht statt des fehlenden Interpunktionszeichens ein zusätzliches Spatium; diese wurden ebenso wiedergegeben wie die öfters zu findenden Leerzeilen zwischen den Absätzen, obwohl sich kaser an beides nicht sehr konsequent gehalten hat. Angabe von Datum und Ort stehen alle in der für ihn typischen Schreibform; bei fehlenden Angaben wurden diese in eckigen Klammern ergänzt. Wenn die Briefe nicht mit einer Zahlenangabe datiert sind, sondern die Bezeichnung des kirchlichen Feiertages angeführt ist, wird die Datumsangabe nicht im Text, sondern im Anmerkungsteil ergänzt. Vereinheitlicht wurde hingegen, bis auf wenige signifikante Ausnahmen, die Plazierung von Anrede, Datierung und Unterschrift. Auf Zusätze wie »Postkarte«, »Ansichtskarte«, »Kunstkarte« wurde im Textteil verzichtet; Angaben dazu stehen ebenfalls bei den Lesehilfen. Zu den Besonderheiten der Briefe kasers gehört auch, daß neben der Verwendung mundartlicher Ausdrücke auch andere Einflüsse der gesprochenen Sprache zu erkennen sind (etwa »nichteinmal«, »andrer«, »der benzin« u. ä.); auch diese wurden nicht korrigert.

Ein besonderes Problem stellt kasers Trennsystem dar. Im Typoskript trennt er (in der Regel ab 1970 etwa) nach einem grafischen Gesichtspunkt: nach der Fixierung des rechten Randes in der ersten Zeile wird auch bei den folgenden Zeilen auf derselben Höhe getrennt, ohne Rücksicht auf Trennregeln. Auf diese Weise entsteht nicht nur links, sondern auch rechts im Typoskript ein gerader blockartigerRand. Diese Eigenheit wurde so gut wie möglich wiedergegeben, wenn auch wegen der Proportionalschrift im Buchsatz eine genaue Übertragung dieses Systems unmöglich ist (siehe dazu auch Band 2, S. 341). Wo kaser sich bei den Typoskripten an die üblichen Trennungsregeln gehalten hat, und bei den handschriftlichen Briefen wurde selbstverständlich in der üblichen Form getrennt. Auch andere grafische Besonderheiten des Typoskriptes wurden weitgehend (in vereinheitlichter Form) wiedergegeben: etwa Einrückungen bei den ersten Zeilen des Briefes, die dann zu finden sind, wenn kaser am Briefkopf Zeichnungen seiner Schulkinder oder ein Foto anbrachte. Unterstreichungen in den Vorlagen werden unterstrichen, eine kurze mit rotem Farbband geschriebene Passage wird in Halbfett wiedergegeben.

Nicht erfüllt hat sich die in Band 2 geäußerte Hoffnung, einen als Fragment vorliegenden Text kasers — möglicherweise ein Hörspiel — bis zum Erscheinen dieses Bandes doch noch in der vollständigen Form finden zu können.

Danken möchte ich vor allem Hans Haider und Sigurd Paul Scheichl für die Unterstützung sowohl bei editorischen Fragen wie auch beim Kommentieren.
Für Hinweise und Materialien vielen Dank an Klaus Gasperi und Dieter Nicolussi-Leck sowie an Christian Alton, Christoph Baur, Siegfried Baur, Luis Benedikter, Roberto Clementi, Othmar Costa, Helmut Demel, Karl Erlacher, Paul Flora, Josef Gasteiger, Michael Klein, Gerhard Kofler, Irmtraud Mair, Joseph Mair, Rita Mair, Helmut Niedermair, Isolde Nothdurfter-Raudszus, Renate Nöckler, Günther Pallaver, Erika Prader, Siegfried de Rachewiltz, Klara Reiterer, Johann Scheiber, Frau Stadler, Johannes E. Trojer, Markus Vallazza, Joseph Zoderer.
Ratschläge erhielt ich zudem von Erika Wimmer-Webhofer und Walther Methlagl.
Ein besonderer Dank geht an Anton, Markus und Michaela sowie an Frau Lanzinger.

Benedikt Sauer

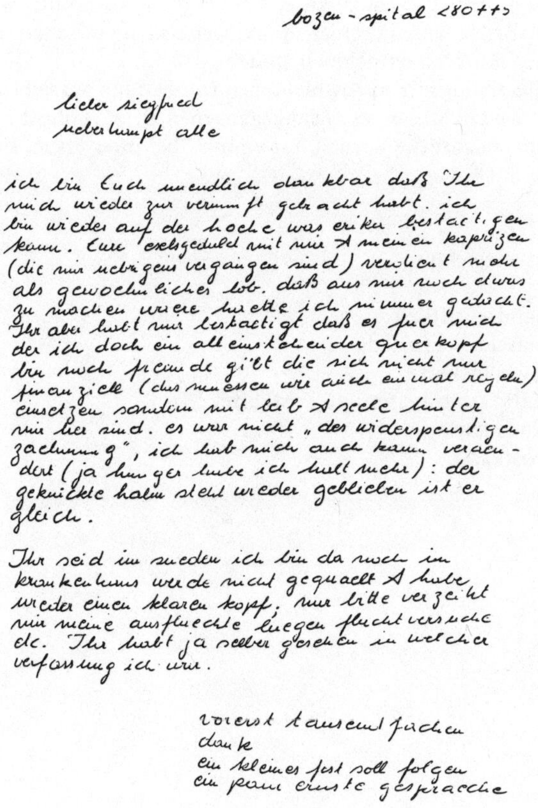

bozen-spital <80++>

lieber siegfried
ueberhaupt alle

ich bin Euch unendlich dankbar daß Ihr
mich wieder zur vernunft gebracht habt. ich
bin wieder auf der hoehe was erika bestaetigen
kann. Eure engelsgeduld mit mir & meinen kaprizen
(die mir uebrigens vergangen sind) verdient mehr
als gewoehnliches lob. daß aus mir noch etwas
zu machen waere haette ich nimmer gedacht.
Ihr aber habt mir bestaetigt daß es fuer mich
der ich doch ein alleinstehender querkopf
bin noch freunde gibt die sich nicht nur
finanziell (das muessen wir auch einmal regeln)
einsetzen sondern mit leib & seele hinter
mir her sind. es war nicht „der widerspenstigen
zaehmung", ich hab mich auch kaum veraen-
dert (ja hunger habe ich halt mehr): der
geknickte halm steht wieder geblieben ist er
gleich.

Ihr seid im sueden ich bin da noch im
krankenhaus werde nicht gequaelt & habe
wieder einen klaren kopf, nur bitte verzeiht
mir meine ausfluechte luegen fluchtversuche
etc. Ihr habt ja selber gesehen in welcher
verfassung ich war.

vorerst tausendfachen
dank
ein kleines fest soll folgen
ein paar ernste gespraeche

Euer
norb. conrad

Zu den Lesehilfen und Materialien

Die folgenden Lesehilfen verstehen sich in Anlehnung an das Gesamtkonzept der Ausgabe vor allem als Verständnishilfen, nicht als im engeren Sinn kritischer Kommentar. Die textkritischen Bemerkungen sind deshalb sehr knapp gehalten. Auf Handschriften wird eigens hingewiesen, auf maschinschriftliche Schreiben nur dann, wenn es sich um Postkarten handelt (der Hinweis steht in runder Klammer). Andere Besonderheiten der Vorlage werden zu Beginn der Anmerkung gesondert erwähnt.
Für die verschiedenen Arten von Postkarten findet sich ein eigener Hinweis. Da kaser öfters auf das Motiv der Bildseite anspielt, wird auch dieses angegeben.
Wo kaser beim Datum nur eine Feiertagsbezeichnung angeführt hat, wird die Datumsangabe ergänzt, bei mehreren Briefen desselben Tages beim jeweils ersten.
Italienische Briefe und andere fremdsprachige Textstellen wurden — ohne allzu hohe Ansprüche — übersetzt.
Kurze biografische Erläuterungen zu den Adressaten und Adressatinnen stehen jeweils beim ersten an sie gesandten Schreiben.
Wo es notwendig schien, zu den in den Briefen erwähnten Personen nähere Angaben zu machen, finden sich diese bei deren erster Nennung.
Biografische Informationen zu kaser werden dann angeführt, wenn sie für das Verständnis der Briefe wichtig schienen und wenn sie nicht schon den Briefen selbst in ausführlicher Form zu entnehmen sind.
Auf Entschlüsselungen von Anspielungen wurde dann verzichtet, wenn die Anspielung durch die Lektüre eines vorangegangenen Briefes ohnehin verständlich wird.
Mundartliche Ausdrücke werden nur einmal, bei ihrer ersten Erwähnung erklärt.

Abkürzungsverzeichnis:

hds.	handschriftlich
ms.	maschinschriftlich
Ak	Ansichtskarte
K	Karte (selbstgefertigte Postkarte)
Kk	Kunstkarte
Pk	Postkarte

S. 17 *Jänner 1962, an Helmut Niedermair (hds.)*
Der früheste bekannte Brief kasers.
Helmut Niedermair: Mitschüler kasers in der Mittelschule (Mittelstufe nach der 5jährigen Volksschule). Kaser hatte die Lateinmittelschule besucht, die damals für einen Besuch der Oberschule Voraussetzung war. 1964 wurde in Italien die Einheitsmittelschule eingeführt.

S. 18 *27. vii. 1964, an Regina Demichiel*
Der erste bekannte maschingeschriebene Brief.
Regina Demichiel: Mitschülerin im Gymnasium.
Frl. Mariathres: Mariatheres Neuhauser, geb. 1928, aus einer alten Brunecker Bürgerfamilie, kasers Singlehrerin, mit ihm auch deshalb bekannt, weil er in den Jahren 1963 und 1964 Sommerarbeiten im Geschirrladen Neuhauser verrichtete, in dem seine Tante Julie Thum als Verkäuferin beschäftigt war (vgl. die Briefe an sie).
Kunstkarten: Der Jugendliche sammelte diese mit Eifer und System.
KSJ: Katholische Studierende Jugend; eine der wenigen Jugendorganisationen in Bruneck.
Leo Munter: Jugendseelsorger in Bruneck.
Adesso ti lascio... dolce: ital; in dt. Übersetzung: »Jetzt (ver)lasse ich Dich mit der Feder, aber nicht mit dem Herzen und ich grüße Dich und Deinen süßen Mund«.

S. 18 *4. VIII. 64, an Leo Munter*
unsere Zeitschrift: kaser war an der Gründung der Oberschülerblattes »Die Lucke« beteiligt und deren fleißiger Mitarbeiter. Der Titel ist die lokale Bezeichnung für »Stadttor«, und bezog sich auf das an das Schulgebäude angrenzende Ursulinentor. Die Auswahl und das Verfassen der Beiträge für die — allerdings nie erschienene — Probenummer besorgte kaser. Einzelne Beiträge dieser Nummer wurden in die von Schülern und Lehrenden gemeinsam gestaltete Nummer 1 (Nov. 1964) aufgenommen.

S. 19 *18. Juni 1965, an die Eltern (hds.)*
Monterosso: Ort in den Cinque Terre (Provinz La Spezia), wo kaser in einer von Klosterfrauen geführten Pension im Sommer 1965 und 1966 Hilfsarbeiten verrichtete.
Weißenbacher: Weißenbach liegt im Ahrntal in Südtirol.

S. 20 *26. VI. 1965, an die Eltern (hds.)*
Larisch-Garten: Larisch hieß der Direktor der Firma Moessmer, bei der kasers Ziehvater Franz Kaser von 1950 bis 1969 als Pförtner beschäftigt war. Die Familie Kaser wohnte im Pförtnerhäuschen.
»Neunern«/Marende: mdal. für die Zwischenmahlzeit um 9 Uhr vormittags bzw. am Nachmittag.
Zoccoli: Holzpantoffeln.

S. 21 *4. 8. 65, an die Tanten und die Großmutter (hds.)*

S. 23 *13. Aug. 1965, an die Eltern (hds.)*
daß es Euch alle ... / einen kleinen Fotoapparat: an beiden Stellen fehlt vermutlich ein Verb.
Ferragosto: ferie d'Agosto, 15. August (Maria Himmelfahrt), große Mittaugustferien in Italien.
Tatta: mdal. für »Vater«.

S. 23 *24 maggio 1966, an Antonio Chiofalo*
Antonio Chiofalo: ihn hatte kaser in Monterosso kennengelernt. Der Brief ist ein Bericht von kasers Maturareise.
In deutscher Übersetzung:
»Vorgestern sind wir von Florenz zurückgekehrt, die Reise war viel zu kurz, ich hätte mein ganzes Leben bleiben wollen. Um sieben Uhr früh sind wir abgefahren. Es regnete so stark, als hätte der Himmel seine Schleusen geöffnet. Aber als wir in unserem liebsten Florenz ankamen, schien die Sonne wie im Sommer. Obwohl wir müde waren, haben wir uns sofort auf einen Gang durch die Stadt vorbereitet: die erste Begegnung mit den Kunstschätzen, mit den bekanntesten Denkmälern der italienischen Kultur. O Gott welche Freude ich hatte, als ich jenen Dom sah: der erhabendste Ausdruck eines Hochgefühls!
In jenen Tagen, die mir inzwischen schon Jahre entfernt vorkommen, wohnten wir in einer Jugendherberge. Wir waren 29: zwei Professoren, der für Mathematik und der für Deutsch (der dumme!), die acht Mädchen und wir 19 Buben (schade, daß einer von uns zu Hause bleiben mußte, weil sein 23jähriger Bruder am 15. Mai bei einem Unfall in unseren Bergen ums Leben kam; auch ich habe ihn sehr gut gekannt und manche Bergwanderung mit ihm unternommen). Unsere Professoren schliefen bei uns in einem Raum mit 20 Betten. In der Früh war aber ein Gestank zum Sterben dort drinnen, das war das einzige, was mir nicht gefiel. Das Essen war sehr gut, es war eine Freude zu kosten.
Am zweiten Tag stand ich schon um fünf auf. Wir gingen zu dritt nach Fiesole, einem sehr schönen Städtchen, das auf den nahen Hügeln liegt, dann frühstückten wir um sieben und die ganze Gruppe begab sich zur Besichtigung der Stadt Florenz. Das Programm war sehr dicht: am Morgen Dom, Kuppel von Brunelleschi, das Baptisterium mit seinen drei Türen von Ghiberti und Pisano, der Turm von Giotto. Am Nachmittag Piazza della Signoria, Palazzo Vecchio, Loggia dei Lanzi, Santa Croce. Am dritten Tag: morgens die Galerie der Uffizien, nachmittags Pisa: Baptisterium, Dom, Friedhof und Schiefer Turm, und dann nach Tirrenia, 12 Kilometer von Pisa, um im Meer zu schwimmen. Am vierten Tag: S. Maria Novella und Abfahrt um elf. Ach ich habe vergesssen hinzuzufügen die Besichtigng der Sagrestia Nuova mit den Medicigräbern am Morgen des ersten Tages.
Die Toskaner [kaser schreibt in diesem Absatz statt des »c« ein »h«, um die Florentinische Aussprache im Italienischen wiederzugeben] sind sehr sympathische und höfliche Leute, auf der Piazza della Vittoria suchte ich ein Tabakgeschäft und ich fragte eines der Mädchen, die dort an der Ampel warteten, danach: sie zuckte mit den Achseln und sagte, sie wisse es nicht. Ich suchte weiter; zwei Minuten später lief sie mir nach und rief: »Jetzt erinnere ich mich an das Tabakgeschäft«, und ging mit mir durch die Straßen und zeigt mir eines. Dies war nur ein kleines Beispiel, ich könnte Dir noch einige erzählen. Florenz ist aber auch eine sehr teure Stadt, für einen Kaffee zahlst du 150 Lire, für ein Eis 350.
Ich habe mir 95 Kunstkarten zur Erinnerung gekauft. Und auch eine Büste vom David des Michelangelo, der mir so sehr gefällt.
Ich war wirklich aufgewühlt von den Werken Michelangelos in der Sagrestia Nuova, o Gott, das ist wahre Kunst! In der Loggia dei Lanzi mit allen Skulpturen der Renaissance!
Auch Fiesole mit dem Amphitheater hat mir sehr gefallen: es ist hinreichend groß und die Akustik ist optimal, in der letzten Reihe hört man jedes im Orchesterraum gesprochene Wort, und so haben wir einige Verse aus der Medea des Euripides (wir übersetzen sie in der Schule) in der Dekoration jener Zeiten rezitiert! Was hätte ich Dir noch

zu erzählen? Vom Ponte Vecchio, von unseren Mädchen, die sich sehr brav verhalten haben, von meiner Freude, bei Dämmerung in jenem bewegten Meer zu baden? Was schreibe ich Dir noch? Ich könnte Bücher schreiben, aber ich bin müde!»

S. 25 *24. Mai 1966, an Hermann (?)*
Hermann: Der Empfänger wurde nicht ermittelt; es ist keiner von kasers Schulkollegen mit Vornamen Hermann.
Die Auslassung betrifft eine vom Original (offenbar versehentlich) abgetrennte Zeile.
schwarzen Tagen: die bevorstehenden Maturaprüfungen.
bederbig: mdal. für »klein, schlecht«.

S. 28 *26. Mai 1966, an die Pfalzwerke in Ludwigshafen*
Kaser arbeitete im Sommer 1966 und 1967 im Büro des Betriebes.

S. 29 *14. Juli 1966, an Monica Kaser*
Kasers Schwester Monica hielt sich gerade in Monterosso auf.
Prüfungstag: die Maturaprüfungen, die vor der Maturareform 1969 noch in allen Fächern abzulegen waren.

S. 30 *15. Aug. 66, an die Mutter (hds.)*
Bröcke: Bezeichnung im Pustertal für aufgehacktes altes Brot.

S. 31 *26. August 66, an die Eltern (hds.)*
Gfrett: öst. ugs. für »Ärger, Plage«.
Bui: mdal. (pust.) »Junge«.

S. 32 *2. November 1966, an Dieter Nicolussi-Leck*
Dieter Nicolussi: Freund kasers in der Oberschulzeit und Mitschüler im Maturajahr 1965/66; leistete gerade außerhalb Südtirols seinen Militärdienst.
Direktor: David Kofler.

S. 33 *11. 11. 1966, an Joseph Mair (hds.)*
Joseph Mair: Freund kasers und Mitschüler aus der Oberschulzeit, damals als Germanistik-Student in Wien.
in Mannheim: während seines Aufenthalts in Ludwigshafen.
im Sprengen: Anspielung auf den Südtirol-Terrorismus der frühen sechziger Jahre.
Kronplatz: Hausberg von Bruneck.

S. 34 *22. Jänner 67, an Dieter Nicolussi-Leck (hds.)*
MGV: Männergesangsverein.

S. 35 *11. März 67, an Dieter Nicolussi-Leck (hds.)*
Regina: Regina Demichiel, Freundin, später Frau von Dieter Nicolussi.
Ncc: Kürzel, mit dem kaser in der Oberschulzeit Beiträge für die »Lucke«, aber auch Hausaufsätzen zeichnete.

S. 37 *16. april 67, an Anna Lanz*
Der Brief ist der erste bekannte, den kaser äußerlich auffällig stilisierte.
Anna Lanz: Mitschülerin.
goethe: Das als Motto verwendete Gothezitat ist die letzte Strophe des Gedichts »Grenzen der Menscheit«.
(verzeih, daß ich Dich getrennt habe...): Die Klammer steht im Original nach »Deine«, im 2. Satz desselben Absatzes; aus drucktechnischen Gründen wurde sie an späterer Stelle eingefügt — an Inhalt und Stiliserung ändert sich dadurch nichts.

S. 39 *31. V. 67, an Dieter Nicolussi*
Basco: Baskenmütze, die beim Militär u. a. von der Infanterie getragen wird.

S. 40 *1. Juni 1967/6 uhr früh, an Dieter Nicolussi*
Die Schreiben vom 31. V., 1. Juni und 2. Juni bilden einen gemeinsamen Brief.
Rienzbett: die Rienz fließt durch Bruneck.
Pfalzen: Heimatdorf von Dieter Nicolussi, nahe bei Bruneck.
Issing: Ortsteil von Pfalzen.

S. 41 *1. Juni 1967/Nachmittag, an Dieter Nicolussi-Leck*
Nazionale: Nazionali (auch: Nazi) heißt eine Zigarettenmarke, die lange Zeit als »Arbeiter-Zigarette« besonders billig angeboten wurde (Tabak ist in Italien staatliche Monopolware); sie war deshalb auf dem Markt nicht immer leicht zu finden.
Else Laß-den-Schüler: Verballhornung von Else Lasker-Schüler.

S. 44 *1. Oktober 1967, an Dieter Nicolussi*
geflogen: bezieht sich auf die Matura-Nachprüfungen, mit denen negative Ergebnisse in insgesamt drei Maturafächern koorigiert werden konnten; die Reifeprüfung hatte kaser auch im Schuljahr 1967, zum zweiten Mal, nicht bestanden.

S. 45 *23. Oktober 1967, an Dieter Nicolussi-Leck (hds.)*
In griechischen Buchstaben schreibt kaser deutsch: »stellvertretender Mittelschuldirektor« und »Chef«.
schreibe . . .wieder Gedichte: Die Aussage überrascht, weil das erste überlieferte Gedicht kasers, mit dem er in einem späteren Lebenslauf seinen »eintritt in die literatur« bekannt gibt *(Laas für Marijke,* 1, S. 371), erst eine Woche zuvor entstanden war.
Rechtschreibung: vgl. die motivliche Parallele in *Laas für Marijke* (1, S. 371)
Gitschen: mdal. für »Mädchen«.
Algund: Gemeinde im Burggrafenamt, in der Nähe von Meran.
Törggelen: traditionelles Kastanienessen und Verkostung des neuen Weines im Herbst.

S. 46 *19. Mai 1968, an »die brücke«*
Kaser hatte am 8. Mai ein Konvolut mit 11 seiner ersten Gedichte an die linke Südtiroler Monatszeitschrift »die brücke« geschickt, die seit dem November 1967 existierte und seit der Nr. 4 (Febr. 1968) eine Seite »Neue Werkstatt« veröffentlichte, mit neuerer Literatur aus Tirol. In der Nr. 7/8 wurden 7 von kasers Gedichten gedruckt *(kakteen, a lucia, Xambua in M., regeln, muestair, marmor, der deutschen dichtung gesagt);* es war dies seine erste Veröffentlichung. In der Nr. 13 erschienen zwei weitere *(alto adige/alto fragile, revolution).*
zwei verlockende Angebote: kaser wurde angeboten, regelmäßig für die »brücke« Beiträge zu verfassen (Rezensionen z. B.).
Innsbrucker Sendung: nicht bekannt.

S. 46 *11. 6. 68, an die Mutter (Ak, hds.)*
Bildseite: Schlanders im Vinschgau, Ortsansicht.

S. 47 *21. 10. 1968, an Irmtraud Mair*
Irmtraud Mair: geb. 1941, damals Volksschullehrerin und Kunsterzieherin und selbst ein wenig als Malerin tätig.
fr. christoph kaser: kaser war im September 1968 in Bruneck in den Kapuzinerorden eingetreten.

S. 48 *21. Dez. 1968, an P. Ubald Pichler*
Provinzial: Vorsteher einer Ordensprovinz.
Studium: kaser bereitete sich im Kloster im Selbststudium auf die Wiederholung der Matura vor, die er im Juli 1969 als Privatist bestehen sollte.
neue Konstitutionen: hier wohl: Ordensstatuten; sie sind in Anschluß an das 2. Vatikanische Konzil abgeändert worden.
Noviziat: Probe- und Einführungszeit nach Klostereintritt.
P. Magister: er ist zuständig für die Betreuung der Novizen.
Leithammel/Mundwerk: kaser war der älteste der Novizen und an der Ausarbeitung von Reformpapieren zum Klosterleben beteiligt.
Habitfrage: die Diskussion Ende der 60er Jahre über die Verpflichtung zum Tragen der Ordenskleidung.
Apostolat: der sozial-charitative Tätigkeitsbereich.

S. 50 *I. II. 1969 an Martin Gort*
Martin Gort: Kapuziner in Innsbruck; war Mitherausgeber der Zeitschrift »Kontakte«, des »Forums der Nordtiroler Kapuziner«. Das Heft 4 (März 1969) brachte den von kaser verfaßten Bericht über das *Noviziat in der Brixner Provinz* (in 2, S. 134 ff.) und einen Auszug aus diesem Brief kasers. (Der in der Anm. zum Text, 2, S. 390, geäußerte Zweifel an der Autorschaft des Briefes kann also ausgeräumt werden).
»Brüder im Gespräch«: »Informations- und Diskussionsblatt«, hrsg. von der Kapuziner-Provinz Brixen; je 5 maschinschriftliche Seiten, hektografiert, erschien unregelmäßig in etwa im Monatsabstand ab dem 12.1.1969.

S. 51 *8. II. 69 an Friedrich Unterer*
Friedrich Unterer: Lehrerkollege von kaser in Laas 1967/68. Er kommt auch im Gedicht *freude* (1, S. 250) vor.
die fragen: Unterer schrieb kaser am 2. 2. 1969, daß es beruhigend sei, zu wissen, daß jemand neuen Wind in die Kirche lasse und fragte ihn, wie es denn mit Gehorsam und Demut sei.
metanoia: (teol.) innere Umkehr, Buße.
entrümpelung: spielt an auf verschieden Reformen innerhalb der katholischen Orden in der Folge des II. Vatikanischen Konzils; vgl. die Vorschläge kasers zur Reformierung des Klosterlebens (2, S. 126 ff.).
innerhofer-moser: ebenfalls Lehrerkollegin und -kollege kasers in Laas 1967/68; vgl. das Gedicht *helene* (1, S. 335).
maridl: Maria Stieger, war mit kaser in seiner Laaser Zeit gut bekannt; vgl. die Briefe an sie.
vierter lyrikband: *orationen mit lyrik,* abgeschlossen im Januar 1969 (Bd. 1, S. 237 ff.); das Gedicht *die kreisel in meinem schaedel* gehört zur 5. Sammlung, *aquarium* (1, S. 195 ff.).
matura ... reformieren: die Zahl der Prüfungsfächer wurde dann doch noch im selben Früjahr auf vier reduziert.
stopsel : mdal. für »Dummkopf«.

S. 55 *22. II. 1969, an P. Ubald Pichler*
P. Ubald Pichler erteilte kaser am 27. 2. 1969 die Erlaubnis zur Teilnahme an der Jugendkulturwoche: »Fahren Sie und mein Segen begleitet sie«. Kaser trat dann aber am 5. 4. 1969, noch vor der Jugendkulturwoche, aus dem Kloster aus.
Südtiroler Kulturinstitut: Offiziöse und größte Südtiroler Kulturinstitution.

20. Österreichische Jugendkulturwoche: Die mittlerweile zur Tradition gewordene Veranstaltung — in den 60er Jahren eine wichtige Initiative für die österreichische Avantgarde in Literatur, Musik und Malerei — fand 1969 zum letztenmal statt. Die drei Sparten wurden bei der 20. Jugendkulturwoche erstmals zusammengelegt; der literarische Schwerpunkt lag bei der Konkreten Poesie. Die Einladung an kaser war die erste Anerkennung für seine literarische Tätigkeit (siehe das im Anschluß daran entstandene *Interview im Sender Bozen,* 2, S. 231 f.).
San-Remo-Festival: größter italienischer Schlager-Wettbewerb.

S. 57 *24. II. 69 an das Südtiroler Kulturinstitut*
»brücke«: siehe den folgenden Brief.

S. 58 *[24. 2.—5. 4. 1969] an Reinhold Höllrigl*
Dieser Brief wurde offenbar nach jenem an das Südtiroler Kulturinstitut vom 24. 2. 1969 (vgl. dort das Post scriptum) und vor kasers Austritt aus dem Kloster am 5. April verfaßt.
Reinhold Höllrigl: Redakteur der »brücke«, die von November 1967 bis März 1969 in insgesamt 17 Nummern erschien (vgl. oben).
Vorderseite: auf ihr befanden sich die Abschrift des Briefes des Südtiroler Kulturinstituts an kaser und dessen Antwort.
Artikel: Fertiggestellt wurde nur der 1. Teil des (allerdings nie erschienenen) Aufsatzes *(Zeitgemäße und zeitgenössische Literatur in Südtirol,* 2, S. 121 ff.), der sich nun auch auf nach dem 24. 2. 1969 datieren läßt.

S. 59 *18. Mai 69 an Joseph Zoderer*
Joseph Zoderer: Südtiroler Schriftsteller, geb. 1935, lebte damals in Wien; im Herbst/Winter 1970/71 wohnten Zoderer und kaser gemeinsam in einem Schrebergartenhaus in der Alszeile (Wien/Dornbach).
lyrikband: kasers fünfte eigenhändig zusammengestellte Gedichtsammlung *aquarium* ist mit der Widmung »fuer die zoderers wien« versehen; siehe auch den folgenden Brief.
Slavik: Peter Slavik, geb. 1939, Schriftsteller in Wien, später Dramaturg in der BRD, mit kaser seit der 20. Innsbrucker Jugendkulturwoche (29. 4.—9. 5. 1969) bekannt (Vgl. kasers Briefe an ihn).

S. 60 *23. mai 1969 an Joseph Zoderer*
das besoffene aquarium: letztes Gedicht der Sammlung *aquarium;* die Strophe 8 behandelt Zoderer (1, S. 231 ff.). »Übrigens ist Deine Zoderer-Einlage ziemlich stark« schrieb Zoderer am 21. Mai 1969.
Deinem brief . . .: »Urteile sind blöd. Was sollst Du damit. Ich weiß, man will: Sicherheit, Gewißheit — in Ordnung. Vielleicht schicke ich Dir in nächster Zeit die gewissen Seitenzahlen. Aber leg doch keinen Wert drauf, zum Schluß hältst Du dann wirklich ein Gedicht für gut, weil ich's gesagt habe. [. . .] Heute abend halte ich in einem 'Beisl' eine Kaser-Lesung. Aber die Sache muß zu einem guten Verlag.«
meine sendung: siehe den nächsten Brief.
schlagloecher: Zoderers Prosatext »Schlaglöcher«, ein Auszug aus dem gleichnamigen unveröffentlichten Roman, wurde in der Anthologie »neue literatur aus südtirol« (Bozen, Südtiroler Hochschülerschaft, 1970) veröffentlicht (S. 310—335).
Stecher-ausstellung: Eine Art erste Retrospektive im Bozner »Waltherhaus« von Luis Stefan Stecher vom 11. 5. bis 24. 5. 1969. Stecher, geb. 1937 in Laas, ist vom Wiener Surrealismus beeinflußt und vertritt eine eigene Form des »Phantastischen Realismus«. Er schreibt auch Gedichte.

S c h e r e r - a u s s t e l l u n g: Robert Scherer, geb. 1928 in Schlanders, Maler und Graphiker, zeigte Ölgemälde und graphische Blätter vom 3. 5. bis 21. 5. 1969 im Meraner Kurhaus. Ist vor allem in der Wandmalerei tätig.

brief an josef z. (13. juni [1969])
Der zum Gedicht stilisierte und deshalb in Band 1 der Werkausgabe (S. 180f.) veröffentlichte *brief an josef z.* entfällt hier.

S. 61 *16. 6. 69 an Joseph Zoderer*
D e i n l e t z t e r B r i e f: Brief vom 10. Juni 1969: »[...] ich hab dein bändchen schon dem schäfflektor vom langenmüller verlag münchen gezeigt. aber von lyrik will ja niemand was wissen das ist ja nimmer und nimmer ein geschäft [...]. und dem kulturreferenten der ÖH der die österreichische literarische situation macht hab ich deine gedichte auch gezeigt er hält Dich auch für gut aber meint Du sollst und Du müssest noch etliche Jährchen warten.«
D e i n e m e i n u n g, i n s u e d t i r o l h e r a u s z u k o m m e n: kaser hat Zoderer hier offenbar mißverstanden; Zoderers Satz, »in südtirol könntest Du mit allen 50 herauskommen«, bezog sich auf die unterschiedliche Qualität zwischen der in Südtirol und außerhalb des Landes verlegten Literatur; im Ausland, so Zoderers Vorschlag, würde er kaser raten, »nicht gleich mit den 50 aquariumgedichten einen band zu machen weil Du vielleicht zweidrittel noch bearbeiten müßtest oder ruhen lassen. [...] du mußt kleinweis veröffentlichen es ist leider so. jetzt in südtirol und in möglichst vielen Zeitschriften die in frage kommen im Ausland und im Rundfunk [...]«.
a t h e s i a: katholisch-konservativer, mit Abstand größter Südtiroler Verlag; nahm quasi eine Monopolstellung ein.
f e r r a r i - a u e r: Kleinverlag in Bozen, der vor allem Tirolensien veröffentlichte.
m e i n e s e n d u n g: Am 9. Juni 1969 brachte der Sender Bozen eine Rundfunklesung mit kaser in der Reihe »Jugendklub«; er las *der kannibale, mare, urbino collage I, ostuni, venedigs nachmittag, gramoos, der hahn, die kreisel in meinem schaedel, feld bei rimini, drohung* (siehe die Aufnahme auf der Kassette »Norbert C. Kaser, Lesungen und Vertonungen«, Innsbruck 1987). Der Lesung kasers ging ein Interview mit Hermann Vigl (nicht: »figl«) voraus *(gespraech,* 2, S. 321 f.). Die Lesung war auf einer Programmübersicht des Senders Bozen in den »Dolomiten« vom 6. Juni 1969 mit einem Foto kasers angekündigt (siehe den Leserbrief kasers, 2, S. 180). Im September »ins fernsehen vorzustoßen« ist ihm nicht gelungen.
m a r k u s v a l l a z z a . . . l i e b k i n d: Im Rahmen der Kollektivausstellung »Graphik aus Österreich« in Augsburg (6. 6.—13. 7. 1969) stellten neben den Österreichern Norbert Drexel, Alfred Hrdlicka und Kurt Moldovan auch der im Vinschgau geborene, aber damals schon lange in Innsbruck lebende Zeichner Paul Flora und der aus St. Ulrich im Grödental stammende Grafiker Markus Vallazza aus. Die Anspielung kasers, der erst zwei Jahre später, im Frühjahr 1971 mit Flora und Vallazza besser bekannt wird, gilt folgender Stelle in der vor allem den Werken Vallazzas gewidmeten Ausstellungsbesprechung von E. Scherer in den »Dolomiten« (17. 6. 1969, S. 6): »Die Lehr- und Wanderjahre des von steter Unruhe- und Zweifeln erfüllten Dichter-Malers waren lang und reich an Höhen und Tiefen«.
d i e » p a s s i o « g e h t g u t v o r w ä r t s: Da nur Vorarbeiten zur geplanten »passio« gefunden werden konnten, ist eher anzunehmen, daß das Passionsstück »ein wunschtraum« blieb, wie kaser ein halbes Jahr später Gerhard Kofler schreibt (am 21. 1. 70, S. 71; siehe die Anm. dazu).
m i n i a t u r e n - h y m n e n: Diese Briefstelle und das von kaser erstellte Inhaltsverzeichnis im Exemplar von *miniaturen & hymnen* (1, S. 145 ff.), das sich im Besitz von

Clemens Auer befindet, deuten darauf hin, daß kaser zu diesem Zeitpunkt nur die Texte bis einschließlich *hymnus 13* (1, S. 184) zu dieser Sammlung gezählt hat. Die in den folgenden Wochen verfaßten Gedichte — jene mit Datum sind auf nach dem 16. 6. (dem Datum dieses Briefes) datiert (1, S. 185—193) — und die »uebersetzungsuebungen« hat er dann als Anhang beigefügt. Das Exemplar von Clemens Auer enthält außerdem die von kaser am 6. Juni 1969 im Sender Bozen gelesenen Texte (s.oben).
eines davon fuer Dich: wohl der *brief an josef z* (1, S. 180f.).

S. 62 *17. 6. 69 an Joseph Zoderer (Pk, hds.)*
Deine Sendung: In der von Hermann Vigl gestalteten Reihe »Begegnung am Büchertisch« im Abendprogramm des Senders Bozen wurde am 16. 6. 1969 eine Sendung mit Zoderer ausgestrahlt.
Gatterer: Claus Gatterer (1924—1984), damals in Wien lebender Südtiroler Historiker und Publizist. Zoderer teilte kaser am 21. Mai 1969 mit, daß er sich am Vortag mit Gatterer über ihn unterhalten habe.

S. 63 *7. 7. 69 an Maria Stieger*
Maria Stieger: Mit kaser in seinem Laaser Lehrerjahr befreundet.
einem musiker: nicht ermittelt.
zwei sendungen: von diesen ist nichts bekannt, sie dürften nicht »vermittelt« worden sein.

S. 63 *7. Juli 69 an Gerhard Mumelter*
Gerhard Mumelter: geb. 1947, Journalist, ist damals vereinzelt mit literarischen Texten hervorgetreten, mehr aber durch seine organisatorische Tätigkeit im Literaturbetrieb, u. a. als Herausgeber der aus dem »literarischen kolloquium 1969« (s. unten) heraus entstandenen Anthologie »neue literatur aus südtirol«.
Referat: gehalten auf der von Mumelter im Namen der Südtiroler Hochschülerschaft (SH) organisierten 13. Studientagung »Kunst und Kultur« (25.—31. 8. 1969) in Brixen (siehe *»Brixner Rede«*, 2; S. 109—118). Die SH organiserte einmal jährlich eine öffentliche Tagung zu einem südtirolspezifischen Thema.
Brief vom 19. Juni: im Typoskript steht 19. Juli (offenbar ein Tippfehler).
literarisches kolloquium 69: ebenfalls von Mumelter im Namen der SH organisiserte literarische Veranstaltung vom 16.—19. 9. 1969 im Petersaal in Bozen (s. die Anm. in 2, S. 384).

S. 64 *2. Aug. 1969 an Clemens Auer*
Clemens Auer: geb. 1920, war kasers Lehrer für Deutsch und Latein im letzten Mittelschuljahr und den letzten drei Oberschuljahren.
Egon Friedell: 1878—1938, österr. Kulturphilospoh, Kritiker und Essayist, Verfasser von Sketches und Parodien.
zu meinen sachen: kaser hatte seinem früheren Deutschlehrer Clemens Auer seine fünfte handgefertigte Gedichtsammlung *miniaturen & hymnen* gewidmet, die im Mai/Juni 1969 entstanden ist.

S. 65 *im August 69 an den Tyrolia-Verlag*
Der Brief ließ sich nicht genauer datieren; der Brief des Tyrolia-Verlages, auf den kaser hier antwortet, trägt das Datum vom 4. Juli 1969.
Ihre Zuschrift: Einladung namens des Tyrolia-Verlages durch einen der Herausgeber der Anthologie »Wort im Gebirge«, Folge 12 (s. unten), Helmut L. Demel, »Ihnen geeignet erscheinende Beiträge unverbindlich bis spätestens 1.September 1969 einzusenden«.

irgendwie nationalistisch festzulegen: spielt wohl auf den Konservatismus und Tirolpatriotismus des Verlages an.
seit nur einem Jahr: bereits knapp zwei Jahre zuvor hatte kaser seine ersten Gedichte verfaßt.
»Wort im Gebirge«: Untertitel »Schrifttum aus Tirol«; erschien unregelmäßig seit 1949 mit Unterstützung der Kulturabteilung der Tiroler Landesregierung, die auch die Herausgeber-Innen (für die Folge 12 Anna Maria Achenrainer, Helmut L. Demel und Hubert Senn) bestellte. »Darin soll Gültiges aus dem Tiroler Schrifttum der Gegenwart mit zukunftsweisendem Neuen zu einem lebendigen, anspruchsvollen literarischen Querschnitt vereinigt werden«, schrieb der Verlag an kaser (4. Juli 1969). Die »Folge 12« (1970, S. 68—70) enthält die *zehn scherzi* von kaser (1, S. 115 ff.).
Christoph Baur: geb. 1950, Brunecker Freund kasers, war damals ein wenig literarisch tätig (vgl. »Die Regenwürmer«, in »neue literatur aus südtirol, S. 8—16).
Fr. Richard Erlacher: geb. 1950, Kapuzinerbruder kasers und mit ihm gut bekannt; war ebenfalls damals literarisch tätig (vgl. die Gedichte in »neue literatur aus südtirol«, S. 18—24).

S. 66 *11. September 1969 an Helmut L. Demel*
»Abstempeln«: »Sorge, sich im 'Wort im Gebirge' irgendwie 'abzustempeln', brauchen Sie nicht zu haben. Diese jeweils rund 150 Seiten starke Publikation ist in keiner Weise irgendwie 'festgelegt' und hat als Auswahlprinzip lediglich das der Qualität« (Helmut L. Demel an kaser, 7. September 1969).

S. 67 *10. 10. 1969 an Gerhard Kofler*
Gerhard Kofler: geb. 1949, Südtiroler Lyriker, studierte damals in Innsbruck (vgl. u.a. die Gedichte in »neue literatur aus südtirol«, S. 82—93); auch Kofler referierte auf der Brixner Studientagung.
Deine Gedichte: »Betrachtung eines durchlöcherten Helms« und »Spiegelschrift«, in »Dolomiten«, 26. 9. 1969, S. 7; auf dieser Seite wurden Gedichte von den meisten Autoren, und einer Autorin, veröffentlicht, die beim »literarischen kolloquium« gelesen hatten, u. a. auch von kaser.
Pierre Leroux: franz. Philosoph (1797—1871), war ursprünglich Buchdrucker, gründete mehrere sozialistische Zeitungen, u.a. »Globe« (1824—32), das spätere Organ der Saint-Simonisten, von denen Leroux sich aber bald distanzierte; u. a. auch zusammen mit George Sand die »Revue indépendante« (1841—44). Verwendete als einer der ersten das Wort »Sozialismus«.
Ho-Tschi-Minh: vietnam. Politiker, Staatspräsident von Nord-Vietnam nach der Teilung des Landes 1954, in den 60er Jahren Symbolfigur des vietnam. Kampfes gegen die USA; starb im Sept. 1969.
Gabriele v. Pidoll: geb. 1908, die einzige der älteren Generation der Südtiroler Autor-Innen die beim »literarischen kolloquium« teilgenommen hatte; veröffentlichte vor allem konventionelle Naturlyrik. Die Anspielung gilt dem Lob, das Pidoll beim Kolloquium den von kaser gelesenen Gedichten ausgesprochen hatte.
Kuno Seyr: geb. 1938, war auch ein wenig literarisch tätig (vgl. die Gedichte in »neue literatur aus südtirol«, S. 218—236).
Jenny: Egmont Jenny, damals Vorsitzender der von ihm 1966 gegründeten sozialdemokratischen Südtiroler »Sozialen Fortschrittspartei« (SFP) (Vgl. kasers Briefe an ihn).
Zoderers Theorien: Zoderers Referat vom 16. 9. 1969 beim »literarischen kolloquium« wurde unter dem Titel »Wozu schreiben?«, im »skolast« (1969, 14. Jg., Nr. 4, S. 3—7) veröffentlicht. Er äußerte darin ausgehend vor allem von Thesen wie sie Hans

Magnus Enzensberger im Kursbuch 15 vertreten hatte, aber auch von solchen von Peter O. Chotjewitz und Urs Widmer, Zweifel an der Sinnhaftigkeit von Literatur »in der Gesellschaft der frustrierten Konsumenten«, angesichts der Wirkungslosigkeit selbst der »schärfsten verbalen Attacken«. In Südtirol hingegen sah Zoderer noch gewisse Wirkungsmöglichkeiten für Literatur, »eine reelle Möglichkeit der Herausforderung, auch der literarischen Provokation« angesichts der »geistigen Abgeschnittenheit« des Landes »praktisch seit 50 Jahren«. Zoderers Referat und die Diskussionen über Politische Lyrik waren zentrales Thema beim »kolloquium«.
Brixner Referat: in Band 2, S. 109—118.
ich mit meinen Gedichtchen: Anspielungen auf die Texte *haende des ministers fuer/oeffentliche arbeiten* (1, S. 156), *huren* (S. 416), *hymnus 3/oder ist das noch ein hymnus* (S. 164 f.) und *inno speciale/gegenhymnus* (S. 166). Kaser hatte sich beim »kolloquium« von der Politischen Lyrik distanziert.
bei Deinen Gedichten: Die Anspielung ist ironisch zu verstehen; Kofler und Kaser verband eine ähnliche Literaturauffassung.
in Majakowkis Fußstapfen: Der russische Schriftsteller Wladimir Wladimirowic (richtig:) Majakowski (1893—1930), einer der bedeutendsten Vertreter des russ. Futurismus und einer der meistübersetzten Dichter der Sowjetunion. 1908 wurde er als Mitglied der Bolschewiki verhaftet. Kofler hat vereinzelt Elemente von M.s Lyrik in seinen damals entstandenen Gedichten verarbeitet (vgl. z. B. »Abschweifungen vom Poem ,Leben und leben lassen'«, in: neue literatur aus südtirol, S. 91—93), der ihm als engagierter und gleichzeitig avantgardistischer Autor ein Vorbild war.
Camillo Torres: gemeint ist Karl Erlacher; Camillo Torres (1929—1966, ermordet) war kolumbianischer Priester, Soziologe und Guerrillero und eine der großen mythischen Figuren der 68er Bewegung.

S. 69 *30. Okt. 1969 an die Eltern und die Schwester*
Wien: kaser war im Herbst 1969 zum Studium (Neuere Geschichte/Kunstgeschichte) nach Wien übersiedelt.
Radiosendung: siehe den Brief an Othmar Costa vom »pfingstsonntag 70«, S. 96 f.

S. 73 *21. 1. 70 an Gerhard Kofler*
gerhard j. a. kofler: Koflers Schreibung seines Namens in Briefen an kaser.
suhrkamp: beim Suhrkamp-Verlag konnte »trotz intensiver Recherchen« (Auskunft vom 25. 8. 1980 an Hans Haider) keine Korrespondenz mit kaser gefunden werden.
fortiniuebersetzung: kasers Gedichtübersetzungen aus Franco Fortinis »foglio di via / e altri versi« (1, S. 439—461 bzw. S. 131 f.); Briefe an Fortini gibt es nicht.
scuola di barbiana: Gemeint ist das Buch »Lettera a una professoressa« (Brief an eine Lehrerin), Libreria Editrice Fiorentina, Florenz 1967, ein Erfahrungsbericht sitzenbgebliebener sizilianischer Jugendlicher und des sie unterrichtenden Geistlichen Don Lorenzo Milani über ihren einjährigen Schulversuch in der toskanischen Gemeinde Barbiana. Es war eines der wichtigsten Bücher der ital. 68er Bewegung. In SH-Kreisen wurde damals über eine deutsche Übersetzung diskutiert, an der dann der frühere SH-Aktivist und Mitherausgeber der »brücke«, Alexander Langer, beteiligt war (Die Schülerschule, Berlin-W, Wagenbach, 1979).
»sei mir gegrueßt«: in Band 1, S. 99.
passio: kaser hat offenbar nur die »vorarbeiten« dazu verfaßt: eine »*oelberg*«-Szene und das Gedicht *chor der beamten* (1, S. 185).

»der rundaeugige«: Das Hörspiel konnte weder im Nachlaß noch beim ORF gefunden werden. Eine von kaser und Joseph Zoderer geplante Gemeinschaftsproduktion eines Hörspiels (Arbeitstitel »der Einäugige«) ist nach Aussage von Zoderer über Vorgespräche nie hinausgekommen. In kasers Nachlaß befindet sich zwar ein Text (4 Typoskriptseiten), der auf ein Hörspiel (möglicherweise kasers Vorarbeit zum »Einäugigen« bzw. »rundaeugigen«) schließen lassen könnte; dieser ist aber entweder fragmentarisch überliefert, oder er wurde nie fertiggestellt.
Deine literaturzeitschrift: Kofler war in Innsbruck Mitherausgeber der Literaturzeitschrift »menetekel«, von der allerdings nur 1 Nummer (März 1970) erschienen ist. Von kaser sind darin die beiden Gedichte *draußen* und *es ist gefaehrlich bei* (1, S. 141 bzw. 136) veröffentlicht, von Kofler das eine kaser-Anspielung enthaltende Gedicht »ellipse«.

S. 74 *22. 1. 1970, an Emil Stocker*
Emil Stocker: war im Umfeld der SH aktiv.

S. 75 *26. Jänner 1970, an die Eltern*
übersiedeln: nach der Pensionierung von Franz Kaser im Herbst 1969 bei der Firma Moessmer, mußte die Familie aus dem Pförtnerhäuschen ausziehen.

S. 76 *26. Jänner 1970 an Monica Kaser*
Fra Filippo Lippi: um 1406—1469, Karmelitermönch. Seine Madonnentafeln wirkten stilbildend auf die Florentiner Malerei des Quattrocento, zählt um 1440 zu den bedeutendsten Malern in Florenz. Filippo Lippi und die Nonne Lucrezia Buti, die für die Tafeln »Maria mit dem Kind und zwei Engeln« und für ein anderes Marienbild Modell gestanden haben soll, sind die Eltern von Filippino (1457—1507), einem typischen Vertreter der Florentiner Kunst der 2. Hälfte des 15. Jahrhunderts.

S. 78 *28. 1. 1970; an Paul Zanon*
Paul Zanon: Vorsitzender der Südtiroler Hochschülerschaft. Die 14. Studientagung, 1970, stand unter dem Thema »Hochschule in Südtirol — für Südtirol?«.

S. 81 *23. 2. 1970 an Ivo Beikircher*
Ivo Beikircher: aus Bruneck, Opernsänger.
Paul Tschurtschenthaler: 1874—1941, aus Bruneck, Richter, bekannt vor allem als Volkskundler (»Brunecker Heimatbuch«, 1928); hat auch Gedichte geschrieben: »Saitengold und Lieder« erschien 1907 im Verlag der Wagner'schen Universitäts-Buchhandlung (Innsbruck).
Kolpingsaal und Athesia: Die katholischen Kolpingvereine besitzen in Südtirol fünf »Kolpinghäuser« mit Veranstaltungsräumlichkeiten. Die Athesia-Buchhandlungen in Südtirol waren damals meist die einzigen in einer Ortschaft.

S. 82 *23. 2. 70 an Luis Benedikter*
Luis Benedikter: Mitglied der 1967 gegründeten »kleinen experimentierbuehne bozen«, wohl der ersten experimentellen Theatergruppe in Südtirol nach 1945.
gesang vom lusitanischen popanz: Stück von Peter Weiss, Uraufführung 1967. Kaser sah das Stück in einer Inszenierung des Wiener Ensembles die »Komödianten« im Theater am Börseplatz am 29. 1. 1970.

S. 83 *27. 2. 70 an den Circolo Amici della Poesia*
Circolo Amici della Poesia: schöngeistige Vereinigung italienischer Autoren mit Sitz in Bozen.
Ihrem Wettbewerb: »premio poesia e poesia traduzione giovani 1970« (dt.: Jugendpreis für Poesie und Gedichtübersetungen 1970); siehe den Brief an Cesare Guglielmo, 021270, S. 123).

theater der jugend: Wiener Kinder- und Jugendtheater, das früher ein Mitteilungsblatt publizierte, aus dem dann die Zeitschrift »Neue Wege« hervorgegangen ist (siehe den Brief an Peter Henisch, 17. 3. 1970).

S. 84 *28 febbraio 1970 an Gianni Bianco*

In deutscher Übersetzung:

»Geehrter Herr Bianco!

Einer unserer Funktionäre der SH (Südtiroler Hochschülerschaft) hat mir vor kurzem vorgeschlagen, für die Zeitschrift »skolast« einen Artikel über ihren Roman »Una casa sull' argine« zu schreiben. Über diesen Roman habe ich bereits bei meinem Referat über »Südtirols Literatur und der Zukunft der letzten zwanzig Jahre« am 27. August 69 vor der Südtiroler Hochschülerschaft gesprochen. Damals hatte ich kein anderes Material als eine kurze Information des bekannten Journalisten Claus Gatterer, der in seinem Buch »Im Kampf gegen Rom« eben »Una casa sull' argine« zitiert hat als erstes Werk einer italienischen Literatur in Südtirol. Gatterer, der — wie er mir gegenüber eingestand — ihren Roman nicht gelesen hat, meinte, es sei nicht mehr zu leugnen, daß die Italiener in Südtirol ihre eigene lokale und autonome Kultur hätten. Professor Eugen Thurnher von der Universität Innsbruck behauptet hingegen, daß die Italiener in den letzten 50 Jahren nichts anderes getan hätten als die gesunde deutsche Kultur zu zerstören (die unzerstörbar ist), und nicht in der Lage gewesen wären, eine gleichwertige Kultur hervorzubringen.

Aber es geht nicht darum, neuerlich bestimmte Wahrheiten zu sagen, die ich schon in Brixen gesagt habe und neue Polemiken zu entfachen, es geht einfach um meinen persönlichen Wunsch, ihren Roman kennenzulernen und um das Anliegen der SH, Realitäten kennenzulernen, die von allen anderen geleugnet werden. Ich kenne aber den Verlag nicht, ich habe Ihr Werk bei keinem Buchhändler gefunden: Ich bitte Sie, es mir zu schicken oder mir mitzuteilen, wie ich es erhalten kann.

Mein Artikel, der in einigen Monaten gedruckt werden wird, wird Ihnen selbstverständlich zugeschickt werden».

Ein Artikel kasers über Biancos Roman ist nie erschienen, auch im Nachlaß finden sich dazu keine Unterlagen.

»Im Kampf gegen Rom«: erschien 1968; der Hinweis auf Biancos Roman steht auf S. 1249.

»Una casa sull' argine«: (wörtl. übersetzt: »Das Haus auf dem Damm«), erschien 1965 bei »Fratelli Longo Editori« (Rovereto).

Eugen Thurnher ... dichiara: bezieht sich auf die Stelle in Thurnhers »Dichtung in Südtirol« (Innsbruck, Tyrolia-Geschenktaschenbücher 40, 1966, S. 110 f.), die kaser in seiner *»Brixner Rede«* ausführlich zitiert (2, S. 115).

S. 85 *15. 3. 1970 an Monica Kaser*

das mit der athesia: kaser war beim Bücherdiebstahl in der Brunecker Buchhandlung ertappt worden.

S. 86 *17. 3. 1970 an Peter Henisch*

henisch: Peter Henisch (geb. 1943) war seit Februar 1970 Nachfolger von Gerald Bisinger als Herausgeber der »Neuen Wege«, der »Kulturzeitschrift des Theaters der Jugend«, Wien. Gleichzeitig war er Mitglied des Redaktionskollektivs der im Herbst 1969 gegründeten Zeitschrift »wespennest«. Bisinger und Henisch veranlaßten Veröffentlichungen von Gedichten kasers in den »Neuen Wegen«: *adler* (Nr. 236, April 1969), *portalmadonna* (Nr. 237, Sept. 1969), *freude, chor der voegel* (Nr. 243, Mai 1970). Kaser hatte seine Mitarbeit bei den »Neuen Wegen« angeboten; Henisch schlug ihm das Verfassen von Programmaufsätzen vor und ersuchte ihn außerdem um Beiträge für das »wespennest«. Zu einer engeren Zusammenarbeit kam es aber nicht.

S. 87 *170370, an Markus Vallazza*
Vallazza: geb. 1936 in St. Ulrich, Zeichner und Schriftsteller. War mit kaser gut bekannt.
Deine ausstellung: sie fand vom 3.—24. März 1970 statt.
artikel im skolast: aus diesem ist offensichtlich nichts geworden; es liegen keine Unterlagen vor. »skolast« heißt die seit 1956 erscheinende Zeitschrift der Südtiroler Hochschülerschaft, die in Südtirol immer schon und besonders seit Ende der 60er Jahre die Funktion einer regionalen kulturpolitischen (und oppositionellen) und nicht nur die einer reinen Studenten-Zeitschrift erfüllte.
graphik als titelblatt (mai): auf dem Umschlag der folgenden skolast-Nummern findet sich keine Grafik Vallazzas.

S. 88 *170370, an Christian Alton*
Christian Alton: war Leiter der Wiener Hochschulgruppe der SH und Nachbar kasers in der Schrebergartensiedlung in der Alszeile.

S. 88 *gruendonnerstag 70 [= 26. 3.], an Markus Vallazza*
hellmuth ladurner: Vorsitzender der SH 1968 und Mitglied des Schiedsgerichts 1970.

S. 91 *gründonnerstag 1970, an Ivo Beikircher*
zwei artikel ... ein essay ... manuskripte: vielleicht die offenbar nie geschriebenen Artikel über Bianco und Vallazza; auch von einem Essay kasers aus dieser Zeit ist nichts bekannt.
tschurtschenthaler ...: ob kaser ernsthaft Pläne in Zusammenhang mit Tschurtschenthaler (vgl. oben) hatte und welche, ist nicht bekannt; diesbezügliche Unterlagen wurden keine gefunden.
bruder willram: Der Brunecker Priesterdichter Bruder Willram (eig. Anton Müller, 1870 — 1939) schrieb das »Geleitswort« zu Tschurtschenthalers Gedichtband »Saitengold und Lieder« (1907).
vernissage: eine Ausstellung in der Galerie Nagl; Näheres nicht ermittelt.

S. 92 *26 marzo 1970, an Gianni Bianco*
In deutscher Übersetzung:
»Geehrter Herr Bianco!
Ich danke Ihnen sehr für Ihre sofortige Antwort und dafür, daß Sie mir Ihren Roman beigelegt haben. Bis jetzt, um die Wahrheit zu sagen, habe ich es nicht geschafft, ihn ganz zu lesen, nun aber in der Ruhe der Osterferien, die ich hier in Wien verbringe, werde ich genügend Zeit haben, um mich an ihrem Werk zu erfreuen und über all das nachzudenken, was ich zu schreiben beabsichtige. Die ersten sechzig Seiten, die ich in aller Eile in der Straßenbahn gelesen habe, waren äußerst interessant. Ich bin mir sicher, daß dieses Buch mehr Aufmerksamkeit durch unsere 'lieben' Südtiroler verdienen würde.
Natürlich wird Ihnen ein Exemplar des 'skolast' zugeschickt werden, sobald mein Artikel über Sie erscheit, ich kann aber nicht versprechen, daß die Mainummer auch pünktlich erscheint. Die Pünktlichkeit der Südtiroler ist bekannt, vor allem die kulturelle und wir Studenten haben kein Recht dazu, irgendeine Ausnahme zu machen, wenn es sich um uralte Lebensregeln handelt.
Bereits seit dem 28. August warte ich darauf, daß meine Skandal erregende Rede vom 27. August vollständig und ohne Kommentar veröffentlicht wird. Sie wird in einer Sondernummer des 'skolast' erscheinen, aber wer weiß wann. Ich hoffe, mich an Sie zu erinnern, sobald ich meine Rede in Händen halte, vom Original ist mir keine einzige Kopie geblieben.
Herzliche Grüße und gute Feiertage«.

S. 93 *26. 3. 1970, an Gerhard Kofler*
Die Datierung ist rätselhaft: kasers eigene handschriftliche Datierung des Briefes, 26. 3. 1970 (der Gründonnerstag), und sein Hinweis auf den »karfreitag« (27. 3.) widersprechen sich; außerdem sind nur vom 26. 3. mehrere Briefe (zwar nicht »sieben«, aber alle sechs veröffentlichten) vorhanden, vom 27. 3. hingegen kein weiterer.
scheißmonsterfeschtivell: »marathonlesung« von 15 Autoren im uptown jazzsaloon in Innsbruck am 23. 5. 1970: »diese aktion enthält den versuch, über ein konglomerat poetischer nachrichten und signale zu einer unerwarteten transparenz einer spezifischen kulturellen situation zu gelangen«, stand auf dem Werbezettel für die Veranstaltung.

S. 94 *30. 3. 1970, an Joseph Zoderer*
Peter Slavik ... drei Einakter: Von Peter Slavik (geb. 1939) wurden am 21. 5. 1970 im Theater die Tribüne in Wien die drei Einakter »Das Protokoll«, »Halali« und »Die Glocke« aufgeführt. Den Presseberichten nach arbeitet Slavik hier u. a. mit den Mitteln des Schwarzen Humors, des Kabaretts und des Absurden Theaters.
Deine Hütte: Da Zoderer sich im Frühjahr/Sommer 1970 gerade auf einer Reise durch die USA befand, konnte in die zuvor von ihm bewohnte Schrebergartenhütte in der Alszeile Christian Alton einziehen.

S. 95 *3. 4. 70, an Joseph Mair*
karl rubatscher: ehemaliger Mitschüler von kaser (vgl. 1, S. 94).

S. 96 *pfingstsonntag 70 [= 17. 5.], an Othmar Costa*
sendung: Am 21. 5. 1970 wurde in einer von Othmar Costa gestalteten halbstündigen Sendung der Reihe »Singen, dichten, spielen, mancherlei« eine Auswahl von Texten kasers gebracht: die Gedichte *muestair, kalenderblatt fuer juni, muster, durch den erlenwald, ma yuean 1190—1224, zu sure 93 »der morgen«, st. cassian, hymnus 7/an den regen* und *zehn scherzi* sowie ein Ausschnitt aus der *»Brixner Rede«.*
landhaus: das Neue Landhaus in Innsbruck war damals Sitz des ORF-Tirol.

S. 97 *190570, an Gerhard Kofler*
lyrisches antikurzreferat: dieses hat kaser nicht gehalten.

S. 98 *200570, an Isolde Nothdurfter*
Isolde Nothdurfter: Studierte damals Psychologie in Tübingen und kannte kaser seit der gemeinsamen Oberschulzeit in Bruneck.
drama ... roman ...: Werder ein Drama noch einen Roman hat kaser je verfaßt.
kreisky: Bruno Kreisky ist 1970 zum österr. Bundeskanzler gewählt worden.

S. 100 *200570, an Silvius Magnago*
Der Brief steht in Zusammenhang mit einer Aktion der Südtiroler Hochschülerschaft, die ihrer Zeitschrift skolast (Nr.1/2, 1970) vorgedruckte, an den Südtiroler Landeshauptmann Magnago (SVP) adressierte Postkarten beigelegt hatte, mit denen jeder skolast-Bezieher gegen die Doppelerwerbsarbeit des Landesrates für Schule und Kultur, Anton Zelger (SVP), protestieren konnte; dieser hatte zusätzlich einen vollen Lehrauftrag an einer Südtiroler Oberschule. Nicht ohne Ironie steht dort u. a.: »Ich finde es erschreckend und sachlich nicht zu verantworten, daß dem für die Leitung der Kulturpolitk zuständigen Mitglied der Südtiroler Landesregierung gestattet werden konnte, seinem eigentlichen Aufgabenbereich einen guten Teil seiner Zeit und seiner Kräfte zu entziehen. Der Südtiroler Bevölkerung kann nicht zugemutet werden, daß sie sich damit abfinde, daß der für unsere Volksgruppe so wesentliche Sektor der Kulturpolitik vernachlässigt werde, was aufgrund der dargelegten Zustände doch der Fall sein muß.« Kaser hat diese Karte zwar unterschrieben (»wien 070570«), aber nicht, wie

er schreibt, dem Brief »beigelegt«, denn sie liegt noch im Nachlaß. Der Landeshauptmann hat die Vorwürfe in einem auch an kaser gerichteten allgemeinen Antwortschreiben zurückgewiesen.
cäsaropapismus: Staatsform, bei der der weltliche Herrscher zugleich auch geistliches Oberhaupt ist.

S. 101 *010670, an Isolde Nothdurfter*
karl kraus/qualtinger: entweder eine der beiden Aufnahmen mit »eine(r) Auswahl« (1962 bzw. 1963) oder »Das Vorspiel« (1964) aus dem Drama von Karl Kraus »Die letzten Tagen der Menscheit«, gesprochen von Helmut Qualtinger (alle Wien, Preiser Records).
280570 in studio tirol gesendet: nach Auskunft des ORF-Tirol wurde die Sendung am 21. 5. 1970 ausgestrahlt.
dusteren klampflaute ...: *klampflaute aus der dusteren provinz & weltstadt* heißt kasers achte und letzte der frühen Gedichtsammlungen (Mai 1970) (1, S. 103—110). In Neumarkt/Stmk. fand vom 28.—31. Mai 1970 ein »Internationales Seminar 'Südtirol — Trentino, Modell einer Alpenregion'« statt. Aus dem Vorhaben, dort zu dolmetschen, wurde nichts, die Lesung fand hingegen statt.
in linz vor dem oesterr. fernsehen: nicht bekannt.
meine mutter ... fuer zwanzig jahre: Die Dienstzeit von Franz Kaser als Pförtner dauerte von 6 bis 22 Uhr, so daß kasers Mutter ihren Mann bei der Arbeit unterstützen mußte.

S. 102 *100670, an Isolde Nothdurfter*
auf den untersuchungen wittgensteins: Die in den 50er Jahren einsetzende Rezeption von Ludwig Wittgensteins sprachphilosophischen Untersuchungen war eine wichtige Voraussetzung für die Konkrete Poesie und die Wiener Gruppe.
immensitas mundi/immensitas hominis/speculatio absurda/transplantatio cordis: lat. für »Unermeßlichkeit der Welt«, »Unermeßlichkeit des Menschen«/»unpassende Betrachtung (absurde Spekulation)«/»Transplantation (Versetzung) des Herzens« .

S. 104 *130770, an Joseph Mair (hds.)*
Alle Briefe kasers während seines Aufenthalts in Norwegen im Sommer 1970 sind in Handschrift verfaßt.
stord: Insel im Südwesten Norwegens, vor Bergen. Kaser hielt sich dort vom 12. Juli bis 25. September 1970 auf und wohnte in Leirvik, dem Hauptort der Insel (ca. 3000 Ew), bei Frode Ritland, einem Medizinstudenten, den er in Wien kennengelernt hatte. Am 22. 7. (und nicht erst ab 4. August, wie in 2, S. 455, bemerkt) begann er eine Ferialarbeit als Sraßenarbeiter bei der Gemeinde in Stord (vgl. den *»Brief aus Stord«*, 2, 269—306).

S. 106 *[vmtl. Juli 1970], an Joseph Mair (hds.)*
Undatiert. Kaser hat den Brief wohl kurz nach seiner Ankunft in Stord (12. 7. abends) verfaßt (vgl. den letzten Absatz); also vermutlich am 13. 7.
sonderho: Stadt in Dänemark.
hirtshals: Dänische Hafenstadt an der NW-Küste Jütlands. Fährverkehr u.a. nach Kristianssand (Norw.).
skagerrak: Meeresarm im Süden Norwegens, der sich von der Nordsee zwischen die skandinavische Halbinsel und Jütland (Dänemark) schiebt.
grieg: Edvard Grieg (1843—1907), Komponist aus Bergen, verschaffte der norweg. Musik Weltgeltung.

gigli: Der Italiener Beniamino Gigli (1890—1957) galt nach Caruso als bedeutendster Tenor seiner Zeit.

S. 108 *zw. 13. u. 22. 7. 1970, an Joseph Mair (hds.)*
Undatiert. Die Einordnung ergibt sich aus dem vorhergehenden (13. 7.) und dem folgenden (22. 7.) Brief.
brief den ich an mich geschrieben habe: nicht vorhanden.
kuno seyr: war in der Programmabteilung des RAI-Sender Bozen beschäftigt.
christian: Christian Alton.
frode: Frode Ritland.

S. 109 *220770, an Joseph Mair (hds.)*
jeannie ebner: (geb. 1918), Schriftstellerin; seit 1968 Redakteurin der repräsentativen, »um Ausgleich zwischen dirvergierenden Stilrichtungen, politischen Meinungen und Altersgruppen bemühten« österreichischen Literaturzeitschrift »Literatur uns Kritik«; seit 1969 auch Herausgeberin der Zeitschrift. Mairs Bemühungen blieben erfolglos.

S. 110 *300770, an Josph Mair (hds.)*
beiliegende gedichter: sie sind nicht bekannt.
SH-anthologie: die von Gerhard Mumelter im Auftrag der Südtiroler Hochschülerschaft zusammengestellte Anthologie »neue literatur aus südtirol«; sie erschien im Dezember 1970.

S. 111 *010870, an die Verwandten in Bruneck (hds.)*

S. 112 *020870, an Johann Scheiber (hds.)*
Johann Scheiber: geb. 1944, aus Kufstein, Grafiker.

S. 114 *130870, an Joseph Mair (hds.)*
zwei buecher: wohl Elias Canettis, Stimmen von Marrakesch (siehe den »Brief aus Stord«, 2, S. 299); von Thomas Bernhard kommen als Taschenbücher nur »Frost« (1965), »Prosa« (1967), »Verstörung« (1969), »Ungenach« (1968) und »Watten« (1969) in Frage; »Amras« kannte kaser bereits (Brief vom 100670).
munch: Edvard Munch (1863—1944), der bedeutende expressionistische Maler und Graphiker, war Norweger.

S. 115 *210870, an Juliane und Luise Thum (hds.)*
»dolomiten«/»sonntagsblatt«: Südtiroler Tageszeitung bzw. Katholische Wochenzeitung der Diözese.

S. 116 *050970, an Juliane und Luise Thum (hds.)*

S. 118 *050970, an Joseph Mair (hds.)*
prosamanuskript ... in form eines briefes: der lange an Christian Alton in mehreren Folgen geschickte, von den Herausgeber/inne/n so bezeichnete *Brief aus Stord* (2, S. 269—306).
»nach einem tanzabend«: in Band 2, S. 267 f.

S. 119 *130970, an Monica Kaser (hds.)*

S. 121 *190970, an die Mutter (Pk, hds.)*
Das nur als Fotokopie überlieferte Schreiben wird im Nachlaß nicht als eines, sondern als zwei von einander unabhängige Schreiben geführt (Teil 1: »liebe mamma! ... wichtig«; Teil 2: »liebe mamma ... norge«). Einiges spricht aber dafür, daß beide Teile die Vorder- und Rückseite derselben Postkarte sind: Teil 1 (Sign. 155/57-2), auf der

Vorderseite einer Postkarte geschrieben, trägt kasers Datierung 190970 und den Poststempel vom selben Tag, enthält aber keinen Gruß. Teil 2 (155/57-4) könnte die Rückseite einer Postkarte darstellen. Hier fehlen Anrede und Datum. Hans Haider hat aber diesen zweiten Teil in »Kalt in mir« mit dem Datum »190970« veröffentlicht. Haider hatte 1979 seiner Erinnerung nach das Original vorgelegen.
dieter: Dieter Nicolussi-Leck.
kilsen fra norge: norweg. für »Grüße aus Norwegen«.

S. 121 *24. sept. 1970, an das Südtiroler Kulturinstitut (hds.)*
antwort auf diesen brief: In der Antwort vom 9. 10. 1970 wird kaser von dem für die Auswahl der Bezugsberechtigten von Stipendien zuständigen Südtiroler Kulturinstitut (SKI) mitgeteilt, daß erst die zuständige Stipendienkommission eine Entscheidung zu treffen habe. Kaser erhält dann für das Wintersemester eine Beihilfe in der Höhe von 5000.— öS zugesprochen und wird darauf aufmerksam gemacht, daß »die Verlängerung der Zuteilung auch für das Sommersemester 1971 nur dann erfolgen [kann], wenn Sie über das Wintersemester einen ausreichenden Studienerfolg nachweisen können« (15. 12. 1970). Die vom SKI verteilten Gelder kamn aus dem österreichischen Bundesbudget.

S. 122 *260970, an Karl Gruber (Ak, hds.)*
Bildseite: »Oslo, Das Schiff von Gokstad«.
Karl Gruber: geb. 1943, Priester und Kunsthistoriker, seit 1973 Leiter des kirchlichen Denkmalamtes der Diözese Bozen-Brixen.
Das Gedicht steht auch in Band 1, S. 395.

S. 123 *021270, an Cesare Guglielmo*
Cesare Guglielmo: verantwortlicher Direktor der in Bozen erscheinenden italienischen Literaturzeitschrift »Adige Panorama«, herausgegeben vom Circolo Amici della Poesia. Das erste Heft der Vierteljahreszeitschrift erschien im Oktober 1970 und enthält kasers Übersetzung des Gedichts »Abbandono« *(»Verlassen«)* von Vincenzo Cardarelli (S. 16; siehe 1, S. 128).

S. 123 *041270 an Wolfgang Pfaundler*
ihren brief: Wolfgang Pfaundler (geb. 1924), Verantwortlicher der vom Land Tirol herausgegebenen kulturellen Halbjahreszeitschrift »Das Fenster«, bat kaser um »eine größere Auswahl« seiner »schriftstellerischen Arbeiten«. Im Frühjahr 1971 erschienen im »Fenster« Nr.8 (S. 697f.) die Gedichte *muestiar, banalitaet, ma yuean 1190—1224, zu sure 93, st. cassian, weiden am rienzdamm, chor der beamten.*
roman ... aus norwegen zurueckgebracht: Einen Roman dürfte kaser aller Wahrscheinlichkeit nach aus Norwegen nicht mitgebracht haben; er beabsichtigte aber offenbar, den in mehreren Folgen an Christian Alton geschriebenen Brief in einem Prosatext zu verarbeiten.
»scherzi«: in Band 1, S. 115—118.

S. 124 *041270, an Maria Stieger*
suscht traibimi ... dohoam: mdal. (Pustertal): »Sonst treib ich mich auf der Uni herum von einem Saal heraus in den anderen hinein so läufts den ganzen Tag nichts als zu tun habe ich ... / so und jetzt halte Dich am Stuhl fest, damit Du nicht hinunterfällst: zu Silvester fahren wir nach Venedig Du und ich. Ein Zimmer haben wir ich habe schon alles gemacht. Du läßt das Auto daheim und alles stehn und liegen am zweiten Jänner sind wir wieder daheim.»
tarnell: Weiler bei Laas im Vinschgau.

S. 126 *121270, an Erling Frugård*
Erling Frugård: Ihn hatte kaser auf Stord kennengelernt.

S. 127 *200171, an Gerhard Mumelter*
sektionschef rieger: war im Wiener Bundesministerium für Unterricht und Kunst u.a. für Südtirol-Angelegenheiten zuständig.
ara pacis: Ara Pacis Augustae, »Altar des Augustfriedens«, für Augustus in Rom auf dem Marsfeld errichtet; Wiederaufbau nach Ausgrabungen 1903 und 1937/38; das bedeutendste Denkmal repräsentativer römischer Staatskunst.
»Express«: Wiener Boulevard-Tageszeitung, die bis 1972 erschienen ist.

S. 129 *200171, an Sebastian Marseiler*
Sebastian Marseiler: war im Gespräch als Pressereferent der SH und damit als Zuständiger für die Zeitschrift »skolast«; diese Funktion wurde dann vom SH-Vorsitzenden 1971 Christian Alton ausgeübt. Im Herbst/Winter 1971/72 war kaser für ein Semester Nachfolger von Alton als Leiter der Wiener Hochschulgruppe der SH.
diesen text: voltaire (1, S. 303 f.). Er erschien im skolast 1971, Nr.1, S. 15, mit einer Vorbemerkung (siehe die Anm. in 1, S. 516 f).
eichbichlers »literarische beilage«: Vierzehntägige konservative Literaturbeilage der Tageszeitung »Dolomiten«, deren einziger Verfasser von Originalbeiträgen Hermann Eichbichler ist. Kaser bezieht sich hier auf Eichbichlers Rezension der Anthologie »neue literatur aus südtirol« (Dolomiten, 7. 1. 1970, S. 3), in der eine längere, polemische Passage kaser gewidmet ist; Eichbichler spricht kasers Gedichten literarische Qualitäten ab, u.a. wegen der blutrünstigen Motive (siehe das ausführliche Zitat aus der Rezension, in 2, S. 384). Vgl. den Brief an Reinhold Huber, 210171.

S. 131 *210171, an Reinhold Huber*
Kaser hatte sich, wie einem Schreiben des SH-Kulturreferenten Reinhold Huber an ihn vom 19. 1. 1971 zu entnehmen ist, bereit erklärt, beim »Arbeitskreis Kultur« mitzuarbeiten. Huber hat in diesem Rundbrief an die am Arbeitskreis Interessierten sein Kulturjahresprogramm erläutert.
ausstellung: eine Ausstellung »für Malerei und Graphik für junge Südtiroler Künstler«, gekoppelt mit einem Wettbewerb bei dem das Publikum die Jury bilden sollte.
dolomita locuta causa finita: lat. »Die Dolomiten hat gesprochen, die Sache ist erledigt« (Abwandlung des wahrsch. auf Augustinus zurückgehenden römischen Konzilsspruches »Roma locuta, causa finita«.
ritten, ifinger, kronplatz, plose: Hausberge von Bozen, Meran, Bruneck und Brixen.
filme: Die Aufführung »wertvoller« deutschsprachiger Filme war geplant, die aber vom deutschsprachigen Ausland hätten importiert werden müssen.
forum fuer modernes theater: mehrere über das Jahr verteilte Theateraufführungen von Kleingruppen aus Österreich und aus Südtirol (u. a. war eine »Bühne aus Welsberg« vorgesehen und das junge Ensemble »Die Tribüne«).
»change« von bauer: Das Stück von Wolfgang Bauer war 1969 uraufgeführt worden; es sollte vom Innsbrucker »Zentrum 107« gespielt werden.
mein volksstueck »maria mair«: Kaser hatte offenbar schon mündlich von einem bereits geschriebenen Volksstück gesprochen; es dürfte aber unausgeführt geblieben sein; auch Vorarbeiten dazu sind nicht bekannt.
aktion: nicht durchgeführt.

r a m p o l d s e y r t r e n k e r m u m e l t e r p i d o l l: Josef Rampold, Kuno Seyr, Luis Trenker, (wohl) Hubert Mumelter, Gabriele von Pidoll; besonders Josef Rampold, Heimatkundler, Journalist und Glossator der »Dolomiten«, aber auch der Schriftsteller Hubert Mumelter waren mehrmals Zielscheibe von kasers Kritik.
q u o u s q u e t a n d e m: lat. für »wie lange noch?«.
s a m s o n: Figur aus der Bibel, im »Buch der Richter« als letzter Großer Richter dargestellt. Held aus der Volkssage. Samson soll Israel aus der Hand der Philister erretten, gegen die er zahlreiche Handstreiche ausführt; bringt die Säulen des Tempels ihres Gottes Dagon zum Einsturz, wobei die dort Versammelten umkommen (Ri 16, 4-31).
w a s e b n e r h e i ß t o d e r z e l g e r: Toni Ebner (SVP) war Chefredaktuer der Tageszeitung Dolomiten, Anton Zelger (SVP) Landesrat für Schule und Kultur der deutschen Volksgruppe.
b e r u f u n g a u f g o e t h e: Anspielung auf Eichbichlers klassizistische Literaturauffassung.

S. 135 *280171, an Karl Gruber*
» f o l t e r l e x i k o n «: Ernst A. Rauter: Folter-Lexikon. Die Kunst der verzögerten Humanschlachtung von Nero bis Westmoreland. Mit einem Vorwort von Horst Mahler. Hamburg (Konkret) 1969.
e i n e k u r z g e s c h i c h t e: nicht bekannt.

S. 136 *290171, an Cesare Guglielmo*
P i e t r o d i S p a z i o / P a s q u a l e C a r d o n e: italienische Autoren von regionaler Bedeutung; von ihnen ist in der Nummer 2, auf die kaser hier anspielt, vor allem konventionelle Naturlyrik veröffentlicht.
f r i e d r i c h l o t t e r s b e r g e r / g e r h a r d k o f l e r: »C'è un avvenire« ist die 4. Strophe eine fünfstrophigen Gedichts (in »neue literatur aus südtirol«, S. 109); Koflers Gedicht steht ebenda, auf S. 88.
» a l t o a d i g e «: italienische bürgerliche Regionalzeitung mit einer eigenständigen linksliberalen deutschen Beilage.
» M e d i c i n a e m e d i c i n e l c a p o l a v o r o d i G o e t h e «: (dt.: Medizin und Mediziner im Hauptwerk Goethes), in Adige Panorama Nr.2, S. 3 ff.
S i l v a n o D e m a r c h i s » u m a n i t à d i G a b r i e l e D ' A n n u n z i o: (dt.: Die Humanität D'Annunzios), ebenda, S. 9 ff.

S. 137 *300171, an die Neue Kronenzeitung*
Ein Brief ähnlichen Inhalts ging auch an den ORF.
a n t h o l o g i e: »neue literatur aus südtirol«, Bozen 1970.

S. 138 *140271, an Christian Alton*
e i n e n r o m v e r r e i s t e n: Christian Alton.
d i e f a s c h i s t i s m e n s u e d t i r o l e r s c h u l d i r e k t o r e n: ob sich die Anspielung auf etwas unmittelbar Vorgefallenes bezieht, ist nicht bekannt.
d i e b e i d e n a r t i k e l: kaser hat offenbar keinen von beiden geschrieben.
» v o l t a i r e «: siehe die Anm. zum Brief an Marseiler, 200171.
s e y r l e s u n g: von Kuno Seyr für den Südtiroler Künstlerbund (einer Teilorganisation des Südtiroler Kulturinstituts) organisierte Lesung »Junge Literatur aus Tirol«, am 12. 3. 1971 in Bozen, mit Autoren aus Nord- und Südtirol.

S. 140 *140271, an Erling Frugård*
f i t j a r: zweitgrößter Ort auf Stord (siehe die längere Passage dazu im *Brief aus Stord,* 2, S. 279 f.).

S. 141 *250271, an Kuno Seyr*
bedingungen: 20.000 Lire Honorar; außerdem wurde abgemacht, daß nicht mehr als 9 Autoren beteiligt sein werden und ein offenbar geplanter Teil mit älteren Autoren gestrichen wird.
hans haid: geb. 1938, aus Nordtirol, Volkskundler und kritischer Mundartdichter.

S. 141 *260271, an Hans Haid*
floerschtet: »rt« wird im Pustertaler Dialekt wie »rscht« ausgesprochen.
einheitler: ironische Anspielung auf die Nord- wie Südtiroler Regierungspolitik vor allem im Bereich der Kultur, aber auch auf die dominierende veröffentlichte Meinung, die eine politische oder doch zumindest eine kulturelle »Einheit Tirols« propagierten, öfters auch mit antiitalienischen Akzenten.

S. 146 *270271, an eine unbekannte Person*
fegato: ital. für »Leber«.
gedichte ueber venedig: wohl *venedigs nachmittag* (am 21. 4. 69) und *so wars in venedig* (ohne Datum) (in Band 1, S. 228 bzw. 208)

S. 147 *250371, an Ernst Reinold*
Reinold: Vermieter der Schrebergartenhütte in der Alszeile.
theaterstueck von mir: ist keines vorhanden.

S. 147 *250471, an Wolfgang Pfaundler*
diese beiden kurzen literarischen beitraege: *die koechin eines pfarrers* (2, S. 21) und *st. sebastian* (1, S. 82) (dieses Gedicht ist allerdings erst einen Tag später, mit 260471, datiert).
sebastian: Kind von Wolfgang Pfaundler.

S. 148 *190871, an Christian Alton*
Einen nahezu identischen Brief hat kaser am selben Tag an Joseph Mair geschickt.
zu tunis: kaser war im Sommer 1971 zu Filmaufnamen in Tunesien, vor allem in Kibili im Süden des Landes. In dem Film »I corvi« (Die Raben) des mit kaser näher bekannten, in Rom lebenden Brunecker Regisseurs Ivo Micheli de Barnabò spielte er in einer Nebenrolle einen verrückten Franziskanermönch.

S. 149 *190871, an den ORF-Tirol*
lesung vom 010771: Nachtlesung auf Einladung des Theaters am Landhausplatz (Innsbruck), kasers erste Einzellesung.

S. 152 *190971, und Peter und Elfriede Slavik*
eine bombe: Neofaschistischer Anschlag mit Molotow-Cocktail in der Nacht zum 12.9.1971 auf eine Gruppe von rund zwanzig Schülern des Klassischen Lyzeums »Walther von der Vogelweide« in Bozen, die vor ihrer Schule gegen die relativ vielen Negativbeurteilungen bei der vorangegangen Matura protestierten. Die Schüler verstanden das Prüfungsergebnis als »politischen Racheakt«, forderten eine Neubeurteilung durch eine neutrale Kommission und besetzten, nachdem ein Schreiben an das Ministerium lange unbeantwortet blieb, für einige Stunden die Schule. Als Reaktion auf den Anschlag kam es am nächsten Tag zu einer antifaschistischen Großkundgebung.
peppin: Joseph Zoderer.

S. 153 *151071, an Monica Kaser*
vernuer: Bergdorf am Eingang des Passeiertales; an der zweiklassigen Volksschule hatte kaser im Schuljahr 1971/72 eine Hilfslehrerstelle. Die Anstellung an der Berufsschule hatte sich zerschlagen.

carta bollata: ital. f. »Stempelpapier« (für Eingaben an Berhörden vorgeschriebens Briefpapier mit Stempel oder Stempelmarken als Steuerbeleg).
pustrissaabende: »pustrissa« mdal. für »pustertaler«.
montal: Fraktion von Bruneck, wo kaser im Frühjahr 1971 einige Tage an der Volksschule unterrichtete.
italienischlehrer: Giuliano Salvaterra.
volkspartei: Südtiroler Volkspartei.
hode god din bror: norw. für »Lebe wohl Dein Bruder«.

S. 155 *271171, an die Mutter (Ak, hds.)*
Bildseite: Riffian bei Meran.

S. 156 *031271, an Frieda Kainzwalder*
Frieda Kainzwalder: Sie wohnte auf dem Fabriksgelände der Firma Moessmer in Bruneck, in deren Verwaltung ihr Mann beschäftigt war, und kannte kaser deshalb seit seiner Kindheit.

S. 156 *041271, an Karl Erlacher*
richard: Klostername von Karl Erlacher, der mit kaser bei den Kapuzinern in Bruneck war und einige Jahre später, 1973, den Orden verließ.
laudato si' ...: aus dem »Sonnengesang« von Franz von Assisi, den kaser in Vernuer übersetzt hatte; diese Stelle (Beginn der Strophe 9) heißt in seiner Übersetzung: »Gelobt seist du, Herr, für unseren Bruder Tod,/ dem kein lebender Mensch entkommt« (1, S. 432 ff.).
lorenz: Fr. Lorenz (Peter) Brugger, Kapuzinerbruder von kaser und Erlacher.
frankfurt: muß 'stuttgart' heißen wie im folgenden Brief (071271), bei dem kaser »frankfurt« zu »stuttgart« korrigiert hatte.
texte fuer meine kinder: Die »schultexte« kasers aus der Vernuerer Zeit, *kaiser max & kufstein* und *vom koenig augias und dem herakles* (2, S. 23 ff.), wurden in der Reinschrift erst im Februar und März 1972 verfaßt; die in Notizheften zu findenden handschriftlichen Versionen (siehe die Anm. in 2, S. 349f.) sind aber mit Sicherheit früher, diesem Brief nach zu schließen also wohl vor Jahresende 1971, entstanden.

S. 159 *091271, an Irmtraud Mair*
CGIL: Confederazione Generale Italiana di Lavoro, größte, linke italienische Gewerkschaft, deren Mitglied kaser war.

S. 160 *151271, an Paul Flora*
Paul Flora: Zeichner, Förderer kasers; seit Beginn der 70er Jahre mit ihm gut bekannt.
thomasens »hoferiade«: bezieht sich auf den Prosatext »Hofers Triumph« von Thomas Flora, dem Sohn Paul Floras, der in der Tiroler Tageszeitung vom 4. 12. 1971 erschienen ist. Wegen der Verfremdung des Tiroler Volkshelden Andreas Hofer zu einem Vampir hat die Veröffentlichung zu heftigen Reaktionen geführt. Kaser hat dazu einen Leserbrief verfaßt (*In seinem unerforschlichen,* 2, S. 182), der wahrscheinlich nicht abgesandt wurde.
andreas-hofer-karte: auf der von kaser »dekorierten« Ansichtskarte trägt Hofer zwei Vampirzähne.
unsere volksschulbuecher ...: Die Kritik an den Lesebüchern für die Volksschule war besonders in Hochschülerschaftskreisen sehr verbreitet.

walther haus: das offizielle »Haus der Kultur — Walther von der Vogelweide« (1967).
vortrag in innsbruck: nicht bekannt.

S. 161 *151271 an Karl Erlacher (Kk, ms.)*
Bildseite: Portrait Andreas Hofers, mit 2 von kaser ergänzten Vampirzähnen. kaser hat die Karte im Kuvert verschickt.

S. 161 *151271, an Linde Müller*
Linde Müller: Kannte kaser aus seinen Unterrichtstagen in Meransen im Frühjahr 1971.
tesselberg: Bergdorf im Tauferertal bei Bruneck.
klassenwand anmalen: Kaser ließ seine Schüler zu Motiven des Sonnengesangs von Franz von Assisi die Klassenwand bemalen; kasers Kollege, der Italienischlehrer Giulano Salvaterra, hat diese Wandbilder fotografiert (siehe »Distel«, Nr. 37/1989, S. 59).

S. 162 *11. 2. 72, an die Volksschuldirektion Meran (Kk, hds.)*
Bildseite: Portrait Andreas Hofers.
dem: Bezieht sich auf harte Vorwürfe, die der Direktor Anton Bernhart in einem Brief vom 3. 2. 1971 an kaser wegen dessen offenbar mangelnder Disziplin erhob (siehe den folgenden Brief).

S. 162 *4. März 1972, an die Volkschuldirektion Meran III*
Direktor Bernhart hat kaser vorgeworfen, »Besuch im Klassenraum« gehabt, eineinhalb Tage nicht unterrichtet und mehrere Monatspläne »zur Vorkontrolle« sowie den Jahresplan nicht vorgelegt zu haben; er wurde aufgefordert »postwendend schriftlich Stellung zu nehmen«.
»esaurimento nervoso«: ital. für »Nervenzusammenbruch«.
Poetzelberger: Buchhandlung in Meran.

S. 165 *120472, an Paul Flora*
Ihr promptes einschreiten: Paul Flora hat kaser öfters großzügig finanziell unterstützt, u.a. mit Geld für Schulmaterialien.
»poetzelberger«: Buchandlung in Meran.
der direktor ... war bitterlich enttaeuscht: Direktor Anton Bernhart hatte in seinem Besuchsprotokoll vom 9. 4. 1972 — neben der Kritik, daß kaser bürokratische Pflichten (z. B. Klassenbucheintragungen) nicht erfüllte — auch die seiner Meinung nach zu geringe Zahl an Schüleraufsätzen bemängelt und die Tatsache, daß kasers »Ausdruck (Sprache) allzustark mundartlich gefärbt« sei.

S. 166 *6. Juli 1972, an die Gemeinde Riffian*
Riffian: Zu dieser Gemeinde gehört Vernuer.

S. 167 *140872, an Juliane Thum (Ak, hds.)*
Bildseite: Sühnetempel der Sagrada Familia.

S. 167 *14. 8. 1972, Barcelona-Tagebuch (hds.)*
Titel vom Bearbeiter dieses Bandes. Notiert auf einem Spiralblock (A 5), von dem fünf Seiten mit der Hand beschrieben sind, vier davon mit den Tagebuchaufzeichnungen, auf der fünften und vor Beginn des Textes (wofür die Auslassungsklammer steht) finden sich einige stichwortartige Notizen zu den einzelnen Tagen des Aufenthalts. Aus letzterem geht hervor, daß kaser am 14. 8. 1972 in Barcelona ankam und bis 17. 8. blieb.

f r a n c o: Francisco Franco (1892—1975), General, Chef der Falange-Partei, faschistischer spanischer Diktator seit 1936. Aus Barcelona hat kaser auch eine Karte an Karl Erlacher geschickt — im Kuvert —, bei der zur Briefmarke mit dem Franco-Bild die Bemerkung »das Schwein« steht. Vgl. auch kasers Gedicht zu Francos Tod 1975 (*franco,* 1, S. 53)

S. 168 *160872, an Karl Gruber (Ak, hds.)*
Bildseite »Templo de la Sagrada Familia«.

S. 169 *091172, an Claus (?) und Veronika (?) (hds.)*
Der Empfänger und die Empfängerin konnten nicht ermittelt werden.
» g s c h a f t «: mdal. für »Stolz«.

S. 169 *101172, an Joseph Mair (hds.)*
i n a n d e r e r s a c h e: bezieht sich wohl auf die Ablehnung der Bewerbung um die Stelle als Mauteinheber (siehe den nächsten Brief).

S. 170 *171172, an die »Autostrada del Brennero S. p. A.« (hds.)*
C a p r o n i: Direktor der Brenner-Autobahn A.G.
In deutscher Übersetzung:
»Ich hätte mir von Ihnen oder von der Autobahngesellschaft bereits seit einiger Zeit eine Antwort erwartet. Es handelt sich in meinem Fall nicht um bloße Neugier; aber da ich ohne Informationen bin, bleibt mir anderes versperrt: ich kann weder studieren noch eine andere Arbeit suchen.
Deshalb wollte ich Sie um einen einzigen Gefallen bitten: informieren Sie mich bitte, ob die Gesellschaft noch an meiner Person interessiert ist, ob ich die Arbeit als Mauteinheber noch ausüben kann oder ob für mich alles schief gegangen ist. Auch eine negative Antwort nützt mir etwas, dann kann ich mich entscheiden, was ich sonst tun kann. Die Arbeit als Mauteinheber ziehe ich aber vor.

Grüße und vielen Dank
norbert c. kaser

ps. Alle erforderlichen Dokumente liegen bereit.»
Für den Sommer 1973 bekam kaser eine Stelle als Mauteinheber in Sterzing.

S. 171 *201172, an Maria Stieger*
a u f e i n e m i t a l i e n i s c h e n k u r s: zur Prüfungsvorbereitung für die Stelle als Mauteinheber.

S. 173 *141272, an Walter Alber*
W a l t e r A l b e r: Seit dem Schuljahr 1972/73 Direktor der Volsschuldirektion Meran III.
t r i b u l i e r t: landsch. »quälen«.
g e s c h i c h t e m i t d e m v e r n u r e r k l a s s e n b u c h: kaser hatte am Ende des Schuljahres Klassenbuch und Prüfungsprotokoll nicht bei der Volksschuldirektion abgegeben und wurde vom Direktor, Anton Bernhart, im Juli aufgefordert, die Dokumente abzuliefern. Bernhart informierte im September das Schulinspektorat von Meran, das seinerseits dem Schulamtsleiter der Provinz vorschlug, dieser möge die Carabinieri auffordern, bei kaser das Klassenbuch abzuholen. Das Inspektorat beantragte außerdem, kaser vom Dienst zu suspendieren. Das den Carabinieri gegebene Versprechen, das Klassenbuch zurückzugeben, löste kaser erst nach einer persönlichen Bitte des neuen Direktors, Walter Alber, er möge es den Kindern von Vernuer zuliebe tun, ein. Der Schulamtsleiter bedankte sich bei den Carabinieri für ihren Einsatz.
e n z e n s b e r g e r z i t a t: Der Beginn des Gedichtes »ins lesebuch für die oberstufe« von Hans Magnus Enzensberger: »lies keine oden, mein sohn, lies die fahrpläne: / sie sind genauer«.

S. 175 *060273, an das Bundesministerium für Unterricht und Kunst*
Bezieht sich auf die Ausschreibung des Österreichischen Staatsstipendiums für Literatur für das Jahr 1973/74. Vom Ministerium wurde kaser mitgeteilt, daß das Staatsstipendium nur für österreichische Staatsbürger ausgeschrieben worden sei; aber in dem Bestreben, auch Südtiroler Autoren so weit wie möglich entgegenzukommen, sei es eventuell möglich, diesen ein einmaliges, allerdings niedriger dotiertes Arbeitsstipendium zukommen zu lassen. Kaser hat 1973 keines der beiden Stipendien erhalten, drei Jahre später allerdings wurde ihm als erstem Südtiroler das Staatsstipendium zuerkannt.
texte veroeffentlicht: In der Tiroler Tageszeitung hatte kaser zu diesem Zeitpunkt noch keine Texte veröffentlicht.
beiden projekte: zur »apokalypse...« gibt es wenige Seiten mit Vorarbeiten, zu »maria mair« existieren keine Unterlagen. Welche Texte kaser eingereicht hat, war nicht mehr zu eruieren, da der Akt bereits skartiert ist (vgl. auch den Brief vom 280273).

S. 175 *unsinniger donnerstag [= 27. 2.] 1973, an die Redaktion des »horizont«*
horizont: monatliche Kulturbeilage der Tiroler Tageszeitung.
um texte angeschrieben: bereits im Juli 1972 war kaser von der Redakteurin des »horizont«, Krista Nowak-Hauser, um Beiträge angeschrieben worden.
auswahl: welche Texte kaser geschickt hat, ist nicht bekannt; veröffentlicht wurden dann in der Nr.10 des »horizont« (Tiroler Tageszeitung, 6. 7. 1973): *St. Cassian, el dio, St. Sebastian, Indizien für Eigenbrandstiftung, wie in unseren höheren schulen...*
schlußbetrachtung von brecht: Sie steht auf einem eigenen Blatt im Nachlaß: »...Die Worte haben ihren eigenen Geist. Es gibt gefräßige, eitle, schlaue, stiernackige und ordinäre. Man muß eine Heilsarmee gründen zu ihrer Errettung, sie sind so verkommen. Man muß sie einzeln bekehren, vor allem Volk, und sie im Gefolge mitnehmen und allem Volk zeigen. Man braucht sie nicht eitel zu machen, das ist der Anfang vom Ende, war es schon einmal. Man muß sie nur verantwortlich machen und Lasten auf sie hinaufwälzen, dann finden sie ihre vier Füße und leben auf. Sie sind keine spanischen Wände um die Betten, worin das Leben gezeugt wird. Sie sind nicht die Lakaien der Ideen, sondern ihre Liebhaber, ihre ironischen Liebhaber. Etliche sind auch nur Impresarios. Einige sollte man erschießen, standrechtlich, sie vogelfrei machen, niederknallen, wo man sie stellt: besonders die, die Mischehen eingehen oder in schlechter Gesellschaft leben oder die die sich weigern, begraben zu werden, solang sie noch Zulauf haben. ...

bertolt brecht
310820
gesammelte werke 18
pag. 9
suhrkamp verlag
frankfurt am main 1967«

arbeitsuntensil: Das mit den Texten kasers veröffentlichte Foto von kasers Brunecker Freund Klaus Gasperi (siehe die Anm. zum Brief vom 040974) zeigt einen Tisch mit einem halbvollen Glas Wein und einer Packung Zigaretten.

S. 177 *240473, an norbert conrad kaser (Ak, hds.)*
Bildseite »Venezia, Torre dell'orologio/der Uhrturm«.
unvollständiges Zitat, eigentl. »tempora mutantur et nos (in illis)«; deutsch: »Die Zeiten verändern sich und wir uns (in ihnen)«.

S. 177 *190873, an Joseph Mair*
»hochfotznoblen« privatlyzeum: Das Lyzeum Antonelli in Bozen bzw. in Cortina (Prov. Belluno) wird vor allem von Schülern aus dem Bürgertum besucht.
venezia tridentina: nach der Annexion Süd-Tirols durch Italien 1918 eingeführte und im Faschismus alleinige zulässige Bezeichnung für den Süden Tirols und das ehemalige Welschtirol (das heutige Gebiet von Südtirol und dem Trentino), die eine neue Verwaltungseinheit bildeten; wurde von vielen deutschen Südtirolern als provokant empfunden.
cruchi: ital. abwert. für »Nordländer«, »Deutsche (in Südtirol)«.

S. 179 *7. Oktober 1973 an eine Lehrerkollegin*
Flaas: Fraktion der Gemeinde Jenesien, höchstgelegener Ort des Tschögglbergs oberhalb von Bozen (1300 Meter). Flaas gehört zur Volksschuldirektion Sarnthein, an der kasers Freund Siegfried Baur Direktor war. Kaser erhielt hier für 1973/74 eine Jahresstelle als Supplent (Lehrer ohne Fixanstellung); den für eine dauerhafte Anstellung an Volksschulen notwendigen Maturaabschluß der Lehrerbildungsanstalt besaß er nicht. Die Stelle wurde ihm für das Schuljahr 1974/75 verlängert.

S. 180 *201073, an Paul Flora*
texte fuer die schule: auf welche Texte kaser sich hier bezieht, ist nicht zu entscheiden, da der erste vorhandene der in Flaas geschriebenen (*die kraehen unsres landes,* 1, S. 29) mit »dezember 1973« datiert ist. Möglicherweise sind Vorarbeiten zu diesem Märchen im Oktober entstanden, es kann freilich nicht ausgeschlossen werden, wenn es auch unwahrscheinlich ist, daß kaser auch andre Texte verfaßt hat, die nicht bekannt sind.
fuenfhunderter haflinger: Fiat 500 und wohl »Puch Haflinger«, ein österreichisches Geländefahrzeug.
pfarrer: Anton Kasseroler, auf den kaser nach dessen Tod 1978 einen Nachruf für den »Alto Adige« verfaßt hat (siehe 2, S. 255 und den Begleitbrief dazu, in diesem Band, S. 331).

Aus der Zeit nach dem 201073 und vor dem 220774 ist nur 1 Brief kasers (Einladung zur Elternversammlung, 28. 6. 1974) bekannt geworden.

S. 181 *220774, an Mariatheres Neuhauser*
haymo: kasers Hund (vgl. *haymo,* 1, S. 385).
melanie moltrer: richtig: Molterer.
von der kleinen weißen katze (ein weibchen): Die hier im Brief überlieferte Fassung des Textes ist identisch mit der als losem Typoskript überlieferten (in 2, S. 33).

S. 182 *220774, an P. Peter Prugger*
lenz: Peter Brugger führte früher, auch während der gemeinsamen Noviziatszeit mit kaser im Brunecker Kloster, den Namen Lorenz (Lenz); er nahm später von der neuen Möglichkeit Gebrauch, wieder seinen Taufnamen anzunehmen.
derrichtet: mdal. für »zustandegebracht«.
rupert, richard & christoph: Rupert Taschler, Richard Erlacher, christoph kaser, die ehemaligen Kapuzinerkollegen im Brunecker Kloster.

S. 183 *010874, an Egmont Jenny*
Egmont Jenny: Urologe, bei dem kaser auch in Behandlung war, und Politiker; ehemaliger Abgeordneter der Südtiroler Volkspartei, Ausschluß 1966 wegen öffentlich vertretener sozialdemokratischer Ideen, dann Gründer der »Sozialen Fortschrittspartei« (SFP).

was aber baeuerliche kultur ist . . .: siehe kasers *versuch ueber die baeuerliche kultur* vom 060974 (2, S. 148 ff.)

S. 184 *14. August 1974, an Siegfried Baur*
Brief vom 9. August: ein ausführlicher Brief Siegfried Baurs als Freund und Vorgesetzter, der kaser Nachlässigkeit in der Unterrichtsführung während der letzten Monate vorgeworfen hatte.
quod scripsi scripsi: lat. »Was ich geschrieben habe, habe ich geschrieben«.
Öttenbach: Weiler bei Sarnthein in Südtirol. Die Anspielung konnte nicht entschlüsselt werden.

S. 185 *220874, an Mariatheres Neuhauser*
etwas frisch gedichtetes/die beiden: *so fließen/denn dahin* und *wetter* (1, S. 64), die beide auf einem Blatt stehen mit dem Zusatz »nur geschrieben fuer mariatheres«.
sierig: mdal. »schlecht gelaunt«.

S. 186 *310874, an Mariatheres Neuhauser*
jahresprogramm: *Jahresprogramm 1974/75* (in 2, S. 151 ff.).

S. 187 *040974, an Klaus Gasperi*
Klaus Gasperi: Freund kasers aus Bruneck; Gasperi besuchte die Kunstakademie in Venedig; Bühnenbildner, eröffnete später ein Werbe-Büro. Er war mit kaser seit Anfang der 70er Jahre gut bekannt; bei ihm konnte kaser seine Texte, Briefdurchschläge und andere Materialien deponieren.
pater: mdal. für »pleite«.
rienzstaedtchen: Bruneck.
gruenen kolumbuszettel: 5000-Lire-Schein.
dolomiten + volksbote + sonntagsblatt: Südtiroler Tageszeitung, Parteiorgan der Südtiroler Volkspartei, Wochenzeitung der Diözese.
la voce del tabaccaio: Organ der Tabakhändler.
marlene/fratzen: Marlene Wudy, Frau von Klaus Gasperi, und die Zwillinge, Jan und Jiři.
tito: Hund Klaus Gasperis.

S. 187 *040974, an Mariatheres Neuhauser*
»facken«: mdal. »Schweine«.

S. 189 *140974, an Mariatheres Neuhauser*
kreuzerstadel: Kreuzer ist ein Hofname in Flaas.
gewuzelten: mdal. für »gedrehten«.

S. 190 *240974, an Mariatheres Neuhauser*
Gabriel Laub: Geb. 1928 in Bochnia/Polen, Studien- und Journalistenzeit in Prag, lebt seit 1968 als Schriftsteller in Hamburg und schreibt seither deutsch.
fischer-taschenbuch: Hrsg. von Franz Peter Künzel und Frantisek Kafka, Frankfurt 1970.

S. 192 *260974, an Mariatheres Neuhauser*
ringlotten: mdal. für »Reneklode«.

S. 193 *280974, an Karl Gruber (Kk, ms.)*
Bildseite »Geburt Christi, St. Leonhardskirche in Laatsch bei Mals«.

S. 193 *28.Sept.1974, an eine Lehrerdelegation aus der DDR*
Gewerkschaft und Partei: Die Delegation kam auf Einladung der linken Gewerkschaft CGIL (deren Mitglied kaser war) und der Südtiroler Sektion der Kommunistischen Partei Italiens nach Südtirol.

S. 195 *300974, an Mariatheres Neuhauser*
»gscherre«: mdal. für »Scherereien«, »Umstände«.

S. 197 *051074, an Markus Vallazza*
wenn sich der rampold anprunzen wuerde ... rotgluehend: Anspielung auf den Konservatismus des Heimatkundlers und Redakteurs (später »Schriftleiter«, d. i. Chefredakteur) der »Dolomiten«, Josef Rampold, gegen den kaser öfters polemisierte; »prunzen«: mdal. für »urinieren«.

S. 199 *111074, an Paul Flora*
lafenn: Höhenrücken auf dem Tschögglberg.
strauche: mdal. für »Schnupfen, Katarrh«.

S. 200 *121074, an Alfred Gruber*
Alfred Gruber: geb. 1929, Geistlicher und Lehrer sowie Leiter des damals eben gegründeten Kreises für Literatur im Südtiroler Künstlerbund.
einladung: Kaser war von Gruber zu einer vom »Kreis« organisierten »Begegnung« mit dem Südtiroler Lyriker Konrad Rabensteiner (am 14. 10. 1974) eingeladen worden; auf dem Programm des Abends stand außerdem die Diskussion über die Gründung der erwähnten literarischen Reihe. Diese erschien dann ab 1976 im Athesia-Verlag. Vgl. auch kasers Alto-Adige-Glosse zu einer weiteren vom Kreis organisierten »Autorenbegegnung« im Jahr 1978 (*Zelebrierte Literatur,* 2, S. 239).
lebensabrisse: Gruber hatte im November 1973 in der heimatkundlichen Zeitschrift »Schlern« (»Zeitgenössische Literatur in Südtirol«; 47. Jg., S. 584—600) 12 kommentierte bio-bibliografische Kurzdarstellungen von Südtiroler Autoren veröffentlicht, eine auch von kaser.

S. 200 *121074, an Inge Hauer*
mutz: Kosename für Inge Hauer, eine österreichische Bekannte aus kasers Wiener Zeit.
karten: ugs. für »Karten spielen«.
sogar der weg ins wirtshaus: das nur wenige Schritte vom Schulhaus entfernt steht.
gedanken an den zweiten hieb: »hieb« heißt in Wien der »Gemeindebezirk«, der zweite Bezirk ist die Leopoldstadt.
der bozner: Sender Bozen.
spuelhuder: mdal. für »Lappen, Spülfetzen«.
einen roten: wohl der nicht mehr gebräuchliche 10.000-Lire-Schein.

S. 201 *121074 u. ff., an Markus Vallazza*
das maedchen & der tod: »Der Tod und das Mädchen« heißt eine Grafik Vallazzas aus dem Jahr 1969.
fack: mdal. (m.) für »Schwein«.
Drei zusammenhängende Briefe vom 121074 bis 151074.
ahrnt.: Ahrntal.
der postwirt von bruneck: Haymo von Grebmer, Besitzer des Hotel Post, Brunecks größtem Hotel, und seit 1974 Brunecker Bürgermeister (vgl. *haymo,* 1, S. 385).
zufleiß: mdal. für »zum Trotz«.

lottern: mdal. für »betteln«.
tod meiner selig: hier ist kasers Mutter gemeint; womöglich auch »[mutter]« zu ergänzen.
waldheim: Gasthof bei Bruneck.

S. 204 *131074, an Monica Kaser*
bei der letzten sendung im oest. fernsehen: konnte nicht ermittelt werden.

S. 205 *251074, an Erika Prader*
Erika Prader: aus Bozen, arbeitete im ORF-Studio in Bozen, war mit kaser gut befreundet.
fahrerweiher: eigtl. Fohrerweiher, liegt zwischen Flaas und Mölten.

S. 207 *301074, an Inge Hauer*
russen: hier österr. für »marinierte Heringe«.
»buschen«: öst. ugs. für einige Zweige, die der Weinbauer im Osten Österreichs aushängt, um anzuzeigen, daß er neuen Wein (»Heurigen«) ausschenkt.

S. 208 *111174, an Siegfried Baur (hds.)*
derricht: mdal. für »schaffe«.
christoph erika & peter: Christoph Baur, Erika Prader und Peter Litturi, Freunde kasers.
reimmichl: d.i. Sebastian Rieger (1867—1953), Priester, mit über 50 Büchern der erfolgreichste Tiroler Volksschriftsteller; bekannt vor allem als Herausgeber des konservativen »Reimmichl-Kalenders« (seit 1920; nach dem Tod fortgeführt).
magnago zur wahlrede: Landeshauptmann Silvius Magnago (SVP).
schwarz: Ansp. auf den Konservatismus der Südtiroler Volkspartei.
tirolerfahne: Beflaggung vieler Privathäuser in Südtirol (an Landesfeiertagen) aus Tradition und als Demonstration des Patriotismus; die SVP verfaßt dazu gewöhnlich einen eigenen Aufruf. Das Hissen der italienischen Nationalflagge an staatlichen Gebäuden an Staatsfeiertagen wird in Südtirol mancherorts als Provokation empfunden.
martina: Martina Felder, Freundin, später Frau von Siegfried Baur (vgl. das Gedicht *martina,* in diesem Band, S. 340).

S. 209 *121174, an Erika Prader*
daß Euch meine texte ... zugesagt haben: kaser hatte im privaten Kreis, in St. Ulrich bei Markus Vallazza, Texte vorgelesen.
ich lese wieder dostojewskij: Kaser las im November »Njetotschka Neswanowa« und »Das Gut Stepantschikowo und seine Bewohner«.

S. 210 *191174, an Eduard Stemberger*
Mantelkauf: siehe *die geschichte vom weiten langen mantel* im Brief vom »barbaratag 74«, S. 216; auch in 2, S. 33).
Eduard Stemberger: Produktionsleiter der Firma Moessmer in Bruneck, in deren Pförtnerhäuschen die Familie viele Jahre wohnte.

S. 211 *211174, an Markus Vallazza*
Das Flaaser Gericht: in Band 2, S. 32 (vgl. die Anm. dazu).

S. 213 *nov. 74, an Siegfried de Rachewiltz*
Siegfried de Rachewiltz: geb. 1948, Volkskundler aus Meran; leistete gerade Zivildienst in Marokko, war mit kaser seit dem »literarischen kolloquium« bekannt. Zur Datierung: das Datum »nov. 74« ist von kaser mit Handschrift, offenbar nachträglich, hinzugefügt worden; aus dem folgenden Brief an Erika Prader vom 011274 könnte geschlossen werden, daß der Brief an Rachewiltz erst am 1. 12. verfaßt wurde;

da die italienische Regierungskrise, auf die kaser anspielt, am 25. 11. 1974 beigelegt wurde, ist anzunehmen, daß der Brief zwischen 25. 11. und 1. 12. 1974 entstanden ist.
gemeindewahlen: fanden am 17. 11. 1974 statt.
»gekampelten«: mdal. wörtl. »gekämmt«, hier »zurecht gerückt«.
dietl: Hans Dietl, geb. 1915, Mitbegründer der SVP, gründete 1972 den Wahlverband der Unabhängigen und im selben Jahr die Sozialdemokratische Partei Südtriols, die bei den Gemeindewahlen 1974 in 10 Gemeinden insgesamt 11 Sitze erreichte.
dc: Democrazia Cristiana.
alte hausnummern: Bei Neubildungen italienischer Regierungen kommt es häufig nicht zu einem Austausch der Minister, sondern bloß zu einem Tausch der Regierungsämter unter denselben Personen.
dreck[k]nuidelen: »'s Maul auf der Erd oder Dreckknuidelen kliabn«, Mundartlyrik von Joseph Zoderer, München (Relief) 1974.
»geschaftelt«: mdal. »tut geschäftig«.
die »pustrischen« cantos: Siegfried de Rachewiltz: Ezra Pound ins Pustertalerische übertragen; in: das Fenster, Heft 13, Herbst 1973, S. 1299 f. De Rachewiltz ist ein Enkel von Ezra Pound.
reim[m]ichl: d. i. Sebastian Rieger (siehe die Anm. zum Brief vom 111174 an S. Baur, S. 208).

S. 214 *011274, an Erika Prader*
Geschrieben auf dem Briefpapier der Volksschule Flaas wie auch die Briefe an Inge Hauer (041274) und an Mariatheres Neuhauser (barbaratag 74). Stempel der Volksschule am Briefkopf, außerdem sind u. a. »Nr.«, »Oggetto/Betrifft«, und »li-den« vorgedruckt.
fuer den ausgeschriebenen wettbewerb: Literaturwettbewerb von Rauris (Land Salzburg).

S. 215 *031274, an Siegfried Baur (K, hds.)*
Auf einer selbsgefertigten Postkarte, mit einer Zeichnung von Heinrich Zöggeler, einem Schüler von kaser.
»galing«: mdal. »bald«.
»amtsperson«: kasers Freund Siegfried Baur war als Direktor der Volkschuldirektion Sarnthein (der auch die Schulen der Gemeinde Jenesien unterstellt sind) kasers unmittelbarer Vorgesetzter.

S. 215 *041274, an Inge Hauer*
Geschrieben auf dem Briefpapier der Volksschule Flaas.
gratschenfeder: gratsche (fem.) = mdal. für »Häher«.
den heb ich her: herheben = mdal. für »jemandem widerstehen«.
sein gedruckter dialekt: Anspielung auf Zoderers Mundartlyriksammlung »'s Maul auf der Erd oder Dreckknuidelen kliabn«.
doppelsprachigkeitspruefung: Voraussetzung für viele Posten im öffentlichen Dienst in Südtirol, für Lehrer bringt der Nachweis der positiv absolvierten Prüfung eine Gehaltsaufbesserung.

S. 216 *barbaratag [= 4. 12.] 74, an Mariatheres Neuhauser*
Auf Briefpapier der Volksschule Flaas.
kaprizen: Die Zweisprachigkeitsprüfung ist umstritten, weil sie, so ihre Kritiker, kaum zu einer wirklichen Erlernung der zweiten Sprache motiviere.
die geschichte vom weiten langen mantel: auch in Band 2, S. 33; vgl. die Anm. dort, S. 352.

S. 218 *061274, an Karl Gruber (K, ms.)*
Auf einer selbstgefertigten Postkarte.
meine ruh ist hin mein herz ist schwer: Goethe-Zitat aus »Faus« I, Gretchens Stube, Gretchen, Vers 3374.
im 4. kreis der hoelle: ist wohl keine konkrete Anspielung auf das »Inferno« in Dantes »Divina Commedia«.

S. 218 *131274, an Klaus Gasperi*
Wohl Begleitbrief zu der ausführlichen Stellungnahme kasers *Ihre Waffe ist unsere Toleranz* (siehe 2, S. 161 f.) auf einen Artikel in der Tageszeitung »Dolomiten« vom 10. 12. 1974. Kasers Leserbrief erschien am 29. 12. 1974 auf der »Seite für unsere deutschen Leser« des »Alto Adige« und läßt sich durch diesen Brief (ergänzend zu den Hinweisen im *prosa*-Band) etwas genauer datieren: auf den 10. bis 13. 12. 1974.

S. 218 *130175, an Mariatheres Neuhauser*
voeran: Dorf am Tschögglberg.
buergermeister: Kaser hat seinen Hund nach dem Vornamen des Brunecker Bürgermeisters Haymo von Grebmer benannt; siehe den Brief an Vallazza, 121074 ff., S. 201.

S. 220 *sebastianitag 75, an Annelies Grabenweger*
Mehrere der folgenden Briefe aus Flaas tragen im Original als Briefkopf die Zeichnung einer Spielkarte von Schülern und Schülerinnen kasers. Die Einrückung am linken oberen Rand des Typoskripts wurde deshalb auch im Druck wiedergegeben.
Annelies Grabenweger: Schwester von Mariatheres Neuhauser, lebt in Österreich.
st. lorenzen: Fraktion von Bruneck.
saggrisch: mdal. »sehr«.

S. 222 *sebastianitag 75, an Karl Gruber*
A-A-leserbief ... adresse verfehlt: Kaser hatte den mit »eb« gezeichneten »Dolomiten«-Artikel, auf den er im »Alto Adige« reagierte (*Ihre Waffe ist unsere Toleranz*, 2, S. 161 f.), offenbar fälschlicherweise dem Chefredakteur der »Dolomiten«, »Toni Ebner«, zugeschrieben.
barthlmae: Bartholomäus; Hl., Apostel. Wurde der Legende nach geschunden (gehäutet); häufig mit der eigenen Haut in den Händen dargestellt.
»wastl«: Sebastian; Patron der Flaaser Kirche.

S. 223 *sebastianitag [= 21. 1.] 75, an Markus Vallazza*
Das Fettgedruckte ist im Original mit rotem Farbband geschrieben.
jener roemische soldat: Hl. Sebastian; vgl. den nächsten Brief. Das Sebastianmotiv findet sich öfters bei kaser (vgl. *st. sebastian,* 1, S. 82; *frueher,* 2, S. 40 ff.; *die kleine trute,* 2, S. 74 f.).

S. 224 *170275, an Markus Vallazza*
kroetental: Verballhornung von »Grödental«; Markus Vallazza stammt aus dem Hauptort des Tales, St. Ulrich, und wohnte damals dort.
sip: Società Italiana Per l'esercizo telefonico (ital. Telefongesellschaft).
dostojewskiperiode: intensive Lektüre Dostojewskis vom Herbst 1974 bis zum Frühjahr 1975.

S. 226 *180275, an Erika Prader*
vasarely-karte: Kunstkarte mit Bild Victor Vasarelys (VP-108, 1969).
die paar baende: wohl die Fischer-Taschenbücher »Der Jüngling«, »Die Dämonen«, »Erzählungen« und »Der Doppelgänger«, wie aus einer Rechnung der Südtiroler Volksbuchhandlung v. 24. 1. 1975 hervorgeht.

pound/d'annunzio: Ezra Pound und Gabriele D'Annunzio haben beide offen mit dem italienischen Faschismus sympathisiert.
meinen leserbrief: *Walther der Unruhige* (020175; 2, S. 183), erschien im »Alto Adige« leicht gekürzt, etwas entschärft am 13. 2. 1975 (siehe die Anm. zum folgenden Brief).

S. 227 *050375, an Erika Prader*
beigelegten elefanten samt seiner geschichte: Beigelegt wurde dem Brief offenbar nur die Kinderzeichnung (Elefantenmutter mit säugendem Kind), nicht aber der wohl mit »geschichte« hier gemeinte und erst mit 250375 datierte Prosatext kasers *der saeugende elefant* (2, S. 36) — im nächsten Schreiben wird er als »elefantengeschichte« bezeichnet. Dies geht aus der Postkarte kasers vom 120375 und einem Antwortbrief von Erika Prader vom 17. 3. 75 hervor.
fotokopie vom rampold: wohl die Josef Rampold zuzuschreibende (mit »X« gezeichnte) »Randbemerkung« »Walther-Kuriosa II« (Dolomiten, 18. 2. 1975), u.a. eine Antwort auf kasers Leserbrief an den »Alto Adige« (siehe oben): »[...] Ebenso ist das Waltherdenkmal auch das Anliegen des Herrn Norbert Conrad Kaser, an den sich manche vielleicht noch aus den Zeiten jener Brixner Hochschülertagung erinnern (Ostern 1969), da er ankündigte, unter der Südtiroler Literatur ein 'grandioses Schlachtfest' anzurichten, da es sich beim Werk der allermeisten Südtiroler Dichter um die 'Exkremente einer total vertrottelten Bozner Schießbudengesellschaft' handle. Man sieht, ein in literarischen Dingen qualifizierter Mann. Seine Zuschrift ist allerdings nicht ganz klar, denn einmal sagt er: 'Tutto bene! Dem Walther sein Platz!' — und dann in einem Atemzug: '... was ihr mit dem Walther anstellt ... es graust.' Nicht minder unklar bleibt auch sein weiterer Vorschlag, wir sollten uns um ein anderes Denkmal auch noch kümmern: 'Katherina (sic) Lanz steht im Museum von Rovereto und ist nicht rückgeführt ...'. Hier irrt der sonst so versierte Norbert Conrad Kaser. Im selben Jahr 1964, da der Bozner Gemeinderat die Rückführung des Waltherdenkmals beschloß, holten sich die ladinischen Buchensteiner ihr Mädchen von Spinges aus Erz tatsächlich zurück. Das 1912 errichtete Denkmal war zuerst vor den Granaten des ersten Weltkrieges in Corvara sichergestellt und 1918 als eine Art 'Kriegsbeute' nach Rovereto verschleppt worden, in den dortigen Festungsgraben. Heute aber steht es längst wieder an seinem alten Platz, in Pieve, vor der Kirche, deutlich zu sehen. Und — man halte sich bitte fest — zum 200. Geburtstag der Katharina hat man ihr sogar in ihrem Gebortsort St. Vigil i. E. ein neues Standbild gesetzt (21. September 1971).«

S. 228 *120375, an Erika Prader (K; Stempel: Mölten, 18. 3. 75; hds.)*
Selbstgefertigte Postkarte, mit einem Bild, das von kaser gemalt sein könnte.
»pater«: mdal. (pust.) »ohne Geld«, »pleite«.
grantig, sierig & hantig: mdal. »verärgert, schlecht gelaunt (gereizt), bitter«.

S. 228 *kardienstag [= 25. 3.] 1975, an Siegfried de Rachewiltz*
blauer erchtag: erchtag ist eine in der Mundart (nur noch selten) gebräuchliche Bezeichnung für »Dienstag«.
den walther wollen sie rueckfuehren ...: Bezieht sich auf eine Initiative eines Komitees deutschsprachiger konservativer Südtiroler Persönlichkeiten zur Rückführung des von den italienischen Faschisten vom Bozner »Waltherplatz« entfernten Denkmals für Walther von der Vogelweide. Vgl. kasers Leserbrief *Walther der Unruhige* (2, S. 183).
»stille hilfe«: Anfang März 1975 fand in München die Jahreshauptversammlung der »Stillen Hilfe für Südtirol« statt, einer durch politische Prominenz aus Bayern

und Südtirol gegründeten Privatorganisation, die Spenden für Südtirol (die Deutschsprachigen im Land) sammelte. Das Geld wurde hauptsächlich zur Errichtung deutscher Kindergärten und zur Unterstützung von Bergbauern verwendet. Die »Dolomiten« berichteten ausführlich über die Versammlung (8./9.3.1975).
ALBUIN FORER: vgl. kasers Albuin Forer gewidmeten *nachruf oder versuch eines solchen* (2, S. 37 f.)
neun jahre: nicht neun, sondern sieben Jahre war Forer kasers Lehrer.
terra mater sua est fiat ei levis: Grabspruch, lat. »die Erde ist seine Mutter und sei ihm leicht«.
kuerzlich hat der rampold ...: Am 18./19. März 1975 war in der »Dolomiten-Randbemerkung« in bezug auf den »skolast« von einem »von knallroten Studenten und bewährten Altkommunisten vollgeschriebenen Blatt« die Rede.
bozner uni: Bei der 24. Landesversammlung der Südtiroler Volkspartei am 8. 3. 1975 nahm Parteiobmann Silvius Magnago ausführlich zur Frage einer Südtiroler Universität Stellung. Die ablehnende Haltung der Partei begründete er u.a. damit, daß die Uni »für italienische Nationalisten ein Instrument der Zuwanderung und der geistig-kulturellen Unterwanderung bzw. Assimilierung« und »für die extreme Linke Bozen ein idealer Tummelplatz und Ausgangspunkt zur Durchführung ihrer revolutionären Vorhaben bzw. zur Umstrukturierung unserer gesellschaftspolitischen Ordnung nach ihrem Muster« wäre (Dolomiten, 10. 3. 1975, S. 4).
per modo di dire: ital. »sozusagen«.
ridikuel: Archaismus für »lächerlich« bzw. Italianismus (»ridicolo«).

S. 230 *090475, an Klaus Gasperi (hds.)*
piffkinesen: mdal. (abw.) »Bundesdeutsche«. Bezieht sich auf ein schweres Lawinenunglück im Vinschgau Anfang April (zu Ostern), bei dem 8 bundesdeutsche Urlauber auf der Rückfahrt aus Südtirol ums Leben kamen. Vgl. kasers Gedicht *schneefloeckchen* (1, S. 385).
kugeln: mdal. »herunterfallen«.
Dein elefant: Klaus Gasperi hatte vor, zu kasers Geschichte *der saeugende elefant* eine Zeichnung anzufertigen.

S. 230 *180475, an Rita Mair*
Kaser hat seinen ersten *stadtstich* (glurns, 2, S. 87 ff.) an die Sekretärin der Südtiroler Hochschülerschaft, Rita Mair, zur Veröffentlichung in der SH-Zeitschrift »skolast« geschickt. glurns erschien in der Nr. 2 (Juli)/1975, die weiteren 8 *stadtstiche* in den folgenden zwei Jahren.

S. 231 *180475, an Siegfried Baur*
»pennello d'argento«: jährlicher staatlicher Zeichenwettbewerb für die Volksschulen.

S. 232 *040575, an Klaus und Marlene Gasperi*
gasteiger-artikel: wohl der »Dolomiten«-Artikel »Was wird aus ‚Seeböckhäusl'?« (29. 4. 1975, S. 7), den kaser dem Brunecker »Dolomiten«-Mitarbeiter für Kultur, Josef Gasteiger, zugeschrieben hat. Das »Seeböckhäusl«, im Besitz der Gemeinde, die es für eine öffentliche kulturelle Nutzung vorgesehen hatte, vermietete das Haus an den Verein für Kultur und Heimatpflege, der seinerseits einen Stock bereits dem Alpenverein Südtirol (AVS) vermieten wollte. Im Artikel wird das Fallenlassen anderer Projekte (Stadtarchiv, Seminare des Bildungsausschusses) vorsichtig kritisiert.
das beigelegte blatt: welche Texte beigelegt wurden, ist nicht bekannt.
zur hetz: zum Spaß.

S. 233 *040575, an Christel Hemme*
Christel Hemme: Christel Hemme und Erika Miel (siehe die Briefe an sie) gehörten der Lehrerdelegation aus der DDR an, die im Sommer 1974 Südtirol besucht hatte.
meine beiden tanten: kaser hatte drei Tanten; gemeint sind hier die beiden Brunecker Tanten, bei denen er seit 1970 Quartier fand.
vom kpi: Kommunistische Partei Italiens; in italienisch ist »partito« männlich.

S. 236 *himmelfahrtstag 75 [= 8. 5.] 75, an Mariatheres Neuhauser*

S. 237 *110575, an Klaus Gasperi*
der text: *erstkommunion oder die gewaltsame begegnung mit gott* (2, S. 43-48).
hinterschloeßler: die Bewohner eines wegen der schlechten Wohnqualität diskreditierten Viertels hinter dem Brunecker Schloßberg.

S. 238 *010775, an Mariatheres Neuhauser*
schlumprig: »schlumper« (Adj.) mdal. f. »schlampig«.

S. 239 *020775, an Markus Vallazza (K, ms.)*

S. 240 280775, an Siegfried Baur (hds.)
bozen-spital: nachdem sich kasers Gesundheitszustand durch den hohen Alkoholkonsum sehr verschlechtert hatte, wurde er im Juli von seinen Freunden zur gründlichen Untersuchung ins Bozner Krankenhaus gebracht.

S. 240 *290775, an Erika Miel (hds.)*

S. 241 *050875, an Erika Prader (hds.)*
Das Motto aus Bertolt Brechts »Me-ti, Buch der Wendungen« (Bibliothek Suhrkamp 228, S. 102) wie auch die zitierte Bemerkung von Erika Prader stehen auf einer Karte, die Erika Prader am selben Tag (5. 8. 1975) an kaser gesandt hat.

S. 242 *290875, an Siegfried Baur*
klostersatzungen: Abschriften kasers der Begriffe »Trappisten« und »Kartäuser« aus dem »Lexikon für Theologie und Kirche«.
OSB, OFMin. OCist: Ordo Sancti Benedicti (Benediktiner), Ordo Fratrum Minorum (Franziskaner bzw. OFMCap: Kapuziner), Ordo Cisterciensis (Zisterzienser).
benediktiner von muri-gries: Benediktinerkonvent in Bozen-Gries; nach Aufgabe des Konvents von Muri (im Aargau) 1841 bekamen die dortigen Mönche das Augustiner-Chorherrenstift in Gries zugesprochen. Ihnen gehört ein Sommersitz in Kampidell, einem Weiler am Tschögglberg.
dr. dobrilla: Giorgio Dobrilla war seit Juli 1975 Primar der neuerrichteten Abteilung für Gastroenterologie des Bozner Krankenhauses; Martina Felder-Baur, arbeitete in dieser Abteilung als Ärztin.

S. 243 *290875, an Erika Prader*
extraviertele: »Viertele« ugs. für »ein Viertel Liter Wein«.
karapoff: vgl. kasers Prosatext *karapoff* (2, S. 51 f.).
mela: Kurzname für Melanie Molterer.
hias: Kurzname für Matthias (Reiterer).

S. 244 *140975, an Mariatheres Neuhauser*
eine kurzgeschichte: *karapoff* (2, S. 51 f.).
eine kuh: Diese im Brief überlieferte frühere Fassung des Textes weicht an mehreren Stellen von der in Band 2 (S. 53) veröffentlichten zweiten Fassung (160974) ab.
freiausgopften: wohl »freiauskopfen«: frei ausgedacht.

S. 245 *210975, an Erika Prader*
das pferdchen: Der Text ist die offenbar frühere von zwei leicht voneinander abweichenden Fassungen, die beide dasselbe Datum tragen (die zweite Fassung in Band 2, S. 54).

S. 247 *26/270975, an Erika Prader*
»geraert«: mdal. »geweint«.

S. 248 *051075, an Rita Mair*
heine-kopie: ein Ausschnitt aus Heines »Reisebilder. Dritter Theil«; siehe den »stadtstich« *brixen* (2, S. 91 f.) und die Anm. (2, 369).
florian: Florian Kronbichler, damals Vorsitzender der Südtiroler Hochschülerschaft, in deren Zeitschrift »skolast« die *stadtstiche* erstmals erschienen sind.
kein »literatenblattl« ...: der »skolast« verstand sich als kulturpolitische Zeitschrift; literarische Texte wurden in der Mitte der 70er Jahre nur vereinzelt veröffentlicht.
pillenpaule: Paul VI., wohl wegen seiner Enzyklika »Humanae vitae« (1968) über Fragen der Ehe und Geburtenregelung.
konzert im waltherhaus: nicht ermittelt.

S. 249 *061075, an Klaus und Marlene Gasperi*
la pioggia d'ottobre: siehe die Übersetzung in Band 1, S. 490.

S. 250 *141075, an Mariatheres Neuhauser*
den beiden ein gedichtchen anzupassen: siehe die beiden aus Anlaß der Hochzeit von Siegfried Baur und Martina Felder verfaßten Gedichte *martina* und *die herzdame* (in diesem Band, S. 340).

S. 251 *151075, an Erika Prader*
ein gruener papst: diese Fassung des Textes weicht nur geringfügig von der zum gleichen Tag datierten zweiten Abschrift ab (siehe 2, S. 55).

S. 252 *171075, an Klaus Gasperi*
meine leserzuschrift: *Farbblindheit,* erschien im »Alto Adige« am 25. 10. 1975 (2, S. 184).

S. 252 *191075, an Christel Hemme*
dietrich von bern: germanische Sagengestalt (u. a. in Laurins »Rosengarten«), hinter der der Ostgotenkönig Theoderich der Große steht, der 489 Odoaker bei Verona (= Bern) besiegte und die Gotenherrschaft in Italien begründete.

S. 254 *241075 u. 241075 / etwa 18 uhr, an Erika Prader*
Am 23. Oktober war kaser in die psychiatrische Klinik »Villa S. Giuliana« bei Verona gekommen.
der »richelieu«: Philippe Erlanger, Richelieu. Frankfurt (Societäts-Verlag) 1975.
nicht kloesterlich: die Anstalt war von Ordensschwestern geführt.
bei Dir bzw. beim orf: Erika Prader war Sekretärin des ORF-Studios in Bozen.

S. 256 *261075, an Erika Prader*
boccia: italienisches Kugelspiel.
tschurtschen: mdal. für die Fruchtzapfen an Bäumen.
schlattrig: mdal. für »klapprig, schlottrig«.
»che ne diresti ... d'un fiasco di quello buono« »ah, quando vengo a casa me ne bevo una damigiana«: in deutsch: »was hältst Du von einer Flasche vom Guten?«, »ah, wenn ich nach Hause komme, trinke ich eine ganze Korbflasche«.

S. 257 *RUNDSCHREIBEN*
bern an der etsch: Verona.

S. 259 *30. Okt. 1975, an die Familie Reiterer*
Hias/Frau Reiterer: die Eltern von kasers Flaaser Schülerin Klara Reiterer. Matthias Reiterer (Hias) war Meßdiener und stand mit kaser in Kontakt (siehe die Briefe aus Flaas).

S. 260 *311075, an Erika Prader (Ak, hds.)*
Bildseite: Ospedale Villa S. Giuliana.
theaterstueck: Unterlagen dazu wurden nicht gefunden.
rauriser bestimmungen: Salzburg und die Gemeinde Rauris hatten gemeinsam für alle deutschsprachigen Autoren ein Förderungsstipendium in der Höhe von 25.000.— Schilling für ein Jugendstück (Spieldauer rund 90 Minuten) oder Einakter (40—60 Min.) ausgeschrieben. Einsendeschluß war der 31. 12. 1975.

S. 261 *021175, an Erika Miel und Christel Hemme*
beigelegten selbergemachten gedicht: vielleicht das 2 Tage zuvor verfaßte *franco* (31. okt. 75; 1, S. 53).

S. 262 *031175, an Erika Prader*
pasolinis bittrem ende: Pier Paolo Pasolini wurde in der Nacht zum 2. 11. 1975 in Ostia bei Rom, wo er sich öfters bei Strichjungen aufgehalten hatte, von Pino Pelosi, erschlagen. Pelosi stellte sich kurz nach dem Mord der Polizei.
»was Du im film gezeigt . . .«: Bezieht sich wohl auf Pasolinis erste Filme (Accattone, 1961; Mamma Roma, 1962), die im Milieu des Römischen Subproletariates (»sottoproletariato« ist ein Neologismus von Pasolini), der arbeitslosen Jugendlichen in den Borgate Romane, den Vorstädten Roms, spielen. Ihr soziales Scheitern und ihr strikt antibürgerlicher Charakter kommt darin zum Ausdruck.
uccelacci uccellini: 1965 (dt.: Große Vögel — kleine Vögel); eine poetische Allegorie des Verhältnisses Christentum und Marxismus dargestellt durch einen Mann und dessen Sohn, die auf Wanderschaft durch die italienische Provinz einem sprechenden Raben begegnen, der sie in politisch-philosophische Debatten verwickelt.
pregate fratelli pregate: ital. »betet Brüder, betet!«.
»medea«: 1969; Die der antiken Sage entlehnte Geschichte der Medea wurde von Pasolini als Tragödie des Menschen zwischen barbarisch-sakraler und zivilisiert-rationalistischer Kultur interpretiert.

S. 263 *041175, an Klaus Gasperi*
permesso: ital. »Genehmigung«, hier »Ausgangserlaubnis«.

S. 264 *051175, an Joseph Mair*
haufen von suedlaendern: Joseph Mair war in Süditalien beim Militär.
mangiadischi: transportabler Plattenspieler (für Single).
uccellaccio: Unglücksvogel, Unglücksrabe; Ansp. auf den Titel von Pasolinis Film.

S. 266 *071175, an Karl Gruber*
dioezesane denkmalpflege: Karl Gruber leitet seit 1973 das kirchliche Denkmalamt der Diözese Bozen-Brixen.
knoetig: Karl Knötig, war Journalist und Politiker (CSU) in Bayern, Kulturreferent und stellvertr. Bürgermeister in Starnberg; in Südtirol als Kulturreisenunternehmer tätig, Besitzer der Sonnenburg bei St. Lorenzen (Bruneck).
dobbiamo — assieme noi due assieme . . .: in deutsch: »Wir müssen — gemeinsam wir beide gemeinsam — wir müssen die Wunde suchen, den Knoten ihres Lebens, die zentrale Wunde, die aus Ihnen einen Trinker gemacht hat.«

S. 267 *111175, an Erika Prader*
pirandello-novellen...: Unterlagen einer Übersetzung sind nicht vorhanden.
»tamisch«: mdal. hier »zuwider, störrisch«.

S. 271 *151175, an Joseph Zoderer*
Deiner spontanen schuetzenhilfe: Zoderer hatte Erika Prader gebeten, mit seinem Geld für kaser Bücher zu kaufen.
neruda: auf Pablo Neruda (1904—1973) wurde kaser durch Gerhard Kofler aufmerksam gemacht, der sich intensiv mit dem chilenischen Lyriker auseinandersetzte. Unter den bisher gefundenen Büchern kasers befand sich allerdings kein »Neruda«.

S. 272 *191175, an Markus Vallazza*
suedtirol vorstellen in einem film: gemeint ist wohl ein Filmprojekt des Bruneckers Ivo Barnabò Micheli für den Westdeutschen Rundfunk über Außenseiter im Südtiroler Kulturbetrieb, der dazu im Jänner 1976 mit kaser ein ausführliches Interview führte (siehe *Arbeitsgespräch*, 2, 323-336).
von schulamtsleiters gnaden: Kaser hatte ohne die Matura der Lehrerbildungsanstalt kein Anrecht auf eine Stelle an der Volksschule.

S. 274 *221175, an Leni Dorfer*
Leni Dorfer: Brunecker Bekannte kasers.

S. 275 *24. November 1975, an Klara Reiterer*
Klara Reiterer: Schülerin kasers in Flaas.
tamisch kalt: mdal. »sehr kalt«.

S. 275 *261175, an Paul Flora*
jener gruene schein/der rote michelangelo: die 50.000- bzw. 10.000-Lire-Note.
geplant: bolzano: Es blieb bei der Planung.
pfaundler: Wolfgang Pfaundler, Herausgeber der vom Land Tirol verlegten Kulturzeitschrift »das Fenster«. In der Nr. 18 (1976) erschienen die *stadtstiche* unter dem Titel »Sieben Städtebilder« *(glurns, meran, bozen, klausen, brixen, bruneck, sterzing)*.
fuer rauris... schreibe ich: Es blieb beim Vorhaben (siehe den Brief an Erika Prader, 031275, S. 280).
durnholz: Gemeinde im Sarntal; nicht hier, aber in anderen Gemeinden im Sarntal, erhielt kaser im Frühjahr 1976 aushilfsweise Lehrerstellen.

S. 277 *281175, an Mariatheres Neuhauser (hds.)*
heftlpapier: geschrieben auf kariertem Papier eines Heftes.
»wo der dornbusch brennt« von carretto: Carlo Carretto, Wo der Dornbusch brennt, Geistliche Briefe aus der Wüste, Freiburg (herder) 1973.
kurzgeschichte: *die aepfel des herrn cozzi* (2, S. 58 f.).

S. 279 *301175, an Renzo Forti*
In deutscher Übersetzung:

feiner Sand
hat sich
auf mein Dorf
gelegt
und läßt gerade noch
die Umrisse des Gasthofs der Schule
der Kirche erkennen

feiner Sand
hat sich
auf die Zunge
meines Hundes
gelegt
und sein Bellen
ist ein unruhiger Traum
geworden
inzwischen

die Augen der Kinder bedeckt und
die Blumen versteckt
unter den nackten
Kirschenbäumen
braucht es den Wind
meiner Ankunft
um das sonderbare Element
wegzublasen
und um warmen Schnee
zu bringen.

»Lieber Renzo
reden wir ein wenig vom Geld. Du hast in den sehr sympathischen Brief ein schönes grünes Blatt gelegt, das Christoph Kolumbus zeigt — es war nötig und es war nicht nötig. Es war nicht nötig weil ich kein leichtsinniges [flottes] und luxuriöses Leben mehr führe (ich hätte auch keine Gelegenheit dazu), aber diese fünftausend Lire brauche, ich um Zeitschriften, Zeitungen zu kaufen und um ein paar Zigaretten mehr zu rauchen. Ich danke Dir und schließe die ökonomischen Ausführungen.
Kommt Dir nicht vor, daß Du mir zuviele Komplimente gemacht hast? Wie Honig hab ich sie geleckt.. wie bin ich doch noch stolz. Nicht einmal die Krankheit und die Krankenhausluft können mich knicken. Und ganz unten sind noch alle Wunden eines schmerzvollen Abschieds, Wunden, die kaum verheilt sich wieder öffnen, wenn ich eine Postkarte (voller Fehler und deshalb so herzlich und liebevoll) von den Kindern erhalte. Du kannst Dir nicht vorstellen wie oft am Tag ich an Haymo denke.. lassen wir das. Ich bin hier und es geht mir gut, wenn ich auch unter verrückten oder fast verrückten Menschen sein muß, ich kann mich bewegen, bin immer im ganzen Haus unterwegs, ich schreibe, lese, höre Musik: ich kuriere mich also. Die zwei Spritzen vor dem Essen und die Tabletten stören mich nicht. Das Umgebung ist gut und nicht zu vergleichen mit den Folterungen des Bozner Krankenhauses. Schöne Zimmer, ruhige Nächte, freundliche Ärzte und Krankenpfleger, gut und reichlich zu essen.. sogar der Hunger ist mir zurückgekehrt und auch mein Gewicht ist gestiegen (es war nötig). Ich langweile mich nie. Ich habe zu tun. Mir fehlt die Arbeit, mir fehlt unsere Landschaft und ich habe bemerkt, daß mir die Knödel fehlen (das Sauerkraut, die Würste usw.). Unter wirklichen Krisen und Ängsten leide ich nicht. Ich bin ausgesprochen ruhig, ein wenig zu nachdenklich.. das ist alles. Auch diese Etappe meines wunderlichen Lebens wird ein Ende haben. Für heute schließe ich mit einem Herzen voller Nostalgie, sentimentalienischen Hoffnungen

ein herzlichstes Ciao.«

S. 280 *031275, an Erika Prader*
»derstellt«: mdal. »angestellt, angerichtet«.
wie man letzthin gesehen hat: welche Texte gemeint sind, ist nicht eindeutig festzustellen.

S. 281 *041275, an Erika Prader (hds.)*

S. 282 *131275, an Erika Prader*
die letzten beiden stadtstiche: von kasers letztlich insgesamt neun stadtstichen lagen zu diesem Zeitpunkt in reinschriftlichem Typoskript erst drei *(glurns, meran, brixen)* und einer *(sterzing)* als Handschrift vor. Auch wenn kaser hier nur an das Verfassen von sieben *stadtstichen* (zu den Städten Südtirols) gedacht haben sollte, hätte er noch drei, und nicht zwei, zu schreiben gehabt; möglicherweise hatte er aber von dem drei Tage später datierten *bozen* bereits eine handschriftliche Fassung, die nicht mehr existiert.
zoderers gedichte: »Die elfte Häutung«, München (Relief) 1975.

S. 284 *171275, an Klaus Gasperi (Ak, hds.)*
Bildseite »Ospedale Villa S. Giulana«.

S. 285 *231275, an Erika Prader*
esultiamo di gioia è sceso l'amore: ital. für »wir jubeln vor Freude, die Liebe kam zu uns herab«.

S. 286 *281275, an Paul Flora*
gefladert: öst. ugs. »gestohlen«.

S. 288 *190176, an Erika Prader (hds.)*
runerschule: Volksschule in Oberafing (Gemeinde Jenesien); kaser unterrichtete vom 19. bis 24. 1. 1976 an der Bergschule.
valpogun: richtig: Valpigon, liegt am Tschögglberg.
afing: zur Gemeinde Jenesien gehörende Ortschaft auf dem Tschögglberg.

S. 288 *010376, an Paul Flora*
ad adjuvandum me festina: lat.: »Eile mir zu Hilfe«; Abwandlung des Psalmentextes »Domine, ad adjuvandum me festina«: Ps 39(40),14; 69(70),2 oder auch 21(22),20.
laggl: mdal. »Kerl«, auch »Tölpel«.

S. 289 *100376, an Siegfried de Rachewiltz*
»discrezioni«: heißt die ital. Übersetzung (Milano, Rusconi, 1973) der in englisch erschienenen Autobiografie von Mary de Rachewiltz (Discretions, Boston, 1971), in der vor allem ihr Leben als Tochter von Ezra Pound geschildert wird.
zwei texte: *abend der stuben, magdala* (2, S. 66 bzw. S. 67); sie erschienen in der ersten Nummer der in Schlanders herausgegebenen Kulturzeitschrift »Arunda« (1976).

S. 290 *250576, an Hans Haider (Ak, hds.)*
Bildseite »Haflinger Pferde am Penserjoch«.
rabenstein: Ort im Sarntal, wo kaser im Mai/Juni 1976 unterrichtet hat.
Hans Haider: War damals seit eineinhalb Jahren als Kulturredakteur bei der Wiener Tageszeitung »Die Presse« tätig. Er kannte kaser flüchtig aus dessen Wiener Zeit.
wahlen: Parlamentswahlen in Italien am 20./21. Juni 1976.
grazer autorenversammlung: Sie wurde 1973 in Konkurrenz zum österreichischen PEN-Club gegründet. Haider fragte kaser, ob er Interesse hätte, der Grazer Autorenversammlung beizutreten; Ernst Jandl und Friederike Mayröcker seien sehr dafür.

S. 290 *220776, an Klaus Gasperi (Kk, hds.)*
Bildseite »Friedensreich Hundertwasser 676A Regen auf Regentag«.

S. 290 *260776, an Hans Haider*
k o n t o : für die Überweisung des Staatsstipendiums für Literatur (siehe den nächsten Brief).
h o r s t c h r i s t o p h : aus Tirol stammender Kulturjournalist, der die erste eingehendere Rezension zu Texten kasers (für die Tiroler Tageszeitung) anläßlich einer Lesung im Bruneck im Jahr 1973 verfaßt hat. War zu dieser Zeit bei der »Presse« beschäftigt.
d i e s a c h e m i t m e i n e n t e x t e n : am 4. 9. und am 2. 10. 1976 erschienen *abend der stuben* bzw. *fettkraut* und *Delle femene* in der »Presse«.
f e u e r w e h r h a u p t m a n n : Hans Haiders kleiner Sohn Michael war beim vorangegangenen Besuch kasers als Feuerwehrhauptmann verkleidet gewesen.

S. 291 *260776, an Franz Hölbing*
d u r c h d e n a e t h e r g e l a u f e n : Die sieben *stadtstiche* zu den Südtiroler Städten wurden in zwei Teilen am 4. und 18. Juli 1976 im ORF-Studio Tirol gesendet.

S. 292 *[Sommer/Herbst 1976], Ansprache vor der KPI-Bruneck (hds.)*
Der Text liegt in handschriftlicher Reinschrift kasers vor; die kurze Ansprache hielt er bei der Gründungsversammlung der Brunecker Sektion der KPI/PCI; die Sektionsgründung erfolgte nach dem auch in Bruneck verzeichneten Stimmenzuwachs bei den Parlamentswahlen im Juni 1976: 352 Stimmen für die Kammer gegenüber 84 bei den Regionalwahlen 1973 und 125 bei den Parlamentswahlen 1972 (vgl. auch *kommunist A & B*, 2, S. 107). Kaser war seit dem Frühjahr 1976 Mitglied der Kommunistischen Partei Italiens.
S V P . . . P u s t e r e r B o l l w e r k : ... Auch im Pustertal war die Südtiroler Volkspartei (SVP) dominierende politische Kraft, insbesondere unter der deutschsprachigen Bevölkerung.
d i e G e n o s s e n . . . : die Punkte stehen für die einzusetzenden Namen der zur Sektionsgründung angereisten Mitglieder der KP-Landesleitung.

S. 292 *160976, an Hans Haider*
l i t e r a t u r s t i p e n d i u m : kaser erhielt für 1976/77 als erster Südtiroler das Österreichische Staatsstipendium für Literatur in der Höhe von 60.000 ÖS zuerkannt. Hans Haider saß damals in der Jury.
d a s b u e r o d e r h o f r a t s t a d e l m a y e r : richtig: Stadlmayer; Victoria S. war Leiterin des Südtirol-Referates in der Tiroler Landesregierung in Innsbruck, über das auch Zahlungen aus Wien an Südtiroler gingen.
h a i d s »o b e r l a n g d o r f« : Hans Haid, Abseits von Oberlangdorf, München (Stackmann) 1975; kaser hatte es kurz zuvor gelesen.

S. 293 *16. Sept. 76, an das österreichische Bundesministerium für Unterricht und Kunst*
f r a u z i h a : Sachbearbeiterin im Ministerium.

S. 294 *280976, an Erika Prader (Ak, hds.)*
Bildseite: Bruneck, Kapuzinerplatz mit Alpinidenkmal.
»g e l e i d e« : mdal. »Jammer«.

S. 294 *291076, an Hans Haider (Ak, hds.)*
Bildseite »Bruneck, Luftaufnahme«.

S. 294 *091176, an Klaus und Marlene Gasperi (Ak, hds.)*
Bildseite »Der perspektivische Plan von Venedig«
f u ß w e h w e h c h e n : eine Folge der nachlassenden Leberfunktion.

S. 295 *101176, an Paul Flora*
publiziert ist fast nichts & nur die paar stadtstiche: sie waren zwischen 1975 und 1977 im »skolast«, die ersten sieben auch im »Fenster« erschienen (Sommer 1976).
fuer Sie ist auch eine geschichte bereit: welchen Text kaser hier meint, ist nicht zu entscheiden; der Paul Flora gewidmete »stadtstich« *innsbruck* ist erst im April/Mai 1977 entstanden.
mansarde: Wohnung, die Klaus Gasperi in Venedig gemietet hatte.
volksgewurle: »wurlen« mdal. (Pust.) für »wimmeln«.
der hund geht mir ab: kasers Hund haymo war im Mai 1976 gestorben.
mary hottingers kriminalgeschichten: wohl die von Mary Hottinger als Diogenes-Taschenbücher herausgegebenen Bände »Neuere Kriminalgeschichten aus England und Amerika« (1972 ff.), die Paul Flora vignettisiert hat.

S. 295 *111176, an norbert c. kaser (Kk, hds.)*
Bildseite »Padova, Cappella degli Scrovegni; Giotto (Ambrogio Bondone detto), Die Auferweckung des Lazarus«. Vgl. auch *als lazarus* (2, S. 70).

S. 296 *141176, an Erika Prader*
pescaria: der Fischmarkt (Nuova pescheria) im Viertel S. Polo, neben der Rialto-Brücke.
barbon/... peocio: Diese zum Teil veralteten Fischbezeichnungen stehen alle an einer Marmortafel in der Nuova pescheria, mit den für den Verkauf zulässigen Mindestlängen jeder Fischart (»Lunghezze minime permesse per la vendita del pesce delle seguenti qualità«). 3 Bezeichnungen hat kaser falsch abgeschrieben: sardella, corbo, meciato.
purgatorio. ital. »Fegfeuer«.
inskribieren: kaser hatte geplant, an der Universität Verona zu studieren.
»die große trute«: bekannt ist nur der Text *die kleine trute* (2, S. 74f.); möglicherweise hatte kaser zuerst einen anderen Titel vorgesehen.
mit der »arunda« ... abzuschließen: Ein Jahr später sind aber in der »Arunda« Nr. 5 weitere Texte kasers erschienen.
mit der brd/ddr/mit oesterreich: bekannt ist das Projekt mit Ivo Barnabò Micheli für den WDR (siehe 191175, an Vallazza).
literaturtagung: fand am 17.12.1976 in Bozen statt; vgl. kasers schriftliche Absage vom 161176, *liebe kulturbeflissene* (2, S. 164), die später auch im »skolast« erschienen ist.

S. 297 *221176, an Hans Haider (Ak, hds.)*
Bildseite »Dietenheim bei Bruneck«

S. 297 *131276, an Hans Haider (Ak, hds.)*
Bildseite »Bozen, Dr.Streiter-Gasse«.
um die erfahrung reicher ...: Anspielung auf die Fußschmerzen, eine Folge der nachlassenden Leberfunktion; vgl. das Gedicht *erfahrung/oder der mit den wunden fueßen* (1, S. 380).
ein araber nach 20 von allah verordneten stockschlaegen ...: v.a. in arabischen Ländern übliche Form der Bestrafung (Bastonade).

S. 297 *140377, an Hans Haider (Ak, hds.)*
Bildseite: Venedig »Canaletto — Canal Grande«.

S. 298 *140377, an Klaus Gasperi (Ak, hds.)*
Bildseite »Venezia Riva degli Schiavoni«
zatterisch: Zattere ist eine Insel in der Lagune von Venedig.
frieden[s]reich in neuseeland: Das Haus von Friedensreich Hundertwasser auf der Giudecca wollte kaser besuchen; den Maler traf er nicht an.

S. 298 *100577, an Kurt Pardeller (»Alto Adige«)*
Zur Datierung: Bei der Schreibung des Datums (im Typoskript steht »100477«) ist kaser offenbar ein Tippfehler unterlaufen; denn die dem Brief beigelegte Fassung des »stadtstichs« *innsbruck,* die am 15.5.1977 im »Alto Adige« veröffentlicht wurde, trägt das Datum von einem Monat später (100577). Von daher kann auch der Brief auf diesen Tag datiert werden.
maltraktiert: mdal./Italianismus für »malträtiert«.
»trento«/»adler«: ob »trento« im »Alto Adige« erschienen ist, ist nicht bekannt; »adler« wurde am 31.8.1976 mit einer Übersetzung ins Italienische von Umbert Gandini veröffentlicht.
dem herrn dolomiten-X: der »Dolomiten«-Glossator X. (= Josef Rampold).

S. 299 *200577, an Klaus Gasperi (hds.)*
Bad Berka: Kurort in der Nähe von Weimar (DDR). Kaser kam durch Vermittlung der Gewerkschaft CGIL nach Berka und blieb vom 18. 5.—29. 6. 1977.
genosse foldi: Südtiroler Mitpatient kasers in Berka.
rompi scatole: ital. (ugs.) »Nervensäge«.
goethe: war einer der ersten Patienten des 1813 errichteten kleinen Heilbades (vom 13. Mai bis 26. Juni 1814) und hat zur Entwicklung zum Kurort maßgeblich beigetragen mit einem Gutachten über die Wasserverhältnisse der Quelle: »Kurze Darstellung einer möglichen Bade-Anstalt zu Berka an der Ilm..«, in: J. W. G., Sämtliche Werke nach Epochen seines Schaffens (Münchner Ausgabe), Bd. 9, München (Hanser) 1987, S. 1024—1036.

S. 300 *220577, an Joseph Zoderer (Ak, hds.)*
Bildseite: Bad Berka (vierteilig).

S. 300 *pfingsten [=29./30. 5.] 77, an Hans Haider (Kk, hds.)*
Bildseite »Franz Liszt, Gemälde von A.Scheffer, Weimar, Liszthaus«.

S. 300 *310577, an Monica Kaser (hds.)*

S. 301 060677, an Monika Kaser-Segala (hds.)
trauer & freude: spielt wohl auf den Tod des Vaters, im Jänner 1977 und auf die bevorstehende Geburt eines Kindes von kasers Schwester an.

S. 302 *060677, an Klaus Gasperi (hds.)*
superbenzin: in der Mundart ist »Benzin« männlich.
paßlerischer buecherkasten: Kaser hatte im Frühjahr 1977 zusammen mit Klaus Gasperi und anderen Freunden der Brunecker KP einen »Kulturkreis Peter Paßler« gegründet (vgl. *die fuenf jahre des Peter Paßler,* 2, 166 ff.).

S. 303 *120677, an Hans Heiss*
Handschriftlich auf dem Briefpapier »Gästepost« des Hotels Elephant in Weimar (Hans Heiss ist Sohn des Besitzers des gleichnamigen Hotels in Brixen).
Der Brief zeigt auffällige Ähnlichkeiten (z.T. wörtliche Übereinstimmungen) mit einem Absatz in *nostalgisches weimar* (2, S. 83).
g.: Goethe.

S. 303 *270677, an Rosmarie Judisch (hds.)*
Rosmarie Judisch: Mitpatientin kasers, aus Ostberlin, die er in den letzten Tagen seines Kuraufenthaltes näher kennenlernte. Nach seiner Rückkehr nach Bruneck beginnt ein intensiver Briefwechsel.
ilm-caffe: Bad Berka liegt an der Ilm.
ophelia: Figur aus Shakespeares »Hamlet«, Tochter des Polonius, die Hamlet liebt, sie fürchtet im Wasser den Tod.
des alten kurgastes: Goethe.
entlingarzt: Dr. Entling, der kaser in Berka behandelte.

S. 304 *280677, an Siegfried Baur (Kk, hds.)*
Bildseite: Portrait Herders, Gemälde von F.A.Tischbein (Weimar, Herder-Museum).

S. 304 *050777, an Rosmarie Judisch (Ak, hds.)*
Bildseite »Dolomiten — Der Rosengarten«.

S. 305 *[16. 7. 1977, Stempel], an die KP-Bruneck (Ak, hds.)*
Bildseite »Hotel Post Bruneck« mit Sonderstempel der »Europatage Bruneck 1977« (siehe den nächsten Brief).
Zu den »Europatagen« waren von der Gemeinde Bruneck die Partnerstädte Tielt (B), Groß Gerau (BRD) und Brignoles (F) eingeladen worden (siehe den Brief an Judisch, 110877, S. 307).
fratellernment: im Franz. richtig »fraternellment« = »brüderlich«; offenbar eine bewußte Italianisierung (»fratello« = Bruder), denn kaser kannte die exakte franz. Formulierung, wie aus einem in französisch geschriebenen Begrüßungstelegramm (vom 150777) an die zu den »Europatagen« eingeladene Delegation der linksregierten Stadt Brignoles hervorgeht.

S. 305 *200777, an das Bundesministerium für Unterricht und Kunst*
minister: damals Fred Sinowatz (SPÖ).
bitte ich Sie: der Minister gewährte am 28. 9. 1977 eine einmalige Überbrückungshilfe von 10.000.— öS.
spitalsaufzeichnungen: dazu liegen keine Unterlagen vor.

S. 305 *010877, an Siegfried Baur*
literarische arbeit . . . zu etwas geld komme: konkret in Aussicht hatte kaser keine Veröffentlichungsmöglichkeiten und damit auch keine Einkünfte. Erst einige Tage später, am 10. August, begann er mit dem Schreiben von Glossen für die deutsche Seite der Regionalzeitung »Alto Adige«.

S. 306 *050877, an Johannes E. Trojer (hds.)*
Johannes Trojer: aus Außervillgraten (Osttirol), Lehrer, Kulturkritiker und Herausgeber der Kulturzeitschrift »Thurntaler« (1977—1987).
domine ad adjuvandum me festina!: lat. »Herr, eile mir zu Hilfe!«. Aus den Psalmen: 39(40),14; 69(70),2; oder auch 21(22),20.
letz: mdal. für »schlecht«.

S. 306 *10. 8. 1977, an den »Alto Adige«*
Undatiert. Der Brief ist ein Begleitschreiben zu der mit 100877 datierten ersten Glosse kasers für den »Alto Adige«, *In memoriam Vittorio Bresciani* (2, S. 187). Kasers Mitarbeit als regelmäßiger Glossenschreiber für die »Seite für unsere deutschen Leser« der italienischen Regionalzeitung »Alto Adige« wurde zwei Wochen später fixiert (vgl. den Brief vom 260877). Von da an hat kaser ein Jahr lang, bis zu seinem Tod, Glossen für die Zeitung verfaßt (Näheres siehe 2, S. 401 ff.).

S. 307 *110877, an Rosmarie Judisch*
Geschrieben auf Briefpapier der KPI-Landesleitung (Emblem und Parteinamen vorgedruckt, der Rest des Briefkopfs, rechts, von kaser ergänzt).
unsrer kulturzeitschrift: die Zeitschrift »Arunda«.
tue kund daß die KPI nicht in ferien ist: im Juli einige Schreiben anläßlich der Brunecker »Europatage 1977« (Begrüßungstelegramme für die eingeladenen Delegationen, gemeinsam mit Kollegen ein Pressekommunique anläßlich des Treffens mit den Vertretern von Brignoles), im August ein Ansuchen um Bereitstellung eines Saales für eine Diskussionsveranstaltung und der Diskussionsbeitrag *Südtiroler Kulturzentrum — Sektion Bruneck* (2, S. 196 f.).

S. 309 *160877, an Heidi Opfer*
Heidi Opfer: Krankenschwester in Bad Berka.
arbeite an einem kurzroman: davon existieren keine Unterlagen bei den nachgelassenen Papieren.
sowjetliteratur: größte deutschsprachige Literaturzeitschrift in der UdSSR.

S. 310 *260877, an die Redaktion des »Alto Adige«*
sonntagsausgabe: im Unterschied zur deutschen Tageszeitung Südtirols, »Dolomiten«, erschien der »Alto Adige« auch am Sonntag. (die *Glossen* in Band 2, S. 185 ff.)
gegengewicht zum rampold: Josef Rampold, der als Verfasser der wöchentlichen Kolumne »die Randbemerkung« gilt, auf die kaser hier anspielt.

S. 311 *230977, an Rosmarie Judisch*
wie Du es bei Deinem leipziger brief: hier fehlt wohl das Verb.

S. 311 *300977, an die Redaktion des »Alto Adige«*
Das Vorhaben kasers kam nicht zustande.
serie von umberto gandini: vierteilige Reportage des Bozner Journalisten Umberto Gandini im »Alto Adige« (am 24., 25., 27. und 28. Sept. 1977) über den Anschlag römischer Partisanen auf patrouillierende deutsche Soldaten am 23. 3. 1944 während der Besetzung Roms im Zweiten Weltkrieg, bei dem von 156 Soldaten 33 starben und 56 Personen verletzt wurden. Die Soldaten gehörten der 11. Kompagnie des Polizeiregiments Bozen an und waren Südtiroler. Als Vergeltung ließ der SS-Polizeichef von Rom, Herbert Kappler, am nächsten Tag 335 Personen (10 für jeden toten Soldaten) erschießen, er wurde später als Kriegsverbercher zu lebenslanger Haft verurteilt. Bei Gandinis Recherche, die sich u. a. auf Gespräche mit den Überlebenden des Anschlags stützte, wurde erstmals bekannt, daß sich die überlebenden Südtiroler Soldaten, denen Kappler angeboten hatte, selbst die Erschießung durchzuführen, geweigert hatten, dies zu tun. Der Anlaß für die Reportage war die Flucht Kapplers aus dem römischen Miltärkrankenhaus im August 1977 nach 30jähriger Haft und die darauf folgenden Diskussionen in Südtirol über das Verbrechen.

S. 312 *6.10.1977, Pressekommunique der KP-Bruneck*
Bezieht sich auf Sprühaktionen in Bruneck, die die Brunecker KP Mitgliedern des linken Südtiroler Kulturzentrums zugeschrieben hatte; eine ähnliche Distanzierung folgte im Dezember (vgl. kasers Beitrag zu einer Diskussion zwischen beiden Gruppierungen, *Südtiroler Kulturzentrum — Sektion Bruneck,* in 2, S. 169f.)

S. 313 *121077, an Johannes E. Trojer*
antwort auf meine schützenglosse: Gemeint ist die »Dolomiten«-»Randbemerkung« »Von Schützen und Nichtsnutzen« (30.8.1977, S. 5), die unschwer als

Antwort auf die eine Woche zuvor erschienene »Alto-Adige«-Glosse kasers »Was die Schützen/ heute noch nützen« (21.8.1977), zu lesen ist (kaser wird in der »Randbemerkung« namentlich nicht erwähnt). Kaser hatte bereits in seiner Glosse auf eine frühere »Randbemerkung« polemisch Bezug genommen und eine Antwort quasi provoziert: »In der letzten Rampoldinerglosse wurde uns angekündigt, daß wir uns demnächst mit der löblichen Vereinigung der (Süd-)Tiroler Schützen beschäftigen müssen. Zuvorkommend, wie es sich für die linke Schickeria des Landes gehört, will ich dem 'X' gleich ein paar Argumente zum Zornigwerden liefern und nebenbei einige Fragen stellen. Hofers Zeiten sind vorbei und auch die Bombenlegerei, dann ist nicht einzusehehn, daß wir eine paramilitärische Organisation brauchen, auch wenn schwer die Hand des italienischen Staates auf Kultur und Volkstum lastet. Wozu sind diese musealen Relikte eigentlich gut? [. . .]«. Und abschließend: »[. . .] aber warten wir das Loblied des Dolomitenglossenschreibers ab, der von Straßenbau, Kircheneinrichtung, Erziehung, Landschaftsschutz, Kunst, kurzum von gar allem etwas versteht. Er gehört unter den Schutz der Schützen gestellt.« (2, S. 188).

In der »Dolomiten-Glosse« hieß es dann einleitend: »So einen Horror haben manche Leute von dem Thema 'Schützen', daß sie ihr linkes Blasrohr schon betätigen, wenn man nur eine Behandlung dieses Themas ankündigt, wie es in der 'Randbemerkung' vom 17. August der Fall war. Das ist der 'Pluralismus', den die meisten von uns — vorab die Schützen selbst — eben nicht verstehen. Und es ist auch wirklich schwer, an die von linken Wanderaposteln gepredigte Toleranz zu glauben oder eben an den Pluralismus der Geister — wenn diese Kreise aber schon gar nichts anderes zu tun wissen, als kübelweise Dreck über jene Männer zu schütten, die einer würdigen und alten Tiroler Tradition folgend nun eben ihren eigenen Weg gehen, den sie für richtig halten. Warum also das Geschrei, warum der bissige Spott? Ich erlaube mir zunächst einmal festzuhalten, daß die Schützen jahraus jahrein niemanden belästigen, bedrohen oder gar tätlich angreifen — mit Waffen schon gar nicht. Wie sieht es aber im roten Lager aus. Wo knallt's denn beständig — doch wohl bei den Roten Brigaden, bei den Firmen Baader-Meinhof-Krause und so weiter, die eben einen anderen Segen haben als die Schützen — den Segen von Sartre, Böll und Konsorten«.

S. 313 *161077, an Joseph Zoderer*

TT vom 14. okt.: In der »Tiroler Tageszeitung« (S. 7) war das 2. Innsbrucker Wochenendgespräch mit dem Titel »Das Gegenwartsgedicht und sein imaginärer Raum« für den 28. bis 30.10.1977 angekündigt worden. Aus Südtirol nahmen daran Joseph Zoderer, Konrad Rabensteiner und Kuno Seyr teil. Auf Zoderers Anregung hin wurde kaser dann zum dritten Wochendgespräch im Frühjahr 1978 eingeladen.

teuffenbacherin: Ingeborg Teuffenbach, Schriftstellerin, Organisatorin der Innsbrucker Wochenendgespräche.

AA: »Alto Adige«

stegenermarkt: Einer der größten Märkte Tirols (Ende Oktober), in der Brunecker Fraktion Stegen (vgl. *stegener markt/ausgabe 77,* 1, S. 41, und die Glosse *Ein trauriger Stegener Markt 77,* 2, S. 200).

als »kuperion«: Alois Kuperion (1891-1966), Tiroler Maler aus dem Vinschgau, lebte in ärmlichen Verhältnissen, tauschte seine Bilder auch gegen Wein. Kuperions erste Ausstellung fand zu seinem 70. Geburtstag, 1961, im Meraner Kursaal statt.

S. 314 *241077, an Rosmarie Judisch (Ak, hds.)*

Bildseite »Alpenmotiv aus Österreich, Helblinghaus, Innsbruck-Altstadt«.

S. 314 *281077, an Erika Prader (hds.)*

pamela francesca segala: Tochter von Monica Kaser-Segala und Corrado Segala.

S. 314 *011177, an Josef Gasteiger*
Josef Gasteiger: Kunstkritiker und damals Vizebürgermeister von Bruneck (SVP).
austellungseroeffnung von kubin ...: Ausstellung in der Athesia-Bruneck zum 100. Geburtstag des Malers Alfred Kubin (1877—1959).
eine geschichte ...: wohl ein kurzer Ausschnitt aus dem autobiografischen Text »Aus meinem Leben«, in dem von Kubins erster Frau, Emmy Bayer, die Rede ist (A. K., Aus meinem Leben, München, edition spangenberg, 1974, S. 31 f.). Die Lesung hat stattgefunden.
»stegenermarkt«-kopie: entweder das Gedicht oder die Glosse zum Stegener Markt (siehe die Anm. zu 161077, oben).

S. 315 *221177, an Josef Perkmann*
Josef Perkmann: war in den Leitungsgremien der Gewerkschaft CGIL und der Südtiroler KPI, früher Redakteur der »brücke« und seit damals mit kaser bekannt. Über ihn lief die Vermittlung von kasers Kuraufenthalt.

S. 315 *131277, an die deutsche Redaktion des »Alto Adige«*
bei den von den schuetzen beschuetzten jungfrauen: bezieht sich auf die Glosse *Sauberer Dreck* vom 231177 (2, S. 210), die im »Alto Adige« mit dem Titel »Südtiroler Jungfrauen mit Schützen schützen« (27. 11. 1977) veröffentlicht wurde.
zibeben: öst. für »Rosinen«.
»st. proportius & san bilinguo«: in Band 2, S. 192.

S. 317 *230178, an Rosmarie Judisch (Ak, hds.)*
Bildseite: Bruneck im Winter.

S. 317 *240178, an Rosmarie Judisch*
Geschrieben auf drei Kunstkarten (Bildseite: Bachlechner-Krippenfiguren, Dreikönigsserie), die kaser im Kuvert verschickte.
durfte nichteinmal pate machen: weil kaser im April 1976 aus der katholischen Kirche ausgetreten war.

S. 318 *250178, an Rosmarie Judisch*
Geschrieben auf zwei Kunstkarten (siehe die vorhergehende Anm.)
den GARIBALDI lege ich ...: nicht ermittelt.

S. 319 *290178, an Rosmarie Judisch (Ak, hds.)*
Bildseite: »Plose/Brixen, Herrliches Skigebiet«.

S. 319 *010278, an Johannes E. Trojer*
hinausgeworfen: kaser hatte sich für den Winter ein wärmeres Zimmer in Bruenck gemietet.
alle bitt-fuer-uns: »bitte für uns« ist die bei einer katholischen Litanei immer wiederkehrende Antwort der Kirchengemeinde auf die Nennung von Heiligen durch den Vorbeter.
derwischt: mdal. f. »erwischt«.

S. 319 *090278, an Rosmarie Judisch (Ak, hds.)*
Bildseite: Bruneck im Winter (wie 230178).

S. 320 *100278, an Markus Vallazza*
Vallazza war aus kulturpolitischen Gründen von Südtirol nach Salzburg übersiedelt.
danke fuer unseren freund villon: Vallazza hatte die 1977 erschienene Ausgabe von François Villons »Das große Testament« (München, Winkler) illustriert.
die saison: die Lesungen in Lienz und in Wien im April 1978 sowie die Teilnahme am 3. Innsbrucker Wochendgespräch im Mai.
rampold beweint kappler: Bezieht sich wohl auf die »Dolomiten-Randbemerkung« »Zweierlei Maß« (31.1.1978), die sich mit den Kriegsverbrechern Walter Reder und Herbert Kappler auseinandersetzte (vgl. kasers Glosse *Helden von gestern — Mahner von heute,* 2, S. 227 f., und die Anm. dazu, 2, S. 431).
»hommage a salzburg«-karten: nicht ermittelt.

S. 320 *110378, an Rosmarie Judisch (Kk, hds.)*
Bildseite »Manesse-Handschrift, Werner von Teufen«.

S. 321 *160378, an Rosmarie Judisch (Ak, hds.)*
Bildseite »Soldatenfriedhof bei Bruneck«.

S. 321 *040478, an Hans Haider*
in der »alten schmiede«: kasers bedeutendste Lesung; vgl. die Aufnahme der Lesung auf der Kassette »Lesungen und Vertonungen«, Innsbruck 1987.

S. 322 *070478, an Erika Prader (Ak, hds.)*
Bildseite: Lienz, Schloß Bruck im Winter.

S. 322 *070478, an Rosmarie Judisch (Ak, hds.)*
Bildseite: Lienz, Schloß Bruck im Winter (wie oben)

S. 322 *080478, an Rosmarie Judisch (Ak, hds.)*
Grußkarte mit Panorama von Osttirol (hds. Ergänzung der Lage der Stadt Bruneck).

S. 322 *110478, an Rosmarie Judisch (Kk, hds.)*
Bildseite: Friedensreich Hundertwasser, Der große Weg (Opus 224).

S. 323 *120478, an Rosmarie Judisch (Kk, hds.)*
Bildseite: Friedensreich Hundertwasser, Die fünfte Augenwaage (Opus 368 A).
was die zeitungen schreiben: nur eine ausführlichere Ankündigung der Lesung (in der »Presse«) ist bekannt, aber keine Besprechung.

S. 323 *120478, an Erika Prader (Kk, hds.)*
Bildseite: Egon Schiele, Frauenkopf mit breitkrempigen Hut.

S. 323 *150478, an Rosmarie Judisch (Ak, hds.)*
Bildseite »Gruppe in Kastelruther Tracht«.

S. 324 *160478, an Rosmarie Judisch (Kk, hds.)*
Bildseite: Portrait Oswald von Wolkenstein, Liederhandschrift B, Universitätsbibliothek Innsbruck. Oswald war auf einem Auge blind.

S. 324 *180478, an Hans Haider*
strozzigasse: Sitz der für die Literaturförderung zuständigen Abteilung des Ministeriums für Unterricht und Kunst.
karl kraus: kaser wünschte sich den 1977 bei Zweitausendeins erchienenen Reprint der »Fackel«, den ihm Hans Haider besorgen wollte.
sotriffers »arunda«-kritik: Kristian Sotriffer, aus Südtirol gebürtiger Kunstkritiker in Wien (u. a. für »die Presse«); das Datum der »Arunda«-Rezension wurde nicht ermittelt.

S. 325 *[20.4.1978], Offener Brief der Südtiroler Hochschülerschaft*
»Offener Brief an den Landeshauptmann und an den Landesrat für Schule und Kultur«, verfaßt vom Vorstand der Südtiroler Hochschülerschaft, unterzeichnet von 83 Südtiroler Persönlichkeiten (Poltikern, Künstlern, Gewerkschaftern, Journalisten, u.a. von Markus Vallazza, Karl Plattner, Joseph Zoderer). Der Brief wurde wenige Tage vor der Landesversammlung der SVP im Mai 1978 der Öffentlichkeit vorgestellt und erreichte so ein großes Medienecho auch außerhalb des Landes: »Die harten Angriffe der Jungen Generation in der SVP und der 'Dolomiten' auf die Südtiroler Hochschülerschaft, weil diese sich mit einer Delegation der KPI, die im Februar dieses Jahres unser Land zu einem Studienaufenthalt besucht hatte, zu treffen wagte, haben eine Problematik (wiederum) aufgezeigt, die über den engeren Rahmen der Beziehungen SH — JG — Dolomiten hinausgeht und daher die Art berührt, mit der in letzter Zeit in unserem Lande mit den kulturellen und politischen Minderheiten, mit andersdenkenden Kreisen und Persönlichkeiten, verfahren wird. Die Tatsache, daß Südtirol in ein Presse- und Kulturmonopol eingeschlossen ist, hat der Intoleranz, der Verleumdung und der Strategie der Unterstellungen eine für die demokratischen Länder Europas einzigartige Dimension der 'Straffreiheit', den Vorteil der Widerspruchslosigkeit gebracht.[. . .]«
vgl. kasers Glosse *Hui-die Dissidenten* vom 26./27. 5. 1978 (2, S. 247), eine Antwort auf die Reaktionen der im Offenen Brief Angegriffenen.

S. 325 *070578, an Rosmarie Judisch (Kk, hds.)*
Bildseite: Manieristischer Tafelaufsatz, Augsburg 16.Jh.
literar. symposium: das 3. Innsbrucker Wochendgespräch.
Euch modemachern: Rosmarie Judisch ist ausgebildete Modezeichnerin.

S. 325 *180578, an Rosmarie Judisch*
fahrschulbüro: kaser verrichtete in einem solchen stundenweise Aushilfsarbeiten.
zoderers »glück beim händewaschen«: ist in der Erstausgabe 1976 im Münchner Kleinverlag Relief erschienen.

S. 327 *230578, an Siegfried Baur*
entwurf fuer ein neues schulbuch: nicht mehr verwirklicht.

S. 328 *280578, an Rosmarie Judisch (hds.)*
Bildseite: Wirtshausschild Hotel »Zum Elephanten«, Brixen.
den weimarer elephanten: Hotel Elephant in Weimar.

S. 328 *120678, an Rosmarie Judisch (Kk, hds.)*
Bildseite: Manesse-Handschrift, Bernger von Horheim.

S. 328 *130678, an Johannes E. Trojer (hds.)*
im »geneat«: mdal. für »in Eile«.
offenen briefes: siehe den Brief vom 20.4.1978.

S. 329 *280678, an Rosmarie Judisch*
Kaser hatte im freigelassenen Raum beim Typoskript wohl eine Zeichnung (vielleicht sein Selbstportrait) oder ein Foto eingeklebt.
buchenwald: Das Konzentrationslager unweit von Weimar hatte kaser während seines Kuraufenthalts in Bad Berka besucht.
die erde hat mich wieder: Goethe-Zitat aus »Faust I« (»Die Träne quillt, die Erde hat mich wieder«), Nacht, Faust, Vers 784.

S. 330 *280678 15uhr, an Rosmarie Judisch*
das gehoeft: vgl. das gehoeft (1, S. 19).

S. 331 *110778, an die Redaktion des »Alto Adige«*
Begleitbrief zur Glosse Nachruf für einen Pfarrer (2, S. 255) (er wurde erst nach Erscheinen des *prosa-Bandes* bekannt).
stricker & pichler: Josef Stricker und Luis Pichler, die beiden ersten Arbeiterpriester in Südtirol.

S. 333 *010878, an Johannes E. Trojer*
wielander: Hans Wielander, Herausgeber der Zeitschrift »Arunda«.
pustererarunda: Trojer über das Vorhaben: »Wir besprachen das Projekt einer auf die Grenzkammanrainer reduzierten Pustertaler Arunda-Ausgabe. Antholz-Defreggen, Villgraten-Gsies sowie das Drautal beiderseits der Schlagbäume sollten in Wort und Bild nach Unterschieden wie Gemeinsamkeiten, die sich seit 1918 entwickelt bzw. erhalten haben, dargestellt werden. Kaser bedingte sich aus, allein den text ddafür zu erstellen, ich sollte das Bildmaterial beischaffen. Der Plan wurde fix ausgemacht (daraus ist bis heute nichts geworden)« (Thurntaler, Heft 17, 1987, S. 13).
nummer ueber meransen: Arunda Nr. 6 mit dem Titel »Aubet Cubet Quere« über die in Meransen verehrten drei heiligen Jungfrauen, die von Karl Gruber, einem guten Bekannten kasers, gestaltet wurde. Kaser hat der Präsentation des Heftes seine letzte Glosse gewidmet (*Die Vorstellung dreier Jungfrauen,* 2, S. 262).
unsrer zeit: die italienische Sommerzeit.
prettauer faust fassung: diese Version des alten Faustus-Volksstückes gelangte vermutlich im 17. Jh. durch Bergknappen nach Prettau, dem hintersten Dorf des Ahrntales bei Bruneck. Kaser hatte die Aufführung für den »Alto Adige« besprochen (*Doktor Faustus zu Brauneggen,* 2, S. 260; vgl. auch die Anm, S. 453)
klaus: Klaus Gasperi.
osttirolerbote: erscheint 14tägig.
abzug von dem aufgebahrten kind: Fotografie eines in weiß gekleideten, auf einer weißen Bahre liegenden toten Kindes; kaser hatte sie bei einer Ausstellung in Außervillgraten im Juli 1978 gesehen (Johann Trojer im Thurntaler 17, S. 13).

Zum Nachtrag

Sigurd Paul Scheichl

Zur Edition der Gedichte und Sentenzen

Im Zuge der Arbeit an den Bänden »Prosa« und »Briefe« haben Benedikt Sauer und Erika Wimmer-Webhofer an verborgenen Stellen von kasers Nachlaß einige Gedichte zutage gefördert, die mir bei der Vorbereitung des Bandes »Gedichte« entgangen waren. Einige andere Gedichte sind uns nach dem Erscheinen der bisherigen Bände von den Besitzerinnen und Besitzern der Handschriften zugänglich gemacht worden, wofür ihnen herzlich gedankt sei. Auch einige Fehlentscheidungen bei der Auswahl der

Texte für Band 1 können hier korrigiert werden; vor allem wird das bereits im editorischen Bericht zu den »Gedichten« (S. 478) erwähnte »de vita oswaldi von wolkenstein« nun doch hier nachgetragen.
Das Original des norwegischen Skizzenbuchs von 1970 ist nach wie vor nicht gefunden worden. Die Veröffentlichung der in ihm enthaltenen Gedichte muß später an anderem Ort erfolgen. Was in Band 1 (S. 478) über die Gründe der Nicht-Aufnahme einzelner Gedichte gesagt ist, gilt auch für diesen Nachtrag.
Bei den hier aufgenommenen Texten ist manchmal die Entscheidung schwer gefallen, ob es sich um ein Gedicht oder doch eher um eine Prosaarbeit handelt. Es hätte zu weit geführt, die Zuordnung zur Lyrik jeweils ausführlich zu begründen; wer eine andere Entscheidung trifft, hat recht — sofern die Frage bei kaser überhaupt relevant ist.
Die Anordnung der Gedichte folgt der (dort begründeten) rückläufigen Chronologie von Band 1. Wegen der geringen Anzahl von hier aufzunehmenden Gedichten wurde auf eine weitere Untergliederung nach dem Grad der Autorisierung durch den Verfasser verzichtet; nur die, von mir so genannten, »Sentenzen« wurden gesondert zusammengestellt.
Alles Weitere zu den Grundsätzen der Edition ergibt sich aus dem entsprechenden Abschnitt des Anhanges zu Band 1 (S. 477—481).
Die Übersetzungen (die nur als Lesehilfen gedacht sind) stammen von Benedikt Sauer und Erika Wimmer-Webhofer.

Lesehilfen und Materialien

S. 337 *Innsbrucker Kino II*
Handschriftlich (Reinschrift) in Notizblock.
Vgl. *Aus den Innsbrucker Kinos* (17. 8. 68) in *20 collagen & 20 fuerze,* kasers zweiter Gedicht-»Sammlung«.
Gibt das Innsbrucker Kinoprogramm genau in der Reihenfolge der Annonce der Kinos in der Tiroler Tageszeitung vom 22. 5. 1978 wieder; hinzugefügt sind einige Präpositionen. Der in Zeile 7 genannte Film heißt »Der Fall Serrano«.

da hasch in fraz
Handschriftlich (Reinschrift). Bildet mit kasers eigenhändiger Zeichnung eines Wickelkindes und eines Fläschchens (darunter geschrieben: »etc.«) die Glückwunschkarte für eine Brunecker Bekannte, selbstverständlich aus Anlaß der Geburt ihres Kindes.
»geschrei« und »frei« reimen sich übrigens in der Mundart nicht.
d a h a s c h i n f r a t z: da hast du das (schlimme) kleine kind
d e c h t o: dennoch

S. 338 *beim kuessen die zaehne verbissen*
Handschriftlich (Reinschrift). An Rosmarie Judisch in Berlin (DDR) gerichtet, die kaser bei seinem Kuraufenthalt in Bad Berka in Thüringen kennengelernt hatte und mit der er seit Juni 1977 einen Briefwechsel führte.
b l i t z b u r g: Gasthof in Bruneck

der HERR
Handschriftlich auf einer Ansichtskarte an Maria-Theres Neuhauser in Bruneck. Die Bildseite der Karte, auf die der Text Bezug nimmt, zeigt die Kreuzigungsgruppe in der Stiftskirche von Innichen (um 1200). Die Füße des Gekreuzigten stehen auf einem menschlichen Kopf (dem Adams).
Fastenbild: Die Karte ist in der Fastenzeit geschrieben worden.

Was nimmt / Dein stachel
Handschriftlich eingetragen auf zwei gegenüberliegenden Kalenderseiten (Seiten für den 24. und 25. 1. 1977). Im Original (mit sehr unsicheren Druckbuchstaben niedergeschrieben) im linken Gedicht »den« statt »denn«. Die Zusammengehörigkeit der beiden Gedichte ist durch die Bibelanspielung (1 Kor 15, 55: »Tod, wo ist dein Sieg? Tod, wo ist dein Stachel?«) wahrscheinlich. Auf diese Paulus-Stelle spielt kaser auch in dem Gedicht *bittrer winter* vom 30. 11. 1977 an (1, S. 37).
Anlaß für diese Zeilen könnte der Tod des (Stief-)Vaters am 16. 1. 1977 gewesen sein; vgl. auch *trauer* vom 23. 1. 1977 (1, S. 377).

S. 339 *traeume viel*
Handschriftlich auf einer Ansichtskarte (Bildseite: Dr. Streiter-Gasse in der Bozner Altstadt) an Maria-Theres Neuhauser in Bruneck. Zuschrift zum Gedicht: »(wiedereinmal / eine schwere / nacht hinter mir) norbert.«
meinem hund: kasers Hund Haymo war am 13. 5. 1976 eingegangen.
mandelkern: bezieht sich wohl auf das vorweihnachtliche Backen.
fueße: Ende 1976 machten sich bei kaser offenbar quälende Fußschmerzen als Krankheitssymptom bemerkbar; vgl. *quando da nudi pioppi* und *erfahrung* (1, S. 379 f.).

die dachrinnen sind hier
Handschriftlich auf einer Kunstkarte aus Venedig (Bildseite: Gemälde des Markusplatzes von Pietro Fragiacomo, 1856—1922) an Maria-Theres Neuhauser in Bruneck.
mit feuerfueßen: vgl. das vorhergehende Gedicht.
magerling: selbstironische Anspielung auf die eigene Magerkeit.

S. 340 *martina / die herzdame*
Handschriftlich (Reinschriften) auf selbstverfertigten Glückwunschkarten zur Hochzeit von Siegfried und Martina Baur am 24. 10. 1975, mit Zeichnungen Flaaser Schulkinder nach Spielkarten (Karokönig und Herzdame). Baur, ein Freund aus Bruneck, war damals der dienstliche Vorgesetzte des Flaaser Lehrers kaser. Vgl. den Selbstkommentar zu den beiden Gedichten im Brief an Maria-Theres Neuhauser vom 14. 10. 1975 auf S. 250 dieses Bandes.
Das »JA« in *martina* ist kalligraphisch geschrieben.
Vgl. auch das Gedicht *kuenftiges paar* (1, S. 72) auf die Hochzeit von Klaus Gasperi (1972).

S. 341 *der plattenspieler am boden*
Handschriftlich (Reinschrift) in einem Kalender.

aus jener hand
Handschriftlich.

S. 342 *de vita oswaldi von wolkenstein*

Typoskript. Kaser hat diesem Gedicht eine Zeilenzählung am linken Rand hinzugefügt. Der spätmittelalterliche Südtiroler Lyriker Oswald von Wolkenstein (ca. 1376—1445) ist selbstverständlicher Bestandteil der kulturellen Tradition des Landes. Er wurde auch immer wieder Gegenstand populärer Literatur. Oswalds unkonventionelles und abenteuerliches Leben wie der immer wieder spürbare autobiografische Bezug seiner Lieder könnten kaser angesprochen haben; unmittelbare Anregungen könnte er aus der Arbeit seines Freundes Markus Vallazza an Oswald-Zeichnungen und -Radierungen in den Jahren 1971 bis 1973 erhalten haben (vgl. Kristian Sotriffer: Markus Vallazza und »sein« Wolkensteiner. In: das Fenster, Innsbruck, Nr. 13, 1973, S. 1153—1169). Auch von einer im Herbst 1973 veranstalteten Oswald-Tagung des Südtiroler Kulturinstituts dürfte damals schon die Rede gewesen sein.

kasers Gedicht ist vor allem eine Kontrafaktur auf Oswalds Gedicht »Es fügt sich« (Klein 18); zahlreiche Parallelen ließen sich nachweisen. Dem »auto« im 1. Abschnitt entspricht bei Oswald ein »Roß« (Vers 10); auch die Gelegenheitsarbeiten (V. 13 f.) sind bei kaser modernisiert, wie er auch Oswalds »Kandia« (V. 15) korrekt in »kreta« übersetzt. Ein Einzelnachweis der Entsprechungen ist hier nicht möglich.

Die Datumsangabe in römischen Ziffern ergibt keinen Sinn.

S. 346 *wenn ich 30 silberlinge*

Handschriftliche Eintragung in einen Kalender.

In der letzten Zeile ist als Alternative zu »koenig« die Möglichkeit »kaiser« notiert.

30 silberlinge: Anspielung auf den Lohn Judas' für seinen Verrat (Mt 26, 15).

Hoffahrt

Das Gedicht ist 1971/72 in Vernuer entstanden und existiert nur als Entwurf in einem Konvolut von Texten, das Giuliano Salvaterra, kasers Kollege als Italienischlehrer, aufbewahrt hat. Faksimile bei Alfred Gruber: Marginalien zu N. C. Kaser. In: Die Distel (Bozen) Nr. 37. 1989. S. 58 f.

Das Gedicht steht auf einem Blatt, auf dem die Namen aller Todsünden auf deutsch und italienisch notiert sind.

Es ist denkbar, daß kaser sich hier an eine Bildvorlage hält.

delfter: holländische Fayence mit blauen Bildmotiven

S. 347 *als waer ich ruhig*

Handschriftlich (Reinschrift) in einem Kalender.

zum grab ist Dir

Handschriftlich (Reinschrift) in einem Kalender.

S. 348 *tutta la spaventosa verità / tutta la spaventosa verità II*

Handschriftlich (Entwürfe) in einem Kalender.

Die ganze erschreckende Wahrheit

nein
es ist nicht wahr
nein
nein
es ist nicht wahr
nein
er hat nicht gegessen
der Vater [den Vater]

Die ganze erschreckende Wahrheit II

es ist nicht wahr
ich sage nein
mein Vater
Vater mein
mein Vater
wird sterben
durch einen Mörder

umgebracht
hat er mich

ich aber lebe

preghiera del marine
Handschrift in einem Kalender.

Gebet des Marine

Mein Gott ich bin Dir so dankbar
daß du mich erschaffen hast
Mein Gott ich bin Dir so dankbar
daß Du mich erzogen hast
Mein Gott ich bin Dir so dankbar
für die Gesundheit die Du mir gegeben hast
Mein Gott ich bin Dir so dankbar
weil sie mich bei der Musterung nicht gerettet haben,
Mein Gott ich bin Dir so dankbar
weil sie mich nach Vietnam geschickt haben
Mein Gott ich bin Dir so dankbar
für die Roten, die ich bestraft habe
Mutter, bitte Gott auch für mich, der ich hierher
nach Vietnam seine Zivilisation bringe
Mein Gott von den Himmeln verzeih, daß die Roten mich
umgebracht haben
Gott Vater, weil sie nicht wissen,
.. was sie sich tun

m a r i n e: die Marines sind amerikanische Elitetruppen, die im Vietnamkrieg besonders brutale Einsätze durchführten.

S. 349 *se un certo gruppo*
Handschrift mit Entwurfscharakter. Steht vielleicht in Zusammenhang mit dem undatierten, von Erika Wimmer-Webhofer auf »vielleicht 1972« datierten Gedicht *tisch im eck* (1, S. 414; Angaben dazu S. 529). Das Gedicht bezieht sich wohl auf den Brunecker Freundeskreis kasers.

wenn eine gewisse Gruppe
von Anarchisten
oder was sie sein mögen
(definieren kann man sie nicht)
wenn diese gewisse Gruppe
das Eis
ißt
vor dem bereits bestellten Whisky
aus revolutionären
Gründen
in diesem Nachtklub
weint mir
das Herz
dieses mein Herz
dieses mein leeres Herz
enttäuscht
von sich selbst
von ihnen

ich möchte wissen
warum ich
hier bin
versunken in die
Lichter
des Eises
das sie
essen
um...
denn
ohne Whisky können
sie nicht theoretisieren

zieh ihnen
dieses graue
Hirn heraus das so sehr
denkt
und nachzudenken scheint
über die Zukunft
der (ihnen) unterlegenen
Klasse
Märtyrer ihrer Existenz
erlauben sie sich
und Märtyrer jene die für ihr Wohl
arbeiten

Aufgrund der Qualität der Kopie können Mängel in der Darbietung des Textes nicht ausgeschlossen werden; hier korrigierte Fehler in der italienischen Orthografie (»sè« statt »se«, »sul« statt »sull'«) deuten darauf hin, daß es sich um einen schnell hingeschriebenen Entwurf handelt, den kaser entweder sofort verschenkt und daher für eine Überarbeitung nicht mehr zur Verfügung gehabt oder aus anderen Gründen beiseite gelegt hat.
Das Gedicht wird hier vor allem als Dokument von kasers Haltung abgedruckt.

S. 350 ff. *»Sentenzen«*
brixen: das Lamm ist das Wappentier der alten Bischofsstadt Brixen.
schuetzen: die Schützen nehmen an der traditionellen Fronleichnamsprozession in ihren Trachten teil.

adria: steht in einem 1978 benützten Notizblock. Mit einer offenbar fiktiven Unterschrift »Pirkl«.

hanno abolito

sie haben die Brücken
abgeschafft
die Flüsse sind
geblieben

i morti nel mare

Die Toten im Meer können
wegen fehlender Würmer
nicht krepieren

mai morto

tot
stirbt man
nie

la mia vita

mein Leben
zahle ich mir
nicht mit Geld
sondern lebend

Zur Prosa

S. 354 *es zwang ihn ...*
Handschrift. Bisher lag der Text nur in einer Abschrift von Rosmarie Judisch vor, die im Besitz des offenbar einzigen Exemplares ist, das Hans Haider vor kurzem fotokopieren konnte.

Korrekturen zu Band 1 und Band 2

Aufgrund der Art ihres Aufscheinens im Nachlaß sind in Band 1 zwei Gedichte als Arbeiten von kaser aufgenommen worden, die nicht von ihm stammen. Der im Editorischen Bericht auf S. 479 festgehaltene Irrtum hat sich leider bei der Gesamtausgabe wiederholt.

Das in der letzten Dezemberwoche 1976 von kaser in seinen Kalender eingetragene *sai que bevo sai* (S. 377) ist in Wirklichkeit, worauf mich dankenswerterweise Gerhard Kofler aufmerksam gemacht hat, Teil eines Schlagers von Roberto Gandolfo. Von der Thematik her lag es nahe, den Text kaser zuzuschreiben, der ihn wohl auch wegen dieser Stilisierung des Außenseitertums notiert hat.

Leichter hätte sich die irrtümliche Aufnahme von *kathrina, kathreine* (S. 394) vermeiden lassen, da kaser selbst die Quelle dieser Lesefrucht notiert hat, nämlich die »Dolomiten« vom 26. 1. 1972 (»Sagen um den Antholzer Berghof«; S. 5). Ich habe die, obendrein untypische, Datierung mißverstanden; Robert Huez hat diesen Fehler entdeckt.

Alfred Gruber hat in der »Distel«, Nr. 37, 1989, S. 58 f., kaser-Materialien, die er leider für die Ausgabe nicht zur Verfügung gestellt hatte, veröffentlicht; daraus geht hervor, daß *diamante e pulcino* die Übersetzung einer Fabel von Hagedorn ist *(Das Hühnchen und der Diamant,* in Hagedorns »Versuch in poetischen Fabeln und Erzehlungen«, 1738, Neudruck 1974, S. 70). Der Hagedorn-Text lautet:

Das Hühnchen und der Diament

Ein verhungert Hühnchen fand
Einen feinen Diamant,
Und verscharrt' ihn in den Sand.

Mögte doch, mich zu erfreun,
Sprach es, dieser schöne Stein
Nur ein Weizenkörnchen seyn!

Unglückselger Überfluß,
Wo der noethigste Genuß
Unsern Schätzen fehlen muß!

kaser hat die Übersetzung in Vernuer für seinen Kollegen, den Italienischlehrer Giuliano Salvaterra, geschrieben; datiert ist die Übersetzung mit »060672«.

Ferner sind einige Druckfehler zu Texten zu korrigieren:
S. 54, 2. Zeile des 2. Abschnitts: richtig »sotto«
S. 298, 3. Zeile des 3. Abschnitts: richtig »fregarci«
S. 307, Datum der Sammlung selbstverständlich »1968«
S. 346, 3. Zeile des 1. Abschnitts: richtig »was«
S. 390, 1. Zeile von »abano«: richtig »koennt«
1. Zeile des 4. Abschnitts von *schreiben geht nicht:* richtig »nie«

Druck- oder sonstige Fehler in den editorischen Texten möchte ich hier mit wenigen Ausnahmen nicht korrigieren, da sie kaum Wesentliches betreffen. Ergänzungen zu den »Lesehilfen und Materialien« bietet die maschinschriftliche Diplomarbeit von Robert Huez: Kommentar zu den Gedichten von Norbert C. Kaser. Innsbruck 1990 (zugänglich in der Universitätsbibliothek Innsbruck und in der Österreichischen Nationalbibliothek).
Diesem Kommentar entnehme ich zu S. 275 die Information, daß kaser die lateinischen Zitate aus den Psalmen der sogenannten »Pianischen Psalmenübersetzung« von 1945 entnommen hat.
Zu S. 432 ff. ist aufgrund der oben zitierten Veröffentlichung von Alfred Gruber richtigzustellen, daß die Übersetzung des »Sonnengesangs« nicht in die Flaaser, sondern in die Vernuerer Zeit fällt, wohl in den Spätherbst 1971.
Zu S. 64 sollte ausdrücklich vermerkt werden, daß die beiden Gedichte eine Einheit bilden. Schließlich ist zu *bloedsinn* (S. 223) nachzutragen, daß es sich bei »aberham« um einen mindestens in Innsbruck mehrfach vorkommenden Familiennamen handelt, von dem wohl kasers Spiel mit der Ähnlichkeit zu englischen Ortsnamen ausgelöst worden ist. Sch.

Zu Band 2 ist ein Fehler in der Chronologie zu korrigieren:
die Texte *Drei Bozner Bilder* und *Campo de' fiori* (S. 18 ff.) gehören selbstverständlich nach *der hofer zu meransen* gereiht.
Beim Kommentar sind zwei Ergänzungen nachzutragen. Anton Unterkircher hat uns darauf aufmerksam gemacht, daß die Figur in *der hofer zu meransen* auffällige Ähnlichkeiten mit einer dorfbekannten Person in Meransen zeigt. Gerhard Kofler ist für den Hinweis zu danken, daß es sich bei der 3. Anthologie, die kaser in der »Brixner Rede« erwähnt, um »Brennpunkte VI«, Karlsruhe-Innsbruck, o. J. (1970), handelt.
Zwei Korrekturen sind zum Glossen-Kommentar anzubringen: in *Streithähne* (S. 215) gilt die Anspielung »Klotz« nicht Eva, sondern deren Vater Georg Klotz (Anm. S. 424); in *Südtirol und der Michelin* (S. 244) ist mit »Weißbrunn« nicht ein Ort in Oberfranken, sondern einer im Südtiroler Ultental gemeint (Anm. S. 445).
Ferner sind einige Druckfehler zu korrigieren:
S. 100, 4. Zeile: richtig »hosenlatz«.
S. 133: statt »10 Uhr 30« richtig »19 Uhr 30«.
S. 173, letzte Spalte: bei »friseure« richtig »3«, bei »huete« richtig »2«.
S. 267, 4. Zeile von unten: richtig »sie versteht auch nichts«.
S. 281, 6. Zeile von unten: richtig »al tonno«.
Bei den Materialien zur »Brixner Rede« (S. 380—383) sind vier Namensschreibungen fehlerhaft: richtig »Rudolf Henz«, »Edzard Schaper«, »Johanna Baur«, »Ulrike Kindl«. B. S., E. W. W.

Hans Haider

norbert c. kaser — Lebenslauf

Mit Ergänzungen von Benedikt Sauer

Geboren am 19. April 1947 in Brixen als Sohn der Paula Thum (geb. 1913). (Der Vater, Alois Mairunteregger, zuletzt in Olang ansässig, ist am 9. Dezember 1957 tödlich verunglückt.) Der Säugling bleibt zunächst bei den Grauen Schwestern der Heiligen Elisabeth in Brixen und kommt dann nach Kastelruth in Pflege.
Im Herbst 1947 heiratet Paula Thum den im Rußlandfeldzug kriegsversehrten Franz Kaser (geb. 1909), der das Kind legitimiert und zu sich nimmt.

Bis Herbst 1950 in der elterlichen Wohnung in der Brunecker Stadtgasse, dann Übersiedlung in eine Dienstwohnung in der Schafwollwarenfabrik Moessmer, wo Franz Kaser, gelernter Tischler, als Pförtner Dienst tut. 1952 Geburt der einzigen Schwester Monika.
1953 Eintritt in die Volksschule. Schwere Nierenerkrankung. 1956 Teilnahme an einer Ferienkolonie in Grado. 1958 Eintritt in die staatliche Mittelschule in Bruneck, 1961 ins Klassische Gymnasium Bruneck. 1962 erste Ferialarbeit als Autowäscher; in den folgenden Jahren Sommerarbeiten in einem Brunecker Geschirrladen, in einer Pension in Cinque Terre (Ligurien) und in den Pfalzwerken in Ludwigshafen/Rhein. 1963 Eintritt ins Klassische Lyzeum Bruneck. Seit 1964 kontinuierliche Lektüre. 1964/65 Mitarbeit an der Schülerzeitung »Die Lucke«. Ausgeprägtes Interesse für Bildende Kunst. Führt den zweiten Vornamen »conrad«. 1965 Reise nach Wien. 1966 Maturareise nach Florenz. Matura nicht bestanden. 1967 Matura ein zweites Mal nicht bestanden. Vom Militärdienst befreit wegen Schmalbrüstigkeit.

Im Schuljahr 1967/68 Supplent (Lehrer ohne Lehrbefähigungszeugnis) für Deutsch, Geschichte und Geographie an der Mittelschule in Laas im Vinschgau. *eintritt in die literatur mit dem gedicht »laas für marijke«.*
Zwischen Oktober 1967 und August 1968 erste Gedichtsammlung *probegaenge.*
Im Sommer 1968 Reise nach Apulien und Teilnahme an der 15. Wilheringer Studentenwoche der Katholischen Studierenden Jugend (KSJ) in Stift Wilhering (Oberösterreich). Im August zweite Gedichtsammlung: *20 collagen & 20 fuerze,* gewidmet *meinen freunden siegfried baur, christoph baur, willi feinig.*
Erstmals Gedichte von norbert c. kaser veröffentlicht: im Heft 10/11 (August/September) der Südtiroler Zeitschrift für Gesellschaft und Kultur »die brücke«, redigiert von Josef Perkmann.

Am 18. September 1968 als Frater Christoph Kaser a Brunopoli ins Kapuzinerkloster Bruneck eingetreten.
Oktober bis Mitte November dritte Gedichtsammlung: *predigtfragment, fuer dieter nicolussi-leck, der weiß wer ich bin.* Danach Sammlung *orationen mit lyrik, fuer adalbert & robert & rupert,* drei Brunecker Mitbrüder. Jänner 1969 Lesung in Innsbruck (Hotel Speckbacher) mit Erlaubnis der Ordensoberen.

Am 5. April 1969 (Karsamstag) Austritt aus dem Kloster.
Vom 29. April bis 9. Mai Teilnahme an der 20. Österreichischen Jugendkulturwoche

in Innsbruck, zusammen mit Barbara Frischmuth, Peter Henisch, Klaus Hoffer, Elfriede Jelinek, Gert Jonke, Werner Kofler, Peter Matejka, Wilhelm Pevny, Ingrid Rencher, Peter Slavik, Michael Scharang, Jutta Schutting, Hans Trummer, Johannes Twaroch, Helmut Zenker, Joseph Zoderer. *bekanntschaft mit hilde domin.*

Im Mai 1969 fünfte Gedichtsammlung abgeschlossen: *aquarium, fuer die zoderers wien,* danach *miniaturen & hymnen, meinem lehrer clemens auer gewidmet.* Am 9. Juni im deutschen Programm der RAI Bozen (»Jugendclub«) Interview und Lesung von Gedichten. Lyrikproben in der Wiener Zeitschrift »Neue Wege«.
Anfrage beim »Ratgber«, einer deutschen Illustrierten, welche Möglichkeiten es gebe, nach Australien auszuwandern.
Mitte Juli beim dritten Antreten als Privatist Matura bestanden.
Ansuchen um einen Supplentenposten an der Mittelschule von Vintl.

Am 27. August 1969 in der Cusanus-Akademie im Rahmen der jährlichen Studientagung der Südtiroler Hochschülerschaft Vortrag über *südtirols literatur der zukunft und der letzten zwanzig jahre. daraufhin scharfe polemiken in der lokalen presse & aechtung meiner person.*
Am 17. September Lesung im Petersaal in Bozen beim Literarischen Kolloquium der Südtiroler Hochschülerschaft.
Am 26. September erscheinen vier Gedichte kasers in der Bozner Tageszeitung »Dolomiten«.

Anfang Oktober 1969 Beginn des Studiums der Kunstgeschichte an der Universität Wien. Billiges Quartier in einem Schrebergartenhaus in der Alszeile in Dornbach am Hang des Kleinen Schafberges als Nachbar von Christian Alton.
Am 9. Dezember Lesung im Lokal der Südtiroler Hochschülerschaft in Wien. Vollendung einer weiteren Gedichtsammlung (ohne Titel; erstes Gedicht *fanciulla romana*). *Hörspiel »der rundaeugige« zwar fertig und auffuehrbar aber vom ORF abgelehnt.*
Am 31. Jänner 1970 *aus der familie wegen zunehmender boesartigkeit hinausgeflogen.*
Stipendium des Südtiroler Kulturinstituts für 1969/70 von 13.000 Schilling.
Am 23. Mai Non-Stop-Lesung im Innsbrucker Uptown-Jazzsalon u. a. mit Johannes Prammer und Gerhard Kofler. Der Bozner Circolo Amici della Poesia erkennt kaser für eine Cardarelli-Nachdichtung ein Anerkennungsdiplom zu und veröffentlicht sie in »Adige Panorama«.
Übersetzungen aus dem Italienischen (Franco Fortini, Saba).
Vom 28. bis 31. Mai 1970 Dolmetsch beim Südtirol-Seminar der (monarchistischen) Europäischen föderalistischen Bewegung im Karl Brunner-Europahaus in Neumarkt (Steiermark). Dort Lesung aus der achten Sammlung *klampflaute aus der dusteren provinz & weltstadt. fuer joseph mair frode ritland peter slavik.*

Vom 7. Juli bis 25. September Reise nach Norwegen. Zwei Monate Gemeindearbeiter auf der Insel Stord bei Bergen. Etwas Norwegisch gelernt, Tagebuch in Briefform.
Am 23. Oktober 1970 von den Südtiroler Hochschülern in Wien zu ihrem »Verbindungsmann« gewählt. Als solcher kümmerte sich kaser um soziale und kulturelle Programme.
Abdruck von Gedichten in der von Gerhard Kofler herausgegebenen kurzlebigen Zeitschrift »menetekel« sowie, auf Einladung Hermann Kuprians, in den Innsbrucker Schriftenreihen »Wort im Gebirge« und »Brennpunkte«.
Im Dezember erscheint in Bozen die von Gerhard Mumelter zusammengestellte Anthologie »neue literatur aus südtirol« mit 26 Gedichten von kaser; es ist dies seine umfangreichste Publikation zu Lebzeiten.

Am 9. Jänner 1971 zusammen mit Karl Erlacher Lesung in Bruneck bei der KSJ. Anfang März 1971 Abbruch des Studiums und Rückkehr nach Südtirol. Erste Supplenz als Hilfslehrer vom 8. bis 12. März in Pfalzen bei Bruneck (Volksschule), wo er die erste »Schulgeschichte« schreibt: *»im wald hat einmal ein großer drachen gehaust«.*
Am 12. März Lesung in Bozen (Waltherhaus), u. a. zusammen mit Hans Haid und Joseph Zoderer.
Weitere Lehrervertretungen in Bergschulen des Pustertals (Montal, Terenten, Meransen). Im April Erscheinen des Gedichtbandes *il sole è lontano* von Nino Floramo, mit Übersetzungen von kaser.
Texte in den Zeitschriften »skolast«, Bozen *(voltaire),* und »Das Fenster«, Innsbruck. Am 1. Juli Lesung in Innsbruck (Theater am Landhausplatz), wo italienische Gedichte Aufsehen erregen. *freundschaft mit paul flora.*

Als Darsteller kleiner Rollen im Film »Das Narrenschiff« (»I Corvi«) von Ivo Micheli bei Dreharbeiten in Rom, Apulien und Tunesien.

Im Schuljahr 1971/72 Jahressupplent an der einklassigen Bergschule von Vernuer (bei Meran).
Tod der Mutter am 27. November 1971.

Im August 1972 kurze Reise nach Barcelona. Ab Oktober arbeitslos. Reisen nach Venedig zu Klaus Gasperi, der dort an der Kunstakademie studiert. Jänner bis März 1973 Lehrer für deutsche Literatur am wissenschaftlichen Privatlyzeum Antonelli in Cortina d'Ampezzo.

Die Bozner Tageszeitung »Alto Adige« druckt am 14. Februar 1973 kasers *Protest in Versen* gegen vermeintlich überhöhte Preise in Brunecker Gaststätten.
Ansuchen beim Wiener Bundesministerium für Unterricht und Kunst um die Gewährung eines Stipendiums zur Fertigstellung der Projekte *die apokalypse & johannis evangelium und die komödie »maria mair«.*
Juni bis August 1973 Mauteinheber an der Brenner-Autobahn in Sterzing. Gratisunterkunft bei Michael Seeber.

In den Schuljahren 1973/74 und 1974/75 Jahressupplent in Flaas am Tschögglberg. Zimmer im Schulgebäude. Erwerbung des Hundes Haymo. Prosaarbeiten und umfangreiche Korrespondenz. Beginn des Zyklus der *stadtstiche,* die zwischen Frühjahr 1975 und Sommer 1977 im »skolast« erscheinen. Der hohe Alkoholkonsum führt zu schweren Gesundheitsschäden. Im August 1974 Behandlung durch Dr. Egmont Jenny. Im Sommer 1975 Einweisung ins Bozner Krankenhaus, wo eine akute Hepatose mit chronischer Hepatitis sowie eine Angstneurose (Psiconevrosi despressivo-ansiosa) diagnostiziert werden.
kaser ist nicht mehr dienstfähig, verläßt am 19. Oktober Flaas und begibt sich am 23. Oktober in die psychiatrische Klinik Villa S. Giuliana in Verona, wo er bis Jahresende bleibt. Psychotherapieversuch und Entziehungskur, daneben intensive literarische Arbeit und Korrespondenz.

1976 Eintritt in die KPI nach längerer Mitgliedschaft in der linken Gewerkschaft AGB/CGIL. Am 6. April Austritt aus der katholischen Kirche.

Quartier in Bruneck bei den Tanten Luise und Julie in der Stegener Straße. Tageweise Supplenzen als Lehrer in Weißenbach, Oberafing, Öttenbach, Pens, Sarnthein, Afing, Rabenstein.
Zuerkennung des österreichischen Staatsstipendiums für Literatur 1976/77 (60.000.— Schilling).
Im Frühjahr 1976 zwei Reisen nach Triest, im Juli Reise nach Wien, im November nach Venedig. Im Dezember wieder Krankenhausaufenthalt in Bozen. Tod von Franz Kaser (Tatta) am 16. Jänner 1977.
Im Februar Krankenhausaufenthalt in Innichen. Am 12. März Rede auf dem 12. Landeskongreß der Südtiroler KP. Im März Reise nach Venedig. Im April mit Klaus Gasperi und anderen Gründung eines nach dem aus Antholz stammenden Bauernkriegsführer Peter Paßler benannten Kulturkreises, der sich mit der Ausstellung »Die Tendenzen der Kunst« im Brunecker Ursulinen-Saal der Öffentlichkeit vorstellt.

AGB/CGIL und der Freie Deutsche Gewerkschaftsbund vermitteln kaser einen Kuraufenthalt in Bad Berka, DDR, vom 19. Mai bis Ende Juni 1977. Besuch der Klassiker-Gedenkstätten in Weimar.
Nach der Rückkehr nach Bruneck arbeitslos. Bittbrief an den österreichischen Unterrichtsminister Sinowatz um eine Verlängerung des Stipendiums. Das Ministerium gewährt eine Überbrückungshilfe.

Einem im August 1977 an die Zeitung »Alto Adige« gesandten Leserbrief folgt die Einladung zu regelmäßiger Mitarbeit. Neben diesen wöchentlichen Glossen für die deutsche Seite dieser Zeitung, zum Teil zu lokalen Ereignissen (»Brunecker Chronik«), wieder zahlreiche Gedichte.
Im Oktober distanziert sich kaser namens seiner Parteigenossen in Briefen an die Presse und den Dekan von Bruneck von anarchistischen und feministischen Sprühaktionen.
Aushilfsarbeiten im Büro einer Fahrschule.
Ende 1977/Anfang 1978 Werbetexte für einen Prospekt der Hotel-Pension Schmieder in Innichen. Beteiligung an der Gründung der in Innsbruck erscheinenden Zeitschrift »FÖHN«.
Am 7. April 1978 Lesung in Lienz (Aula des Gymnasiums). Am 11. April Lesung in Wien (»Alte Schmiede«), gemeinsam mit Joseph Zoderer. Vorsprache im Bundesministerium für Unterricht und Kunst, wo ihm der Literaturreferent, Dr. Hermann Mayer, weitere Förderung in Aussicht stellt.

Teilnahme am »Dritten Innsbrucker Wochenendgespräch« vom 4. bis 7. Mai 1978, u. a. mit Nicolas Born und Hugo Dittberner.
Gesuch um Abfertigung aller Pensionsansprüche aus der Tätigkeit als Lehrer.
kaser hofft auf eine Anstellung in der im Aufbau befindlichen Gemeindebibliothek Bruneck.
Am 21. August 1978 stirbt norbert c. kaser im Brunecker Krankenhaus 31jährig an einem Lungenödem, als Folge fortgeschrittener Leberzirrhose und Bauchwassersucht, und wird am 23. August von seinen Freunden am Friedhof von Bruneck zu Grabe getragen.

1979 erscheint »Eingeklemmt« bei der kleinen Innsbrucker »Edition Galerie Bloch«, 1981 der Briefband »Kalt in mir« (Wien, Hannibal), beide herausgegeben von Hans Haider.